Stockholm Noir

Jens Lapidus

Stockholm Noir

L'argent facile

Traduit du suédois
par
Maximilien Stadler et Lucile Clauss

PLON
www.plon.fr

Titre original
Snabba Cash
Hatet drivet jakt

ISBN édition originale: 978-91-46-21376-5, Wahlström & Widstrand
Tryck : Scand book, Falun 2006 Tredje tryckninger
ISBN : 978-2-259-20835-2

Je l'ai regardé et j'ai hoché la tête.
— Dure journée.
Il a haussé les épaules.
— Pour moi aussi, a-t-il fait.
Et il s'est engagé sur l'autoroute.

Dennis LEHANE

Ça marchait. Les résultats étaient là. Tout se mettait en place.
Il y était arrivé – il fabriquait de la blanche.

James ELLROY

Prologue

Ils la prenaient vivante parce qu'elle refusait de mourir. C'est peut-être à cause de cela qu'ils l'aimaient encore plus, qu'elle était toujours là, qu'elle se sentait quelqu'un.

Mais voilà ce qu'ils ne comprenaient pas, ce qui allait leur coûter la peau : elle était bien vivante, elle pensait, elle était là. Préparait leur chute.

L'un des écouteurs tombait tout le temps. La sueur l'empêchait de tenir. Elle l'enfonça de travers, souhaitant qu'il finisse enfin par se caler, trouver sa place, qu'elle puisse enfin écouter la musique.

Son minuscule iPod sautillait dans sa poche. Elle espérait l'avoir mis à un endroit d'où il ne tomberait pas. C'était un fétiche, et elle ne voulait même pas envisager qu'il puisse tomber sur les cailloux du sentier, et se rayer.

Elle plongea la main dans sa poche pour s'assurer qu'elle était assez profonde. Il n'y avait pas de risque, l'iPod était à l'abri de la chute.

Elle se l'était offert pour son anniversaire, et y avait mis toute la musique possible. Elle avait été séduite par son design minimaliste en métal vert brossé. Mais, à présent, il signifiait autre chose pour elle, tout à fait autre chose. Il lui procurait de la sérénité. Chaque fois qu'elle le sortait, il lui rappelait ses moments de solitude. Ces instants où le monde ne venait pas la déranger. Où elle pouvait n'appartenir qu'à elle-même.

Madonna à fond dans les oreilles. C'était sa façon d'oublier : courir en écoutant de la musique, et sentir les tensions s'envoler. Qu'elle brûle de la graisse en même temps était bien sûr un effet secondaire formidable.

Elle se laissait porter par le rythme. Courait presque en mesure. Levait le bras gauche pour jeter un œil sur son temps intermédiaire. Chaque fois, elle tentait de battre son record. Retenait le temps effectué pour le noter plus tard, avec l'obsession d'un coureur professionnel. La boucle faisait environ sept kilomètres. Son meilleur temps était de trente-trois minutes. Pendant les six mois d'hiver, elle se contentait de s'entraîner à l'intérieur, au SATS, avec les appareils de musculation, le tapis de course, les *steppers*. À la belle saison, elle continuait à faire sa gym, mais elle remplaçait les appareils par des petits chemins et des sentiers caillouteux.

Elle approchait du pont Lilla Sjötullsbron, en plein milieu du quartier Djurgården. La fraîcheur montait de l'eau. Il était 20 heures, et la soirée printanière se muait en crépuscule. Le long du sentier, les réverbères n'étaient pas encore allumés. Dans son dos le soleil brillait de ses derniers rayons, mais ne la réchauffait plus. Elle chassait sa propre ombre longiligne étalée devant elle, en pensant qu'elle ne la verrait bientôt plus. Dans quelques minutes, quand les réverbères commenceraient à éclairer le chemin, son ombre changerait de direction au rythme des lumières sous lesquelles elle passerait.

Des feuilles graciles s'épanouissaient sur les arbres. Des deux côtés du sentier, l'herbe était mêlée aux anémones blanches aux pétales encore fermés. Le long du canal s'élevaient de vieux roseaux secs qui avaient survécu à l'hiver. Sur la gauche se dressaient de somptueuses villas : l'ambassade turque avec ses fenêtres grillagées. L'ambassade chinoise, plus haut sur la colline, entourée d'une haute clôture barbelée, de caméras de surveillance et de panneaux d'avertissement. Près du club d'aviron se trouvait un petit château simplement entouré d'une clôture de bois. Cinquante mètres plus loin, une villa de forme allongée, dont les dépendances et le garage semblaient émerger directement de la montagne.

Çà et là, tout le long de son parcours, s'alignaient des maisons individuelles austères et à l'abri des regards. En passant devant, elle essayait toujours d'apercevoir ces villas immenses dissimulées derrière des buissons et des clôtures. Elle se demandait pourquoi les gens cherchaient à paraître si modestes ; tout le monde n'habitait pas à Djurgården.

Elle dépassa deux filles qui marchaient d'un pas énergique. Elles arboraient ce style particulier aux habitants d'Östermalm pratiquant la marche sportive au Kungliga Djurgården : une veste en duvet sur un pull à manches longues, jogging, et l'indispensable casquette cachant la moitié du visage. Son survêtement à elle, en revanche, était plus sérieux. Un anorak noir Nike Clima-Fit et des leggings moulants. Des habits qui respiraient. Un peu cliché, mais fonctionnel.

Les souvenirs du week-end trois semaines auparavant lui revenaient encore à l'esprit. Elle tenta de les écarter et de penser à la musique, à la régularité de sa course. Si elle concentrait ses pensées sur la moitié du parcours qui faisait le tour du canal et sur les oies sauvages qu'elle serait forcée d'affronter, elle pourrait peut-être oublier.

Madonna chantait dans les écouteurs.

Du crottin de cheval était répandu sur le sentier.

Ils croyaient qu'ils pouvaient se servir d'elle à leur guise. Mais c'était elle qui se servait d'eux. Cette manière de penser la protégeait. Elle déterminait elle-même ce qu'elle faisait, ce qu'elle ressentait. Au grand jour, c'étaient des hommes riches et puissants, de ceux qui ont réussi. Leurs noms s'affichaient à la une des suppléments économiques, dans les dépêches boursières, et aux premières places de la liste de l'impôt sur la fortune. En réalité, ils n'étaient qu'un ramassis d'irrémédiables et pathétiques perdants. Des hommes à qui il manquait quelque chose. Qui avaient un besoin tangible d'elle.

Son plan était simple et clair. Jouer le jeu, et un jour tout arrêter et les balancer. S'ils ne voulaient pas qu'elle les balance, ils n'auraient qu'à payer. Elle avait tout préparé, rassemblé des informations depuis des mois. Soutiré des aveux, caché des magnétophones sous son lit, et même filmé certains d'entre eux. Elle avait l'impression d'être un véritable agent du FBI, à une différence près : la peur.

L'enjeu était important. Elle connaissait les règles : si ça tournait mal, tout s'arrêterait. Mais elle y arriverait. Elle avait prévu de décrocher à vingt-trois ans. Se barrer de Stockholm, vers quelque chose de plus cool, quelque chose de mieux.

Deux jeunes filles, la tête haute, traversèrent à cheval le pont près du restaurant de Djurgårdbrunn. Ignorant encore tout de la vraie vie. Comme elle, à l'époque où elle avait fugué de la maison. Elle se reprit : c'était pour elle aussi encore un objectif. Marcher la tête haute. Elle y arriverait.

Un homme se trouvait près du pont avec son chien. Il parlait dans un téléphone portable, en la suivant du regard. Elle avait l'habitude. Dès le début de la puberté, elle avait été remarquée par les hommes, et depuis que ses seins avaient poussé, vers quinze ans, ils ne la quittaient plus des yeux. Elle en frissonnait, d'excitation et de dégoût à la fois.

L'homme était bien bâti. Il portait une veste en cuir, un jean et une casquette. Il y avait quelque chose qui clochait dans son comportement. Il ne la dévorait pas des yeux. Au contraire, il semblait posé, concentré, absorbé par sa conversation. Comme s'il parlait d'elle dans le portable.

Elle arriva au bout du sentier. Le reste du chemin jusqu'au dernier pont, le Lilla Sjötullsbron, était goudronné mais parsemé de nids-de-poule. Elle se demanda si elle ne devrait pas plutôt courir sur l'herbe piétinée. Malgré la présence des oies sauvages. Ses ennemies.

Elle distinguait à peine le pont devant elle. Pourquoi les réverbères étaient-ils encore éteints ? Ne s'allumaient-ils pas automatiquement à la tombée de la nuit d'habitude ? Pas ce soir apparemment.

Un break était garé devant le pont.

Personne dans les parages.

Vingt mètres plus loin, une villa de luxe surplombait le lac Salé. Elle connaissait le propriétaire qui l'avait construite sans permis sur l'emplacement d'une étable. Un homme puissant.

Avant de s'engager sur le pont, elle remarqua que le break était garé étrangement près du chemin, à seulement deux mètres d'elle.

Les portes du break s'ouvrirent brusquement. Deux hommes en sortirent. Elle n'eut pas le temps de comprendre ce qui se passait. Un troisième homme surgit dans son dos. D'où venait-il si soudainement ? Était-ce le type au chien qui l'avait observée ? Ils se jetèrent sur elle. Plaquèrent quelque chose sur sa bouche. Elle tenta de crier, de griffer, de frapper. Puis, alors même qu'elle reprenait son souffle, elle se sentit s'évanouir. Le chiffon qu'ils pressaient sur son visage avait été imbibé de quelque chose. Elle se débattit, essaya d'échapper à leur emprise. Rien à faire. Ils étaient trop grands. Trop rapides. Trop forts.

Les hommes la traînèrent dans la voiture.

Sa dernière pensée fut qu'elle regrettait d'être venue à Stockholm.

Ville de merde.

*

Objet : B 4537-04
Bande magnétique 1237 A 0,0 - B 9,2
Copie

Dans le procès B 4537-04, le procureur contre Jorge Salinas Barrio, délit 1, interrogatoire de l'accusé, Jorge Salinas Barrio.

Le Président – Pouvez-vous donner votre version des faits ?
L'accusé – Y a pas grand-chose à dire. En fait, c'est pas moi qui utilise la réserve. Mon nom sur le contrat de location, c'est seulement pour rendre service à un pote. Vous savez, des fois, on est obligé d'aider les gens. Ça m'est arrivé de stocker quelques trucs là-bas, mais j'étais propriétaire que sur le papier. La réserve m'appartient pas. En fait, c'est à peu près tout ce que j'ai à dire.
Le président – Si c'est tout, à vous, monsieur le procureur, de poser vos questions.
Le procureur – Quand vous dites *réserve* vous parlez de l'entrepôt chez Shurgard Self-Storage au centre commercial de Kungens Kurva ?
Acc. – Ouais, c'est ça.
Proc. – Et vous dites que ce n'est pas vous qui vous en servez ?
Acc. – C'est ça. Le contrat est à mon nom, mais j'ai fait ça pour rendre service à un pote qui peut pas louer des locaux et tout ça. Il a trop de factures pas réglées. J'avais aucune idée de toute la merde qu'y avait dedans.
Proc. – Alors, à qui appartient l'entrepôt ?
Acc. – Vous savez, je peux pas le dire.
Proc. – Je me permets donc de citer la page 24 du procès-verbal de l'enquête préliminaire. Il s'agit de votre interrogatoire du 4 avril de cette année, Jorge Salinas Barrio. Je vais vous lire le quatrième paragraphe. Vous dites, je cite : « La réserve est à un homme qui s'appelle

Mrado, je crois. Il travaille pour les gros mecs, si vous voyez ce que je veux dire. C'est moi qui ai signé le contrat, mais en réalité, la réserve est à lui. » Ce sont bien vos propres paroles ?
Acc. – Non, non. C'est faux. Ça doit être un malentendu. J'ai jamais dit une chose pareille.
Proc. – Mais c'est consigné dans le procès-verbal. Il y est aussi écrit que l'interrogatoire vous a été lu ensuite, et que vous l'avez approuvé. Si on vous a mal compris, pourquoi ne l'avez-vous pas dit ?
Acc. – Ah… ben, j'avais peur. C'est pas évident d'expliquer exactement les choses pendant un interrogatoire. C'est un malentendu. Les policiers me mettaient la pression. Je savais plus quoi faire. J'ai sûrement dit ça juste pour pouvoir m'en aller. Je connais personne du nom de Mrado. Je vous jure.
Proc. – C'est étrange. Mrado nous a dit vous connaître. Et vous venez de dire que vous ne saviez pas qu'il y avait tellement de merde dans l'entrepôt. Qu'entendez-vous par « merde » ?
Acc. – De la drogue, je veux dire. La seule chose que j'ai jamais stockée là-bas, c'était environ dix grammes de cocaïne, pour mon usage personnel. J'en ai consommé pendant quelques années. Sinon, j'utilise l'entrepôt pour y mettre des meubles ou des vêtements, vu que je déménage souvent. Le reste, c'était pas à moi et je savais pas que c'était là-bas.
Proc. – À qui donc appartient la drogue ?
Acc. – Je peux pas en parler. Vous savez, je risque des représailles. Je crois que c'est celui à qui j'achète la drogue qui a mis la cocaïne là-bas. Il a la clé de l'entrepôt. La balance, en revanche, elle est à moi. Je l'utilise pour peser mes propres doses. Pour ma consommation personnelle. Mais je vends rien. J'ai un boulot, j'ai pas besoin de trafiquer.
Proc. – Qu'est-ce que vous faites comme travail ?
Acc. – Je conduis des camions. Souvent le week-end, c'est bien payé. Au noir, vous savez.

Proc. – Si je vous comprends bien, vous dites que l'entrepôt n'appartient pas à un certain Mrado mais à quelqu'un d'autre. Et cette autre personne serait votre dealer ? Mais comment trois kilos de cocaïne ont-ils atterri là-bas ? Ça représente beaucoup d'argent. Vous savez combien ça vaut dans la rue ?
Acc. – Je sais pas trop, vu que j'en vends pas. Mais ça doit faire beaucoup, un million de couronnes peut-être. Celui à qui j'achète la drogue la dépose lui-même dans l'entrepôt une fois que je l'ai payé. De cette manière, on évite le contact direct. On se fait jamais voir ensemble. On trouve que c'est un bon moyen. Mais maintenant, on dirait qu'il m'a vendu. Qu'il a fourré toute cette merde dans l'entrepôt pour que j'aille au trou.
Proc. – Reprenons depuis le début. Vous prétendez donc que l'entrepôt n'appartient pas à ce Mrado. Qu'il ne vous appartient pas non plus. Qu'il n'appartient pas non plus à votre dealer, mais qu'il s'en sert parfois pour vos transactions. Et maintenant, vous croyez que c'est lui qui stocke toute cette cocaïne là-bas. Jorge, vous pensez vraiment que nous allons vous croire ? Pourquoi votre dealer stockerait-il trois kilos de cocaïne dans un entrepôt auquel vous avez accès ? En plus, vous changez constamment de version, et vous ne donnez jamais de noms. Vous n'êtes pas crédible !
Acc. – Allez. C'est pas si compliqué, je vous ai pas bien expliqué, c'est tout. Voilà la vérité : je me sers un tout petit peu de l'entrepôt. Mon dealer ne l'utilise presque jamais. Je sais pas à qui appartient toute cette cocaïne. Mais il est assez probable que ce soit la merde de mon dealer.
Proc. – À qui sont les sachets en plastique ?
Acc. – Sans doute à mon dealer.
Proc. – Donnez-moi son nom.
Acc. – Je peux pas le dire.
Proc. – Pourquoi persistez-vous à dire que l'entrepôt ne vous appartient pas, et que la drogue qui s'y trouvait n'est pas à vous ? Tout l'indique.

Acc. – J'aurais jamais eu les moyens d'acheter autant de drogue. D'ailleurs je deale pas, je l'ai dit. Qu'est-ce que je peux vous dire d'autre ? La came est pas à moi, c'est tout.
Proc. – Le deuxième témoin dans cette affaire a mentionné un autre nom. Est-il possible que la drogue appartienne à un camarade de Mrado du nom de Radovan ? Radovan Kranjic ?
Acc. – Non, je pense pas. J'ai aucune idée de qui c'est.
Proc. – Au contraire, je crois que vous le savez très bien. Au cours de votre interrogatoire, vous avez déclaré que vous connaissiez le chef de Mrado. N'est-ce pas de Radovan que vous parliez ?
Acc. – J'ai jamais parlé de ce Mrado, c'est pas vrai. Comment je pourrais savoir de quoi vous parlez ? Hein ? Vous pouvez me le dire ?
Proc. – C'est moi qui pose les questions ici, pas vous. Qui est Radovan ?
Acc. – Je viens de dire que je sais pas.
Proc. – Essayez…
Acc. – Mais PUTAIN, je sais pas. Vous pigez ça ?
Proc. – Je viens apparemment de toucher un point sensible. Je n'ai plus de questions. Merci. Monsieur l'avocat peut maintenant poser ses questions.

*

Dans le procès B 4537-04, monsieur le procureur contre Jorge Salinas Barrio, délit 1. Suit un interrogatoire du témoin Mrado Slovovic concernant la découverte de stupéfiants dans un entrepôt du centre commercial de Kungens Kurva. Le témoin a prêté serment et a été informé de l'importance du serment. Le procureur dirige l'audition :

Proc. – Lors de l'enquête préliminaire concernant l'affaire dans laquelle est accusé Jorge Salinas Barrio, vous avez été désigné comme locataire d'un entrepôt chez Shurgard Self-Storage au centre commercial de Kungens Kurva à Skärholmen.

Quelle est la nature de votre relation avec Jorge ?
Témoin – Je connais Jorge, mais je loue aucun entrepôt. Avec Jorge, on se connaît depuis longtemps. Moi aussi, j'ai été dans la drogue, mais j'ai arrêté il y a quelques années. Des fois, je croise Jorge en ville. La dernière fois, c'était à Solna Centrum. Il m'a raconté que, maintenant, il s'occupait de ses affaires de drogue dans un entrepôt qu'il avait à l'autre bout de la ville. Il m'a dit qu'il se faisait un paquet de fric et qu'il vendait beaucoup de cocaïne.
Proc. – Il dit qu'il ne vous connaît pas.
Tém. – C'est faux. On n'est pas vraiment des copains, mais on se connaît.
Proc. – Ah. Vous souvenez-vous de la dernière fois que vous vous êtes rencontrés ? Pouvez-vous nous raconter plus en détail ce qu'il vous a dit ?
Tém. – C'était au printemps. En avril, je crois. J'étais allé à Solna pour voir quelques vieux copains. En général, j'y passe pas. En rentrant à la maison, j'ai fait un crochet par le centre-ville pour parier aux courses. Là, au PMU, je suis tombé sur Jorge. Il portait des belles fringues, je l'aurais presque pas reconnu. Vous savez, quand on était copains, il était sur la mauvaise pente, et il avait déjà le nez dans la merde.
Proc. – Et qu'est-ce qu'il a dit ?
Tém. – Il a dit que ça allait bien pour lui. Je lui ai demandé sur quoi il était. Il m'a dit qu'il faisait du bon business avec la coke. Comme j'avais arrêté tout ça, j'avais pas envie d'en entendre plus. Mais il continuait à faire son caïd. Il a dit qu'il stockait tout dans un entrepôt au sud de la ville. À Skärholmen, si je me souviens bien. Alors je lui ai demandé d'arrêter de me parler de ses magouilles. Il s'est fâché. M'a dit d'aller me faire foutre, ou un truc du genre.
Proc. – Il s'est mis en colère ?

Tém. – Ouais, il s'est mis en colère quand il a vu que ce qu'il disait me faisait chier. C'est peut-être pour ça qu'il a inventé cette histoire comme quoi j'avais quelque chose à voir avec cet entrepôt.
Proc. – A-t-il ajouté quelque chose par rapport à l'entrepôt ?
Tém. – Non, il a seulement dit qu'il gardait la came là-bas. Et que c'était à Skärholmen.
Proc. – D'accord, merci. Je n'ai plus de questions. Merci d'être venu.

PREMIÈRE PARTIE

1

Jorge Salinas Barrio avait vite appris les règles du jeu. *Numero uno* : la fermer. Pour être précis, cette règle impliquait cinq principes. Ne jamais contredire. Ne jamais rendre un regard. Rester tranquillement à sa place. Ne jamais balancer. Pour finir, tout prendre dans le cul sans broncher – sans chialer. Au sens propre.

La vie emmerdait Jorge. La vie lui cassait les burnes. La vie était dure. Mais Jorge était le plus fort – et ça, ils allaient le voir.

La taule avait absorbé son énergie. Absorbé son rire. Adieu la vie de rappeur, bonjour la vie de loser. Mais il était le seul à connaître la fin, son grand projet, sa sortie magistrale. Jorge : pas du genre à se laisser faire. Il allait sortir, se barrer, dégager de ce trou de merde. Il avait un plan. Un putain de plan.

Adios les losers.

Un an, trois mois et neuf jours qu'il était en taule. C'est-à-dire quinze bons mois de trop derrière un mur en béton de sept mètres de haut. Le plus long séjour au trou de Jorge. Avant ça, il n'avait écopé que de courtes peines. Trois mois pour vol, quatre mois pour détention de drogue, excès de vitesse et conduite en état d'ivresse. Cette fois, c'était différent : il restait assez longtemps pour se construire une vie à l'intérieur.

Österåker était ce qu'on appelle une prison de classe II, un établissement carcéral de second degré. Les détenus : principalement des trafiquants ou des consommateurs de drogue. Étroitement surveillés de l'intérieur et de l'extérieur. Rien ni personne ne pouvait entrer, sinon celles et ceux dûment autorisés. Des chiens flairaient tous les visiteurs. Des détecteurs de métaux reniflaient toutes les poches. Les gardiens humaient l'ambiance générale. Les mecs louches, fallait même pas qu'ils essaient. Ici, on ne laissait entrer que les mères, les enfants et les avocats.

Malgré tout, ils n'y arrivaient pas. L'établissement avait été, un temps, *clean* – du temps de l'ancien directeur. À présent, on jetait des sachets pleins d'herbe par-dessus le mur avec des lance-pierres. Des papas recevaient des dessins de leurs filles faits au LSD. La poudre était cachée dans des faux plafonds des pièces communes, là où les chiens n'iraient pas renifler, ou bien on l'enterrait sous le gazon de la cour. Ainsi, il fallait punir tout le monde ou personne.

Beaucoup fumaient tous les jours. Puis s'enfilaient quinze litres d'eau pour ne pas se faire choper aux tests d'urine. D'autres prenaient de l'héroïne brune. Ils restaient couchés dans leur chambre et faisaient semblant d'être malades pendant deux jours jusqu'à ce que la pisse ne trahisse plus rien.

Les gens restaient longtemps à Österåker. Des groupes se formaient. Les gardiens s'efforçaient de disperser les gangs : les Original Gangsters, les Hells Angels, les Bandidos, les Yougoslaves, la Fraternité Wolfpack, les Fittja Boys. *You name it.*

La plupart des gardiens avaient peur. Ils abandonnaient la partie et acceptaient les billets de mille qu'on leur filait dans la queue de la cantine, sur le terrain de foot, à l'atelier. La direction de la prison tentait de garder le contrôle. Disperser. Envoyer ailleurs. Mais qu'est-ce que ça changerait ? Les gangs sévissaient dans toutes les prisons. Les frontières étaient claires : race, banlieue, type de crime. Le gang des racistes n'était qu'un David parmi les Goliath. Les poids lourds, c'étaient les Hells Angels, les Bandidos, les Yougos et les OG. Reliés à l'extérieur par le gang. Toujours sur les plus gros coups. Leur devise : gagner plein de fric, ne reculer devant aucun crime, et, donc, travailler ensemble.

Les mêmes gangs dirigeaient la ville hors les murs. Les téléphones portables minuscules rendaient la chose aussi aisée que de changer de chaîne avec une télécommande. La société aurait aussi bien fait de capituler.

Jorge évitait les gangs. Mais, peu à peu, il se fit quand même des amis. Il se débrouillait. Trouvait des intérêts communs. Les Chiliens se démerdaient. Les mecs de Sollentuna se démerdaient. La plupart de ses potes dealers se démerdaient.

Il traînait avec un ancien Latino de Märsta : Rolando. Le mec était arrivé en 1984. Il venait de Santiago. Il en savait plus sur la « neige » qu'un gaucho sur la merde de cheval – sans être complètement accro. Il lui restait encore deux ans à tirer pour avoir transporté de la pâte de coca dans des flacons de shampooing. On pouvait s'en faire un pote. Déjà à l'époque, quand il habitait Sollentuna, Jorge avait entendu parler de lui. Coup de bol : ce Rolando avait des contacts avec les mecs des OG. Un bon plan pour les privilèges. Les privilèges, des articles de luxe : portables, pétards, coke si on avait du blé, magazines porno, alcool. Des tonnes de sèches.

Jorge était attiré par les gangs. Mais n'ignorait pas le danger : tu te lies à jamais. Tu te livres. Tu leur fais confiance, et c'est *eux* qui te trahissent.

Il n'oubliait pas comment il avait été grillé. Les Yougos l'avaient vendu. Laissé tomber au moment du procès. Il était en taule à cause de Radovan – putain de suceur de bite.

Ils se retrouvaient souvent au réfectoire pour bavarder. Lui, Rolando et les autres Latinos. Pas en espagnol. Ça aurait pu éveiller la méfiance des autres membres du gang. Pas de soucis : tu peux tchatcher avec tes compatriotes si t'en as envie – mais pas de manière à ce qu'*Ils* ne comprennent pas.

Ce jour-là : encore deux semaines environ avant l'exécution de son plan. La jouer tranquille. Impossible de réussir une évasion tout seul, pourtant, même Rolando ne savait encore rien. Jorge devait d'abord s'assurer qu'il était *clean*. Le mettre à l'épreuve. Vérifier si leur amitié était vraiment solide.

Rolando : ce gars-là avait choisi la voie la plus dure. Pour devenir membre des OG, il ne suffisait pas d'importer de la coca. Il fallait aussi être capable de faire cracher la merde à tous les mecs dont la tête ne revient pas à ton boss. Rolando avait accompli sa tâche : les tatouages autour des cicatrices sur ses chevilles parlaient leur langue, agressive et sans détour.

Rolando prit une bouchée de riz. Parla avec de la bouffe entre les dents : « Tu sais, la pâte a que des avantages par rapport à la poudre. C'est comme une sorte de produit intermédiaire, pas fini. On atterrit plus haut dans l'échelle. Plus obligé de dealer dans la rue. J'ai pas raison ? Tu fais des affaires avec des gens chic. Avec des gars qu'ont pas la police au cul chaque fois qu'ils font un pas. En plus, c'est beaucoup plus facile à transporter. Pas de poussière. Ça se cache plus facilement. »

Même si Jorge, avec son parcours, avait déjà entendu quelque part toutes les idées moyennement innovantes que lui glissait Rolando, la taule était la meilleure école. Jorge était aux aguets. Il apprenait. Écoutait. Au bout de quinze mois à Österåker, il connaissait le business dans ses moindres détails.

J-boy était plutôt content de lui. Au top niveau pour l'importation de cocaïne colombienne qui transitait par Londres. Où l'acheter, à quel prix, quels intermédiaires utiliser, où vendre la dope. Comment la couper sans que les camés s'en rendent compte, comment faire ses mélanges sans que les gens du quartier chic de Stureplan ne captent quoi que ce soit. Comment l'emballer. À qui graisser la patte, qui éviter, avec qui faire ami-ami. Par exemple : Radovan. Putain de merde.

Le réfectoire se prêtait bien aux conversations privées. Assez bruyant pour que personne ne puisse vraiment entendre ce qu'on disait. On s'efforçait de ne pas avoir l'air de magouiller. Pas de cachotteries. On bavardait en public, quoi.

Jorge devait arriver à orienter la conversation dans la direction qu'il voulait. Ce serait suicidaire de ne pas connaître le point de vue de Rolando.

« On en a parlé mille fois. Je sais que t'es dans le milieu. Mais je vais me tenir un peu à l'écart de la dope pendant un moment. Quand je sors d'ici, je me casse de ce pays gelé plein de nazis. Et j'ai pas prévu de devenir un de ces putains de toxicos.

— T'as raison. Faut pas consommer. Juste vendre. C'est la parole du jour. »

Il se mit prudemment à tester Rolando.

« T'as des tuyaux, toi. T'as des boss derrière toi, non ? Y a personne qui t'embête ici. Tu peux t'évader aujourd'hui si tu veux, et te débrouiller dehors.

— M'évader ? C'est pas dans mes plans pour l'instant. À propos, t'as entendu les dernières nouvelles ? Tu sais, ce gars des OG, là, Jonas Nordbåge. Il a été arrêté. »

Jorge saisit l'occasion au vol : « Je sais qui c'est. L'ex de Hannah Graaf. C'est lui qui s'est évadé de taule à Göteborg, non ?

— Exact. Le jour du jugement. Sept ans et demi pour deux hold-up avec violence. Le mec, un vrai pro des transports de fonds.

— Mais il a salement merdé cette fois.

— C'est quand même un king : il a cassé une vitre et s'est jeté du huitième étage, dix-sept mètres. Le tout cramponné à cinq draps déchirés. Joli, non ?

— Grave, mais joli. »

Continue, Jorge-boy, continue. Mène la discussion, déchiffre ce Rolando. Fais-lui dire ce qu'il pense de toi et des évasions. Sois subtil.

« Il a été arrêté comment ?

— Respect pour lui, mais il a bien merdé. Il écumait les bars de Göteborg, il en tenait une sévère. Il se cherchait une nouvelle Hannah, avec des gros nichons. Se sentait invincible. Il s'est teint les cheveux en blanc et s'est mis des lunettes de soleil. Genre, il voulait vraiment qu'on lui mette la main dessus, quoi. »

Jorge hocha la tête : débile de pas en faire plus. Il allait jouer plus finement que ça : « Il avait rien à perdre. Sans doute qu'il pensait : putain, même s'ils me prennent, j'aurais pas plus d'années de taule. Ils vont pas me coller plus de sept ans et demi.

— Mais il était pas loin de réussir. Ils l'ont arrêté à Helsingborg.

— Il a voulu se casser ?

— Apparemment. Il avait pris une chambre d'hôtel sous un faux nom. Lorsque les flics l'ont arrêté, il avait un faux passeport sur lui. Ça aurait pu marcher. D'abord, se tirer au Danemark, et après, plus loin. Il avait certainement mis du pognon quelque part. Mais quelqu'un a vendu la mèche. Dit aux flics où il était. Sans doute qu'on l'a vu dans un bar.

— Un mec qui savait qu'il voulait se faire la malle ? Un OG ?

— Désolé, Jorge, je peux pas en parler.

— Et toi ? T'aiderais un OG à s'évader ?

— Et Pamela Anderson, elle dort sur le dos ? »

Dans le mille. Jorge-boy, accroche-toi. Teste-le.

Jorge connaissait la règle : les amis au trou, c'est pas comme les amis dans la vie. Il y a d'autres lois. Une hiérarchie structurée par la force. Le temps passé derrière les barreaux compte. Le nombre de séjours en taule compte. Les cigarettes comptent, l'herbe compte un peu plus. Les services rendus tissent des relations. Ton crime compte : les violeurs et les pédophiles, aucun statut. Les toxicos et les alcooliques, tout en bas. Sévices et cambriolage, plus haut. Grands braqueurs et rois du deal, au top. Avant tout : ton affiliation compte. Rolando, selon les règles de la vie extérieure : un ami. Selon les lois de la taule : un mec qui joue une division plus haut.

Jorge but une gorgée de bière : « C'est une chose que de filer un coup de main à quelqu'un qui est déjà dehors. Mais est-ce que t'aiderais quelqu'un à s'évader ?

— Ça dépend. Du risque et tout. Je n'aiderais pas n'importe qui. Un OG, je lui filerais toujours un coup de main. Putain, *amigo*, je t'aiderais toi aussi. Tu comprends. Je ne fermerais jamais ma gueule pour un putain de skinhead ou un Wolfpack. Et ils le savent. Ils m'aideront jamais non plus. »

Jackpot.

Il y eut trois secondes de silence.

Rolando fit quelque chose que Jorge n'avait jamais vu auparavant. Il posa son couvert sur l'assiette. Lentement.

Puis un sourire apparut sur son visage et il dit : « Hé, Jorge, t'as des projets ou quoi ? »

Jorge ne sut pas quoi faire. Il rendit simplement le sourire.

En espérant que Rolando était un vrai ami, un de ceux qui ne trahissaient pas.

En même temps, il le savait : en taule, les amis obéissent à une autre loi.

2

Quatre mecs assis dans une salle de séjour, prêts pour la teuf.

JW avec ses cheveux gominés. Il savait par cœur que tout un tas d'abrutis méprisaient sa coiffure, la petite pute aux côtelettes, ils l'appelaient. Avec leurs regards haineux. Mais pourquoi se soucier de ces espèces de communistes, qui n'avaient aucune idée de la vie ?

À côté aussi le mec avait les cheveux gominés. Le troisième gars affichait un style plus court, une structure plus dense, avec toutes ses mèches soigneusement ordonnées. La coiffure séparée en son milieu par une raie finement sculptée, droite comme une règle. Look New England classique. Le dernier avait les cheveux blonds mi-longs et ses boucles se mêlaient dans un désordre charmant.

Ces mecs étaient beaux, la peau claire, les traits purs, le dos droit, un bon maintien. Ils savaient qu'ils étaient canon. Des gars qui s'y connaissent. Qui savent comment s'habiller, comment se tenir, comment se comporter. Comment attirer l'attention. Choper des meufs. Profiter des bons côtés de la vie – vingt-quatre heures sur vingt-quatre.

Le pouls qui battait dans la pièce : le bon rythme, la fête, ça, on sait la faire, aucune chance que ça foire.

Le grand soir, se dit JW. Les gars sont en forme.

Comme d'habitude, ils prenaient l'apéro chez Putte, le mec à la raie. L'appartement, un deux pièces sympa de cinquante-deux mètres carrés rue Artillerigatan : un cadeau de ses parents pour son vingtième anniversaire, deux ans auparavant. JW connaissait la famille. Le père : homme d'affaires des hautes sphères de Stenbeck qui écrasait ceux qui se trouvaient en dessous de lui. La mère : riche héritière – la famille possédait encore des maisons dans presque tout Stockholm, et cinq cents hectares de terrain agricole dans le Sörmland. Une famille respectable, quoi !

Ils avaient fini de manger. Ne restaient sur le banc de la cuisine que des emballages en polystyrène. De la bouffe à emporter du Texas Steakhouse, rue Humlegårdsgatan. Le tex-mex de luxe avec de la bonne viande.

Maintenant, ils traînaient sur le canapé.

JW se tourna vers le mec aux cheveux bouclés, qu'on surnommait Nippe, et lui demanda : « On devrait pas bientôt y aller ? »

Nippe qui, en vrai, s'appelait Niklas, regarda JW. Il répondit de sa voix aiguë de sale gosse : « La table est réservée pour minuit, alors y a pas le feu au lac.

— D'accord, dans ce cas on a le temps de se boire un autre whisky-Coca.

— Quand est-ce qu'on se sniffe encore un peu de coco ?

— Ha, ha ! Très drôle ! Vas-y mollo, Nippe, on se tirera des lignes une fois arrivés là-bas, on en profitera plus longtemps. »

Le sachet plastique avec les quatre grammes brûlait dans la poche intérieure du manteau de JW. Chaque week-end, un des gars, à tour de rôle, allait se fournir pour tous. La marchandise venait de chez un Turc, qui à son tour se fournissait chez un gangster yougoslave. JW ne savait pas qui était le big boss, mais il avait des soupçons, peut-être le grand inconnu, Radovan *himself*.

JW dit : « Les gars, ce soir j'y suis allé carrément. J'ai quatre grammes. Ça veut dire au moins un demi-gramme pour chacun d'entre nous, et assez pour inviter des filles. »

Fredrik, l'autre mec aux cheveux plaqués, but une gorgée de son cocktail. « Vous avez une idée de combien ce Turc se fait de thunes avec nous et toute la bande ?

— Il mourra pas de faim. » Nippe sourit. Fit semblant de compter des billets.

JW lança : « Qu'est-ce que vous croyez qu'il a comme marge ? Deux cents par gramme ? Cent cinquante ? »

La discussion se poursuivit sur d'autres sujets, plus ordinaires. JW les voyait venir. Les potes. Les gonzesses. Moët & Chandon. Comme d'habitude. Ils auraient très bien pu parler d'autre chose, ce n'étaient pas des ploucs, non : c'étaient des gagnants, qui avaient la tchatche. Mais leurs intérêts ne se dispersaient pas plus que nécessaire.

À la fin, ils en vinrent à parler de projets.

« Vous savez, il faut pas tant d'argent que ça pour mettre sur pied une société anonyme, dit Fredrik. Cent mille couronnes suffisent, c'est le capital minimum, je crois. Si on a une bonne idée, on pourrait se lancer. Tenter quelques petites transactions, enregistrer un nom d'entreprise hype, former une direction et désigner un président. Mais avant tout, acheter des trucs hors taxe et tout. Ça serait pas mythique ? »

Dans sa tête, JW fit une analyse rapide de Fredrik. Ce mec ne s'intéressait pas du tout aux autres, ce qui était d'une certaine manière assez pratique : il ne voulait même pas savoir d'où venait JW, ni quoi que ce soit sur lui. La plupart du temps, il parlait de lui-même, de produits, de marques ou de bateaux.

JW vida son whisky-Coca puis se servit un gin tonic. « Mortel. Qui nous file les cent mille couronnes ? »

Nippe l'interrompit : « Ça se trouve toujours quelque part, non ? Moi, j'aime bien cette idée. »

Silence de JW. Il réfléchit où il pourrait trouver cent mille couronnes, et il connaissait déjà la réponse. Nulle part. Il ne laissa rien paraître. Joua le jeu. Ricana.

Nippe changea de disque. Putte posa ses pieds sur la table basse, et alluma une Marlboro Light. Fredrik, qui venait d'acheter une Patek Philippe, tripota le bracelet et déclara à haute voix en s'adressant à lui-même : « *You never actually own a Patek Philippe, you merely look after it for the next generation*[1]. »

Dans la chaîne hi-fi : Magnus Uggla, volume à fond. Tout le monde sur le même *beat*. Uggla, c'était le roi. Il écrasait tout et tout le monde. « Et ceux qui disent que j'emmerde le monde, je les emmerde. » La bonne attitude. Pourquoi il faudrait s'occuper de l'avis d'un tas de cons ?

JW adorait ces apéros. Les sujets de conversation. L'ambiance. Ces mecs avaient la classe. Beaux gosses. Toujours bien habillés.

Des chemises Paul Smith et Dior, une autre sur mesure chez un couturier de la Jermyn Street à Londres. Une française, APC, à col américain et doubles manchettes. En bas, deux des

1. « Tu ne possèdes jamais une Patek Philippe, tu ne fais que la garder pour la génération suivante. » *(N.d.T.)*

mecs portaient des jeans Acne. Le troisième, un Gucci : avec des ourlets tarabiscotés sur les poches revolver. Un autre avait un pantalon noir en velours. Des vestes chic. La collection printemps de Balenciaga, deux rangées de boutons, brune, assez courte, le modèle queue-de-pie. Et une Dior à rayures blanches, le modèle étroit avec deux poches d'un côté. Une sur mesure d'un couturier de la Savile Row à Londres ; des ourlets prononcés sur les bords du col, et une doublure rouge. De la laine en Super 150, ce qui se faisait de mieux sur le marché. Les caractéristiques d'un beau veston : la souplesse de la doublure, pour qu'elle ne s'use pas. La doublure de cette veste était plus douce, plus souple, et avait une meilleure coupe que tout ce qu'on peut trouver dans les boutiques suédoises.

Un seul mec ne portait pas de veste. JW se demanda pourquoi.

Pour finir, les chaussures : Tod's, Marc Jacobs, Gucci avec la fameuse boucle en or, les chaussures en caoutchouc de Prada, avec leur logo rouge sur la semelle, dans le talon. À l'origine, le logo du voilier Prada pour la Coupe du monde.

Sur les ceintures en cuir, noires, élégantes : Hugo Boss. Gucci. Louis Vuitton. Corneliani.

JW estima la valeur totale : soixante-douze mille trois cents couronnes. Sans compter les montres, les chevalières, les boutons de manchette. Pas mal.

Sur la table, du Jack Daniels, de la Vodka à la vanille, un peu de gin, une demi-bouteille de Schweppes Tonic, du Coca et une carafe presque pleine de jus de pomme – quelqu'un avait pensé se préparer de l'Apple Martini, mais n'en avait bu qu'un verre.

Tout le monde sur la même longueur d'onde : on n'allait pas se soûler ici. On se bourrerait la gueule au bar. Au Kharma, une table les attendait. Avec des filles.

Cette ambiance, cette chaleur, cette unité. Voilà des mecs bien. La nuit stockholmoise, leur terrain de chasse.

Il scanna la pièce du regard. Plus de trois mètres de hauteur sous plafond. Des grosses couches de stuc. Deux fauteuils et un canapé gris. Un tapis, et pas du bas de gamme : quatre cent mille petits nœuds serrés par un gamin enchaîné quelque part. Quelques *Slitz*, *Café*, des magazines de bateaux et de sports mécaniques éparpillés sur le canapé. Trois étagères basses venues des Galeries Nordiques s'alignaient le long d'un des murs. L'une était remplie de disques, de cassettes vidéo et de DVD. Sur l'autre, la chaîne hi-fi, une Pioneer – petite mais, avec les quatre mini haut-parleurs installés aux coins de la pièce, un bon son.

La dernière étagère était pleine de livres, de magazines et de classeurs. Parmi les livres, on pouvait trouver l'almanach de la noblesse, les œuvres complètes de Strindberg et des annuaires de l'école. Les Strindberg ne pouvaient être qu'un cadeau des parents de Putte.

La télé était immense, écran plat, et sacrément chère.

Tous avaient gardé leurs chaussures, respectant la règle. Ligne de partage des eaux dans ce monde intérieur et constat général : il y a trois sortes de mecs. Celui qui entre en gardant ses chaussures, adoptant la bonne attitude – qu'y a-t-il de pire que de se promener en fringues chic, et en chaussettes ? Celui du genre pas sûr de lui, qui regarde ce que font les autres, en se disant que peut-être il gardera ses chaussures, si les autres les gardent. Froussard, dégonflé. Enfin, troisième genre, celui qui croit qu'il faut toujours les enlever, et qui se promène sans bruit avec ses chaussettes pleines de sueur, celui-là ne peut s'en prendre qu'à lui-même.

JW détestait les gens qui marchaient en chaussettes. Pis, en chaussettes trouées. Pour lui, la solution était simple : une balle dans la nuque. Les orteils nus le dégoûtaient. Si typiquement suédois. Lourd. Un authentique signe de médiocrité. Synthèse des règles du monde des chaussettes : garder ses chaussures, ne jamais porter de chaussettes en laine, et faire attention à ce qu'il n'y ait jamais d'espace entre le pantalon et les chaussettes. La couleur, noir, ou peut-être des chaussettes bien criardes : pour contraster avec un style plutôt sobre.

Par sécurité, JW portait des chaussettes montantes. Noires. Burlington, toujours. Sa devise : si toutes tes chaussettes sont pareilles, elles sont beaucoup plus facile à trier après le lavage.

Le plan pour la soirée était simple. Le bar : un atout de taille. Ils remplissaient facilement les conditions pour avoir une table. Il suffisait de cracher six mille couronnes.

Ensuite, il ne restait plus qu'à tracer. Boire, sniffer, boire, reluquer les filles, peut-être danser un poil, se taper la discute, draguer, déboutonner un peu plus sa chemise, commander du champagne, devenir plus entreprenant, sniffer une fois de plus. Baiser.

JW n'arrivait pas à changer de sujet. Il y revenait encore et toujours. Les questions germaient dans sa tête. Combien pouvait gagner leur dealer turc ? Est-ce qu'il bossait du matin au soir ? À quel point était-ce dangereux ? À qui est-ce qu'il achetait ? À combien se montait sa marge ? Comment est-ce qu'il recrutait ses clients ?

Il dit : « Alors, combien il se fait par mois, d'après vous ? »

Fredrik, étonné : « Qui ça ?

— Le Turc. Celui à qui on achète la C. C'est un petit Gekko ou quoi ? »

C'était une habitude chez les boys de se référer à *Wall Street.* JW avait vu le film plus de dix fois. Savourait chaque seconde de simplicité avec avidité.

Nippe grogna : « Putain, c'est pas possible, tu parles tout le temps de fric ! À quoi ça te sert ? C'est clair qu'il est pas pauvre, mais il ressemble à quoi ? T'as déjà vu ses fringues ? Une veste en cuir crado de chez Roco-Baroco ou un truc du genre. Une grosse chaîne en or de manouche qui lui pend devant, un pantalon mou chopé chez un grossiste, une chemise mal coupée. Un vrai clodo, quoi. »

JW s'esclaffa.

Ils changèrent de sujet.

Deux minutes plus tard, le téléphone de Putte sonna. En même temps qu'il parlait, l'appareil pressé contre l'oreille, il souriait grassement aux gars. JW n'entendait pas ce qu'il disait.

Putte raccrocha. « Les gars, j'ai une petite surprise pour nous ce soir. Ils cherchent juste une place pour se garer. »

JW ne savait pas du tout de quoi il parlait. Les autres ricanèrent.

Cinq minutes passèrent.

On sonna à la porte.

Putte alla ouvrir. Les autres restèrent dans la salle de séjour. Nippe baissa la musique.

Une grande fille en manteau et une armoire à glace en veste en jean entrèrent dans la pièce.

Putte rayonnait : « *Voilà* de quoi nous échauffer ce soir. »

La fille se dirigea vers la chaîne hi-fi avec une démarche de mannequin. D'un pas confiant et assuré, presque en glissant, sur des talons aiguilles moitié aussi hauts que la tour de Kaknäs.

Elle n'avait pas plus de vingt ans. Des cheveux bruns raides comme des flèches. JW se demanda : une perruque ?

Elle changea de disque. Monta le son.

Kylie Minogue : « You'll never get to heaven if you're scared of gettin' high. »

La fille ôta son manteau. En dessous, elle ne portait qu'un soutien-gorge noir, un string et des jarretelles.

Elle se mit à danser sur la musique. Excitante. Provocante.

Elle jouait les prudes. Souriait aux gars comme si elle distribuait des bonbons. Se déhanchait, faisait glisser sa langue sur ses lèvres en posant un pied sur la table basse. Elle se pencha en avant et regarda JW dans les yeux. Il se racla la gorge. Cria : « D'enfer le bonus, Putte ! Elle est plus mignonne que celle qu'on a eue avant l'été. »

La stripteaseuse bougeait en rythme sur la musique. Elle se caressa entre les jambes. Les gars hurlèrent. Elle s'approcha de Putte, l'embrassa sur la joue, lui lécha l'oreille. Il tenta de lui taper sur le cul. Elle recula en dansant, les mains sur les fesses. Avançait et mordait sa lèvre inférieure, en rythme. Défit son soutien-gorge et le lança vers l'armoire à glace qui se tenait sans bouger contre un des murs. La musique continua à résonner. Elle fit des mouvements de plus en plus rapides. Se frotta. Ses seins sautillaient. Les mecs l'observaient comme en transe.

Elle attrapa son string. Le descendit, le remonta. Posa encore une fois le pied sur la table basse. Se pencha en avant.

JW bandait.

Le show continua encore cinq minutes.

De mieux en mieux.

À la fin, Nippe lâcha en plaisantant : « J'ai jamais rien vu d'aussi beau depuis ma confirmation. »

Dans l'entrée, Putte s'occupa du paiement. JW se demanda combien ça coûtait.

La stripteaseuse et son gorille partis, ils se versèrent chacun un dernier verre et remirent le CD de Uggla. Partagèrent leurs impressions.

JW voulut descendre en ville : « Allez, les gars. On y va à pied, non ? »

Putte hurla : « T'es barje ? On prend un taxi ! »

C'était le moment de bouger.

Putte appela un taxi.

JW se demanda s'il allait avoir les moyens de traîner toute la nuit avec les gars.

Uggla braillait dans les haut-parleurs :

Quand on est dans la place, c'est le carnage.
On emballe, on défonce et on dégage.

3

La salle de gym : un nid à Serbes. Bourrés d'anabolisants. Une écurie à videurs. Et, *must du must* : la présence de Radovan, planant sur les lieux.

Mrado fréquentait le Fitness Club depuis quatre ans.

Il aimait l'endroit, bien que le matériel soit plutôt déglingué. Du matériel Nordic Gym – une vieille marque. Des murs pas très propres. Déco kitsch de salle de gym. Deux pots en fausse terre avec des plantes en plastique. Rien à foutre. Les haltères et la clientèle, voilà ce qui comptait. Eurosport en boucle sur une télé fixée au mur devant les deux vélos d'appartement. De la techno en permanence dans les haut-parleurs. Arnold Schwarzenegger sur des affiches de 1992, Ove Rytter en 1994 aux Championnats du monde de bodybuilding. Deux posters de Christel Hansson, la fille aux tablettes de chocolat et nichons en silicone. Sexy ? Pas le genre de Mrado.

Des mecs solides. Mais pas les pires accros de la compétition – ceux-là n'étaient pas de la même trempe.

Des mecs qui s'occupaient de leur corps, de leur taille et de leur masse musculaire, mais qui, en même temps, avaient compris qu'il y avait dans la vie des choses plus importantes que la musculation. Le travail. L'honneur. De bons investissements. Et, priorité des priorités : Mr R.

Radovan possédait trente-trois pour cent du club. Une affaire florissante. Ouvert toute l'année 24 heures sur 24. Même la nuit du nouvel an. Mrado avait déjà vu des gars se déchirer devant les miroirs le soir du 31. Soulever quelques kilos de plus alors que le reste du pays buvait du mousseux devant des feux d'artifice. Mrado n'allait jamais à ce genre de soirées. Il devait s'occuper de son activité. Ses horaires : 21 h 30 – 23 heures. À cette heure-là, la salle était parfaite.

En plus, l'endroit avait plusieurs fonctions. Base de recrutement. Puits d'informations. Camp d'entraînement. Mrado gardait un œil sur ses bœufs.

Dans les vestiaires tout de suite après l'entraînement – l'un des meilleurs moments de la journée pour Mrado. Le corps encore chaud, les cheveux mouillés. La vapeur des douches. L'odeur du shampooing et du déodorant. La douleur dans les muscles.

Détente.

Il enfila sa chemise. La laissa déboutonnée. Le cou de Mrado était plus large que le plus grand col de chemise. On appelle ça un collier de bœuf.

La séance du jour : dorsaux, quadriceps fémoraux et biceps. L'appareil pour le dos. De lentes tractions avec le grand dorsal. Surtout ne pas tirer avec les bras. Ensuite, des abdos. Un exercice pour la partie inférieure du dos. Puis les cuisses. Trois cent cinquante kilos sur la barre. Sur le dos, poussant vers le haut. Certains disaient que l'angle entre le mollet et le pied ne devait pas changer. Selon Mrado, c'était de la tchatche pour débutants – une fois la jambe tendue, celui qui sait ce qu'il fait pousse un peu plus avec les pieds. Une transmission maximale. Concentration. À deux doigts de se chier dessus.

Pour finir : les biceps. Le muscle des muscles. Mrado ne soulevait que des haltères.

Demain, la nuque, les triceps et l'arrière des cuisses. Tous les jours, les abdos. Ceux-là, on ne pouvait jamais en faire trop.

Le bloc-notes où il marquait chaque séance se trouvait à la réception. Objectif déclaré de Mrado : passer de cent vingt à cent trente kilos de muscles avant février. Après, changer de stratégie. Jeûner. Brûler la graisse. En été, que des muscles. Rien que des muscles, sans graisse sous la peau. Le corps parfait.

Il s'entraînait aussi ailleurs, au club de combat Pancrease Gym. Une ou deux fois par semaine. La mauvaise conscience le travaillait. Il devrait y aller plus souvent. C'était important de se construire une musculature, oui. Mais la force devait servir à quelque chose. L'outil de travail de Mrado : l'intimidation. Sa taille était déjà un atout. Mais ce qui lui permettait d'aller encore plus loin, c'est ce qu'il apprenait au Pancrease : briser les os.

Il avait l'habitude de rester vingt minutes dans les vestiaires. S'imprégner de cette solidarité spéciale qui règne entre mecs dans une salle de gym. Ils se croisent, font des signes de tête complices, échangent des phrases sur le planning d'entraînement du jour. Deviennent amis. Ici, en plus : des hommes de Radovan en veux-tu, en voilà.

Sujets de conversation typiques de ces mecs : la nouvelle BMW série 5. Un échange de tirs à Söder pendant le week-end. Les dernières méthodes en vue pour travailler les triceps.

Deux gars mangeaient du thon directement dans des boîtes de cinq cents grammes. Un troisième sirotait une boisson protéinée de couleur grise. Un autre mangeait une PowerBar. Le but était d'assimiler autant de protéines que possible tout de suite après la séance. Revigorer les cellules musculaires détruites pour les faire croître encore.

Un visage inconnu parmi les gars, un nouveau.

Mrado était grand. Le nouveau gars : gigantesque.

Se fichait de la règle habituelle : venir quelquefois, se tenir à l'écart. Capter l'ambiance. Montrer de l'humilité. Montrer du respect. Celui-là, le géant, s'était assis au beau milieu des gars. À croire qu'il appartenait à la bande. Au moins, il la fermait pour l'instant.

Mrado mit ses chaussettes. Attendit. Il les mettait toujours à la fin. Voulait avoir les pieds bien secs.

« J'ai un boulot ce week-end si ça intéresse quelqu'un.

— Et c'est quoi ? » demanda Patrik. Suédois. Ex-skinhead qui avait quitté les siens un an plus tôt pour travailler avec Mrado. Ses tatouages nationalistes, c'était de la démence. Difficiles à distinguer les uns des autres. Une espèce de sauce verte.

« Rien de démentiel. J'ai juste besoin d'un coup de main. Comme d'hab.

— Mais putain, comment tu veux qu'on bosse pour toi si tu nous dis pas ce que c'est ?

— Calme-toi, Patrik. Tu vas encore te chier dessus si tu commences à t'énerver. Je viens de te dire que ce serait comme d'hab.

— OK, Mrado. C'était juste pour savoir. *Sorry*. De quoi on parle ?

— J'ai besoin d'aide pour encaisser un peu en ville, vous connaissez mes endroits. »

Ratko, compatriote, ami et bras droit de Mrado, fronça les sourcils. « Encaisser ? Plus que d'habitude ? Ils paient pas chaque week-end ce qu'ils te doivent ? »

« La plupart, si. Mais pas tous. Tu sais bien comment c'est. Et peut-être qu'il y a des nouveaux bars avec qui on pourra bosser. »

Mahmud, un des rares Arabes du club, se mettait du gel sur les cheveux. « Désolé, Mrado, faut que je m'entraîne. Une séance de rab toutes les nuits. »

Mrado répondit : « Tu t'entraînes trop. Tu sais ce que Ratko a coutume de dire. Il y a deux choses qui peuvent t'égratigner le cul : être obligé de se laisser enculer en taule parce qu'on est trop nain, et se chier dessus après avoir poussé trop fort à la musculation. »

Ratko ricana. « Le boulot, ça va prendre toute la nuit ?

— Je crois que ça peut durer un moment. Tu viens, Ratko ? Toi, Patrik ? Quelqu'un d'autre ? J'ai juste besoin de quelqu'un pour assurer mes arrières. Vous savez, pour pas me pointer tout seul. »

Personne d'autre ne se proposa.

Le gigantesque inconnu ouvrit la bouche : « Avec ta putain de taille de guêpe, t'aurais besoin de te pointer avec toute une armée. »

Silence dans les vestiaires.

Deux possibilités. Le géant se croyait drôle, tentait de s'intégrer à la bande. Ou bien il faisait de la provoc. Cherchait la confrontation.

Mrado regarda droit devant lui. Sans broncher. On entendit le bruit de la musique en haut dans la salle de musculation. Mrado : l'homme qui pouvait écraser tout un club de bodybuilders.

« T'es un grand garçon. Je l'avoue. Mais te la pète pas trop.

— Et pourquoi ? C'est interdit de faire une blague ici ou quoi ?

— Te la pète pas trop. »

Ratko tenta de calmer le jeu. « Écoute, toi, t'emballe pas. Bien sûr qu'on peut faire des blagues, mais… »

Le géant l'interrompit. « Va te faire enculer ! Je rigole quand je veux et où je veux ! »

Silence de mort dans les vestiaires.

Même pensée dans toutes les têtes : le nouveau joue à la roulette russe.

Même question dans tous les crânes : il veut quitter le club les pieds devant ?

Mrado se leva. Mit sa veste. « Mon gars, vaut mieux pour toi que tu ailles faire ce que tu es venu faire ici. »

Mrado quitta les vestiaires.

L'air dégagé. Tranquille. Pondéré.

Douze minutes plus tard. En haut, dans la salle de musculation. Le géant devant le miroir. Un haltère de quarante-cinq kilos dans chaque main. Se balançait légèrement au rythme de ses mouvements. Les veines comme des vers le long des avant-bras. Les biceps gros comme des ballons de foot. Arnold Schwarzenegger – va prendre ta douche.

Le gars souleva les haltères. Grogna. Gémit.

Compta. Six, sept…

Il était 23 h 30. Une heure où la salle était habituellement vide.

… huit, neuf, dix…

Patrik montait les marches. Parlait avec Mrado. Il lui dit : « Vendredi, pour le boulot, je suis disponible. Mais je t'appelle encore d'ici là. Ça marche ?

— C'est sympa, Patrik. Je compte sur toi. On en reparle quand tu appelles. »

… onze, douze. Pause. Une minute. Sans laisser les muscles se contracter.

Mrado s'approcha du géant. Se posa à côté de lui. Le fixa. Les bras croisés.

Le géant l'ignora. Recommença à compter. Geignit.

Un, deux, trois…

Mrado s'empara d'un haltère de vingt-cinq kilos. Le monta deux fois en rythme avec le géant. Lourd pour ses biceps encore fatigués par l'entraînement.

… quatre, cinq.

Laissa tomber l'haltère sur le pied du géant.

Il cria comme un cochon qu'on égorge. Laissa échapper ses haltères. Saisit son pied. Sauta sur une jambe. Les larmes aux yeux.

Mrado pensa : imbécile. Au lieu de faire ça, t'aurais mieux fait de faire un pas en arrière, et de te mettre en garde.

Mrado donna un grand coup de pied dans l'autre jambe du gars. Cent cinquante kilos s'écroulèrent sur le sol. Mrado sur lui. Plus vite qu'on aurait pu s'y attendre. Tourna le dos à la fenêtre. Sortit son revolver. Smith & Wesson Sigma .38. Petit, mais Mrado le trouvait pratique parce qu'il pouvait le planquer sous un manteau.

Ceux qui étaient à l'extérieur ne pouvaient pas voir se qui se passait. Dégainer une arme à feu – c'était pas son genre à Mrado. Encore moins dans une salle de musculation.

Le canon enfoncé dans la bouche du géant.

Mrado arma son flingue. « Écoute-moi bien, mon petit. Je m'appelle Mrado Slovovic. Ici, c'est notre club. Ne fous plus jamais les pieds ici. Si tu veux les garder, je veux dire. »

Le géant, aussi *has been* qu'une star de télé trois mois après la fin de sa série, comprit qu'il avait merdé.

Peut-être que ça suffit comme ça.

Peut-être qu'on peut s'arrêter là.

Mrado se releva. Pointa l'arme vers le bas. Visa le géant. Dos à la fenêtre. Indispensable. Le géant toujours par terre. Mrado marcha sur son pied douloureux – les cent vingt kilos de Mrado sur des orteils qui venaient d'être cassés.

Le géant geignit. N'osa pas s'esquiver.

Mrado nota : était-ce une larme qu'il voyait dans le coin de son œil ?

Il dit : « Allez, ma jolie, il est temps de ramener tes os chez toi ! »

Rideau.

4

Les nuits étaient looooongues, putain…

Enfermé dans une cellule de 8 heures du soir à 7 heures du matin, ça laissait pas mal de temps pour réfléchir. Un an, trois mois et, à présent, seize jours en taule. Impossible de s'évader, qu'ils disaient. Foutaises.

Jorge marchait comme sur des clous. Avait envie d'une cigarette. Dormait mal. Courait sans cesse aux chiottes. Les gardiens devenaient fous à force de devoir lui ouvrir la porte chaque fois.

Il passait ses nuits interminables à ressasser des pensées qui le ramenaient à des souvenirs tragiques.

Il revoyait Paola, sa sœur. Tout allait bien pour elle à l'université. Elle avait choisi une autre vie. Le *style suédois* et la sécurité. Il l'adorait. Ruminait les mots qu'il lui dirait une fois en liberté, une fois qu'il la verrait en vrai, plus seulement en photo au-dessus de son lit.

Il pensa à sa mère.

Refusa de penser à Rodriguez.

Pensa à plusieurs plans. Pensa au Plan. Avant tout : s'entraîner plus que tout le monde.

Tous les jours, il faisait vingt fois le tour de l'enceinte de la prison, soit huit kilomètres. Tous les deux jours : une séance dans la salle de gym. Extrême priorité aux jambes. L'avant et l'arrière des cuisses, des mollets. S'exercer aux machines. Consciencieusement. Après, s'étirer soigneusement. Les autres croyaient qu'il était devenu dingue. Ses objectifs : quatre cents mètres en moins de cinquante secondes, trois kilomètres en moins de onze minutes. C'était d'autant plus à sa portée qu'il fumait moins à présent.

Le terrain était bien entretenu. L'herbe bien coupée. Les buissons bas. Pas de grands arbres. Risque trop évident. Des sentiers autour du bâtiment. Bon pour ses genoux pendant l'entraînement à la course. De larges bandes de gazon. Deux buts de football. Un petit terrain de basket. Quelques bancs pour faire de la musculation en plein air. Ç'aurait pu être un campus d'université sympa. Seul truc qui détruisait l'illusion : un mur de sept mètres.

La course. Le truc de Jorge. Son corps était aussi athlétique que celui d'un guérillero, pas de gros muscles, pas de graisse inutile. Des veines bien visibles sur les avant-bras. Au lycée, une infirmière lui avait dit une fois qu'il était le rêve de tout centre de don du sang. Jorge, jeune et con, lui avait dit qu'avec son physique de grosse vache, elle pouvait aller rêver ailleurs. Pas de bilan de santé pour lui cette fois-là.

Ses cheveux étaient droit-brun-foncé – peignés vers l'arrière. Ses yeux : brun clair. Malgré ses séjours en taule, une espèce d'innocence dans le regard. Quand c'était d'actualité, ç'avait été un avantage pour vendre de la neige.

La semaine, ils travaillaient dans les ateliers. Ils n'étaient autorisés à sortir que deux fois par jour : une heure pendant le déjeuner, et de 5 heures à 7 heures, au moment du dîner. Ensuite : la clé dans la serrure et *basta*. Plus que quatre murs. Le week-end, ils pouvaient sortir plus longtemps. Les autres se passaient de balles. Soulevaient des poids. Traînaient avec les gangs. Fumaient, s'embrouillaient, et se roulaient des joints quand les gardiens regardaient ailleurs. Jorge, lui, s'entraînait.

Il avait commencé à prendre des cours par correspondance à Komvux, l'université populaire. La direction de la prison voyait ça d'un bon œil. Ça lui donnait une raison valable pour passer certains moments seul. Chaque soir, de 5 à 7, il restait dans sa cellule à lire, la porte ouverte. Une comédie qui marchait à fond. Les gardiens hochaient la tête, bienveillants. *Putos*.

La cellule était petite : six mètres carrés peints en brun clair, une fenêtre de cinquante centimètres carrés. Trois barreaux horizontaux en acier peints en blanc avec un interstice de vingt-deux centimètres empêchaient toute évasion. Même si Ioan Ursut, le roi, y était parvenu. Il n'avait rien mangé pendant trois mois, puis s'était enduit de beurre. Jorge se demandait quelle partie du corps, la tête ou les épaules, avait été la plus difficile à faire passer.

L'équipement était spartiate. Un lit avec un mince matelas en caoutchouc, un bureau surplombé de deux étagères et une chaise à croisillons qui allait avec, une armoire et un coin pour poser son chapeau. Pas de place pour cacher quoi que ce soit. Une latte pour accrocher des posters longeait tout le mur. Rien ne devait être collé directement sur le mur – le risque qu'on cache des drogues ou autre chose derrière était trop grand. Jorge y avait suspendu la photo de sa sœur et un poster. Un classique en noir et blanc : le Che avec sa barbe hirsute et un béret.

Les gardiens fouillaient la cellule au moins deux fois par semaine. Cherchaient des drogues, de l'alcool ou de grands objets en métal. Autant nager à contre-courant. L'endroit foisonnait de marijuana, de schnaps distillé au noir et de cachets de Subutex.

Son environnement le rendait claustrophobe. Parfois, pourtant, il planait, littéralement sur un nuage – l'idée de l'évasion était comme un méga trip. Entre-temps, il se comportait à la manière d'un putain de camé qui se pique aux toilettes. Il évitait tout contact. Dangereux, inutile. Un soupçon au sujet de son plan et tout pouvait être fini – il y avait des traîtres qui suçaient les couilles des gardiens.

Il pensa à son enfance. Aux professeurs de Sollentuna, tous des racistes derrière leur masque de braves gens. Aux assistantes sociales lesbiennes, aux profs lâches et aux flics qui se la pétaient : toutes les conditions pour qu'un garçon des banlieues choisisse le monde du crime. Ils ne savaient rien de la Vie, putain. La justice soumise aux lois des gangs. Mais Jorge ne s'était jamais plaint. Surtout pas maintenant. Bientôt, il serait à nouveau dehors.

Il réfléchissait au trafic de cocaïne. Réunissait des cartes de visite. Analysait. Combinait des idées. Se rencardait auprès de Rolando et des autres.

Il faisait des rêves bizarres. Dormait mal. Tentait de lire. Se branlait. Eminem, The Latin Kings et Santana à fond dans les oreilles. L'entraînement, comme une obsession. Se branlait, encore.

Les heures passaient comme des jours.

Jorge partait en reconnaissance. S'organisait. Apprenait. Vacillait entre l'impatience joyeuse et les regrets. Se prenait plus que jamais au sérieux. De toute sa vie, il n'avait encore jamais autant focalisé ses pensées sur une seule chose. Il fallait que ça marche.

Jorge ne connaissait personne à l'extérieur qui soit prêt à prendre de gros risques. Conséquence : il était contraint d'endosser seul la plupart des enjeux. Mais pas tout.

Rolando n'avait plus fait référence à leur discussion sur les évasions dans le réfectoire. Apparemment, on pouvait se fier à lui. S'il avait mouchardé, tout Österåker serait déjà au parfum. Mais il faudrait le mettre à l'épreuve une nouvelle fois. Pour voir s'il pouvait vraiment lui révéler une partie de son plan. De toute façon, il aurait besoin de son aide.

Premier véritable problème : il fallait qu'il parle à certaines personnes, et qu'il prépare le matos. Il fallait qu'il passe quelques heures à l'extérieur de la prison. Österåker n'accordait plus de permissions ordinaires. En revanche, les prisonniers pouvaient bénéficier de permissions surveillées s'ils avaient des raisons particulières. Jorge avait fait sa demande deux mois plus tôt. Avait dû remplir le formulaire 426a. Avait indiqué « étudier et voir de la famille » comme motivation. Ça semblait ne poser aucun problème. En plus, c'était vrai.

Ils appréciaient ses études. Se réjouissaient qu'il ne fasse pas partie d'un gang. Il était considéré comme un bon élément. Rien ne clochait chez lui. Il ne se droguait pas. Ne se battait pas. Obéissant, sans être un pédé.

Ils lui avaient accordé un jour, le 21 août, pour ses études et rencontrer sa famille. Il serait même autorisé à faire des courses et voir des amis. Son premier jour hors des murs depuis le début de son incarcération. Ce serait une journée agitée. Fantastique. S'il voulait que son plan marche, il devait faire un bon boulot. Il n'était pas question que Jorge pourrisse à Österåker le restant de ses jours.

Le seul hic : pour ces permissions surveillées, on était toujours accompagné de trois gardiens.

Puis vint le jour J. Douze heures d'hystérie soigneusement planifiée.

À 9 heures du matin, Jorge et les gardiens montèrent dans le fourgon de la prison pour aller à Stockholm. Direction la bibliothèque municipale.

Jorge raconta des blagues.

Ils rigolèrent.

L'ambiance était bonne dans le minibus.
Un bon départ pour la journée.

Cinquante minutes plus tard, ils se garaient en ville.
Rue Odengatan.
Ils descendirent.
Montèrent les marches menant à l'entrée de la bibliothèque municipale.
À l'intérieur : une coupole. Jorge mata le toit. Les gardiens louchèrent vers lui. Un fana d'architecture ou quoi ?
Il demanda à voir Riitta Lundberg. La superbibliothécaire. Il lui avait déjà parlé au téléphone, lui avait débité son speech : qu'il était en prison et qu'il prenait des cours par correspondance à Komvux. Qu'il avait besoin de bonnes notes au bac pour pouvoir commencer une nouvelle vie après sa sortie. Le grand jeu, les violons. Il était en train d'écrire un mémoire sur l'histoire d'Österåker et de ses environs, le passé de ce monument historique.
Riitta apparut. Elle correspondait au tableau que Jorge s'était fait d'elle : communiste-académique dans un pull tricoté. Un collier qui ressemblait à un cône laqué. Une caricature ambulante de bibliothécaire.
Les gardiens se séparèrent sous la coupole. S'assirent près des sorties. L'observèrent de loin.
Jorge prit sa voix de velours. Camoufla son accent de banlieue : « Bonjour, Riitta Lundberg ? Je suis Jorge. Nous nous sommes parlé au téléphone.
— Oui, tout à fait. C'est donc vous qui écrivez un mémoire sur l'histoire d'Österåker ?
— C'est ça. Je trouve que c'est une région très intéressante, habitée depuis des milliers d'années. » Jorge s'était documenté. Il y avait des brochures à la prison. On pouvait emprunter certains livres à la bibliothèque du trou. Il avait l'impression d'être un marionnettiste tirant ses ficelles avec agilité.
Pourvu que les gardiens n'entendent rien.
Elle avala la pilule. Depuis son coup de fil, elle avait déjà préparé ce qu'il lui fallait. Quelques bouquins sur le bâtiment. Mais avant tout – des cartes et des photos aériennes.
Chère Riitta.
Les gardiens s'assurèrent que les fenêtres de la salle de lecture étaient suffisamment éloignées du sol. Puis ils s'assirent dans la grande salle, près de la sortie.

Tout était calme. Ils captaient *nada*.

Trois heures de combat intellectuel avec les cartes et les photos. Il n'avait pas l'habitude de lire ce genre de documents. Mais il avait fait ses devoirs. Ces dernières semaines, il avait étudié des cartes dans les annuaires et les atlas de la bibliothèque de la prison pour se familiariser avec leur système. Regrettant d'avoir séché les cours de géographie à l'école.

Il étala tous les documents devant lui. Demanda une règle. Procéda carte par carte. Vue aérienne par vue aérienne. Choisit les cartes qui indiquaient le mieux le terrain et les sentiers. Choisit les photos les plus détaillées. Chercha les chemins et les clairières les plus proches, les sentiers les plus visibles. Étudia les postes de garde qu'il connaissait, leurs emplacements, et les distances qui les séparaient. Vérifia l'accès aux autoroutes. Les différents trajets possibles. Se familiarisa avec les signes qui marquaient le sol sablonneux, l'altitude, la forêt. Vit que le sol était ferme. Mesura. Divisa. Réfléchit. Marqua. Jugea.

Lequel de ces chemins le mènerait le plus sûrement dehors ?

L'intérieur : deux bâtiments principaux à un étage qui abritaient les cellules des prisonniers, et une maison à deux étages avec les ateliers où travaillaient les détenus, et la salle à manger. En plus, il y avait une infirmerie, l'immeuble des gardiens à plusieurs étages, leur salle à manger, et les parloirs. Entre ces derniers et les autres, encore un mur.

L'extérieur de la prison : une partie d'environ trente mètres était déboisée, à part quelques bosquets, buissons et petits arbres tout juste sortis de terre. Ensuite, de la forêt sur plusieurs kilomètres. Parsemée d'étroits sentiers.

Il ferma les yeux. Absorba les images. Réétudia les photos et les cartes. Consulta tous les documents. S'efforça de bien distinguer les lignes indiquant l'altitude, les sentiers et les cours d'eau. Observa les graduations. Chaque carte en avait une différente. L'échelle était ici d'un millimètre pour cinquante mètres, là un centimètre pour trois cents mètres, etc.

Jorge : plus minutieux qu'il ne l'avait pensé lui-même. Se fit une idée des environs.

À la fin, il avait repéré trois endroits où escalader le mur, et trois autres où garer une voiture. Il photocopia une carte. Marqua les endroits sur cette carte. Leur attribua des numéros.

Endroit a, b et c. Endroit un, deux et trois. Les grava dans son cerveau.

Vérifia tout deux fois.

Sortit.

Les gardiens s'étaient emmerdés. Jorge les pria de l'excuser. Surtout éviter de les énerver ce jour-là. Ils avaient l'air soulagé qu'il ait enfin terminé.

Le prochain arrêt était le plus important de la journée : Sergio, le cousin de Jorge. Son frère d'armes de l'époque de Sollentuna. Le centre névralgique du plan.

Jorge et les gardiens entrèrent au McDonald's à côté de la bibliothèque municipale. Le parfum des hamburgers éveilla des souvenirs.

Ils furent accueillis par un large sourire.

« *Primo* ! Je suis content de te voir. »

Sergio : vêtu d'un jogging noir. Un filet dans les cheveux comme le dernier des cuisiniers. Salua Jorge en tapant son poing contre le sien. Le salut classique dans les gangs. Éviter que le cousin se la joue gangster devant les gardiens.

Ils prirent place. Bavardèrent. Tout en espagnol. Sergio les invita tous les quatre à manger un hamburger. Ah mon Dieu. Les gardiens s'installèrent à une table voisine. Mangèrent comme des cochons.

Le McDonald's paraissait plus moderne que la dernière fois que Jorge y était venu. Un mobilier flambant neuf. Des chaises en bois clair. Les photos des hamburgers semblaient plus sexy. Les caissières aussi. Plus de salade et de vert – selon Jorge : de la bouffe pour lapins. Malgré tout, c'était le symbole de la liberté. Certes, ça sentait la guimauve, mais le McDo c'était quelque chose de spécial pour J-boy. Son resto préféré. Un lieu de rendez-vous. La nourriture de base de tous les mecs des banlieues. Bientôt, il pourrait y revenir à sa guise.

Il se sentit stressé. Il fallait en venir à l'essentiel. Et vite.

En quelques mots, il expliqua à Sergio son plan d'évasion. « Sur une carte, trois endroits différents semblent convenir. La voiture devra se trouver à un des endroits auxquels j'ai attribué un chiffre. À l'un des endroits désignés par une lettre, tu devras faire ce que je te dirai. Je ne sais pas encore lequel des endroits convient le mieux. Faut que je réfléchisse un peu. Je t'enverrai une lettre où je noterai, dans la troisième ligne en partant du bas, la lettre et le numéro en question. Une copie de la carte, ainsi que mes instructions se trouvent sur une feuille pliée à la page quarante-cinq d'un livre qui s'appelle *Legal Philosophies*. L'auteur s'appelle Harris. À la bibliothèque municipale, à côté, là. T'as compris ? » demanda Jorge.

Sergio n'était pas l'homme le plus intelligent du monde, mais il pigeait ce genre de choses. Jorge lui serait toujours redevable, bien qu'il soit obligé de monter tout le plan lui-même. Sergio ferait de son mieux pour l'aider.

Jorge lui demanda des nouvelles de sa sœur. L'odeur de McDonald's mêlée au souvenir de Paola. Des moments truffés de nostalgie devant de la bouffe de merde.

Le reste de leur conversation ne fut que du cinéma, ils parlèrent de leur famille, de vieux potes de Sollis et de filles. Une comédie pour les beaux yeux des gardiens.

Puis, il fallut reprendre la route.

Jorge fit quatre fois la bise à Sergio quand ils se séparèrent en échangeant des salutations en chilien.

Il était déjà 16 heures. Lui et les gardiens devaient être de retour à 19 heures.

Prochaine étape : acheter des chaussures. Auparavant, il avait regardé des catalogues. S'était documenté. Avait appelé des magasins. Fait des recherches. Gel, Air, Torsion, et toutes les techniques de chaussures dernier cri. Beaucoup de merde pseudo-technologique. Le truc, c'était d'y voir clair dans tout ce bla-bla. D'acheter vraiment du bon matos. Les deux qualités qu'il recherchait : des chaussures bien adaptées à la course – important. Les chaussures qui auraient la meilleure capacité d'amortissement du marché – primordial. Les gardiens trouvaient ça marrant d'aller dans des boutiques de sport. Jorge savait où aller. Stadium, rue Kungsgatan, c'était là qu'il y avait le plus grand choix.

Ils prirent le minibus et se dirigèrent vers un parking dans la rue Norrlandsgatan. Jorge demanda s'il pouvait conduire pendant ce court trajet. Les gardiens refusèrent.

Ils descendirent du véhicule. Pour acheter un ticket, l'un des gardiens demanda de la monnaie sur vingt couronnes à un mec qui venait de se garer.

Ils sortirent dans la rue.

Les sensations. La ville. Rue Kungsgatan. Le pouls. La chaleur du mois d'août. Jorge se souvint de la fois où il avait lentement roulé le long de la rue K-gatan dans une BMW 530i, la bagnole typique des barons de la drogue. C'était deux jours avant qu'il n'aille au trou. Bien sûr, la voiture lui avait été prêtée par un copain, mais quand même. Du style. La vraie vie. L'argent. Les gonzesses. La réputation.

À présent : *Jorge was back in town.*

Qu'avait-il appris depuis ? Une chose au moins était sûre : le prochain coup qu'il allait monter serait bien préparé. Et là, il comprit soudainement ce qui le distinguait de tant d'autres. Il se savait le plus grand, le plus habile, le plus sûr de lui. Et tout le monde dans son entourage pensait la même chose. La différence était que Jorge sentait en son for intérieur que ce n'était peut-être pas le cas – et c'était sa grande force. Voilà pourquoi, désormais, il y réfléchirait toujours à deux fois. Tout planifier, préparer – réussir l'impossible.

Il continua à rêver.

Regarda autour de lui. Les gardiens le cernaient.

Les gens bougeaient dans la rue. Au rythme de la liberté. Il matait. Chaudes, les *chicas*. Il l'avait presque oublié – les gonzesses étaient beaucoup plus jolies en été qu'en hiver. C'étaient les mêmes filles pourtant. Une véritable énigme.

Bientôt, Jorge serait de retour. Il longerait la rue Kungsgatan. Il pincerait autant de culs qu'il le voudrait. Il se ferait toutes les gonzesses, pourrait enfin être à nouveau Jorge.

Joder, il avait une putain d'envie de s'évader. Il avait eu cette permission. Déjà ça, c'était le délire total. Tout seul en compagnie de trois gardiens dans la rue Kungsgatan. Quel bol ! Il n'avait qu'à foncer. Il était bien entraîné. Fort. Un méchant garçon. La ville n'avait aucun secret pour lui. Non, le risque était trop grand. Les gardiens étaient sympas aujourd'hui, mais ils connaissaient leur métier. Ils étaient sur leurs gardes. L'observaient sans cesse. Aux aguets. Pouvaient se braquer pour un rien. Avaient tous les droits. Pouvaient interrompre l'excursion à tout moment. L'empêcher de réaliser son véritable plan.

Il n'était pas préparé. Ne pouvait pas s'évader maintenant. Le risque de foirer était trop grand.

La vendeuse était bandante. Jorge en rut. Mais les chaussures comptaient plus que la drague. Ils avaient le modèle qu'il cherchait. Il le savait déjà. Asics 2080 Duomax avec du gel dans les talons. Qualité principale : un amortissement de première. Malgré tout, il se promena d'abord un peu dans la boutique. Elle était grande.

À l'âge de treize ans, lui et ses copains y avaient piqué des trucs, quand ils étaient sortis de Sollentuna. Encore sa nostalgie de l'adolescence. D'abord au McDonald's, et à présent au magasin de sport. Que se passait-t-il, putain de merde ?

Il regarda également au deuxième étage, pour faire genre. En plus des chaussures, il acheta un pantalon de jogging, et un maillot de basket.

Il était 5 heures. Rien ne pressait. Juste un dernier truc à faire. Il allait voir un ami, un ancien gardien de la prison, Walter Bjurfalk, qui avait démissionné un an auparavant. Les gardiens trouvèrent ça sympa. Pas surpris que Jorge veuille rencontrer l'ancien gardien. Certains membres du personnel pénitentiaire devenaient amis avec les prisonniers, voilà tout. Les gardiens n'avaient aucune idée de la véritable raison pour laquelle Walter avait jeté l'éponge.

Ils avaient pris rendez-vous au Galway's, rue Kungsgatan. Un endroit de bon Suédois. Décoré en vert dans le style typique d'un pub irlandais. Les panneaux accrochés : Highgate & Walsall Brewing Co Ltd. Ils cherchaient à être inventifs : *In God we trust, all the rest : cash or plastic.* Une odeur de bière. Une ambiance agréable.

Les gardiens prirent place quelques tables plus loin, et commandèrent chacun leur café. Jorge prit une bouteille d'eau minérale peu pétillante. La bière était interdite lors des permissions surveillées. Walter demanda une Guinness. Le barman mit dix minutes à remplir le verre.

Ils bavardèrent un moment. De la minirévolte qui s'était produite l'été précédente à Österåker. De ce qui s'était passé pour les gars impliqués. De ceux qui avaient écopé d'années supplémentaires. Finalement, quand ils eurent parlé une demi-heure, Jorge baissa la voix et entama la question pour laquelle il était venu :

« Walter, j'ai un sérieux problème dont j'aimerais discuter avec toi. »

Walter leva la tête, de la curiosité dans ses yeux. « Vas-y.

— Je me casse. Putain, je vais pas pourrir en taule pendant encore trois ans ! J'ai une idée qui peut marcher. Je compte sur toi, Walter. T'as toujours été un bon gardien. Je sais pourquoi t'as démissionné. On le sait tous. T'étais sympa avec nous. Tu nous as aidés. Tu serais prêt à m'aider maintenant ? Contre rémunération, bien sûr. »

Jorge était à 99 % sûr de Walter. Le 1 % restant : Walter pouvait jouer un double jeu. Dans ce cas, Jorge était foutu.

Walter commença : « C'est difficile de se casser d'Österåker. Ces dix dernières années, il n'y a que trois mecs qui ont réussi. Tous les trois ont été arrêtés dans les douze mois suivant leur évasion. C'est ça le plus difficile : rester caché après l'évasion. Regarde comment ça s'est passé pour Tony Olsson et les autres. Vaut mieux pour toi que ton plan soit bien ficelé. Sinon, t'es fichu. Tu sais, eux, ils s'étaient planqués sous un pont à Sorunda quand Interpol les a arrêtés. Ils n'avaient aucune chance. D'un autre côté, c'étaient des diables, des violents, ils n'avaient qu'à se débrouiller. Moi, je suis plus dans le business, si je puis dire, je sais pas si je peux t'aider. Mais contre un billet, je peux essayer. Dis-moi ce qu'il te faut. Je ne moucharde jamais, tu le sais. »

Jorge avait pris sa décision. Il allait miser sur Walter.

« Je dois savoir quelques trucs. Je te paie cinq mille si tu me rends ce service.

— Comme je viens de dire, je vais essayer. »

Sentiment bizarre. Être assis dans un pub – à quelques mètres seulement des gardiens – et discuter d'un plan d'évasion avec un ancien gardien. Des efforts pour maîtriser l'expression de son visage. Des efforts pour contrôler son corps. Faire en sorte qu'ils ne remarquent pas son stress. Jorge posa les mains sur ses genoux sous la table. Les jambes croisées. Joua avec la serviette. La déchira en lambeaux. Tenta de se concentrer.

« Deux questions. *Primo*, j'aimerais connaître les habitudes des gardiens quand ils nous surveillent dans la cour. *Secundo*, je dois savoir combien de temps ils mettent avant de poursuivre quelqu'un qui saute par-dessus l'un des murs, probablement un de ceux autour du bâtiment D du côté sud. »

Walter but une gorgée de sa bière. De la mousse se déposa sur sa lèvre supérieure.

Il se mit à parler de ce qu'il avait fait cet été. Du bavardage sans intérêt. Jorge le dévisagea : Walter pensait, réfléchissait, tout en parlant pour ne pas susciter l'attention des gardiens.

Jorge loucha vers eux. Les gardiens causaient tranquillement. Détendus.

Cool.

Il se calma.

Walter en savait beaucoup. Lui expliqua tout ce qu'il savait. De la bonne info. Utilisable. Par exemple : l'emplacement des gardiens, le dispositif en cas d'évasion, les codes de communication, les rituels. Les horaires de relève de la garde, la méthode de fouilles au corps, le système d'alarme. Les plans d'intervention A et B : A concernait la tentative d'évasion d'un seul prisonnier, B la tentative d'évasion de plusieurs. Ils tirèrent un trait sur C, les procédés en cas de révolte. Le savoir de Walter valait de l'or.

Jorge fut éternellement reconnaissant. Promit de lui remettre les cinq mille quelques semaines plus tard.

Les gardiens lui firent signe.

Il était temps de rentrer.

Me voilà à moitié dehors.

5

Dans le quartier chic de Stockholm, personne ne s'en doutait : Johan Westlund, *alias* JW, le mec le plus branché du coin, n'était qu'un citoyen moyen, un perdant, un tragique Suédois. Rien qu'un bluffeur, un menteur, qui jouait un double jeu risqué – le luxe et la grande vie avec ses potes deux ou trois soirs par semaine, le reste du temps, obligé de compter chaque centime pour arriver à joindre les deux bouts.

Sous le masque, JW n'était qu'un putain de plouc.

À midi, il mangeait des pâtes à la sauce tomate, il n'allait jamais au cinéma, piquait du PQ aux toilettes de l'université, chapardait de la bouffe au supermarché et des chaussettes Burlington au NK, se coupait lui-même les cheveux, achetait ses vêtements de marque dans des boutiques d'occasion et se faufilait en douce au SATS quand la fille de l'accueil ne faisait pas attention. Il habitait en sous-location chez une certaine Mme Reuterskiöld – mais ça, Putte, Fredrik, Nippe et les autres gars le savaient. Son logement : le seul élément de sa véritable existence qu'il ne pouvait pas cacher. D'une certaine manière, les autres l'avaient bien accepté.

JW avait développé toute une stratégie pour faire des économies. Il ne mettait ses lentilles que s'il y était obligé, et gardait ses lentilles mensuelles beaucoup plus longtemps que conseillé, jusqu'à ce que ses yeux brûlent. Il apportait toujours son propre sac plastique quand il faisait ses courses, se préparait lui-même des céréales pour le petit déjeuner, achetait sa bouffe en hard discount, mettait de la vodka allemande pas chère dans des bouteilles Absolut – et, par miracle, personne ne s'en rendait compte.

À l'abri des regards, JW vivait une vie de rat. *Big Time.*

Côté finances, c'était la galère. Il vivait de l'argent de l'État : les allocations et son prêt étudiant. Mais avec son train de vie, ça ne suffisait pas. C'étaient ses à-côtés qui le sauvaient : le taxi au noir.

Il avait quand même du mal à joindre les deux bouts. Avec les gars, il dépensait facilement deux mille couronnes en une soirée. Qu'il gagnait, s'il avait de la chance, en une bonne soirée avec le taxi. C'était un bon chauffeur : jeune, Suédois, et l'air sympa. Tout le monde faisait confiance à JW.

Mais, devenir vraiment l'un des leurs, c'était ça, la vraie difficulté. Il lisait *Fredrik & Charlotte*, apprenait le jargon, l'étiquette, les règles, et les codes non écrits. Écoutait les conversations, le timbre de voix nasal, s'efforçait de faire disparaître son dialecte du Nord. Il apprenait à employer le mot *mortel* de la bonne manière, essayait de se souvenir quels vêtements il fallait aimer, les stations de ski à la mode, les destinations de vacances estivales qui avaient la cote en Suède. Elles se comptaient sur les doigts d'une main : Torekov, Falsterbo, Smådalarö, etc. Il y avait des choses incontournables pour faire partie du monde du luxe : s'offrir une Rolex, porter des Tod's, un costume Prada, sortir une trousse Gucci en crocodile dans les cours à l'université. Il était impatient de franchir le pas suivant, acheter une BMW cabriolet pour pouvoir s'afficher avec les trois éléments de base : cheveux brillantinés, teint bronzé, BMW.

JW maîtrisait bien son jeu, ça marchait. La haute société l'intégrait. Il était quelqu'un. On le trouvait drôle, beau et généreux. Mais il savait quand même que les autres étaient sceptiques. Il y avait des failles dans son histoire, ils ne connaissaient pas ses parents, n'avaient jamais entendu parler de l'école qu'il avait fréquentée. Ses mensonges ne tenaient pas toujours debout. Parfois, ils se demandaient s'il avait vraiment été en vacances d'hiver à Saint-Moritz. Aucun de ceux qui étaient là-bas à ce moment-là ne se souvenait de lui. Avait-il vraiment habité Paris, tout près du quartier du Marais ? Son français n'était pas très convaincant. Ils sentaient bien, sans pouvoir dire quoi, que quelque chose ne collait pas. JW ressentait toutes les difficultés qu'il avait à se camoufler, à s'adapter, et à paraître tout à fait authentique. À se faire accepter.

Et tout ça, pourquoi ? Lui-même ne connaissait pas la réponse à cette question. Non pas parce qu'il ne réfléchissait pas – il comprenait très bien qu'il était à la recherche de reconnaissance, que c'était une manière d'acquérir un certain statut social. Mais il ne comprenait pas pourquoi il avait choisi justement celle-là, qui pouvait le mener tout droit à l'humiliation. Si jamais on découvrait ses manœuvres, il pourrait aussi bien quitter la ville. Parfois il se disait que c'était justement pour ça qu'il continuait, pour tester les limites, dans une logique masochiste. Pour être contraint d'affronter la honte si jamais la vérité éclatait au grand jour. Dans son for intérieur, il se foutait de Stockholm. Ses racines étaient ailleurs. À part l'attention qu'on lui accordait, les fêtes, les filles, la vie glamour et l'argent, il n'y avait rien qu'il aimât vraiment. Des choses superficielles. Peu importe la ville. Mais, en ce moment, c'était dans la capitale que tout se passait.

JW avait une vraie histoire. Il venait de Robertsfors, au nord d'Umeå, et avait déménagé à Stockholm lorsqu'il était entré en seconde. Sans ses parents, il avait pris le train vers le sud, armé seulement de deux sacs de voyage et d'un bout de papier sur lequel était marquée l'adresse d'un cousin de son père. Il y était resté trois jours, puis il s'était installé chez Mme Reuterskiöld. Et s'était jeté dans ce monde qu'il fréquentait à présent. Il avait changé de style, de vêtements et de coiffure. Avait commencé à traîner avec les bonnes personnes, à Östra Real. Sa mère et son père s'étaient d'abord inquiétés, mais ils n'avaient rien pu faire face à sa détermination. Ils avaient fini par accepter sa décision – tant qu'il était content, eux aussi l'étaient.

JW ne pensait que rarement à ses parents. Souvent, c'était comme s'ils n'existaient même pas. Son vieux était chef d'équipe dans une scierie, exactement l'opposé de ce que JW projetait pour lui-même. Sa mère travaillait à l'agence pour l'emploi. Elle était fière d'avoir un fils qui allait à l'université.

En revanche, il pensait souvent à la tragédie qui hantait sa famille. Une tragédie insolite et irrésolue. Un événement dont tout le monde à Robertsfors était au courant, et dont personne ne parlait jamais.

Camilla, la sœur de JW, avait disparu quatre ans auparavant, et personne ne savait ce qui s'était passé. Cela avait pris des semaines avant que quelqu'un ne remarque sa disparition. Pas d'indices dans son appartement à Stockholm. Pas d'allusions dans ses dernières conversations avec ses parents. Personne ne savait rien. Peut-être n'était-ce qu'une erreur. Peut-être qu'elle avait tout plaqué pour partir à l'étranger. Peut-être qu'elle était devenue une star de Bollywood et profitait de la vie. JW ne supportait pas l'ambiance qui régnait à la maison depuis cette disparition. Son père Bengt avait sombré dans l'alcoolisme, s'était apitoyé sur son sort, avant de finalement se taire complètement. Sa mère Margareta tentait de garder le moral. Elle avait cru à l'hypothèse d'un accident, avait cru pouvoir tout oublier en s'engageant dans l'antenne régionale d'Amnesty International. Elle travaillait encore plus, allait voir un thérapeute et parlait de ses cauchemars, ce qui avait pour unique effet de les rendre plus fréquents, puisque cet enfoiré de psychologue les lui rappelait deux fois par semaine. Mais JW savait, et il en était convaincu : jamais au grand jamais Camilla ne serait partie comme ça, sans donner signe de vie pendant quatre ans. Elle avait définitivement disparu. Au fond, c'est ce que tout le monde pensait.

Cette histoire le rongeait. Le coupable se promenait toujours en liberté sans avoir payé pour ce qu'il avait fait.

L'ambiance chez lui l'étouffait. Le poussa à déménager. Une manière aussi de suivre les traces de sa sœur. Camilla, de trois ans son aînée, avait quitté Robertsfors très tôt, à l'âge de dix-sept ans. Elle voulait plus, refusait de se laisser vivre dans le royaume du faux bonheur. Leur mère avait toujours dit que, enfants, Camilla et JW s'étaient beaucoup disputés, plus que les autres. Ils ne s'entendaient pas. Mais après son départ pour la ville, au bout de deux ans, une relation s'était nouée entre eux. Il avait commencé à recevoir des SMS, parfois de brefs appels, de temps à autre un mail. Ils étaient parvenus à trouver un terrain d'entente, avaient compris qu'ils visaient les mêmes objectifs. Aujourd'hui, JW en avait pris conscience : ils avaient le même caractère. Dans ses rêves, JW voyait sa sœur comme la reine du Stureplan. Celle qui par sa beauté époustouflante se faisait remarquer dans toutes les fêtes. Majestueuse. Connue. Arrivée là où lui voulait arriver.

Le deal du taxi au noir était simple. Abdulkarim Haij, un Arabe qu'il avait rencontré dans un bar un an auparavant, lui prêtait une voiture. Le réservoir était plein quand il venait la chercher et il le remplissait avant de la rendre. Les autres chauffeurs dans la ville l'acceptaient – ils savaient qu'il conduisait pour l'Arabe. Le prix se négociait au début de chaque course. JW notait tout sur un bloc-notes : l'heure exacte où un client montait, où il allait, combien d'argent il encaissait. Abdulkarim en gardait quarante pour cent.

De temps en temps, l'Arabe le mettait à l'épreuve. Genre : l'un de ses amis se faisait passer pour un client et montait dans la voiture de JW. Puis Abdulkarim comparait le montant que son client de contrôle avait dû payer avec le chiffre marqué sur le bloc-notes. JW était honnête. Il ne voulait en aucun cas perdre son job. C'était sa bouée de sauvetage, le seul moyen pour lui de marquer des points dans le groupe des gars.

Pour le taxi, JW avait établi une seule règle. Il ne s'approchait pas de Stureplan. Le risque d'être démasqué sur son propre terrain était trop grand.

Une nuit à faire le taxi en perspective. Il alla chercher la voiture chez Abdulkarim à Huddinge, une Ford Escort modèle 1994, qui, un jour sans doute, avait été blanche comme de la craie. L'intérieur était crade, il n'y avait pas de lecteur CD, et le revêtement des sièges s'effritait sur les bords. En voyant les trois branches de ricin qu'Abdul avait suspendues au parebrise arrière afin de rendre la bagnole plus accueillante, JW esquissa un sourire.

Il prit la route de son appartement. Une douce soirée d'août – parfaite pour le business des taxis. Comme d'habitude, il eut du mal à trouver une place de parking à Östermalm. Les 4X4 des riches prenaient trop de place. Lorsqu'il passa devant le dernier modèle rutilant de Porsche, une Cayman S, il eut l'eau à la bouche. Le mariage de la 911 avec un Boxster – l'incarnation de l'esthétique. Finalement, il trouva une place pour se garer, la Ford n'était pas la voiture la plus grande du monde.

Il monta dans sa chambre chez Mme Reuterskiöld. Il était 21 heures. Pas question de prendre le volant avant les douze coups de minuit. Il ouvrit ses manuels. Ses examens auraient lieu dans quatre jours.

L'appartement se trouvait près du parc de Tessin. Le quartier de Nedre Gärdet faisait l'affaire, l'Övre Gärdet était trop cher – il en avait encore mal au bide. Un studio de vingt mètres carrés, avec une entrée séparée, une petite salle de bains, et une grande fenêtre qui donnait sur le parc. Paisible et calme, tout comme la dame l'exigeait. Le hic était qu'il devait être hyper discret quand il réussissait à ramener une fille chez lui.

Un lit de un mètre vingt, un fauteuil rouge, et un bureau IKEA sur lequel il avait posé son ordinateur portable, c'était tout ce qu'il y avait dans la chambre. Il avait piqué le portable à un étudiant imprudent à l'université. Un jeu d'enfant. Il suffisait d'attendre que le propriétaire aille aux toilettes. La plupart emmenaient leurs ordinateurs, mais certains prenaient le risque de le laisser. JW n'avait pas laissé passer sa chance, l'avait glissé dans son sac à bandoulière, et s'était esquivé.

Sa vieille lampe, la même depuis sa tendre enfance, était vissée sur son bureau, pleine de taches laissées par les autocollants de l'ours Bamse. La honte totale. À éteindre impérativement quand il baisait chez lui.

Des vêtements jonchaient le sol et le lit. Une affiche sur le mur : Schumacher en combinaison de Formule 1, en train de faire gicler une bouteille de champagne sur une estrade.

Un studio de pauvre. En fait, il s'arrangeait pour accompagner les filles chez elles.

Bosser pour la fac ne le gênait pas. Il préférait rédiger ses dissertations lui-même, plutôt que de les pomper sur Internet, participait activement aux cours quand il s'était préparé, et essayait de toujours faire les devoirs. Il s'appliquait le plus possible.

Il ouvrit les manuels. L'examen le plus difficile était celui de finances. Il lui fallait plus de temps.

Il réfléchissait, additionnait, soustrayait, tapait sur la calculatrice. Ses pensées divaguèrent vers la discussion qu'il avait eue la veille avec les gars. Combien le Turc gagnait-il en réalité, grâce au business de la coke ? Combien se faisait-il chaque mois ? Quelles étaient ses marges ? Mettre en balance risques et éventuels revenus. Il devait y avoir moyen de calculer tout ça.

JW dressa mentalement la liste de ses objectifs principaux. Un, ne pas faire éclater au grand jour sa double vie. Deux, acheter une voiture. Trois, rouler sur l'or. Enfin, découvrir ce qui était arrivé à Camilla. Trouver un élément qui l'aiderait à surmonter cette histoire – si c'était possible.

Principles of Corporate Finance – il parcourut sept pages. Quelle est la différence entre un financement par capitalisation et un financement par emprunt ? Comment changer la valeur d'une entreprise ? Actions privilégiées, valeur bêta, taux de rendement, obligations, etc. Il prit des notes, surligna des passages à l'aide d'un marqueur jaune fluo, faillit s'endormir sur les pages pleines de graphiques et d'équations.

Alors qu'il s'était assoupi un court instant, il fit tomber le marqueur. Le bruit le réveilla.

Ça n'a aucun sens de continuer ainsi.

Il était temps d'aller gagner sa croûte.

Direction Medborgarplatsen, Södermalm. 23 h15. Il descendit la rue Sibyllegatan jusqu'à la rue Strandvägen, en passant devant le parc de Berzelii. Zone dangereuse, beaucoup trop près du quartier des gars.

Les pensées se bousculaient dans la tête de JW. Que savait-il réellement de la vie qu'avait menée sa sœur à Stockholm ? Les SMS, les conversations téléphoniques et les mails qu'il recevait n'étaient souvent que très superficiels. Pendant son temps libre, Camilla travaillait au café Ogo dans la rue Odengatan. En plus de cela, elle était inscrite à Komvux où elle prenait des cours de suédois, d'anglais et de maths. Elle avait un copain. JW ne connaissait même pas son nom. Il savait juste une chose plutôt intéressante : le mec conduisait une Ferrari jaune. À la maison à Robertsfors, il y avait une photo qui montrait Camilla dans la voiture, rayonnante et agitant la main à travers la vitre baissée du siège passager. On ne voyait jamais le visage du mec. Qui était-ce ?

JW passa devant le ministère des Affaires étrangères sur la place Gustav-Adolf. Beaucoup de monde en ville. Tous de retour de vacances à vouloir rattraper tout ce qu'ils avaient raté en se bronzant à la campagne ou sur leurs voiliers. Arrivé à Slussen, il traversa le tunnel vers Medborgarplatsen.

Il se gara devant l'hôtel Scandic et sortit de la voiture pour attendre devant le Snaps. Un bon endroit pour trouver des gens qui voulaient rentrer ou aller en ville.

Trois filles sortirent du bar en titubant. L'occasion à ne pas manquer. Il pencha la tête et prit la pose de l'irrésistible JW, disant : « Salut, les filles. Besoin d'un taxi ? »

Une des filles, une blonde, jeta un regard entendu aux autres. Elles captèrent tout de suite ce qu'il leur proposait, et firent oui de la tête. La blonde dit : « Avec plaisir. Tu prends combien pour aller au Stureplan ? »

Merde alors, dans le mille. Vas-y, baratine, souris. Il répondit : « Là-bas, la circulation est infernale. Je ne veux pas vous faire chier mais est-ce que vous êtes d'accord si je vous emmène jusqu'au Norrmalmstorg ? » Attaque de charme. Ajouta avec un accent de rappeur : *« Prix spécial, rien que pour vos yeux. »*

Gloussements. La blonde répondit : « D'accord mais seulement parce que t'es mignon. Et tu vas nous faire un bon prix.

— Marché conclu, cent cinquante couronnes. »

JW prit la route de Norrmalmstorg. Les filles n'arrêtaient pas de jacasser. Elles voulaient aller au Kharma. Chez celle qui s'appelait Caroline, la soirée avait été démente. La bouffe super bonne, l'ambiance mortelle, les boissons chouettes. Elles étaient puuuutain d'allumées. JW décrocha. Il ne fallait pas qu'il s'intéresse à autre chose que le taxi ce soir. Il sourit, prit un air mystique.

Les filles babillaient. Et s'il draguait quand même ? Des frissons le parcoururent, il serait si facile de tirer un coup. Mais il y avait un grand hic : ce n'était pas ce genre de filles qu'il voulait fréquenter. De bonnes Suédoises.

Juste avant qu'elles descendent, il leur demanda : « Les filles, faut que je vous pose une question. »

Elles crurent qu'il allait les brancher.

« Est-ce que vous avez déjà croisé une fille du nom de Camilla Westlund ? Grande, mignonne, du Nord. Il y a quatre ans environ ? »

Le poulailler eut l'air de réfléchir sérieusement.

« Je ne suis pas très forte en ce qui concerne les noms mais personne parmi nous ne connaît de Camilla Westlund », répondit l'une.

JW pensa : elles étaient peut-être trop jeunes, elles ne fréquentaient peut-être pas les mêmes fêtes à l'époque.

Elles descendirent à l'arrêt de bus de Norrmalmstorg. Il leur donna son numéro de portable. « Appelez-moi quand vous voulez, si vous avez besoin d'un taxi. »

Course suivante.

Il se gara devant le parc de Kungsträdgården. Il n'arrivait pas à stopper le flot de pensées qui l'envahissait. Pour la première fois, il avait posé une question à quelqu'un sur Camilla. Et pourquoi pas, en fait ? Peut-être que quelqu'un se souvenait d'elle ?

Sept minutes plus tard, le client suivant prit place dans la Ford.

La soirée était calme. Tout allait bien, les noctambules rentraient de bonne humeur. JW à leur service.

Plus tard. La nuit avait été une réussite, deux mille couronnes gagnées pour l'instant. JW fit rapidement le calcul dans sa tête. Mille deux cents pour sa pomme.

Il attendait devant le Kvarnen dans la rue Tjärhovsgatan. Que des jeunes et des fans de Hammerby. La queue était longue, encore plus ordonnée que celle devant le Kharma. Des gens plus couillons qu'au Kharma. Moins chic. Quelque chose venait de se passer, on ne laissait entrer personne. Deux fourgons de la police étaient garés à côté. Les gyrophares déversaient leur lumière bleue sur les murs. JW décida de prendre le large pour éviter de se faire choper.

Il se dirigea vers sa Ford, lorsqu'il vit une silhouette familière s'approcher de lui, le pas énergique, vêtu d'un costume bien taillé et d'un pantalon flottant. Le front haut, les cheveux courts et bouclés. Sans vraiment apercevoir le visage, JW sut tout de suite qui c'était – Abdulkarim. Avec, dans son sillage, son grand ami, son gorille à lui, Fahdi.

JW regarda dans sa direction, en espérant qu'il n'allait pas avoir d'ennuis.

Abdulkarim le salua, ouvrit la portière et s'assit sur le siège passager. Le gorille se plia en deux pour prendre place à l'arrière.

JW se glissa derrière le volant. « C'est cool de te voir. Tu es venu pour quelque chose de spécial ?

— Non, non. Du calme, mec. Emmène-nous juste au Spy. »

Le Spy Bar. Au Stureplan. Que dire ?

JW démarra la voiture. Hésita avant de répondre. Prit une décision – pas question de se fâcher avec l'Arabe.

« D'accord, Spy Bar alors.

— Il y a un problème ?

— Pas du tout. Ça gaze. C'est un plaisir de te conduire, Abdul.

— Ne m'appelle pas Abdul. Ça veut dire esclave en arabe.

— OK, boss.

— Je sais que tu ne veux pas aller au Stureplan, JW. Je sais que tu ne veux pas être vu là-bas. Que t'as des potes chic là-bas. T'as honte, mec. C'est pas bien, ça. »

Ce putain d'Arabe était au courant. Comment ? Peut-être pas si étonnant que ça. Abdulkarim sortait beaucoup. Il avait sans doute vu JW et ses copains traîner au Stureplan, compris pourquoi il n'acceptait jamais d'emmener des clients là-bas. Le reste était de la mathématique élémentaire.

Il fallait limiter les dégâts.

« Faut pas non plus en faire tout un foin, Abdulkarim. Allez, ce n'est pas la fin du monde. Le taxi me permet de gagner un peu d'argent à côté. De quoi faire la fête et tout ça. C'est clair qu'on ne raconte pas ça à tout le monde. »

L'Arabe hocha la tête. Rigola. Il menait la conversation. Il avait la tchatche.

Puis vint le truc. L'offre.

« Hé, *man*, je vois qu'il te faut du flouze. J'ai une proposition à te faire. Écoute bien, ça pourrait t'intéresser. »

JW fit un geste d'approbation. Il se demanda ce qui allait suivre. Abdulkarim avait cette putain d'habitude de palabrer sans discontinuer.

« En plus des taxis, je m'occupe aussi d'autres affaires. Je vends de la coke. Je sais que t'en as déjà acheté chez moi. Le Turc qui vous procure du matos à toi et tes potes, c'est mon intermédiaire, Gürhan. Mais Gürhan ne marche plus. Lui, c'est un connard de Juif. Il essaie de me baiser. Se fait une marge plus importante en vendant plus cher que convenu. Il triche sur les recettes. Le pire, c'est qu'il va se fournir chez quelqu'un d'autre. Cet abruti se croit malin. Il veut nous monter les uns contre les autres. Me pose des ultimatums. Me dit : "Si je l'ai pas pour quatre cents balles le gramme, j'en veux pas." Ça part en couille. Et c'est là que tu entres en scène, JW. »

JW écoutait sans comprendre. « Excuse-moi, mais je ne capte pas.

— Je te demande si tu veux dealer à la place de Gürhan. Ce truc avec les taxis, tu maîtrises. Tu fréquentes les bons endroits. Crois-moi, je le sais. Des endroits où il faut avoir de la poudre plein le nez, le museau blanc comme des agneaux. Tu es le type qu'il me faut.

— Pourquoi tu me parles d'agneaux, là ?

— Peu importe. Tu veux le boulot ou pas ?

— Merde, Abdul. Faut que je réfléchisse. En fait, j'y ai déjà pensé ces derniers jours. Je m'étais justement demandé combien de fric le Turc se faisait.

— Ne m'appelle pas Abdul. Tu as quelques jours pour réfléchir. Mais souviens-toi, tu peux devenir Rockefeller *himself*. Baigner dans le flouze. Tu veux monter dans le bateau, je le sens. Appelle-moi avant vendredi. »

JW se concentra sur la route. Ils longèrent la rue Birger Jarlsgatan. Il avait le ventre noué. Ne cessait de tourner la tête pour vérifier que les gars n'étaient pas dans les parages. S'enfonça de plus en plus dans son siège.

Abdulkarim discutaillait avec l'armoire à glace derrière en arabe. Riait. JW ricana sans savoir pourquoi. Abdul lui aussi ricana à son tour, puis continua à parler en arabe avec Fahdi. Ils approchaient de leur destination.

Stureplan. Des queues interminables devant les boîtes de nuit et les bars : Kharma, Laroy, la Compagnie de Sture, Clara's, Kitchen, East, The Lab, entre autres. Plus de monde dans les rues que pendant la journée. Une vraie mine d'or pour les chauffeurs de taxi clandestins.

JW arrêta la voiture. Abdulkarim ouvrit la portière. « Tu as les cartes en main. Avant vendredi. »

JW fit oui de la tête.

Puis il démarra dans un crissement de pneus.

Pour la dernière course de la nuit, JW prit un homme d'âge moyen bourré qui marmonnait quelque chose comme Kärrtorp. JW lui proposa un prix de trois cents couronnes pour le trajet.

Il conduisit en silence. Il avait besoin de réfléchir. L'homme s'était assoupi.

La rue Nynäsvägen était mal éclairée. Peu de voitures dehors, à part quelques taxis. JW se sentit envahi par l'angoisse face à la décision qu'il allait devoir prendre.

D'un côté : une chance fantastique, une porte grande ouverte, une vraie solution. Impossible de trouver de meilleures marges que celle qu'offrait la coke. Quels pouvaient être les tarifs ? Acheter un gramme pour cinq sacs, le revendre pour dix ? Calcul. Un gars s'envoie facilement un gramme au cours d'une soirée. En gros, il pourrait en vendre vingt grammes par nuit. Au bas mot. Il multiplia. Le bénef d'une nuit : dix mille. À la tienne, Etienne !

D'un autre côté : archidangereux, gravement illégal, écœurant. Un faux pas, et tout partirait en couille. Est-ce que c'était vraiment son truc ? En prendre de temps en temps, c'est une chose. En vendre en est une autre. Faire partie de l'industrie de la came, s'enrichir avec l'argent de gens qui perdaient tout ce qu'ils avaient, qui tombaient au plus bas de l'échelle sociale et ruinaient leur vie. Pas évident.

D'un autre côté : personne ne détruisait sa vie à cause de la coke. Il n'y avait que des gens bien placés qui en prenaient. Les gars, par exemple, en sniffaient parce que c'était cool, et pas pour fuir une existence misérable. Ils bossaient, ils étaient aisés et issus de familles respectables. Pas de soucis à se faire pour eux. Pas de risque qu'ils finissent SDF. Pas de risque d'avoir mauvaise conscience.

D'un autre côté : Abdulkarim et ses hommes n'étaient sûrement pas les mecs les plus sympas de la ville. Par exemple le gorille de tout à l'heure, sur le siège arrière. Ça se voyait à trois kilomètres – Fahdi était très dangereux. Que se passerait-il si JW ne pouvait pas payer, s'il traversait une mauvaise passe ? S'il gâchait la vente ? S'il se faisait piquer la marchandise ? Peut-être que c'était tout simplement trop dangereux.

D'un autre côté : le fric. Une manière sûre de s'en faire. Et simple. À la Gekko : *« I don't throw darts, I bet on sure things*[1]. » Dans ce secteur, les revenus étaient garantis. JW en avait besoin – et il n'allait pas devenir l'un de ces tragiques Suédois moyens. Fini les vêtements d'occasion, fini les coiffures maison et la sous-location. Ne plus être obligé d'économiser tout le temps. Le rêve d'une vie normale pouvait enfin devenir réalité. Une voiture, un appartement, une fortune, ce rêve était à portée de main. Il pourrait être l'un des leurs, participer à leurs projets.

ÊTRE L'UN DES LEURS.

Dealer de coke plein aux as ou loser.

Crime contre sécurité.

Quelle voie choisir ?

1. « Je ne jette pas de fléchettes, je mise sur des choses sûres. » (*N.d.T.*)

6

Samedi soir à Stockholm : files d'attente, cartes de crédit, minijupes. Des mômes de dix-sept ans bourrés. Des jeunes de vingt-cinq ans bourrés. Des mecs de quarante-trois ans bourrés. Toutes sortes de gens bourrés.

Les videurs vêtus de vestes en cuir répétant d'une voix monocorde : ça va pas être possible, ça va pas être possible, ça va pas être possible. Certains n'avaient encore rien capté – trouve-toi le genre d'endroit qui te convient ou reste dehors, n'essaie pas de t'incruster là où tu n'as rien à faire.

Tout le long du trottoir de la rue Kungsgatan, les bons Suédois formaient une file comme une caravane. Les mecs branchés paradaient le long de la rue Birger Jarlsgatan. Une soirée ordinaire.

Mrado, Patrik et Ratko sur le pied de guerre. Avant de commencer, ils allaient boire une bière au Sturehof. Programme de ce soir : le quartier de Södermalm.

Les vestiaires étaient une mine d'or. Les chiffres : tu obliges tout le monde à ôter à l'entrée toute forme de veste ou de truc semblable. Vingt couronnes par tête. Supplément sac à main. Quatre cents personnes passent en moyenne. Total : au moins huit mille balles. Dont 90 % hors comptabilité. Que du cash. Impossible pour Papa État de contrôler ces revenus. Une jolie nana qui faisait tourner la boutique, voilà pour les frais.

La répartition était la suivante : les Yougos encaissaient un montant fixe, trois mille par soirée le week-end. Rien pendant la semaine. Les bars et les proprios des vestiaires faisaient eux-mêmes le partage du reste. Gagnant-gagnant : une bonne affaire pour tout le monde.

Stratégie du jour : Mrado et Ratko se tiendraient à l'écart. Patrik, sur le front, s'occuperait de la tchatche.

Il fallait s'y prendre adroitement. Merder un deal signifierait une perte sèche pour Mrado. La compétition parmi les sous-fifres de Radovan s'était durcie. La concurrence autour de Mrado ne dormait pas : Radovan avait de nombreux serviteurs : Goran, Nenad, Stefanovic. À l'époque de Jokso, tout était différent : ils formaient une équipe : les Serbes ensemble.

Trois catégories de vestiaires à Stockholm : ceux contrôlés par Radovan, ceux contrôlés par quelqu'un d'autre, genre par les Hells Angels ou par le roi des bars, Göran Boman, et enfin ceux qui voulaient rester indépendants. Ceux-là avaient tort. Ils jouaient un jeu dangereux.

Ils commencèrent par le Tivoli dans la rue Hornsgatan. Un endroit contrôlé par Radovan. Patrik s'avança vers la fille des vestiaires. Mrado fit oui de la tête. Ça faisait un bail qu'il la connaissait. Il posa sa main sur l'épaule de Patrik. « Laisse-moi gérer ça. Je la connais. »

Tout baignait. Elle en était au numéro 162. La soirée ne faisait que commencer. Il jeta un œil dans la caisse. Pas de problème. Rien sur les côtés.

Ils repartirent. L'endroit de l'autre côté de la rue, le Marie Laveau, était contrôlé par Göran Boman. Son heure allait sonner un jour, mais ça pouvait attendre.

Ils se dirigèrent vers Slussen. La nuit était douce. Ratko racontait comment il pensait travailler le haut du corps. Bouffer de la protéine sans graisse : du thon et du poulet. S'envoyer des amphètes russes. Faire deux séances par jour. Il détaillait ses idées par rapport à son entraînement.

Mrado lui jeta un regard de biais. Ratko était hargneux mais il lui faudrait passer beaucoup d'heures dans la salle de gym jusqu'à ce qu'il puisse jouer dans la même cour que Mrado.

Patrik leur confia qu'il n'avait mangé de la glace que deux fois au cours de l'année précédente. La seule chose inutile qu'il consommât était de la bière.

Mrado se laissa emporter par ses pensées. Les mecs ne voyaient pas les choses essentielles. Il pensa à sa fille, Lovisa, qui vivait chez son ex, Annika. Mrado avait un droit de visite, du mercredi soir au jeudi soir, deux fois par mois. Pas assez, mais c'étaient quand même les plus belles journées du mois. Son rythme de vie en tant que recouvreur-de-fonds-trafiquant-homme-de-main lui convenait parfaitement. Toute la journée de libre pour une visite à Skansen, au théâtre pour enfants, aller voir les derniers films de Walt Disney. Ils mangeaient des pizzas, mataient des vidéos et lisaient des livres pour enfants serbes. Mrado pouvait, sans mentir, dire à ses proches : je suis un bon père. Mais cela ne suffisait pas pour qu'on lui permette de voir sa fille plus souvent. Les services sociaux, Annika, la société, tous, ils ne croyaient pas qu'un homme serbe soit capable de s'occuper d'un enfant. Conneries de merde.

Il vaudrait mieux qu'il raccroche. Qu'il voie Lovisa plus souvent. Qu'il arrête de jouer au dur.

Ils remontèrent la rue Götgatan en inspectant tous les bars. La plupart étaient déjà sous contrôle, mais il y avait toujours quelques exceptions qui essayaient d'échapper au système. Patrik faisait du bon boulot. Il entrait. Mrado et Ratko restaient en retrait, mais bien visibles. Les bras croisés. Patrik demandait à parler au responsable des vestiaires. Expliquait les avantages. Patrik, jean serré, tee-shirt, veste militaire verte et fine, le crâne rasé plein de cicatrices. Des tatouages jusqu'à la nuque.

Effrayant.

« On vous garantit que vous n'aurez aucun problème avec les gangs. Vous voulez quand même pas qu'on vous vole la caisse des vestiaires à tout bout de champ ? Notre assurance couvre ce genre d'incident. On peut vous aider à avoir plus de clients qui paient. On a plein d'idées pour augmenter la productivité de vos vestiaires. » Bla-bla-bla.

La plupart captaient. Quelques-uns avaient eu de la visite auparavant. Aucun problème. Les gens n'avaient pas envie d'avoir les Yougos sur le dos. Quelques-uns refusaient. Patrik ne faisait pas de grande scène, se contentait d'annoncer gentiment qu'il reviendrait un autre jour. Ils savaient qu'ils étaient dans la merde – accepte ou cherche la protection d'un autre.

Ils longèrent la rue Götgatan vers Medborgarplatsen. Il était 1 heure. Bon nombre de bars commençaient à fermer. En bas sur Medborgarplatsen, le Snaps, le 5ante4, le Kvarnen, le Gröne Jägeren, le Mondo, le Göta Källare, et plus loin le Metro et le Öst 100 étaient toujours ouverts.

Le Snaps appartenait à Göran Boman. Le Gröne Jägaren appartenait aux HA.

Ils entrèrent dans le Mondo dans la Medborgarhuset. Une crèche pour ados. Beaucoup de monde. Patrik fit son dur. Les gens captèrent le message. Ils voulaient conclure un marché.

La plupart des bars incluaient les frais des vestiaires dans leur propre bilan. Mrado trouvait que l'ex-skinhead travaillait bien. Ils coopéraient depuis un an, et Patrik avait réussi à réprimer son côté impulsif et trouvé le bon style : calme, équilibré, inspirant le respect.

Ils repartirent vers 1 h 15. Les taxis clandestins grouillaient sur Medborgarplatsen.

Prochaine station : l'une des plus grandes boîtes de Söder, le Kvarnen. Un ancien point de rendez-vous des alcoolos et un nid de supporters de Hammerby. Ils avaient porté Kennedy en triomphe à travers la porte, quand le club avait remporté le titre national en 2001. L'ancienne salle avait abrité une brasserie. Très haut plafond. Piliers, tables en bois, des murs typiques du style fin dix-neuvième. La nouvelle salle était aménagée dans un style eau : aquarium et gouttes bleues stylisées sur les murs. Dans la cave, on avait choisi le style feu : les murs peints en orange, pas de grandes tables. Juste des chaises de bar et d'étroites tables fixées aux murs où l'on pouvait déposer son verre de bière.

La queue allait malgré tout jusqu'à la rue Götgatan. Trente-cinq mètres. Sagement ordonnée. Que des bellâtres branchés, le look hyper étudié, à la pointe de la mode. Les bouffeurs de muesli enveloppés dans leurs châles de Palestine avec leurs bottes fermement lacées. Les rois de la pop, les cheveux en bataille et teints en noir. Les fans de Hammerby, aucune classe.

Le Kvarnen attirait du monde.

Mrado, Patrik et Ratko passèrent devant tout le monde. Les gens leurs lancèrent des regards agacés. Pourtant, pas une seule plainte. Ils pigeaient, forcés de constater qu'ils en imposaient.

Le videur leur barra l'entrée. « Ici, on sert pas de cacao. » Le bon vieux quartier démocratique de Söder. Espèce de connard. Patrik resta calme. Ils venaient juste pour discuter un peu des vestiaires. Le videur ne captait toujours pas. Il refusa de les laisser entrer. Mrado se demanda qui était ce pédé. Le fixa. Patrik fit une nouvelle tentative. Expliqua qu'ils n'avaient pas l'intention de s'incruster, qu'ils voulaient juste parler affaires concernant les vestiaires. Le videur tourna la tête. Il vit Mrado. Sembla comprendre. Les laissa passer.

Les vestiaires étaient supervisés par les videurs eux-mêmes. Inhabituel. Gros problèmes en perspective.

Trois géants étaient plantés devant. Pulls moulants et badges de sécurité bien visibles à travers. Ils aiguillaient les gens avec arrogance. L'agressivité du Söder. Intransigeants sur le paiement, même si beaucoup de personnes ne portaient que des vestes fines. Ces gars-là travaillaient pour SWEA-Security – une entreprise suédoise pour des mecs suédois dans le bon sens du terme. Des imbéciles.

Le premier gars capta tout de suite à qui il avait affaire. Peut-être qu'il avait entendu la discussion dans son oreillette. « Salut, salut. Soyez les bienvenus au Kvarnen. Nous ne sommes malheureusement pas intéressés par votre offre, mais je vous en prie, entrez et prenez quelque chose à boire. »

Patrik ne s'était toujours pas remis de la provocation devant la porte – il fut saisi d'un accès de fureur. « C'est toi, le responsable des vestiaires ce soir ? Tu veux pas qu'on aille à l'intérieur pour discuter une minute ? J'ai une proposition à te faire. »

Mrado et Ratko restèrent en coulisses. Mrado, sous haute tension, essaya d'écouter chaque mot.

Le videur répliqua : « Je suis le responsable ici. Mais je n'ai pas le temps de discuter maintenant. Soit vous entrez, soit vous sortez. Désolé. »

— On nous a pas vraiment traités avec respect, là-dehors. Je veux parler avec toi maintenant. Tu comprends ? Tes deux gars se débrouilleront sûrement tout seuls pendant dix minutes. »

Regards. Les deux autres videurs louchèrent dans leur direction. Ils voyaient bien que ça chauffait. Le chef dit : « Désolé. Je ne me suis peut-être pas exprimé assez clairement. Vos services ne nous intéressent pas. Nous gérons nos affaires nous-mêmes. Je ne veux pas être impoli mais vous devriez comprendre qu'on se débrouille très bien comme ça. Sans vous. »

Le corps de Patrik hurlait : mais je vais lui casser la gueule à cet enculé.

Ses poings étaient fermés, la peau blanchie, les tatouages enflammés.

Mrado s'avança, posa sa main sur l'épaule de Patrik. Du calme. Il se tourna vers le chef. « OK, on entre. On va se chercher une place et t'attendre. Tu viens quand t'as le temps de parler. »

La tension au maximum.

Mrado entraîna Patrik avec lui. Ratko les suivit.

Chute de tension.

Les videurs avaient gagné.

Mrado commanda une bière. Ils prirent place autour d'une table.

La musique cognait fort dans l'ex-brasserie.

Patrik se pencha vers Mrado. « C'était quoi ça, putain ? On ne peut pas tolérer un truc pareil. Pourquoi est-ce que tu m'as pas laissé faire ?

— Patrik, calme-toi. Je comprends ce que tu ressens. On va lui parler, mais pas devant tous les clients. Pas devant les autres videurs. Ça causerait des problèmes. Écoute-moi bien. On reste ici, tranquilles. Il viendra peut-être nous voir. Peut-être pas. Mais on laisse pas tomber, on attend, et si cette pute va aux chiottes, rentre à la maison ou autre chose – c'est là qu'on va le coincer. Qu'on va lui expliquer comment ça se passe. »

Patrik se calma instantanément. Il eut l'air apaisé. Ratko fit craquer ses doigts.

Ils s'installèrent. Mrado but de la bière légère. Reluqua les nanas. Inspecta l'endroit tout en observant discrètement les videurs. Il s'était assis à une place où il avait une bonne vue sur les vestiaires. Mais il ne fallait pas non plus les mater de manière trop insistante. Calmer le jeu.

Ratko recommença à parler entraînement. Ils passèrent en revue les différentes substances dopantes. Mrado leur livra plusieurs secrets sur Radovan, même s'il savait qu'il ne devrait pas le faire. Patrik raconta qu'il avait tiré avec un Magnum le week-end auparavant : le recul, la pression, l'impact.

Puis Patrik posa une question intime à Mrado : « Combien de personnes as-tu déjà descendues ? »

Mrado avec une tête d'enterrement : « J'étais en Yougoslavie en 1995. Tu peux en tirer tes conclusions.

— Ouais, mais en Suède, je veux dire.

— Je ne parle pas de ce genre de choses. Je fais ce qu'il faut pour que les affaires roulent. C'est tout. Je peux te dire une chose, Patrik : ce qui compte c'est la loyauté envers R et le business. Des fois on est obligé de faire table rase du passé. On ne peut pas rester planté là et regretter ce qu'on a fait. Je ne suis pas fier de tous mes actes. »

Patrik insista. « Comme quoi, par exemple ?

— Fourre-toi une bonne chose dans le crâne. Nous, on en fait plus qu'on ne raconte. Parfois t'es obligé de faire des choses pas jolies. Qu'est-ce que tu veux qu'on cause là-dessus ? J'ai été, par exemple, obligé de m'occuper de cas d'infidélité, des amis ou des femmes, des putes, qui avaient merdé. Je ne peux pas dire que je mettrais ce genre de trucs sur mon CV. »

Patrik se tut. Il avait capté. Il y a des choses dont on ne parle tout simplement pas.

Ils changèrent de sujet.

Une heure passa.

L'ambiance de fête dans la salle devenait de plus en plus démente.

Le videur était toujours à sa place. 2 h 15. Le bar fermait à 4 heures. Ils attendaient. Les fêtards étaient soûls. Mrado but un verre d'eau minérale. Patrik commanda sa sixième bière. Il commençait à être complètement bourré. Ratko but du café. Patrik repensa à la scène de l'entrée. S'échauffa. Ces putains de pédés de videurs allaient voir. Ces putains de pédés de videurs allaient chialer. Ramper par terre. Supplier. Gémir. Ça allait chauffer pour leur matricule.

Mrado le calma en observant les vestiaires. Les videurs se foutaient d'eux. Étaient-ils complètement cons ? Ne captaient-ils pas à qui ils avaient affaire ?

Une autre heure passa.

Ils attendaient. Continuaient de discuter.

À un moment donné, le videur de l'entrée quitta son poste.

Patrik vida son verre. Il se leva. Mrado vit qu'il était OK, qu'il n'était pas trop ivre. Mrado se leva également, il se mit debout à côté de Patrik et le fixa.

Patrik avait les yeux écarquillés. Son haleine puait. On aurait allumé un briquet devant sa bouche et le bar aurait explosé pire qu'une station essence.

Mrado prit son visage entre ses mains. Le bruit dans la salle était infernal. Il hurla : « Ça va ? »

Patrik fit oui de la tête. Il pointa en direction des toilettes. Il avait apparemment envie de pisser après toutes ces bières.

Il s'y dirigea.

Mrado se rassit. Ratko l'observa puis se pencha en avant sur la table. Il demanda : « Il va où ?

— Aux chiottes. »

Une pensée traversa la tête de Mrado : putain, comment avait-il pu ne pas le voir ? Le videur était sans doute allé aux toilettes et Patrik lui avait emboîté le pas – sans Mrado et Ratko.

Mrado se releva. Il fit signe à Ratko de le suivre. « Viens ! Vite ! »

Ils traversèrent la salle presque en courant.

Ouvrirent la porte qui menait aux toilettes.

Un carrelage blanc et de grands lavabos en métal. Un pan du mur couvert d'un miroir. Cinq urinoirs au mur opposé. Plus les cabines au fond. Les toilettes avaient des fuites. De la pisse par terre.

Contact.

Le videur de l'entrée était debout devant l'un des urinoirs. Trois mecs discutaient près des lavabos. Des pédés : ils portaient chacun leur chemise ouverte sur un tee-shirt. Plus au fond, deux jeunes gars faisaient la queue devant les cabines.

Patrik s'approcha du type.

Le videur se retourna. Il tenait toujours sa bite dans la main.

Patrik se planta à quarante centimètres de lui. « Tu te souviens de moi ? Tu t'es bien foutu de ma gueule. T'as refusé tout ce qu'on t'a proposé. Tu croyais peut-être que t'allais t'en tirer comme ça ? »

Le videur se rendit compte de la situation. Il marmonna quelque chose d'inaudible. Essaya de calmer Patrik. Le gars n'était pas né de la dernière pluie. Il dirigea sa main libre vers son oreillette.

Patrik fit encore un pas en avant, difficile de dire s'il avait réalisé que Mrado et Ratko l'avaient suivi dans les toilettes.

Il flanqua un bourre-pif au videur. Le sang fut d'autant plus rouge qu'il contrastait avec le carrelage blanc sur le mur. Le videur hurla à l'aide, tenta d'écarter Patrik. Il était fort. Mais Patrik était enragé. Les pédés près des lavabos se mirent à brailler. Les mecs devant les cabines se jetèrent sur eux pour mettre fin à la bagarre. Mrado les en empêcha. Il les repoussa contre le mur. Pas vraiment des colosses. Ratko bloqua la sortie. Patrik saisit les cheveux courts du videur et écrasa sa tête contre la pissotière. Des dents volèrent. Encore une fois.

D'autres dents volèrent. Le nez se brisa de partout. L'urinoir ressemblait à un seau de boucher. Patrik écrasa une nouvelle fois la tête du videur dessus. Un bruit creux. Il lâcha les cheveux. Le videur s'écroula par terre. Inconscient. Le visage méconnaissable. Les pédés près des lavabos chialaient. Les petits devant les cabines criaient.

Deux collègues du videur écartèrent Ratko. Patrik en mit un hors d'état de nuire. Ratko se retira. Mrado empoigna le genou du deuxième videur. Fermement. Lui fit une prise. Le gars tomba comme une marionnette à laquelle on coupe les fils. Mrado saisit le genou du mec. Tourna. Patrik, déchaîné, hurla et jura. D'une voix posée, Mrado prononça : « Sors d'ici maintenant, Patrik. »

L'ancien nazi sortit de la pièce. Mrado resta seul derrière. Il vit Ratko et Patrik devant la porte. Puis il tourna le genou un peu plus. Le videur ensanglanté sous l'urinoir trembla. Le videur prisonnier de Mrado beugla. Un videur était encore debout. Il hésitait. Avait l'air d'évaluer ses chances. Deux videurs à terre. Knock-out. Lui seul, encore sur le ring contre un géant. Et deux autres gars devant la porte. Où étaient les renforts ?

Tumulte devant la porte.

Silence dans les toilettes.

Mrado dit : « Les gars, vous avez commis une faute ce soir. Vous avez nargué les mauvaises personnes. On reviendra vous voir à propos des affaires. Et si je peux vous donner un conseil : ne faites pas un foin de ce truc-là. Pas la peine de vous expliquer pourquoi. »

Mrado lâcha le videur et sortit des toilettes. Les trois videurs restèrent derrière. Comme des imbéciles.

Mrado, Ratko et Patrik se frayèrent un chemin à travers la foule. Devant le Kvarnen, les gyrophares des voitures de police illuminaient la nuit. Ils sautèrent dans un taxi. Patrik avait du sang sur sa veste et son tee-shirt. Merde.

Il y avait des flics partout.

7

C'était bientôt l'heure.

Jorge attendait dans le réfectoire. Silencieux. Concentré. Il se foutait du cliquetis des assiettes, des gars qui mangeaient la bouche grande ouverte, du bavardage autour de lui. Aujourd'hui, c'était le jour J.

Rolando s'adressa à lui lorsqu'il se leva : « Jorge, tu viendras avec nous fumer un pétard ? » Rolando était ironique. Le seul au courant.

Jorge répondit : « Arrête de brailler, y a le gardien là-bas qui peut nous entendre. »

Rolando ricana. « Lui, il capte pas un mot. Il vient de Mölnbo. »

Jorge posa sa main sur l'épaule de Rolando. « Tu vas me manquer, *hombre.* »

Rolando lui jeta un regard sérieux. « Putain, Jorge, t'as raison d'essayer. Tu veux pas raconter au vieux gangster Rolando comment c'est censé se passer ? Qui voudrait passer le restant de ses jours en taule ?

— *Loco*, je ne peux pas te le dire. Tu le verras de tes propres yeux le moment venu. Regarde, et observe bien. Fais juste ce que je t'ai demandé. » Jorge se leva. Il était sincère : Rolando lui manquerait, lui et son discours de merde sur la pâte de coca, ses divagations sur la complicité des OG, et les attaques de fourgons blindés.

Il avait testé Rolando à plusieurs reprises en lui révélant des détails pour voir s'il savait se taire. Par exemple, qu'il s'entraînait si dur pour préparer une évasion. Si Rolando avait cafté, Jorge aurait pu dire que ce n'était qu'une blague. Mais rien. Rolando la fermait. Rien n'avait filtré. On pouvait compter sur ce Latino. Jorge avait pris une décision : Rolando jouerait un rôle central dans la réalisation de son plan. Aujourd'hui, il allait se lancer.

Mais tout dépendait de Sergio, son cousin qu'il avait rencontré lors de sa permission : avait-il pu s'occuper des trucs qu'il fallait à l'extérieur ? Trente mètres autour de la prison : tous les arbres coupés – difficile de faire quelque chose qui prendrait trop de temps sans se faire repérer. Si jamais ça marchait aujourd'hui, Jorge lui en serait éternellement reconnaissant.

Il en savait assez pour pouvoir réaliser son plan. Connaissait les habitudes des gardiens. Savait d'où Sergio viendrait. Où la voiture serait garée. Se souvenait des chemins qu'il fallait emprunter. Les différentes intersections. Il savait qu'il était capable de courir les quatre cents mètres en moins de cinquante secondes, et les trois kilomètres en moins de onze minutes. Il savait que tout le monde serait bluffé. Jorge contrôlait la situation. Jorge avait les choses en main. Il avait choisi une voie sans violence et sans grand risque pour Sergio. Un putain de chef.

Après le déjeuner, ils avaient une heure de pause. Tout était prêt. Le moment était venu. Le plan était simple et génial. Jorge incroyablement calme. Si ça merdait, ben ça merdait.

Jorge regagna sa cellule. Ferma la porte. Arracha l'affiche de Che Guevara. Dévissa la plinthe au mur avec ses ongles pour seul outil. Elle céda facilement. Il avait fait ça un bon nombre de fois auparavant.

Apparut alors une corde, tapie tel un long ver fin dans l'espace qu'il avait creusé dans le béton. Le seul endroit que les gardiens ne contrôlaient pas lors des fouilles des cellules. Un espace étroit mais long. Parfait pour une corde.

Ils croyaient malin d'avoir mis cette plinthe. Jorge – l'évadé danseur de salsa – était plus malin qu'eux. Franchement : même sa sœur serait fière de lui. Et peu importe son niveau d'études, elle avait une vraie finesse d'esprit.

La corde : plusieurs bandes arrachées à ses draps et enroulées les unes aux autres. Rituel, une fois par semaine, au moment d'emmener ses draps à la buanderie : découper une bande d'à peu près un centimètre de large. C'était un Colombien qui s'occupait des draps à la buanderie. Leur marché : le mec ne voyait rien en échange d'un paquet de cigarettes par semaine.

La corde tiendrait bien. Il l'avait testée.

Il sortit.

Dehors. Le soleil. Doux. L'été indien suédois.

La cour était bondée. Les gardiens jouaient au foot avec les prisonniers. Rolando jouait contre les gardiens. Parfait.

Jorge regarda sa montre.

Trente secondes.

Rolando loucha dans sa direction. Dix secondes plus tard, il lui fit le signe dont ils étaient convenus. Rolando sauta en avant et se jeta sur un gardien. Tacle très moche, sur le côté, à la Vieira. Le gardien s'effondra, hurla comme cochon. Il se tordit de douleur. C'était le moment.

Jorge courut jusqu'au mur. Se mit en position.

Attendit.

Puis il la vit exactement comme il l'avait planifié depuis si longtemps – l'extrémité d'une échelle en aluminium apparut au-dessus du mur, de l'autre côté.

Sergio, le sauveur, avait suivi les instructions. Il s'était approché le plus possible de la prison, puis avait garé la voiture à la lisière de la forêt, là où l'espace sans arbres était le plus étroit. Il avait couru sur les derniers mètres, placé l'échelle contre l'extérieur du mur, exactement là où ils l'avaient décidé. Au bon endroit. Au bon moment. À la seconde près. Merveilleux.

Jorge sortit la corde qu'il avait gardée enroulée dans son pantalon. Il y fixa le crochet fait avec un panier de basket qu'il avait acheté cher. Avec Rolando, ils l'avaient plié une heure auparavant.

Il se mit exactement sous l'extrémité de l'échelle. Regarda en haut. Tout ça, il l'avait préparé.

Le crochet était lourd. Il le soupesa. Ce moment-là était le seul pour lequel il n'avait pas pu s'exercer. Il fallait impérativement qu'il arrive à accrocher la corde à l'échelle, et qu'il arrive ainsi à la tirer par-dessus le mur, de son côté.

Il lança la corde qui forma un arc blanc dans l'air et se posa sur la crête ronde du mur. Il avait raté le haut de l'échelle. Il tira la corde vers la gauche, en espérant trouver quelque chose qui retienne le crochet. Il ne sentit aucune résistance. Merde. Tira une nouvelle fois. Rien ne résistait. Le crochet tomba par terre à l'intérieur des murs. Putain de merde. Il se précipita pour le ramasser et se mit en position. L'échelle se trouvait toujours là, l'extrémité bien visible. Le chemin qui menait à la liberté. Cette fois-ci, il fallait qu'il vise bien. Il lança une nouvelle fois la corde. Allez, maintenant ! Un bruit de métal. Est-ce qu'il avait atteint sa cible ? Il tira sur la corde. Là. Une résistance. Le crochet s'était pris dans quelque chose – l'échelle. Il tira légèrement. Ça marchait. Il tira plus fort. L'échelle grinça. On en voyait déjà la moitié. Il tira de toutes ses forces. Elle avait beau être en aluminium, elle était lourde. Enfin, elle vint s'écraser contre le sol à l'intérieur. Tout d'un coup, des cris dans son dos. Il se retourna. Il vit le gardien se lever, chercher son talkie-walkie. Jorge réagit au quart de tour. Il posa l'échelle contre le mur. Un coup d'œil par-dessus l'épaule. Le gardien courut vers lui. Jorge monta aussi vite qu'il le put. Ses mains travaillèrent vite. Il ne pesait pas lourd. Ses bras étaient forts. Arrivé en haut, il regarda en bas, derrière lui – plusieurs gardiens en pleine action. Il donna un coup de pied contre l'échelle. Celle-ci tomba dans l'herbe. Il se glissa au sommet du mur, resta suspendu un court instant, puis lâcha le rebord. Chute de cinq mètres. Atterrissage à la dure. Malgré les Asics 2080 Duomax, avec gel amortissant dans la semelle, son pied heurta violemment le sol. *Mierda.*

Il se lança dans un sprint. Ses soixante-sept kilos étaient une aubaine aujourd'hui. L'adrénaline palpitait. La lisière de la forêt lui sourit.

L'image de la carte dans sa tête. Son pied lui faisait mal. Maintenant objectif numéro deux. Il sentit la sueur dans son dos. Il entendit son propre souffle. Comme un phoque. Putain, n'était-il pas en meilleure forme que ça ? Détends-toi. Baisse les épaules. Trouve ton rythme. Pense à ta respiration.

Rappelle-toi : tu n'as jamais été en meilleure condition. De tous les prisonniers, c'est toi qui as la meilleure condition physique. Tu es le mec le plus malin. *For real.* On s'en fout de ce pied en compote.

Fonce.

À travers les arbres. Le long du petit sentier.

Normalement Sergio avait dû se casser depuis un bon moment.

Le dos complètement en nage. En plein milieu de la course, une pensée pour sa sueur. L'odeur de son corps : âcre, fort, stressé.

Continue sur le sentier.

Ne ralentis jamais.

Et voilà la bagnole. Sergio l'avait garée exactement à l'endroit prévu. L'objectif numéro deux. Ô joli monde nouveau. Jorge entendit des sirènes aux loin. Il sauta dans la voiture. La clé était sur le contact. Il démarra en trombe.

Dieu existait.

Au fond, le bruit des sirènes était de plus en plus fort.

8

On voyait la queue depuis la Sturecompagniet. JW marchait avec les gars, ils remontaient ensemble la rue Sturegatan. Ils étaient bourrés, excités, le délire total. JW le sentait dans tout son corps – ils pétaient la forme.

Plus tôt dans la soirée, ils avaient dîné au Nox. Avec le repas, ils avaient commandé du vin fin. Deux semaines qu'ils n'étaient pas sortis. Les gars ne cachaient pas leurs envies réprimées : Putte voulait rouler des pelles, Fredrik danser, Nippe draguer des filles. JW était speedé, il voulait tester son nouveau boulot, et marquer son terrain de chasse.

Il avait trente grammes de coke avancés par l'Arabe, empaquetés dans dix sachets Red Line : trois grammes dans chaque sachet. Pour le moment, il avait six grammes dans sa poche. Le reste était planqué derrière un radiateur dans la cage d'escalier chez Mme Reuterskiöld.

Les gars avançaient sans se presser. JW lançait de petits coups de pied à gauche et à droite. Il pensa à la bande-son de *Men in Black*.

La queue n'était pas une queue – c'était une fourmilière de corps humains. Les gens hurlaient, agitaient les bras, se bousculaient, poussaient, crachaient, chialaient, flirtaient. Les videurs tentaient de maintenir l'ordre, en divisant la masse en plusieurs files d'attente. Une pour ceux qui avaient la carte du Kharma. Une pour ceux avec la carte VIP du Kharma. Une pour ceux avec la carte VIP-VIP. Les autres, fallait même pas qu'ils essaient. On est complet. Ce soir, que des habitués. Vous ne captez pas ? On est COMPLET.

De jeunes footballeurs cherchaient la merde. Des *golden boys* sortaient des billets froissés de cinq cents balles. Les filles offraient des fellations. Les videurs restaient de marbre. Dans l'air planait un mot que personne n'osait exprimer, mais que tous ceux qui ne pouvaient pas franchir la corde en velours ressentaient cruellement : *humiliation.*

Il ne fallut aux gars que cinq minutes pour se frayer un chemin jusqu'aux videurs. Certains avaient capté le message et les laissèrent passer. D'autres croyaient encore qu'il y avait une justice dans ce monde et tentèrent de les arrêter. En leur barrant la route avec les coudes.

Nippe fit un signe de tête à l'un des videurs.

Cet air de confiance en soi infaillible, que JW s'efforçait ardemment de copier, eut l'effet attendu. Ils passèrent devant tout le monde. Aux autres de surmonter l'humiliation. Cette sensation procurait encore plus de plaisir que le sexe.

À la caisse, ils furent accueillis par un grand mec blond aux traits purs, Carl. Ce gars incarnait la jet-set multipliée par mille. D'où son surnom – Jet-set Carl. Avec un ami, il était propriétaire de la boîte. Le Kharma : rendez-vous incontournable des nuits branchées.

Nippe tendit les bras. « Salut, Carl. Les affaires vont bien, à ce que je vois. Incroyable, tout ce monde. Trop fort.

— Oui, on est contents. Ce soir, le DJ c'est Af Drangler, les gens l'adorent. Vous avez une table ?

— Bien sûr, comme d'hab.

— Génial. On parlera plus tard. Profitez-en, les gars. » Jet-set Carl disparut à l'intérieur.

L'espace d'un instant, Nippe perdit un peu de son assurance. Bouche bée, il n'arrivait pas à croire qu'on venait juste de l'envoyer paître. JW se dit : allez, on est dedans, on s'en fout.

La fille derrière la caisse reconnut Nippe. Elle leur fit signe de passer.

Le bar à l'intérieur était à moitié vide.

Nippe et JW se jetèrent un regard étonné. Ils éclatèrent de rire quand ils entendirent les cris des videurs devant la porte. « On est complet, seuls les membres rentrent. »

Une heure plus tard, Nippe s'agenouilla devant la lunette des toilettes et se pencha en avant. Des serviettes en papier jonchaient le sol.

Malgré l'interdiction, Putte alluma une Marlboro Light et fredonna la mélodie du tube techno qui passait sur la piste de danse. « Pourquoi c'est ce genre de musique qu'ils aiment ici ?

Pourquoi pas un truc plus mélodieux, du R'n'B ou du hip-hop ? Et pourquoi pas de la bonne vieille pop ? Mais non, par principe ils ne passent que cette putain de techno européenne *mainstream* chiante et molle. C'est kitsch. »

Parfois, JW en avait un peu marre de l'attitude insuffisante de Putte. Ce mec avait plus de huit mille chansons sur son disque dur à la maison et se plaignait toujours du goût des autres.

JW dit : « Pourquoi tu râles ? On passe une soirée d'enfer. »

Nippe posa un miroir sur le couvercle de la lunette. Il y avait des traces de saleté dessus, des taches brunes laissées par les cigarettes que les gens fumaient en douce, et posaient dessus pendant qu'ils faisaient autre chose. Se préparer des lignes – comme les gars –, passer un coup de fil, pisser, se faire sucer. Quand JW plissait les yeux, il avait l'impression que le couvercle était parsemé de raisins secs.

JW sortit un sachet de sa poche et versa prudemment environ un tiers de son contenu sur le miroir en trois petits tas séparés.

Nippe eut l'air surpris. « C'est toi qui as acheté cette semaine aussi ?

— *Yes*. Mais à un autre mec.

— OK. Il te fait un meilleur prix que le Turc ? »

JW mentit : « Il n'est pas beaucoup moins cher, mais plus sympa. Ce Turc, là, il se la pétait trop à mon goût. J'en ai ramené pas mal ce soir. Si vous avez quelqu'un qui veut en prendre, vous n'avez qu'à me le dire. » Il sourit. « Surtout si c'est des filles. »

Nippe forma trois lignes de poudre. « C'est kiffant. Rien qu'en voyant ces trois lignes je me mets à bander. Putain, je sens que je vais battre mon record ce soir. Trois filles au moins. »

JW le regarda. « Si tu y arrives, t'es incroyable. Moi, j'ai déjà trouvé ça trop mortel que tu te fasses sucer par deux filles la même soirée.

— Oui, mais ce soir, je joue dans la cour des grands. Je le sens dans tout mon corps. Après cette petite cure magique sur le miroir, je serai au top de ma forme. Au moins trois filles vont goûter ma bite.

— T'es trop fort, toi. Tu viens ici avec les nanas ? » Putte jeta sa cigarette sur la lunette. Un raisin de plus.

« *Yes*, mon pote. Ici ou aux toilettes des meufs. Et vu qu'il commence à faire chaud, on peut aussi sortir dans le parc de Humlan. »

JW voulait être comme lui, comme Nippe, le grand prince du *blow job* à Stureplan. Avec une confiance en lui super travaillée qu'il affichait partout. Peu importe le contexte, il rayonnait toujours. Mais parfois, JW se demandait si Nippe y croyait vraiment complètement, s'il était vraiment convaincu qu'il était un dieu pour les filles, ou s'il ne jouait pas si bien son rôle qu'il finissait par y croire lui-même. De toute façon, le résultat était le même : Nippe impressionnait, Nippe était celui dont tout le monde parlait. Un modèle pour JW. Malgré tout, il n'aurait pas voulu être à sa place – ce mec était tellement con.

Nippe sortit un billet de cent de sa poche revolver. Il l'enroula à la Hollywood, se pencha en avant et sniffa une ligne sur le miroir.

JW et Putte suivirent son exemple.

La poudre eut un effet immédiat. De la dynamite blanche.

La vie brillait.

Arrivé sur la piste de danse, il perdit de vue les gars. La musique hurlait dans les haut-parleurs. La voix chaude de Bob Sinclar : « *Love Generation* ». La machine à fumée sifflait dans un coin. Le stroboscope flashait. Le monde devenait un clip. Premier plan : les gonzesses *top of the line*. Deuxième plan : la gonzesse lève les bras au-dessus de la tête. Troisième plan : le visage de JW s'enfonce dans le décolleté de la même gonzesse.

Le Kharma était un pur baisodrome – pour les gens *in*.

JW s'échauffa, s'excita, avec l'impression d'avoir fait le plein de sans plomb 98. Il avait envie de danser, d'emballer, de sauter sur tout ce qui bougeait, de se branler. Mais avant tout – il avait envie d'exploser. La queue tellement dure qu'un chat aurait pu y aiguiser ses griffes.

Ses jambes s'agitaient dix fois plus fort que d'habitude.

La sensation d'être le meilleur, le plus chaud, le plus intelligent. Le plus cool. Ils allaient voir.

Une autre fille s'approcha de lui. Elle l'embrassa sur les joues et lui cria dans les oreilles : « Hé ! Salut, JW ! Ça gaze ? Vous avez bien fait la fête la semaine dernière ? »

JW recula sa tête de quelques centimètres pour mater cette bombe. « Sophie. T'es vachement belle ce soir. Vous êtes tous là, toute la bande ?

— Oui, tout le monde, sauf Louise, elle est au Danemark. Viens à notre table dire bonjour aux autres. »

Elle le prit par la main et l'entraîna avec elle.

Il promena son regard autour de la table. Quatre filles incroyablement sexy se prélassaient sur la banquette, portant des hauts qui dévoilaient plus de peau qu'ils n'en cachaient. Le rose, le violet et le turquoise dominaient. Les décolletés bombés aux soutiens-gorge *push-up* ou à la silicone, les culs moulés dans des jeans ou des minijupes.

Montre-toi, JW, putain concentre-toi.

Nippe avait déjà pris place à la table et tenait une des filles dans ses bras. Il l'envoûtait, riait, la regardait au fond des yeux. C'est la combientième de la liste ? Putain, impossible qu'il s'en soit déjà fait une.

JW se laissa tomber sur une chaise. Sur la table trônaient un magnum de vodka dans un seau à glace, des bouteilles de vingt-cinq centilitres de Schweppes Tonic, de Ginger Ale, de Soda, et de vodka russe. Une règle de base confirmée : de l'alcool ou des bulles. Jamais de bière.

La musique rendait toute conversation difficile. Sophie lui apporta une vodka soda. JW sirota la boisson, puis prit un glaçon et l'enfonça dans sa bouche. Concentré, il suça le cube de glace. Sophie le regardait en buvant son drink.

Dans sa tête, il se remémora les conseils d'Abdulkarim. Commence par en distribuer gratos. Sois sympa, fais-toi des amis, des amis qui aiment la coke. Des amis qui ont du cash, ou des amis d'amis qui ont du cash. Fais gaffe à ce que les gens n'en prennent pas trop à l'intérieur des boîtes – c'est pas sûr, tu risques de te faire choper. Va plutôt aux afters chez les gens. Organise des afters. Vends-en aux petites starlettes pendant les afters. Invite-les chez toi. N'en vends pas de trop grandes quantités au début – va pas créer un marché aux puces.

Nippe se pencha en avant et se mit à parler avec Sophie. JW n'entendait pas ce qu'ils disaient. Il savourait l'ivresse, ouvrit un autre bouton de sa chemise et but quelques gorgées de son drink. Ses pensées lui semblèrent aussi acérées qu'une lame de rasoir Mach 3.

JW avait ses idées bien à lui. Il n'en garderait pas beaucoup sur lui : s'il se faisait coincer, il voulait pouvoir dire que c'était de la consommation personnelle. Le reste, il le conserverait à plusieurs endroits bien choisis. Une fois tout vendu – il pouvait rentrer, et aller en chercher davantage. Pas de problème, le Stureplan n'était pas loin du parc de Tessin. Encore plus important : cirer les pompes à ses amis pour qu'ils ne se demandent pas pourquoi c'était toujours lui qui les fournirait à l'avenir.

Sophie se pencha vers lui et lui mordilla légèrement l'oreille. Il tressaillit.

Elle y alla sans détour : « Nippe dit que t'as de la Charlie. Tu ne veux pas nous en faire goûter un peu ? »

En son for intérieur, JW remercia Nippe. C'était une ouverture. Joue la bonne carte maintenant, n'en fais pas toute une affaire.

Il répondit : « Bien sûr, il m'en reste un peu. Emmène ta copine Anna, on va au Humlan. »

Ils se prirent une nouvelle fois par la main et se frayèrent un chemin à travers la foule. En passant devant les mecs branchés, les gonzesses pleines de silicone, les gars de la mafia yougoslave et les hommes d'affaires.

L'euromusic continuait à marteler son beat techno.

Ils se dirigèrent vers la sortie. Une foule devant les caisses à l'entrée. Jet-set Carl était à sa place et surveillait l'encaissement. Mais sa véritable tâche, la plus importante : embrasser, présenter, tchatcher, rire, flirter. Jet-set Carl avait l'œil. Jet-set Carl avait du style. L'argent coulait à flots. Un bon contact pour l'avenir.

Il s'avança. Se planta devant Jet-set Carl, Sophie à gauche, sa copine à droite, et lui tendit la main. Jet-set Carl fronça un sourcil : « Et toi, tu es… ? » JW était préparé. Il répondit : « Le copain de Nippe Creutz, tu sais… »

Jet-set Carl fit comme s'il le reconnaissait. Même si ce n'était pas vrai. C'était un maître dans l'art d'inspirer aux gens l'impression d'être accueillis chaleureusement, bien qu'il ne se souvienne pas du tout d'eux, ou qu'il ne sache pas le moins du monde qui ils étaient. Certains appelaient ça de l'hypocrisie. JW appelait ça le *sens des affaires*.

JW sortit quelques phrases toutes faites qu'il ponctua de rires. Carl mata les filles aux côtés de JW – il avait eu raison. Il expliqua qu'ils faisaient juste un saut dehors et revenaient tout de suite. Carl hocha la tête. JW enchaîna encore quelques blagues. Ils étaient sur la même longueur d'onde, de bonnes vibes. Jet-set Carl eut l'air content.

JW dans sa tête : bon boulot, JW.

Ils sortirent. La queue était gigantesque, hystérique, une énorme bousculade. Il prévint un videur qu'ils reviendraient dans quelques minutes. Le Humlan s'étalait devant eux, toujours verdoyant, mais le feuillage commençait à s'éclaircir. Le bruit de la foule dans la queue résonnait jusqu'ici, en moins fort. Les filles étaient complètement allumées. Ils s'assirent sur un banc, racontèrent quelques vieilles blagues. Il faisait doux. La sueur sous les chemises dessinait des auréoles. JW palabrait, enchaînait les compliments, dix sur une échelle de dix au baromètre du charme. Il prit le rôle du confident, du mec qui comprenait les filles. « Putain, ce que vous êtes belles ce soir. Est-ce que vous avez vu des mecs qui vous plaisent ? Vous kiffez Nippe, non ? Si tu veux, je peux t'arranger un coup avec lui, Sophie. » Etc., etc. Sophie était hyper mignonne. Il avait envie d'elle.

Il les connaissait, sans pourtant vraiment les connaître. Les filles appartenaient à la bande de l'internat de Lundsberg. Une école placée sous la devise *savoir, tradition, communauté*. Elles avaient toutes les mêmes prénoms que leurs parents et leurs grands-parents. JW était au courant grâce aux gars. Il savait parler le jargon, connaissait l'étiquette. Il pouvait toujours tenter sa chance.

Anna pouffa. « Tu n'avais pas un truc qu'on devait goûter ? »

JW dit : « Absolument, je l'avais presque oublié. » Il n'avait pas voulu forcer les choses, s'était dit qu'il valait mieux attendre qu'elles demandent.

Il sortit un étui contenant un miroir, le modèle pliable. Le sachet plastique n'attendait que d'être tiré de la poche intérieure de sa veste. Il versa un petit tas de poudre sur le petit miroir puis le divisa en trois lignes à l'aide d'une lame de rasoir. Il montra aux filles la petite paille à sniffer en acier brillant. Ensuite, il jeta un regard circulaire avant de leur tendre la paille.

« Je vous en prie. Servez-vous. »

Un quart d'heure plus tard, les filles rentrèrent dans la boîte. Le videur se souvenait d'elles, des filles comme Sophie ou Anna entraient de toute façon sans le moindre problème – la foule s'ouvrit devant elles comme la mer Rouge devant Moïse.

JW resta dans le parc. Il voulait sniffer une ligne tout seul.

Tout marchait comme sur des roulettes. Les filles avaient l'air contentes. Elles : grandes, pleines d'énergie et de spontanéité. Un bon début. Son premier pas dans le monde de la C. C comme cash.

Cela ne pouvait que s'améliorer.

Le ciel était bleu gris.

La passerelle en verre tendue entre la Bibliothèque royale et son magasin sembla s'illuminer un bref instant. JW bossait là-bas quand il n'avait pas envie de rester à la maison. Il y avait vu Sophie à plusieurs reprises. Il avait appris à reconnaître les claquements de ses chaussures lorsqu'elle marchait entre les rangées, il avait identifié ses copines, et savait quels garçons elle saluait. Et au bout d'un certain temps, il s'était rendu compte qu'il connaissait en effet déjà quelques mecs et filles de sa bande. Les cercles étaient plus restreints qu'il ne l'avait cru.

Il ressortit l'étui et saisit la paille.

C'est là qu'il la vit.

Le moteur vrombit comme une centrale nucléaire de taille moyenne, lorsqu'elle descendit devant lui la rue Sturegatan, une flèche dans la nuit de Stockholm.

La Ferrari jaune.

Première pensée : apparemment le même modèle que celui des photos de Camilla.

Seconde pensée : peu probable qu'il y ait plus d'une voiture comme celle-ci à Stockholm.

Les souvenirs de sa sœur l'envahirent.

Il fallait qu'il sache.

À qui était cette voiture ?

*

TRIBUNAL DE GRANDE INSTANCE DE STOCKHOLM

JUGEMENT

LES PARTIES

Le parquet
Le procureur Markus Sjöberg
Ministère public de Stockholm

Les plaignants

1. Joakim Berggren, 740816-0939
   Rue Vapengatan 5
   126 52 HÄGERSTEN

2. Daniel Lappalainen, 801205-2175
   Rue Lundagatan 55
   117 27 STOCKHOLM

Les accusés

1. Patrik Sjöquist, 760417-0351
   Rue Rosenlundsgatan 28
   118 53 STOCKHOLM

2. Mrado Slovovic, 670203-9115
   Rue Katarina Bangata 37
   116 39 STOCKHOLM

Avocat commis d'office
Maître Martin Thomasson
Box 5467
112 31 STOCKHOLM

- -

CHEF D'ACCUSATION	**CADRE JURIDIQUE**
Coups et blessures	Chapitre 3 § 6 du code pénal

PEINE ENCOURUE
Prison, 3 ans

Plaintes déboutées
Accusation n° 2 (Mrado Slovovic, concernant les coups et blessures)

- -

Détails du jugement
Accusation n° 1 (Patrik Sjöquist ; coups et blessures)
Argumentation

Le procureur s'est référé à un rapport médical concernant les blessures reçues par Joakim Berggren, ce qui constitue une preuve écrite des faits. Le rapport détaille entre autres une fracture du nez, une double fracture de la mâchoire, une fracture de la pommette, des égratignures en cinq endroits du corps, de nombreux bleus et œdèmes sur les joues et le front, un œdème sur l'œil droit, coupures et œdèmes sur les lèvres, les quatre incisives supérieures cassées, ainsi qu'un saignement sur le front, un traumatisme crânien et une commotion cérébrale grave.

Le procureur s'est également référé aux témoignages de Joakim Berggren, plaignant, et de Peter Hållen, responsable de la sécurité au restaurant le Kvarnen, et Christer Thräff, client de la discothèque citée au moment des événements en question, témoins oculaires.

Le plaignant Joakim Berggren a entre autres relaté les faits suivants : Selon lui, les trois individus Patrik Sjöquist, Mrado Slovovic et Ratko Markewitsch sont entrés dans la discothèque le Kvarnen vers 01.20, le 23 août de l'année en cours. Par le système de communication interne, le portier, Jimmy Andersson, a prévenu Berggren que les trois hommes se comportaient de manière menaçante tout en insistant pour parler au responsable des vestiaires. Jimmy Andersson a choisi de les laisser entrer. Berggren a reconnu dans les trois hommes des membres de la « mafia des vestiaires », une organisation du milieu de Stockholm qui vise à faire chanter les restaurateurs et propriétaires de boîtes de nuit afin de leur extorquer une partie du chiffre d'affaires généré par leurs activités de vestiaires. Il leur a donc répondu que le Kvarnen n'était pas intéressé, et les a cependant invités à entrer dans la discothèque. Les trois hommes se sont comportés de manière agressive. Patrik Sjöquist a entre autres dit qu'ils ne quitteraient pas l'endroit sans avoir parlé à un quelconque responsable des vestiaires. Deux minutes plus tard, les hommes sont entrés dans le bar sans avoir pu parler à personne concernant les vestiaires.

Berggren a continué à travailler aux vestiaires et à l'entrée. Vers 03.00, il s'est rendu aux toilettes pour uriner. Patrik Sjöquist l'y a suivi. Peu après, les deux autres hommes sont également entrés. Berggren se tenait devant l'urinoir. Patrik Sjöquist s'est avancé vers lui et lui a assené un coup de poing sur le nez. Il croit que le nez s'est cassé à ce moment-là. Ensuite Patrik Sjöquist l'a saisi par les cheveux pour écraser sa tête contre l'urinoir. Patrik Sjöquist a fracassé la tête de Berggren au moins trois fois contre le bord de l'urinoir. Il se souvient que Patrik Sjöquist a hurlé « Putain de pédé » et « voilà ce que méritent des gens comme toi ». Ensuite, Berggren a perdu conscience.

Après avoir pris connaissance des accusations, Patrik Sjöquist, l'accusé, a déclaré ceci : Il a été menacé par Joakim Berggren qui lui a dit qu'il « allait le zigouiller si jamais il remettait un pied au Kvarnen ». Berggren a tenu ces propos parce que Patrik Sjöquist avait refusé d'ôter sa veste. L'accusé croit que c'est pour ça que Joakim Berggren s'est imaginé qu'il faisait partie d'une prétendue « mafia des vestiaires ». Plus tard, il est allé aux toilettes pour uriner. Là-bas, Joakim Berggren l'a frappé sur la poitrine. Il a essayé de se défendre, ce qui s'est terminé en bagarre. Il ne se souvient pas exactement ce qui s'est passé ensuite, mais il affirme avoir reçu plusieurs coups de poing au visage et frappé à son tour Joakim Berggren. Pour se protéger. Il affirme pourtant n'avoir frappé Joakim Berggren qu'à trois reprises tout au plus, au visage. En état de légitime défense. Il ne croit pas avoir écrasé la tête de Joakim Berggren contre l'urinoir. Il ne ferait jamais une chose pareille. Puis, deux autres personnes sont entrées brusquement dans les toilettes. Sjöquist ne savait pas qu'il s'agissait d'agents de sécurité. L'un des deux s'est mis à se battre avec

Mrado Slovovic. Sjöquist dit ne pas savoir pourquoi. Il était ivre au moment des faits.

Jugement

L'agent de sécurité Peter Hållen a entre autres raconté avoir vu, au moment d'entrer dans les toilettes, Patrik Sjöquist tenir Joakim Berggren par la nuque. Il a également vu Mrado Slovovic « jeter » par terre Daniel Lappalainen, un autre agent de sécurité, et s'agripper à sa jambe. Le client de la discothèque Christer Thräff affirme avoir entendu Patrik Sjöquist crier que Joakim Berggren « allait souffrir jusqu'à ce qu'il comprenne » pendant que Patrik Sjöquist frappait Joakim Berggren. Les déclarations du témoin semblent tout à fait crédibles. Le Tribunal juge les déclarations de Joakim Berggren également crédibles. Il a, par exemple, décrit en détail les paroles énoncées par Patrik Sjöquist. Ses déclarations sont confirmées par les rapports du médecin, et par les témoignages de Peter Hållen et de Christer Thräff.

Patrik Sjöquist n'a, selon les rapports, ni contusions ni certificat médical. Le témoin Christer Thräff a raconté que Patrik Sjöquist avait attaqué Joakim Berggren sans raison apparente. Vu ces circonstances, le Tribunal doute de la sincérité des déclarations de Patrik Sjöquist.

En résumé, le Tribunal estime que Patrik Sjöquist a bien molesté Joakim Berggren, comme l'a décrit le procureur. Patrik Sjöquist n'a pas agi en état de légitime défense. Ses coups étaient particulièrement violents et brutaux, car portés à la tête, ce qui a entraîné de sérieuses blessures. Le chef d'accusation est confirmé, l'accusé écopera d'une peine qui reste encore à déterminer. Le crime sera qualifié de coups et blessures graves.

Le casier judiciaire de Patrik Sjöquist porte sept inscriptions. La dernière condamnation, quatre mois de prison ferme pour coups et blessures, a été prononcée par le Tribunal d'instance de Nacka. Les autres inscriptions au casier judiciaire concernent entre autres une deuxième condamnation pour coups et blessures, ainsi que des condamnations pour menaces de mort, incitation à la haine raciale, port illégal d'armes à feu, consommation de produits dopants, et trafic de drogue. Selon les services pénitentiaires de Stockholm, Patrik Sjöquist jouit d'une certaine stabilité. Il travaille en tant qu'ouvrier du bâtiment et consacre une grande partie de son temps libre au « bodybuilding ». Son salaire annuel s'élève à environ 200 000 couronnes. Patrik Sjöquist a de plein gré accepté d'effectuer des travaux d'intérêt général.

Étant donné la violence du crime commis, l'accusé est condamné à trois ans de prison ferme.

Accusation n° 2 (Mrado Slovovic ; coups et blessures)
Argumentation

Le procureur s'est référé à deux *déclarations* : les témoignages du plaignant Daniel Lappalainen, agent de sécurité, et de Peter Hållen, également agent de sécurité.

Daniel Lappalainen a entre autres déclaré ceci : Il ne sait pas s'il portait son badge d'agent de sécurité au moment des faits. Il avait compris que quelque chose « se passait » aux toilettes pour hommes. Lorsqu'il a ouvert la porte, il a vu Joakim Berggren étendu sur le sol. Les murs et le visage de Joakim Berggren étaient maculés de sang. Plusieurs personnes se trouvaient dans les toilettes. Un homme est passé devant lui pour sortir précipitamment. Un autre homme, Mrado Slovovic, l'a saisi par la jambe pour le plaquer au sol. Ensuite, Mrado Slovovic lui a fait une prise à la jambe, lui causant une douleur insupportable. Il a cru que Mrado Slovovic lui cassait la jambe. Ensuite Mrado Slovovic lui a dit que « le Kvarnen recevrait bientôt de la visite » et que « Joakim Berggren s'était trompé en se croyant plus fort qu'eux ». Puis Mrado Slovovic et Patrik Sjöquist ont quitté les lieux.

Le témoignage de l'agent de sécurité Peter Hållen se trouve déjà cité ci-dessus (Accusation n° 1).

Après avoir été confronté aux accusations, l'accusé Mrado Slovovic a expliqué ceci : L'agent de sécurité Joakim Berggren avait été très impoli avec son ami Patrik Sjöquist plus tôt dans la soirée. Quand Mrado Slovovic est venu dans les toilettes pour hommes, il a constaté une grande agitation autour de Joakim Berggren et Patrik Sjöquist, qui en étaient venus aux mains. Il s'apprêtait à intervenir, lorsque deux hommes sont entrés dans la pièce. Mrado Slovovic ne s'est pas aperçu qu'il s'agissait d'agents de sécurité. L'un des deux hommes, Daniel Lappalainen, avait dû croire que Mrado Slovovic était impliqué dans la dispute, car il a essayé de le jeter par terre. Mrado Slovovic a pris peur, tout en réussissant à échapper à la prise de Daniel Lappalainen. Il est possible qu'il ait cassé la jambe de Daniel Lappalainen dans le but de se libérer, mais ça n'a en aucun cas été son intention. Daniel Lappalainen ne portait pas de badge l'identifiant comme agent de sécurité, et Mrado Slovovic n'a pas vu qu'il était un agent de sécurité.

Jugement

Daniel Lappalainen et Mrado Slovovic donnent deux versions différentes des faits, se contredisant au sujet de l'auteur de l'agression et aussi sur la question de savoir si Mrado Slovovic a cassé la jambe de Daniel Lappalainen en situation de légitime défense. Les deux personnes ont donné une version crédible des événements. La version de Daniel Lappalainen est confirmée par le témoignage de l'agent de sécurité Peter Hållen qui dit avoir vu Mrado Slovovic jeter par terre Daniel Lappalainen. La version de Mrado Slovovic est confirmée par Patrik Sjöquist qui a indiqué que c'est l'agent de sécurité qui avait attaqué Mrado Slovovic.

Suivant la loi suédoise, le jugement prendra comme base les explications de l'accusé si celles-ci ne sont pas réfutées par le plaignant. Dans le cas présent, les deux paroles s'affrontent, et les deux versions sont confirmées par différentes personnes. Il est établi qu'il n'existe pas de rapport médical qui prouverait que Daniel Lappalainen a effectivement été blessé à la jambe. Il est en revanche incontestable qu'il régnait une grande agitation dans les toilettes du Kvarnen. Dans cette situation tumultueuse, il est difficile de déterminer qui a pris l'initiative de faire usage de la violence. L'enquête prouve que Mrado Slovovic est entré aux toilettes après Patrik Sjöquist et qu'il peut ainsi avoir interprété la situation différemment. Même si Mrado Slovovic a blessé Daniel Lappalainen à la jambe de la manière dont on l'accuse, il peut avoir agi en état de défense légitime *putative*, c'est-à-dire qu'il croyait être exposé à un danger immédiat. Il n'a pas non plus pu être démontré que Daniel Lappalainen portait son badge l'identifiant comme agent de sécurité. La déclaration de Mrado Slovovic, qui affirme ne pas avoir su que Daniel Lappalainen était un agent de sécurité, est donc jugée crédible. En résumé, le Tribunal estime que le plaignant n'a pas été en mesure de prouver l'agression en question. L'accusation sera donc déboutée.

POUR FAIRE APPEL, voir les explications ci-jointes (DV 400)

Le pourvoi en appel doit être adressé à la Cour de Svea au plus tard dans les trois semaines à compter de ce jour.

Au nom du Tribunal
Tor Hjalmarsson

9

Mrado dans ce quartier calme et bourgeois – comme un pingouin à Skansen. Ça ne collait pas. Trop étroit. Trop guindé. Mauvais climat. Les gens le dévisageaient. Heureusement, Radovan ne l'invitait que très rarement.

Pas de place pour se garer, il risquait de ne pas arriver à l'heure. Il circulait. Observait. Il y avait peut-être quelqu'un qui se dirigeait vers sa voiture pour partir. Il s'engageait dans des rues qu'il ne connaissait pas. Sans méthode. Sans logique. Sans succès.

Il se faisait du souci pour autre chose.

Pas de place libre pour sa Mercedes SL 500. Finalement, il se gara trop près d'un passage clouté. Probablement un PV – peu importe, c'était une bagnole de location. Les PV iraient à l'agence.

Mrado monta le sentier qui menait à la maison de Radovan.

Un long bâtiment d'un étage, d'au moins trois cent cinquante mètres carrés. Les murs blancs, le toit plat couvert de briques noires. Les cadres des fenêtres et les portes en bois sombre. Le jardin brillait de toutes les couleurs pendant l'été. Fuchsias, plantes vivaces, rhododendrons. À présent, le jardin était en train de prendre les inévitables couleurs mordorées de l'automne. Une clôture d'une hauteur de un mètre et demi fermait le terrain. Le long de l'intérieur de la clôture poussaient des potentilles. De l'extérieur, cela avait l'air paisible, ennuyeux et gentil. Mrado savait que, à l'intérieur, le terrain était sous haute surveillance.

« *Dobra dosao*, entre, Mrado. »

Stefanovic, la bonne à tout faire de Rado, ouvrit la porte. Il fit entrer Mrado et l'accompagna à travers la maison.

Radovan était assis dans un fauteuil en cuir dans la bibliothèque. Bien sapé comme d'habitude. Un blazer bleu foncé. Un pantalon Manchester clair. Bien coiffé. Les rides et cicatrices sur son visage forçaient le respect.

Du papier peint foncé, les murs longés d'étagères de différentes tailles. Accrochés au-dessus des étagères : des cartes encadrées, des tableaux, des icônes. L'Europe et les Balkans. Le beau Danube bleu. La bataille de Kosovo Polje. La République fédérale de Yougoslavie. Les héros de l'Histoire. Un portrait de Karageorges. Saint Sava. Mais avant tout, des cartes de la Communauté d'États Serbie et Monténégro.

Stefanovic se retira.

Radovan dit en serbe : « Merci d'être venu.

— C'est moi qui te remercie. On n'a pas souvent l'occasion de se voir. » Mrado resta debout.

« Assieds-toi, mon Dieu. C'est vrai, on n'a vraiment pas souvent l'occasion de se voir. Mais c'est sans doute mieux comme ça. Et puis on s'appelle régulièrement.

— Bien sûr. Aussi souvent que tu veux.

— Mrado, arrêtons-là les politesses. Tu me connais, je préfère aller droit au but. Ça n'a rien de personnel. Tu sais bien ce que je pense de ce qui s'est passé au Kvarnen.

— Je crois le savoir.

— Putain de bordel ! Ça ne peut pas se passer comme ça. Moi, je te fais confiance et toi, tu merdes. Tout le monde commence à flipper. Est-ce que tu captes ce que tu as fait ? Tout ça peut mener à la guerre.

— Je suis vraiment désolé, Rado. J'ai mal jugé la situation. J'assume toute la responsabilité de ce qui est arrivé. »

Dans la tête de Mrado : c'était bien la faute de Patrik. Mais pas question de dire ça à haute voix. Quand on est responsable d'une opération, on l'est, point.

Radovan enchaîna : « Merde, bien sûr que tu assumes. Tout autre chose serait de la folie. Tu connais notre position. Ce nazi-là, que tu emploies, a été condamné pour coups et blessures. Il n'a le droit ni de passer des coups de fil ni d'écrire la moindre ligne. Pas la moindre info ne sort ni n'entre. On sait que dalle de ce qu'il raconte sur nous. On peut pas se fier à tout le monde. Espérons pour toi qu'il ne cafte pas. Espérons-le pour nous tous !

— Je ne crois pas qu'on ait des soucis à se faire.

— Tu as si bien travaillé pendant toutes ces années. Et maintenant ça. Pourquoi n'as-tu pas arrêté ce nazi amateur ? Les flics vont le faire craquer aussi facilement qu'on écrase un œuf. En plus les Hells Angels, les Bandidos, Boman ou quelqu'un d'autre peuvent à tout moment perdre les pédales. Il y a déjà assez de tensions entre gangs dans cette ville. Pas la peine de les renforcer. »

Mrado, d'habitude, Iron Man. Mais R était le genre d'hommes dont la présence suffisait pour que même des gars de la mafia yougoslave baissent la voix et évitent de lever les yeux. Mrado s'inquiéta. Radovan était vraiment fâché. Une seule pensée : ne gâche en aucun cas ta relation de confiance avec Radovan. On répète : ne gâche en aucun cas ta relation de confiance avec Radovan.

D'un autre côté, Mrado se tapait tout le boulot. Il s'occupait des vestiaires, du recouvrement du fric, entre autres. Il se rappela l'époque, sous le règne de Dragan Joksovic, où lui et Rado avaient été partenaires du même rang. Des collègues dans le monopole mondial de Jokso. Et voilà que Radovan osait lui dire « qu'il avait si bien travaillé pendant toutes ces années ». Quel baratin de merde, c'est Rado qui avait bien servi sous Jokso. C'était à vomir. Radovan jouait au dieu.

Et d'ailleurs : la part de Mrado dans les affaires était à présent assez minable. Rado lui confiait des trucs à la con. Mais surtout, sa participation aux bénéfices était trop petite. Comme s'ils n'avaient pas de passé commun. Comme si R avait toujours été l'homme le plus haut placé dans la hiérarchie.

Mais là, à cet instant, il fallait courber l'échine et se mettre à ses pieds. Trouver des idées constructives. Proposer des solutions. Améliorer subtilement l'ambiance.

« Écoute Rado, Patrik est un bon zigue. Je te jure. Même s'il a gardé son côté un peu explosif, se laisse facilement provoquer, il ne cafte pas. Il est cool. Il connaît les règles. Je me fais pas de souci pour lui.

— C'est une bonne nouvelle. Mais il se peut quand même qu'on soit dans la merde. Patrik est un con, ce mec a besoin d'une carte routière pour trouver sa salle de bains. Plusieurs scénarios sont possibles : en premier lieu, les flics poussent ce nazi à nous balancer. Dans ce cas, ils vont lancer une putain d'enquête de merde, avec des poulets dans tous les bars où on a des intérêts. Peut-être qu'on sera contraints de se retirer de quelques bars. Un autre scénario possible, c'est que les HA, Göran Boman ou quelqu'un d'autre pètent les plombs parce qu'on a une stratégie trop offensive sur le front des vestiaires. La situation actuelle est déjà assez délicate comme ça, tu ne le sais que trop bien, Mrado. La dernière razzia nous a coûté quatre hommes. Sans compter ce qui t'est arrivé. Je sais ce que c'est la guerre. Putain, je suis l'incarnation de la guerre. Tu connais la loi de l'équilibre : après Jokso, il n'y aura pas de roi. Entre nous, Mrado – c'est des conneries. Mais ce n'est pas le moment de mettre en branle ce genre de choses.

— Tu analyses bien la situation, Rado. Comme d'hab. Permets-moi d'ajouter deux ou trois idées. T'as envie de les écouter ?

— Absolument. C'est entre autres pour ça qu'on se voit. C'est quoi, tes idées ?

— Patrik connaît les règles, notre codex. Les balances, on les descend. Il y a quelques jours, il a pu observer ce qui est arrivé à un gars insolent dans la salle de gym. Pas vraiment un poids léger, le mec. Nazi-Patrik a capté le message. Si jamais il cafte, il n'aura même pas le temps de faire un tour aux pissotières non surveillées de la taule avant de se faire trucider. Crois-moi, j'en connais un tas qui ont mal fini à Tidaholm. Mais il ne balancera pas. »

Mrado avait réfléchi. Était blindé d'idées. Perspective à vol d'oiseau. Large perspective. Perspective d'avenir. Projets. Visée d'expansion. Radovan voulait devenir le roi. Il en avait le potentiel. En même temps, Mrado voulait sa part dans le secteur des vestiaires.

« Il faut pas laisser tomber les vestiaires. Depuis l'année dernière où on a commencé à miser là-dessus, on a engrangé dans les trois cents sacs par mois en hiver et presque quinze sacs par mois en été. Sur à peu près vingt boîtes. Plus on arrive à contrôler d'endroits, plus les gens s'habituent à payer des frais. Dans cette ville, cinquante pour cent des bars pourraient demander du fric pour les fringues. Mais que faire de tout ce fric ? Les vestiaires sont parfaits. On opère exclusivement en espèces. Les impôts n'ont pas l'ombre d'une chance, jamais ils ne pourront calculer ce qu'on gagne. Tous les salaires sont payés au noir. Les bars eux-mêmes ne déclarent pas un centime de tout ça. »

Radovan sourit. Ce tableau lui plaisait. Il plissa les yeux puis prit une feuille de papier et un stylo. Une minicalculatrice. Il connaissait déjà les chiffres. Il connaissait déjà les avantages. Il savait aussi qu'il fallait blanchir l'argent en espèces. Mais Mrado savait que Radovan aimait entendre ce que Radovan savait déjà.

« En effet, ça cartonne, Mrado. Je suis d'accord, on a des problèmes avec le blanchiment du pèze en ce moment. Il faut trouver un moyen de le placer quelque part. Le Clara's et le Diamond n'arrivent pas à engloutir les sommes générées par le business des vestiaires. Il nous faut plus d'entreprises. C'est un problème de luxe, en quelque sorte. Ça montre que les affaires roulent. »

Mrado répondit : « Les vidéoclubs devraient marcher, à mon avis. Le fisc ne peut pas contrôler le nombre de films loués en réalité. On peut gonfler les revenus autant qu'on veut. Je peux m'en occuper. J'ai déjà fait ça dans le passé. Si jamais ça foire et que le fisc y fourre son nez, on fait sauter la tête d'un autre, on utilise un prête-nom.

— Tout à fait. On prend qui ?

— Quelqu'un qui n'a pas encore de faillite à son actif. Quelqu'un qui n'est pas complètement débile, mais qui n'a pas grand-chose à perdre non plus. Je vais régler ça. En revanche, un prête-nom ne nous protégera pas si on a une accusation de blanchiment d'argent sur le dos. Au cas où on se fait choper pour des dettes d'impôts exorbitantes ou un truc dans le genre, c'est lui qui fera faillite. Mais vu que tu n'as sans doute pas envie de voir ton nom entaché de faillites suspectes pour lesquelles on pourrait te coller une interdiction d'exercer une activité commerciale, c'est parfait.

— C'est toi l'expert. Commence dès demain.

Stefanovic frappa à la porte. Il apporta du thé Chai et des biscottes. Radovan se renversa dans son fauteuil. Il trempa les tranches de pain dans le thé. Comme un putain de Suédois. Les mangea bruyamment. Puis ils bavardèrent au sujet de la fille de Radovan. Elle allait commencer l'école à la rentrée. École privée, école en centre-ville, école dans le quartier chic – quelle était la meilleure solution ? Mrado raconta ses propres problèmes de merde. Qu'il voyait Lovisa trop rarement. La relation difficile avec son ex-femme. Rado-style : il demanda s'il pouvait faire quelque chose pour Mrado. Ce dernier pensa :

Au contraire. Si les services sociaux apprennent que tu fais partie du tableau, mon droit de visite est foutu.

Deux vrais tapis couvraient le sol. Radovan avait aménagé la pièce dans un style classique. Les livres sur les étagères étaient juste là pour faire joli. On y trouvait des ouvrages de référence et des atlas. Les œuvres d'écrivains serbes dont Mrado ne connaissait même pas les noms : Jovan Jovanović, Sima Milutinović-Sarajlija, Marko Kraljewitsch. Un seul d'entre eux était très connu – Ivo Andrić, le prix Nobel.

Mrado pensa au professeur qui lui avait fait lire Ivo Andrić. Un an plus tard, il était le maître des bagarres à Södertälje.

Radovan posa sa tasse de Chai devant lui.

« Le business des clopes marche à fond. Goran s'y prend bien. Mais on ne peut pas miser sur ce secteur à la longue. Toute le monde est contre la cigarette de nos jours. L'interdiction de fumer dans les bars est une cata, les nouvelles images qu'ils montrent des poumons noirs sont un putain de préjudice pour nos affaires et les contrôles de plus en plus nombreux de la douane aux frontières de l'Union européenne commencent à me taper sur les nerfs.

— Tu as raison, mais il faut qu'on garde contact avec les chauffeurs de poids lourds. Il serait difficile de reconstruire un réseau pareil. Les pays baltes s'ouvriront bientôt complètement et s'intégreront dans l'Union européenne. Là-bas, l'héroïne est huit fois moins chère. Même si les prix ne vont pas tarder à augmenter, il faut qu'on soit prêts. Les chauffeurs qui ramènent actuellement des cigarettes pourront alors se mettre à transporter du H. »

Ils poursuivirent la discussion. Passèrent en revue toutes les activités et les divers projets de Radovan : le trafic de cigarettes et d'alcool, le recouvrement du fric, la came, les machines à sous Jack Vegas, les bordels dans les appartements, les call-girls.

Ainsi que les éléments à moitié légaux, le bar Clara's et la boîte de nuit The Diamond. Les blanchisseries.

À la fin, ils en vinrent aux canaux par lesquels il fallait faire passer l'argent en espèces, au cash rapporté et aussi au fric qui allait être soumis à l'impôt pour sauver les apparences face au fisc. Les bars ne suffisaient pas pour ça. Radovan devait avoir l'air d'un citoyen respectable qui observe la loi.

Conclusion : il leur fallait absolument les deux vidéoclubs. Peut-être encore plus.

Tout le temps, Mrado avait réprimé la question de sa part sur les bénéfices des vestiaires.

Il finit par porter sa tasse de thé à ses lèvres et tenta d'en boire une goutte, bien qu'elle soit visiblement vide. Il espérait avoir assez attendri Radovan.

« Rado, j'aimerais qu'on parle aussi finances par rapport aux vestiaires. »

Radovan leva les yeux des feuilles pleines de chiffres étalées devant lui. « Qu'est-ce que tu veux dire par là ?

— C'est vrai que j'ai un peu merdé avec Patrik. Mais j'assume. Sans ça, je fais du bon boulot. On vient de voir les chiffres. Les affaires cartonnent. Quelle est ma part dans tout ça ? »

Silence.

Mrado fit une nouvelle tentative : « Tu as entendu ce que j'ai dit ? »

Un mur en béton.

« Mrado, laisse-moi t'expliquer une chose. Tu n'as pas à poser de conditions. Peu importe que tes idées soient géniales, ce seront toujours les miennes. Peu importe les bénefs que tu fais, ce sera toujours mon argent qu'il faudra gérer. On se tapera une discussion sur ta part du gâteau quand je le sentirai moi. Ne gâchons pas cette belle soirée avec ça. Je vais oublier ce que tu viens de me demander, d'accord ? »

Mrado resta muet. Comment avait-il pu se tromper si fatalement ? Putain de merde, qu'est-ce qu'il avait léché les bottes de cet enculé pour enfin oser demander sa part. Une autre pensée s'imposa : un jour, ce serait un autre qui donnerait les ordres.

20 heures. Ils passèrent à la salle à manger. L'épouse de Radovan était rentrée. Elle bavarda avec Radovan et Mrado pendant une demi-heure. Elle était très mince. La plus belle Serbe qu'il avait jamais vue.

Elle dîna à la cuisine avec sa fille.

Radovan se comporta de manière irréprochable. Comme si Mrado n'avait jamais posé de question.

L'ambiance redevint normale.

Ils débouchèrent une bouteille de bourgogne 1994. Radovan le dégusta. « Je suppose que tu le sais déjà, Jorge Salinas Barrio s'est évadé.

— Ratko me l'a dit. Je crois qu'il y avait un article dans *L'Expressen* la semaine dernière. Ils ne disaient pas grand-chose, mais apparemment il s'est barré en sautant par-dessus le mur. Pas mal !

— C'est mauvais pour nous qu'il soit dehors. On l'a laissé tomber pendant le procès. Il est au courant d'un tas de choses sur notre trafic de coke et peut nous causer de sacrées emmerdes. Il nous en veut, si j'ai bien compris, et sa vie ne doit pas être rose en ce moment. En cavale, sans potes. Il pourrait avoir envie de faire des conneries. Pour être franc, je ne suis pas vraiment sûr de ce qu'il sait en fait. Et toi ?

— Non plus. Mais je comprends ce que tu veux dire. Qu'est-ce qu'on doit faire ?

— Rien pour l'instant. Mais s'il tente quelque chose, il faudra réagir. Lui apprendre qui tient les commandes. Y aller d'une main ferme. T'es d'accord, Mrado, c'est bien comme ça qu'on traite les emmerdeurs, non ? »

Mrado fixa son verre de vin. Cette dernière question, était-ce une allusion à ce qui allait lui arriver s'il continuait à poser des conditions ? Peu importe : il fallait donner une bonne raclée à ce Jorge-là. Le Latino était un danger pour les Yougoslaves.

Mais Mrado avait d'autres priorités. Faire progresser le business des vestiaires après le fiasco au Kvarnen, trouver un prête-nom pour monter une entreprise de blanchiment d'argent, se battre pour sa fille. Le Latino pouvait attendre.

En plus : pas question de devancer l'ordre de Radovan dans la situation actuelle. L'ambiance était déjà assez pourrie comme ça.

Il allait attendre qu'on lui demande de se mettre à la recherche de ce diable de Jorge avant de passer à l'action.

Et cette ambiance pourrie – il fallait qu'il y réfléchisse.

10

Jorge the Man, le roi des gangsters, il les baisait tous, ces putains de ripoux. Ils pouvaient le chercher autant qu'ils le voulaient. Même pas en rêve – jamais ils ne retrouveraient Jorge-boy.

Il était dehors. Il était libre. Il était le plus fort de la ville. Le plus intelligent.

Toutes ces questions qu'ils devaient se poser à présent. L'homme qui courait plus vite que Ben Johnson. L'homme qui enculait les gardiens. L'homme qui s'était barré d'Österåker à l'aide de quelques draps et d'un crochet fabriqué à partir d'un panier de basket. *Slam dunk.*

Merci pour la bouffe, les gars, et adieu.

L'homme. Le mythe. La légende.

Et ils n'avaient pas la moindre idée d'où il pouvait être.

Son plan d'évasion était réglé au millimètre. Son plan actuel : rester en vie tout en restant libre. Ramasser du cash. Se barrer de ce pays. En d'autres mots : pas grand-chose comme plan.

Santo Sergio avait posé l'échelle au bon endroit. Il s'était cassé à toute allure et avait déjà à moitié quitté la forêt au volant d'une deuxième bagnole, avant même que Jorge n'ait traversé le *no man's land* entre les murs et les arbres. Sergio avait garé l'autre voiture exactement là où il fallait.

Le fantasme de tout fugitif. Un Latino avec des couilles.

Jorge avait foncé à cent dix kilomètres à l'heure sur le sentier. Un rallye comme dans les forêts de Värmland. Les gardiens ne pigeaient que dalle, ils ne l'avaient pas vu sauter dans la bagnole, croyaient qu'il était toujours à pied. Comme il l'avait prévu. Il y avait trois bifurcations tout au long du chemin. Une fois que les gardiens auraient capté qu'il s'était cassé en bagnole, il leur faudrait au moins une heure pour reconstituer le chemin qu'il avait emprunté. Prendre l'autoroute. Passer devant Åkersberga. Prendre la sortie. S'enfoncer dans la forêt où les myrtilles poussaient un peu partout. C'est là qu'il avait eu rendez-vous avec Sergio. Ce dernier avait volé la bagnole pour Jorge trois jours avant l'évasion. Ils l'avaient laissée dans la forêt. Un bidon d'essence dans le coffre. Ensuite ils s'étaient taillés. Pas la peine de mater les flammes.

Les dernières traces de son évasion s'évanouissaient au milieu de nulle part.

Si jamais les flics arrivaient jusque-là.

Il était entré dans l'appartement vers 3 heures du matin. Avant, ils avaient passé toute la soirée dans la voiture en attendant que la voie soit libre – pour que les voisins ne remarquent pas l'arrivée de Jorge. Ils avaient bouffé des döners, bu du Coca et du café tout en écoutant Power Hit Radio et en parlant pour rester éveillés. Jorge avait retrouvé son calme après la montée d'adrénaline.

Les journées suivantes : Jorge put loger dans un appartement vide, qui appartenait à la tante de Sergio. La vieille vivait depuis sept semaines dans la maison de retraite de Norrviken.

Le deal : Jorge n'y resterait pas plus de dix jours. Il ne mettrait pas un pied dehors. La jouerait profil bas. Ensuite il pourrait faire ce que bon lui semblait, mais il allait payer Sergio pour tout – promis, juré.

Jorge était reconnaissant. Sergio était un ange gardien. Il avait déjà fait plus que toute autre personne. Il s'était sacrifié. Avait pris des risques. Avait joué gros. Comme il se devait entre les membres d'une même famille, mais personne ne l'avait encore fait pour Jorge.

Il n'avait pas l'intention de rester plus d'une semaine.

Enfermé dans l'appart. Dur – il était pourtant libre à présent. Mais là – dans une nouvelle cage. À peine quelques mètres carrés de plus que la cellule d'Österåker. Il fallait se préparer à sa nouvelle vie de fugitif.

Jorge se laissa pousser la barbe. Se coupa les cheveux et les teignit ensuite en noir.

Il demanda à Sergio de lui acheter des petits bigoudis et des produits pour se faire une permanente : Thio Balance Permanente, cinq cents millilitres. Il lut attentivement les instructions. S'installa dans la baignoire, mouilla ses cheveux sous la douche et enroula ensuite soigneusement les mèches sur les bigoudis violets. Heureusement, personne ne le voyait. On aurait dit un putain de pédé.

Il testa une nouvelle démarche et tenta de déguiser sa voix le mieux possible.

Jorge le savait : les gens te reconnaissent instinctivement à ta manière de bouger, de marcher, de parler, de passer ta main dans tes cheveux et de sourire. À tes tics inconscients et à l'emploi de certaines expressions. La seule bonne action que Rodriguez ait jamais faite selon Jorge : le vieux les avait enregistrés sur une cassette vidéo, lui et Paola, quand ils étaient petits. Deux personnes tout à fait différentes : un garçon et une fille, l'un maladroit, l'autre gracieuse, l'un anguleux, l'autre ronde. Mais quand même, leurs manières de bouger étaient presque identiques. Jorge se souvenait. Les gestes étaient plus dangereux que le physique.

Travailles-y, Jorge-boy – vite, putain !

Il ne supportait pas cet appart. Il avait envie de sortir. Il prit le miroir dans l'entrée et le fixa contre le mur dans la salle de séjour. Le premier jour, il arpenta les pièces de 10 heures du matin jusqu'à 19 heures, les cheveux en pyramide façon Marge Simpson, et essaya de trouver une nouvelle démarche. Répéta des tics. Une nouvelle voix.

Au bout de douze heures, il avait une nouvelle coiffure : des cheveux crépus. Pas aussi bouclés qu'il le pensait, bien qu'il ait gardé les bigoudis le double du temps indiqué sur le mode d'emploi sur l'emballage.

Il s'enduisit d'un autobronzant, Piz Buin, le plus efficace. D'après les conseils d'utilisation sur le tube, il fallait laisser la crème pénétrer la peau pendant trois jours. Ça devrait marcher.

Résultat final : il avait l'air d'un métis, *el mestizo macanudo*. Plus qu'une opération des lèvres et du nez, et même sa mère ne le reconnaîtrait plus.

Merveilleux.

Les persiennes étaient baissées. La pièce, perpétuellement plongée dans une lumière grisâtre.

L'appartement était petit. Un deux pièces-cuisine. Dans la chambre un lit simple, sans draps. Jorge avait cru qu'ils en avaient dans la maison de retraite. Mais ils avaient apparemment tout vidé lorsqu'ils étaient venus chercher la tante de Sergio. Dans la salle de séjour, il y avait un canapé, une télé, un tapis et une table basse en bois sombre. Un lustre en verre jaune était suspendu au plafond. Les étagères remplies de photos de famille, de cartes postales du Chili et de livres. La plupart en espagnol. Il se surprit à se demander si elle avait un mari et des enfants. Regarda les cartes postales. En lut quelques-unes. Au bout d'un moment cela le barba. Les baskets Asics n'avaient pas été à la hauteur de leurs promesses. Son pied lui faisait toujours mal. Il s'était peut-être foulé la cheville.

En plein milieu de la journée, il sonna chez les voisins du dessous, du dessus et d'en face. Il se cacha dans la cage d'escalier au cas où ils ouvriraient. Personne à la maison. Il pouvait tranquillement regarder la télé.

Mais il baissait quand même le son. Pas de câble. Il l'allumait de temps en temps pour écouter les infos. Rien sur lui. Il regardait des rediffusions, les films de la matinée et le téléachat. Il commençait à flipper.

Il continuait à travailler sa nouvelle allure. Il fallait déterminer un rythme. Balancer les bras. Laisser la jambe droite décrire un petit mouvement vers l'extérieur à chaque pas. *Nigga with attitude*. Une allure pleine d'âme. Des mouvements fluides. Ne pas surjouer, rester le plus naturel possible. Il avait l'impression d'avoir bougé comme ça pendant toute sa vie. Il l'avait dans le sang. C'était inné.

Il lisait les journaux du soir que Sergio lui apportait. Ils n'écrivaient pas grand-chose sur son évasion. Juste un entrefilet dans *L'Expressen* le lendemain de sa fuite et une notice dans *L'Aftonbladet*.

Selon *L'Expressen* :

Jeudi après-midi, un homme condamné pour trafic de drogue s'est évadé du Centre pénitentiaire d'Österåker dans des circonstances spectaculaires. Un gardien a déclaré devant les reporters de L'Expressen *que le fugitif, Jorge Salinas Barrio, n'avait jamais causé de problèmes et que personne n'aurait cru qu'il préparait une évasion. Selon une source interne au centre pénitentiaire, Jorge Salinas Barrio a bénéficié d'une aide extérieure pour franchir le mur. Il a ensuite couru en direction de la forêt où il a probablement pris une voiture qui l'attendait là-bas. La même source indique que le fugitif s'était entraîné en courant tous les jours « comme un forcené ». La direction de la prison a reconnu sa responsabilité dans les faits en soulignant également son soulagement quant à l'absence de victimes dans la fuite.*

Après la vague d'évasions au cours de l'année 2004 où, entre autres, Tony Olsson, condamné pour le meurtre d'un policier à Malexander, a réussi à s'évader à deux reprises dans une même année, la sécurité et la surveillance des centres pénitentiaires avait été renforcée. En réaction aux événements de la veille, les services pénitentiaires ont annoncé la possibilité d'une nouvelle enquête visant à poursuivre l'amélioration du niveau actuel de sécurité dans les prisons.

Jorge ricana. Ils avaient donc trouvé son entraînement exagéré. Que pensaient-ils de ses études à la bibliothèque municipale ? Avaient-ils la moindre idée de ce qu'il avait fait là-bas ?

Le surlendemain de la cavale, plus rien dans les journaux du soir. Il était déçu. Mais en même temps c'était bien – moins il suscitait d'attention, mieux c'était.

Ses séances de sprint lui manquaient. Il détestait le silence. Avait peur de perdre sa condition physique et ses muscles.

Les heures passaient à la lenteur d'une moto bridée. Il tentait de faire des projets. Se masturbait. Regardait à travers les persiennes. Se sentait nerveux. Répétait sans cesse le rôle du nouveau Jorge. Tendait l'oreille pour entendre des bruits suspects dans la rue ou la cage d'escalier. Rêvait de son succès à l'étranger.

La tristesse : dix fois pire qu'en taule.

Il dormait mal. Se réveillait souvent. Écoutait. Soulevait les persiennes. Collait son œil contre le judas.

Se promenait dans l'appart en chancelant. Se regardait dans le miroir. Qu'allait-il devenir ?

Le dilemme de Jorge : la seule chose qu'il maîtrisât c'était le trafic de coke. Mais comment pouvait-il mettre un pied dans le business sans dévoiler son identité ? C'était Jorge qu'on respectait. Pas le-nom-qu'il-allait-porter. Impossible de s'imposer dans le secteur tout seul. Il avait besoin d'aide.

Il lui fallait un numéro de sécu et une adresse pour pouvoir prendre une nouvelle identité. En plus, il avait l'intention de resquiller dans le métro. S'il se faisait choper, il fallait pouvoir donner son numéro de sécu et son adresse aux contrôleurs.

Il allait aussi devoir fréquenter des solariums pour éviter d'utiliser tout le temps le produit de bronzage. Et trouver des lentilles d'un brun plus foncé que celles qu'il mettait d'habitude. Il avait besoin d'autres fringues que ce survêtement crade que Sergio lui avait filé. Un téléphone portable. Entrer en contact avec certaines personnes. Mais avant tout : Jorge avait besoin de cash.

Paola lui manquait. Il avait envie de l'appeler tout en sachant que ce ne serait pas une bonne idée. Il fallait encore attendre.

Au bout de cinq jours, il commençait à devenir parano. S'imaginait que chaque bagnole qui s'arrêtait en bas dans la rue était pleine de poulets. Sergio arriva le soir et ils discutèrent de la situation. Les keufs ne s'étaient pas encore pointés chez Sergio. Tranquille. Jorge était quand même nerveux. Voulait se barrer.

Le lendemain, Sergio vint le chercher à 6 heures du matin. Jorge était complètement à bout. Il n'avait pas dormi une seule minute. Passé la nuit à ramper dans l'appartement, un mouchoir dans la main, ramassant le moindre cheveu et la moindre trace de lui.

Ils prirent la voiture pour aller à Kallhäll. Jorge pria Sergio de faire quelques crochets supplémentaires pour semer d'éventuels poursuivants.

Sergio secoua la tête. « Tu flippes total. »

Le logement suivant de Jorge : une chambre chez le meilleur ami d'Eddie, le frère de Sergio. L'avantage : si jamais les poulets étaient à ses trousses, ils perdraient définitivement sa trace là. L'inconvénient : le cercle de ceux qui savaient où il était s'élargissait.

En fait, c'était parfait d'habiter chez des gens qui ne le connaissaient pas. Eddie pourtant n'était pas dupe. Il éclata de rire quand il vit Jorge. *El negrito.* Jorge fut présenté à l'épouse d'Eddie et à ses deux gosses. Elle ne savait rien de son histoire. Pas idéal mais bon, OK.

Pendant plusieurs jours d'affilée, Jorge ne quitta pas son lit. Il écouta les cris des enfants, étudia la structure du plafond, pensa à sa mère, aux difficultés qu'elle avait dû rencontrer à son arrivée en Suède, déjà enceinte de lui. Fuyant la dictature. Seule face à tous ses souvenirs. Il avait honte d'en savoir si peu. Il lui avait posé trop peu de questions.

Petite chambre. Celle d'un des gosses. Des Lego jonchaient le sol. Aux murs, des affiches de DJ Mendez et des personnages de la trilogie du *Seigneur des Anneaux*. Des rideaux fleuris aux fenêtres.

Il lisait des BD. Il aurait bien aimé jouer avec la Xbox d'Eddie, mais il n'osait pas aller dans les autres pièces de l'appartement. Il aurait préféré retourner dans la piaule de la vieille, mais, en même temps, il savait qu'il était plus en sécurité ici. Il avait envie de retrouver sa vraie liberté. De sortir.

Quelques jours plus tard. Eddie frappa à la porte à 2 heures de l'après-midi. À cette heure-là, il était censé bosser. Jorge capta tout de suite : mauvaises nouvelles. Eddie était en nage. Il n'avait même pas ôté ses chaussures. Dans son dos, les enfants chialaient.

« Jorge, il faut que tu te barres. Ils sont en train d'interroger Sergio.

— Depuis quand ? Comment tu le sais ?

— Les flics l'ont appelé ce matin pour lui dire qu'il devait se présenter au commissariat avant une heure. Il m'a appelé direct, disant que je devais te prévenir sur-le-champ, mais qu'il ne pouvait pas t'appeler.

— Impec. C'est moi qui lui ai dit de faire comme ça. Pas de conversations téléphoniques. Ils peuvent nous mettre sur écoute et plein d'autres choses encore. On ne t'a pas suivi ? »

Eddie : pas le Latino le plus futé au monde. Mais pas non plus né de la dernière pluie. Il savait bien qu'il fallait jeter un œil par-dessus son épaule.

Jorge s'habilla. En plus du survêtement, Sergio lui avait prêté une veste. Ses affaires se comptaient sur les doigts d'une main : un tube d'autobronzant Piz Buin, les bigoudis, une brosse à dents, deux calbuts et une paire de chaussettes. Tout provenait de Sergio, ainsi que les cinq cents balles qu'il lui avait empruntés.

Il fourra les affaires dans un sac de supermarché. Embrassa Eddie sur la joue. Fit un signe de la main aux mioches qui hurlaient. Remercia le plus âgé de lui avoir laissé sa chambre. Il espérait qu'Eddie n'avait pas balancé son nom et son identité à sa bourgeoise.

Dix jours qu'il était en cavale. Est-ce que c'était déjà foutu ?

Il nota quelques mots en espagnol sur un bout de papier à l'adresse de Sergio. Codé, comme convenu. Puis il fila le papier à Eddie.

Il traversa l'appartement. Il avait l'impression d'entendre les sirènes des voitures de police qui s'approchaient.

Il ouvrit la porte qui donnait sur la rue.

Un coup d'œil à l'extérieur. Pas de bagnole à l'horizon. Personne. Tout était calme. Un Latino paranoïaque en cavale.

Que faire maintenant, putain ?

L'air se rafraîchissait. 9 septembre. Jorge erra en ville toute la journée. City : rue Drottninggatan, rue Gamla Brogatan, place Hötorget, rue Kungsgatan. Stureplan. Il déjeuna au McDonald's. Regarda les étalages des boutiques. Tenta de reluquer les nanas.

Il n'arrivait pas à se détendre. Au taquet. Tout le temps. Obsession ou mesure de sécurité, peu importe, il jetait à tout bout de champ des regards circulaires comme si chaque trogne était un flic en civil.

Et voilà Jorge qui craque : *El Jorgelito* – une petite merde qui se chie dans le froc. Il avait envie d'appeler sa sœur. Voulait parler avec sa mère. Avait presque envie de rentrer en cabane.

Il ne pouvait pas continuer comme ça, il fallait se reprendre. Arrêter de penser tout le temps à sa mère et à sa sœur. Qu'est-ce qui lui arrivait, putain de merde ? La famille était plus importante que tout, c'était la règle de base. Mais quand on n'avait pas de vraie famille, quand on était contraint de se débrouiller tout seul, il fallait obéir à d'autres lois. Il se concentrait sur l'essentiel.

Il n'avait nulle part où aller pour dormir, n'avait pas de pote sur lequel il pouvait compter.

Cinq cents balles dans la poche. Il pourrait taper une de ses vieilles connaissances de la neige ou essayer de squatter quelque part. Mais le risque était trop grand, ces gars-là le balanceraient en moins de deux.

Il pourrait prendre une chambre dans une auberge de jeunesse. Probablement trop cher. En plus ils allaient sans doute vouloir vérifier ses papiers.

Il pourrait contacter sa mère ou sa sœur – mais elles étaient certainement surveillées par les flics, inutile de leur causer des emmerdes.

Putain.

Au cours des journées passées au lit dans la chambre du gosse, une idée avait cristallisé dans sa tête : se loger dans un foyer d'hébergement pour sans-abri. Ça résoudrait le problème du toit sur la tête, mais pas celui du blé. Il y avait également une autre idée, plus brillante celle-là. Dangereuse. Insolente et idiote. Il tentait de la réprimer puisqu'elle impliquait Radovan.

Jorge demanda à quelques SDF du Plattan où il pouvait dormir. Ils lui conseillèrent deux endroits : la mission municipale de Nattugglan au Slussen et le KarismaCare au Fridhemsplan.

Il s'engouffra dans la station de métro de Hötorget. Il était 8 heures du soir. Les barrières où on compostait avaient changé pendant son séjour en cabane. Plus difficile de resquiller. De grandes parois en Plexiglas qui s'ouvraient en glissant lorsqu'on faisait passer sa carte à travers une fente. Il n'avait pas envie de gaspiller son argent. Il n'avait pas envie d'aller à pied jusqu'au Slussen. Calcul des risques. Les barrières étaient trop hautes, on ne pouvait pas sauter par-dessus. Il loucha en direction de l'agent de sécurité qui était en train de lire un canard et semblait se foutre de son boulot. Il observa les gens. Pas très nombreux. Il fit les cent pas, se balada de droite à gauche, analysa la situation. Finalement : une bande d'ados s'approcha des barrières. Il se mêla à eux. Marcha au milieu du groupe. Près d'un gars d'une vingtaine d'années. La barrière se mit à biper lorsqu'elle enregistra que Jorge se faufilait dans le sillage d'un autre. Le surveillant n'en avait rien à cirer.

Il descendit au Slussen. Vérifia l'adresse sur un plan du quartier dans la station.

Il était crevé. Rêvait d'un lit.

À 21 heures, il arriva au foyer de Nattugglan, dans la rue Högbergsgatan.

Il sonna à la porte. On le fit entrer.

L'intérieur était chaleureux. L'accueil se trouvait directement à l'entrée. Plus loin, au fond de la pièce : une table et quelques chaises, un évier et une cuisinière le long d'un mur. Dans un coin, il y avait une télé. Les gens jouaient aux cartes, bouffaient, regardaient la télé, bavardaient. Personne ne faisait attention à lui. Il ne reconnaissait personne. Personne ne semblait le reconnaître. Super.

La nana à la réception ressemblait à la bibliothécaire de la bibliothèque municipale. Le même style, les mêmes fringues marron.

« Bonjour, est-ce que je peux vous aider ? », demanda-t-elle en levant les yeux d'une grille de mots croisés.

Jorge répondit : « Oui, j'ai eu quelques problèmes à trouver un logement ces derniers temps. On m'a dit que cet endroit serait pas mal. »

Il s'adressa à elle d'une voix suppliante et doucereuse. Il n'eut même pas besoin de faire semblant. Il était vraiment à bout. La nana eut l'air de capter. Tout ce qui était assistante-sociale-curateurs-psychologues était toujours tellement compréhensif. Jorge savait comment les prendre.

« Nous avons encore quelques places de libres, ça devrait marcher. Est-ce que ça fait longtemps que vous n'avez plus de logement ? »

Converser. Être sympa. Dire un truc crédible. « Pas si longtemps que ça, environ deux semaines. C'est pas évident. Ma copine m'a jeté dehors.

— Ce doit être dur. Mais vous pouvez rester ici pour au moins quelques nuits. D'ici là, vous aurez peut-être trouvé une solution avec votre compagne. Tout ce qu'il me faut pour que vous puissiez dormir ici c'est votre nom et votre carte d'identité. »

Putain de m.

« Est-ce que vous avez vraiment besoin d'une carte d'identité ? Pourquoi ? » Il se dit : en fait, j'ai un numéro de sécu. Et si je le donnais ?

« Je sais que beaucoup ici préféreraient ne pas donner ce genre d'informations, mais ce service n'est pas gratuit. Nous envoyons une facture de deux cents couronnes par nuit directement à votre responsable social, si vous en avez un, c'est pourquoi il me faut malheureusement vos coordonnées. »

Connasse. Il ne pouvait en aucun cas lui donner un faux numéro de sécu. Ça ne marcherait jamais.

« C'est impossible. Je peux vous payer en espèces.

— Je suis désolé, mais depuis deux ans nous n'acceptons plus les paiements en espèces. Vous devriez peut-être contacter votre service social ? »

Va te faire enculer !

Jorge abandonna. Il la remercia et ressortit.

Il regretta d'être venu. Restait à espérer qu'il n'avait pas éveillé de soupçons.

Il se demanda si quelqu'un l'avait reconnu et scruta son reflet dans la vitre d'un magasin. Les cheveux noirs. Bouclés. La barbe de plus en plus longue. La peau plus foncée qu'auparavant. Ça devrait suffire.

Le thermomètre indiquait 14 degrés.

Où allait-il passer la nuit ?

Il pensa à l'autre plan – son idée de cash. Allait-il oser ?

Défier Radovan.

11

JW recompta les billets. Vingt-deux mille couronnes net, malgré quatre week-ends consécutifs de bringue à la Paris Hilton et l'achat d'un costume Canali.

Il soupesa les quarante-quatre billets de cinq cents entourés d'un élastique. En principe, il les gardait dans une paire de chaussettes tout au fond du placard. La coke rapportait un max. Un mois qu'il était dedans. Il avait déjà pu rembourser ses dettes à Abdulkarim et, par-dessus le marché, réussir son examen de finances.

Abdulkarim le couvrait de louanges, lui avait proposé de s'occuper de la neige à plein temps. Des flatteries qui lui faisaient chaud au cœur. Qui lui donnaient confiance et le faisaient rêver. Mais JW avait décliné l'offre – il voulait tout combiner : la fête, le deal, les études.

Les gars avaient fini par accepter qu'il s'occupe du matos. C'étaient des mecs de la haute. Ils n'avaient rien contre le fait de se laisser servir la marchandise au lieu d'aller se salir eux-mêmes les mains. Le seul à réagir avait été Nippe qui lui avait dit en blaguant : « T'arrives plus à joindre les deux bouts ou quoi ? Ça en a tout l'air puisque tu n'arrêtes pas de nous noyer de Charlie. N'hésite pas à m'en parler, tu pourras toujours emprunter à mon vieux. » JW n'avait pas bronché. Il s'était dit : bientôt je pourrai l'acheter, le vieux Nippe, et lui en mettre plein la vue.

JW se mata dans le miroir. Deux boules de gel Dax mélangées aux restes du gel appliqué les journées précédentes, et voilà sa crinière parfaitement stylée. Dans le passé, il lui était arrivé de se couper les cheveux lui-même. À présent qu'il avait plus les moyens, il allait peut-être pouvoir fréquenter les mêmes coiffeurs que les gars : Sachajuan, Toni & Guy, Le Gang des Cheveux. Une idée séduisante.

Tous ses vêtements étaient usés : son jean Gucci, sa chemise Paul Smith et ses Tod's avec leurs fameuses semelles granuleuses. C'est de là que venait la satisfaction particulière qu'il ressentit en enfilant le costume Canali. Pas de plis, structure fine, le sentiment de renaître. Même l'odeur était nouvelle.

Un mètre quatre-vingt-deux dans le miroir, blanc, le visage fin. Les poignets fins. La gorge fine. Tout fin. Des doigts de pianiste. Le menton carré. JW changea de pose : je suis beau mec, mais je devrais peut-être faire un peu de muscu. Abonnement SATS – *here I come.*

Samedi. Nippe l'emmènerait avec lui dans un chalet à Sörmland qui appartenait aux parents d'un de ses potes, Gustaf. JW avait rencontré ce mec à plusieurs reprises au Laroy. D'abord dîner, puis faire la teuf. Ils passeraient la nuit là-bas. Cerise sur le gâteau, Sophie et Anna viendraient aussi. Ainsi que quelques personnes qu'il ne connaissait pas. Le meilleur : Jet-set Carl serait de la partie.

Avec un peu de bol, il se taperait peut-être Sophie. Avec un peu plus de bol, il ferait peut-être bonne impression à Jet-set Carl. Et Jet-set Carl, c'était définitivement une ouverture pour les canaux de la C.

Il était 3 heures de l'après-midi. JW se sentait las, sans véritable raison, il n'était même pas sorti la veille. Il s'assit sur le lit, replia les jambes et recompta le paquet. Il savoura le crépitement des billets lorsqu'il les froissa les uns contre les autres. En attendant que Nippe annonce son arrivée devant la maison à coups de klaxon.

La courbe des ventes montait rapidement. Le week-end qui avait suivi celui où il avait offert une ligne à Sophie et Anna au Humlan, il avait lancé la première offensive. En début de soirée, il en avait encore distribué gratos. Mais plus au Humlan – trop naze. Trop cheap.

Ils avaient traîné chez Putte, comme d'habitude. Toute la bande : JW, Putte, Nippe et Fredrik. Il y avait aussi Sophie, Anna et deux autres nanas de Lundberg. Les gars avaient accepté le deal : laisser JW ramener la poudre et partager le prix. Cette fois-ci, les filles avaient voulu mettre leur obole. JW, le maître de la tchatche, joua le généreux, leur offrit à chacun une ligne gratos. Les deux nouvelles, Charlotte et Lollo, n'avaient encore jamais essayé. L'ambiance devint énorme, à tous les niveaux. Ils étaient au taquet, inspirés – pleins à ras-bord. Tout le monde adorait JW, voilà un mec qui savait faire la fête. Au bout de trois heures, ils sautèrent dans des taxis pour descendre au Stureplan. JW ramena quatre grammes. Ils entrèrent au Kitchen. Le programme habituel : danser, picoler, draguer. Nippe réussit à se faire sucer par deux filles. Au bout d'une demi-heure, l'une des deux nouvelles, Lollo, aborda JW, tout extasiée, pour lui dire qu'elle s'éclatait à fond. Elle lui demanda s'il en avait encore, lui assurant qu'elle payerait bien évidemment. JW fit une moue triste. Il lui dit qu'elle n'aurait pas besoin de payer, mais qu'il avait promis de garder le reste pour un autre copain. Elle ne lâchait pas : « S'te plaît, il me faut juste quelques lignes. Je te payerai bien. » Il céda : « D'accord, je vais voir ce que je peux faire. » Il pensa : c'est ton daddy qui crache le fric. Marché conclu pour mille deux cents balles le gramme. Une marge de deux mille quatre cents couronnes. Génial, comparé aux courses avec le taxi – galérer toute une nuit dans la Ford rapportait autant qu'une discussion charmante de trois minutes au Kitchen, tout en matant une fille mignonne. Pas mal.

Pareil le week-end suivant. Juste un changement de clientèle. La fête dans un autre appartement, la sortie dans un autre endroit, l'after dans une autre maison. Il avait gagné sept mille couronnes net en distribuant cinq grammes gratos en tout.

La semaine suivante, il avait rendez-vous avec Sophie dans un café aux galeries du Stureplan. Ils parlèrent de boîtes branchées, de jolies fringues, de connaissances communes. Ils parlèrent même de trucs sérieux. Ce qu'ils voulaient faire une fois les études terminées. Sophie était inscrite en économie, mais elle voulait essayer d'entrer en école de commerce en troisième année. Pour ça, il lui faudrait la mention très bien dans toutes les matières, bosser dur, se discipliner. Ensuite, elle irait à Londres pour se faire du fric. JW voulait se lancer dans le business de la bourse, il était doué en maths. Elle lui posa des questions intimes, sur son histoire, ses parents. JW s'esquiva, dit qu'ils avaient passé la plupart de son enfance à l'étranger, qu'ils habitaient maintenant dans une ferme en Dalécarlie et qu'elle ne les connaissait certainement pas. Elle lui demanda pourquoi ils n'habitaient pas quelque part en Sörmland ou plus près de la ville. JW changea alors le sujet de conversation. Il y était habitué, avait des choses en stock à dire. À la place, ils parlèrent de sa famille à elle. Ça marchait à tous les coups. Sophie laissa tomber les questions et lui raconta son histoire.

Elle venait de la campagne, d'une ferme. Au cours préparatoire, elle était d'abord allée dans une école normale. Ça ne collait pas. Ses camarades de classe étaient méchants avec elle. Ils la traitaient de snob, refusaient de jouer dans la même équipe qu'elle en sport et croyaient pouvoir se permettre de lui piquer son sac. C'était presque un peu niais, mais JW la comprenait vraiment. Après le CM2, elle avait changé d'école. Pour l'internat de Lundsberg, où elle avait retrouvé ses semblables. Elle adorait ce bahut.

JW n'arrivait pas à la quitter des yeux. Elle était son meilleur argument de vente, tellement sexy et en plus elle semblait profondément gentille. Une fille bien. Son objectif était clair : il allait la travailler, dans les deux sens.

Le week-end suivant, JW suivit Sophie et sa bande de filles à une fête privée. Lollo adorait la neige, elle lui hurla dans l'oreille : « Avec ça, j'ai une vie sexuelle du tonnerre. » Sophie adorait la neige. Anna adorait la neige. Charlotte adorait la neige. Tout le monde dans la pièce adorait JW. Huit sacs pour sa poche.

Le dernier week-end, le vendredi soir, ils se retrouvèrent d'abord chez Nippe, puis ils se rendirent au Kharma, où ils avaient réservé une table, avant de terminer la soirée chez Lollo. Le samedi commença par un dîner chez Putte, continua autour d'une table d'habitués à la Cafèt et se termina de nouveau chez Lollo avec un tas de nouvelles personnes.

Une journée record. Il encaissa onze mille net.

Pendant la semaine, il tentait de réviser ses cours. Il avait l'impression d'être un autre homme. La vente de C faisait des miracles sur son compte-épargne, sa confiance en lui et sa garde-robe. Mais il n'arrivait quand même pas à trouver la paix. La Ferrari jaune le hantait jour et nuit. C'est le soir où l'Arabe lui avait proposé d'entrer dans le business de la coke qu'il avait posé la première question sur Camilla. Il avait espéré que quelqu'un se souvienne de quelque chose, mais, en son for intérieur, il ne croyait pas que cela le mènerait quelque part. À présent, pourtant, l'image de la Ferrari descendant à toute allure la rue Sturegatan était imprimée dans sa rétine et n'en bougeait plus. Il voulait en savoir plus.

D'abord, il avait appelé la préfecture. Malheureusement, impossible de se souvenir du numéro d'immatriculation de la voiture, mais ce n'était pas grave – le registre de véhicules était une de ces merveilleuses institutions de la société. Grâce auxquelles n'importe qui pouvait identifer le propriétaire d'une voiture immatriculée en Suède. S'il s'agissait d'une marque un peu insolite, on pouvait avoir l'information même sans le numéro d'immatriculation. Selon l'employé de la préfecture, il y avait deux Ferrari à Stockholm au moment de la disparition de Camilla. L'un appartenait au millionnaire de la nouvelle économie, Peter Holbeck, et l'autre à une agence de leasing, la Dolphin Finans AB. L'agence était spécialisée dans les voitures de sport et les yachts.

JW se renseigna d'abord sur Peter Holbeck. Le type avait fait fortune dans le webconsulting. Avec le recul, JW trouvait ça cousu de fil blanc – putain, comment les gens pouvaient-ils gober que chaque consultant se fasse cinq mille sacs en fabriquant des sites que n'importe quel ado avec un peu d'intérêt pour l'informatique pouvait faire ? Mais Peter Holbeck, entrepreneur et pseudo-visionnaire, ne s'était pas laissé déconcerter. Il avait vendu à temps. Son entreprise comptait cent cinquante employés. Six mois après la vente, la société déposait le bilan. Cent vingt employés au chômage. Peter Holbeck avait gagné trois cent soixante millions d'euros. À présent, il allait faire du ski trois mois sur douze et bullait avec ses enfants en Thaïlande ou dans d'autres endroits ensoleillés de la Terre.

La question que se posait JW : que faisait ce millionnaire de la nouvelle économie au printemps où Camilla avait disparu ?

Il misa sur un procédé simple : appeler Holbeck. Au bout de trois jours, il réussit à le joindre. Enfin une première piste. Quand il décrocha, Holbeck respirait fort, comme s'il avait couru avant de dire : « Peter à l'appareil.

— Bonjour, je m'appelle Johan. » Rares étaient les moments où JW se présentait avec son vrai prénom. « J'aurais quelques questions à vous poser, j'espère que je ne vous dérange pas.

— Êtes-vous journaliste ? Je n'ai pas envie de donner d'interview.

— Non, je ne suis pas journaliste. Cela concerne une affaire privée. »

Holbeck eut l'air étonné. « Allez-y.

— Je suis à la recherche d'une femme. Camilla Westlund. Elle a disparu il y a environ quatre ans. On ne sait pas où elle se trouve actuellement. Mais avant sa disparition, elle a été vue à plusieurs reprises dans une Ferrari jaune. Vous étiez le propriétaire d'une telle voiture à ce moment-là. Je me suis dit que vous pourriez savoir quelque chose. Auriez-vous prêté votre voiture à quelqu'un ?

— Est-ce que vous êtes de la police ou journaliste ?

— Je ne suis pas journaliste, je crois vous l'avoir déjà dit ? De la police non plus. C'est une affaire privée. »

— Peu importe. Je n'ai pas la moindre idée de ce dont vous me parlez. Est-ce que vous insinuez quelque chose ?

— Je suis désolé, je sais que ça doit vous paraître bizarre. Je voulais juste demander si vous saviez quelque chose.

— *Whatever*. J'étais dans les Rocheuses la moitié de l'année. Pour faire du ski. Le reste du temps, j'étais à Österlen ou en Floride. Avec mes enfants. La voiture était au garage à Stockholm. »

JW avait compris : pas question d'aller plus loin. Holbeck avait été assez clair. Il mit fin à la conversation.

Le lendemain, il tapa le nom de Holbeck sur Google et surfa sur le net pendant des heures. Finalement, il atterrit dans les archives de L'Aftonbladet. Plusieurs articles se référaient aux vacances luxueuses du millionnaire. Il n'avait pas menti : il possédait bien une maison à Österlen et une autre en Floride, et il avait été faire du ski aux États-Unis l'année de la disparition de Camilla. Très probable qu'il ne soit pas impliqué.

Restait toujours l'autre Ferrari.

JW fit des recherches sur l'entreprise de leasing, la Dolphin Finans AB. Le nom était louche. Il contacta la chambre de commerce. L'employé à l'autre bout du fil fut très serviable et l'informa que la firme avait fait faillite un an auparavant. Toute la propriété, les voitures et les bateaux avaient été rachetés par une entreprise allemande. JW jeta l'éponge. C'était presque un soulagement, il pouvait donc laisser tomber la Ferrari. Vraiment ?

Dans la rue, une voiture klaxonna. JW regarda dehors et aperçut Nippe dans la nouvelle Golf que ses parents venaient de lui offrir pour ses vingt et un ans.

Ils prirent la route nationale E 404 vers le sud – où les attendaient un dîner, une fête, des projets pour la nuit.

À la radio : un classique de Petter. JW n'était pas fan de hip-hop, mais il ne put s'empêcher de fredonner le texte : « Le vent a tourné. »

Ça parlait de lui. *Big time.* Son heure était venue, fini la double vie, il allait enfin devenir comme eux, pour de vrai. Plus riche qu'eux. Il allait les bouffer au petit déj.

Ils tchatchaient. JW écoutait. Nippe parlait de Lollo, elle le branchait. Jet-set Carl s'était comporté de manière hyperarrogante le week-end précédent – celui-là se prenait vraiment pas pour de la merde ! Et encore : joli costard, mon gars ! Puis Nippe raconta le dernier épisode d'une série télé. Que du blabla.

« En fait, je ne crois pas que je vais choisir l'option finances. Je pense faire du marketing. »

JW moyennement intéressé. « Ah ! »

« Le marketing c'est ça qui compte, la gestion des marques passe avant tout. Tu peux vendre n'importe quel produit, peu importe les coûts, peu importe le prix. Tout ce qu'il faut, c'est un bon marketing et une bonne gestion des marques. Il y a un putain de potentiel dans tout ça.

— Oui, mais à la fin c'est quand même ton activité principale qui détermine ton bilan et qui rapporte vraiment du capital et t'assure ton financement. Si ton marketing coûte trop cher et que tu ne fais jamais de bénéfices, tu meurs.

— C'est clair, mais le fric, on le gagne de toute façon. Regarde Gucci et Louis Vuitton. Les fringues, les boutiques à Stockholm, les collections de mode, tout ça n'est qu'un prétexte. En réalité, ce sont les accessoires de marque qui rapportent du fric. Les lunettes de soleil, le parfum, les ceintures, les sacs à main. De la merde fabriquée en Chine, des trucs superflus. De la marque, quoi. »

Selon JW, Nippe n'était pas le mec le plus futé au monde et il avait apparemment trouvé un nouveau mot fétiche.

Ils continuèrent leur discussion.

JW était en plein kif. Il comptait tripler son chiffre d'affaires en un mois. Il calcula dans sa tête, multiplia, fit des projets, structura. Vit les courbes de vente, la croissance. Argent facile. La courbe du profit se dessinait devant ses yeux.

Ils arrivèrent une heure plus tard. Nippe raconta que les parents de Gustaf habitaient dans un ancien domaine seigneurial. Les parents – de bons amis de Sa Majesté le Roi.

Gustaf les accueillit. JW refit le constat qu'il avait déjà fait les autres fois : ce gars était l'incarnation du bobo. Vêtu d'un veston en tweed, d'un chino blanc, d'une cravate rouge, d'une chemise à carreaux et boutons de manchette sur des chaussures Marc Jacobs. Ses cheveux étaient lissés vers l'arrière – la crinière des crinières.

Le bâtiment principal faisait au moins deux mille mètres carrés. Deux gros lustres pendaient entre les piliers dans le hall d'entrée, des paysages enneigés étaient accrochés aux murs. Un escalier en colimaçon menait au premier étage. Gustaf leur présenta Gunn, « la maman de la maison », comme il dit.

« C'est elle qui a un œil sur moi quand père et mère sont en voyage. »

JW répondit : « T'en auras bien besoin ce soir. »

Gunn rit. JW pouffa. Nippe gloussa. Gustaf se fendit la poire, rit à gorge déployée.

Très bonnes vibes. Cool. Gustaf semblait l'apprécier.

Nippe et JW suivirent Gunn dans une chambre d'amis dans l'une des ailes.

JW tripota l'enveloppe dans sa poche. Quatorze grammes, au cas où.

Le dîner était prévu pour 19 h 30. Ça laissait du temps pour une partie de tennis. Sophie et JW jouèrent un double contre Nippe et Anna : 7-5, 6-4, 4-6, 7-5. Ambiance super parmi les gagnants. Nippe était mauvais joueur, il écrasa sa raquette par terre. Anna garda son calme. JW n'avait jamais joué au tennis pendant son enfance, mais, d'instinct, il se débrouillait plutôt bien – il avait l'air d'en avoir fait toute sa vie.

Ils prirent une douche. JW fit un somme dans la chambre. Nippe alla chier.

Chacun mit son smoking. JW avait un Cerruti d'occasion dont il disait qu'il lui avait coûté douze sacs. En réalité, il l'avait eu pour deux mille cinq cents. Nippe demanda si JW avait ramené de la marchandise. « Il paraît qu'on peut compter sur toi en ce moment. »

JW ne sut pas si c'était un bon ou un mauvais commentaire. Était-il allé trop vite ?

Il éclata de rire. « Ouais, j'en ai un peu sur moi. T'as envie de te faire une ligne ? »

Ils se partagèrent trente milligrammes, juste assez pour un léger trip.

La coke eut un effet immédiat.

Pas moyen d'arrêter de se marrer.

Ils descendirent dans le salon pour l'apéritif. JW avait l'impression d'être l'homme le plus intelligent au monde.

Les quatorze autres invités les attendaient, chacun tenait une coupe de champagne dans la main. JW passa en revue toute la bande.

Les gars : Fredrik, Nippe, Jet-set Carl, Gustaf et trois autres mecs.

Les filles : Sophie, Anna, Lollo et cinq autres nanas que JW n'avait encore jamais vues. Toutes des bombes. Des filles avec de bons gènes. Papa riche autant que maman belle, ou l'inverse. Elles savaient se maquiller. Se mettre du rouge à lèvres, appliquer le meilleur fard à paupières, avoir une belle peau. Et surtout, comment s'enduire d'autobronzant pour avoir toujours l'air de rentrer de vacances. Elles s'habillaient adroitement, en cachant ce qui était moins joli : un ventre trop mou, une taille trop large, des seins trop petits, un dos trop plat. Et en accentuant leurs avantages : une belle poitrine, des lèvres pleines, de longues jambes. Des filles sportives, minces. Inutile de parier qu'elles avaient toutes une carte pour le SATS, la cote était trop basse.

Gustaf sélectionnait soigneusement ses invités. JW se sentit honoré d'avoir été convié bien qu'il n'eût rencontré l'hôte de la soirée qu'à trois reprises.

Tout le monde buvait, bavardait, glandait. JW dut se forcer à rester tranquille, il pétait la forme, avait envie de sortir les blagues les plus marrantes du monde à tout bout de champ. Nippe lui fit un clin d'œil. Toi et moi, JW, défoncés à la coke.

Ils prirent place à table.

JW atterrit entre Anna, devenue une cliente habituelle, et une fille du nom de Carro. Pas de soucis, les deux filles avaient la tchatche.

L'entrée était déjà à table. Une nourriture venue d'un autre monde. JW le vit tout de suite. Des morceaux de pain grillé tartinés de caviar suédois, du yaourt crémeux et des oignons rouges finement hachés. L'idée de base n'était peut-être pas si originale, mais c'est le grand saladier en verre au milieu de la table qui faisait la différence – cinq kilos supplémentaires de caviar, au bas mot. De la pure goinfrerie. JW s'en servit pour au moins quatre cents balles dans son assiette.

Gunn arriva avec le plat principal, du filet de gibier avec une sauce aux chanterelles et des quartiers de pommes de terre. JW adorait le gibier. Ils burent du bordeaux. Anna parla de la cave à vin de ses parents. En dessert, il y avait un sorbet de mûres et de framboises. JW se jura que dans dix ans il aurait une Gunn à lui. Cette femme était un incroyable miracle gastronomique.

L'ambiance monta au fur et à mesure des bouteilles que Gunn apportait. Après le dessert, Gustaf fit le tour de la table en remplissant les petites coupes d'une vodka Grey Goose glaciale. Il faisait de plus en plus chaud.

Les filles reluquaient Jet-set Carl et Nippe. Toujours Nippe.

JW mata Sophie.

Elle l'ignora totalement.

La pièce n'était pas une pièce. Le mot juste était sans doute salon. Ou alors salle à manger. Super grande, un plafond super haut, des meubles super pompeux. Deux lustres à pendeloques avec de vraies bougies au plafond. Du papier peint avec une large frise bicolore. Des tableaux contemporains accrochés aux murs, pas impossible que certains aient de la valeur.

JW était allé au musée d'Art moderne la semaine précédente. Il n'était pas forcément amateur d'art, mais Sophie avait dit qu'elle adorait les combinaisons de couleurs criardes et que c'était la raison pour laquelle elle préférait l'art moderne. Les jours précédant la soirée, JW s'était documenté pour savoir ce qu'il y avait dans le musée, il voulait faire bonne impression. Sans s'en rendre vraiment compte, il s'était ainsi forgé une image de quelques artistes. Peut-être qu'un des tableaux était un Kandinsky. Ce machin énorme aux couleurs sombres qui ressemblait à du papier peint : peut-être un Mark Rothko.

La table était dressée avec goût et finesse. Une nappe en tissu, des serviettes vertes calandrées et des ronds de serviette en argent. Des soucoupes pour les bouteilles de vin. Des couverts en argent éclatant et des verres en cristal, bien comme il faut.

La totale. JW adorait.

Ils continuaient de tchatcher. Les mecs adoraient s'écouter parler. Jet-set Carl fanfaronnait, Nippe racontait de mauvaises blagues et Fredrik parlait business. Comme d'hab.

Anna raconta son dernier voyage à Saint-Moritz. Entre chaque phrase, elle se remettait du rouge à lèvres. Elle et une amie avaient fait la connaissance d'une équipe de polo qui descendait tous les ans dans le sud pour jouer des matchs sur un lac gelé dans les Alpes. Ils bossaient dans des banques à Londres, le polo n'était pour eux qu'un petit hobby. JW l'imita et parla de son voyage à Chamonix l'année précédente. Il inventa l'essentiel de l'histoire, en rajouta et exagéra. La seule fois où il avait vraiment été dans les Alpes, c'était pour un séjour sportif cinq ans plus tôt, avec quinze autres gars d'Umeå et de Robertsfors qui avaient dormi et pété, entassés les uns sur les autres dans un bus pendant vingt-sept heures.

Anna était mignonne et sympa. Mais ennuyeuse. Pas de feu en elle. JW écoutait ses histoires, riait à ses blagues et posait des questions. Il faisait tout pour avoir l'air intéressé. Elle continuait de parler, semblait apprécier sa compagnie. Lui, ne pensait qu'à Sophie.

Le dîner suivit son petit bonhomme de chemin. Tous les gens étaient éméchés sans pour autant être bruyants. Gunn allait et venait. Tout le monde semblait espérer le déclic.

Fredrik prononça un discours dans lequel il remercia Gustaf pour la merveilleuse soirée.

Ils se levèrent pour gagner une sorte de bar. De larges canapés avec beaucoup de coussins le long de deux murs. Une table basse devant chaque canapé. Sur les tables, Gunn avait posé des bougies Ittala de quatre couleurs différentes. Dans un coin de la pièce se trouvait un comptoir dix-huitième en lambris. Dans une vitrine derrière le comptoir : verres à Martini, verres à Highball, flûtes à champagne, chopes de bière et verres à vin. Un nombre incalculable de bouteilles d'alcool s'alignaient sur des étagères.

Gustaf se posta derrière le comptoir. Hurla qu'il était le barman de la soirée et qu'il fallait se dépêcher de passer sa commande. Quelqu'un mit de la musique. Beyonce. Un bon *beat*.

Ils picolaient. De l'Apple Martini, du gin tonic, de la bière. Le père de Gustaf possédait un vrai shaker. Ils se préparèrent des cocktails : strawberry Daiquiri, Piña Colada.

JW prit une bière. Il observait ses amis.

Nippe était en train de draguer Carro, Jet-set Carl parlait avec Gustaf derrière le comptoir, le reste des invités avait pris place sur les canapés. Ils discutaient sur fond musical.

JW entendit le cliquetis des assiettes dans la cuisine de Gunn.

Il y avait un truc qui ne collait pas.

Le bruit des assiettes dérangeait. L'idée qu'on entende le bruit dérangeait.

JW comprit ce qui manquait. Il n'y avait pas assez de vacarme dans le bar, personne ne dansait, personne ne rigolait, personne ne hurlait. Résultat logique : pas d'ambiance égale mauvaise fête.

Il alla derrière le comptoir et s'approcha de Gustaf. Il écouta un moment ce que Jet-set Carl disait avant de les interrompre en s'excusant. Il demanda à Gustaf s'il avait une minute, s'ils pouvaient se parler à côté.

Ils retournèrent dans la salle à manger où la table était déjà desservie. Gunn était efficace. JW prit une chaise et fit signe à Gustaf de s'asseoir.

« Gustaf, c'est vachement sympa de m'avoir invité à venir ici. Un putain de bon dîner ! » JW connaissait la règle linguistique de base : on ne jure que positif. Il se mit à vendre son affaire. « J'ai une idée grave. Il se trouve que j'ai ramené quelques grammes de Charlie. Tu sais ce que ça fait et tout. Et si on se tirait quelques lignes ? Comme ça, t'es sûr que la fête parte en délire total.

— Mais ouais, c'est que t'as raison, mec. T'as de la coke ? Putain, cool. C'est exactement ce qu'il nous faut. Je te la paie combien ? »

La question préférée de JW. Il n'avait pas eu besoin de dire qu'il voulait être payé. Gustaf avait envie d'offrir une fête d'enfer à ses amis. À ses frais. Qui n'en aurait pas envie ? JW pouvait livrer le matos qu'il fallait pour ça.

« Normalement je ne vends pas, mais là il m'en reste pas mal. Combien t'en veux ? Six grammes ? Je peux te la faire à mille deux cents le gramme. Ça suffira pour toute la soirée. Les filles vont devenir dingues, tu sais. »

Gustaf accepta sur-le-champ. Il n'avait pas assez d'argent en espèces sur lui, mais promit de payer la semaine suivante. Pas de problème pour JW.

Gustaf se posta de nouveau derrière le comptoir. Trompetta : « De la neige par ici, putain ! » JW lui avait également filé des pailles et deux miroirs.

Tout le monde à part deux gars se tira une ligne, chacun vingt milligrammes.

La fête explosa.

La musique boostée à plein volume. Trois filles montèrent sur les tables basses, dansèrent, se déhanchèrent. Fredrik beuglait les paroles de *Call on me* d'Eric Prydz. Sophie se balançait d'avant en arrière, Nippe roulait des pelles à Carro sur l'un des canapés, Gustaf arrachait sa chemise et sautait au rythme de la musique sur un autre canapé, Jet-set Carl s'éclatait à fond. Il se lança dans une chorégraphie branchée – sa main fouettait l'air en suivant la mélodie d'une chanson.

Enfin une ambiance de fête. Les étalons de la teuf étaient là. Les deux gars qui s'étaient abstenus la première fois se servirent aussi. La coke eut l'effet recherché. Tout le monde criait, se trémoussait, ondulait ses muscles excités. La musique à fond. Une teuf d'enfer. Ils se versèrent des mégadrinks. Hurlèrent les paroles des chansons, rirent pour un rien, dansèrent, rebondirent sur place comme des lapins Duracell. Chauds comme la braise. Beaux comme des dieux. Riches comme Crésus. Jet-set. Les mots à l'honneur dans tous les corps : énergie, intelligence, érection. La fête de Gustaf était mystique. *Rock on.*

Cinq heures plus tard, ils avaient consommé toute la cocaïne. JW planait toujours. Il avait reluqué Sophie pendant toute la soirée. Elle l'avait envoyé chier. Il se sentait trahi.

C'est Anna qui vint vers lui. Elle lui dit qu'elle le trouvait vachement sympa, le remercia pour la discussion agréable pendant le dîner et se mit à danser avec lui. De plus en plus près. La moitié des invités étaient allés se coucher. Les autres se vautraient sur les canapés, parlaient ou roulaient des pelles.

JW monta dans la chambre d'Anna.

Il était 5 h 30. La queue de JW était plus dure qu'une barre de fer.

Ils fermèrent la porte à clé et s'assirent sur le lit.

Anna gloussa. Ils se regardèrent. S'embrassèrent. S'échauffèrent. JW glissa ses mains sous son chemisier et lui caressa les seins. Elle ouvrit sa braguette, sortit sa bite, se pencha en avant et commença à le sucer. Du rouge à lèvres plein la queue. Il gémit. Tenta de se retenir, vraiment, ne voulut pas encore éjaculer. Il recula, se releva pour la déshabiller. Lécha ses seins. Elle saisit à nouveau sa queue et l'introduisit dans son vagin.

Ils baisèrent, haletants.

Ça allait beaucoup trop vite.

Il se retira, éjacula dans sa main.

S'essuya sur les draps.

Ils restèrent allongés l'un à côté de l'autre, se détendirent un peu.

Anna bavarda. Elle voulut analyser la soirée.

JW n'avait pas envie de tchatcher. La coke : meilleure que le Viagra. Au bout d'un quart d'heure, il bandait de nouveau.

Ils sautèrent les préliminaires – baisèrent direct.

Fini au bout de deux minutes. La honte.

Il se sentit vide.

Dormit mal.

12

Dans l'organisation de Radovan : les vestiaires, l'enseignement des bonnes manières et la collecte de l'argent relevaient de la responsabilité de Mrado. Parfois il aidait à remettre sur le droit chemin des dealers et des maquereaux qui se prenaient pour Dragan Joksovic, ou bien il s'occupait de putes qui croyaient pouvoir jouer au chef. Dans la plupart des cas, pour ce genre de boulot, il faisait appel à Ratko ou à un autre gars de la salle de gym.

Sinon, Mrado faisait également des affaires à son compte. Il achetait du bois de Thaïlande. Teck. Ebène. Balsa. Qu'il revendait à des ébénistes réputés, des architectes d'intérieur et des promoteurs immobiliers. Ça marchait bien. Il avait surtout besoin d'un revenu clean.

Ses maux de tête : la condamnation de Patrik. L'ex-skinhead ne balancerait probablement personne, mais il y avait toujours un risque. La poisse que ce nazi s'énerve pour un rien. Pis, que Mrado soit assez con pour demander une plus grosse part du gâteau alors que Rado était de mauvais poil. Une crise de confiance à deux doigts d'éclater entre lui et Radovan ? En plus : Il fallait que Mrado trouve ce cocoman de Jorge. Et encore plus : Mrado avait reçu l'ordre de s'occuper du projet Nova, réunissant les flics et le procureur pour combattre le crime organisé dans la ville. Enfin : il fallait que Mrado voie Lovisa, sinon il exploserait. Cette pute d'Annika lui avait encore collé un procès sur le dos. Il se préparait à se battre pour sa fille, avec le sentiment d'avoir toute la société contre lui. Bordel de merde, il avait lui aussi le droit d'avoir une relation normale avec sa fille !

Il avait des problèmes d'insomnie. Ce n'étaient pas ses magouilles ou le nombre de trucs dont il devait s'occuper qui le réveillaient au beau milieu de la nuit, mais ses pensées pour

Lovisa et son rêve d'une autre vie. Le risque de ne plus jamais la voir. Que ferait-il s'il arrêtait son activité actuelle ? Peut-être qu'il y avait une autre manière de vivre, d'autres secteurs qui lui conviendraient. Non, pas vraiment, Mrado était ainsi. Cette ville avait besoin de gens comme lui. Le moindre de ses problèmes en ce moment serait de trouver un prête-nom pour les vidéoclubs. Il commença par là.

Il en parla aux mecs de la salle de gym. Personne n'avait envie de tremper dans une histoire pareille. Non pas de peur de perdre un magot, du moins pas à cause du fisc, mais de peur de faire faillite. Ces gars-là rêvaient du big business. Au bout du compte tout le monde devait rester dans le cadre légal. Conclusion : ne pas se coltiner inutilement de vilaines lignes dans le casier judiciaire.

Mrado n'avait pas envie de compliquer cette histoire de prête-nom. Mais en même temps – si ça merdait, un autre devrait se la prendre en pleine gueule.

Il pouvait toujours appeler un de ses alter ego : Goran, Nenad ou Stefanovic. Tous des sous-fifres du roi yougoslave, au même rang que Mrado dans la hiérarchie. Des gars qui assuraient. Mais aussi des concurrents dans la lutte pour les faveurs de Rado.

Il appela Goran.

Le gars organisait l'importation de cigarettes et d'alcool. Un courtisan. Un lèche-cul. Si Rado se mettait en rage contre lui, Goran se jetterait sur le dos et agiterait les jambes. Comme un clebs. À son crédit tout de même : le gars se débrouillait vachement bien avec sa marchandise. Et rapportait gros, dix-sept millions par an.

Le trafic de cigarettes et d'alcool : une logistique compliquée, un calcul administratif, un système de transport et de fret bien développé. Une multinationale basée dans le milieu du crime de Stockholm. Il y avait le mauvais alcool et le bon alcool. De la Russie, des pays baltes, de la Pologne et de l'Allemagne *via* la Finlande. Emballage changé, les inscriptions du pays d'origine effacées. Goran maîtrisait le secteur. Il avait des contacts étroits avec l'association suédoise des chauffeurs de poids lourds. Il contrôlait les chauffeurs. Connaissait la base. Graissait la patte aux bonnes personnes. Faisait passer ses camions par les bonnes autoroutes. Il falsifiait les cartes grises, inventait des commandes crédibles, choisissait destinataires et expéditeurs. Il dénichait des durs. Des mecs qui aimaient l'argent facile. Le cash. Ceux qui mettaient la barre basse. Qui travaillaient à plein temps sans déclarer un seul centime.

C'étaient ceux-là qu'il lui fallait, à Mrado. D'une autre trempe que les gars de la salle de sport. Plus âgés. Sans prestige. Plus alcoolos. Sans ambition. Des vieux, quoi.

Mrado en ligne avec Goran. Il essaya de se persuader qu'il aimait ce gars. En serbe : « Goran, mon ami. C'est moi.

— Tiens, Mrado. Depuis quand est-ce qu'on est amis ? » Goran : insolent avec tout le monde, sauf avec *il padre*, MR. Mrado avala sa salive. Encaissa la merde – sa mission était plus importante.

« On a le même boss. On est du même pays. On s'est bourrés la gueule ensemble. Est-ce qu'on est amis ? On est plus qu'amis.

— Qu'une chose soit claire, on n'est pas amis et on n'est pas de la même famille. Je suis un homme d'affaires. Je n'ai jamais capté ce que tu fabriquais au juste. Arnaquer ces pauvres gens aux vestiaires. Ceux-là aussi tu leur piques des vestes ?

— De quoi tu parles ?

— Le week-end dernier on m'a volé ma veste au Café. Ces putains de pédés aux vestiaires n'ont rien capté. Quelqu'un a pointé mon truc du doigt en disant qu'il avait perdu son numéro.

— Ça arrive.

— Est-ce que ça arrive aussi dans les vestiaires que tu contrôles ?

— Aucune idée.

— Tu devrais aller vérifier.

— Goran, je ne te demande pas souvent un service. Maintenant non plus d'ailleurs. Je te payerai bien, il ne s'agit donc pas d'un service.

— Arrête de faire des mystères. Je sais bien que cette petite discussion peut nous amener à quelque chose de bien, je le sens. Mais la question c'est : à quoi ? Tu viens de commencer si joliment. En m'appelant ton ami. »

Avec n'importe qui d'autre, Mrado aurait raccroché. Aurait foncé chez l'individu en question, l'aurait zigouillé. Sans oublier de lui découper les doigts l'un après l'autre avec un sécateur, par exemple.

« Nerveux comme toujours, notre Goran. J'ai besoin d'un mec sur lequel on peut compter. Si tu me files un bon contact, je t'arrange cinq pour cent de ce que je vais gagner dans tout ça.

— Ça me fera combien par mois ?

— Ben, je ne peux pas encore le dire exactement, mais il s'agit d'une grosse Radonade. Je vais monter deux boîtes pour lui. Je dirais au moins cinq sacs voire plus. Net.

— Cinq sacs pour un nom ? Par mois ? Tu te moques de moi ?

— Je ne me moque pas. Cette affaire est juste super importante pour moi. Je suis prêt à allonger l'oseille.

— Putain. Vas-y, crache le morceau. Qu'est-ce que j'ai à perdre ? Qu'est-ce qu'il te faut exactement ? »

Mrado expliqua sans trop entrer dans les détails.

Goran dit : « Je connais un gars. Christer Lindberg. Je t'envoie son numéro de portable par SMS. Ça marche ?

— Bien sûr. Merci. Je t'appellerai au cours de la semaine pour te dire si c'est bon. Peut-être que t'es quand même sympa finalement.

— “Sympa” ? Écoute, “sympa”, c'est mon deuxième prénom. N'oublie jamais ça. »

Mrado raccrocha. Il se demanda s'il l'avait baisé ou s'il s'était fait baiser.

13

L'automne approchait. Jorge avait réussi à passer quatorze des vingt-cinq dernières nuits dans des foyers. Il avait filé trois mille balles à un sans-abri aux galeries de Sollentuna pour qu'il lui laisse ses papiers pendant un mois. Les foyers débitaient le compte de l'assistante sociale du sans-abri. Le gars perdait ses allocs – il préférait le cash pour s'acheter de l'héro ou des amphètes.

Jorge ne comprenait pas pourquoi il y avait presque exclusivement des Suédois dans les foyers alors qu'il savait que les « vrais » pauvres étaient des Arabes. Où était leur fierté ?

La vie dans les foyers était calme. De la bonne bouffe au petit déjeuner et le dîner inclus dans le forfait. Jorge matait la télé. Lisait les journaux. Pas une seule ligne sur son évasion.

Il parlait peu avec les autres.

Il essayait de faire des pompes, des abdos ou de sauter à la corde, quand il n'y avait personne dans les parages. Impossible de courir, son pied lui faisait toujours mal depuis qu'il avait sauté du mur.

Ça ne marcherait pas longtemps. Il ne pouvait pas se mettre des bigoudis sans que les gens se posent des questions. Il ne pouvait pas s'enduire d'autobronzant sans qu'ils le regardent de travers. Et restait toujours le risque qu'un des sans-abri le reconnaisse. En plus : au bout de quatorze jours, les refuges débitaient cinq cents couronnes par nuit au lieu de deux cents. Il n'y avait pas de justice. Le compte du sans-abri serait vidé. L'assistante sociale aurait sûrement des soupçons.

Il n'avait pas pu payer ses dettes ni à Sergio, son cousin, ni à Walter, son contact parmi les gardiens. La honte.

La merde totale.

Des idées noires. La peur. Le moral au plus bas.

Pas de footing. Une condition merdique. Le physique au plus bas.

Ce n'était pas pour ça qu'il s'était évadé.

Il fallait trouver du fric.

Un mois dehors. Pas mal, en fait. Mieux que beaucoup d'autres. Mais pas le succès total non plus. Qu'avait-il espéré ? Qu'une chirurgie esthétique, un passeport et un gros paquet de fric allaient tomber du ciel ? Qu'il trouverait un kilo de coke sous son oreiller au foyer Nattugglan ? Que sa sœur l'appellerait pour lui dire qu'elle lui avait acheté un billet de train pour Barcelone et emprunté le passeport de son mec pour un moment ? Ha ! ha !

Sergio avait pris beaucoup de risques. Jorge n'avait pas eu de contact avec lui depuis le jour où il avait quitté l'appartement d'Eddie. Il n'osait pas l'appeler. Sa mauvaise conscience le tracassait. Il devait lui rendre son argent. Mais comment ?

Putain, COMMENT ?

Il ne croyait pas que les flics aient lancé un avis de recherche de haute priorité sur lui. À leurs yeux, il n'était qu'un minable dealer de merde. Les gangsters qui avaient attaqué les fourgons blindés, les violeurs et autres criminels dangereux étaient largement plus prioritaires que lui. Sa chance : il n'avait pas usé de la violence pour s'évader. Mais la vie en cavale n'était pas facile. Le cash résoudrait tout.

Radovan hantait ses esprits. Son dernier atout.

Il n'avait pas envie de le jouer. Il avait ruminé cette idée pendant de nombreuses nuits dans les refuges. En se retournant. En sueur. Ça lui avait rappelé les nuits précédant son évasion. Mais en pis, en quelque sorte. Soit ça marchait comme sur des roulettes, soit ça ne marchait pas du tout. Si ça partait en couille, ça partait vraiment en couille. Malgré tout, il gardait une lueur d'espoir. Peut-être que ça marcherait.

Son plan : Jorge avait travaillé dans l'organisation de Radovan. Il savait des choses qu'ils préféraient garder pour eux. Mais surtout, ils ne savaient pas ce que Jorge savait vraiment. Il pouvait leur faire peur. C'est en taule qu'il avait appris cette règle : fermer sa gueule valait un service en retour. Les Yougoslaves pouvaient bien lui accorder une petite somme.

Difficile de mettre la main sur R. Personne ne pouvait ni ne voulait lui filer son numéro de téléphone.

Impossible d'approcher le boss yougoslave.

Le sous-fifre de Radovan, le traître qui l'avait balancé pendant le procès, Mrado, ferait aussi bien l'affaire. Jorge se mit à sa recherche.

Un vieux dealer de Märsta finit par lui filer le numéro de portable de Mrado. Ce n'était pas Radovan, mais la personne la plus proche de lui que Jorge pouvait joindre.

Il l'appela d'une cabine téléphonique à la station de métro Östermalmstorg.

Ses doigts tremblèrent, quand il fit le numéro.

Il reconnut immédiatement sa voix. Sombre. Lente. Brutale.

Il en chia presque dans son froc. Puis il se reprit. « Salut Mrado. C'est Jorge. Jorge Salinas Barrio. »

Moment de silence. Mrado se racla la gorge. « Jorge. Quel plaisir d'entendre ta voix. Comment est la vie dehors ?

— Arrête ce discours de merde. Vous m'avez déjà laissé tomber il y a deux ans. Ton putain de baratin devant le juge m'a envoyé au trou. Mais je suis quand même prêt à tirer un trait sur tout ça.

— Oh ! t'y vas pas par quatre chemins. Qu'est-ce que tu veux ? »

Jorge ne se laissa pas provoquer. « Tu sais très bien ce que je veux, Mrado. J'ai toujours grave assuré pour toi et Rado. Mais vous m'avez laissé tomber comme une merde. Vous me devez un service.

— Ah oui ! dit Mrado d'un ton sarcastique. Alors, il va falloir qu'on se dépêche si on veut te rendre heureux !

— Si vous voulez vous foutre de ma gueule, très bien. Dans ce cas, je vous balance direct. Tu sais que je connais bien les affaires de Radovan. J'ai pris six ans de taule à cause de vous, putain.

— Du calme, Jorge. Si tu nous fais des emmerdes, tu seras de retour en cabane en moins de deux. Mais pourquoi pas faire un petit deal, bonne idée. T'avais pensé à quoi ?

— C'est simple. Radovan me file un passeport et cent mille balles en espèces. Je me barre de ce pays et vous n'entendrez plus jamais parler de moi.

— Je présenterai ta demande à Radovan. Mais je ne pense pas qu'il sera ravi. Le chantage, ce n'est pas son truc. Du moins pas quand il est le principal concerné. Comment est-ce que je peux te joindre ?

— Tu crois que je suis con ou quoi ? Je t'appellerai dans dix jours sur ce numéro. S'il n'est pas d'accord avec mon deal, je le coince.

— Heureusement que Radovan n'entend pas ça. Appelle-moi dans deux semaines. Un bon passeport ne s'achète pas au marché aux puces de Plattan.

— Non, dix jours. Vous pouvez très bien commander un passeport en Thaïlande ou je ne sais où. Et écoute, encore une chose : si, contre toute attente, il m'arrive malheur du genre tu vois ce que je veux dire, tout ce que je sais va direct à la police.

— Message reçu. Dans deux semaines alors. »

Mrado raccrocha. Putain d'arrogant, ce Yougoslave. Mais Jorge pouvait quand même garder la main. Il n'avait plus qu'à accepter le nouveau délai. Deux semaines. C'était toujours mieux que ce qu'il avait espéré – l'argent était à portée de main. Était-il de retour ?

Jorge resta un moment sans bouger. Des passagers du métro passèrent devant lui.

Jorge-boy – l'homme le plus seul au monde.

Solo y abandonado.

Jorge avait réfléchi à une possibilité qui s'offrait à lui. En ce moment, les Suédois quittaient leurs maisons de campagne pour retourner en ville. Un nouveau marché immobilier pour lui. Ça résoudrait peut-être au moins un problème.

En ce qui concernait le cash, il était à bout. Des cinq mille balles que Sergio lui avait filés, il lui en restait mille.

Jusqu'ici, ses frais avaient été trop élevés. En tout, trois mille balles pour les foyers de clodos. Chaque passage au solarium : soixante-cinq balles. Un peu de bouffe de merde à midi. Un nouveau pantalon, des gants, deux tee-shirts, un pull en laine, des caleçons, des chaussettes et une veste d'hiver de chez Myrorna : quatre cent cinquante balles. Ce qu'il lui fallait pour un automne froid.

Il passa une dernière fois au solarium. Sa peau était foncée maintenant. Il avait perfectionné sa nouvelle allure. Trouvé le bon rythme. À présent, il était temps de se tailler. Attendre la réponse de Radovan.

Il prit le métro jusqu'à l'Université royale de technologie. Il n'avait pas la moindre idée de l'endroit où il allait. Seulement une direction : le nord. Un endroit paumé. Il rata le bus direct pour Norrtälje. À la place, il monta dans le numéro 620, qui allait également en direction de Norrtälje, mais en faisant un détour.

Il piqua un somme.

Le bus passa devant Åkersberga. Que des ploucs à bord. Une vieille avec deux teckels n'arrêtait pas de le dévisager.

À Wira bruk, un arrêt qui lui parut adéquat, il descendit du bus. Le sac plastique qui contenait ses vêtements était enroulé autour de son poignet. Il le fit tourner.

Pas son genre d'endroit. Jorge n'avait été à la campagne qu'une seule fois dans sa vie, lors d'une sortie scolaire. Il avait treize ans à l'époque. Avant la fin de la journée, il avait été renvoyé à la maison. Il était interdit de mettre le feu à la forêt.

À droite, une église en pierre. Le clocher en bois grisâtre était séparé de la nef. Quelques pierres tombales dans l'herbe autour du bâtiment. À gauche, plus rien. La forêt. Une route continuait tout droit, une autre obliquait vers la gauche. Au loin, des champs. Moissonnés.

Le ciel était gris.

Il se mit à marcher.

Il avança jusqu'au croisement, jeta un œil le long du chemin qui tournait à gauche. Quelques maisons avec des voitures garées devant. Il s'approcha. Aperçut un panneau : Wira bruk – ferme du terroir. Il se dirigea vers le parking. Neuf voitures en tout. L'idée d'en voler une lui traversa l'esprit, mais il laissa tomber. Continua son chemin en direction des maisons.

À sa gauche, un ruisseau glougloutait. Pittoresque. Un petit pont. Des arbres feuillus. Un sentier. Un kiosque rouge apparemment fermé pour l'automne. Plus loin, il vit trois maisons plus grandes autour d'une cour de gravier. Des panneaux sur les façades. Une ancienne école. Une ancienne salle communale. Un ancien restaurant. Un couple d'âge moyen était en train de gravir les marches de l'école. Jorge faisait fausse route. Pas de maisons de vacances ici. C'était un putain de musée.

Il prit de nouveau la grand-route.

Marcha quinze minutes. Aucune maison à l'horizon.

Encore quinze minutes.

Il aperçut des maisons sur une colline entre les arbres.

Il s'approcha.

La première eut l'air habitée. Une Volvo V70 était garée devant.

Il se dirigea vers la suivante. Autour de lui, que des arbres.

Jorge se demanda s'il avait bien fait de venir ici. Dans ce trou paumé. Un constat très simple concernant Jorge : il n'était ni ancien scout, ni géologue, ni champion de course d'orientation. Il avait rarement été exposé à un monde sans bitume et sans McDonald's.

La maison se trouvait à une distance d'environ trois cents mètres. Hors de vue de la première maison. Pas de voiture garée devant. Une grande bâtisse. Deux vérandas. Peinte en rouge. Les angles en blanc. Les cadres des fenêtres en vert. La couleur commençait à s'écailler. La véranda en bas était à peine visible derrière des petits arbres et des buissons sauvages. Jorge gravit le sentier vers la maison. Le gravier crissait sous ses pieds. La porte d'entrée de la maison donnait sur le jardin, donc à l'arrière. Parfait. Il regarda à travers toutes les fenêtres. Personne. Il frappa à la porte. Pas de réponse. Il cria « Y a quelqu'un ? ». Personne ne sortit. Il repartit sur la route. Aucune maison, pas une âme en vue. Il retourna vers la maison. Essaya de repérer une alarme. *Nada*. Il mit ses gants et cassa une fenêtre. Glissa prudemment une main à travers la vitre brisée. Pas envie de se couper. Tourna la poignée. Sans problèmes. Ouvrit la fenêtre. Se hissa sur le rebord. Sauta à l'intérieur.

Il tendit l'oreille. Pas d'alarme. Cria de nouveau. Pas de réponse.

Peinard.

Au bout de deux jours dans la maison, il se sentait comme chez lui.

Il s'était installé dans une chambre dont la fenêtre était cachée par les buissons. Il évitait les autres fenêtres. Il avait fouillé les pièces à la recherche de trucs mangeables. Était tombé sur du riz, des pâtes, des boîtes de conserves, des cannettes de bière, du hareng. Du vieux caviar. Pas sa bouffe préférée, mais ça faisait l'affaire.

Pendant la journée, il faisait des pompes et sautait à la corde sur un pied. Encore plus d'entraînement : abdos, exercices pour le dos, stretching. Il voulait garder la forme. Regagner ce qu'il avait perdu dans les refuges pour sans-abri.

La nervosité. L'oreille toujours tendue. Craignant l'arrivée d'une voiture. Du bruit sur le gravier. Des voix dehors. Il prit une cannette de bière vide et la posa sur la poignée de la porte d'entrée – si quelqu'un l'ouvrait, elle tomberait par terre en faisant assez de bruit pour le réveiller.

C'était calme. Silencieux. Pépère. Archi-ennuyeux.

Dans dix jours, il appellerait Mrado.

Cette nuit-là, il n'arriva pas à s'endormir. Ses pensées l'en empêchèrent. Que faire si Radovan refusait de coopérer ? Comment survivre sans argent ? Peut-être devrait-il quand même prendre contact avec quelqu'un du secteur de la C. Se procurer quelques grammes. Les revendre. Revenir aux vieilles habitudes.

Qu'était-il arrivé à Sergio ? À Eddie ? À sa sœur ? À sa mère ? Il fallait vraiment qu'il les appelle. Pour montrer qu'il se faisait du souci.

Il pensa à la rue Sångvägen. À sa première paire de chaussures de foot. Au terrain près de la rue Frihetsvägen. La salle de jeux à l'école de Tureberg. La cave dans sa maison. Son premier pétard.

Putain, il avait tellement envie d'en fumer un.

Il se leva. Regarda à travers la fenêtre. Le soleil commençait à pointer au-dessus des cimes. De la brume s'évaporait. Le paysage idyllique du bon Suédois. Paradoxe total : lui, Jorge, l'enfant du bitume, goûtait le monde des Suédois et savourait ce sentiment. Il faisait beau dehors.

À ce moment, il s'en foutait de savoir si quelqu'un le voyait.

14

JW parvint vite à attirer l'attention. Après la soirée à la ferme de Lövhälla les rumeurs se propagèrent, on en parlait encore des semaines après. La défonce totale de Nippe, le groove tellement cool de Jet-set Carl, les vannes géniales de Lollo, Nippe plus chaud que jamais. Les rumeurs exagéraient la défonce, la danse, les scandales et les trips à l'avantage de JW.

Les semaines qui suivirent lui rapportèrent gros. Abdulkarim l'adorait. Il formait de brillants projets d'avenir, il avait des visions – la ville leur appartiendrait. JW ne savait pas s'il devait prendre Abdul au sérieux ou s'il était ironique. Cet Arabe parlait carrément trop.

JW arrêta de faire le taxi au noir et laissa un autre gars prendre le relais. Demanda d'abord à Abdulkarim s'il était d'accord. Pas de souci du côté de l'Arabe.

JW avait un nouveau regard sur lui-même : il était l'homme à succès, l'homme à la poudre, l'homme aux nanas – en deux semaines, il avait ramené trois filles chez lui. Un record pour lui. Une sorte de mini-Nippe.

Pendant la journée, il se jetait corps et âme dans le shopping. Il acheta deux nouvelles paires de chaussures : des babouches Gucci avec des boucles en or et des bottes Helmut Lang pour l'hiver. Un costume Acne, avec des ourlets bien visibles autour du col. C'était hype, peut-être même trop branché. Peut-être pas le bon style, pas assez sobre. Il fit le plein de chemises à boutons de manchette : Stenströms, Hugo Boss, Pal Zileri. De jeans, pantalons, chaussettes, ceintures, d'autres chemises et d'autres boutons de manchette. Sa meilleure acquisition fut un manteau en cachemire Dior, pour l'hiver. Il le paya douze mille couronnes. C'était cher – certes, mais il faut être prêt à dépenser quand on veut être au top. Il l'accrocha devant son lit pour que ce soit la première chose qu'il voie en se réveillant. Ce manteau avait une putain de classe.

JW savourait chaque minute. Il ne mettait pas un seul centime de côté.

La Ferrari le travaillait : l'année de la disparition de Camilla, il y avait deux voitures correspondant à cette description en Suède. Il ne devait pas être impossible de trouver quelqu'un qui ait été mêlé à tout ça, quelqu'un qui avait connu Camilla ou en tout cas en savait plus que la police. Peter Holbeck, le propriétaire de l'une des deux voitures, n'avait guère utilisé la sienne. Il était peu probable que Camilla ait eu affaire à lui, ce mec n'était presque jamais en Suède. Restait l'agence de leasing Dolphin Finans SA. L'agence avait fait faillite un an auparavant – de toute évidence dans des conditions louches.

JW fit des recherches sur le site du registre du commerce. Au début, la société s'appelait Grundstenen SA, avant de changer peu après son nom en Leasingfinans SA. Six mois plus tard, elle était devenue Financement urgent Stockholm SA. Et encore un an plus tard, elle avait une nouvelle fois été rebaptisée Dolphin Finans SA. Trois changements de nom en moins de trois ans. Étrange. Une seule personne avait occupé le poste de direction pendant tout ce temps-là, un certain Lennart Nilsson, né le 14 mai 1954. JW chercha son état civil.

Lennart Nilsson était mort.

JW commanda le rapport de l'administration judiciaire.

Un renseignement curieux dans la description : Lennart Nilsson était un toxicomane bien connu des services de police qui avait succombé à une cirrhose. Comme cela était obligatoire, l'administrateur avait recherché d'éventuelles irrégularités, l'homme était probablement un prête-nom.

JW était dans une impasse. La Ferrari était la propriété d'une agence de location qui avait fait faillite et dont le seul représentant physique était décédé. Que faire ?

Il ne vit qu'une seule solution : contacter l'administrateur judiciaire en personne. Il appela, tomba sur une secrétaire et demanda à parler avec l'avocat. Très difficile selon la secrétaire qui, chaque fois que JW appelait, lui disait : « Pourriez-vous rappeler un peu plus tard ? Il est malheureusement en réunion en ce moment. » JW laissa son numéro en espérant que l'avocat le rappellerait. Il croyait que ça suffirait. Mais le gars ne rappelait jamais. JW n'abandonna pas. Au bout d'une semaine, il réussit enfin à le joindre.

La conversation fut une grande déception pour JW. L'avocat-administrateur n'avait pas plus à lui apprendre que ce qu'il avait déjà lu dans le rapport. L'agence n'avait pas de comptabilité, pas d'employés et des décomptes annuels très modestes. L'audit était à l'étranger à l'heure actuelle et on ne savait pas qui possédait les actions.

Toutes les traces menant vers la Ferrari prirent donc fin dans une faillite qui puait la criminalité. Il était absolument clair que tout était louche, mais JW tenta pendant quelques jours d'oublier la voiture. De toute façon, il ne pourrait pas faire grand-chose.

Il essaya de laisser tomber.

Impossible. Ces pensées étaient là, tout le temps. Sa sœur avait disparu et il fallait qu'il en sache plus.

Quatre ans auparavant, un policier avait expliqué à la famille de JW quelles étaient leurs chances. « Je suis désolé, mais, en général, si la personne recherchée n'est pas retrouvée au bout d'une semaine, c'est qu'elle est morte. Neuf fois sur dix. » Le policier avait ajouté : « Souvent, les personnes n'ont pas été victimes d'actes criminels : il s'agit d'accidents comme une noyade, une crise cardiaque, une chute. En règle générale on retrouve le corps. Si on ne le trouve pas, ça peut indiquer que d'autres circonstances ont causé la mort. »

Le souvenir des conversations avec la police donna de nouvelles idées à JW. Il savait que le dernier signe de vie qu'on avait de Camilla datait du 21 avril de l'année de sa disparition. Elle avait appelé une copine, Susanne Pettersson, la seule amie que la police ait pu dénicher à Stockholm. Elle avait dit de ne rien savoir. Elle aurait suivi des cours avec Camilla à Komvux, rien de plus. Peut-être que c'était pour ça qu'elle ne s'était pas fait de souci plus tôt.

Selon JW, il était impossible que la police ait enquêté avec tout le soin nécessaire, ils avaient sans aucun doute vu les photos de Camilla dans la Ferrari, mais la voiture n'apparaissait nulle part dans les rapports que la famille de JW avait reçus. Ils pouvaient avoir raté d'autres indices.

JW se cramponnait au minuscule espoir qui restait – une personne disparue sur dix n'était pas morte.

Camilla était peut-être encore vivante.

Il fallait qu'il en sache plus, il le devait à sa sœur. Une semaine après avoir appris la mort du directeur de la Dolphin Finans SA, il appela Susanne Pettersson. Ils discutèrent pendant un moment. Elle n'avait pas fini sa formation à Komvux. À présent elle travaillait comme vendeuse chez H&M aux galeries de Kista. Quand il lui proposa une rencontre, elle lui demanda si un appel ne pourrait pas suffire. Il était évident qu'elle n'avait pas envie de fouiner dans l'histoire de Camilla.

JW se rendit quand même à Kista. Il erra dans des couloirs tout illuminés jusqu'à ce qu'il trouve la boutique H&M où il demanda à voir Susanne. Il se présenta devant elle.

Susanne avait les cheveux décolorés mais le brun d'origine était visible à la racine. Elle était vêtue d'un jean moulant enfoncé dans une paire de bottes montantes et d'un haut rose sur lequel était écrit deux mots au niveau de la poitrine : *Cleveland Indians*. Toute son attitude criait : je n'ai pas envie de te parler. Les bras croisés, le regard fixé quelque part sur le mur au-dessus de JW.

JW tenta de la pousser gentiment. « Dans quels cours étiez-vous ensemble ?

— J'étais dans presque tous les cours. Maths, suédois, anglais, éducation civique, histoire, français. Mais l'école, ça n'a jamais été mon truc. Je voulais devenir avocate.

— Ça peut encore se faire, non ? »

— Non, maintenant j'ai deux enfants. »

La voix de JW trahissait sa joie : « Mais c'est super. Ils ont quel âge ?

— Un et trois ans, ce n'est pas du tout super, mon mec m'a quittée cinq mois avant la naissance du dernier. Je resterai dans cette boutique jusqu'à ce que la cellulite m'ait entièrement bouffée.

— Désolé. Ne dites pas ça. Tout peut arriver.

— Bien sûr.

— Vraiment, je vous le jure. Vous ne voulez pas m'en dire un peu plus sur Camilla ?

— Mais pourquoi ? La police m'a déjà demandé tout ça il y a quatre ans. Je ne sais absolument rien.

— Comme ça. Par curiosité. Vous savez, je connaissais à peine ma sœur. Je me demandais quels cours vous aviez suivis ensemble, voilà.

— J'aurais vraiment fait une bonne avocate, je sais argumenter s'il le faut, mais Pierre a tout gâché. Et moi, je me retrouve ici. Vous savez combien gagne une vendeuse dans une boutique ? »

JW pensa : cette nana n'aurait jamais pu devenir avocate. Elle ne sait pas se fixer d'objectif.

« Vous ne vous souvenez pas des cours que vous avez pris avec Camilla ?

— Laissez-moi réfléchir. Je crois qu'on bossait ensemble le suédois et l'anglais. On avait l'habitude de faire nos devoirs à deux, réviser pour les examens. Elle avait de bonnes notes bien qu'on ait séché pas mal. J'avais des notes de merde. Je n'ai jamais capté comment elle faisait. Enfin, je ne la connaissais pas très bien.

— Connaissez-vous quelqu'un d'autre qu'elle fréquentait ? »

Susanne se tut quelques secondes.

« Pas vraiment. »

JW la regarda droit dans les yeux. « S'il vous plaît, Susanne. Je me fais du souci pour ma sœur. N'ai-je pas le droit de savoir ce qui lui est arrivé ? N'ai-je pas le droit de vous poser toutes ces questions ? Je veux juste en savoir un peu plus sur la vie de Camilla. S'il vous plaît. »

Susanne se retourna, regarda en direction des caisses à l'abandon comme s'il fallait qu'elle aille aider un client invisible. Embarrassée, sans aucun doute.

« Je ne crois pas qu'elle avait d'amis à Komvux. Camilla restait toujours à l'écart. Mais demandez au prof de suédois, Jan Brunéus. Il pourra peut-être vous en dire plus.

— Super. Savez-vous s'il est toujours à Komvux ?

— Aucune idée. Certains ont réussi, d'autres pas. Moi, je n'ai pas terminé. Je n'ai pas mis un pied là-bas depuis, et je ne pense pas le faire un jour. Je ne sais rien sur Jan. Bien qu'il y ait pas mal de vendeuses qui gagnent beaucoup d'argent. Qui ont tiré le gros lot dans un soap opera, ce genre de choses. Camilla a peut-être réussi un coup comme ça. »

Puis elle lui dit qu'elle devait retourner au travail. JW capta le message, rentra à la maison. Rumina le dernier commentaire de Susanne : soap opera et Camilla – quel était le lien ?

Il se dit qu'il devait plutôt se concentrer sur ses études et sur le trafic de C, il n'avait pas le temps de jouer plus longtemps au détective. La piste Susanne Pettersson ne menait nulle part. La fille aurait certainement déjà tout déballé si elle savait quelque chose.

JW était en train de bosser pour la fac, lorsqu'il reçut un appel d'Abdulkarim sur son portable. L'Arabe lui proposait un rendez-vous – le jour même, si possible. Ils convinrent de se voir pour déjeuner à l'hôtel Anglais, rue Sturegatan.

JW continua sa lecture. Il ne fallait pas que ses études souffrent de son train de vie. Il s'était fait une promesse : tu peux sniffer, dealer, gagner des millions et être heureux – mais ne merde jamais la fac. Il voyait ça chez les gars. Il y avait deux types de gens qui vivaient aux frais de leur papa. La certitude de ne jamais avoir besoin de s'inquiéter économiquement rendait les uns mous, paresseux, idiots, bégayeurs. Il se fichaient de leurs études, rataient leurs examens, se moquaient de ceux qui avaient de l'ambition. Ils voulaient se mettre à leur compte, faisaient semblant d'être des entrepreneurs, des visionnaires. Mais peu importe, à la fin ils arrivaient quand même à quelque chose. Les autres étaient paralysés d'angoisse à l'idée de ne jamais avoir à lever le petit doigt pour gagner leur croûte. Ils voulaient faire leurs preuves, devaient faire leurs preuves pour bâtir leur propre carrière, pour mériter la fortune dont ils allaient hériter un jour. Ils bossaient le droit dans une école de commerce de Londres. Restaient jusqu'à une heure du mat' penchés sur leurs dissertations, se préparaient minutieusement pour les exposés, les écrits, les oraux. Travaillaient à côté, s'ils avaient le temps, dans des cabinets d'avocats, des banques ou chez papa. Ils fonçaient – y arrivaient par leurs propres moyens.

JW n'était pas vraiment un bûcheur. Il pourrait sans doute vivre du trafic de C pendant quelques années, mais il voulait quand même se garder une deuxième casquette – bien bosser, ne pas merder la fac.

Il referma ses manuels, se déshabilla et passa sous la douche.

Comme à son habitude, il garda le pommeau de douche dans la main, le jet d'eau dirigé vers la paroi alors qu'il essayait d'ajuster la bonne température. Comment se faisait-il qu'il fût si difficile de trouver le juste milieu, peu importe comment on tournait le mélangeur ? Trop chaud. Un nanomillimètre vers la gauche – trop froid.

D'abord, il se lava les jambes. Les poils blonds pointèrent vers le bas sous le jet d'eau. Il coinça le robinet dans le crochet, laissa couler l'eau sur ses cheveux, sa tête et son torse. Puis il régla sur la température plus chaude.

Il tenta d'oublier Camilla. À la place, il pensa à Sophie. Quel impair avait-il commis ? Lors de la fête dans la ferme Lövhälla, il avait cru pouvoir conclure avec elle. Mais au lieu de ça, il s'était tapé Anna, sa meilleure copine. Anna était jolie, mais n'avait pas ce petit truc en plus. Est-ce que ça avait été débile de baiser Anna ? Les rumeurs concernant la fête avaient pris une telle ampleur que le magazine *Se & Hör* avait failli parler de l'événement. Sophie l'avait peut-être découvert. Était-elle fâchée ?

Sophie aux yeux de JW : craquante, le corps d'un mannequin pour maillots de bain, sexy comme une gonzesse de *Playboy*, charmante comme une animatrice télé. En plus elle avait de la jugeote. L'écrasait verbalement dans chacune de leurs discussions. Elle brillait par ses raisonnements chaque fois qu'elle ouvrait la bouche. Enchérissait ses vannes d'une étincelle dans les yeux. Mais ce n'était pas tout – elle était gentille, bien qu'elle l'ait ignoré comme n'importe quelle fille de Lundsberg. Il lui donnait la note maximale : dix sur dix. Il fallait qu'il la voie plus souvent, mais sans les gars, seul.

JW monta la température, l'eau encore plus chaude. Se demanda s'il allait pisser sous la douche, mais il laissa tomber. Ce n'était pas son style.

Peut-être qu'il ne jouait pas assez bien le jeu. Peut-être qu'il devait ignorer Sophie. Ne pas la coller. Ne pas se montrer si heureux de la voir. Moins parler avec elle, draguer un peu plus ses copines. JW détestait ce jeu avec les filles. Bien qu'il ait perfectionné son rôle devant les gars. Mais avec Sophie il ne voulait pas jouer, il voulait tout simplement la prendre dans ses bras, quand elle était là. L'embrasser, la serrer contre lui et tout ça. Comment rester de marbre ? Il arrivait à ramener des nanas des boîtes de nuit. À avoir de la tchatche. À coucher avec. Baiser. S'en vanter devant les gars. Mais une histoire sérieuse, c'était plus tordu. Ce jeu-là était plus difficile.

Il régla l'eau, encore plus chaude. Il faisait toujours comme ça. Il commençait par une température méticuleusement ajustée, agréable au début, mais qui paraissait vite trop tiède. Encore plus chaud. À la fin, l'eau était presque brûlante. Le miroir s'embuait, la salle de bains se transformait en sauna.

L'heure du déjeuner avec Abdulkarim. JW sortit de la douche et fit sa toilette. Se mit du déo Clinique Happy et de la crème fruitée Biotherm sur le visage. Tout à la fin, le gel dans les cheveux – cette graisse lubrifiante collait terriblement aux doigts. Il se regarda dans le miroir et pensa : pas mal.

Il sortit de la salle de bains. S'habilla. Mit son manteau en cachemire – la classe. Il empocha son nouvel iPod, un Sony minuscule, et enfonça les écouteurs. Ils ne restaient pas calés, tombaient facilement. Il tenta de les enfoncer de travers. Puis il choisit une chanson de Coldplay et descendit vers la rue Sturegatan. C'était une journée ensoleillée. Il était déjà 15 h 20.

La salle de l'hôtel Anglais était à moitié vide. Devant une table, deux serveuses étaient en train de plier des serviettes pour le repas du soir. Un mec en jean et tee-shirt rangeait des bouteilles d'alcool derrière le comptoir. Des haut-parleurs cachés jouaient *Sly and the Family Stone*. Il n'y avait que deux clients. Abdulkarim n'était apparemment pas encore arrivé.

Une des filles-pliant-les-serviettes vint vers lui.

Il dit : « Bonjour. »

Elle répondit : « Baberiba[1]. » Très drôle.

JW s'assit devant une fenêtre, loin des autres clients, et commanda un café. Il regarda par la fenêtre, qui allait du plafond jusqu'au sol. La rue Sturegatan. La place Humlegård se trouvait juste en face. Il pensa à la fois où il avait offert une ligne à Sophie et à Anna. La porte qui avait ouvert le réseau. À peine cinq semaines plus tôt. Entre-temps, il avait rencontré plus de gens que pendant toute sa vie auparavant. Des cartels de copains contrôlés par la cocaïne.

Peu de gens se promenaient dans la rue vers 15 h 30 d'une journée ouvrable. Quelques agents immobiliers stressés en costume bleu foncé arpentaient le trottoir à vive allure. Deux mères, chacune sa poussette dans une main et son portable dans l'autre, se baladaient en direction de la place. L'une était enceinte. JW pensa à Susanne Pettersson. Lui aussi aurait été aigri s'il s'était retrouvé dans la même situation. Une dame

1. « Bonjour Baberiba » est une émission télévisée suédoise caricaturant des célébrités. *(N.d.T.)*

tirant un carlin en laisse passa devant la fenêtre. JW s'affala contre le dossier de sa chaise et sortit son téléphone portable. Il envoya un message à Nippe en prévision de la soirée : « Ça t diré 1 drink o Plaza ? »

« *Salam Aleikoum.* Comment vont les études ? » La voix claire d'Abdulkarim, presque sans accent. JW leva les yeux de l'écran de son portable.

Abdul se tenait à côté de la table. Au moins la même quantité de gel dans les cheveux que JW, mais une autre coupe. Une coiffure de page. Abdulkarim portait toujours un costume, le col de la chemise sur le veston. Comme s'il était un financier ou un avocat qui gagnait honnêtement sa vie. C'était le pantalon qui le trahissait. Celui qu'il portait était deux fois plus ample que les pantalons à la mode, avec deux plis cousus à hauteur de la taille. Le monde du pantalon avait changé depuis 1996, mais Abdulkarim avait raté le train. Le seul bon truc de son style vestimentaire était un joli mouchoir en soie qui pointait de sa poche de poitrine. Abdulkarim marchait d'un bon pas, toujours un duvet ombreux sur le visage et des yeux sombres et étincelants. L'Arabe était l'incarnation du bobo bougnoul.

JW répondit : « Les études vont bien.

— C'est pas pédé, ce truc de faire des études ? Quand est-ce que tu vas comprendre, mon pote, qu'il y a des voies plus rapides qui mènent au succès ? Je croyais que t'avais déjà capté, en fait. »

JW éclata de rire. Abdulkarim se laissa tomber sur une chaise. Il agita le bras pour attirer l'attention d'une serveuse. Le vrai Abdul. Toujours des gestes trop grands, l'insolence non suédoise.

Abdulkarim commanda un émincé de bœuf mariné au sésame. Chic. Ce qui lui laissa le temps de demander à la serveuse son numéro de téléphone, d'exiger qu'on change de disque et de l'interroger pour savoir si le bœuf était bien rassis. Cette dernière remarque le fit rire pendant cinq minutes.

JW commanda une soupe de poisson à l'aïoli.

« C'est très bien qu'on se voie ici. Ça commençait à me gonfler de t'avoir qu'au téléphone tout le temps.

— T'as raison. Il faut qu'on se voie pour fêter ça. Les affaires marchent à donf, Abdulkarim. Si tu pouvais m'en ramener plus, tu sais, ça serait pas mal.

— Ça marche grave bien pour toi. Tu l'as changé comme je t'avais demandé ? » Abdulkarim pointa sur le téléphone portable de JW.

« *No*, pas encore. Désolé. J'en achèterai un nouveau la semaine prochaine. Le dernier Sony Ericsson. Tu l'as vu, celui-là ? Il a une caméra intégrée qui vaut bien un appareil numérique normal. Trop cool, quoi.

— Trop "cool", quoi. » Abdulkarim le singea. « Je connais ta story. Arrête de me sortir le mot "cool" comme si t'avais vécu toute ta vie à Östermalm. Et je veux que tu t'achètes un nouveau portable avant ce soir. Putain, faut faire gaffe ! Toi et moi, on fait du bon business. Ce serait trop dommage de tout foutre en l'air à cause d'un portable merdique, tu piges ? »

L'Arabe pouvait parfois avoir l'air idiot, mais JW savait que ce mec était un vrai pro. Prudent, il ne prononçait jamais les mots police, flic, risque, cocaïne, coca ou came en public. Il savait que le personnel d'un resto ou les clients pouvaient mieux écouter leurs conversations que n'importe quel vieux armé d'un appareil auditif monté au max. Il savait que la police mettait sur écoute les portables avec contrat. Les règles d'Abdulkarim étaient sûres. Utiliser toujours des cartes pour passer des appels, changer de carte toutes les semaines, changer de téléphone toutes les deux semaines, si possible.

« Tu sais, j'ai deux autres gars, à part toi, qui vendent. Ça marche bien. Pas aussi bien que toi, mais c'est correct. Les sommes et tout ça, on peut régler ça par téléphone. Les prix sont en train de baisser. Les fournisseurs de mon chef ne sont pas cent pour cent parfaits. Je crois qu'il y a au moins deux revendeurs entre le grossiste et nous. »

— Pourquoi ne vas-tu pas directement chez le grossiste ? »

— D'une part, c'est pas tout à fait mes affaires puisque je bosse pour le chef et ne suis pas putain d'autonome. Je croyais que t'étais au courant de ça. D'autre part, je crois que le grossiste se trouve en Angleterre. Difficile à atteindre. Galère pour négocier. Mais on n'est pas là pour parler du prix d'achat. Au contraire. Ce que je veux dire, c'est qu'on a besoin d'un autre vendeur. Dans la banlieue. Quelqu'un qui assure et qui connaît le marché là-bas. Quelqu'un qui peut fourguer le matos à des revendeurs. Quelqu'un qui connaît le secteur et les bons tuyaux, si tu vois ce que je veux dire. Les prix sont en train de baisser. La marchandise devient de plus en plus populaire dans la périphérie de Stockholm. Au début de l'année dernière, c'était à peu près vingt pour cent en banlieue, quatre-vingts en centre-ville. À la fin de l'année dernière, c'était cinquante, cinquante. Tu piges, mon pote ? La banlieue se réveille. Ceux qui consomment, ce ne sont plus seulement les gens du centre, tes potes de la haute et les bobos dans les boîtes. C'est tout le monde. Le Suédois moyen, le bougnoul, l'ado. C'est devenu une espèce de truc du peuple, quoi. Comme IKEA ou H&M. On parle expansion, là. On parle prix d'achat en baisse. Plus grandes marges. Tu me suis, l'étudiant ? »

JW adorait la tchatche de l'Arabe. Il parlait un meilleur suédois qu'on ne pourrait croire, comme un véritable homme d'affaires – du business sérieux. Un seul truc clochait : apparemment l'Arabe craignait son chef. JW se demanda pourquoi.

« Ça m'a l'air intéressant. Au plus haut point. Mais tu sais, la banlieue ce n'est pas mon terrain. Je ne peux pas vendre là-bas. Je n'y connais personne. Je ne suis pas l'homme qu'il te faut pour ça.

— Je sais que c'est ce que tu veux que tout le monde croie. Pas de souci de mon côté, tu as ton marché et tu bosses bien. Mais, écoute-moi. »

Abdulkarim se pencha en avant. JW comprit le message, mit son assiette de côté, croisa les bras et avança également son torse.

Abdul le regarda droit dans les yeux et baissa la voix : « Il y a un mec, un Chilien ou un truc du genre, qui vient de s'évader de cabane. Je me souviens de lui, ça fait quelques années, un petit dealer sans plus. Mais en ce moment on raconte que le gars connaît la banlieue Nord aussi bien que toi les chiottes du Kharma. Pendant son séjour en taule il en a appris encore plus. La taule est une meilleure école que la Botkyrka et la Tensta réunies. Je connais quelques-uns de ses amis à Österåker. Ils disent qu'il est aussi rusé que le diable en personne. Il y a cinq ou six semaines, ce Chilien a réussi la méga évasion. Genre, il a escaladé le mur et disparu dans la forêt. Un mur de sept mètres, tu piges ? Les gardiens étaient plantés là à le mater comme un point d'interrogation. Il est fort. Mais là c'est surtout un mec sous pression. Je suis sûr qu'il n'a pas encore quitté le pays. C'est lui qu'il nous faut. Avant tout, il va bosser pour pas cher parce que je l'aiderai.

— Qu'est-ce que tu veux que je te dise ? Je trouve ça plutôt moyen. Je ne comprends pas pourquoi tu veux t'embarquer dans une histoire avec un mec qui attirera la police comme des mouches sur une merde.

— Au début, ce ne sera pas moi qui aurai affaire à lui. Mais toi. Je veux que tu le trouves. Flatte-le. Paie-le. Occupe-toi de lui. Après, il va nous aider à monter notre business dans la banlieue. Mais ne lui fais pas peur, dis-toi qu'il est en cavale. C'est tout le truc. Tu piges, mon pote ? Vu qu'il est en cavale, il dépendra de nous, c'est nous qui lui donnerons son gagne-pain, une planque sûre et la promesse de ne pas le balancer aux flics. »

JW n'aimait pas ce qu'il venait d'entendre. Mais en même temps il avait commencé à prendre goût au business de l'Arabe, à vouloir aller plus loin. Il avait eu des doutes au début, mais à présent, tout baignait. L'idée de ce Chilien en cavale n'était peut-être pas si mauvaise que ça.

« Pourquoi pas ? On essaie. Comment et où est-ce que je peux trouver ce Chilien ? »

Abdulkarim éclata de rire. Il loua JW. Loua Allah. JW pensa : il se met à devenir pieux, Abdul, ou quoi ?

L'Arabe se pencha encore plus en avant pour donner à JW les infos nécessaires. Le peu qu'il savait. Le nom du fugitif : Jorge Salinas Barrio. Le mec venait de Sollentuna, une famille composée d'une mère, d'un beau-père et d'une sœur. Le meilleur conseil d'Abdulkarim : rends-toi à Sollentuna et parle avec les bonnes personnes. Ça te mènera certainement sur une piste, *inch Allah*, fais juste savoir que tu n'es pas de la police.

Puis, pour finir, il enfonça une enveloppe dans la poche du manteau de JW. Quand il mit sa main dessus, JW sentit les billets. Il leva les yeux vers Abdul qui écarta tous les doigts : « Il y a ça de pognon dedans et un bout de papier avec six noms. C'est la meilleure aide que je peux te donner. »

JW sortit le papier. Tous les noms, sauf un, étaient à consonance espagnole. L'argent servirait, pour utiliser les termes de l'Arabe, « à graisser la patte à tous les potes de Sollis pour toute info sur *el cavalo* ».

JW finit de manger sa soupe. Abdulkarim régla la note.

Ils sortirent. Il faisait doux dehors.

JW se mit à réfléchir. Leur truc pouvait devenir énorme. Un vrai petit consortium.

Il allait se mettre à la recherche de ce Chilien.

Il rentra à la maison. Eut du mal à se concentrer sur ses manuels. Ses pensées étaient ailleurs. Il s'allongea sur le lit et tenta de lire le dernier numéro de *Café*.

Son téléphone portable sonna. JW se rappela qu'il avait oublié de tenir sa promesse envers Abdulkarim et d'en acheter un nouveau.

La voix de Jet-set Carl à l'autre bout du fil.

Putain, c'était quoi ce truc ? Qu'est-ce qu'il voulait ?

Après l'avoir salué, Carl dit : « JW, hypercool que tu sois venu à la ferme Lövhälla. T'as assuré comme un dingue.

— Supercool. Faudra se refaire ça un de ces quatre.

— C'est clair. T'as vraiment foutu le feu. Je crois que tout le monde a bien kiffé.

— C'est cool. J'ai des tuyaux pour ramener de la Charlie.

— Tu sais, j'ai même cassé un canapé à force de sauter dessus. »

JW analysa le ton – pas de problème, il pouvait rigoler.

Carl ricana.

« C'était une vraie marque. Tenn Suédois.

— Tu rigoles ? Et Gunn, qu'est-ce qu'elle a dit ? »

Encore plus de rire. Gunn quoi.

Ils parlèrent du dîner de ouf, des plans drague de Nippe, des quinze mille balles que Jet-set Carl avait allongés pour le canapé et du fait que Gunn avait dû s'étonner que tout le monde n'arrêtait pas de renifler le lendemain de la fête.

Dans la tête de JW se répétait pendant toute la conversation une seule et unique question : pourquoi Jet-set Carl m'appelle-t-il, moi ?

L'explication suivit direct : « Le week-end prochain c'est mon anniversaire et je vais faire une teuf d'enfer chez moi vendredi soir. Tu peux ramener un peu de C ? »

JW avait l'habitude des périphrases et du parler bobo. Malgré tout – il lui fallut une seconde avant de comprendre. « Tu veux dire de la Charlie ? Bien sûr. Il t'en faut combien ?

— Cent cinquante grammes. »

JW proche de l'infarctus.

Jésus.

Il s'efforça de rester calme : « C'est beaucoup, mais je pense pouvoir organiser ça. Faut juste que je voie d'abord si je peux pour la quantité.

— Je ne veux pas être chiant, mais je dois le savoir assez vite. Je te rappelle dans une heure. Si tu ne le sais pas d'ici là, je demanderai à quelqu'un d'autre. Quel est ton prix ? »

JW fit rapidement le calcul. Vertigineux – si jamais il pouvait avoir cette quantité. Peut-être qu'il pourrait baisser le prix d'achat à cinq cents. À Carl il pouvait demander au moins mille balles. Dans sa poche : au moins soixante-quinze sacs.

Jésus-Christ Superstar.

« Je vais faire de mon mieux, Calle. Je t'appelle dès que j'en sais plus. »

Jet-set Carl le remercia. Il semblait être de bonne humeur.

Ils raccrochèrent.

JW était assis sur son lit – avec l'érection la plus dure de toute l'Europe du Nord.

*

Dagens Nyheter
Octobre

Importante opération de police nocturne

La nuit dernière, la police de Stockholm a lancé une grande opération contre le crime organisé. L'objectif est d'arrêter au moins un tiers des 150 personnes du milieu particulièrement connues par les services de police – et dissuader les jeunes de se laisser entraîner dans le grand banditisme.

L'intervention qui porte le nom de code Nova, aurait dû être lancée il y a six mois déjà. En raison d'autres enquêtes qui mobilisaient d'importants moyens les actions prévues avaient dû être différées.

La première intervention de Nova a donc eu lieu la nuit dernière. Quelque cent agents de la police criminelle, de la brigade des stupéfiants, du groupe d'interventions spéciales et d'autres unités ont pris d'assaut plusieurs endroits dans

Stockholm et sa banlieue. Les résultats de l'action ne sont pas encore connus, la police criminelle a refusé de répondre à nos questions.
À travers le projet Nova, la direction de la police criminelle espère lutter contre un réseau de criminels plus ou moins organisé qui forme la toile de fond de nombreux actes de violence, extorsions d'argent, racket, trafic de drogue, prostitution et trafic de cigarettes. Dans le rapport du projet on constate que le nombre de crimes violents augmente dans la région de Stockholm et que les criminels sont de plus en plus enclins à utiliser des armes.
La stratégie est de combattre avant tout les têtes du réseau. Avant l'intervention, 150 criminels connus des services ont été choisis comme cibles prioritaires. L'objectif est d'empêcher par « la violence ou les moyens légaux », durablement, au moins 50 parmi eux de « commettre des crimes ». Aucune des personnes en question n'est actuellement mise en examen ou accusée d'un crime qui pourrait mener à une peine de plus de deux ans d'emprisonnement.
La police espère atteindre cet objectif dans un délai de deux ans.

15

En route vers Radovan. Dans l'autoradio, musique serbe : Zdravko Colic. Mrado furax – Jorge, ce petit merdeux, avait osé. Menacer Radovan. Indirectement, menacer Mrado. Tenter de le faire chanter. Jouer au malin. Jouer avec le feu.

Jorge savait beaucoup de choses sur le trafic de cocaïne. Il connaissait les stocks, les voies d'importation, les méthodes de contrebande, les dealers, les acheteurs, les réserves dans les laboratoires, les divers procédés de dilution. Mais surtout : ce petit merdeux connaissait ceux qui tiraient les ficelles. MR risquait personnellement d'être dans la merde. Alors que – *Gospodin Bog* – c'était à ce petit merdeux d'être dans la merde.

Putain de suceur de bite. Mrado trouverait Jorge, le ligoterait avec du scotch, le couperait en morceaux. Le boufferait. Le ferait chier dans son froc. Le boufferait. Le ferait chier une nouvelle fois.

Mrado avait appelé Radovan directement après le coup de téléphone de ce petit con. La voix de Radovan était plus calme que celle de Mrado. Mais Mrado avait senti des vibrations sous la surface : Rado était encore plus fâché que lui.

Jorge, prépare-toi à la vengeance des Yougoslaves.

Seul aspect positif de la provocation du Latino : l'incident avait détourné l'irritation de Radovan sur quelqu'un d'autre. Depuis leur dernière entrevue, l'ambiance avait touché le fond. Radovan était allé trop loin.

Au bout de vingt minutes : le voilà au parc Näsby. Le quartier des villas. Ce putain de paradis pompeux avec ses maisons carrées. Il sortit de la voiture et alluma une cigarette. La garda entre le pouce et l'index – à la slave. Inspira profondément. Il fallait qu'il se calme avant de rencontrer le grand. Il toussa sèchement. Pensa aux tableaux de Radovan. Le prix de la collection ? À ce niveau-là, c'est même plus de l'argent.

Il éteignit sa cigarette. Monta le sentier menant à la maison. Sonna.

Stefanovic ouvrit la porte. Sans un mot, il accompagna Mrado à la bibliothèque. Radovan était assis dans le même fauteuil que la dernière fois. Le cuir autour des accoudoirs était usé et blanchâtre. Sur un guéridon trônait une bouteille de whisky, un Lagavulin de 1990.

« Mrado, assieds-toi. Merci d'avoir appelé si vite. On aurait pu régler ça au téléphone, mais je voulais te regarder dans les yeux pour être sûr que tu n'es pas trop en colère. Tu dois rester calme. Nous devons rester calmes. Et résoudre ce problème pas à pas. Ce n'est pas une catastrophe, ce n'est pas la première fois que ça arrive. À la différence près que lui, il sait effectivement quelque chose. Raconte-moi ce qu'il t'a dit. Depuis le début, avec tous les détails. Vas-y. »

Mrado raconta. Il essaya de faire court sans oublier l'essentiel – l'arrogance du bougnoul.

« Jorge Salinas Barrio est en cavale. Tu en sais plus que moi, puisque c'est toi-même qui m'en as parlé. Selon mes sources, ce gars est un héros à Österåker. Et même les poids lourds de Kumla et de Hall admirent son style et sa finesse. Il s'est volatilisé comme un putain de David Copperfield. J'aurais dû m'occuper de lui tout de suite. Putain de merde.

— David Copperfield, sympa la comparaison. Mais ne dis pas que t'aurais dû le liquider tout de suite. On ne sait pas ce qui serait arrivé dans ce cas-là. Continue plutôt. »

Mrado résuma la conversation qu'il avait eue avec Jorge. Que Jorge avait eu l'air stressé, que ce petit merdeux avait sûrement appelé d'une cabine téléphonique, qu'il exigeait un passeport et cent sacs, qu'il avait mentionné qu'un tas de merde sortirait à la lumière du jour s'il était victime d'un accident.

Radovan écouta sans rien dire. Il remplit son verre de Lagavulin. But une gorgée.

« Il en sait beaucoup sur nous. Mais pas *assez* pour que je devienne sa petite marionnette. Pour lui c'est l'occase de se faire aider. Je pourrais lui offrir un nouveau passeport, bien sûr. Un paquet d'argent. Une nouvelle vie sous les cocotiers. Le hic, c'est juste qu'il m'a mal compris. Personne ne me force la main. En plus, qui nous dit qu'il se contentera de ça ? Tu te souviens de ces putains de Croates chez nous ? Quatre-vingt-dix-neuf pour cent de la côte ne leur suffisaient pas, ils voulaient tout. Ce gars-là, c'est la même chose. Si je lui fournis une nouvelle identité, il sera foutu de revenir le lendemain pour me demander du fric. Ou des billets d'avion pour se tailler à l'étranger. Ou n'importe quoi, putain – la moitié de l'imperium de Radovan. »

Mrado rit. Rado : le roi des gangsters, qui parle de lui à la troisième personne. Mrado se détendit. Meilleure ambiance que la dernière fois. Le whisky le réchauffait de l'intérieur. Lui décrispa les épaules. Lui caressa le ventre.

« Ce qu'il sait, ou plutôt ce qu'il sait peut-être, constitue son atout. Je ne suis pas tout à fait sûr qu'il ait assez d'infos pour nous nuire, mais il est un facteur de risque. Notre atout, c'est qu'on peut le renvoyer en cabane en claquant des doigts. L'inconvénient de cet atout, c'est qu'il peut perdre espoir si on le fait coffrer. S'il n'a plus rien d'autre dans la vie que la muscu à Kumla, il nous balancera. Je te le garantis. »

— Excuse-moi, Radovan. Mais pourquoi ne pas tout simplement le buter ?

— Ce n'est pas notre style. Trop dangereux. T'as entendu ce qu'il a dit. Il y aura une fuite. On ne sait pas avec qui il a parlé. Jorge Salinas Barrio n'est pas un imbécile. Si on le flingue et qu'il a fait en sorte que l'info soit divulguée ? Probablement qu'il a tout déballé devant quelqu'un qui balancera tout s'il finit mal. Et tu sais, c'est le mec à inventer tout et n'importe quoi. Enfermer des notes dans une consigne automatique. Si jamais il crève, quelqu'un vient et jette des pièces de dix couronnes dedans – on l'ouvre – et on découvre toutes les notes qu'il y a déposées, avec une description détaillée de toutes nos activités. Ou alors il a écrit un mail qui sera envoyé aux flics à une certaine date s'il ne l'annule pas. Tu comprends ce que j'essaie de t'expliquer – on ne peut pas le buter. Il est trop malin. Mais il y a un autre moyen. La méthode classique, tu sais, Mrado. Tu le retrouves, peu importe comment. Tu fais ton numéro. Explique-lui que Radovan ne se laissera pas impressionner par ce chantage à la con. Puis, quand t'es sûr qu'il a capté d'où vient le message, tu le pulpes. T'as déjà poignardé quelqu'un dans le ventre ?

— Oui, à la baïonnette, Srebrenica, en 1995.

— Alors, tu sais que ça pisse le sang. Au point de faire tomber les plus durs. Y a tellement d'intestins à charcuter, tellement de dégâts à faire. C'est la méthode à appliquer avec Jorge – casse-le tout de suite – vite fait bien fait. Comme avec un coup de couteau.

— J'ai capté. Carte blanche ?

— Oui et non. Faut pas qu'il clamse. Pas de couteau, c'était juste une image. Main de fer dans un gant de velours, pour continuer dans les métaphores. »

Radovan rit de sa propre blague.

« Je comprends. Tu en sais plus un peu plus sur l'endroit où il pourrait être ?

— Pas vraiment. Mais il vient du quartier de Sollentuna. Demande à Ratko ou à son frère, ils sont de là-bas. Encore une chose. N'esquinte pas trop ce putain de merdeux, faut pas qu'il aille à l'hosto. Dans ce cas il retournerait en taule avec tous les risques que cela comporte. Au trou, sans espoir, il emmerderait tout le monde. Il nous balancerait.

— Fais-moi confiance. Je ne lui casserai pas la jambe, à cette pédale. Mais il se dira quand même qu'il aurait mieux fait de rester dans le ventre de sa pute de mère. »

La grossièreté de Mrado – Radovan sourit. Fit tourner le whisky dans son verre. But une gorgée. Se laissa aller contre le dossier de son fauteuil. Mrado furax. Envie de sortir. Loin de Radovan. À la salle de gym. Parler avec les gars. Flairer une piste. Résoudre l'énigme. Guetter Jorge.

Ils parlèrent d'autre chose : chevaux et bagnoles. Pas du business. Pas un mot sur les revendications de Mrado par rapport aux vestiaires. Après quinze minutes, Radovan s'excusa. « J'ai quelques trucs à régler. Et Mrado, pense au fiasco du Kvarnen – je veux Jorge, le plus vite possible. »

Mrado entra dans la salle de musculation. Il s'adressa aux gars à la réception. Interrompit leur discussion sur les derniers anabolisants. Il posa ses questions. Connaissaient-ils quelqu'un en taule à Österåker ? Connaissaient-ils quelqu'un qui était gardien à Österåker ? Savaient-ils quelque chose sur l'évasion qui avait eu lieu là-bas six semaines auparavant ?

L'un d'eux répondit : « T'as l'air intéressé. Tu prends des précautions ? T'as peur d'être coffré prochainement ? » Il rigola de sa propre blague.

Mrado bienveillant. Se fichait de mordre à l'hameçon. Blagua lui aussi. « Vaut mieux être préparé, non ? »

Le gars se pencha en avant, au-dessus du comptoir : « Ce fugitif-là, c'était une putain de pointure. Franchement quoi, le gars qui a franchi ce mur a dû être Sergei Bubka *himself*. Sept mètres, Mrado, comment passer par-dessus un truc pareil sans perche ? C'est Spiderman ou quoi ?

— Tu connais quelqu'un là-bas ?

— Non, personne. Je suis un homme bien, tu sais ça. Je ne connais pas de gardien non plus. Va tchatcher avec Mahmud, peut-être. Tu sais, les Arabes ils sont tous à moitié criminels. La moitié de la famille, ils sont en taule, je te jure. Regarde en bas, dans les douches, il vient de terminer sa séance du matin, je crois. »

Mrado descendit l'escalier. Entra dans les vestiaires. Mahmud n'était pas là. Quelques autres gars étaient en train de se changer. Mrado les salua. Remonta. Inspecta la pièce à droite. L'eurotechno sifflait. Pas de Mahmud. Il jeta un œil dans la pièce à gauche. Vit Mahmud agenouillé sur un tapis en caoutchouc rouge. Qui s'étirait le dos. Il avait l'air d'une ballerine bizarre qui prenait la pose.

Mrado s'agenouilla à côté de lui.

« Salut, nabot. Belle séance ? T'as fait quoi ? »

Mahmud ne leva pas la tête. Continua à s'étirer. « Tu sais où tu peux te le mettre, ton nabot ? La séance était bonne. J'ai fait la partie inférieure du dos et les épaules. Ça marche bien, les deux muscles sont assez éloignés l'un de l'autre. Ça gaze ?

— Ouais. Tu peux me filer un coup de main ? Ça marche ?

— Bien sûr. Mahmud ne craint personne, tu le sais.

— Cool. Tu connais quelqu'un à Österåker ?

— Oui. Mon beauf est là-bas. Ma sœur va souvent le voir. Ils se retrouvent tous les deux dans une chambre à part, pour passer du bon temps ensemble. » Mahmud changea de position. Il se releva. Les bras entre les jambes. Fit le gros dos. Ses vertèbres craquèrent.

« Quand est-ce qu'elle va le voir la prochaine fois ?

— Chais pas. Je dois lui demander ?

— Ça m'arrangerait. Tu ne peux pas l'appeler dès que t'as fini ici ? Il me faudrait l'info le plus vite possible. »

Mahmud fit oui de la tête. Ils se turent. L'Arabe s'étira encore pendant quelques minutes. Mrado attendit. Discuta avec deux autres mecs dans la salle. Ils descendirent dans les vestiaires. Mahmud appela sa sœur. Parla en arabe. Elle irait le voir mardi.

Ils se rencontrèrent dans un bistrot à Söder. Super pas cher, hyper gras, des kebabs et des falafels dans de la pita pour vingt couronnes. Mrado en commanda trois. Mata l'endroit. Aux murs, des photos de la mosquée al-Aqsa à Jérusalem et des textes en arabe. Vrais, ou juste pour attirer des clients ? Peu importe, tant que les kebabs étaient si bons qu'ils fondaient dans la bouche.

La sœur de Mahmud selon Mrado : une beurette vulgaire. Des vêtements un peu trop moulants. Une jupe un peu trop courte. Un peu trop de maquillage. Un peu trop de faux accessoires Louis Vuitton. Beaucoup trop d'argot. Baisse le son, chérie.

Elle était malléable. *Nemas problemas*. Il lui serina les questions à poser : « Jorge avait-il traîné avec certains prisonniers avant son évasion ? Avec un gardien ? Comment avait-il réussi à franchir le mur ? Avait-il fait partie d'un gang ? Savait-on qui l'avait aidé de l'extérieur ? Quels étaient ses amis en taule ? »

Elle nota tout et lui promit de l'apprendre par cœur avant sa visite dans la prison. Demanda deux mille en espèces pour le service.

Mrado connaissait les gars comme Jorge, ils ne la fermaient jamais. Ils se vantaient, crânaient, parlaient en public.

Il en était sûr – s'il arrivait à cerner son contact à l'intérieur d'Österåker, il retrouverait vite le Latino.

La chasse était ouverte.

16

Rêves espagnols. « Jorgelito, je reste là jusqu'à ce que tu te sois endormi. Jorgelito, attends-moi, je vais juste chercher le livre de contes. Jorgelito, est-ce que je t'ai déjà dit que tu es mon prince ? Paola est ma princesse. Vous êtes ma famille royale, tous les deux. »

Jorge se réveilla.

Il faisait jour dehors. Chaud dans la pièce. Fini les jolis rêves. Jorge était allongé sur un matelas qu'il avait posé sur le sol. Moins de risque d'être vu de l'extérieur. Double mesure de sécurité – les hauts buissons devant la fenêtre de la chambre bouchaient la vue.

En tout, il venait de passer six jours dans la cabane. Il était exténué. Bientôt, il appellerait le Yougoslave. Il pensa à Rodriguez. Un jour, Jorge-boy serait de retour. Lui casserait la gueule. Le ferait ramper par terre. Lécher les pieds de sa mère. Chialer. Supplier. Gémir.

Peut-être qu'il avait été un imbécile. Imprudent. La veille, par exemple, son stock de bouffe s'était épuisé. Il était sorti sur le sentier. L'avait longé jusqu'à ce qu'il débouche sur une route plus large. Avait continué. Un lac. Des gens en train de tirer un bateau de l'eau. Idylle dorée automnale. Une heure et demie de marche environ. Une épicerie. Il était entré.

Il ne s'était encore jamais senti aussi noir que là-bas, dans cette boutique de la Suéditude nationale aryenne. Le bougnoul, un contraste saillant. Personne n'avait rien dit. Personne n'avait semblé faire attention à lui. Mais Jorge, *el negrito*, avait bien cru qu'il allait être lynché, plongé dans la paraffine et roulé dans des céréales.

Il avait acheté des pâtes, des chips, du pain, du salami, des œufs, du beurre et de la bière légère. De la teinture pour les cheveux et du produit vaisselle. Payé en espèces. Sans dire un mot à la caissière. Juste un signe de tête. Il avait cru que tout le monde le dévisageait. Le détestait. S'apprêtait à alerter la police.

À peine avait-il quitté la boutique qu'il s'était senti tout idiot. Il avait essayé de marcher à travers la forêt pour rentrer. Impossible. Il avait déboulé dans des jardins privés. Et craint que les gens se trouvent à la maison. Puissent avoir des soupçons. Péter un plomb. Dénoncer le nègre à la police. Il s'était rabattu sur la grand-route. Tout en espérant que personne ne l'avait remarqué, lui, le fugitif.

Jorge fit cuire deux œufs. Beurra cinq tranches de pain. Étala le salami dessus. But de l'eau. Une montagne d'assiettes et de couverts s'empilait dans l'évier. Pourquoi prendre la peine de laver la vaisselle ? Le vrai proprio de la maison s'en occuperait.

Il s'assit à la table de la cuisine. Dévora les sandwichs. Passa le bout des doigts sur le dessus de table qui avait l'air si vieux. Il se demanda si les propriétaires étaient pauvres ou s'ils avaient intentionnellement choisi une vieille table pour leur pied-à-terre.

Tout à coup : un bruit devant la maison. L'oreille de Jorge tendue au max.

Une voix.

Il se baissa.

Glissa de la chaise, au sol.

S'allongea à plat ventre.

Rampa vers la fenêtre. Si quelqu'un s'apprêtait à entrer, il serait dans la merde. Si c'étaient les flics – il serait vraiment dans la merde.

Putain de bordel, il maudit sa mauvaise préparation. Rien n'était rangé. Ses fringues, la teinture, la bouffe, les produits de toilette – tout dispersé dans la pièce où il dormait la nuit. Enculé. Si jamais il était contraint de s'enfuir maintenant, il ne pourrait absolument rien emmener.

Il tenta de regarder par la fenêtre. Ne vit personne dehors. Juste le jardin tranquille, entouré d'églantiers bien taillés et de deux érables. Les voix se firent à nouveau entendre. Apparemment, elles venaient du petit sentier menant à la maison. Il se glissa sur la pointe des pieds vers une autre fenêtre. À travers l'entrée. Les larges planches en bois craquèrent sous son poids.

Merde. Il n'osa pas regarder par la fenêtre. Possible qu'ils le voient de l'extérieur. Il écouta d'abord. Encore une voix, un peu plus près à présent, mais pas directement devant la maison non plus. Au moins deux personnes qui discutaient. Des flics, ou quelqu'un d'autre ?

Il écouta de nouveau. L'une des voix avait un léger accent étranger.

Il jeta avec précaution un œil dehors. Pas de voiture en vue. Personne à l'horizon. Il suivit du regard le sentier qui passait devant la maison, vers une grange rouge foncé derrière le jardin. Là ! Trois personnes approchèrent de la maison.

Jorge réfléchit en FF[1]. Pesa les avantages et les risques. La cabane était bien. Chaude, plutôt à l'abri des regards, loin de la ville et des flics qui le cherchaient. Il pourrait squatter ici jusqu'à ce qu'il n'ait plus de sous. D'un autre côté, les personnes qui arrivaient par le sentier de la grange. Il ne pouvait pas vérifier à cent pour cent qui c'était.

Peut-être les propriétaires de la maison. Peut-être juste des curieux. Qui voulaient jeter un coup d'œil à travers les fenêtres. Qui verraient alors la montagne de vaisselle, le matelas par terre, le bordel.

Peut-être les flics.

Le risque était trop grand. Il valait mieux ramasser ses affaires et se barrer avant qu'ils n'arrivent. Il y avait d'autres cabanes. D'autres lits chauds.

Jorge enfourna ses trucs dans deux sacs plastique, la bouffe dans l'un, les fringues et les produits de toilette dans l'autre. Il s'avança vers la porte d'entrée, deux petites fenêtres dans la partie supérieure. Il regarda dehors. Ne vit personne. Ouvrit la porte. Se dirigea rapidement vers la gauche. Ne prit pas le chemin semé de cailloux qui menait vers le sentier. À la place : il se glissa à travers un trou dans les buissons. Les épines s'enfoncèrent dans sa peau.

Il eut l'impression d'entendre les voix plus nettement.

Putain.

Il se mit à courir sans se retourner.

1. *Fast forward*, c'est-à-dire avance rapide. *(N.d.T.)*

17

JW en pleine ascension. L'offre de Jet-set Carl : une ouverture dorée. Abdulkarim super content. N'arrêtait pas de parler de leurs projets d'expansion. « Ramène-moi ce Jorge, rappela-t-il à JW, et c'est dans la poche. »

JW ne faisait pas d'effort particulier pour trouver le Chilien. Il avait posé quelques appâts ici et là, déjeuné avec des gens de Sollentuna en leur proposant une récompense pour toute info qui l'aiderait à prendre contact avec le fugitif – tôt ou tard, il aurait une piste.

Aujourd'hui, il avait autre chose au programme.

Quelques jours auparavant, JW avait appelé Jan Brunéus, le prof de Komvux. L'enseignant se souvenait manifestement de Camilla, mais refusait catégoriquement de parler d'elle. Lorsque JW avait insisté, il lui avait raccroché au nez.

JW n'avait pas eu la force de réagir à ce moment-là. Il renonça à le rappeler. Tenta de ne pas penser à toute cette histoire.

Mais aujourd'hui, c'était le jour J. Il ne pouvait pas faire autrement.

Il mit son jean, sa chemise, son manteau.

Puis il se dirigea vers le lycée de Sveaplan, derrière le centre commercial Wennergren, où se trouvait également le Komvux. Il voulait rencontrer Jan Brunéus en chair et en os.

La rue Valhallavägen vrombissait plus que d'habitude, soit à cause de la circulation dense des camions soit à cause de ses maux de tête. Probablement pour ces deux raisons.

Lorsqu'il arriva au bout de la rue Sveavägen, il aperçut l'école.

Il était 11 h 30. Pause de midi. JW se doutait que l'accueil serait fermé pendant le déjeuner. Il n'avait pas envie d'attendre la fin de la pause, se ficha des flèches et des panneaux et demanda directement à quelqu'un. Une femme qui portait un sac à dos Kånken, apparemment en train de rentrer chez elle, lui décrivit le chemin : passer par la grande entrée, monter les marches, ensuite à droite.

JW traversa le flot d'étudiants qui venait de la direction opposée. La plupart des personnes de son âge qui allaient manger. Classe moyenne molle – ils ne captaient donc pas qu'il existait des voies plus directes vers la vraie Vie ?

Il monta les marches quatre à quatre. Respira bruyamment.

Atteignit l'accueil.

Au même moment, une femme vêtue d'une jupe plissée et d'un chemisier démodé quittait le bureau en affichant une mine énergique qui criait : on ferme.

Typique.

Il dit : « Bonjour, excusez-moi, pourrais-je vous poser une petite question avant le déjeuner ? »

JW était devenu le maître absolu de la courtoisie – plus poli, tu meurs. Il avait été à bonne école.

La dame se laissa attendrir et le pria d'entrer. Elle se posta derrière un comptoir.

« J'ai besoin de parler à l'un de vos enseignants, Jan Brunéus. Est-ce qu'il donne des cours cette semaine ? Et si oui, dans quelle salle de classe ? »

La femme fit la moue, eut l'air embarrassé. JW n'aimait pas son style. Cet air pincé qu'avaient certaines personnes – au lieu de communiquer franchement, elles se contentaient de faire la grimace toute leur vie.

Elle sortit un emploi du temps. Son doigt passa sur les diverses cases. Finalement elle dit : « Il a un cours aujourd'hui qui se termine dans dix minutes, à midi. Salle 422. C'est au premier étage. »

JW la remercia gentiment. Pour une raison qui lui échappait, il avait envie de garder de bonnes relations avec cette femme. Il sentait en son for intérieur que ça pourrait lui servir dans l'avenir.

Il monta les escaliers en courant. Trouva le bon couloir.

Salle 422. La porte était fermée, encore cinq minutes avant la pause de midi.

Il attendit. Colla son oreille contre la porte, entendit une voix chantante, sans pouvoir dire si c'était Jan Brunéus qui parlait.

JW observait le couloir. Des murs beiges, des fenêtres larges, de simples lampes en porcelaine au plafond, des graffitis près des radiateurs. L'impression d'être dans un lycée. Il avait pensé qu'à Komvux le feeling serait différent. Plus mûr.

La porte de la salle s'ouvrit.

Un gars noir en vêtements tape-à-l'œil avec un jean qui lui descendait presque jusqu'aux genoux sortit. Une vingtaine d'élèves le suivirent.

JW jeta un œil dans la salle. Quelques filles derrière des bancs étaient en train de ramasser leurs stylos et leurs bloc-notes.

Un enseignant effaçait un texte au tableau. Le dos tourné à JW.

Ce devait être Jan Brunéus.

Le professeur portait un costume Manchester brun à manchettes en cuir. En dessous de sa veste, il avait un pull en maille avec un col en V. Sa barbe de trois jours ne permettait pas de juger son âge, mais il devait avoir la quarantaine. La monture de ses lunettes avaient des arcs bleus, peut-être de la marque Silhouette. Il présentait bien.

Il s'avança vers le tableau.

Jan Brunéus se retourna, dévisagea JW de haut en bas.

JW pensa : est-ce qu'il a remarqué la ressemblance avec Camilla ?

Jan Brunéus dit : « Puis-je vous aider ?

— Je m'appelle Johan Westlund. On s'est parlé au téléphone il y a quelques jours, vous vous en souvenez peut-être. J'aimerais parler avec vous de ma sœur, Camilla Westlund, si cela ne vous dérange pas. »

Brunéus s'assit sur le bureau. Il ne dit rien. Soupira seulement.

Il jouait à quoi, là ? Au pote ?

Les dernières filles quittèrent la salle.

Jan se leva et ferma la porte derrière elles. Il se rassit sur le bureau.

JW resta immobile. Sans commentaire.

« Je m'excuse vraiment pour mon comportement. J'étais ému quand j'ai repensé à elle. Toute cette disparition est tellement tragique. Je n'avais pas l'intention de vous raccrocher au nez. »

JW l'écouta sans répondre.

« Je me souviens très bien de Camilla. Elle était une de mes élèves préférées. Elle était appliquée et s'intéressait à tout. Venait régulièrement. Les meilleures notes de tous mes cours. »

JW pensa : les enseignants font attention à des choses insignifiantes comme la présence régulière d'un étudiant.

« Lesquels de vos cours suivait-elle ?

— Suédois, anglais et, si je me rappelle bien, éducation civique. Vous savez, environ deux cents visages défilent tous les jours devant moi, mais je me souviens de Camilla. Vous lui ressemblez beaucoup.

— Les gens disent souvent ça. Pourriez-vous m'en dire un peu plus sur elle ? Je sais qu'elle fréquentait une fille du nom de Susanne Pettersson. Avait-elle d'autres amis ici ?

— Susanne Pettersson ? Je ne me souviens pas d'elle. Mais je ne crois pas que Camilla ait eu beaucoup d'amis, ce qui est bizarre d'ailleurs. Je la trouvais très ouverte et gentille. Très belle aussi. »

Louche. Susanne Pettersson avait dit que Camilla et elle séchaient souvent les cours. Maintenant Jan Brunéus affirmait que Camilla venait régulièrement. Et, en plus, qu'elle avait l'air gentille. Est-ce qu'un prof disait des choses pareilles d'habitude ?

Ils discutèrent encore pendant deux minutes. Jan Brunéus débita quelques généralités. « Komvux est une institution utile à la société. Le système scolaire suédois ne convient pas à tout le monde. Nous donnons à ces gens une deuxième chance. »

JW n'avait qu'une seule envie : déguerpir. Loin de Jan Brunéus.

L'enseignant lui tendit la main. « Toute cette histoire est triste. Passez le bonjour à vos parents. Dites-leur que Camilla aurait pu aller loin. »

Jan Brunéus prit une mallette en cuir usé et disparut dans le couloir.

JW retourna à l'accueil. Vérifia les horaires d'ouverture. Fermé pour le reste de la journée. Il aurait dû s'y attendre.

De retour à la maison, il regarda dans l'annuaire. Municipalité de Stockholm, service des formations continues. Il appela le standard et demanda à parler à quelqu'un qui pouvait répondre à des questions générales concernant des notes et des dossiers publics. Il fut mis en communication avec le responsable de la gestion des notes dans les études secondaires. Ils discutèrent pendant une quinzaine de minutes. C'était tout. JW obtint les réponses qu'il cherchait.

Il devait revenir à l'accueil. Fouiller un peu plus dans les archives des relevés de notes de l'école. Quelque chose clochait dans le récit de Jan Brunéus.

18

Mrado joua au privé pendant deux jours et demi en attendant la visite de la sœur de Mahmud à Österåker. Il commanda des photos d'identité de Jorge. Appela ses deux contacts à la police, Jonas et Rolf, en promettant cinq mille balles à celui qui pourrait lui livrer de la bonne info sur cet enfoiré de Jorge. Il se renseigna sur la famille du Latino au service de l'état civil. Aucune piste. Il se tourna vers Nenad, en charge de la coke et de la drogue chez Radovan. Nenad ne se souvenait même pas de Jorge, en dehors du procès. Mrado prit le petit déjeuner avec Ratko et son frère Slobodan *alias* Bobban. Ils lui conseillèrent de chercher dans le Stockholm du crime, au nord-ouest. Avec quels toxicos il devrait parler, dans quels bars il devrait interroger le personnel, quels dealers connaissaient le cercle de Jorge. Il se rendit deux fois à Sollentuna et à Märsta pour parler avec d'innombrables Latinos, et des gens du milieu de la coke. Bobban l'accompagnait. Une aide efficace.

La plupart connaissaient déjà le fugitif, ceux qui n'étaient pas encore au courant furent encouragés à étudier soigneusement les photos d'identité. Un héros. Une légende. Ils cherchaient tous à trinquer en l'honneur du héros. Chanter ses louanges. Le féliciter. Mais personne ne l'avait vu.

La mère de Jorge vivait avec un nouveau compagnon. Il avait aussi une sœur, Paola. La mère habitait dans la banlieue de Stockholm, la frangine à Hägersten. Il chercha des photos d'identité de la sœur et de la mère. Sur Google, il obtint deux résultats pour le nom de la sœur. Elle avait écrit un article pour le journal de la corporation Gaudeamus à l'université de Stockholm et elle avait participé au Salon du livre. Une fille appliquée. Qui essayait visiblement de s'élever dans l'échelle sociale ; en partant de tout en bas. Peut-être devrait-il l'approcher à l'université ?

Il appela au département des Lettres. La frangine était en deuxième année, peu importe ce que ça voulait dire.

Mrado se rendit à la fac. Gara sa voiture derrière les buildings bleus. La Mercedes détonnait sur le parking : les autres bagnoles, à chier.

L'université pour Mrado : un pays étranger. La population : des mollusques, des glandeurs qui préféraient blablater au lieu d'agir, des serpents à lunettes. Des pédales. Mais, à son grand étonnement, il y avait des tonnes de jolies filles.

Il mata les panneaux. Trouva le bâtiment du département des Lettres. Prit l'ascenseur. Demanda à une vieille qu'il croisa dans un couloir qui était responsable des étudiants en deuxième année. Elle lui donna le nom d'une assistante. Il mata encore plus de panneaux. Le bureau de l'assistante se trouvait tout au bout du même couloir. Sur la porte encore un panneau : « J'adore mon boulot… pendant la pause midi et le goûter. » Mrado frappa. Personne. Il alla demander à une femme dans la pièce d'à côté. L'assistante était en réunion dans la salle C 119. Descendre, descendre encore. Les couloirs n'étaient pas rénovés. Des tuyaux et le système de ventilation étaient à nu au plafond. Quelques murs semblaient ne jamais avoir été peints. Des lattes gisaient dans un coin. Il mata les panneaux. Trouva la salle. Frappa à la porte. Un mec en costard, les cheveux en bataille, ouvrit. Mrado demanda à parler à l'assistante du département des Lettres. Le type lui répondit qu'ils étaient en réunion. Mrado lui jeta un regard perçant et, en même temps, avança son pied pour bloquer la porte. Monsieur-les-cheveux-en-bataille resta planté là. Au bout de quinze secondes, il détourna le regard. Alla chercher l'assistante. Une jeune – vingt-cinq ans tout au plus. Mrado se l'était imaginée plus vieille. Elle voulut savoir de quoi il s'agissait. Il inventa une histoire bidon comme quoi une fille aurait dû lui filer des bouquins mais qu'elle ne serait pas venue. Madame l'assistante n'aurait pas son numéro de téléphone, ne saurait pas quels cours elle avait aujourd'hui ? Elle voulut savoir pourquoi il était si pressé. Mrado inventa une autre histoire bidon, comme quoi il partirait dans la journée et avait besoin de ses bouquins. C'était super urgent. La nana assistante : la bonne foi en personne, trop gentille. Ils montèrent dans son bureau. Elle feuilleta ses documents et lui donna le numéro de téléphone de

Paola ainsi que son emploi du temps. Elle dit que Mrado avait de la chance. « Paola a cours en ce moment dans la salle D 327. » Pas trop tôt, connasse.

Il n'arrivait pas à croire qu'elle se laissait duper par une armoire à glace yougoslave de deux mètres de haut.

Direction salle D 327. Il mata à nouveau les panneaux. Trouva la salle.

La même scène qu'avec l'assistante. Un gars ouvrit. Mrado lui demanda d'aller chercher Paola.

Mrado ferma la porte de la salle derrière elle. Paola capta tout de suite que quelque chose allait de travers. Elle baissa la tête. Fit un pas en arrière, détourna le regard. Mrado entraperçut ses yeux. Si la gêne avait un visage, c'était le sien.

Elle ne correspondait pas du tout au tableau que Mrado s'était fait d'une étudiante en lettres. Elle portait un chemisier bleu clair avec de larges revers. Un blue-jean foncé moulant. Un style propre. Les cheveux noirs, attachés en queue de cheval. Étincelants. Un look innocent. Une flamme s'alluma en Mrado.

Il lui fit signe de le suivre vers les toilettes. Ils s'y dirigèrent. Paola tendue, crispée. Mrado concentré. Ils entrèrent dans les toilettes. Mrado referma la porte.

Des tags et des graffitis partout. Surtout au stylo à bille ou à l'encre. Mrado étonné. Les étudiants à la fac faisaient donc ce genre de choses ?

Il ordonna à Paola de s'asseoir sur l'une des cuvettes. Elle avait les joues en feu.

« Calme-toi. Je ne veux pas te faire du mal, mais je te conseille de ne pas crier. Je n'aime pas frapper les filles, c'est pas mon genre. J'ai juste besoin de quelques infos. »

Paola parlait un suédois parfait. Sans le moindre accent. « C'est Jorge, hein ? C'est Jorge ? » Au bord des larmes.

« *You got it, babe*. Il s'agit de ton frangin. Tu sais où il se trouve ?

— Non. Je n'en ai aucune idée. Je ne sais pas. On n'a pas de nouvelles de lui. Maman non plus. On a juste lu les articles dans les journaux.

— Fais un effort. Il t'aime bien, j'imagine. Bien sûr qu'il t'a donné de ses nouvelles. Où est-il ? »

Elle renifla. « Je vous dis que je ne le sais pas. Je ne le sais vraiment pas. Il ne m'a même pas appelée. »

Mrado insista. « Ne mens pas. Tu sembles être une fille intelligente. Je peux faire de ta vie un enfer. Je peux offrir une belle vie à ton frère. Dis-moi juste où il est. »

Elle continua à nier obstinément.

« Petite, écoute-moi bien. Arrête ce cirque. Les chiottes sont vraiment dans un sale état, t'es pas d'accord ? Avec les murs pleins de tags et de graffitis. Tu es en train de quitter tout ça. Tu as envie de retourner à ta belle formation. D'arriver quelque part dans la vie. Ton frère, lui aussi, il peut avoir une belle vie. »

Elle le fixa, tout droit, les yeux dans les yeux. Il vit son reflet dans ses grandes pupilles reluisantes. Elle avait arrêté de pleurer. Le mascara dessinait des lignes le long de ses joues.

« Je ne le sais vraiment pas. »

Mrado analysa. Bon nombre de personnes sont capables de mentir. De tromper. De duper n'importe qui. De résister aux flics, aux procureurs, et aux avocats, au cours d'innombrables interrogatoires. Et même à des gars comme Mrado. Peut-être qu'ils possédaient une énorme confiance en eux. Peut-être qu'ils avaient un talent d'acteur extraordinaire. D'autres essayaient de mentir et ça se voyait tout de suite. Le regard qui s'enfuit vers la gauche, un signe infaillible qu'ils racontent des salades. Ils se mettent à rougir. À transpirer. Se contredire. Oublier des détails. Ou au contraire, ils essaient de rester calmes. Font semblant de maîtriser la situation. Parlent lentement. Mais ça se voit quand même. Ils sont trop confiants. Trop détendus. Ils ne bougent pas assez, sont trop immobiles. Trop sûrs de leurs propos.

Il les connaissait tous. Paola ne faisait partie d'aucun de ces types. Mrado avait travaillé assez longtemps dans le secteur de la protection et du racket. Avait extorqué plein de thunes. Poussé les gens à lui dire où ils avaient caché la caisse avec les recettes de la journée, combien de coke ils avaient vendu, où ils étaient censés livrer l'alcool qu'ils avaient distillé illégalement, combien de clients ils avaient eu. Il avait pressé son flingue contre bon nombre de fronts, de bouches ou de bites. Exigé des réponses. Évalué les réponses. Leur avait fait cracher les vraies réponses. Il était un expert en matière de réponses.

Mrado regarda les mains de la fille. Pas le visage. Il savait : les gens arrivent à maîtriser leur tronche, mais pas le corps. Les mains trahissaient la vérité.

Paola ne mentait pas.

Elle ne savait vraiment pas où se trouvait ce connard de Jorge.

Merde.

Il quitta les toilettes, Paola toujours assise sur la cuvette. Paralysée.

Il se dépêcha de redescendre sur le parking. Sauta dans la voiture. Fit claquer la portière. Démarra dans un crissement de pneus, en route pour le rendez-vous suivant, avec la sœur de Mahmud.

Mrado sentit le stress monter en lui. Il la repéra direct à travers la fenêtre du bistrot, elle buvait un Coca. Le bistrot arabe était plein à craquer. Deux femmes voilées avec au moins cent quarante gosses avaient envahi la partie arrière. Les autres tables étaient occupées par quelques Suédois qui profitaient du multiculturalisme de leur pays. La frangine de Mahmud lui tendit la main. Ce qui voulait dire : donne-moi mes deux mille cash. La dernière fois, elle avait fait sa petite fille bien éduquée. Mais là, il y avait vraiment un problème de comportement.

Mrado soupira. Une pensée qui le surprit lui-même lui traversa l'esprit : beaucoup trop de pieds-plats croyaient pouvoir jouer au dur. Il avait observé ça tant de fois. Des alcoolos suédois au chômage, des videurs sans la moindre formation et quelques banlieusards qui se la pétaient se prenaient pour Dieu. Qu'est-ce que ça leur apportait ? Est-ce que ça leur permettait d'oublier qu'ils étaient de la merde ? Cette gonzesse était visiblement une perdante. Pourquoi est-ce qu'elle essayait même ?

Il prit place.

« Ma petite, pour le fric, on attend. Tu l'auras bien assez tôt. Dis-moi ce qu'il t'a raconté. »

Avant qu'elle n'eût le temps d'ouvrir la bouche, il pressentit la réponse.

« Mon mec, il sait rien.

— Comment ça ? Il connaissait sans doute Jorge, non ?

— Non, enfin, pas de contact, quoi. »

Il commença à s'énerver. Cette nana n'était pas capable de parler normalement, putain ! Quelqu'un devrait la dénoncer aux services sociaux.

« Fais un effort. Bien sûr qu'il savait qui était Jorge. Réfléchis. Qu'est-ce qu'il t'a dit ?

— C'est quoi ta question ? Tu crois je me rappelle pas, quoi ? J'arrive de là-bas, juste. Je te dis, pas de contact, eux.

— Tu veux ton fric ou pas ? Est-ce qu'il savait qui était le Latino ?

— Il savait. Il a dit, une putain de grave cabale, quoi.

— Tu veux dire cavale. Il a dit cavale ?

— Shit, tu tchatches quoi là ? Mon mec pas avec lui. Il est pas en motivation.

— Ma fille, si tu veux ce fric, il faudra parler de sorte qu'on comprenne. »

Mrado était en train de perdre son calme. Il recula sa chaise. Ce qui voulait dire : fais un effort ou je me casse.

« Il est dans un autre service, quoi. Pas en motivation. Il est dans une autre place. Tu captes ? »

Mrado capta. Moral : zéro. La frangine de Mahmud : un billet perdant. À Österåker, il y avait différents services. Dont un pour les prisonniers qui voulaient refaire leur vie, en finir avec la drogue. Apprendre les règles de la société. Programme pédagogique, ateliers, psychologie à la noix et thérapies à la con. Jorge avait bien évidemment été dans ce service qu'on appelait la motivation. Elle disait donc vrai : son putain de loser de mec savait que dalle.

19

Il s'installa dans une nouvelle cabane. Y resta deux jours. Puis il se prépara à changer à nouveau d'endroit. Il fallait bouger.

Il marcha pendant plus de trois heures. Il fallait s'éloigner de la zone où il avait habité jusque-là – la complicité entre les voisins était son pire ennemi. Son physique de nègre, un danger. Une famille se fait cambrioler, et tout à coup, tous les individus aux cheveux noirs inconnus dans la région deviennent suspects. Un miracle que personne ne se soit encore arrêté au bord de la route pour lui demander qui il était et ce qu'il faisait là.

Un vent froid soufflait. La mi-octobre n'était pas un moment propice. Mais *el gringo Jorge* avait tout prévu. Son pull tricoté et sa veste d'hiver le tenaient bien au chaud.

Il quitta la grand-route. Sur un panneau il lut Dyvik, trois kilomètres. Une route plus étroite. Pas encore de cabane. Des arbres à perte de vue. Il continua son petit bonhomme de chemin. Faim. Fatigue. Refusa de perdre espoir. J-boy : toujours en train de remonter la pente. Sortir de la merde. Aller de l'avant. Vers le succès. Radovan cèderait devant lui. Lui donnerait un passeport. Du fric. Des possibilités. Il se taillerait au Danemark. Peut-être investirait-il quelques sacs dans la coke ? Dealer. Gagner de la thune. Aller plus loin. Peut-être en Espagne. Peut-être en Italie. Il s'achèterait une véritable identité. Prendrait un nouveau départ. Jouerait au gros dealer en se servant des petites frappes qu'il connaissait à Svedala. Formerait une équipe avec ses vieux potes. Il serait le soleil qui rayonnerait sur tout le monde, sauf sur Radovan. Ce petit pédé de Yougoslave viendrait chialer aux pieds de Jorge pour avoir le droit de participer à ses deals.

Une impasse. Il arriva dans une clairière. Vit des maisons. À gauche, une grange et deux vieux tracteurs garés devant. Un peu plus loin, des chevaux. Mauvais signe. Quelqu'un habitait ici. Il poursuivit son chemin. Trouva une autre baraque. Entra.

Une petite cuisine, une salle de séjour et deux chambres, un grand lit dans l'une, un lit simple dans l'autre. Il faisait froid. Il alluma le chauffage. Garda sa veste.

Il déballa sa bouffe. Le frigo et le congélateur étaient éteints, ce qui indiquait que la maison serait inoccupée pour l'hiver, bon signe. Il se fit cuire deux œufs. Coupa quelques épaisses tranches de pain. Étala les œufs dessus. Puis jeta un œil dans le garde-manger. Presque vide : une tablette de chocolat Aladdin, deux boîtes de conserve de tomates et des haricots blancs. Inutile.

Il se rendit dans la salle de séjour. Ouvrit les portes d'une armoire élégamment peintes de fleurs rouges et bleues dans un coin de la pièce – bourrée de bouteilles d'alcool. Le gros lot. Le pire stock d'alcool en ville.

Il se fichait de la sécurité. Jorge-boy allait passer une soirée d'enfer.

Pas de soda. Pas de glace. Pas de fruits ou de jus pour mélanger avec. Ça, c'était pour les fillettes. Les vrais hommes font sans. Jorge s'organisa une dégustation de whisky en solitaire. Posa cinq verres sur la table de la salle de séjour. Versa cinq whiskies différents. Prit les marques aux noms les plus étranges : Laphroaig, Aberlour, Isle of Jura, Mortlach, Strathisla.

Il bouffa du chocolat Aladdin périmé. Alluma la chaîne hi-fi Sharp géante. Le display avec ses lumières et ses motifs jaunes se mit à clignoter au rythme de la musique. Comme dans les années 1990.

Le Mortlach était le meilleur. Il s'enfila un autre verre. Chanta les chansons qui passaient à la radio. Essaya de monter aussi haut dans les octaves que Mariah Carey.

Il versa de l'eau dans un verre et encore plus de whisky dans un autre. Pas son truc de le boire pur, en fait – mais putain. Il s'envoya le cocktail.

La maison chancela. Architecture de merde. Les angles de travers. Les fenêtres inclinées. Il gloussa – Jorge, le nouvel architecte urbain de la campagne. L'ivresse s'empara de lui.

Joie. En même temps, petit Jorgelito si seul.

Bourré. En même temps, il fallait être attentif.

Il s'assit par terre pour garder l'équilibre.

Tout d'un coup, il se rappela un événement auquel il n'avait plus pensé depuis longtemps. Ça lui traversa l'esprit sans aucune raison. Comme une bulle dans sa tête. Le jour où sa maman et lui étaient allés faire des courses. Il avait peut-être six ou sept ans. Paola était déjà rentrée à la maison et les attendait. Préparait le repas. Tout sauf le riz – il n'en restait pas assez à la maison, c'est pourquoi Jorge et sa maman avaient dû aller en acheter. Rodriguez refusait d'aider et Jorge n'avait pas le courage d'y aller tout seul. Le visage de maman. Bien visibles, ces poches sombres autour de ses yeux et les plis dans ses joues qui faisaient qu'on avait toujours l'impression qu'elle réfléchissait à quelque chose sans pouvoir trouver de solution. Il lui avait demandé : « Est-ce que tu es fatiguée, maman ? » Elle avait posé le sac de riz sur l'asphalte. L'avait soulevé et pris dans ses bras. Avait caressé ses cheveux en disant : « Non, Jorgelito, si nous arrivons à bien dormir cette nuit, je serai en super forme demain. Tout ira bien. »

Jorge tendit la main pour atteindre la bouteille. Il se versa encore du Mortlach.

La salle de séjour tournoyait devant ses yeux.

Il se remit sur ses pieds.

Perdit l'équilibre.

S'écroula par terre.

Trois jours plus tard. Jorge avait un sérieux problème. Depuis vingt-quatre heures, il n'avait plus rien à manger et il ne lui restait que quatre cents couronnes. Il n'avait pas l'énergie de faire des abdos. Il n'avait pas la force d'aller chercher un nouvel abri. Impossible, malheureusement, de ne vivre que de whisky et d'eau.

Fallait qu'il aille faire des courses.

Il avait besoin de cash. La question : Radovan accepterait-il sa proposition ? Si c'était non, son manque de cash serait encore plus extrême.

Mais le pire : il se sentait tellement seul.

Il fallait qu'il parle à quelqu'un – qu'il aille voir un vieil ami, quelqu'un de sa famille. Du contact humain.

Était-il déjà foutu ?

Une seule option : retourner en ville. Manger. Se procurer du fric en attendant d'appeler les Yougoslaves. Pas d'autre solution.

Jorge regarda les atlas qui traînaient sur l'étagère. L'échelle était trop grande. Il étudia les dernières pages de Din Del[1] – afin de savoir quel chemin il devrait prendre pour revenir dans sa tanière une fois sa mission en ville terminée. Il chercha le village de Dyvik sur la carte.

Envisagea de voler une voiture.

1. Équivalent des Pages Jaunes. *(N.d.T.)*

20

C'était sans aucun doute la teuf des teufs – la fête la plus orgiaque, la plus prestigieuse de l'année.

JW s'imprégna du feeling déjà plusieurs jours à l'avance. Classe, hype, luxueux. Mais avant tout : putain de jet-set.

Carl Malmer, *alias* Jet-set Carl, alias le Prince de Stureplan allait fêter son vingt-cinquième anniversaire, et accueillir sa cour dans les cent cinquante mètres carrés de son quatre pièces. L'appartement se situait dans la rue Skeppargatan, la terrasse sur le toit avait été réservée des mois auparavant.

Les plus jolies nanas étaient conviées, la progéniture des meilleures familles invitée, les bobos les plus branchés évidemment de la partie.

JW arriva dans le sillage de Fredrik et Nippe. Ils avaient pris l'apéro chez Fredrik. Il était 23 h 30. Les portemanteaux dans l'entrée croulaient sous le poids des vêtements, un mec noir énorme sans badge de videur mais au physique adapté : veste en cuir noire, polo, jean noir. Fredrik ricana : « Depuis quand y a un videur à une fête privée ? »

Le gorille vérifia leurs noms sur une liste et fit oui de la tête.

Ils ôtèrent leurs manteaux et entrèrent.

Chaleur, effluves de parfums, bruit de fête et fragrance d'eau de cash à couper le souffle, comme à l'entrée des meilleures boîtes du Stureplan. Ils se frayèrent un chemin à travers une grappe de quelques mineures qui semblaient venir d'arriver, en train de finaliser leur maquillage devant un miroir immense. Nippe se mit à saliver – ne put s'empêcher de draguer l'une des filles. Fredrik demanda où se trouvait Carl. Quelqu'un pointa du doigt la cuisine. Ils traînèrent Nippe avec eux.

La cuisine faisait au moins cinquante mètres carrés. Un plan de travail transformé en bar occupait le centre de la pièce. Deux gars à bandanas mixaient des drinks. C'était incroyablement bondé. La musique dans les haut-parleurs : The Sounds. En plein milieu, Jet-set Carl en personne, vêtu d'un smoking blanc et de son sourire étincelant.

« Salut, les gars ! » Carl leur souhaita la bienvenue et les embrassa. Il leur présenta les deux nanas à ses côtés. Des super poules de luxe. Fredrik tchatcha, Nippe joua à fond son rôle de tombeur. JW jeta un regard circulaire en affichant une mine ennuyée. Il fallait sauver les apparences, surtout ne pas montrer à quel point il était impressionné.

Carl se faisait sûrement un fric fou avec ses fêtes et ses boîtes de nuit, ça rapportait presque plus que la C. La cuisine était toute neuve. Boffi, du design italien pour ceux qui ont les moyens. Les plans de travail en Corian avec des poignées de porte longilignes et discrètes. Un four en acier brossé Gaggenau – quatre feux à gaz et un gril intégré. Le mélangeur et le robinet chromés pendaient comme la gorge d'un cygne au-dessus de l'évier. Le frigo et le congélateur, à l'américaine, étaient en métal, avec des poignées rondes et larges. À gauche du congélateur se trouvait un réfrigérateur à boissons avec une porte transparente, rempli de bouteilles. Si tu voulais faire voir que t'étais un adulte, cette cuisine en disait plus long que d'avoir des gosses.

Dans la foule, le bon mélange de VIP catégories a, b et c. JW passa en revue tout ceux qu'il reconnaissait : Bingo Rimér, la princesse Madeleine et son escorte, Peter Siepen, Fredrik af Klercker, Mini Andén, Robinson-Emma, Runar Søgaard, Daniel Nyhlén, Felipe Bernardo, Mikael Persbrandt, Ernst Billgren, E-Type, Sofi Fahrman, Jean-Pierre Barda, Marie Serneholt, Michael Storåkers.

Au milieu, il aperçut Leif Pagrotsky.

Nippe fut noyé dans la masse, il disparut pour faire un tour, reluquer les nanas. Fredrik alluma une cigarette.

Jet-set Carl se tourna vers JW. « Merci d'être venu. C'est la première fois, non ?

— Ouais, ton appartement est vachement classe.

— Merci. Je trouve aussi.

— Combien est-ce que t'as d'invités ce soir ?

— Beaucoup, j'ai aussi réservé la terrasse sur le toit. Dans les cent cinquante personnes. Là-haut, ce sera le délire total. Faut que tu montes voir, c'est là qu'il y a la bouffe. On a prévu d'autres trucs sur le toit plus tard.

— Et les voisins ?

— J'ai réservé des chambres au Grand Hôtel pour les familles d'en face et en dessous. Ils étaient contents comme tout.

— Tu m'étonnes, qui ne le serait pas ? Sinon, côté taff, tout va bien ?

— Bien sûr. Cool que t'aies pu nous avoir une telle quantité. C'est dans la chambre.

— Sophie est là ?

— Yep, regarde sur la terrasse. »

JW le remercia, se glissa à travers la foule. Bon feeling. Le début d'une relation amicale avec Carl.

Il sortit dans l'entrée, fit un signe de tête en direction du videur et monta les escaliers.

La terrasse ressemblait à une forêt de champignons en métal, les agrégats à gaz pour réchauffer l'air d'octobre déjà frais. Carl ne prenait aucun risque – un chapiteau occupait un tiers de la terrasse. Mais il ne pleuvrait pas ce soir. Les champignons à gaz répandaient de la chaleur et les filles bling bling en mini-haut s'éclataient. JW scruta les parages à la recherche de Sophie. Une foule incroyable. Le dernier tube de Robyn sortait d'énormes haut-parleurs.

Au milieu de la masse, une dizaine de filles essayaient de mettre de l'ambiance. C'était peut-être encore trop tôt, dans une heure la terrasse allait exploser. Les gens n'avaient qu'à boire un peu plus et se tirer une ligne de C.

La nourriture était bien présentée. De petites bouchées arrangées sur des cuillers : un bout de pain grillé avec du foie gras, de la crème fraîche au caviar et oignons rouges, de la purée de pommes de terre avec une touche de caviar russe. Il suffisait de prendre une cuiller, d'avaler ce qu'il y avait dessus, de la jeter dans un seau à côté de la table et d'en choisir ensuite une autre. Un peu plus loin s'entassaient des assiettes auxquelles on pouvait fixer son verre de vin. Le buffet consistait en un émincé de poulet, du taboulé et de la sauce chili douce-amère. Le personnel du traiteur travaillait efficacement, remplaçant rapidement les cuillers de mises en bouche, vidant régulièrement le seau et remplissant les verres de vin.

Un vrai New York-feeling au cœur de la nuit stockholmoise.

Partout, il y avait des affiches de pub pour le Kharma. Jet-set Carl n'était vraiment pas bête – son entreprise lui permettrait d'amortir toute cette fête.

Sophie se tenait à l'autre bout de la terrasse, à l'entrée du chapiteau. JW se fraya un chemin jusqu'à elle. Elle était en train de discuter avec un grand gars en costard à rayures couleur craie et jean moulant. Une image hype était peinte sur le dos de son costard. Il portait une barbe de trois jours. JW le reconnut. C'était un célèbre publicitaire qui avait en permanence un sourire niais aux lèvres. Élu par le magazine *Elle* à la place soixante-trois sur la liste des hommes les plus sexy de Suède l'année précédente, un baiseur pathétique. Un vrai connard.

Il se posa à côté d'eux, dans l'espoir qu'on le présente. Sophie l'ignora royalement, n'arrêtait pas de tchatcher avec ce connard hype. JW plongea ses mains dans ses poches, tenta de prendre son look ennuyé, laissa pendre sa mâchoire inférieure.

Elle se fichait de lui.

Il abandonna, laissa tomber. Accepta sa défaite et redescendit dans l'appartement.

Un seul mot en boucle dans sa tête : Putain.

Quelque chose clochait dans le comportement de Sophie. JW s'inquiéta : est-ce qu'elle l'avait percé à jour ? Les vraies origines remontaient toujours à la surface. Un gars de Robertsfors ne peut pas sortir avec la fille la plus cool de Stureplan.

Question : pourquoi est-ce qu'il se languissait tellement de Sophie ? Peut-être n'était-elle qu'une réincarnation de Camilla ? Une fêtarde avec de la jugeote. Quelque chose était arrivé à sa sœur. Mais il essayait de refouler cette idée. Et faisait quand même comme elle. S'installait en ville, sortait, dépensait de l'argent. Tombait amoureux de filles qui lui ressemblaient. Truquait la vie comme elle. Camilla avait mené une double vie, certes devant leur mère et leur père, mais même devant JW. C'était une évidence pour lui depuis qu'il l'avait vue sur les photos dans cette Ferrari, alors qu'elle n'en avait jamais parlé. Juste une fois elle lui avait fait une confidence : « Je gagne plus de flouze en deux mois que maman en un an. » Pourquoi ? Et comment était-il possible qu'elle n'ait eu qu'*une* seule amie à Komvux, Susanne ? D'après les souvenirs de JW, Camilla était la fille la plus sociable de Robertsfors.

Remue-méninges. Il repensa à ce qu'il avait appris de Jan Brunéus trois jours auparavant.
Tout cela était obscur.
Il fallait qu'il en sache plus.

Le salon de l'appartement était plus bondé qu'une rame de métro en retard un lundi matin. Dans un coin, un stroboscope clignotait. Six projecteurs mobiles de différentes couleurs teintaient le sol de la piste de danse et un projecteur laser jetait des images sur un mur. Une machine à fumée était posée par terre, des haut-parleurs gigantesques aux quatre coins de la pièce faisaient vibrer le sol. Sur deux écrans plasma montés sur les haut-parleurs, on voyait des installations vidéo d'Ernst Billgren qui scintillaient.

JW en eut une fois de plus la confirmation : les gens friqués font mieux la fête.

Il était en train de mettre le feu sur la piste avec une starlette siliconée d'une vingtaine d'années, lorsqu'il aperçut une porte fermée. Un deuxième videur se tenait devant la porte. Plus âgé, plus discret, plus élégant que celui de l'entrée avec ses cheveux lissés vers l'arrière. La seule chose qui trahissait son métier – toujours les vêtements. Un polo noir, un jean foncé et une fine veste en cuir – à l'intérieur. JW le reconnut, il s'agissait du chef de la plus grande agence de sécurité du Stureplan, Tom Schultzenberg.

Il se dit : c'est là que ça doit se passer.

Le videur contrôla son nom sur une liste. JW entra.

Il se retrouva dans la chambre à coucher de Jet-set Carl, transformée en café libanais – super privé. On avait enlevé le lit, à la place il y avait des shishas en laiton par terre, remplies de tabac au parfum fruité. Des tissus violets et rouges voilaient les murs. Un tapis épais, plusieurs coussins brodés et des houppes rendaient la pièce accueillante et douce. Malgré tout, chaude ambiance : joie, fébrilité, sexe. JW comprit tout de suite. Au milieu de la pièce se trouvait une table en verre. Au milieu de la table en verre : un tas de neige.

Fort.

Six personnes étaient assises sur des coussins autour de la table. Dont deux justement en train de sniffer chacun une ligne. Deux autres s'en préparaient une. Toutes les personnes dans la pièce sniffaient, passaient le revers d'une main sous leur nez pour ôter la poudre restante, reniflaient et philosophaient sur la beauté de l'existence.

JW contempla son œuvre, sa livraison. Une salle pour les VIP où il n'y avait plus aucune limite. Quelle offre, quelle classe !

Il se laissa tomber sur un coussin lie de vin. Attrapa un rasoir et commença à se préparer une ligne. Une fille en face de lui le matait sans gêne, le bouffait carrément des yeux. JW lui rendit son sourire, sniffa la coke. La paille était en verre.

Quatre heures plus tard. JW un peu trop en nage pour se sentir à l'aise. Il avait dansé, reluqué, tenté de rouler des pelles à la fille de la chambre à coke devant Sophie. Elle l'avait ignoré. En tout, ils ne s'étaient parlé que dix-sept minutes. Tout son stock de commentaires flatteurs y était passé. Pensant : si je ne conclus pas ce soir, je ne conclurai jamais. La tchatche avec Jet-set Carl, et avec ses copains Fredrik et Nippe, sniffer avec eux, sniffer avec la nana siliconée. La discute avec des starlettes et des gosses de millionnaires. Il s'était vendu.

Le message de JW était simple : je suis hype de chez hype et je suis ton vendeur de coke. Achète *ma* neige.

Il ne l'avait pas vue venir. Tout à coup, Sophie était là, le prit par la main, le regarda droit dans les yeux. Cette fois-ci, elle voulait autre chose que parler. Ça se sentait.

JW, déjà ivre. Il n'arrivait plus à faire la différence entre lubricité, cocaïne et amour. Ils se frayèrent un chemin à travers les fêtards. Il était 4 heures et la fête avait atteint son point culminant. C'était toujours bondé, mais plus aussi blindé qu'avant. JW retrouva sa veste par terre dans l'entrée, celle de Sophie était encore accrochée sur un cintre. Ils appelèrent l'ascenseur. Gloussèrent tous les deux. JW crispa sa main sur celle de Sophie. Aucun autre contact corporel pour l'instant. Un doute vint effleurer l'esprit enthousiasmé de JW. Le moment tant attendu était-il vraiment venu ?

Une fois dans l'ascenseur, Sophie demanda : « Et maintenant ? »

JW la regarda. Sourit. Se jeta à l'eau. « Si on allait boire une tasse de thé chez toi ? »

Elle sourit. JW était de plus en plus nerveux, tenta de ne rien laisser paraître.

Lorsqu'ils débouchèrent dans la rue, ils entendirent la musique tonner en haut.

JW dit : « Bizarre que personne ne se plaigne. Est-ce que Carl a envoyé tout le quartier au Grand Hôtel ? »

Sophie avec le sourire de la Joconde : « Ils aiment peut-être la musique ? »

Ils se mirent à marcher. JW n'était pas très sûr du chemin. Il pensa : est-ce qu'elle joue avec moi ? est-ce que c'était une blague ? Elle avait fait un revirement à cent quatre-vingts degrés – d'abord, elle l'avait ignoré comme une petite bière légère, pour ensuite le ramener chez elle.

Au bout de quelques minutes, elle s'arrêta. Sembla réfléchir. Le cœur de JW fit quelques battements supplémentaires. « Oui, bien sûr qu'on peut aller boire un thé chez moi. »

Le bonheur était-il à sa porte ?

Ils longèrent la rue Linnégatan, passèrent devant le snack du coin. Une dizaine de personnes qu'ils avaient vues à la fête de Carl s'empiffraient de saucisses à l'intérieur du bar. JW n'eut pas le courage d'aller les saluer, il ne voulait pas se laisser distraire.

Sophie et lui ne parlaient guère, ce qui était inhabituel pour tous les deux. Ils marchaient tout simplement, côte à côte, vers l'appartement de Sophie.

Ils arrivèrent devant la maison dans la rue Grev Turegatan où elle occupait un petit studio de trente-cinq mètres carrés. Elle alla directement à la cuisine. JW ne comprenait pas. Allait-elle vraiment préparer du thé ? Il avait envie de la caresser, de l'embrasser et de l'étreindre, d'être allongé à côté d'elle et de parler toute la nuit. En même temps, il voulait lui faire l'amour plus que tout autre chose.

Son trip de coke était en train de s'affaiblir. Il eut une idée. Alla aux toilettes et fit couler l'eau du robinet. Créant ainsi un bruit de couverture. Il sortit sa bite et commença à se masturber. L'idée lui était venue du film *Mary à tout prix*. Il s'imagina Sophie nue. Il vint au bout de seulement deux minutes. Cette mesure de sécurité le réconforta – si jamais il concluait avec Sophie, il tiendrait plus longtemps.

Il déverrouilla la porte et sortit.

Sophie se tenait debout à côté du lit. Une des bretelles de son top avait glissé de son épaule. Était-ce un signal ?

Elle le regardait dans les yeux comme pour dire : qu'est-ce que tu attends ?

Il fit deux pas en avant, atterrit à quarante centimètres de son visage. Attendit une réaction de sa part. Merde, il était tellement lâche. Même maintenant, avec toutes ces vibrations qu'elle lui envoyait, il n'osait faire le premier pas. Il flippait trop. Était au taquet. Ne voulait pas se ridiculiser, avait peur de tout rater. De gâcher toutes ses chances pour l'avenir. Sophie s'approcha de quelques centimètres. Les bouts de leurs nez se heurtèrent légèrement. Il espéra qu'elle ne devinait pas ce qui ce passait en lui – son pouls à 230 bpm.

Elle l'embrassa. Enfin.

Il volait. Planait. L'ivresse du bonheur.

JW l'entoura de ses bras. Lui rendit son baiser. Elle avait le meilleur goût du monde : fumée, alcool et son parfum. Ils se laissèrent tomber sur le lit. Il enleva son top avec précaution. Glissa ses mains sous son soutien-gorge. Elle lui lécha la nuque.

JW passa sa main sur ses cuisses. Au-dessus du pantalon. Se mit à l'embrasser sur la gorge, les seins et le ventre. Il déboutonna son jean moulé, la déshabilla. L'embrassa à l'intérieur des cuisses. Elle émit des gémissements. JW eut terriblement envie d'enfoncer sa bite, mais en même temps il voulait attendre. Sophie commença d'elle-même à retirer son string. Franc et direct – le style de Sophie. Il continua à l'embrasser autour du sexe tout en caressant d'une main son sein gauche. Pinça doucement ses mamelons.

Il demanda : « Je peux goûter ? »

Sophie fit hem. Il la lécha délicatement tout autour. Au bout d'un moment il glissa sa langue à l'intérieur et la fit virevolter. D'abord en cercle, ensuite de haut en bas. Il arrivait à peine à y croire. Il lui donnait du plaisir ! Il faisait gémir Sophie !

Sophie le tira vers elle, le renversa sur le dos. Enleva sa chemise. Enleva son pantalon. Prit sa bite dans la bouche. Le suça avec des mouvements rapides. Il loucha vers son bas-ventre et enregistra cette image sur le disque dur de sa mémoire – lui et Sophie.

JW se releva. Il avait peur d'éjaculer trop tôt. Elle tenait toujours sa bite. Tendit une main vers la table de chevet. Chercha quelque chose. Il eut envie d'entrer en elle, ne comprit pas ce qu'elle fabriquait. Elle se retourna, ouvrit l'emballage d'une capote.

JW piqué au vif – il détestait les capotes.

« On a vraiment besoin de ça ?

— Tu rigoles, j'espère. Bien sûr qu'on en a besoin. »

Il regretta d'avoir objecté quelque chose. Il fallait essayer. Elle roula la capote sur son pénis et s'apprêta à l'introduire en elle. Avant qu'elle puisse l'enfoncer, il débanda. Il tenta de rire. Elle lui jeta un regard interrogateur. JW soupira. S'allongea sur le dos.

Sophie demanda : « Toi et la capote, ça fait deux, hein ?

— Putain, Sophie. Je suis tellement content. » Il faillit dire que c'était le plus beau jour de sa vie, mais il se reprit à temps, il en avait déjà trop dit. Inutile de s'ouvrir encore davantage, même si elle était sublimissime.

« Chais pas ce qui se passe. C'est juste que ça fonctionne pas super bien avec une capote. »

Le préservatif pendait de son organe flasque. Elle le retira. Se mit à embrasser sa bite. Il rebanda. Elle rétracta le prépuce et lécha le gland. L'embrassa sur les testicules. Elle en sortit un autre du même tiroir. JW essaya de se détendre. Prit lui-même le préservatif. Le plaça sur son pénis. Il resta allongé sur le dos. Elle monta sur lui. Saisit la bite pour la diriger au bon endroit.

Ça sentait le latex.

Il débanda.

Elle dit : « Ça fait rien. Ça peut arriver à tous les mecs. »

JW pensa à la liste des mensonges les plus courants qu'il avait lue dans le *Dagens Nyheter* deux ans auparavant.

21

Mrado était assis à une table sous la voûte de la cave du Café Piastowka dans la rue Tegnérgatan. Il avait commandé un rôti Belwederski avec de la choucroute et une Okocim, une bière polonaise. Il aimait cet endroit. Les murs de briques et le bois sombre. Un drapeau représentant l'aigle impérial polonais était suspendu à l'un des murs. Une pub pour de la bière accrochée au plafond. Les serveuses, toutes, sans exception : des femmes intègres aux cheveux gris et d'âge moyen.

Il sortit un stylo et un bloc-notes de son sac.

Autour de lui : un vacarme infernal. C'était le week-end. Quelqu'un fêtait ses trente ans – plusieurs tables avaient été collées les unes aux autres pour n'en former qu'une seule. Les fêtards commandèrent de la bière et acclamèrent le troubadour qui jouait au rez-de-chaussée.

Une pédale aux cheveux longs, la guitare fixée autour du cou à l'aide d'un ruban noir, descendit les marches. Chanta d'une voix douce : « Je suis un tombeur venu de l'espace. » La bande des fêtards beugla sa joie.

Mrado se déconnecta. Il était fatigué, il avait moins bien dormi la nuit précédente que dans une tranchée en Bosnie.

Il tenta de réfléchir. De structurer. D'analyser. De trouver des pistes. Devant lui sur la table : le bloc-notes. Nota séparément plusieurs questions dans la colonne de gauche sur la feuille. Qu'avait fait Jorge ? Où était-il allé ? Qui pouvait savoir où il se trouvait ? À droite, il marqua les réponses qui lui venaient à l'esprit. Le Latino avait demandé un passeport, l'appel venait d'une cabine téléphonique en Suède. Conclusion : Jorge n'avait pas quitté le pays.

Jorge avait dû goupiller une grande partie de son plan tout seul. Il était donc en cavale sans pouvoir compter sur beaucoup d'alliés. Il ne se cachait pas chez sa sœur, probablement pas non plus chez sa mère. Si le Latino était toujours dans le quartier de Sollentuna, il restait tout le temps claquemuré dans une maison. Il ne pouvait pas non plus avoir beaucoup de fric de côté. D'après les souvenirs de Mrado – quand il était allé en cabane un an et demi auparavant –, ce petit merdeux était autant à sec que le Sahara. Et, qu'il essaie de soutirer du fric à Rado le confirmait.

En résumé : Jorge se cachait quelque part dans un endroit miteux, en Suède, probablement dans la région de Stockholm. Seul.

Au centre de la feuille : de la place pour d'autres questions. Qui avait été la dernière personne à avoir vu Jorge ? Où était-il allé directement après l'évasion ? Mrado souligna deux mots cruciaux : cachette actuelle. Sa recherche ne l'avait mené nulle part pour l'instant. Trouver l'endroit où se cachait ce merdeux était aussi simple que de faire un puzzle du ciel avec des morceaux uniformément bleus.

Il pouvait attendre l'appel de Jorge pour lui faire peur. Menacer de s'en prendre à sa sœur ou à sa mère. Mais ce n'était pas ce qu'avait ordonné Radovan. Les ordres, c'était le trouver, lui casser la gueule et lui faire comprendre qui décidait. En plus : Jorge avait coupé les ponts avec sa famille. Les menaces n'auraient pas d'effet.

Mrado vida son verre. Demanda l'addition. Régla. Donna un pourboire. Lorsqu'il remonta les escaliers, il sentit vibrer son portable dans sa poche. À nouveau du réseau. Un message. Il sortit le portable. Ne reconnut pas le numéro. Lut le message : « Appelle-moi sur ce numéro à 20 heures. Rolf. » Son flic pourri. Cette poule mouillée utilisait les portables de son fils ou de sa fille pour contacter Mrado. Mais ça voulait dire : bonne nouvelle. Peut-être que Rolf avait appris quelque chose.

Il était 20 heures. Mrado était dans sa voiture devant le club de tir Pancrease dans la rue Odengatan. Il appela Rolf. Fit très attention de ne pas citer son nom, celui de Rolf ou d'autres détails. La conversation fut brève, comme d'habitude.

« Salut, c'est moi.

— Ça gaze ?

— Ouais, et toi ?

— Ben ouais, enfin, dure journée, quoi. En planque, recroquevillé sur le siège conducteur. Je vais avoir un tour de reins.

— Tu devrais faire plus de sport. Sors, fais un peu de footing et cinquante abdos tous les soirs, tu verras comme ça ira mieux. Qu'est-ce que t'as pour moi ?

— J'ai vérifié le truc dont on a parlé. Au commissariat de Norrort, ils ont interrogé un mec il y a un mois. Sergio Salinas Morena, un emmerdeur de Sollentuna. C'est un cousin du gars que tu cherches. Ça n'a rien donné, mais on l'a apparemment soupçonné d'être impliqué.

— Cool, je te remercie. Je vais voir de ce côté-là. C'est tout ?

— C'est tout. À plus. »

Mrado mit le contact. Conduisit jusqu'au croisement de la rue Sveavägen et de la rue Odengatan. Bifurqua en direction de Norrtull. Pas d'entraînement ce soir. Il appela Ratko – avait besoin de ses contacts à Sollentuna. Ratko était chez sa nana à Solna. Ne semblait pas très chaud pour partir à la chasse. Malgré tout : accepta le rendez-vous dans la rue Råsundavägen. Que pouvait bien faire Ratko ? La règle était la même pour tout le monde : quand Mrado te demande une faveur, tu réponds présent.

Ils prirent l'autoroute vers Sollentuna. Ratko ne connaissait personne du nom de Sergio Salinas Morena. Il appela Bobban, qui reconnut ce nom. Supposait que le gars habitait toujours dans le quartier. Ne savait rien de plus.

La route était mal éclairée. Ratko passa plusieurs coups de fil à de vieilles connaissances de Märsta et de Sollentuna pour en apprendre plus sur Sergio. Mrado : bizarrement incapable de se concentrer à cent pour cent. N'eut pas la force d'écouter ce que Ratko disait au téléphone. Il était fatigué. Pensa à Lovisa. Le jour de l'audience au tribunal approchait. Annika voulait même l'empêcher de voir sa fille un week-end sur deux. Putain de merde.

Ils foncèrent sur l'autoroute. Mrado ne comptait plus ses excès de vitesse. Il y avait un événement qui restait particulièrement gravé dans sa mémoire : la naissance de Lovisa. Une césarienne. En urgence. Il était à Solvalla avec plusieurs potes. Un appel d'Annika comme quoi les contractions avaient commencé, sans qu'elle ait perdu les eaux. Elle avait appelé l'hôpital. Ils lui avaient dit : pas de raison de s'inquiéter tant que les contractions ne sont pas encore régulières. Mrado était resté à Solvalla. Pourquoi rentrer si ce n'était pas encore le moment ?

En rentrant, il avait appelé à la maison. Personne n'avait décroché. Inquiétude. Était-elle partie pour l'hôpital sans le prévenir ? Sur la table de la cuisine, un bout de papier avec quelques mots : *Suis allée à Huddinge. C'était urgent.* Mrado avait sprinté jusqu'à la voiture. Démarré en trombe. Foncé à cent soixante-dix à l'hôpital de Huddinge. Pris les virages à tombeau ouvert. Paniqué plus que jamais dans sa vie. Gravi les marches de l'hôpital en courant. Quand il était arrivé en nage, Lovisa avait déjà vu le jour. Son rythme cardiaque avait ralenti – pas le temps d'attendre. Avant de sombrer dans l'inconscience de l'anesthésie, Annika avait entendu le chirurgien dire au reste de l'équipe qu'ils avaient cinq minutes de jeu. De l'urgence à l'intervention catastrophe. Mrado était arrivé trop tard pour assister à la naissance de sa fille : il le regretterait toute sa vie. Mais les deux heures qui avaient suivi l'événement faisaient partie de ses plus beaux souvenirs – avec Lovisa dans une chambre voisine, trois mille cent trente grammes contre sa poitrine. Elle avait niché sa tête sous son menton. Touché sa gorge avec sa bouche minuscule. Avait semblé se calmer. Annika était toujours sous anesthésie après l'opération. Mrado tout seul avec Lovisa – c'était comme ça que les choses devaient être. Comme ça que les choses se présenteraient peut-être s'il jetait l'éponge. S'il laissait tomber toute cette merde.

Ratko lui donna un coup de coude. « Hé, tu m'écoutes ? »

Dans le mille. Sergio Salinas Morena. Concessionnaire automobile, domicilié dans la rue Allévägen à Rotebro.

Mrado appuya sur le champignon. Ils passèrent devant la sortie de Sollentuna. Poursuivirent sur l'autoroute vers le Nord. Obliquèrent à gauche dans la rue Stäketvägen.

Son pouls s'accéléra. Le suspense augmenta. Mrado de bonne humeur.

Salinas Morena habitait au quatrième étage. Ils regardèrent les fenêtres. De la lumière à six des neuf fenêtres au quatrième. Trois appartements par étage. Au moins une fenêtre par appartement était illuminée. Très probable qu'il y ait quelqu'un à la maison. L'immeuble était délabré. Il commençait à faire sombre, mais on voyait quand même les graffitis moches. La peinture sur les murs s'écaillait.

Ratko se posta en bas dans l'entrée. Mrado monta. Il sonna tout en couvrant le judas d'un doigt.

Une voix de nana cria quelques mots en espagnol à l'intérieur de l'appart.

Puis rien. Mrado sonna de nouveau.

Un mec ouvrit. Mrado l'analysa. Environ vingt-cinq ans. Un tee-shirt noir avec une inscription en grandes lettres gothiques, *El Vatos Locos*. Jean usé. Cheveux foncés. Mine arrogante. Il se croyait à Los Angeles, celui-là ?

Sergio eut un regard interrogateur. Ne dit rien. Sourcilla. Question implicite : t'es qui, toi ?

Mrado scruta l'appartement par-dessus les épaules de Sergio. Un couloir avec trois portes. Le bruit d'une télé dans une pièce. La femme qu'il avait entendue à travers la porte ne se montrait pas. Sinon : moche et décrépi. Un tapis en plastique unicolore couvrait le sol. Quelques affiches aux murs. Un nombre incroyable de baskets alignées et répandues dans l'entrée.

« C'est toi, Sergio ? Je peux entrer ?

— Hé, t'es qui, toi ? »

Les gens n'ont plus de respect de nos jours.

« On en parlera à l'intérieur. Je peux entrer ? » Pas question qu'il répète la question encore une fois.

Sergio resta planté là. Le mata de ses yeux ronds.

Aucun des deux ne détourna le regard. Le gars se doutait bien que Mrado n'était pas flic. Captait-il qu'il avait affaire à l'un des mecs les plus redoutés de la pègre de Stockholm ? Pas sûr.

Finalement : Sergio haussa les épaules. « Qu'est-ce que tu me veux ?

— C'est toi, Sergio ? »

Le gars fit un pas en arrière. Laissa Mrado entrer. L'appartement sentait l'oignon frit.

« Oui. Et toi, t'es qui ? »

Putain d'entêté. Commence pas à me casser les couilles.

« Disons-le comme ça : tu n'as pas besoin de savoir qui je suis. Toi, tu t'appelles Sergio, et je n'ai pas besoin d'en savoir plus. Je veux juste la réponse à une seule question, ensuite je me casse. Où est Jorge ? »

La main gauche du gars fit un mouvement involontaire. Les muscles de sa nuque se contractèrent.

Le gars savait quelque chose.

« De quel Jorge tu parles ?

— Ne fais pas semblant d'être plus con que t'es. Tu sais où il est. Et tu vas me le dire, que tu le veuilles ou non.

— Je ne comprends pas de quoi tu parles.

— Quel mot exactement n'as-tu pas compris ?

— *Pendejo*, est-ce que tu crois que tu peux venir chez moi comme ça et me débiter ta merde ? »

Mrado silencieux. Le fixa. Le gars était fou, peut-être le roi dans sa rue – un zéro dans le monde réel. Il ne comprenait donc pas ?

Sergio se mit à hurler des mots en espagnol. Une nana sortit du salon, vêtue d'un jogging et d'un pull noir. Sergio péta littéralement les plombs. Mrado resta immobile. Sergio leva les bras. Se mit en position de combat, les poings serrés. La nana se dirigea vers Sergio. Lui dit quelque chose en espagnol. Sembla essayer de le calmer. Jeta un regard interrogateur en direction de Mrado.

Sergio cria : « Vas-y si t'en as le courage, putain de Croate ! »

Mrado fit un grand pas en avant. Sergio frappa avec le bras droit. Son poing tressaillit une milliseconde avant. Assez pour Mrado – il para le coup. Immobilisa le bras de Sergio. Saisit la main du gars et la pressa vers le haut, le poignet dans un angle anormal. Força Sergio à reculer. Sergio hurla de douleur. Tenta de frapper avec l'autre main. Heurta Mrado à l'épaule. Perdit l'équilibre. Tomba. La nana cria. Mrado au-dessus de lui. Continua à presser son poignet vers l'arrière.

« Sergio, écoute-moi. Dis à ta nana de fermer sa gueule. »

La nana continua à chialer. Mrado se releva, la prit par le bras. La força à s'asseoir par terre. Dos au mur, elle tenta de se relever. Sergio, toujours par terre, lança des coups de pied contre les jambes de Mrado. Putain de douleur. Leur faute à eux – énerver Mrado au point qu'il pète un plomb. La nana se jeta sur lui. Il lui en colla une. Elle retomba. S'écrasa la tronche contre le mur comme une balle de tennis contre un mur en bois. Ne bougea plus. Le gars commença à se relever. Quel putain de bordel ! Mrado lui défonça le ventre. Le gars se plia en deux, la bouche largement ouverte. Il suffoqua. La nana réveillée pleurait. Mrado sortit un ruban adhésif de sa poche. Il avait espéré éviter tout ça. Puis il saisit la main gauche de Sergio, le pinça fortement entre le pouce et l'index. Ça devait faire grave mal. Lui mit le bras dans le dos. L'attacha à l'autre bras à l'aide de ruban adhésif. Sergio agita férocement les jambes. Mrado l'immobilisa tranquillement, comme à l'entraînement au Pancrease – en ultrarapide. Lui ligota les jambes.

Sergio hurla : « Putain d'enculé ! »

Mrado l'ignora. Bossa efficacement. Ligota la nana. La traîna dans une autre pièce. Merde, la situation était devenue plus dangereuse, plus bordélique que prévu. Il appela Ratko par téléphone, le pria de monter.

Il se pencha sur Sergio : « Tout ça est complètement inutile.

— *Pendejo.*

— Tu sembles avoir un vocabulaire assez limité. Tu ne connais pas d'autres injures ? »

Sergio la ferma.

« C'est simple. Tu n'as qu'à me dire où se trouve Jorge. On ne le livrera pas à la police. »

Pas de réponse.

« Tu comprends bien quel genre de mec je suis. Je ne bougerai pas d'ici avant que tu aies craché le morceau. Arrête de jouer ton king. Pourquoi rendre les choses si difficiles ? Pourquoi ne pas tout simplement me raconter ce que je veux entendre ? »

Ratko entra dans l'appartement. Ferma la porte à clé. Jeta un regard mécontent sur le couloir. Les chaussures et les vêtements pêle-mêle. Les deux affiches arrachées. Un tabouret renversé. Un Latino ligoté fou de rage à même le sol.

Mrado flanqua une claque à Sergio. Effet immédiat : la joue du gars aussi rouge qu'une orange sanguine. Mais il la fermait toujours. Mrado lui en flanqua une autre. Lui dit de parler. Le Latino ne réagit pas.

Ils jouèrent au bon Yougoslave et au méchant Yougoslave. Mrado lui flanqua encore trois ou quatre claques. Hurla, lui ordonna de parler. Ratko dit qu'ils n'avaient pas l'intention de faire du mal à Jorge, qu'ils lâcheraient Sergio, qu'ils lui fileraient du fric s'il leur disait où se trouvait son cousin.

Pas de réponse.

Mrado prit la main de Sergio dans la sienne – on aurait dit le pied d'un bébé sur la paume du papa.

Sergio se raidit. Se tendit.

Mrado lui cassa le petit doigt.

Sergio hurla. Perdit toute contenance. Son attitude changea. Il renifla. Chiala.

Suffoqua : « Je ne sais pas où il est. Je n'en ai aucune idée. Je le jure. »

Mrado secoua la tête. Saisit l'annulaire de Sergio. Commença à le presser vers l'arrière.

Loin.

L'os commença à céder.

Sergio cracha. Les mots coulèrent de sa bouche. Il balança presque tout. « D'accord, d'accord. Enculés. Je l'ai aidé un peu. Quand il est sorti. Il a habité chez ma tante. Il y est resté cinq jours. Puis il a commencé à flipper. Il s'est mis dans la tête qu'il y avait des flics en civil qui l'observaient d'en bas dans une voiture blindée. Il avait perdu la boule, quoi. Il m'a demandé de le conduire à un autre endroit. Je lui ai prêté du cash. Je ne sais pas où il est allé. Il m'a trahi. Il m'avait promis de me rembourser, et une contrepartie aussi, pour l'aide. J'ai pas eu un centime. Ce trou du cul vaut moins qu'un sachet de merde.

— Ouais. Tu sais bien où tu l'as laissé descendre. Non ?

— Putain. Oui, je le sais. Il a pu squatter chez un gars qui s'appelle Eddie. Puis la police m'a convoqué pour un interrogatoire. Alors il s'est barré. Je jure sur la tombe de mon père que je ne sais pas où il est allé. Je le jure. »

Mrado fixa Sergio – il ne mentait pas.

« Très bien. Toi et moi, on va maintenant appeler cet Eddie. Tu lui dis que tu dois absolument savoir où se trouve Jorge. Fais comme si tout était comme d'habitude. Dis-lui que t'as promis à Jorge de l'aider, de lui filer des trucs. Et tu vois, mon ami, là, le prévint Mrado en pointant Ratko, lui, il comprend l'espagnol. Pas d'embrouille. »

Sergio prit son portable. Mrado s'empara de la main de Sergio. Prévint le Latino : « Un mot sur ce qui s'est passé, et tu peux tirer un trait sur ta main gauche. »

Personne ne décrocha au premier numéro composé par Sergio. Mrado vérifia dans le répertoire du portable. Il y avait trois numéros : Eddie mobil, Eddie home, Eddie boulot. Sergio essaya Eddie home. Quelqu'un décrocha. Il parla en espagnol. Mrado tenta de comprendre. Tout en espérant que son mensonge ne serait pas découvert – Ratko comprenait l'espagnol à peu près aussi bien que Sergio le serbe. Mais il capta un mot ici et là. La tchatche était sur la bonne voie. Sergio nota quelque chose qu'Eddie disait sur le verso d'une enveloppe.

Ratko transpirait. Était-il nerveux ? La nana avait fini par fermer sa gueule. Les voisins étaient cool. Le temps semblait s'être arrêté.

Sergio raccrocha. Son visage était de marbre.

« Il a dit que Jorge a disparu de son appart le jour même où on m'a convoqué pour l'interrogatoire. Il ne sait pas où il avait prévu d'aller. Sauf ça : il avait prévu de dormir dans les parcs ou dans des foyers pour sans-abri, et ensuite se procurer du cash.

— Comment est-ce que je peux être sûr que tu ne mens pas ? »

Sergio haussa les épaules. L'arrogance revint.

« Si c'est une assurance que tu veux, il faut aller à la Trygg-Hansa[1], mon pote. »

Mrado empoigna l'annulaire de Sergio.

Le cassa.

« Ne me parle pas comme ça. Donne-moi un truc sur lequel je peux compter sinon je te casse toute la main. »

Sergio hurla. Brailla. Chiala.

Il se calma au bout de quelques minutes. Eut l'air apathique. Parla d'une voix basse, saccadée. « Jorge lui a laissé une note sur un bout de papier. Codée. Moi et Jorge, on a inventé le système. Il y a quelques mois. Eddie me l'a lue. Si tu veux, tu peux aller chez lui pour vérifier. Si tu ne me crois pas. Mais ne me fais plus de mal. S'il te plaît. »

Mrado fit oui de la tête. Sergio lui montra les lettres qu'il avait notées au dos de l'enveloppe : Pq vgpiq fqpfg kt. Vxgtoq gp nc ecnng. Rxg Fkqu og caxfg. Une suite de lettres incompréhensible. Une sorte de chiffre. Pas impossible à décortiquer. Sergio lui expliqua. C'était simple. « En fait, il faut compter deux pas en arrière dans l'alphabet pour arriver à la bonne lettre. Ça donne : No tengo donde ir. Duermo en la calle. Que Dios me ayude. » Mrado le pria de traduire. Sergio loucha en direction de Ratko.

Mrado dit : « Il ne comprend rien du tout. »

Le Latino traduit : « Je me barre. Je dors dans la rue. Que Dieu me protège. »

1. Société d'assurances suédoise. *(N.d.T.)*

Dans la voiture sur le chemin du retour : silence entre Mrado et Ratko. Mrado avait entaillé le ruban adhésif pour que Sergio puisse se libérer tout seul au bout de quelques minutes.

Mrado dit : « Tu trouves que c'était inutile ? »

Ratko, d'un ton irrité : « Et en Chine, y a du riz ?

— T'en fais pas. Il ne dira rien. Il risquerait sa propre tête.

— C'était quand même pas la peine. Les voisins peuvent avoir tout entendu.

— Ils sont habitués au bruit.

— Pas tant que ça. Ce bougnoul a chialé, pire qu'une putain bosniaque.

— Ratko, tu peux me rendre un service ?

— Lequel ?

— Arrête de me chercher. »

Mrado continua sa route. À Solna, il laissa descendre Ratko qui rejoignit sa nana. Mrado pensa : félicitations, t'as une vie, toi.

Une nouvelle info utile – le fugitif latino s'était évanoui dans la nature. Avait prévu de dormir à l'extérieur ou dans un foyer pour sans-abri. Mais maintenant, le froid était vraiment arrivé. Il fallait être complètement taré pour dormir dehors à cette période de l'année. Le plus probable, c'était qu'il se soit installé dans un foyer pour sans-abri.

Mrado appela les renseignements. On lui donna les numéros de téléphone et l'adresse de trois foyers pour sans-abri à Stockholm. La mission municipale entretenait deux endroits : le Nattuglan et le Kvällskatten. Le troisième : KarismaCare près de Fridhemsplan.

Il décida d'aller au KarismaCare.

Il sonna. Entra. Une petite réception. Un grand tableau d'affichage en face du comptoir de la réception avec une annonce de l'association Situation Stockholm : une offre d'emploi de porteur de journaux. Les cours à l'université populaire : moins chers pour les sans-abri. Des tracts détaillant le procédé d'inscription. Des photos prises dans la cuisine de l'Armée du Salut. Des cours de yoga à Mälarhöjden.

Une femme mince aux cheveux foncés se tenait derrière la réception. Vêtue d'un chemisier et d'un cardigan.

« Comment puis-je vous aider ?

— J'aimerais bien savoir si quelqu'un du nom de Jorge Salinas Barrio a dormi ici au cours des quatre dernières semaines, dit Mrado d'une voix neutre.

— Je suis désolé, je ne peux rien vous dire. Nous avons la stricte obligation de ne rien divulguer. »

Mrado ne se fâcha même pas. La femme avait l'air trop gentil.

Il ne lui restait qu'une seule chose à faire. Il revint vers sa voiture. Se prépara à dormir. Inclina le siège en arrière le plus loin possible. Il voulait parler à tous les SDF, même avec les lève-tôt, demain, quand ils quitteraient le foyer.

Il dormit mieux qu'à la maison. Rêva qu'il se promenait le long d'une plage et qu'on lui refusait l'entrée dans un foyer qui se trouvait derrière un portique à la lisière d'un petit bois. Il tenta alors de jeter du sable en direction des hommes qu'il voyait en haut sur le portique. Qui rigolèrent. Bizarre comme rêve.

Il se réveilla. Il était 6 heures. Il alla acheter un café et un sandwich au 7-Eleven. S'empêcha de se rendormir. Écouta la radio. Les infos de 7 heures : manifestations contre la présence des États-Unis au Moyen-Orient. Et alors ? Les Irakiens se faisaient sans doute moins massacrer par les Ricains que par leurs propres dirigeants. Les Européens ne pigeaient rien, comme d'hab. Mais les Serbes en savaient long. Malgré tout, la moindre critique contre les Ricains était la bienvenue. Les bombes de ces enculés avaient détruit la Yougoslavie.

Dans la rue : rien. Mrado faillit se rendormir.

À 7 h 10 : le premier SDF sortit par la porte d'entrée du foyer. Mrado ouvrit la portière et l'appela. Le gars à la barbe de trois jours grise, portant plusieurs couches de vestes et une paire de vieilles bottes de neige, sembla d'abord se méfier. Mrado prit sa voix sympa. Montra des photos de Jorge. Expliqua qu'il avait sûrement changé de couleur de cheveux ou une autre partie de son physique. Expliqua que le Latino avait habité au foyer au cours des quatre dernières semaines. Expliqua qu'il lui filerait mille balles s'il avait des précisions utiles à apporter. Le SDF savait que dalle. Sembla faire un effort, surtout quand il entendit les mots mille balles.

Mrado attendit. Dix minutes plus tard. Deux autres SDF sortirent. Il leur fit le même cinéma qu'au premier. Ils ne reconnurent pas Jorge.

Il continua. Accosta douze personnes. 8 h 30. KarismaCare allait fermer dans une demi-heure. Personne ne savait rien, et le pire, c'est qu'ils n'avaient même pas l'air de mentir.

Finalement, un homme d'âge moyen sortit du foyer. Les dents pourries. Sinon, un physique plutôt soigné. Manteau, pantalon noir, gants. Mrado appela le gars. Fit son show : expliqua, montra, joua au gentil. Offrit les mille balles. Il voyait que l'homme réfléchissait. Il savait quelque chose.

« Je connais ce mec-là. »

Mrado tira deux billets de cinq cents de sa poche. Les frotta l'un contre l'autre.

L'homme poursuivit en louchant sur les billets. « J'ai vu ce péteux aux moins trois fois au KarismaCare. Tu sais, il m'a tout de suite frappé, ce mec, parce qu'il s'allongeait par terre pour faire des abdos comme un dingue. Puis il prenait des douches et s'enduisait de crème. De la crème brune. Gonflé ce type, quoi.

— Était-il plus bronzé que sur la photo ?

— Tu sais, les Noirs il veulent devenirs blancs, comme ce type, Micke Jackson. Les Blancs, ils veulent devenir noirs, quoi. Ce pauvre type, sur ta photo, là, il était tellement marron que c'était louche. En réalité, il a les cheveux plus bouclés, d'ailleurs, plus de barbe aussi. Une fois j'ai tenté de parler à ce gars. Pas un grand tchatcheur, franchement. Mais il connaissait d'autres foyers dans la ville, peut-être que tu l'y trouveras.

— Comment tu sais ça ?

— Comment je sais ça ? Il n'arrêtait pas de se plaindre, ce connard. Il disait que l'ordinaire était meilleur à d'autres endroits, à Nattuglan, par exemple. Quel péteux. On n'a pas à se plaindre quand ils te donnent une place pour pioncer, le petit déj et le dîner pour moins de deux cents balles. Y en a plein qui râlent. Les gens ne savent pas être reconnaissants. »

Mrado remercia le gars. Il était vraiment content. Lui fila les deux billets de cinq cents. Il lui dit de répandre la rumeur : celui qui sait quelque chose sur ce type bronzé aux cheveux crépus pouvait aller en informer Mrado et encaisser cash.

22

La chose dont Jorge avait le plus envie : bouffer.

McDonald's, centre commercial de Sollentuna : McTasty, cheeseburger, grande frite, et le ketchup dans les petits cartons blancs. Jorge savoura. En même temps : la peur en maxiformat – il était à sec, à deux jours du rendez-vous téléphonique avec Mrado. Les mots BESOIN DE FRIC tournaient en boucle dans sa tête.

Il avait quitté son refuge pour aller en ville. Après avoir chouravé une bouteille de whisky du bar. Dormi dans le bus. Putain, ça c'était de la planque – une des plus sûres de la ville. De la détente en or. Il était allé directement à Sollentuna. N'avait pas osé contacter Sergio ou Eddie. Les flics devaient les surveiller. À la place, il avait appelé d'anciens potes, Vadim et Ashur. Il avait vendu de la coke avec eux à une époque.

Il n'aurait pas dû faire ça, mais il n'avait pas pu se retenir – son besoin de contact humain était trop grand.

Ils l'avaient accueilli comme un roi. J-boy : la légende de la cavale. Le mythe du marché de la coke. Le Latino au top. Ils lui avaient filé du fric pour aller au McDo. Lui avaient rappelé le bon vieux temps, les copains de la rue, les gonzesses de Sollentuna.

Grave de chez grave.

Vadim et Ashur : des amis internationaux. Vadim, quittant la Russie, avait émigré en Suède en 1992. Ashur : un Syrien de Turquie.

D'après Jorge, Vadim aurait pu aller loin dans la vie. Ce gars-là était rusé, malin, avait une famille friquée – qui possédait des boutiques d'informatique dans tous les centres commerciaux le long de la ligne de métro qui allait à Märsta. Il avait cru qu'en vendant un peu de coke, il deviendrait le roi de la rue. D'accord, il s'était plutôt bien démerdé, n'avait fait que de courts séjours au placard, pas comme Jorge. Mais à quoi ressemblait-il à présent ? Aussi usé que le dernier des alcoolos suédois. Tragique. Vadim devrait arrêter de lever le coude.

Ashur : toujours la même énorme croix en argent autour du cou. Faisait gaffe à sa peau. Bossait comme coiffeur. Dans le quartier, assurait niveau gonzesses. Les chopait la journée, les aimait la nuit. Charmait les nanas avec son bla-bla sur la coupe et le rinçage.

Jorge pouvait rester zen. Son physique avait radicalement changé. Au début, Vadim ne le reconnut même pas.

Une fois les burgers avalés, ils allèrent chez Vadim. Il habitait une maison mitoyenne dans la rue Malmvägen : des mégots, des pailles, des canettes de bière et du papier à rouler jonchaient le sol. Des briquets, des cartons de pizza, des bouteilles de schnaps vides et des cuillers brûlées sur la table du salon. Y avait-il un vice dans lequel Vadim n'était pas tombé ?

Ils débouchèrent la bouteille de whisky. Le burent mélangé à de l'eau tiède comme de vrais connaisseurs. Et de la bière. Après quoi, ils fumèrent un gros pétard. Mirent Beenie Man le plus fort possible. Jorge adora cette petite réunion. C'était ça la liberté.

Ils étaient de plus en plus bourrés. Stone. Vadim lançait des idées sur les moyens de se faire du cash : devenir maquereau, monter un site web et vendre du shit par la poste, saupoudrer de la neige sur les sandwichs des collégiens pour les rendre dépendants dès leur plus jeune âge. Échanger leurs bonbons contre de la pâte de C. Jorge ne ratait rien. S'échauffait. Se faire du cash. Se faire du cash.

Vadim prit tout d'un coup un air conspirateur, sortit une boîte à cure-dent de sa poche. Déroula un sachet plastique fait maison. Déposa deux grammes de coke sur un miroir. « Jorge, c'est pour fêter ton retour en ville », dit Vadim en formant trois lignes.

Quelle bringue !

Et Jorge qui, même pas en rêve, n'avait osé espérer goûter de la neige ce soir.

Pas forcément les pailles de grand luxe – chacun avait une paille que Vadim avait enlevée d'un Tétra Pack.

Inhalation rapide. D'abord des picotements dans les narines. Une seconde plus tard : des picotements dans tout le corps qui se transformèrent en ivresse. Le méga feeling. Le monde en Technicolor. *Jorge the man. The return of Jorge.* Le monde était à ses pieds.

Ashur parla gonzesses. Il avait un rencard avec deux nanas au Mingel Room Bar, dans le centre commercial de Sollentuna, à qui il coupait régulièrement les cheveux. Deux jolies filles. Il hurla : « L'une des deux, les mecs, faut que vous voyiez son cul. Le sosie de Beyoncé. Une nana d'enfer. Je lui offrirais n'importe quelle coupe gratos si elle laissait l'un de nous goûter à la marchandise ce soir. »

Bien sûr qu'ils allaient se faire des nanas. Bien sûr qu'ils allaient sortir.

Jorge eut envie de se faire des sosies de Beyoncé.

Ils remplirent leurs verres. Encore du whisky. Et chacun une autre ligne.

La cocaïne battait la mesure au rythme de la musique.

Ils descendirent. Montèrent dans la bagnole d'Ashur.

Le Mingel Room Bar : Le Kharma de Sollentuna. Enfin, pas tout à fait. Jorgelito devant. Bourré de coke, de whisky et de bière. Il ne sentait pas l'air frais. Ne sentait que son corps. Ne sentait que l'ambiance festive monter d'un cran. Ils matèrent la file d'attente. Pas plus de vingt personnes, qui attendaient sagement. Ils reluquaient les nanas qui sortaient de la station de métro, et s'approchaient de la file d'attente. Ashur se moqua d'elles : « La Suède, quoi. Dans ce pays les gonzesses n'arrivent pas à marcher avec grâce. Y a que les gars qui savent faire. Si vous voyiez comment c'est dans mon pays, elles glissent comme des chats. »

Jorge mata. Ashur avait raison – les nanas marchaient comme des mecs. Tout droit, comme si elles avaient un but précis. Sans se pavaner, sans se déhancher, sans aucune sensualité dans le mouvement. Il s'en foutait. Si la nana au cul de Beyoncé se trouvait à l'intérieur, il allait se la faire.

Vadim dit qu'il connaissait les videurs. Se dirigea vers l'entrée. Ils échangèrent quelques phrases en russe. Tranquille.

Jorge, Vadim et Ashur étaient sur le point de se glisser à l'intérieur lorsque le videur leur fit signe de s'arrêter. Il ignora le regard interrogateur de Vadim, les yeux rivés sur la route

La file d'attente se figea tout d'un coup. Les conversations cessèrent. Les gens se retournèrent.

Des gyrophares.

Une voiture de police garée le long du trottoir.

Mierda.

Deux flics en sortirent. Se dirigèrent vers la queue.

Le cerveau dopé à la cocaïne de Jorge analysa la situation à la vitesse de l'éclair : qu'est-ce qu'ils voulaient ? Est-ce qu'il devait se barrer ou se fier à son nouveau look ? Une chose était sûre : courir le rendrait suspect et ils se lanceraient à sa poursuite. Il resta de marbre. Comment avait-il pu être assez con pour sortir ?

Vadim ferma les yeux. Ses lèvres semblaient bouger, mais aucun bruit n'en sortait.

Jorge se sentit plus raide qu'un prof stagiaire pendant son premier cours. Il ne bougea pas d'un millimètre. Ne pensa à rien. Fit comme Vadim – ferma les yeux.

Il loucha vers la file d'attente. Les flics avaient une lampe-torche.

Ils se mirent à éclairer tous les visages. Tout au fond, les nanas gloussaient.

Les gars au milieu firent les clowns. L'un d'eux dit au flic qui tenait la lampe : « Vous n'entrerez pas sans carte de membre. »

Le flic répliqua : « Ça va, là, oh. »

Attitude de pute.

Ils avancèrent vers le bout de la queue. Les gens leur demandèrent pourquoi ils étaient là. Les policiers marmonnèrent un truc incompréhensible.

Ils éclairèrent le visage d'Ashur. Il tenta un sourire. Pointa du doigt le flic qui tenait la lampe dans sa main. « Salut, j'ai un salon de coiffure dans le centre. Je suis sûr que le catogan t'irait super bien. »

Le flic sourit sincèrement.

Ils continuèrent d'avancer.

Éclairèrent le visage de Vadim. Longtemps. Ses traits ravagés attirèrent l'attention des policiers.

« Salut Vadim, dit celui avec la lampe de poche. Ça gaze ? »

— Ben oui. Comme une centrale nucléaire.

— Tout en ordre ?

— Bien sûr. Comme d'habitude.

— Oui, comme d'habitude. » De l'ironie de poulet.

Jorge regarda droit devant lui. Avait l'impression de se trouver au milieu d'un épais brouillard. Impossible de se concentrer. Le temps s'était arrêté.

PUTAIN, qu'est-ce que je fais ?

Paralysé.

Ils s'approchèrent de lui. Éclairèrent son visage. Il tenta de se détendre. De sourire tranquillement.

23

JW avait la peur du lendemain. Se sentait comme une pomme de terre cuite avec un casque en plomb sur la tête. Il s'était réveillé à 8 h 30. Avait quitté l'appartement de Sophie, et s'était traîné jusque chez lui. S'était assis par terre devant son lit. Puis avait eu mal au cœur pendant une vingtaine de minutes. Ensuite, il avait bu quatre verres d'eau, dans une tentative désespérée d'éviter la gueule de bois. Après quoi, il était allé vomir aux toilettes, puis s'était senti beaucoup mieux. S'était rendormi.

De nouveau réveillé, après seulement deux heures de sommeil, il allait aussi mal qu'il le méritait. N'arrivait pas à se rendormir. Le regret déferlait sur lui par vagues. C'était devenu bizarre avec Sophie. Cette fille, c'était l'embarras incarné. D'un autre côté, il avait réalisé la plus grande livraison de C de sa carrière. La soirée était donc quand même un succès historique, en quelque sorte.

Il se jura de ne plus prendre que de la coke à l'avenir. Plus jamais d'alcool.

Se jura de rattrapper le fiasco avec S.

Il resta dans le lit sans pouvoir s'endormir. N'eut pas la force de se lever.

Se jura pour la six mille deuxième fois : désormais, plus que de la coke et rien que de la coke.

JW se réveilla quelques minutes plus tard. Se rappela pourquoi il n'arrivait pas à dormir. Il avait deux projets à accomplir dans la journée. D'une part, vérifier si la story de Jan Brunéus était vraie. D'autre part, trouver ce Jorge-boy. Il avait négligé ce côté-là. Les projets d'expansion élaborés par Abdulkarim nécessitaient de l'action.

Ce matin-là, il sécha un cours de l'université. À la place, il revint à Komvux. Monta les marches pour se rendre à l'accueil. La secrétaire le reconnut et le salua chaleureusement. Elle portait la même jupe plissée que l'autre jour.

JW dit : « J'aurais une question un peu inhabituelle à vous poser. »

La femme sourit. JW avait fait du bon boulot niveau gentillesse lors de sa dernière visite.

« Je voudrais consulter les relevés de notes d'une personne qui a été ici il y a quatre ans, Camilla Westlund. »

La femme continua à sourire, non sans afficher une de ses grimaces tout en plissant les yeux. Elle pencha la tête, jeta un regard de biais vers JW. Signification : t'es sûr de pas aller un peu trop loin là ?

« Je suis désolée, nous ne pouvons pas les divulguer. »

JW s'était renseigné auprès du rectorat de la ville de Stockholm. S'était attendu à une réaction réservée de la secrétaire. Il était préparé. Avait lu le règlement, avait peaufiné ses arguments. Il était confiant. L'attaqua de plein fouet. Pas question de ménager la vieille.

« Si. Les notes constituent des données publiques qui doivent être communiquées à moins qu'elles ne soient, pour une raison particulière, soumises au secret. Si vous ne pouvez pas démontrer qu'elles sont soumises au secret et en donner la raison, elles sont publiques, et vous devez me les communiquer immédiatement. Si vous refusez de les donner, vous commettez une faute grave qui peut être sanctionnée par la loi. »

La femme afficha une nouvelle grimace, en gardant son sourire aux lèvres. Elle fixait le sol. Manque d'assurance.

JW poursuivit comme s'il avait appris par cœur : « Et c'est le cas de beaucoup d'autres documents que vous conservez ici à Komvux, qui sont d'intérêt général et très probablement publics. Selon la loi relative au secret professionnel, il n'y a aucune raison de refuser de les communiquer. Alors, puis-je vous prier d'aller me chercher les notes de Camilla Westlund dans toutes les matières qu'elle a étudiées ici ? Merci. »

La femme tourna les talons. Se dirigea dans une pièce adjacente. JW l'entendit parler à quelqu'un.

Je veux, mon neveu.

La secrétaire revint.

Nouvelle expression sur le visage, un sourire encore plus faux. Ses yeux eurent un éclat de servilité.

« Je dois aller les chercher dans les archives. Ça ne vous dérange pas d'attendre ? » Elle ne s'excusa pas de s'être trompée.

Ça n'avait pas d'importance – JW avait marqué le premier point.

La secrétaire disparut.

Vingt minutes passèrent.

JW commença à flipper. Il envoya quelques SMS, vérifia son agenda dans son téléphone portable, ses pensées voguèrent entre les stratégies de vente de la coke, les platitudes d'Abdulkarim, les tours en Ferrari de Camilla et le Chilien qu'il devait trouver. Tout à la fois. Sans ordre.

La femme revint. Elle rapportait une pochette plastique qu'elle lui tendit.

JW regarda les documents : des photocopies diverses. Centre de Formation pour Adultes de Stockholm. Lycée du Sveaplan. Relevé de Notes de Camilla Westlund. Écrites à la main.

Suédois : cours a, b : Mention très bien.

Anglais : cours a, b : Mention très bien.

Mathématiques : cours a : Réussi sans mention.

Histoire : cours a, b : Ajourné.

Instruction civique : cours a : Mention très bien.

Français : cours a, b : Réussi sans mention.

JW se tenait toujours devant l'accueil. Les yeux collés aux notes. Quelque chose clochait. Il essaya de trouver quoi. Camilla avait eu Jan Brunéus en suédois, en anglais et en instruction civique. Il n'avait pas menti, elle avait la mention très bien dans toutes ces matières. Mais, dans les autres matières, elle n'avait pas eu de mention du tout. Susanne avait dit qu'elles séchaient beaucoup. Pas étonnant qu'elle n'ait pas eu de mention, ou même pas réussi dans quelques matières. La question était : comment se faisait-il que Jan Brunéus ne lui ait mis que des mentions très bien ?

Il fallait qu'il sache.

Il rappela la secrétaire. La pria d'aller chercher d'autres documents concernant Camilla.

Cette fois, elle mit moins de temps. Elle savait où chercher.

Au bout de cinq minutes, elle était de retour avec une pochette en plastique identique à celle d'avant dans la main. D'autres documents.

Ils contenaient les rapports de présence de Camilla Westlund. Les cours correspondant aux notes. Son absentéisme dépassait les quarante pour cent. JW avait la tête qui tournait. L'accueil se rétrécissait autour le lui, l'oppressait. Chauffait. Comme une étuve. Absentéisme de Camilla en suédois, anglais et instruction civique – plus de soixante-dix pour cent. Quelque chose ne collait pas. Pas du tout. Personne ne pouvait avoir une mention très bien avec de telles absences. Pourquoi Jan Brunéus ne lui disait-il pas la vérité ?

Il s'adressa à la femme à l'accueil. « Savez-vous où se trouve Jan Brunéus pendant les pauses ? » JW s'efforça d'esquisser un sourire.

« Il est sûrement en salle des profs. » Elle lui indiqua le chemin.

JW partit à toute allure. Fonça dans le couloir.

La porte de la salle des profs était ouverte. Il ne prit pas la peine de frapper. Entra direct.

Il balaya la pièce du regard. Sept personnes étaient assises autour d'une table en bois clair. Ils mangeaient des petits pains au sucre et buvaient du café.

Aucun d'entre eux n'était Jan Brunéus.

JW essaya de retrouver son calme. « Bonjour, excusez-moi de vous déranger. Sauriez-vous où je peux trouver Jan Brunéus ? »

Une des personnes autour de la table répondit : « Il est déjà parti. »

JW abandonna. Quitta le bâtiment.

Sur le chemin du retour, son portable se mit à sonner. JW ne voulut d'abord pas décrocher – il avait déjà assez à réfléchir comme ça. Puis, il se rendit compte qu'il pourrait s'agir d'Abdul. Il sortit le téléphone de sa poche. Trop tard.

L'appel en absence était de José mobile.

José était un des gars qu'Abdulkarim lui avait filé comme contact pour retrouver Jorge. Un barman dans une boîte de Sollentuna, le Mingel Room Bar. JW l'avait rencontré deux jours auparavant pour déjeuner au Primo Ciao Ciao – un resto italien de luxe pas comme les autres. JW lui avait promis deux mille couronnes pour tout renseignement sur Jorge. José était au courant de tout, il connaissait Jorge, le vénérait comme un héros. Il avait traîné dans le même gang que le Chilien au début des années 2000. JW lui raconta plus ou moins la vérité : qu'il n'en voulait pas au Chilien, au contraire, qu'il voulait offrir des possibilités au fugitif, l'aider à se remettre sur pied dans sa nouvelle vie en liberté. Un mini-Jésus, quoi. Mais José n'avait rien à lui dire sur le fugitif à ce moment-là.

JW attendit un quart d'heure avant de rappeler. Longea la rue Valhallavägen et passa en revue tout ce qu'il voulait savoir, et ce qu'il était capable de faire actuellement. Ses pensées autour de Jan Brunéus le tourmentaient. Il fallait qu'il se concentre. L'enquête sur Camilla ne devait ni absorber toutes ses forces, ni le distraire du business de la coke.

JW monologue : concentration. Ne pas se faire de film sur Camilla. C'est bien plus passionnant de jouer au privé pour un Chilien en cavale que de rechercher Camilla. Ce Jorge-boy en cavale – la chance pour JW de participer à un truc vraiment énorme.

Il appela José.

JW comprit tout de suite que José avait une info décisive. Quelqu'un qui ressemblait à Jorge avait été vu à Sollentuna la nuit précédente. Ce petit con avait fait la bombe comme un dingue avec deux autres gangsters de Sollentuna, Vadim et Ashur. Des gars peu recommandables du nord-ouest de Stockholm. Jorge-boy avait quitté la boîte à la fermeture à 3 heures. José s'était planté devant la boîte, où les fêtards s'attardaient encore. Ils étaient speedés. Répétaient comme des perroquets qu'ils avaient été des dieux d'échapper aux flics. José avait demandé à Vadim si c'était vraiment Jorge qu'il voyait là. Le héros avait les cheveux bouclés, la peau plus foncée, plus de barbe. Vadim s'était contenté de rire. Il n'avait rien balancé mais avait quand même été assez clair : « Oooh, c'est un nouveau méchant bandit. Il va dormir chez moi, parce que les flics n'arrêtent pas de le courser. Et même ce soir, tu vois. » José avait capté l'allusion.

JW posa deux autres questions avant de raccrocher : « Où habite Vadim ? Il est quelle heure ? »

José connaissait l'adresse : 32, rue Malmvägen. Près du centre de Sollentuna. Il était 13 heures.

JW s'immobilisa sur le trottoir. Attendit un taxi.

Attendit. Peu de voitures passaient.

Il pensa au Chilien sur lequel il était censé mettre la main. Que lui dire quand il se trouverait face à lui ?

Six minutes passèrent. Pourquoi n'y avait-il pas de voitures ?

La nervosité s'empara à nouveau de lui. Rien de pire que d'attendre un taxi.

Il fit signe à un taxi qui avait l'air disponible.

La voiture passa devant lui.

Il en héla un autre, Taxi Stockholm, qui s'arrêta enfin.

JW s'engouffra à bord. Le chauffeur articula quelque chose dans un suédois incompréhensible.

JW dit : « Emmenez-moi au 32 rue Malmvägen, s'il vous plaît. »

Ils partirent en direction de Norrtull.

Même sur l'autoroute, le tempo lui paraissait incroyablement lent.

JW se reprit, il y avait pire que d'attendre un taxi – être dans un taxi et attendre que la circulation se fluidifie.

Bientôt, il aurait une petite conversation avec le Chilien.

24

Mrado venait de terminer son entraînement du week-end. Ça se passait dans le creuset par excellence des machines à tuer. Mauvaise conscience – il y allait trop rarement. Au centre sportif Pancrease : krav-maga, shootfighting, boxe thaïe, taekwondo. Dans la cave : une salle immense au sol jonché de tapis. Quatre sacs de sable de quatre-vingts kilos le long d'un mur. Une armoire en fer pleine de serviettes trempées de sueur, matelas et protections dans un coin. Un ring dans l'autre coin.

L'instructeur-chef s'appelait Omar Elalbaoui. Un fighter professionnel, quatrième dan au Japon. Le crochet gauche le plus rapide de la ville. Champion de poids moyens en Pride Grand Prix MMA, Mixed Martial Arts : tous styles mélangés. Chasseur de podium suédo-marocain. Grand ponte de la violence. Apôtre redouté des coups portés à tous les endroits du corps.

Les nez cassés, les genoux foutus, les épaules déboîtées – la règle. Et à la question : « C'est quoi, la peur ? », la philosophie d'Omar Elalbaoui donnait la réponse suivante : « La peur est ton pire ennemi. Tout le monde a peur de quelque chose. Tu n'as pas à avoir peur de te faire mal. Tu peux avoir peur de ne pas faire de ton mieux, de rater un match, de perdre. C'est tout ce dont tu peux avoir peur. Ne deviens jamais un loser. »

MMA (Mixed Martial Arts) . tout était permis – les coups de pied, de poing, de genou et de coude, les plaquages au sol, les étranglements, les coups de boule. Ni casques ni gants. Mitaines, protège-dents et suspensoirs pour seuls moyens de protection. Le sport des sports. La force brute, la souplesse et la rapidité étaient importantes, mais il fallait avant tout de la stratégie et de l'intelligence.

Le top : pas d'arme, pas de schéma imposé, pas de règlement tordu. Que du fight. Celui qui abandonnait le premier ou qui était mis K-O perdait. Pas plus compliqué que ça.

Les avantages de Mrado : sa taille, son poids, sa force. Sa portée. Mais les gars du Pancrease étaient doués. Paraient ses crochets. Esquivaient ses coups de pied. Bloquaient ses prises. Mrado encaissait beaucoup de coups. Une fois, il y a quatre ans, il avait dû être transporté en urgence à l'hôpital de Söder, double fracture du nez. Mais le truc, c'était que Mrado adorait encaisser des coups. Il se sentait vivant. Apprenait à ne pas avoir peur. À continuer même quand le cerveau commençait à perdre les pédales. À ne jamais abandonner.

En général, les compétitions avaient lieu dans le gymnase de Solna. La boxe avait beau être prohibée à échelle nationale, les organisateurs contournaient facilement l'interdiction. Parfois, ils combattaient dans des cages, le Vale Tudo brésilien. Mrado connaissait les gars, beaucoup d'entre eux s'entraînaient ou s'étaient entraînés au Pancrease. Il connaissait leurs techniques, leurs points forts et leurs points faibles. Lors de la dernière compète, il s'était fait dix sacs en misant sur les bons gars. Le MMA, sous ses différentes formes, était en train de devenir un sport géant.

Mrado assurait. Avait répété ses coups préférés. Entraîné les bons muscles. Plus les muscles, les tendons et les ligaments étaient forts, plus ils résistaient aux attaques. Plus ils étaient souples, moins on risquait une élongation. Bien parer. Anticiper les coups. Suivre les mouvements de l'adversaire. En même temps : tendre les bons muscles afin de contrer les frappes. Avant tout : une nuque forte amortit les chocs à la tête. Avec sa nuque de taureau, Mrado était presque immunisé contre les K-O.

Mentalement : ta douleur augmente avec la peur et s'envole avec l'agressivité.

Le seul problème de Mrado : ces derniers temps, il s'était trop entraîné à la salle de musculation et pas assez au Pancrease. Mauvaises proportions. De gros muscles = moins d'agilité. Il perdait de sa forme. Avait les membres plus raides. Bougeait avec moins de souplesse. Il enchaînait les coups au ralenti.

Le fighting était un style de vie.

Mrado enfila un survêtement après la séance d'entraînement. Un pull College. La sueur s'évapora. Il ne prenait pas de douche au Pancrease. Rentrait toujours immédiatement à la maison. Les gars du club étaient trop jeunes. Trop verts. Mrado préférait les buffles du Fitness Club. Il but sa boisson protéinée. Une fois chez lui, il s'enverrait son cocktail magique d'hormones de croissance.

Il rentra.

Passa sur le pont Västerbron, le plus bel endroit de la ville. Illuminé d'en bas. Vue sur tout son territoire – l'empire conquis par les Serbes. Et c'est pas un petit merdeux en cavale qui les en priverait.

Quatre minutes plus tard, il arriva dans la rue Katarina Bangata. Chez lui. Maintenant, il s'agissait de trouver une place pour se garer.

L'appartement : un trois pièces-cuisine. Le salon, la chambre de Mrado et la chambre de Lovisa.

Le salon : aménagé avec un luxe venu d'Europe de l'Est. Un canapé d'angle en cuir noir. Une table basse en verre. Une étagère avec chaîne hi-fi, écran plasma et lecteur DVD. Des gadgets chers. Aussi dans l'étagère : des CD, surtout du rock serbe, Bruce Springsteen, Fleetwood Mac et Neil Young. Des DVD : films d'action, tous les *Rocky* et des documentaires serbes. Des photos de sa famille à Belgrade, du roi de Suède, de Slobodan Milosević et de Lovisa. Trois bouteilles de whisky pur malt et une bouteille de Stoli Cristall. Le reste de son stock d'alcool se trouvait dans un autre placard. Quatre fusils à pompe achetés sur un marché d'armes à Vojvodina étaient accrochés au mur – des symboles de la révolte contre les Turcs en 1813. Dans une large vitrine à côté de l'étagère : deux Browning, un Smith & Wesson Magnum .41, une baïonnette et une mine antipersonnel authentique. La baïonnette avait vraiment servi. La question récurrente par rapport à la mine : est-ce qu'elle est désamorcée ? Mrado laissait planer le doute. N'avait jamais dit à personne ce qu'il en était.

Il s'assit sur le canapé. Alluma la télé.

Il zappa. Regarda un reportage sur des crocodiles pendant quelques minutes. S'en lassa. Zappa. Que de la merde partout.

Il passa la main sur son revolver. Mrado ne jurait que par les munitions Starfire. Avec la pointe des balles vide. À l'impact : explosion. Déchirait la chair avec assez de force pour tuer sur-le-champ.

Il posa le revolver sur la table. Réfléchit.

Quel putain de fiasco de merde, l'histoire de ce Jorge. Il s'en voulait de ne pas encore avoir pu trouver le Latino, il en voulait à Radovan pour son attitude arrogante et à Jorge de se cacher si bien.

Il feuilleta son bloc-notes. Questions et réponses probables. Au milieu, une colonne pour les questions sans réponse. Les deux mots soulignés : cachette actuelle, entourés plusieurs fois. Plus aucune trace. Mais tôt ou tard, ils commettaient tous une faute. Quand ils n'avaient plus de fric. Quand ils voulaient se faire des nanas. Vivre la dolce vita. Pas facile de faire tout ça en cavale. Pourtant, là, ce Jorge, il gardait profil bas. Peu importe : Mrado était quand même sûr que cette racaille n'avait pas quitté la ville, ni le pays. Ce ne pouvait pas être foutu.

Mais où chercher encore ?

Mrado se renversa dans son fauteuil.

Son portable vibra.

Un SMS : « La nuit dernière j'ai vu Jorge. Il est chez Vadim en ce moment. »

Bingo.

Montée d'adrénaline.

Mrado composa le numéro. Un mec, Ashur, décrocha. Ce nom lui dit disait quelque chose. C'était un des types auxquels il avait montré des photos de Jorge à Sollentuna, avec Ratko. Il écouta la story qu'on lui racontait dans un suédois écorché.

Ashur, Jorge et un autre mec, Vadim, étaient sortis faire la bringue la nuit précédente. Ils s'étaient bourrés la gueule au Mingel Room Bar à Sollentuna. Jorge avait failli être arrêté par les flics. Le Latino avait demandé à Vadim s'il pouvait squatter chez lui pour la nuit. Théorie d'Ashur : il n'était que midi, ils étaient encore dans l'appart.

Mrado le remercia et lui promit de passer plus tard lui filer la récompense.

Il mit sa veste en cuir. Une matraque en caoutchouc dans la poche. Le revolver fixé dans la gaine. Descendit prendre la voiture.

Puis il emprunta le chemin à présent bien familier jusqu'à Sollentuna. Enfin un dénouement en vue. Putain, il était temps.

Le plan ? Entrer direct dans l'appart comme chez Sergio ? Défoncer la porte ? Gros risque : aucune chance que ce soit aussi facile qu'avec cette gonzesse de Sergio : il y aurait Vadim, Jorge et éventuellement d'autres personnes dans l'appart. Risque numéro deux : si les voisins alertaient les flics, Jorge pourrait retourner au placard. Avec ce qu'il savait, le Latino serait capable de faire tomber une bonne partie de l'empire des Yougoslaves. Conclusion : Mrado attendrait sagement un moment où le fugitif serait seul.

Entre-temps il appela Ratko, Bobban et d'autres contacts. Il leur demanda s'ils connaissaient un certain Vadim. Qui était-ce ? Était-il dangereux ? Il leur donna l'ordre de passer des coups de fil pour trouver plus d'infos sur lui : est-ce qu'il travaillait ? Si oui, où ? Qui fréquentait-il ? Portait-il une arme ?

Mrado observait la porte d'entrée de l'immeuble. Plusieurs personnes entraient et sortaient. Inhabituellement nombreuses pour l'heure qu'il était. Immigrés, toxicos, violeurs d'épouses, et autres criminels entassés dans le même genre de cage que celle dans laquelle il avait grandi.

Mrado était en pleine conversation avec Bobban, lorsqu'il vit sortir une personne qui ressemblait à Jorge.

Il avait vu le Latino à quatre ou cinq reprises dans le passé. La dernière fois : au procès où Jorge avait écopé de six ans de prison à cause de son témoignage. Radovan et Mrado en avaient fait de la chair à pâtée – il fallait accepter certaines pertes. Le Latino à l'époque : jeune arrogant, vêtu de fringues modernes et tape-à-l'œil. Une chaîne en or avec une croix. Du gel dans les cheveux. Un joli bouc. Des mouvements rapides, une tchatche hallucinante. Et là : la personne devant la voiture était un vrai négro. Les cheveux crépus, la peau foncée. Il marchait comme un rastafari, souple et rythmé. Des vêtements crades, un blouson matelassé sale. Mais l'homme amaigri dégageait quand même quelque chose d'autre – de la haute tension.

Ce devait être le Latino.

Mrado se recroquevilla derrière le volant. Il vit Jorge jeter un regard autour de lui puis se diriger vers la gare. Trop de gens dans les parages, impossible de sortir le grand jeu.

Mrado attendit que Jorge ait tourné à l'angle qui débouchait sur l'entrée de la gare. Il sortit de la voiture. Mit sa paire de lunettes de soleil. Roula l'écharpe autour de son menton. Pria le dieu des bagnoles : Fais que ma caisse reste intacte, qu'on n'y touche pas, qu'on ne me la vole pas. Dans la rue la plus dangereuse de Sollentuna.

Il courut vers l'angle derrière lequel Jorge avait disparu.

Jorge n'entra pas dans la gare. Il continua tout droit. Monta en direction du centre commercial de Sollentuna. Mrado garda de la distance. En même temps, il ne voulait pas le perdre de vue.

Jorge entra dans le centre commercial. Mrado attendit quelques secondes avant de passer par les portes automatiques. Au moment où il arriva à l'intérieur, il aperçut Jorge, qui entrait dans le supermarché ICA. Mrado se glissa dans la boutique Expert juste en face. Quel privé, le pire Martin Beck. Il appela Ratko. Demanda en serbe : « Ratko, t'es où ? C'est important. »

Ratko avait boudé ses derniers appels, il était toujours fâché après le traitement infligé à Sergio. Mais là, il comprit que quelque chose était en train de se préparer.

« Je suis à la maison. Je mate STCC. Tu l'as trouvé ?

— Oui. Il a passé la nuit chez un gars à Sollentuna. On s'éloigne maintenant. Prépare-toi. Monte dans ta bagnole.

— Putain, moi j'étais tranquille et tout. Je vais où ?

— Chais pas encore. Tiens-toi dispo.

— Je suis déjà devant la portière.

— Parfait. Je te rappelle. À plus. »

Jorge sortit du supermarché. Deux sacs dans chaque main. Apparemment remplis de nourriture. Le Latino allait sans doute regagner sa planque.

Il le suivit jusqu'à la gare. Règle de base : pas de mouvement brusque quand tu files quelqu'un. Un type comme Jorge faisait super gaffe – il réagirait direct.

Jorge sortit sur le quai. Mrado derrière dans la salle d'attente. Espérait que la lumière ne réfléchisse pas son image dans les portes vitrées. Jorge avait l'air aux aguets.

Le train en direction du centre-ville entra en gare. Jorge monta. Mrado fit de même, dans un autre wagon.

Il rappela Ratko. Lui dit de se diriger vers le centre.

Le train ralentit. Bientôt la gare centrale.

S'arrêta. Mrado regarda par la fenêtre. Vit Jorge descendre.

Mrado resta devant le train jusqu'à ce que Jorge descende les marches menant au métro. Il le suivit. Jorge loin devant dans la foule. Mrado se concentra, il ne fallait en aucun cas le perdre maintenant.

Ils s'engouffrèrent dans le corridor qui menait au métro.

Un groupe d'Indiens jouait de la flûte de Pan et du tam-tam. Une femme en imperméable se tenait devant un pilier et distribuait *Vakttornet*.

Jorge : en bas sur le quai du métro. Mrado le suivit. À bonne distance.

Jorge : monta dans le métro vers Mörby Centrum. Mrado : dans un autre wagon du même train.

Le wagon était à moitié vide. Deux beurs avec des casquettes et des anoraks – deux recrues potentielles – les pieds sur la banquette. Un gars du Stureplan qui n'avait rien à faire ici : blond, beau manteau, jean moulant, les cheveux lissés vers l'arrière. Écoutait de la musique sur son iPod.

Jorge : descente à KTH. Mrado : également.

Après avoir passé les barrières, Jorge se posta devant les panneaux d'affichage des horaires des bus. Regarda les départs. Puis entra dans un bureau de tabac. Il acheta quelque chose. Ses sacs avaient l'air de peser lourd. Il ressortit et se dirigea vers un arrêt de bus. Mrado derrière. Le gars du Stureplan qu'il avait vu dans le métro était aussi là, au même arrêt de bus que Jorge. Sans doute le hasard.

Mrado vérifia le numéro du bus, 620. Jorge s'apprêtait visiblement à se rendre à Norrtälje.

Mrado appela Ratko : « Viens au KTH. »

Le 620 arrivait. Pas de Ratko en vue. Mrado retourna au stand à saucisses au milieu de la rue Valhallavägen. Là-bas : une rangée de taxis.

Jorge : dans le bus qui partait.

Mrado monta dans un taxi : « Suivez le 620. »

Ils roulèrent pendant trente minutes. Mrado s'inquiéta. Ce Jorge était rusé. Sur ses gardes. Possible qu'il se demande pourquoi le même taxi restait tout le temps à deux ou cinq voitures derrière le bus.

Mrado gardait le contact avec Ratko.

Changea de voiture à Åkersberga.

Ils suivirent le bus à une bonne distance. Rien de bizarre dans tout ça. Derrière le bus, qui n'avait que peu d'arrêts, s'était formée une longue file de bagnoles.

Le Latino était toujours dedans.

Finalement : Dyvik. Le bus s'arrêta. Jorge descendit.

Le gars du Stureplan aussi. Louche, mais pas le temps d'y penser.

Mrado hurla : « Tourne, putain. »

Ratko tourna pour prendre la même direction que Jorge. Mrado, sur le siège passager, baissa la tête. Ils passèrent à trois mètres devant Jorge. Avancèrent aussi lentement que possible. Comme des gens qui ne savent pas trop où aller. Dans le rétroviseur, ils le virent continuer sur la route. Cette stratégie marcha un instant. Ensuite cela devint trop dangereux. Ils furent obligés d'accélérer. Perdirent Jorge de vue derrière eux.

Ils garèrent la bagnole. Sortirent. Mrado s'enfonça dans les arbres. Invisible depuis la route. Ratko se mit à marcher dans le sens inverse. Vers Jorge.

Deux minutes plus tard, Ratko appela : « Il est à cent mètres de moi, sur la route. Toujours en train de se diriger vers toi. Qu'est-ce que je fais s'il me reconnaît ? Je me casse en courant ?

— Continue de marcher vers lui. Passe devant lui comme si de rien n'était. Puis tu fais demi-tour dès que t'es sûr qu'il ne te voit plus. Suis-le. Je m'occupe de lui quand il arrive ici. »

Mrado attendit. Pas de maison alentour. Personne. Pas de problème.

Le portable allumé. Le nom de Ratko affiché. Prêt à l'appeler.

Jorge arriva en marchant. Les sacs dans les mains. L'air fatigué. À vingt mètres, en contrebas sur la route. Mrado appela Ratko. Chuchota. Lui dit de courir.

Mrado sortit de la forêt comme un méchant troll des bois taille XXL.

Jorge capta direct. La panique dans les yeux. Il lâcha les sacs. Se retourna. Vit Ratko courir vers lui. Comprit la situation. Tenta de fuir – trop tard. Mrado attrapa sa veste.

Le retour des Yougoslaves. La chute du petit Latino tout noir.

Mrado lui assena un coup dans le ventre. Jorge se plia en deux. Tomba. Ratko arriva par-derrière, l'immobilisa, aidé par Mrado et, ensemble, ils le traînèrent sous les arbres. Loin de la route. Mrado emporta ses sacs. Jorge cracha. Une odeur amère. Des restes de bouffe sur les chaussures de Mrado. Quel porc. Mrado, la matraque dans la main, le frappa sur le dos. Il tomba par terre. Se mit à quatre pattes. Mrado continua de frapper. Jorge hurla. Mrado attentif – ne rien casser. Pas de fractures. Pas de blessures sanglantes. Rien qui puisse lui coûter la vie. Rien qui l'oblige à aller aux urgences. Il frappa exclusivement avec la matraque. Sur les cuisses et les bras ? Plutôt sur le dos, la nuque, le ventre. Il le rouait de coups. Le battait comme un chien.

Jorge tenta de se mettre à genoux. Se courba. Protégea sa tête. Se recroquevilla.

Mrado laissa s'abattre la matraque, la fit courir de haut en bas sur le corps du Latino.

À la fin : Jorge n'était plus qu'une tache humide. Détruit. Presque inconscient.

Mrado se pencha en avant.

« Tu m'entends ? Espèce d'enculé. »

Pas de réaction.

Mrado le saisit par les cheveux et releva sa tête. « Si tu m'entends, cligne des yeux. »

Le Latino cligna des yeux.

« Tu sais pourquoi j'ai fait ça. T'as essayé de jouer au gangster, mais t'as choisi les mauvaises personnes. Radovan n'aime pas ton style. Tu peux t'en prendre qu'à toi-même. Pour qui tu te prends, putain ? Faire chanter Rado… Retiens bien ça : on te retrouvera toujours. Où que tu sois, en cavale, en taule. Chez ta mère. Nous, on n'oublie jamais. On punit toujours. Si tu balances la moindre chose sur nous, je ne serai pas aussi sympa la prochaine fois. »

Mrado relâcha les cheveux de Jorge. La tête tomba en avant.

« Et encore une chose. » Mrado sortit son portable. Fit apparaître une photo. La mit sous le nez de Jorge.

« Tu la reconnais ? Je lui ai parlé de toi. Vérifie, si tu veux. Je la connais bien. Je sais où elle habite. Où elle fait ses études. Quel cours elle prend. Ne merde pas, ne serait-ce que pour elle. Ce serait dommage. Une si jolie fille. »

25

J-boy absent, J-boy présent. Aller-retour.

Une douleur à en crever.

Il ferma les yeux. Attendit. Entendit les Yougoslaves s'éloigner. Des craquements dans la forêt. Le bruit disparut. Il patienta. Tendit l'oreille.

Seul.

À la masse. Incapable de bouger. Ne sentait plus ses jambes. Les bras aussi complètement engourdis. Il toucha son dos – tomba dans les pommes.

À nouveau réveillé. Une voiture qui passait sur la route. Le battement de son cœur. Tenta de bouger les bras. Trop douloureux.

Il vomit.

Resta allongé.

Flot de pensées : Jorgelito dans la forêt à myrtilles. Cassé. Broyé. Humilié. Il avait cru être le roi. En réalité, un bon à rien, le roi des naïfs. Ils étaient allés chez Paola. Pourvu qu'ils ne l'aient pas tabassée. Humiliée. Il l'appellerait dès qu'il retrouverait ses moyens. Dès qu'il pourrait se relever. Paola, la meilleure sœur du monde.

Il sombra à nouveau dans le noir.

Elle avait accepté les frasques de Jorge. À l'âge de quatorze ans, il était rentré de l'école, une lettre à la main. *J'ai l'honneur de vous informer que Jorge Salinas Barrio sera exclu du lycée Tureberg pendant six semaines à compter de la dixième semaine de l'année. Cette mesure est prise en raison de ses graves problèmes de comportement, ainsi que de son influence néfaste sur les autres élèves et le travail de classe. Dans le passé, nous vous avons à plusieurs reprises prévenue des problèmes causés par Jorge. Nous avons également consulté l'assistante sociale du lycée*

Tureberg afin de rechercher un moyen qui pourrait amener Jorge à comprendre sa situation et à changer son comportement. Malheureusement, son attitude agressive et inacceptable s'est aggravée au cours du dernier semestre, ce dont j'ai discuté avec lui en votre présence, le 3 février de cette année. L'école ne voit aucune autre solution que d'exclure Jorge pendant la période mentionnée ci-dessus. La commune de Sollentuna offre la possibilité de suivre un enseignement à domicile. N'hésitez pas à me contacter pour tout renseignement complémentaire. Jan Lind, Directeur. Sa mère avait pleuré. Rodriguez l'avait frappée. Jorge avait pensé : si mon vrai père était ici, il me ramènerait au Chili. Mais Paola ne s'était pas fâchée, n'avait pas pleuré. Ne lui avait pas cherché d'excuses. Avait juste été gentille. La seule à vraiment parler avec Jorgelito. Bien qu'il fût un dur, cela lui avait fait du bien de parler. Elle avait expliqué : « Tu es notre prince, à maman et à moi. Ne l'oublie jamais. Tu es notre prince. »

Quelqu'un cria le nom de Jorge dans la forêt. Impossible de se tenir plus tranquille et plus silencieux qu'il ne le faisait déjà. Les Yougoslaves étaient-ils de retour ?

Personne ne vint.

Depuis combien de temps était-il là ? Dix minutes ? Deux heures ?

Ça puait le vomi.

Il était foutu. Les Yougoslaves étaient plus malins qu'il ne l'avait cru. Il aurait dû faire plus attention. C'était sans doute sa gueule de bois qui l'avait rendu moins vigilant. Pendant combien de temps Mrado et son collègue l'avaient-ils suivi ? Ils n'avaient pas été dans le bus ni dans le même wagon que lui dans le métro. Il ne les avait pas vus à l'arrêt de bus près de KTH. Il n'avait pas remarqué de voiture qui aurait suivi le bus pendant le trajet. Et ils avaient réussi à le filer ? Comment avaient-ils su qu'il était chez Vadim ? Soupçons : ce putain de Russe l'avait balancé. Ou quelqu'un dans le bar. Quelqu'un l'avait-il reconnu ? Enculés.

Il essaya de bouger une infime partie de son corps. Son index. Ne sentit rien d'abord. Trois secondes plus tard, tout son bras palpitait de douleur. Trop mal. Il hurla. Peu importe si les Yougoslaves étaient toujours là.

Quelqu'un cria de nouveau son nom.

Il vomit.

Les prières dans sa bouche : *La madre que te parió*. Les pensées dans sa tête : à qui pouvait-il encore faire confiance ? À Sergio ? Eddie ? Ashur ? Pouvait-il prendre contact avec sa mère ? Oserait-il appeler sa sœur ? Son évasion de la prison avait été bien huilée, comme sur des roulettes. Rapide. Jorge : le meilleur. Jusqu'à aujourd'hui. Mais pour la vie d'après – Jorgelito avait eu une vision trop courte. Avait cru que ce serait facile. Avait commis la même erreur que tous les autres, avait été faible, avait fait la bringue. Avait eu besoin de contact social.

Il tenta d'ouvrir les yeux.

Des sapins autour de lui. Taches de lumière au sol. Brun, plein d'aiguilles, nu. Pas de chant d'oiseaux.

Que faire maintenant ? C'était une chose que de risquer sa peau pour mettre la main sur le cash de Radovan. Mais risquer celle de sa sœur ?

Il pensa à ses deux tatouages. Sur l'épaule droite un diable qui souriait. Tatoué tout en noir. Cerclé de flammes rouges, orange et jaunes. Sur le dos, un crucifix et ces mots : The Man, en lettres gothiques. Il avait cru être « *the man with the master plan* », alors qu'il n'était qu'un perdant. Dans la merde totale.

Un perdant, complètement out.

26

Un BCBG en promenade dans la forêt du Père Noël. JW cherchait Jorge en envisageant deux alternatives : soit le Chilien gisait blessé, quelque part entre les arbres, soit les Yougoslaves l'avaient emmené dans leur voiture.

Il partit d'abord vers la droite. Zigzagua, monta dix mètres dans la forêt, revint de biais vers la route, puis à nouveau dix mètres tout droit dans la forêt.

Pensa à *La Guerre des étoiles*. « Passez le coin au peigne fin ! », ordonnait la caricature de Dark Vador. Dans la scène suivante, son camarade passait d'énormes peignes le long du sol. Mel Brooks – tellement con et quand même si génial.

JW passa la forêt au peigne fin.

Pas de trace de Jorge.

Une heure et vingt minutes plus tôt, JW était arrivé dans la rue Malmvägen au moment même où quelqu'un qui ressemblait à Jorge sortait par la porte de l'immeuble. Le détective JW avait reculé de quelques pas pour se cacher derrière l'angle de la maison, ce qui se révéla être la bonne stratégie. Il jeta un regard d'ensemble. Vit un homme énorme sortir d'une voiture beaucoup trop classe et suivre le Chilien. Quelque chose clochait. L'homme ne s'approchait jamais de Jorge. Restait tout le temps quelques mètres derrière lui. Au bout d'un certain temps ce fut évident – le géant filait le Chilien.

L'homme avait toutes les caractéristiques d'un gangster yougoslave : veste en cuir mi-longue, foulard, jean noir, chaussures en cuir. Une nuque plus large que Hulk. Les bras pendaient de biais le long de son torse, il avait l'air de porter une télé. Des cheveux courts, cendrés, la frange coupée toute droite. Les mâchoires trahissaient un régime d'enfer à base de testostérone.

Pourquoi Abdulkarim l'avait-il embarqué dans une histoire pareille, putain de merde ? JW se sentait comme un ripou raté. N'osait pas se montrer bien que Jorge fût devant son nez. Grande question : qui était ce géant yougoslave ? La mafia serbe avait-elle envie de se servir de la connaissance de la coke qu'avait le Chilien ?

Il continua la filature. Vers la gare. JW était en bas sur l'escalator lorsqu'il entendit le train entrer en gare. Il se dépêcha et sauta dans un wagon. À travers les vitres, il vit les Yougoslaves dans le wagon d'à côté. Joli.

Suspense total. JW oublia complètement l'histoire de Camilla.

Le géant yougoslave descendit à la gare centrale. JW ne voyait pas Jorge, mais il partait du principe que le Yougoslave ne le quittait pas des yeux. Le suivit.

Descendre à KTH. Il resta à distance du Yougoslave. Il vit Jorge traîner près d'un arrêt de bus. JW se dirigea tout droit vers le même arrêt. Faire croire que son seul objectif dans la vie était le bus numéro 620. En y allant, il passa à deux mètres du géant. JW ne savait pas s'il se rendait suspect en se postant au même arrêt de bus que Jorge, mais en tout cas, il ressentit la présence du Yougoslave aussi fort que s'il l'avait affronté face à face dans un ascenseur. L'homme avait du charisme.

Quelques personnes montèrent dans le bus après Jorge, mais le Yougoslave n'en faisait pas partie. Avait-il abandonné ? Jorge était coincé contre la fenêtre à côté d'une femme d'âge moyen qui avait posé un sac posé sur les genoux. Sur les sièges devant eux se trouvaient les deux enfants de la femme, chacun une glace dans la main. Derrière eux, une place était libre, à côté d'un vieux qui portait une casquette. Pas question d'aborder le Chilien – il fallait attendre qu'il descende. JW s'adossa contre le siège.

Il était descendu au même arrêt que le Chilien. L'avait suivi, à quelques centaines de mètres de distance. Tout à coup, il vit un Yougoslave arriver en courant. Il avait compris, ils étaient là. Trente secondes plus tard, il entendit des cris. Paniqua. Que devait-il faire, putain ? Il se cacha derrière les arbres. Resta là, tendit l'oreille. Attendit. Il n'avait pas bougé. Il pensait aller à la recherche de Jorge. Mais ce gars était introuvable. Après avoir avancé péniblement sur une centaine de mètres,

JW traversa la rue pour continuer de l'autre côté. Ça valait la peine de chercher encore une heure.

Il entendit un cri. Pas aussi fort que les autres peu avant, mais quand même – un soupir de douleur.

Il tenta de marcher dans la direction d'où était venu le bruit. Regarda autour de lui. Vit des arbres sombres, des sentiers couverts d'aiguilles. À certains endroits, les branches de sapins touchaient le sol et cachaient ce qui pouvait se trouver en dessous. JW s'en approcha, souleva les branches et regarda en dessous. Les aiguilles le piquaient. La forêt n'était pas vraiment son élément. Et surtout il se chiait dessus tellement il avait peur.

À sept mètres devant lui, il aperçut tout d'un coup des sacs en plastique remplis de nourriture. JW suivit la trace. Plus loin, il vit un homme recroquevillé. Était-ce le Chilien ? Était-il encore vivant ?

JW regarda autour de lui. Pas de Yougoslaves dans les parages. Il fit « ohé ! ». Pas de réponse. S'approcha. Le type semblait mort. JW s'agenouilla à côté de lui. Répéta le nom de Jorge. Il n'avait vraiment pas envie de tomber sur un cadavre.

Enfin une réaction.

Jorge marmonna sans ouvrir les yeux : « Va-t'en. »

JW ne sut pas quoi répondre. Il pensa : super, il est vivant. Mais qu'est-ce qu'on pouvait faire pour l'aider ? Pas une bonne idée d'appeler une ambulance.

« Salut. Comment tu vas ? Je peux faire quelque chose ?

— Casse-toi.

— C'est super de te voir en vie. Je sais qui tu es. Je te reconnais. Ça fait plusieurs heures que je te cherche. »

Jorge ouvrit un œil. Il avait un léger accent des banlieues : « Et toi, t'es qui ?

— Je m'appelle Johan. Écoute. Je n'ai aucune idée de qui t'a fait ça ni pourquoi. T'as l'air franchement mal en point. T'as sûrement besoin de soins. J'ai une nouvelle géniale pour toi.

— Casse-toi, j'ai dit. Je n'ai rien à faire avec toi. Je ne t'ai encore jamais vu.

— Calmos. Tu t'appelles Jorge Salinas Barrio et tu t'es évadé de Österåker le 21 août. Depuis, tu es en cavale, ce n'est certainement pas facile. Tu connais le business de la coke mieux que personne d'autre. Tu es le roi de la coke dans la région de Stockholm. Tu m'écoutes ? »

Jorge resta sans bouger. Ne dit rien. Mais ne nia pas non plus.

« Je bosse pour un Arabe – Abdulkarim Haij, tu sais qui c'est ? »

Jorge leva de nouveau la tête. JW interpréta : continue.

« Lui, il me fournit la C. Je la vends aux people du Stureplan et je me fais pas mal de fric. On peut leur demander jusqu'à mille cent balles par gramme. C'est déjà bien. Mais imagine-toi qu'on puisse baisser le prix d'achat. C'est ce qu'on fera quand on élargira notre clientèle. Et tu vas nous aider parce que, sans notre aide, pour toi, c'est direct à la morgue. Apparemment il y a pas que les flics qui veulent ta peau. Tu peux les oublier à partir de maintenant. On t'aidera, on te remettra sur pied. On te filera un passeport, des pesetas, tout ce qu'il te faut. La police n'a aucune chance. Ces types yougoslaves non plus. Si tu travailles pour nous, tu seras un homme friqué. »

JW souffla. Peu importe que Jorge soit à moitié inconscient. Il était surexcité, s'était imaginé cette scène durant plusieurs jours. Impossible de se calmer à présent.

« Écoute-moi bien, on a observé l'évolution à Stockholm. La coke est en train de se répandre au-delà du centre-ville. C'est la nouvelle drogue des masses. Ce sera comme le shit. Et les prix baissent de jour en jour. Quand t'es allé en taule, le gramme était encore à mille deux cents. Actuellement, beaucoup vendent de la Charlie de quatre-vingt-cinq pour cent à huit cents. Du coup, les volumes vont exploser et nous, qui avons de bons contacts, on peut acheter au rabais. Les marges agrégées augmenteront radicalement. Et c'est là que tu entres en jeu, tu vas nous aider à élargir le marché. Avant tout, tu vas t'occuper des gars de la banlieue, les rendre accros. Toi et nous, ensemble, on aura cette ville dans la poche. Te me suis ? Dans la poche. »

Jorge geignit : « *Maricon*. Casse-toi. »

DEUXIÈME PARTIE

(Quatre mois plus tard)

Procès-verbal
Préparation orale au tribunal de Stockholm

Objet n° T 3245-06

Juge
Monsieur le Juge aux Affaires familiales Patrik Renbäck

Secrétaire
Magistrat stagiaire Oskar Hävermark

Les conjoints

PLAIGNANTE
Annika Sjöberg, 690217-1543
Rue Gröndalsvägen 172
117 69 STOCKHOLM
Présente personnellement

<u>Avocat commis d'office :</u>
Avocat Göran Insulander
Box 11244
112 21 STOCKHOLM
Présent

DÉFENDEUR
Mrado Slovovic, 670203-9115
Rue Katarina Bangata 35
116 39 STOCKHOLM
Présent personnellement

<u>Avocat :</u>
Avocat Martin Thomasson
Box 5467
112 31 STOCKHOLM
Présent

OBJET
Droit de garde, hébergement, droit de visite, entre autres.

- -

Le Président passe en revue l'accord fixé jusque-là entre les deux ex-conjoints.

LES DEMANDES

Göran Insulander indique qu'Annika Sjöberg, à titre provisoire, demande à pouvoir exercer seule l'autorité parentale sur sa fille, Lovisa.

Martin Thomasson décrit la position de Mrado Slovovic selon les termes suivants : il refuse la demande d'Annika Sjöberg. Pour sa part, il demande également à titre provisoire que Lovisa ait le droit de se rendre chez lui **chaque** semaine du **mardi** 18 heures au **vendredi** 18 heures.

Göran Insulander indique qu'Annika Sjöberg refuse la demande de Mrado Slovovic. Elle se déclare prête à accepter que Mrado Slovovic ait un droit de visite pour Lovisa du **mardi** 18 heures au **mercredi** 18 heures **une semaine sur deux.**

MOTIVATIONS (en résumé)

Göran Insulander explique ainsi les motivations et les circonstances de la demande d'Annika Sjöberg : Annika Sjöberg et Mrado Slovovic se sont mariés il y a environ neuf ans. Deux ans plus tard, leur fille Lovisa est née. Il vaut mieux pour Lovisa ne pas avoir trop de contact avec

Mrado Slovovic parce qu'il a une influence très néfaste sur sa fille. Il est également très dangereux pour l'enfant d'être vue en sa compagnie. En outre, il n'est pas capable de coopérer avec Annika Sjöberg quand il s'agit de chercher ou de ramener Lovisa lors des visites qui lui sont accordées. Mrado Slovovic a menacé Annika Sjöberg à plusieurs reprises. Malgré tout, elle est d'accord pour que Lovisa puisse voir son père de temps en temps, consciente de l'importance pour l'enfant de garder contact avec ses deux parents. Lovisa ne demande jamais à voir Mrado Slovovic. - En 2002, la relation entre les deux conjoints a commencé à se dégrader, Mrado n'étant jamais présent au foyer la nuit et dormant la majeure partie de la journée. Il se fâchait lorsque Lovisa criait ou faisait du bruit, et ne s'occupait pas du tout d'elle. Annika Sjöberg faisait à manger et donnait seule tous les soins nécessaires à Lovisa. Mrado Slovovic fréquentait un milieu criminel et, au printemps 2004, Annika Sjöberg a décidé de demander le divorce. Mrado Slovovic lui en a beaucoup voulu et l'a entre autre menacée d'emmener Lovisa avec lui en Serbie. Il a aussi dit à deux reprises qu'il lui « tordrait le cou » si elle ne le laissait pas habiter avec Lovisa. - De 2004 à 2006 sa relation avec Lovisa a été marquée par de nombreux problèmes. Pendant de longues périodes, dont la plus longue de quatre mois, il n'a plus du tout vu sa fille. À plusieurs reprises, Mrado Slovovic ne s'est pas présenté pour rendre Lovisa, et l'a gardée trois jours de plus sans l'accord d'Annika Sjöberg. Après chaque séjour chez son père, Lovisa est très stressée et dort très mal. Quand elle est chez Mrado Slovovic, elle regarde des vidéos toute la soirée et il ne lui fait pas correctement à manger. Il fréquente toujours le milieu mafieux et a été condamné pour plusieurs actes criminels. Des amis d'Annika Sjöberg ont indiqué avoir vu Mrado Slovovic dépasser largement les limitations de vitesse alors que Lovisa était à ses côtés dans sa voiture de sport. Une fois, il l'a emmenée dans un club de sport de combat où elle a dû observer de l'extérieur du ring comment son père se faisait mettre K-O. Lovisa a été très choquée suite à cet incident. Fréquenter Mrado Slovovic est nuisible pour Lovisa. D'une part, parce qu'il l'expose à des activités extrêmement dangereuses. D'autre part, parce qu'il fréquente le milieu criminel. De plus, Mrado Slovovic ne se montre pas capable de coopérer avec Annika Sjöberg.

Martin Thomasson explique les motivations et les circonstances de la défense de Mrado Slovovic ainsi : Lovisa a besoin de son père. Il n'est pas vrai qu'il l'expose à des dangers. Il ne va pas trop vite avec elle dans la voiture. Il lui donne correctement à manger et elle ne regarde pas continuellement la télé. Ils entreprennent un tas de choses ensemble, comme visiter le parc de Skansen et se promener dans les collines, par exemple. Lovisa est effectivement venue une fois à la salle de sport de Mrado Slovovic, mais il n'est pas vrai qu'elle ait vu son père se faire mettre K-O. Au contraire, lui et Lovisa « ont fait de la boxe pour rigoler » sur le ring d'une manière tout à fait inoffensive. La raison pour laquelle Annika Sjöberg répand des mensonges sur son compte est sa jalousie envers Mrado Slovovic, puisqu'il a eu une relation avec une nouvelle femme, peu après leur séparation. - C'est l'humeur instable d'Annika Sjöberg qui cause des problèmes quand il s'agit de la chercher ou de la ramener. Il arrive qu'elle reste apathique dans son lit, incapable de s'occuper de Lovisa. Ce comportement existait déjà pendant le mariage des conjoints. Mrado Slovovic juge inutile pour Lovisa d'être chez sa mère, quand celle-ci se trouve dans un tel état. - Lovisa se sent très bien quand elle est avec Mrado Slovovic et elle a à plusieurs reprises exprimé le désir de passer plus de temps avec lui. Lors de la dernière visite chez Mrado Slovovic, en janvier de l'année en cours, Lovisa a dit qu'elle « aimerait habiter chez papa comme elle habite chez maman ». Elle est toujours très triste quand elle doit retourner chez Annika Sjöberg. - Annika Sjöberg a interdit à Mrado Slovovic d'emmener Lovisa en Serbie afin de rendre visite à son grand-père. Mrado n'a jamais envisagé d'y emmener Lovisa sans l'accord d'Annika Sjöberg. - Le mieux pour Lovisa est que les conjoints conservent l'autorité parentale conjointe et qu'elle voie son père aussi souvent que sa mère. Pour le moment, Mrado Slovovic pense qu'un droit de visite du mardi au vendredi devrait suffire.

Les conjoints discutent d'un arrangement à l'amiable. Une solution n'est pas trouvée.

La réunion se termine avec l'annonce que la décision sera rendue publique au cabinet du Tribunal à partir de 13 h 30, le 23 février de l'année en cours.

Après mûre réflexion le Tribunal rend sa
DÉCISION (à communiquer à 13 h 30, le 23 février de l'année en cours)

Argumentation

Le Tribunal ne pense pas qu'il y ait dans la situation actuelle assez de raisons qui justifieraient une annulation de l'autorité parentale conjointe. La demande d'Annika Sjöberg est rejetée sur ce point.

Concernant le droit de visite, le Tribunal constate que Mrado Slovovic a vu Lovisa irrégulièrement au cours des années précédentes. Sur ce, le Tribunal pense qu'il pourra, pour le moment, garder son droit de visite d'une journée toutes les deux semaines. Si les visites se déroulent de manière positive, les conjoints pourront envisager des visites plus longues.

Conclusion

Jusqu'à ce que les problèmes évoqués ci-dessus soient concrétisés par un jugement ou une décision légale ou que les parents aient trouvé un accord et que l'accord ait été ratifié par l'assistance sociale ou un autre organisme responsable, le Tribunal décide ceci :

A. L'autorité parentale conjointe pour Lovisa subsistera.
B. Dans un premier temps, Lovisa aura le droit de rendre visite à Mrado Slovovic une fois toutes les deux semaines du **mercredi** 18 heures au **jeudi** 18 heures.

Modalités de l'appel

La demande en appel doit être adressée au Tribunal de grande instance de Svea au plus tard trois semaines après la date de cette décision.

Voir ci-dessus

Oskar Hävermark

27

Des lignes de partage psychologique séparaient le territoire de Stockholm. La géographie en trois parties de la rue Kungsgatan. Tout en bas vers le Stureplan, il y avait les boutiques de vêtements, les cafés, les boîtes de nuit, les cinémas et les magasins d'électroménager. La boutique Diesel, the Stadium. Wayne's et McDonald's. Blue Moon Bar et the Crib. Rigoletto, Saga et Royal. El-Giganten et Siba. Tout le monde se mélangeait dans ce secteur : les bons Suédois, les gens du Stureplan, les gangs des banlieues. La partie suivante, de la place Hötorget jusqu'à la rue Vasagatan : le quartier glauque. Des bars louches et des restos de merde. Le quartier des bagarres, peuplé d'emmerdeurs immigrés et suédois. La dernière partie, du croisement de la rue Vasagatan jusqu'au pont, ne possédait pas de restaurants, de bars normaux, de boutiques ou de cafés. Ici, seulement des endroits au profil bien particulier : le théâtre Oscar, le Fasching et le casino Cosmopol. Une clientèle plus âgée. Un mélange de lecteurs de magazines, de passionnés de jazz et de joueurs.

Un aperçu de la vie nocturne, du shopping, des plaisirs stockholmois. La rue Kungsgatan – trottoirs chauffés, toujours exempts de neige – toujours pleine de monde. Toujours au cœur de l'hystérie de consommation. Trois couches différentes. Trois mondes différents le long de la même rue.

Mrado était assis au bar du Kickis Bar & Co, un coin glauque dans la seconde partie de la rue, il attendait Ratko. Bière forte & compagnie : Ale, bière légère, cidre.

Crevé de chez crevé.

Il regardait droit devant lui, les yeux éteints. Une poignée de jeunes beurs en veste Goose traînaient dans le bar. Ils refusaient d'enlever leurs vestes – le symbole d'un monde normalement inaccessible pour eux. Ils le fixaient à bonne distance. Ils ne savaient pas qui il était. Mais captaient quand même – fallait pas taper sur les nerfs du géant. Si les vestiaires du bar avaient été sous son règne, les vestes de ces bougnoules aux moustaches duveteuses pendilleraient aux cintres depuis longtemps.

Des lettres en néon accrochées aux murs, formant ces mots : Drinks de Kickis. À tour de rôle rouges, bleues et jaunes.

Mrado et Ratko avaient décidé de prendre une bière avant de se rendre au casino Cosmopol plus loin dans la rue Kungsgatan. Mrado avait besoin de fric blanchi. Les vidéoclubs blanchisseurs ne marchaient pas aussi bien qu'ils l'auraient dû. N'arrivaient pas à produire un flux d'argent assez conséquent. Le casino restait toujours la solution d'urgence pour le blanchiment du fric.

Il était à présent 10 h 05. Ratko n'avait pas l'habitude d'être en retard. Son esprit de rébellion se manifestait trop souvent ces derniers temps. Ce n'était pas admissible. Mrado était au-dessus de Ratko dans la hiérarchie des Yougoslaves. Par conséquent, il n'attendrait pas plus de dix minutes supplémentaires.

Il commanda une autre bière. Passa en revue les derniers mois.

Jorge était HS. Quatre mois étaient passés depuis l'incident dans les bois et le Latino n'avait rien entrepris. Profil bas. Pas d'autres tentatives de jouer le boss. Mrado avait obtenu des renseignements. Jorge était toujours en ville, il cultivait toujours son look de nègre pour rester incognito. Se débrouillait en faisant la seule chose dont il était capable, vendre de la coke pour un dealer. Mrado se foutait de savoir pour qui, tant que ça ne lui causait pas d'embrouilles.

Mrado poursuivait sa routine habituelle. Se languissait de Lovisa. Maudissait Annika. Le 23 février, il avait pris connaissance de la décision du Tribunal : avis en double exemplaire. Bien : il gardait l'autorité parentale conjointe. Merdique : il n'avait le droit de la voir qu'une journée tous les quinze jours. La Suède trahissait une fois de plus les Serbes.

Mrado se réveillait tous les matins entre 4 et 5 heures et n'arrivait plus à se rendormir. Comme un vieillard. Avait pris l'habitude de s'envoyer un verre de whisky pour pouvoir retrouver le sommeil. Qu'est-ce qui lui arrivait, putain ?

Une fois, il était allé dans la chambre de Lovisa afin de retrouver son équilibre. S'était assis sur son lit. Ça avait craqué.

Le bruit lui avait rappelé quelque chose. Il n'avait pas trouvé quoi. Avait tiré un tiroir de son bureau. Son regard était tombé sur les gribouillages et il avait su ce que le craquement lui avait rappelé. Il se sentait mou. Angoissé. Que penserait Lovisa de lui si elle apprenait un jour quelles saloperies il avait faites ? Était-il possible d'être un bon père tout en cassant des phalanges à tour de bras ? Il devrait arrêter.

Sinon, les journées étaient passées, amenant leur lot quotidien de nouveautés. Tous les secteurs se développaient. Le fric tombait. Les plus grandes réalisations récentes : monter les vidéoclubs et réfléchir comment ils pouvaient gérer les poulets et leur dernier projet, Nova. Radovan voulait organiser une réunion autour de Nova. Tous les collègues étaient censés discuter des efforts entrepris par la police afin de les coffrer. Mrado, Goran, Nenad et Stefanovic.

La société anonyme regroupant les vidéoclubs avait été fondée après une recherche approfondie sur le prête-nom Christer Lindberg. Mrado ne voulait en aucun cas quelqu'un qui éveille les soupçons du Service des entreprises, du Service des impôts et d'autres organismes curieux. Il avait vérifié dans le registre de l'état civil que le gars était bien enregistré en Suède, dans le registre des immatriculations pour qu'aucune BMW louche importée d'Allemagne n'attire l'attention, auprès du Service des impôts pour être sûr qu'il ne devait pas d'impôt à l'État, au tribunal de commerce et auprès des organismes de crédit pour que le gars n'ait plus de factures impayées. À la fin, il avait vérifié les listings de la police – tout devait être nickel. Mrado remercia son contact dans la police, Rolf, pour cet extrait de registre.

En surface au moins, Christer Lindberg était un citoyen bien sous tous rapports. Ça marcherait.

Mrado n'avait pas envie de rencontrer Lindberg personnellement, garda ses distances. Goran avait endossé le rôle d'intermédiaire. Une seule fois, Mrado avait parlé avec le type au téléphone. Tout ce qu'il fallait qu'il sache, c'était que Mrado était un ami de Goran et qu'il lui filerait un beau paquet de fric en échange de quelques signatures et de quelques réponses à d'éventuelles questions du Service des impôts.

Lindberg selon Mrado : la caricature de l'ouvrier. Parlait un suédo-suédois emprunté, semé d'idées pseudo profondes et de métaphores kitsch toutes les deux phrases. Mrado n'avait pas pu s'empêcher de rigoler doucement.

« Bonjour, je suis un ami de Goran. Je t'appelle à propos d'un projet d'entreprise de vidéoclubs. Est-ce qu'il t'a parlé de ça ?

— Oui, tout à fait.

— Tu sais de quoi il s'agit ?

— Ben, disons-le comme ça, je ne suis pas né de la dernière pluie non plus quoi. J'ai compris le projet.

— Est-ce que je peux te poser une question ? Qu'est-ce que tu faisais avant de bosser pour Goran ?

— Je travaillais pour une entreprise de transports, les Transports Östman, à Haninge.

— C'était comment ?

— Ben, disons que c'était le jour et la nuit.

— Qu'est-ce que tu veux dire ?

— Ben, tu sais, Östman ne crachait pas dans la bouteille, quoi, si tu vois ce que je veux dire. Un jour Göran est venu. Il a repris tout le bazar. Il a fait du bon boulot.

— Il s'appelle Goran.

— Ha ha ! C'est vrai, Goran. J'ai du mal à retenir tous ces noms. »

C'en était assez. Mrado n'avait pas du tout envie de connaître Lindberg davantage.

Il lui envoya les documents. Pria le gars de les signer. Expliqua une nouvelle fois de quoi il s'agissait, qu'un ami de Mrado et de Goran allait ouvrir des vidéoclubs. Il lui fallait quelqu'un dans la direction de l'entreprise qui avait un était civil suédois. Lindberg recevrait une première somme de douze sacs à la signature. Ensuite ils lui fileraient dix mille tous les six mois, tant que tout continuait à rouler. Mrado lui donna les instructions à suivre au cas où le Service des impôts ou une autre administration fouineuse se pointerait.

Le truc était dans la boîte, pour citer Lindberg.

Mrado contacta une entreprise qui vendait des licences pour sociétés anonymes. Il en acheta deux. Pour cent mille couronnes par entreprise. Il envoya tous les documents signés par Lindberg. Changea les noms : Spécialiste Vidéo à Stockholm SA et Camarade Vidéo SA. Ouvrit un compte en banque. Changea d'expert-comptable. Se chargea de trouver des locaux.

L'un des vidéoclubs se situait dans la rue Karlavägen. Ils reprenaient un autre vidéoclub déjà en place, Vidéo du Karlaplan. Deux pauvres Turcs en étaient les propriétaires. Mrado envoya Ratko et Bobban pour leur faire un peu peur. Ils s'y rendirent un soir en octobre, dix minutes avant la fermeture. Expliquèrent la situation. Les deux Turcs refusèrent. Deux jours plus tard, lorsqu'ils voulurent ouvrir la boîte de *Batman Begins* qui avait été jetée par la fente pour les retours anonymes – bang ! L'un des Turcs perdit quatre doigts et un œil.

Mrado acheta l'endroit un mois plus tard pour trente mille balles. Comme tombé du ciel.

L'autre vidéoclub se trouvait au centre de Södertälje. L'endroit avait auparavant servi de laverie automatique. L'ancien propriétaire, lui aussi turc, était dans une mauvaise passe. Le hasard le voulait ainsi – Yougoslaves contre Turcs. Les paris favorisaient clairement les Yougoslaves. Le type de la laverie vendit sans rechigner pour vingt mille couronnes. Comme sur des roulettes.

Il fit tout refaire au mois de novembre. Embaucha les Spécialistes de la Démolition à Nälsta SA, l'entreprise de démolition de Rado. D'une pierre deux coups : l'occasion d'avoir un premier poste pour les impôts sur le chiffre d'affaires et une facture légale pour l'entreprise de démolition.

Mrado se débarrassa des films pornos au Vidéo du Karlaplan. Rapporta un nombre incroyable de films pour enfants – un vrai paradis Disney. Vida toute une étagère, la garnit de boîtes à bonbons. Refit le comptoir, de sorte qu'on puisse maintenant acheter des billets de loterie, des journaux et devenir membre. Repeignit tout, accrocha des affiches de publicité pour les derniers DVD pour enfants, donna un coup de neuf à l'endroit, arrangea un coin pour vendre des livres de poche. Le produit fini : le vidéoclub le plus gentil, le plus accueillant pour les enfants de tout Östermalm.

Bonne impression.

Pour la boutique de Södertälje : Mrado vendit les machines à laver à quelques vieilles connaissances, des Syriens. Södertälje était leur Jérusalem. Mrado le savait, il avait fréquenté des Syriens pendant toute son enfance. Parfois il se faisait même inviter à des mariages. Les Syriens : l'un des réseaux les plus denses de Stockholm. Ils avaient la mainmise sur les laveries et les salons de coiffure. Des entrepreneurs. Mrado cultivait ses amitiés. Laveries et salons de coiffure – des activités au moins aussi parfaites pour le blanchiment d'argent que les vidéoclubs. Ces contacts pourraient lui servir un jour.

Au bout de deux mois, les vidéoclubs tournaient à plein régime. L'idée de base était simple : Mrado disposait de quatre cent mille couronnes en espèces. Deux cent mille partaient dans l'achat des entreprises. Les cent mille restants pour chaque entreprise étaient déposés, en petites coupures, sur le compte respectif de chaque entreprise. L'argent suffit pour payer les locaux, les rénovations et l'achat de cassettes vidéo et DVD. Des gars de la salle de musculation assuraient les horaires d'ouverture de 16 heures à 22 heures. Paiement au noir : DDLP – Direct Dans La Poche. Sur le papier, Radovan était à la fois employé et actionnaire. Mrado employé à mi-temps. Tous les deux jours, il mettait du cash sur les comptes des entreprises. Lorsque tout fut lancé, chaque boutique rapportait en réalité cinquante mille couronnes par mois. Selon la comptabilité trafiquée de Mrado – trois cent mille par mois. Après déduction du salaire de Radovan, vingt-cinq mille, et celui de Mrado, vingt mille par mois, d'autres frais, de l'impôt et des charges sociales : environ cent cinquante mille couronnes blanchies par boutique. En résumé : les salaires ainsi que les autres revenus au sein de la boutique – blancs comme neige.

Après avoir traversé le monde des documents dans le cadre de l'activité des vidéoclubs, l'argent des vestiaires ressortait de l'autre côté, moins les impôts : des couronnes honnêtement gagnées. Et le meilleur : si jamais ça partait en couille, ce serait Lindberg qui prendrait la claque. Ni Mrado ni Radovan n'étaient membres de la direction et n'apparaissaient dans aucun registre.

Malgré ce système bien rodé de blanchiment, il avait des soucis. Ce n'était pas assez. Ces derniers mois, ses problèmes d'insomnie s'étaient aggravés. La situation avec Radovan – plus tendue que jamais. Était-ce à cause de ses revendications par rapport aux bénefs des vestiaires ? Le boss des Yougoslaves avait l'air de le snober. Donnait plus de liberté à Goran, pas à Mrado. R avait des projets sans M. Il le savait par Ratko et Bobban. Question : cette affaire de vidéoclubs n'avait-elle pas juste servi à occuper Mrado ? Question numéro deux : qui était Mrado sans Radovan ? Question numéro trois : que pourrait faire Mrado dans sa vie mis à part ça ? Existait-il sans ça ?

Tout avait été mieux avant.

Ratko ne vint pas. Mrado se leva. Régla l'addition. Se dirigea vers le casino. Seul.

Casino Cosmopol : le quartier national des joueurs par excellence. La philosophie de l'hypocrisie maîtrisée à la perfection. Jouer est un péché luthérien, jouer est un gaspillage idiot et néfaste pour la société, jouer mène aux abus – mais rapporte un fric fou à Monsieur le ministre des Finances. Les gens ont besoin de jeux, de pain et d'action. Allez – jouez un peu, c'est juste pour avoir des sensations fortes. Presto, Rapido, Keno, Millionnaire, les paris sur les matchs de foot et les courses hippiques, poker sur Internet, Jack Vegas, et cetera. Les automates Jack et Miss Vegas étaient les pires, ils assuraient cinq milliards à Papa État tous les ans. Poussaient les gens dans le gouffre. Brisaient des ménages. Détruisaient des rêves. La nouvelle maladie de l'État providence, après l'obésité, était la dépendance au jeu. Les chiffres avaient augmenté de soixante-quinze pour cent depuis que les machines Jack Vegas et les casinos avaient été mis en service.

Les videurs du casino saluèrent Mrado d'un hochement de tête. Il passa devant les caisses de l'entrée. Chez les autres, ils contrôlaient la carte d'identité et la comparaient avec la photo dans leur base de données. Quand on venait pour la première fois au casino, on était pris en photo. Mrado n'y était pas soumis – il avait un abonnement annuel. En plus : Mrado était Mrado.

L'endroit était un mélange entre un palais des plaisirs de style victorien bien rénové et un ferry qui assurait le trajet pour la Finlande. Cinq étages. Le rez-de-chaussée particulièrement appétissant. Les plafonds très hauts, quinze mètres. En bois finement peint. Des stucs et des motifs originaux. Quatre lustres géants. Les miroirs aux murs donnaient l'impression que la salle était encore plus grande. Par terre, de la moquette rouge. Huit grandes tables de roulette disposées deux par deux. Entre chaque paire de tables, une petite élévation où un croupier en smoking ou costume trônait dans un fauteuil en cuir noir. Sa tâche : garder un œil sur le jeu, vérifier que personne ne trichait. La mise minimale à la roulette : cinquante couronnes sur un numéro, cinq cents pour les chances simples, la douzaine et le sizain. Un bâton partait facilement en fumée en moins de cinq minutes.

Sinon : cinq tables de Blackjack et de Punto. Deux tables Sic Bo pour les Chinetoques. Des machines Jack et Miss Vegas, des machines à sous et d'autres automates partout.

L'hypocrisie éclata une nouvelle fois au grand jour quand quelqu'un distribua une brochure à Mrado – *Vous avez un problème avec le jeu ? Ce n'est pas une honte. Plus de 300 000 Suédois souffrent de la même dépendance que vous. Mais il existe une issue. Appellez le* CENTRE DE LA DÉPENDANCE. Imagine-toi cette merde : ils distribuaient des brochures contre le jeu alors que, en même temps, on pouvait sans problème retirer cent mille balles au distributeur du casino Cosmopol.

Les Chinetoques représentaient comme toujours au moins un tiers de la clientèle. Sinon, il y avait des Suédois, des vieux bougnoules, des femmes d'âge moyen aux décolletés trop larges, une bande de jeunes et les pros – ceux qui traînaient ici tous les soirs.

Mrado salua quelques visages familiers. Monta au quatrième étage où le vrai jeu avait lieu. Le poker.

Deuxième étage : tapis brun partout, une table de blackjack, quelques roulettes de taille moyenne, d'innombrables machines à sous. Un bar. Mrado se dirigea vers le bar. Salua le barman. Lui demanda comment ça allait. Tout baignait. Frank Sinatra en musique de fond. Il continua son ascension.

Troisième étage : la même chose qu'au deuxième, sans le bar. Dans les escaliers, il tomba sur l'un des gars de la réception de la salle de musculation.

Mrado le salua : « Ça gaze ?

— Vas-y, rends un service à un vieil ami. Emmène-moi au viaduc de Klaraberg et noie-moi. »

Mrado rigola. « T'as encore perdu tout l'argent du ménage ?

— Ouais, putain de merde. C'est complètement fichu, c'est foutu. J'ai jeté trente sacs par la fenêtre ce soir. Y aura pas de vacances cette année. Chuis au bout du rouleau, si j'étais cul-de-jatte je marcherais dans la merde.

— Allez, tu dis ça chaque fois. Du calme, tu vas te refaire.

— Je devrais m'exercer contre les gars de la muscu. Eux, ils ont le même niveau que moi. Tu ne penses pas qu'on devrait se faire une petite soirée poker ? Boire un peu de whisky, fumer un cigare.

— Pas bête comme idée, mais la plupart ne voudront rien savoir de l'alcool. Trop de calories – pas bon pour la ligne.

— Ouais, mais putain, qu'est-ce que je peux faire ? Je n'ai aucune chance contre ces types là-haut.

— Que des grosses pointures ce soir ?

— C'est clair.

— T'as vu Ratko ?

— Non, il n'est pas là. Je ne l'ai pas vu à la muscu aujourd'hui non plus. Tu vas le voir ?

— J'espère qu'il a une bonne excuse. On avait rendez-vous il y a vingt minutes.

— Si je le croise, je lui dirai que t'es là-haut et que t'es furax. Faut que je me tire maintenant, sinon ça va finir en Berezina. »

Mrado se remit à monter les marches. Le gars dans l'escalier était carrément à la limite de devenir accro au jeu. Mrado se demanda ce qui était pire, l'abus de jeu ou l'abus d'anabolisants.

Il ouvrit les battants qui menaient vers l'étage supérieur. Tapis vert. La même couleur que les nappes des tables de poker. Un plafond noir avec des spots discrets. Ici pas de miroirs aux murs – mais les tricheurs se faisaient quand même attraper. Mrado salua tout le monde. Les pros légendaires de Stockholm étaient là : Berra K, Le Joker, Piotr B, Le Major, entre autres. Des hommes qui avaient le même rythme de vie que Mrado. Travaillaient de 10 heures du soir jusqu'à la fermeture du casino à 5 heures. Des gars qui se promenaient toujours avec des liasses de cinquante mille balles. Des génies mathématiques à la marge de la société.

Dans une partie de la pièce, que des machines à sous.

Dans l'autre partie, les tables de poker. Des rubans en velours épais tenaient les curieux et les badauds à distance. Le poker était populaire. Sur un côté de chaque table, au milieu : le dealer de l'État, vêtu d'une chemise blanche, d'une veste en soie rouge et d'un pantalon à pinces noir. L'ambiance était sérieuse, tendue, imprégnée de profonde concentration.

Parmi les tables, il y en avait deux pour les grandes mises. Quelqu'un avait l'air désespéré, il venait peut-être de perdre les économies de son ménage. Un autre rayonnait, il venait peut-être de remporter vingt mille ou trente mille d'un coup. Les autres étaient plongés dans le jeu.

Une place était libre à l'une des tables chères. *No limit* : pas de limites pour les mises, possible de jouer des sommes astronomiques. Environ vingt parties par heure. L'État encaissait cinq pour cent sur les gains. Un plaisir coûteux – rien n'occasionnait autant de pertes.

L'idée de Mrado se basait sur le fait qu'on avait le droit de recevoir une quittance pour tous les gains qui dépassaient les vingt mille couronnes, de l'argent pur. Mrado n'était pas le meilleur joueur au monde, mais parfois il avait du bol. Dans ce cas : miser beaucoup. Ce soir, ses chances étaient maigres – que des excellents joueurs autour de la table. Mais d'un autre côté, les mises augmenteraient, il pourrait éventuellement blanchir une plus grosse somme. Avec un peu de chance, il pourrait peut-être blanchir cent mille balles. Sa stratégie : jouer serré. Miser seulement s'il avait une bonne main. La tactique prudente, la moins risquée.

Il prit place à la table.

Le jeu : Texas Hold'em. Super à la page depuis que Canal 5 avait commencé à diffuser des compétitions américaines. Ça attirait plein de blancs-becs aux tables de poker, bien que ce soit la variante la plus dure du poker. Rapide, beaucoup de parties en une heure, un maximum de chances de gagner. Les mises plus hautes qu'au Omaha ou au Seven Card et plus de joueurs autour de la table. Pas de cartes retournées sauf les cinq au milieu. Le jeu où l'on pouvait gagner vite et beaucoup.

Ce soir, apparemment, que des habitués autour de la table.

Bernhard Kaitkinen, plus connu sous le nom de Berra K. Encore plus connu comme l'homme ayant la plus longue de Stockholm, ce qu'il n'oubliait jamais de mentionner – Berra et le Boa. Toujours vêtu d'un costume clair comme s'il était au casino de Monte-Carlo. Il était sorti avec la plupart des dames de la haute société stockholmoise : Susanna Roos, la rédactrice en chef du magazine *Svensk Damtidning*, Charlotte Ramstedt, entre autres. Berra K : frimeur, charmeur, gentleman. Avant tout : joueur de poker phénoménal.

Mrado connaissait ses astuces. Le mec palabrait toujours sur des trucs qui n'avaient rien à voir, créait de la distraction, affichait une « poker face » particulière en tchatchant sans interruption.

Piotr Biekowski : un Polonais blême. Champion du monde de backgammon quelques années auparavant. S'était mis au poker – plus de fric en jeu. Vêtu d'une veste foncée et d'un pantalon noir. Une chemise froissée, deux boutons ouverts en haut. Un style nerveux, incertain. Soupirait, se tortillait sur sa chaise, le regard fuyant. Un nouveau au casino pouvait se faire avoir. Mais pas Mrado, il savait : ne mise jamais trop haut contre Piotr – le meilleur moyen de vider ton portefeuille.

En face de Mrado : un jeune gars avec des lunettes de soleil que Mrado ne reconnaissait pas. Mrado le fixa. Il se croyait à Las Vegas ou quoi ?

Mrado commença en tant que surblinder – mille balles que quelqu'un, comme Mrado dans la situation présente, devait introduire pour pousser le jeu. Tout le monde devait miser au moins la même somme pour rester en jeu.

Piotr était le blinder – cinq cents couronnes.

Le donneur distribuait les cartes.

La main de Mrado : 5 de cœur et 6 de cœur.

Le Flop n'était pas encore venu.

Berra K fut le premier à agir, il dit : « Ces cartes me rappellent une partie que j'ai jouée sur un bateau près de Sandhamn l'été dernier. On a été obligés d'arrêter parce qu'un putain d'orage a éclaté. »

Mrado ignora ce baratin absurde.

Berra K passa.

Les lunettes de soleil suivirent en mettant un bâton.

Piotr relança de cinq cents, un niveau plus haut avec le surblinder.

Mrado regarda une nouvelle fois ses cartes. Sa main était assez merdique, mais quand même – une suite, des cartes de la même couleur qui se suivaient, pourquoi pas continuer un tour. Il réfléchit vite, puis suivit.

Le Flop : les trois premières cartes sur le board, 7 de cœur, 6 de trèfle, as de pique. Rien de mirobolant contre sa main. Une petite chance restait pour la couleur. Piotr se mit à geindre – son style.

Mrado, contraint de se remuer un peu les méninges. Le jeu était important. Piotr bluffait peut-être, voulait peut-être faire monter les enchères en se lamentant, en soupirant et en gémissant. Dans ce cas Mrado devrait passer, malgré ses chances d'avoir une suite ou la même couleur. Il s'était juré de ne pas prendre de risque.

Il abandonna, les enchères continuèrent sans lui.

Les lunettes de soleil scrutèrent le board. Relançèrent de quatre mille. Pas mal. Peut-être une de ces nouvelles stars qui avaient tout appris sur Internet. Mais le jeu en vrai, c'était autre chose.

The Turn : la quatrième carte sur le board. Un 7 de carreau.

Piotr le premier à relancer. Quinze bâtons.

Les lunettes de soleil enchérirent de trente mille. Doublèrent la mise, grave de chez grave.

Tous les yeux rivés sur Piotr. Mrado le savait : le Polonais pouvait avoir un brelan, à la limite même un full. Mais également possible : le gars pouvait bluffer comme un dément.

Piotr avança son tas de jetons – *all in*, cent mille couronnes. Un murmure d'étonnement parcourut les spectateurs autour de la table.

Les lunettes de soleil se raclèrent la gorge. Tripotèrent les jetons.

Mrado dévisagea Piotr. Il en eut confirmation, le Polonais bluffait – une petite étincelle rapide dans ses yeux le trahit. Leurs regards se croisèrent. Piotr vit que Mrado savait.

Les lunettes de soleil ne remarquaient rien. L'angoisse face à l'offensive.

Il abandonna.

The River : la dernière carte étalée sur la table – n'apparut jamais.

Mrado pensa : le Polonais joue gros ce soir. Mise beaucoup sur rien.

Temps pour le prochain coup.

Le jeu continua.

Carte par carte.

Mrado se réfrénait.

Piotr jouait agressif. Berra K parlait de nanas. Créait de la distraction. Les lunettes de soleil essayaient de récupérer ce qu'il venait de perdre.

Au bout de vingt-cinq tours : la main de Mrado – the big slick de cœur. Le classique dans le monde du poker : as et roi. T'as la chance d'avoir les meilleures cartes possibles, la quinte flush. Et pourtant tu n'as rien. Binaire : si ça marche, tu casses la baraque. Si ça foire, t'es dans la merde.

Une goutte de sueur solitaire sur le front de Mrado. Peut-être sa chance. Jusque-là, il avait été prudent. Piotr, Berra K et les lunettes de soleil ne croiraient pas qu'il allait miser sur rien. D'un autre côté ça pouvait être une feinte. On joue serré, on trompe tout le monde, on leur fait croire qu'on ne risque jamais rien. Ensuite on bluffe de manière grandiose.

La meilleure main de la soirée. Il prit une décision, pour laver l'argent de ses entreprises, pour sauver la situation avec Radovan – il miserait gros.

La goutte de sueur s'enfonça dans le sourcil de Mrado. Si près d'un *royal straight* et tout de même loin des billets de mille.

Il fit tourner un jeton entre ses doigts.

Il se dit : je fonce.

Il avança cinq bâtons.

Berra K le scruta. Cinq bâtons. Beaucoup.

Les lunettes de soleil passèrent. Il fallait être fou pour rester dans un jeu aussi agressif sans vraiment avoir quelque chose.

Piotr, avec le surblinder, relança. Augmenta la mise. Vingt-cinq mille en tout. Dingue.

Berra K, Mrado et Piotr avaient tous un montant d'argent fou devant eux.

Mrado réfléchit : à présent, ça passe ou ça casse. Il connaissait ses chances, sa main faisait partie des dix meilleures mains qu'on peut avoir dans ce jeu.

Du coin de l'œil, il observa Piotr. N'y avait-il pas la même étincelle dans ses yeux que lors du premier tour où le Polonais avait bluffé ? La même impression. Piotr n'avait rien. Mrado sûr – le Polonais tentait son coup – mais ce serait à Mrado de ramener la charrette pleine.

Il suivit. Vingt dans le pot.

Berra K se mit à baratiner. Parla d'autres parties de ouf et que c'était la plus folle qu'il ait jamais vue. Puis il passa. Pas inattendu.

Mrado contre Piotr, en attendant les premières cartes renversées sur la table.

Les lunettes de soleil enlevèrent leurs verres, même Berra K cessa de tchatcher. Silence autour du board.

Le flop découvrit l'as de trèfle, le 2 de carreau et la dame de cœur.

Piotr relança avec quinze mille. Peut-être pour prendre le pouls de Mrado. L'enjeu : putain de haut.

Mrado avait en tout cas une paire d'as, la meilleure paire possible. En cas d'égalité, son roi ferait un excellent kicker. Et toujours la possibilité d'avoir une quinte flush. Il relança. Misa quinze mille. Dévisagea Piotr.

Il allait pulvériser ce putain de Polonais.

The Turn : valet de cœur. Bon sang. Toujours la possibilité d'avoir une quinte flush. Il n'allait pas se coucher maintenant. En plus, il en était de plus en plus certain : le Polonais n'avait rien à contrer. Le type bluffait comme un dingue.

Fou de chez fou.

Piotr relança de trente mille supplémentaires.

Mrado crut de nouveau apercevoir cette étincelle.

Il saisit l'occasion – misa *all in*, tout ce qu'il avait devant lui, cent vingt mille balles. Tous ses jetons sur le board. Pria Dieu qu'il ait bien vu, que Piotr tente un bluff.

Piotr sourcilla.

Le donneur sentait la tension autour de la table. Mrado et Piotr retournèrent leurs cartes.

Tout le monde autour de la table se pencha en avant pour voir.

Mrado : presque la quinte flush. Il ne manquait que le 10 de cœur.

Piotr : brelan d'as.

Le cœur de Mrado faillit s'arrêter. Ce diable de Polonais n'avait pas bluffé cette fois-ci. L'étincelle dans ses yeux avait exprimé autre chose – peut-être le triomphe. Il ne restait qu'une seule chance à Mrado, il fallait que *the river* soit le 10 de cœur.

Le donneur tripota le *river*. Piotr s'agita nerveusement sur son fauteuil. Tous les autres joueurs dans la salle se levèrent, ils sentaient que quelque chose de grand était en train de se passer à cette table. Si Mrado gagnait, il rentrerait avec plus de trois cents bâtons.

Le donneur posa la carte : 3 de trèfle.

Mrado était mort.

Le gagnant : Piotr. Brelan. Tout le pot. Mrado avait brûlé cent soixante mille d'un coup. Félicitations.

Mrado entendit sa propre respiration. Dans le brouillard, pris de vertige. Envie de vomir.

Il sentit son cœur battre. Des battements rapides, tristes.

Piotr entassa les jetons. Les fit glisser dans un sachet en tissu.

Il se leva. Quitta la table.

Quelqu'un cria le nom de Mrado. De l'autre côté de la barrière en velours il y avait Ratko. Plus de cinquante minutes après l'heure convenue. Mrado fit un signe de tête en sa direction. Se retourna vers la table de poker.

Il resta assis, comme abasourdi. Il avait le front brûlant. Il transpirait.

Finalement le donneur s'adressa à lui, demanda : « Voulez-vous participer au prochain jeu ? » Mrado savait qu'une catastrophe venait de s'abattre sur lui. Pour le donneur il ne s'agissait que de lui demander quand il pourrait reprendre le jeu.

Mrado se leva. Partit.

Bobban disait toujours : ça va vite au hockey. Mrado le savait – ça va encore plus vite au Texas Hold'em. Il avait brûlé plus de cent soixante mille balles en une heure et demie. Décidément pas sa soirée. Il aurait dû comprendre : des types trop rodés autour de la table.

Ratko se tenait devant une machine à sous, le dos tourné vers la table de poker, et alimentait l'appareil de pièces de vingt couronnes.

Mrado lui tapa sur l'épaule : « T'es en retard.

— Moi en retard ? Toi, tu as joué pendant presque une heure. Tu m'as fait attendre.

— Mais c'est toi qui étais en retard. On avait dit 10 heures.

— Désolé. Ça a été ? »

Mrado silencieux.

Ratko répéta sa question. « Ça a merdé ?

— Écoute, ça a tellement foiré que je me demande si je ne vais pas me jeter du viaduc de Klaraberg.

— Désolé. »

Mrado observa Ratko jouer à la machine à sous. Il était foutu. N'aurait pas dû jouer en étant tellement fatigué. Tout le fric des vidéoclubs. Cette histoire ne devait pas sortir de cette salle.

Putain.

Ratko enfonça une dernière pièce. Appuya sur le bouton. Les symboles virevoltèrent.

La tête de Mrado virevoltait encore plus.

28

Back in business. Le feeling l'habitait : J-boy, le gangster le plus méchant de la ville. *El choro*. Renaître de ses cendres et se jeter dans le feu. Il s'était relevé alors qu'ils le croyaient K-O.

Sa vie naviguait entre la haine – qui n'était que justice – et le trafic de coke à haut niveau. La haine : contre Radovan & Compagnie. Contre ceux qui l'avaient réduit en bouillie. La vente de coke : le boulot pour Abdulkarim.

Mais Jorge était un homme de projets. Arriverait à détruire l'empire de Radovan une bonne fois pour toutes. Il ferait en sorte que ces mafiosi yougoslaves soient enterrés ou mis en cabane pour toujours. Il lui fallait juste plus d'infos et plus de temps pour réfléchir.

L'heure de R allait sonner. Jorgelito en était sûr de chez sûr.

Flash-back.

Jorge s'était remis étonnamment vite. D'abord, lorsque JW l'avait retrouvé à moitié mort dans la forêt, il n'avait rien capté. Qui, pour l'amour de Dieu, était ce gars d'Östermalm ? Il arrêtait pas de parler d'un nouveau marché, de l'expansion du secteur de la coke. Voulait-il être de la partie ?

Quinze minutes d'explications au Latino hors service.

Jorge n'y prêta guère d'attention.

JW lui promit qu'une voiture arriverait. Et qu'il lui procurerait des cachets antidouleur.

Jorge lui dit de se barrer.

JW descendit sur la route.

Jorge resta allongé tout seul. Un simple mouvement d'un millimètre suffisait à lui causer des douleurs inhumaines. Le froid envahit ses membres. Jorge en train de tomber dans les pommes. De disparaître. Mais les questions le frappaient plus que ses maux de tête : ces Yougoslaves allaient-ils s'en prendre à Paola ? Allaient-ils le laisser tranquille maintenant ? Devrait-il quitter le pays tout de suite ? Dans ce cas, quelles étaient ses chances ? Pas d'argent, pas de passeport, pas de contacts. En d'autres termes : les mêmes chances de survie qu'un petit péteux rabougri à Österåker.

Il faisait de plus en plus sombre dans la forêt. Le temps se gâtait. Les troncs d'arbres noircissaient. Les branches penchaient vers le sol.

Le sentiment d'avoir les jambes et les bras cassés. Comme si son dos avait été déchiré. Comme si on lui avait percé un nouveau trou du cul à côté du premier – l'étrange symétrie de la nature accomplie : deux yeux, deux oreilles, deux narines, deux bras et deux jambes. Et à présent, deux trous du cul.

Il tenta de dormir. Rien à faire.

Il avait froid.

La définition de l'éternité : une heure et demie de Jorge à attendre dans la forêt que JW apparaisse à nouveau. Accompagné d'un grand gars, un gorille. Ils le soulevèrent. Jorge crut mourir pour la deuxième fois en l'espace de quatre heures. La peste ou le choléra. D'abord se faire tabasser à mort par un Yougoslave dingue – ensuite se faire secouer à mort sur le dos d'un géant libanais.

Une Mazda blanche, un break, attendait sur la route. Dans le coffre, un brancard rembourré. Ils l'attachèrent dessus. Un homme au physique nordique, que Jorge prit pour un véritable urgentiste, lui injecta une dose de morphine. Il commença à somnoler. Rêva de sachets pleins de nourriture capables de marcher tout seuls.

Fragments de souvenirs.

Il se réveilla dans une pièce froide. Confus. En sécurité, mais avec l'angoisse d'avoir atterri dans un hôpital. Être soigné et en même temps être démasqué – retourner dans sa cellule à Österåker. Puis vint la douleur. Il hurla.

Un grand homme dans la pièce, le même qui l'avait porté jusqu'au break. Polo et jean bleu foncé. Jorge comprit qu'il n'était pas à l'hôpital. Quelque chose dans l'apparence de l'homme lui signalait le contraire – un visage pareil ne collait pas avec le monde hospitalier. Ces traits sombres, brutaux. Ces cicatrices, ces fourches qui dévastaient une partie du visage.

L'homme sourit, une dent en or scintilla parmi ses incisives supérieures. Voilà peut-être le signe décisif qui finit par le convaincre : une personne travaillant dans un hôpital ne sourit pas en dévoilant ostensiblement une incisive dorée.

L'homme, Fahdi, sourit : « *Allah Akhbar*, tu es vivant ! »

Quelques jours plus tard. Il se réveilla. Quelqu'un lavait son bras, il était verdâtre. Sur l'un des bras et sur sa cuisse gauche : des écorchures en train de cicatriser. Amélioration. Il n'était plus un schtroumpf – il était le géant vert.

Le type qui lavait son bras se présenta sous le nom de Petter et dit : « Tu vas te remettre, mec. »

Jorge laissa retomber son bras sur le lit. Le type saisit un verre rempli d'une boisson rouge. Une paille se trouvait dans le verre. Il la mit devant la bouche de Jorge. Jorge aspira. Un goût de jus de framboise.

Le type sortit. Jorge fixa le mur. Les rideaux étaient tirés. Y avait-il une fenêtre derrière ? Il tenta de tourner la tête. Trop douloureux.

Il resta sans bouger. Se rendormit.

Rêves sous l'emprise de la morphine : Jorge longeait un sentier sombre en compagnie de Paola. Un haut mur de pierre vert courait le long du sentier. Des réverbères l'illuminaient çà et là. Du bitume mou. Les pieds de Jorge s'enfoncèrent. Formèrent des traces dans cette masse caillouteuse, tiède. Il pensa : si je me mettais à courir maintenant, à quelle vitesse pourrais-je aller ? Sa sœur se tourna vers lui : « Mon prince, veux-tu jouer à la guerre avec moi ? » Jorge tenta de soulever son pied. Difficile. La masse de bitume lui collait à la plante des pieds. Noire, grosse. Lourde.

Quelques nuits plus tard : Paola dansait un twist – des cabrioles. Deux cordes. En fait, deux draps entortillés. Deux copines à elle tenaient les cordes. Paola : huit ans. Jorge courut en direction des cordes. Trébucha. Tomba. Mais là : un énorme tapis comme pour le saut en hauteur. Sa chute fut amortie. Il fit des culbutes. N'arrivait pas à se relever. Le tapis trop mou. Comme des sables mouvants. Il s'enfonça. Tenta de prendre appui sur ses mains, ses coudes, ses genoux. Paola rit. Les filles rirent. Jorge pleurait.

Plus tard : le type qui l'avait lavé auparavant, Petter, était assis sur le rebord du lit. Lui dit que tout irait bien. Que Jorge allait être tellement beau. Le plus beau.

Jorge n'eut pas la force de lui demander ce qu'il prévoyait de faire.

Une lumière forte l'aveugla.

Il détourna la tête. Ferma les yeux.

Sentit instinctivement que quelqu'un s'approchait de son visage.

Un homme qu'il n'avait encore jamais vu enduit son nez d'un produit.

Tout d'un coup : une douleur inouïe.

Hurlements.

Une douleur comme si on lui arrachait le nez.

Il essaya de se mettre debout.

L'homme l'en empêcha.

Lui fit boire quelque chose.

Il se rendormit.

Quelqu'un le secoua. « Réveille-toi, mon pote. Tu as assez dormi pour aujourd'hui. » Jorge leva les yeux. Un homme aux cheveux noirs. Peut-être trente ans. Costard. Une chemise à col large. Déboutonnée en haut. Sur la tête, une casquette blanche Craig David. « Ouvre bien les yeux. »

Jorge le fixa en silence.

« C'est moi, Abdulkarim. La chance de ta vie terrestre. Ton boss. »

Jorge confus.

« Ça fait trois semaines que t'es ici. Tu finiras par devenir accro à la morphine si tu retrouves pas la forme. Et tu l'as, maintenant, la forme. Il n'y a aucun doute. Lève les bras. »

Jorge leva ses bras. Jaunes en haut près des épaules, mais sinon OK.

« T'as l'air bien rétabli, mon pote. Allah est grand. »

Abdulkarim tenait un miroir dans la main.

Jorge vit son reflet : un homme barbu, mince, aux cheveux foncés, peut-être vingt-cinq ans, sourcils foncés, nez épais, presque celui d'un pitbull, la peau olive.

Une variante de Jorge.

Il ricana. En même temps, il était inquiet. D'un côté, c'était sa chance – Abdulkarim, Dieu sait qui c'était – l'avait bien arrangé. Lui avait passé une nouvelle sorte d'autobronzant, puis fait friser et teindre ses cheveux. Mieux qu'il ne l'avait fait lui-même auparavant. En plus, il avait perdu du poids.

Mais surtout – il n'avait plus le même nez.

« Qu'est-ce que vous avez fait avec mon nez ? »

Abdulkarim éclata de rire : « Il était cassé en deux, mon pote. On a ramené un gars qui te l'a soigné. J'espère que ça ne t'a pas fait trop mal. Je trouve qu'il est plus joli comme ça. Un peu plat peut-être, mais plus cool. »

Jorge, c'était Nikita : ramassé dans la rue. Au réveil : maquillé et soigné pour devenir leur nouveau supersoldat. Suite de l'histoire ?

Abdulkarim continua son bla-bla.

« Ils t'ont bien massacré. T'avais l'air d'un pauvre tas de merde quand on t'a trouvé. Là, t'es devenu Hulk, quoi. Moucheté de vert. Dommage que t'aies pas son pouvoir. »

Jorge se retourna sur le lit.

Abdulkarim tenta de blaguer. « C'est des sales porcs. Ils t'ont baisé aussi ? Qui a fait la femme ? »

Jorge s'endormit.

Tout s'était passé si vite. Il s'était presque entièrement remis du rude traitement que lui avaient infligé Mrado et Ratko. Seuls vestiges : la cicatrice dans le dos et la douleur dans un bras. On lui offrait la chance de rester en Suède et de gagner des *pesos*. Le fait que son nez ait été foutu puis réparé par les gars d'Abdulkarim pouvait être un avantage. Il était maintenant de travers, plus large aussi. Ça changeait encore plus son apparence.

Suffisamment de temps s'était écoulé depuis son évasion. Sa photo ne faisait plus partie des cent premières photos qui s'affichaient sur l'écran des poulets quand on demandait la liste des personnes recherchées. Avec sa nouvelle physionomie, l'argent de l'Arabe et un peu de soutien, Jorge avait une réelle chance de s'en tirer.

Il savait bien pourquoi son profil convenait parfaitement à Abdulkarim – sa connaissance du business de la coke, mêlée à la dépendance et la gratitude envers l'Arabe feraient de lui l'un des chiens les plus fidèles de la meute d'Abdul.

Le business-plan élaboré par Abdulkarim fonctionnait exactement comme il l'avait expliqué à JW. La banlieue était mûre pour l'infiltration de la coke. Jorge kiffait le projet. Lui-même avait eu des idées semblables à Österåker.

Pendant quelques jours en novembre, Jorge et JW créchèrent dans l'appartement de Fahdi pour élaborer une stratégie. Abdulkarim passait de temps en temps afin de fixer le cadre général. De combien de coke auraient-ils besoin pour le mois de janvier ? Par quelle partie de la banlieue pensaient-ils commencer ? Jorge balançait des noms. Les personnes qu'il fallait contacter. Les dealers qu'il fallait prendre sous leurs ailes. Les gens qu'il fallait consulter. Fahdi les approvisionnait en pizzas et en Coca.

Abdulkarim enfourchait sans cesse son dada, l'importation. Ils devaient importer plus. Mieux structurer la contrebande.

Jorge leur apprenait tout ce qu'il savait. Le gars d'Östermalm, JW, absorbait les infos comme un élève de troisième absorbait la bière à la fête de fin d'année. D'après Abdulkarim, le gars avait la technique pour vendre aux gens du Stureplan. Jorge comme instance supérieure de savoir. Malgré tout, JW se la jouait grand monde. Putain de snob. Jorge n'aimait pas son style.

Abdulkarim était chelou mais réglo. Dans une phrase, il remerciait Allah, et dans la suivante il parlait business. Un soir chez Fahdi, il avait dit : « Jorge, est-ce que je peux te poser une question sérieuse ? » Jorge avait fait oui de la tête. Abdul avait continué : « T'es de quelle religion ? » Jorge avait secoué la tête. « Ma mère est catholique. Je crois en Tupac. Il est vivant. » Avait essayé de blaguer. Tous les mecs de la cité connaissaient Tupac. L'Arabe avait répondu : « Tu sais, c'est la guerre. Il faut que tu choisisses ton camp. Crois-tu que tous les Suédois vont t'accepter juste parce que t'as du flouze ? Allah peut te montrer le chemin. »

JW lui dit que l'Arabe n'avait pas toujours été comme ça. À l'époque, il se bornait à parler coke. Allah était définitivement un nouveau joueur sur le terrain.

Fin novembre, Jorge osa pour la première fois ressortir dans la rue. Au début, il était carrément parano. Il se retournait tous les trois pas, les flics et les Yougoslaves le hantaient dans ses cauchemars. Il squattait chez Fahdi. Chaque fois que le Libanais rentrait la nuit, Jorge se réveillait en sursautant, croyant que c'était les condés, la fin pour lui. Au bout de quelques secondes, le bruit des films pornos le calmait. Il comprenait qu'il avait un physique différent à présent. Plus mince. Plus noir. Avec le nez plus de travers.

Il allait régulièrement au solarium. Continuait de se faire des permanentes. Tentait d'apprendre à utiliser une paire de lentilles de contact qu'Abdulkarim lui avait filée. Son allure devenait plus fluide de jour en jour, il faisait de son mieux pour marcher comme un *gangsta*.

Il lui fallait un appart à lui.

Jorge contacta Sergio et le remercia pour son aide. Il le loua, le bénit. Lui dit que tout allait bien, mais qu'ils ne pourraient pas se voir pendant un certain temps. Sergio, compréhensif, lui raconta : ses doigts cassés étaient toujours raides. Sa copine avait toujours des crises d'angoisse.

La haine de Jorge envers les Yougoslaves en fut ravivée.

D'un portable à carte qu'il avait reçu d'Abdulkarim il envoya un SMS à Paola : « En vie, vais bien. Et toi ? Ne te fais pas de soucis. Passe le bonjour à maman ! Bisous/J. »

Deux gars, Petter, le Suédois qui s'était occupé de lui, et Mehmed, un Tunisien, devenaient les C-assistants de Jorge. Ils allaient voir des gens à Sollentuna sur les ordres de Jorge. Ils distribuaient des grammes aux bonnes personnes. Revendaient. Jorge, lui, travaillait sur d'autres secteurs. Là où son visage, même s'il en avait un nouveau, n'avait encore jamais été vu.

Ça marchait à fond. En janvier, ils en vendirent pour quatre cent mille couronnes brut. Après déduction du prix d'achat et de la part d'Abdulkarim : cent cinquante mille à partager entre Jorge, Petter et Mehmed. La vie était cool. Jorge royal – Jorgius Maximus.

Une pensée qui lui traversait souvent l'esprit, mais qu'il n'avait pas le temps de développer : était-ce son destin ? Un type moyen d'un ghetto de Stockholm n'avait-il pas d'autre choix que de dealer de la coke ? Son parcours était-il déjà tout tracé quand sa mère avait décidé de quitter le Chili pour tenter de devenir une citoyenne normale dans un nouveau pays ? Comme de se rendre compte qu'on avait pris le métro dans le mauvais sens. Rien à faire. On ne pouvait pas sauter du train. Que se passait-il lorsqu'on tirait le signal d'alarme ? Enfant, Jorge l'avait souvent pratiqué en compagnie de ses potes. Ce putain de train ne s'arrêtait pas au milieu du trajet comme on pouvait le croire – non, il continuait d'abord jusqu'à la prochaine station pour s'arrêter là-bas. À quoi servait une sonnette d'alarme si l'on était quand même contraint d'aller là où on ne voulait pas aller ?

Les projets d'avenir de Jorge étaient bouleversés. Quitter le pays le plus vite possible n'était plus à l'ordre du jour. Envoyer Radovan derrière les barreaux était devenu sa priorité absolue. Et là, il avait encore un bon bout de chemin devant lui. De par son passé, il savait pas mal de choses sur le trafic de coke pratiqué par Monsieur R – mais pas assez. Radovan avait dû croire que J-boy avait beaucoup plus d'éléments contre lui. Pourquoi lui coller Mrado et Ratko aux trousses sinon ? Jorge avait besoin d'en savoir plus, d'amasser de lourdes preuves afin de descendre Radovan direct.

Assez pour ne pas mettre Paola en danger.

Assez pour assouvir sa haine.

Le projet d'Abdulkarim prenait du temps. Il fallait implanter le business de la coke dans la banlieue Ouest et dans quelques sites au sud, à Bredäng, Hägerstensåsen, Fruängen. En plus, il était en train de préparer, de prévoir une assez grande importation de neige. Peut-être direct du Brésil.

La vie en liberté ne lui laissait pas une minute de libre.

29

SJ[1] – *le voyage intérieur.* JW en route pour Robertsfors.

Rentrait-il chez lui ? Ou s'éloignait-il de chez lui ? Avait-il un chez-lui ? Les apparts des gars, les toilettes du Kharma où il concluait les C-affaires, son studio chez Mme Reuterskiöld ou à Robertsfors – chez papa et maman ?

Il écoutait de la musique téléchargée : Coldplay, the Sadies et d'autres groupes de pop, tout en mangeant des bonbons en gélatine. Éternelle énigme : Y avait-il une différence de goût entre les blancs, les rouges et les verts ? Il les goûta les yeux fermés.

Il faisait sombre dehors. Il voyait le reflet de son visage dans la vitre.

Le pied pour un narcissique comme moi.

Le wagon était presque vide. L'un des avantages d'être étudiant était qu'il pouvait prendre n'importe quel train pendant la semaine. Bien sûr qu'il aurait de toute façon eu les moyens de prendre n'importe quel train ou avion, peu importe le prix, ou presque. Mais ce n'était pas la peine – ç'aurait été bête d'éveiller les soupçons des parents.

En fait, il devait bosser pour la fac. Faire une dissertation de macro-économie sur les relations entre le taux d'intérêt, l'inflation et le taux de change. Il gardait son portable allumé sur ses genoux. Mais les mouvements du train le faisaient somnoler. Il se sentait fatigué.

Il ferma son ordinateur. S'empiffra de bonbons et ferma les yeux. Tout en mâchant, il repensa aux mois qui venaient de s'écouler.

1. Société des chemins de fer suédois. *(N.d.T.)*

Environ quatre mois plus tôt, il avait trouvé Jorge dans la forêt. Depuis ce jour, il avait consacré la majeure partie de son temps à l'expansion du business de la coke. JW et Jorge, les responsables du projet, chacun dans son domaine. La thune coulait à flots, en moyenne cent mille par mois. Bientôt il s'achèterait sa BMW cash, et peut-être un appart. Fallait juste blanchir le fric d'abord.

Ses études en souffraient. Il réussissait tout juste ses examens. Était-il en train de faillir à sa promesse ? Le point positif était qu'il commençait à se faire un nom dans la jungle du Stureplan. Tous ceux qui s'intéressaient à la neige le connaissaient. JW suivait le conseil d'Abdulkarim : faire gaffe à qui il donnait son numéro de portable. Il ne fallait pas rendre les choses trop faciles. Les gens pouvaient l'appeler et laisser un message sur le répondeur. JW les rappelait, vérifiait leur background, puis dictait ses règles. Il jouait selon la stratégie de l'Arabe – avec précaution.

Il fréquentait les gars. Voyait de plus en plus de Jet-set Carl, et d'autres connaissances, des gens qui avaient grandi à Bromma, Saltsjöbaden et à Lidingö. Dans Djursholm. Parenthèse importante : les donneurs de leçons croyaient qu'on disait *à* Djursholm, pas *dans*, alors que ceux qui savaient vraiment disaient exactement le contraire. Ces gens-là avaient des contacts et du flouze : des fêtards, des sniffeurs de coke – surtout des clients.

JW entrait en contact avec la noblesse. Le top du glamour. Les gosses du cercle très fermé des propriétaires terriens. Bringues déchaînées chez les familles de la haute. La vente de C y trouvait son compte. Une arène particulière où les billets d'entrée coûtaient cher.

Il voyait Sophie deux à trois fois par semaine. De temps à autre ils sortaient dîner, boire un verre ou faire une promenade.

Le problème selon JW : leur relation stagnait. C'était comme s'ils jouaient toujours un jeu. Elle ne l'appelait pas pendant plusieurs jours. JW ne la rappelait pas non plus. Ils attendaient. Faisaient semblant de bouder.

Quand il était sobre, le sexe était une cata totale. Pénible. JW grave nerveux. Terminé au bout de dix secondes. Tout au plus. Il essayait de faire en sorte de partir dans un trip au moment de faire l'amour avec elle. Ça marchait mieux.

Au bout de quelques mois leur relation devint plus stable. Il passait la nuit chez Sophie plusieurs fois par semaine. Il restait cependant une sorte de distance entre eux. Parfois, sans que JW comprenne pourquoi, elle n'avait pas envie de le voir. Dès que ces périodes devenaient un peu longues, elle lui manquait beaucoup.

Rien à dire sur ce Jorge, pas le genre de JW, mais OK. Le Chilien s'y connaissait incroyablement en matière de coke. JW tentait de s'approprier les informations, le savoir-faire et les combines.

Le train entra en gare à Hudiksvall. JW laissa errer son regard par la fenêtre. De l'autre côté du quai, on voyait un lac. Il était presque arrivé.

Trois jours auparavant, Abdulkarim l'avait appelé. Sa voix avait trahi une légère excitation : « JW, il se passe un truc de ouf là.

— Je suis tout ouïe, Abdulkarim. Raconte.

— On va à Londres. Organiser l'importation du siècle.

— Ah ! Comment ça ? Ton boss secret te le permet ? » JW se sentait de plus en plus sûr de lui face à Abdulkarim – il osait presque le vanner.

« Tranquille *habibi*, mon boss est avec moi. Un gros truc, tu captes. Beaucoup plus que toutes les autres importations. On va directement contacter les fournisseurs. Quel putain de pied, *inch Allah !* Il faut que tu nous réserves des billets. Toi, moi et Fahdi. On y restera environ cinq jours. Faut qu'on soit là-bas le 6 mars. Occupe-toi des chambres d'hôtel, j'en veux une belle. Grouille-toi de trouver des boîtes sympas. Achète une arme pour Fahdi. Organise-moi ce voyage à Londres. Tu es des nôtres, mon pote ? »

JW manquait péter les plombs chaque fois qu'Abdulkarim employait le mot pote. Mais se moquer de l'Arabe, ça, il osait quand même pas. Il préféra savourer l'offre.

« Bien sûr. Je serai ton tour operator. Mais je dois juste vérifier mon agenda, il se peut que j'aie des examens et ce genre de choses. Et où est-ce que je peux me procurer une arme ?

— Non, pas question de “vérifier ton agenda”. On doit être là-bas le 6. Parle à Jorge en ce qui concerne l'arme. Et, mon pote, je veux aussi voir les coins touristiques de Londres. Big Ben, Beckham et tout ça. »

À l'entendre, ça promettait d'être passionnant. Alléchant. Abdulkarim et lui en avaient déjà beaucoup discuté – il leur fallait encore baisser le prix d'achat afin de pouvoir augmenter la quantité importée. Trouver de nouveaux moyens de passer les frontières. Il avait prévu de se mettre à l'organisation du voyage après sa visite à Robertsfors.

La seule chose qu'il avait déjà vérifiée était le moyen de se procurer une arme à Londres. Jorge connaissait un gars qui avait été en prison en Angleterre. Ils l'avaient contacté. Ensuite, ils avaient contacté ses contacts. Promis une récompense de deux mille livres. Envoyé une avance de cinq mille livres *via* Money Transfer. Convenu d'un lieu pour la remise de l'objet. Un pistolet yougoslave, un Zastava M 57, 7,63 mm, leur serait confié à la station de métro Euston Square, le 7 mars à midi.

C'était, définitivement, l'ascension de JW. Il ne se sentait plus à la perspective de pouvoir négocier directement avec les gros calibres. D'être invité dans le carré VIP du secteur de la coke.

Seule une chose l'inquiétait : JW avait remarqué qu'Abdulkarim était en train de changer. Il parlait de plus en plus islam et politique mondiale. S'était mis à porter un couvre-chef musulman. Se référait sans cesse au dernier sermon du vendredi à la mosquée. Louait Mahomet toutes les trois phrases, avait arrêté de boire de l'alcool et se plaignait de la suprématie des États-Unis sur le monde. Selon JW, l'Arabe creusait sa propre tombe. Il n'y avait qu'une seule loyauté – le business. Rien d'autre ne devait avoir la priorité – pas même Dieu.

JW n'avait pas vu ses parents depuis l'été dernier. Ils s'étaient rarement parlé depuis. Un appel de maman Margareta une fois toutes les deux semaines, voilà tout. Ses questions récurrentes lui tapaient sur les nerfs. Comment vont les études ? Quand est-ce que tu viens nous voir, nous et grand-maman ? Toujours les mêmes réponses chiantes : les études vont bien, je passe tous les examens sans problème. Je n'ai pas le temps de venir, il faut que je fasse le taxi pour gagner de quoi vivre. Mais non, maman, ce n'est pas dangereux.

Amour et mauvaise conscience mélangés. La voix de Margareta trahissait la peur. Cette crainte qu'il lui arrive quelque chose, à lui aussi.

Il vit le visage de Camilla devant ses yeux. Que savait-il que ses parents ne savaient pas ?

Il avait découvert certaines choses.

S'il n'avait pas vu cette Ferrari jaune cinq mois auparavant, tout aurait continué comme d'habitude. Un manque tu. Une tristesse réprimée. Un refoulement conscient.

Peut-être que c'était la vitesse de la voiture qui l'avait dérangé. Le bruit. Le hurlement du moteur. Cette frime insensée que de traverser la ville à au moins quatre-vingt-dix kilomètres à l'heure.

JW avait eu le choix entre continuer ses recherches, pour éventuellement tomber sur quelque chose de terrible, ou abandonner. Se fiche de tout ça, tenter de tirer un trait sur l'histoire comme il l'avait fait des années plus tôt. Il aurait peut-être mieux valu transmettre les informations qu'il avait récoltées à la police. Les laisser faire leur boulot.

Ce n'était plus possible – plus depuis qu'il était évident que Jan Brunéus mentait.

JW l'avait rappelé. Le professeur n'avait visiblement pas envie de le rencontrer une nouvelle fois. JW le baratina. Essaya tout. Il lui racontait la joie qu'il éprouvait de rencontrer quelqu'un qui avait connu Camilla. Jan lui servait des excuses. Il n'avait pas le temps, devait assister à une réunion de profs, était malade. Il avait des copies à corriger, partait en vacances.

Les semaines passèrent. JW cessa de l'appeler. Au lieu de ça, il se rendit de nouveau directement à l'université.

Il employa la même méthode que la dernière fois. Se posta devant la porte de la salle de classe et attendit. Le même gars noir sortit par la porte cette fois-ci aussi.

Jan Brunéus était toujours dans la salle. JW avait des flashbacks, c'était vraiment comme la dernière fois – les mêmes filles rassemblaient encore leurs affaires, fourraient leurs blocs-notes dans leurs sacs.

Il resta dans l'embrasure de la porte, attendit une réaction de la part de Jan Brunéus. Ce dernier garda son sang-froid. S'avança vers JW. N'eut même pas l'air étonné.

Il le salua : « Bonjour Johan. J'ai beaucoup pensé à vous. Je comprends pourquoi vous trouvez mon comportement bizarre. »

JW le regarda droit dans les yeux.

Qui était Jan Brunéus ? JW avait fait pas mal de recherches. L'enseignant était marié, sans enfants et habitait dans une maison mitoyenne à Stureby. Il conduisait une Saab. Il faisait des extras au lycée pour arrondir ses fins de mois. Son nom ne donnait pas de résultat sur Google. À première vue, il avait l'air irréprochable. Mais qui n'en avait pas l'air ?

JW répondit : « C'est la moindre des choses.

— J'ai une proposition à vous faire. On se promène un peu. Si on allait vers Haga Forum ? C'est joli par là-bas. »

JW fit oui de la tête. Jan Brunéus avait quelque chose sur le cœur.

On était en décembre. Le thermomètre frisait les zéros, il neigeait. Brunnsviken était couvert d'une légère couche de givre. JW détestait ce temps – difficile de porter de belles chaussures, la tendance était à beaucoup de semelles en caoutchouc, et assez peu de finesse.

Ils étaient arrivés derrière le Centre Wennergren lorsque Jan se mit à parler.

« Je me suis comporté comme un salaud. J'aurais dû aller vous voir il y a longtemps pour vous parler. Je l'avoue. »

De la vapeur sortait de sa bouche pendant qu'il parlait.

« Toute cette histoire m'oppresse. Je fais des cauchemars et je n'arrive pas à dormir. Je me réveille en plein milieu de la nuit en me demandant : qu'est-ce qui est arrivé à Camilla ? »

Silence.

Jan Brunéus continua : « Elle n'avait pas une vie facile. Elle avait très peu d'amis. Je crois que son talent l'a tenue à distance des autres filles. On voyait qu'elle voulait réussir dans la vie. Peut-être était-ce cette ambition qui effrayait les autres. Peu importe, je l'ai prise sous mon aile. Je l'ai encouragée. J'avais l'habitude de discuter avec elle après les cours. Je me rappelle qu'elle aimait beaucoup l'anglais. Enfin, c'était une fille adulte. Ici à Komvux, ce ne sont plus des enfants. Malgré tout, je considère parfois mes élèves comme des enfants. La plupart d'entre eux n'ont pas vécu le collège sans frictions. Ils sont souvent en manque de quelque chose. »

JW se demanda quand le mec allait enfin en venir au fait.

« Quand vous avez déboulé à Komvux pour en savoir plus sur Camilla, j'ai eu peur. Je me suis senti coupable. De ne pas m'être davantage occupé d'elle. De ne pas avoir vu arriver la catastrophe. Sa tristesse et sa solitude. Ses états d'âme. La dépression. Le suicide. »

JW s'arrêta. Pensa : qu'est-ce qu'il racontait ? Personne ne savait ce qui était arrivé à Camilla.

« D'où vous sortez cette théorie du suicide ?

— Je n'en suis pas sûr, mais avec le recul je dois dire qu'il y avait des signes avant-coureurs. Elle maigrissait. Elle devait avoir des problèmes de sommeil, elle venait en cours avec des poches sous les yeux. Elle se repliait de plus en plus sur elle-même. Elle n'allait pas bien, tout simplement. J'ai été aveugle. Je m'en veux vraiment. J'aurais dû tirer la sonnette d'alarme. En même temps, comment j'aurais pu en être sûr ? »

L'idée n'était pas nouvelle. JW s'était souvent demandé comment sa sœur s'était sentie.

Jan Brunéus poursuivit : « C'est pour ça que je vous évite. Je n'ai sans doute pas encore réussi à surmonter cette histoire. J'ai eu peur. Je comprends que vous avez dû vous demander ce que je fabriquais. Je vous présente toutes mes excuses. »

Ils marchèrent encore cent mètres. JW n'avait plus grand-chose à ajouter. Jan lui dit qu'il devait retourner à Komvux. Il avait cours.

Ils se serrèrent la main.

JW le regarda s'éloigner. Jan Brunéus portait un veston brun de marque Melka. Le dos courbé, il se dirigeait d'un pas énergique vers le bâtiment de l'école. Il avait l'air stressé.

JW resta seul devant Haga Forum. Il avait froid. Réfléchissait. Jan Brunéus avait-il donné des bonnes notes à Camilla pour être sympa ? Pour l'encourager ? Parce qu'il voyait qu'elle souffrait de dépression ?

Il était abattu. Parce que sa sœur avait apparemment été en détresse. Parce qu'il n'avait découvert aucun nouvel élément. Si Camilla s'était suicidée, alors où était son corps ? Pourquoi n'avait-elle pas laissé de lettre ? Le suicide n'était-il pas, selon les dires des psychologues, un appel au secours ? Non, même s'il n'avait pas très bien connu sa sœur, il la connaissait assez bien pour savoir qu'elle ne s'était pas suicidée. Ce n'était pas son genre.

JW se rendit directement à Kista. Abdulkarim allait se fâcher – ils avaient prévu de se voir pour une transaction de coke, mais ça pouvait attendre.

Le centre de Kista avait été rénové depuis son dernier passage dans le coin : cinémas, restaurants, boutiques de vêtements, Åhlens, *you name it*. Il alla chez H&M. En espérant que Susanne Pettersson travaille ce jour-là. Plusieurs mois s'étaient écoulés depuis leur première et dernière entrevue, et c'était elle qui lui avait conseillé d'aller voir Jan Brunéus.

Pendant de longues périodes, il était comme paralysé. Ne supportait pas de penser à Camilla. Se cachait derrière le business de la coke, ses études, sa relation avec Sophie. Ses recherches sur le passé se faisaient par à-coups, par saccades.

Susanne se trouvait derrière la caisse. Il y avait peu de monde dans le magasin. JW lui demanda si elle avait quelques minutes à lui accorder. Pas de problème, une autre fille pouvait la relayer. Susanne et JW se postèrent devant le rayon jeans.

Elle flippait visiblement. N'arrêtait pas de jeter des regards autour d'elle, de vérifier qu'aucun client, aucun collègue, personne ne puisse entendre ce qui se disait.

« Excusez-moi de m'incruster de cette façon. Je suis désolé de vous déranger. Comment allez-vous ?

— Ben, ça va, ça va.

— Et vos enfants ?

— Ils vont bien, eux aussi.

— Je voulais vous dire que j'ai rencontré Jan Brunéus, votre ancien prof.

— Ah !

— Je vais faire court. Il dit que Camilla n'allait pas bien. Qu'elle s'est sûrement suicidée. Qu'il a essayer de l'encourager, de l'aider. Il s'en veut que les choses se soient passées comme ça.

— Ah vraiment ? »

JW attendit. Susanne lui devait une réponse un peu plus exhaustive.

Mais rien.

« Qu'est-ce que vous en dites ?

— Je n'en sais pas plus. Si Jan Brunéus le dit, ça doit être vrai. »

JW ne la quitta pas des yeux.

« Susanne, vous savez quelque chose. Pourquoi Jan Brunéus n'a-t-il donné que des super notes à Camilla, alors que vous n'êtes jamais venues à ses cours ? »

Susanne se mit à plier un jean. Refusait de répondre. JW le vit bien – ses joues rougirent.

« Putain, Susanne, répondez ! »

Elle prit avec précaution un autre jean. Pseudo-déchirures aux genoux et aux cuisses. Elle ajusta soigneusement les deux jambes du pantalon. Le plia en trois mouvements. La poche et le badge en symétrie. Le logo Divided bien visible pour le client.

Musique de fond du magasin : Robbie Williams.

« Vous n'avez toujours pas capté ? Vous ne connaissiez pas votre sœur ou quoi ? Vous ne saviez pas en quoi consistait sa formidable compétence ? Posez la question à Jan "Le Taureau" Brunéus la prochaine fois que vous le verrez. Croyez-vous que Camilla avait de bonnes notes dans les autres matières aussi ? Non. Juste chez lui. Savez-vous comment elle était fringuée quand elle allait à ses cours ? »

JW ne comprit pas. De quoi elle parlait ?

« Vous ne captez pas ? Pendant tout un semestre, Camilla a été le jouet de Jan. Bonnes notes d'un côté, sexe de l'autre. Cet enculé la baisait. »

Le train passa à Sundsvall. Le contrôleur lança : « Billets, s'il vous plaît. » JW rouvrit les yeux. À nouveau dans le présent. Deux mois avaient passé depuis que Susanne Pettersson avait presque hurlé l'explication qu'elle donnait aux bonnes notes de Camilla.

Qui était sa sœur en réalité ? Ou plutôt, qui avait-elle été ? Était-elle, comme lui, un chercheur de bonheur, mais qui était tombée sur les mauvaises personnes ? Qui n'avait pas supporté la pression et s'était barrée de la ville ? Est-ce que quelqu'un d'autre avait fait en sorte qu'elle disparaisse du tableau ? Dans ce cas, pourquoi ?

JW avait faim mais pas d'appétit. Dans une heure et demie, il allait être assis à la table de ses parents et alors il serait important de pouvoir avaler quelque chose. Ne pas se rassasier.

Il se leva. Se dirigea vers le wagon-restaurant. Pas parce qu'il voulait acheter quelque chose, mais à cause des fourmis dans ses jambes. L'agitation l'envahissait de plus en plus souvent ces derniers mois. Quand il devait s'asseoir pour bosser, pendant les cours à la fac, quand il attendait Fahdi ou quelqu'un d'autre qui allait le fournir en coke. Il fallait qu'il bouge. Qu'il occupe son esprit. Il apprenait à gérer ça. À être préparé. Il gardait toujours son lecteur Sony dans la poche, ramenait souvent un livre de poche, téléchargeait des jeux extra sur son téléphone portable. Les bords de son bloc-notes de la fac se remplissaient de dessins.

À ce moment-là, il sentit qu'il devait bouger. Un jeu sur son portable ne l'aiderait pas. Il fallait marcher quelques mètres. Il flippait. La question qui l'inquiétait : était-ce à cause de son habitude de sniffer, ou de l'histoire de Camilla ?

Il observa les voyageurs dans le wagon. Des hommes tristes, fatigués. Des Suédois pur jus. JW s'était camouflé, avait imité leur style : un jean Acne, un pull Superlative Conspiracy et des baskets Adidas à moitié foutues. Il se fondait dans la masse. Parfait pour la visite chez ses parents.

Après sa discussion avec Susanne, il avait pris une décision. Il allait laisser tomber ses recherches. Malgré tout, ça lui avait fait bizarre d'appeler la police pour parler avec l'agent qui s'était occupé de l'enquête. Il lui avait expliqué ce qu'il avait découvert : que Jan Brunéus avait eu une sorte de relation avec Camilla Westlund au moment de sa disparition. Que Susanne Pettersson le savait et qu'elle l'avait raconté à JW. Que Jan Brunéus avait donné de super notes à Camilla malgré son absence permanente en cours.

L'enquêteur lui promit d'analyser ces informations. JW en conclut qu'il allait convoquer Jan Brunéus pour un interrogatoire.

Le fait de contacter la police était une absurdité. Abdulkarim ne devait pas le savoir.

Mais c'était un soulagement – de s'être débarrassé de ce fardeau. De laisser la police faire son boulot.

Retour dans les tréfonds du refoulement. Il se consacrait à la coke, aux études et à Sophie. Préparait le voyage à Londres. Parlait stratégie avec Jorge. Vendait. Dealait. Gagnait de la thune.

Il avait décidé de ne pas raconter à ses parents ce qu'il avait dit à la police.

Dans cinq minutes, il arriverait à Robertsfors. Son ventre gargouilla férocement. Était-ce de nervosité ou de faim ?

Il dut s'avouer que c'était sans doute la nervosité à l'idée de revoir ses parents.

Presque six mois déjà qu'il avait dit adieu au visage ravagé de sa mère et aux mâchoires serrées de son père. Est-ce qu'ils allaient mieux maintenant ? JW ne supporterait pas de revivre le train-train triste et tragique de leur existence. Son objectif était de laisser tout ça derrière lui. De recommencer à zéro. De se faire accepter comme quelqu'un d'autre. Quelqu'un de mieux. Qui voit plus grand que la petite vie moyenne de ses parents, encore rétrécie par le regret éternel d'avoir perdu un enfant. Il voulait oublier.

Le train entra en gare. Plusieurs personnes sur le quai, pour accueillir quelqu'un ou partir. Les freins crissèrent bruyamment. Son wagon s'immobilisa pile devant ses parents. JW remarqua qu'ils ne se parlaient pas. Comme d'habitude.

Il tenta de se détendre. D'avoir l'air content et calme. Comme il se devait.

Il descendit sur le quai. D'abord, ils ne le virent pas. Il alla à leur rencontre.

Margareta aurait voulu crier son nom, JW le savait. Mais pour une raison inconnue, elle n'arrivait plus à élever la voix depuis l'histoire de Camilla. Au lieu de ça, elle s'approcha de lui en affichant un sourire tendu.

S'embrasser.

« Salut Johan, tu nous donnes tes valises ?

— Salut maman. Salut papa. » JW laissa Bengt prendre une de ses valises.

Ils marchèrent en silence jusqu'au parking. Bengt n'avait toujours pas adressé la parole à son fils.

Ils étaient dans la cuisine. Murs en lambris et plan de travail en acier inoxydable. Four électrique blanc, sol en lino et table polie en bois de chez IKEA. Les chaises : des copies de Carl Malmsten. La copie d'une lampe PH répandait du plafond sa lueur chaude et violette. Au-dessus de l'évier étaient accrochés des pots portant les inscriptions : sucre, sel, poivre, oignons, basilic.

Le repas était sur la table. Bifteck à la sauce au fromage. Une bouteille de vin rouge Rioja. Une carafe d'eau. De la salade.

JW avait peu d'appétit. Le repas était bon, se dit-il, ce n'était pas le problème. Il était vraiment bon. Sa mère avait toujours été une bonne cuisinière. C'était autre chose – le style, les sujets de conversation et le fait que Bengt parlât la bouche pleine. Les vêtements de Margareta complètement à côté de la plaque. JW se sentait comme un étranger. Le mélange dérangeait – du mépris, mêlé à un sentiment de réconfort.

Margareta tendit la main pour reprendre de la salade. « Raconte encore, Johan. Comment ça va pour toi ? »

Silence pendant quelques secondes. Le vrai sens de sa question, c'était : comment ça va à Stockholm ? Dans la ville où notre fille a disparu. Quel est ton entourage ? Tu n'as pas de mauvaises fréquentations ? Des questions qu'elle ne poserait jamais ouvertement. Cette peur d'être ramenée en arrière. Cette peur de s'approcher trop des sombres cris de la réalité.

« Je vais très bien, maman. Je m'en sors bien aux examens. Le dernier était en microéconomie. On est plus de trois cents étudiants dans les cours. Il n'y a qu'un seul amphi assez grand pour nous accueillir tous.

— Oh là là ! Vous êtes si nombreux. Est-ce que le conférencier a un micro ? »

Bengt, une masse grise de bifteck mâché dans la bouche : « Bien sûr qu'il en a un, maman.

— Oui, ils en ont un. Et c'est assez drôle parce qu'ils dessinent des courbes et des graphes. Vous savez, dans un marché parfait, là où la courbe de la demande rencontre celle de l'offre il y a le prix. Tous les étudiants copient chaque graphe sur leur bloc-notes, et vu qu'il y a beaucoup de courbes différentes, tout le monde a acheté des Bic à quatre couleurs, vous connaissez ces stylos multicolores, pour arriver à distinguer les différentes courbes. Alors, quand le conférencier dessine une nouvelle courbe, trois cents étudiants changent de couleur en même temps. Un petit cliquetis par personne. Ça crépite partout dans la salle de conférences. »

Bengt hennit.

Margareta rit.

Contact.

Ils continuèrent leur conversation. JW demanda des nouvelles de ses anciens camarades de classe à Robertsfors. Six filles étaient devenues mamans. Un des gars était papa. JW savait que Margareta se demandait s'il avait une copine. Il n'en avait rien à faire. De toute façon, il ne le savait pas lui-même.

Une espèce de calme l'envahit. Chaleur, réconfort, tristesse.

Après le dîner, Bengt lui demanda s'il voulait regarder le foot. JW savait que c'était sa manière de chercher des liens affectifs avec son fils. Il déclina l'offre quand même, car il préférait parler avec sa mère. Bengt se rendit tout seul dans le salon. Prit place dans son fauteuil pivotant et posa les pieds sur le pouf assorti. JW l'observa de la cuisine pendant qu'il parlait avec Margareta.

Ils n'avaient même pas encore parlé de Camilla. JW s'en foutait si c'était tabou. Pour lui, ses parents étaient les seules personnes auxquelles il pouvait en parler.

« Vous avez du nouveau ? »

Margareta comprit ce qu'il voulait dire.

« Non, rien de neuf. Crois-tu que l'enquête est toujours ouverte ? »

JW savait que ce devait être le cas, du moins après son appel. Mais lui non plus n'avait rien à leur apprendre.

« Je ne sais pas, maman. Vous avez changé quelque chose dans la chambre de Camilla ?

— Non, tout est comme avant. On n'y va jamais. Papa dit qu'il ne faut pas y entrer. Comme ça, on laisse Camilla reposer en paix. » Margareta sourit.

Bengt et Camilla s'étaient violemment disputés pendant toute l'année qui avait précédé son départ pour Stockholm. À présent, JW y repensait avec nostalgie : les portes claquées, les pleurs dans les toilettes, les cris dans la chambre de Camilla, Bengt sur le balcon, une Gula Blend entre les doigts – les seules fois où il fumait. Peut-être que Margareta ressentait la même chose. Ces disputes, signes avant-coureurs de malheur, étaient leurs derniers souvenirs de Camilla.

JW reprit de la tarte aux myrtilles. Jeta un regard en direction de son père au salon.

« On va voir papa ? »

Ils regardèrent ensemble le film du mardi sur la 4 : *Beaucoup de bruit pour rien*. Une interprétation moderne de Shakespeare en version originale. Super difficile. JW faillit s'endormir pendant la première moitié du film. Pendant la seconde moitié il calcula les pertes qu'il encourait en un week-end. Merde, une visite chez ses parents lui coûtait cher.

Bengt s'endormit.

Margareta le réveilla.

Ils lui souhaitèrent bonne nuit. Montèrent dans leur chambre.

JW resta seul. Se prépara mentalement. Tout à l'heure, il monterait dans la chambre. La chambre de Camilla.

Il zappa. Resta cinq minutes sur MTV. Une vidéo de *Snoop Doggy Dog* au programme. Les culs se balançaient au rythme de la musique.

Il éteignit la télé.

Sauta dans le fauteuil pivotant.

Le fit tourner.

Il se sentait vide. Angoissé. Mais curieusement, pas nerveux.

Il éteignit les lampes.

Se rassit.

Le silence était beaucoup plus profond qu'au parc de Tessin.

Il se leva.

Tenta de monter les escaliers sans faire de bruit. Se rappela presque à chaque pas quelle marche grinçait et quelle stratégie il fallait employer pour éviter le bruit. Mettre le pied dans la portion large de la partie intérieure, puis le pied au milieu, puis sauter une marche, puis au bord, dans la portion étroite, etc., jusqu'en haut.

Deux marches supplémentaires avaient commencé à grincer depuis qu'il était parti de la maison.

Peut-être qu'il n'avait pas réveillé Bengt. Sans doute Margareta.

La porte de la chambre de Camilla était fermée.

Il attendit. Assez longtemps, que sa mère se rendorme. Peut-être. Tira la porte vers l'embrasure lorsqu'il appuya doucement sur la poignée. Pas de bruit.

Ce qu'il vit en premier en allumant la lampe, c'étaient les trois casquettes de base-ball que Camilla avait accrochées sur le mur en face. Une casquette NY bleu foncé, une casquette Red Sox et une casquette de la fête de fin d'année en troisième. Le texte : Putain, qu'est-ce qu'on est forts, en lettres noires sur fond blanc. Camilla adorait les casquettes comme un gros gosse adore les gâteaux. Pas compliqué. S'il y en avait, elle les voulait.

La chambre intacte d'une fille de dix-sept ans. Selon JW, presque encore plus enfantine que ça.

Au milieu d'un des murs se trouvait une fenêtre. D'un côté de la fenêtre, il y avait le lit. Camilla avait pleurniché une année entière pour avoir un lit d'un mètre vingt de largeur. Un couvre-lit rose orné de volants. Des coussins de différentes couleurs, quelques-uns avec des cœurs, s'entassaient au pied du lit. Margareta les avait cousus. Camilla avait l'habitude de jeter les coussins par terre avant d'aller se coucher.

Une chambre de fille.

Chaque chose représentait un souvenir.

Chaque objet comme un coup sur l'armure de JW.

Encore des casquettes rangées sur une étagère. Au-dessus se trouvaient des photos encadrées : la famille à Idre, JW bébé, trois copines de sa classe – maquillées, souriantes, pleines d'envie de mordre la vie à pleines dents.

Le reste de l'étagère était occupé par des casquettes.

Sur le mur au-dessus du lit, une affiche de Madonna. Une femme forte, têtue, célèbre. Camilla l'avait eue d'un gars avec lequel elle était sortie en quatrième. Il avait quatre ans de plus qu'elle, maman et papa n'en avaient jamais rien su.

JW se rappela qu'il n'avait lui non plus jamais pénétré dans cette chambre depuis la disparition de sa sœur. Elle était restée vide pendant tant d'années, l'effet des souvenirs stockés et renforcés le frappa comme un coup de poing.

Camilla à la fête de fin d'année en CM2. Les cheveux relevés. Une robe blanche. Plus tard dans la soirée : avec une casquette de base-ball couleur camouflage. Les histoires que JW avait entendues sur le comportement de sa sœur lors de cette fête. Souvenir suivant : Camilla et JW qui se battaient pour les dernières cuillerées de Nutella. JW traîné dans la chambre et roué de coups, puis se prenant son propre sandwich dans la figure – avec une belle couche de Nutella. Plus tard : Camilla à côté de JW sur les bords du lit, à nouveau amis. Elle lui montrait ses disques : Madonna, Alanis Morissette, Robyn.

Ils lisaient les textes dans la pochette des disques. Parlaient de sa fugue, disaient qu'elle se barrerait à Stockholm.

Savourant le plaisir d'être à deux.

Dans le mur à gauche, il y avait une étagère murale et deux armoires à glace.

Sur l'étagère se trouvaient des bouquins pour filles jamais lus et des disques, mais seulement ceux qu'elle n'avait pas emmenés à Stockholm. Une chaîne hi-fi Sony, son cadeau de confirmation. Camilla préférait la musique à la lecture.

JW ouvrit les armoires.

Fringues : jeans stretch, minijupes, petits hauts pastel laissant le ventre découvert, vestes en jean. Un manteau noir en tissu côtelé. JW se rappela le jour où Camilla était rentrée avec ce vêtement. Elle l'avait acheté avec son argent de poche au H&M de Robertsfors pour quatre cent quatre-vingt-dix-neuf couronnes. Trop cher, avait trouvé leur mère.

À côté des hauts pliés, il aperçut une boîte aux bords renforcés en métal. JW ne l'avait encore jamais vue. Un carton gris et dur. JW se souvint d'en avoir vu des semblables dans les boutiques écolos de Stockholm.

Il prit la boîte et la posa sur le lit.

Elle était pleine de cartes postales.

Une demi-heure plus tard, il avait lu toutes les cartes. Dix-sept en tout. Camilla avait vécu trois années à Stockholm avant sa disparition. Pendant tout ce temps, elle était rentrée trois fois à la maison. Margareta en était devenue triste. Bengt, amer.

Mais elle semblait avoir écrit des cartes en tout cas. Des cartes dont JW ignorait l'existence, que Margareta avait gardées et rangées dans la chambre de Camilla. Elle pensait peut-être qu'elles avaient leur place ici, comme si aucun autre endroit n'était assez sacré afin de conserver les fragments de la vie inachevée de sa fille.

Leur contenu lui était pour la plupart familier. Camilla décrivait superficiellement la vie à Stockholm. Elle travaillait en extra dans un café. Elle avait des amies parmi les autres serveuses. Elle habitait dans un studio à Södermalm qu'elle pouvait louer grâce aux relations du propriétaire du café. Elle prenait des cours à Komvux. Elle arrêtait de travailler au café, et commençait dans un restaurant. Une fois, elle écrivait qu'elle s'était promenée en Ferrari.

Pas un mot sur Jan Brunéus.

Dans quelques lettres, elle mentionnait son petit ami. Il n'y avait pas son nom, mais une chose était évidente – la Ferrari appartenait à son petit ami.

Une carte postale, la dernière, réservait une nouvelle pour JW.

Salut maman,

Je vais bien. Je me débrouille bien et je ne bosse plus au restaurant. À la place, j'ai eu un job de barmaid. Ça me fait pas mal d'argent. J'ai décidé d'arrêter à Komvux. La semaine prochaine j'irai à Belgrade avec mon petit ami.

Le bonjour à papa et à Johan !

Bisous/Camilla

Voilà quelque chose que Johan ne savait pas. Que Camilla était allée, ou avait eu en tête d'aller à Belgrade. Avec son petit ami.

Il en tira une conclusion simple : pourquoi est-ce qu'on allait à Belgrade ? Parce qu'on venait de là-bas.

Qui venait de là-bas ? L'homme à la Ferrari.

Il était yougoslave.

30

Stefanovic, le conférencier. Il ne savait certainement pas ce qu'était le « consulting en stratégie », mais s'il avait été chez Ernst & Young, ses chefs auraient été fiers de lui.

C'était sérieux. Organisé. L'élite rassemblée autour la table dans la salle VIP au premier étage du restaurant de Radovan. Radovan, Mrado, Stefanovic, Goran et Nenad. La conversation se déroulait en serbe.

Mrado : responsable des vestiaires et d'autres activités liées au racket.

Stefanovic : garde du corps de Radovan et contrôleur financier.

Nenad : le plus grand fournisseur de coke à Stockholm, également leader dans tous les domaines des putes, des bordels et du call-service. Un large éventail de secteurs. Parmi les collègues, Mrado l'appréciait le plus – il voyait en lui cette envie de rester soi-même qu'il éprouvait aussi. Contrairement à ces lèche-bottes de Goran et de Stefanovic.

La pièce et le restaurant avaient été fouillés durant des heures. Ils avaient les flics au cul. Stefanovic vérifia l'absence de micros : sous la table, les chaises, derrière les lampes, les moulures. Ils avaient contrôlé les personnes dans le bar un étage plus bas, fouillé tous les véhicules suspects dans la rue, scruté les fenêtres des appartements d'en face à la recherche d'éventuelles caméras. C'était la première fois depuis plus d'un an et demi que toute la bande de Radovan se réunissait.

Dangereux.

Stefanovic commença solennellement : « Chers messieurs, il y a cinq mois, j'ai reçu l'ordre de réfléchir à ce qu'on devait faire de Nova. Vous êtes au courant. La police de Stockholm a lancé ce projet il y a six mois. Ils nous visent nous, ainsi que quelques autres groupes. Ils ont déjà coffré plus de quarante personnes, surtout à Västerort, dont trente ont déjà été condamnées. Le reste pourrit au trou en attendant son procès. Tous ceux qui sont présents dans cette salle aujourd'hui figurent sur la liste des cent cinquante personnes qui constituent la plaque tournante du crime organisé dans cette ville. »

Goran eut un léger ricanement : « D'où ils sortent cette connerie ? »

Stefanovic coupa court. « Très drôle, Goran. Est-ce que t'es con parce que t'es un imbécile ou est-ce que t'es un imbécile parce que t'es con ? »

Goran ouvrit la bouche. La referma, sans dire un mot. Comme un poisson.

Radovan lui jeta un regard sévère. Normalement Goran était son chouchou – à présent il exigeait du sérieux. Mrado pensa : un malus pour Goran.

Goran but une gorgée d'eau minérale : « Au cours des cinq dernières années, nous nous sommes spécialisés dans cinq domaines. À côté de ça, comme vous le savez, on s'octroie quelques autres gourmandises, vol à la roulotte, détournement de fonds, et autres. En tout, notre chiffre d'affaires se monte à environ soixante millions de couronnes par an. Il faut en déduire les frais généraux, ceux qu'on paie afin de blanchir le fric et la rémunération des gars. Au total, on arrive à quinze millions net. Ajoutons à cela les rendements de vos fonds propres ainsi que nos activités communes. Le Clara's, le Diamond et le O-court. L'entreprise de démolition et les vidéoclubs, entre autres. Vous en êtes tous copropriétaires d'une manière ou autre. Vous vivez bien de tout ça. Mais les secteurs ne marchent pas tous aussi bien. Les marges varient. Le business des putes fait un carton. La clope est acceptable. La coke bat tous les records. N'est-ce pas Nenad ? Quels sont les prix actuellement ? »

Nenad articula lentement. « On l'achète à quatre cent cinquante. On la revend entre neuf cents et mille cent. Après déduction des frais on gagne en moyenne quatre cents par gramme vu qu'on ne la coupe pas.

— C'est bien. Mais tout peut s'améliorer. Si l'on arrive à se rapprocher des producteurs, on peut baisser les prix. En plus, la cocaïne est le secteur le plus risqué. Il ne faut pas mettre tous nos œufs dans le même panier. C'est important d'avoir plusieurs activités vu les risques qu'on encoure avec la neige. Il faut qu'on soit souples, qu'on puisse alterner entre les différentes branches pour lisser nos résultats. »

Radovan approuva d'un signe de tête.

Mrado ne fut pas surpris du niveau de la conférence. Il avait discuté avec Stefanovic deux jours auparavant, et celui-ci lui avait détaillé les instructions qu'il avait reçues de Radovan : « Cette présentation vise des hommes d'affaires du milieu. On parlera chiffres, statistiques. Analyses de fond, pronostics, solutions constructives. Pas de tchatche de gangsters simpliste. » Mais quand même : Mrado époustouflé. Une description inhabituellement ouverte de l'empire de Radovan. Mrado et les autres savaient bien évidemment ce qui entrait dans la maison de Monsieur R – mais c'était la première fois que R lui-même, à travers Stefanovic, exposait ces chiffres en détail.

Mrado observa les hommes autour de la table.

Costumes classes. Larges épaules. Larges nœuds de cravate à la manière des journalistes sportifs de la Quatre. Larges sourires en entendant les chiffres.

Radovan d'un côté de la table. La tête en arrière, le menton dans le vent. Pour donner l'impression de vouloir garder les autres à l'œil. Un air concentré, dur.

Stefanovic : laid. Mrado ne se laissa pas tromper – il était la seconde moitié du cerveau de Radovan.

Goran avait les bras croisés. Presque aussi obstiné que Mrado. Presque aussi chiant qu'un ado en révolte. Ne quittait pas Stefanovic des yeux. Écoutait et analysait la stratégie, un bloc-notes devant lui.

Nenad affichait le style du Stureplan. Cheveux plaqués en arrière, costume rayé, chemise rose. Un mouchoir en soie assorti dans la poche de poitrine. Ce qui le trahissait c'était la croix serbe tatouée sur ses mains. Le roi de la coke/le boss des maquereaux avait l'air d'un roi de la coke/boss des maquereaux. Il tentait d'afficher une attitude cool : voix traînante, mouvements lents, mais il ne pouvait pas cacher sa fébrilité.

Stefanovic se leva. En se balançant d'avant en arrière. « Récapitulons un peu. »

Goran prenait des notes.

« Ces dernières années, la concurrence est devenue plus rude. Quand ils ont descendu Jokso en 1998, beaucoup parmi nous croyaient pouvoir s'arracher les parts du marché à qui mieux mieux, qu'il n'y aurait pas tant de monde à vouloir se tailler une part de gâteau. Puis la paix a été scellée entre les Hells Angels et les Bandidos en 2001. Vous en connaissez la condition. Les deux gangs ont délimité chacun leur territoire. À l'époque, ils étaient à Malmö, à Helsingborg et à deux endroits sur la côte ouest. Mais ils ont été malins, au lieu d'agrandir leurs maisons mères, ils ont mis l'accent sur des boîtes louches : le Red & White Crew, le Red Devils, le X-Team et l'Amigos MC. *Nous sommes les personnes contre lesquelles tes parents t'ont toujours mis en garde*, comme ils disent eux-mêmes. Des voyous. Aujourd'hui, il y en a partout en Suède, également ici à Stockholm. Ce n'est pas tout. Les gangs des prisons commencent sérieusement à gagner du terrain, les Original Gangsters, la Fraternité Wolfpack, les Fucked For Life, entre autres. Au début, ce n'étaient que des groupes isolés de jeunes criminels et de beurs à la dérive. Aujourd'hui, ils sont presque aussi bien organisés que le gang des motards, même à l'extérieur des prisons. Il y a aussi la mafia russe, les gangs estoniens, sans oublier le gang de Naser, ceux-là on les connaît bien, et ces putains de Polonais avec leur trafic de Mercedes occupent une belle part du marché. Qu'est-ce qui s'est passé ? »

Stefanovic les regarda l'un après l'autre. Ils étaient au parfum. Ce qu'il venait de dire n'était pas nouveau pour eux. Malgré tout, leurs yeux montraient qu'ils comprenaient que les Yougoslaves n'étaient peut-être plus pour longtemps les plus grands, les plus beaux, les plus méchants. L'âge d'or était terminé. Ils n'étaient plus les rois du ring.

Nenad passa la main dans ses cheveux plaqués. « Je peux te dire ce qui est arrivé. Ils laissent entrer trop de bougnoules dans ce pays, voilà. Putain, d'abord les Albanais du Kosovo, ces monstres de Naser et tous les autres. Et puis tous ces Gambiens écœurants – ceux-là possèdent la moitié de toute l'héro qui circule dans cette ville. Et puis les Russes, ces enfoirés qui font du trafic de clopes avec les Bandidos. Une alliance diabolique. Pis que les Croates, les Slovènes et les Ricains réunis. Faut fermer les frontières. Renvoyer chaque mec typé arabe qui ose passer la frontière le cul plein de came. »

Stefanovic dit : « Il y a une grande part de vérité dans ce que tu dis. Mais nos concurrents ne sont pas seulement les immigrés. De nouvelles alliances se forment. De nouveaux gangs.

Qui suivent nos traces et celles du gang des motards aux States. On a des avantages, on vient tous de la Sainte Serbie. On parle la même langue, on a les mêmes habitudes et les mêmes contacts, on est soudés. Mais de nos jours ça ne suffit plus. Et certainement plus maintenant que la paix est rompue. Une nouvelle guerre fait rage – et elle nous concerne. Pour l'instant, ils ont mis deux Bandidos en cabane, un HA et un OG. Mais nous aussi, on a pris des coups. Vous savez ce qui est arrivé. Il y a deux mois, l'un de nous a été grièvement blessé par balle. Si on ne réagit pas très vite, cette guerre et le projet Nova vont continuer. J'ai réfléchi à tout ça. Radovan a réfléchi à tout ça. Mrado et moi, on a parlé avec certaines personnes, on vous en dira plus tout à l'heure. En résumé, il y a beaucoup plus de joueurs sur le terrain qu'il y a encore cinq ans, par exemple, la paix a été rompue et la police renforce ses effectifs. Ils nous ont dans le collimateur, ils essaient de nous infiltrer, de perturber l'équilibre. Lorsque des gens tombent au sein de certains groupes, d'autres groupes pensent qu'ils ont le droit de prendre librement le relais. On lutte les uns contre les autres alors qu'on devrait coopérer. Mais on a une proposition pour résoudre ce problème. Mrado va vous l'expliquer. »

Stefanovic distribua des listes pleines de noms. Il les pointa du doigt.

« Ces gangs-là contrôlent le crime organisé à Stockholm. En dessous de chaque nom, j'ai noté ce qu'ils font et dans quelle partie de la ville. Vous voyez, par exemple, que les Hells Angels s'occupent des vestiaires dans toute la ville, font un peu de trafic de drogue, surtout dans la banlieue sud, pratiquent l'importation de précurseurs, contrôlent des machines à sous dans toute la ville et se sont mis au racket. C'est juste pour voir qui fait le même business que nous et où. Je laisserai bientôt la parole à Mrado. Il a déjà pris contact avec plusieurs des gangs figurant sur la liste. Afin de discuter d'une répartition. »

Goran se pencha en avant sur la table comme s'il croyait que les autres ne l'entendraient pas autrement. « Franchement, je ne comprends pas pourquoi on est obligés de répartir le marché. Je ne vois pas où est le problème, moi j'assure grave dans mon business. Si quelqu'un a des emmerdes, il n'a qu'à les régler tout seul. »

Un message clair à l'adresse de Mrado et de Nenad – vous êtes incapables de faire votre boulot.

Stefanovic s'appuya des deux mains sur la table. Les manches de son costard glissèrent, découvrant ses manchettes ornées de boutons en forme de minirevolvers. Il se pencha en avant, imitant Goran.

« Notre stratégie n'est pas sujette à discussion, Goran. On fera ça ensemble. On pèsera et on analysera ce qui est le mieux pour Radovan et pour nous. Pas seulement pour toi. Si tu n'as pas compris ça, tu peux volontiers en discuter en tête à tête avec Radovan. *End of the story.* »

C'était la deuxième fois que Goran se ridiculisait aujourd'hui. La deuxième fois qu'il prenait une claque. Combien d'emmerdes Radovan supporterait-il ?

Radovan resta calme. Le regard figé sur Goran. Jeu de pouvoir.

Goran soutint son regard pendant une milliseconde. Puis hocha la tête pour lui signifier qu'il avait compris.

Mrado se racla la gorge. Il avait préparé son speech la veille. Certains passages étaient chauds, possible que Goran pète les plombs encore une fois.

« Comme Stefanovic vient de le dire, j'ai pris contact avec quelques groupes. Entre autres les Hells Angels et les Original Gangsters, et on a eu des premiers résultats. Il s'agit de se partager le marché. De répartir les domaines dans lesquels on travaille. Les groupes bossent différemment. Les HA sont beaucoup mieux organisés que les Original Gangsters. De leur côté, les OG sont prêts à prendre de plus grands risques et ont de meilleurs contacts dans la banlieue. Sur la feuille que Stefanovic vous a donnée, vous voyez ce qu'ils trafiquent. Les HA sont nos concurrents directs en ce qui concerne les vestiaires, la cocaïne, l'importation d'alcool. Ils nous devancent dans le racket et les machines à sous. Les OG vendent de la coke, et font un peu de racket et quelques attaques de transporteurs de fonds. À mon avis les OG ne constituent pas une menace directe pour nos activités. On pourrait se fiche d'eux. En revanche, ils peuvent former des alliances avec d'autres gangs qui eux aussi travaillent sur le même marché que nous. Ça aurait des effets dominos. Les Hells Angels sont, par exemple, prêts à envisager une répartition au niveau de l'importation d'alcool ou des vestiaires. Stefanovic et moi allons approfondir notre enquête. Je vais rencontrer d'autres personnes pour voir ce qu'on peut faire. Les Gambiens, les Bandidos, la Fraternité

Wolfpack, entre autres. Le truc, c'est qu'on doit prendre nos précautions face à ce projet Nova et pour enterrer la hache de guerre. Vous savez bien, personne ne veut se faire traiter de "balance", mais dans une guerre on oublie parfois l'honneur. Éliminer les gens en les balançant au lieu de les combattre d'homme à homme. Le projet Nova profite de cette lutte fratricide. »

Mrado poursuivit ses explications. Décrivit les gangs. Les bandes qui régnaient sur la ville. Les alliances de circonstances et les relations familiales. Les groupes ethniques, géographiques et raciaux.

Les hommes écoutaient sans rien dire. Personne n'avait envie d'abandonner une partie de son marché. En même temps – ils comprenaient le problème. Surtout : personne n'avait envie de se disputer avec Radovan.

Mrado repensa à l'atmosphère qu'il avait ressentie il y a un certain temps. La colère de Rado. Après cette présentation, l'attitude de Radovan devrait s'améliorer. Mrado avait commencé un méga-boulot en s'attaquant à la répartition du marché.

Il termina son rapport.

Radovan remercia Stefanovic et Mrado.

Tout le monde ralluma son téléphone portable.

Quelques minutes de bla-bla.

Goran s'excusa. Il devait y aller.

Rado avait l'air content. « Merci d'être venu. Je crois que ça peut être le début d'un truc nouveau, géant. Vous pouvez y aller si vous voulez. Moi, je me suis dit que j'allais me faire une belle soirée. »

La porte de la salle s'ouvrit. Deux filles en minijupe arrivèrent en poussant un petit chariot plein de bouteilles d'alcool. Elles remplirent les verres.

On entonna des chansons paillardes en serbe.

Nenad pinça les fesses d'une des filles.

Rado éclata de rire.

Plus tard, le dîner fut servi.

Mrado oublia presque sa haine contre Radovan.

La nuit promettait d'être longue.

*

MÉMORANDUM

(Confidentiel selon 9 chap. § 12 Loi sur la confidentialité)

– Projet Nova –

Les mesures prises par la police municipale contre le crime organisé

Le crime lié aux Balkans dans la ville de Stockholm

Rapport n° 7

Arrière-plan

Ce mémorandum se base sur les rapports et les indications du Groupe d'interventions spéciales et de la Commission d'enquête sur la délinquance financière qui coopèrent avec la police municipale afin de combattre le crime organisé à Stockholm. Les méthodes employées : élaboration d'une cartographie à travers les expériences rassemblées de la police de Stockholm, collecte d'informations auprès de personnes au sein du réseau criminel dits « indics », mise sur écoute ainsi que fusion des registres nécessaires. Le mémorandum est établi sur la base de nouveaux renseignements fournis par une personne (X) entre-temps jugée et emprisonnée, qui, dans le passé, a été active au sein du réseau décrit ci-dessous, ainsi que de la découverte de conflits internes dans la direction du réseau yougoslave.

La Commission d'enquête a depuis l'été dernier mobilisé d'importants moyens afin de suivre un grand nombre de personnes appartenant à la mafia yougoslave (nommée ci-après l'« Organisation »). Les membres de l'Organisation sont particulièrement méfiants, c'est pour cette raison qu'il est extrêmement difficile d'infiltrer l'Organisation. Cela s'explique surtout par l'homogénéité ethnique de l'Organisation. Dans la partie supérieure de la hiérarchie on trouve exclusivement des hommes âgés de 25 à 55 ans, tous nés, ou fils de parents nés en ex-Yougoslavie, aujourd'hui Serbie et Monténégro. Il y a peu d'« indics » prêts à fournir des informations concernant l'Organisation en raison de la grande violence de ses membres. Il est de notoriété publique que l'Organisation met ses menaces à exécution, bon nombre d'actes de violence lui ont été imputés, ainsi qu'à d'autres groupes qui lui sont proches, cf. les rapports n°s 2-4. La mise sur écoute des téléphones ou toute autre mise sur écoute se fait souvent en vain, car les membres de l'Organisation se servent de cartes-recharges et changent régulièrement de numéro. Ils ont également l'habitude de fouiller soigneusement les endroits où ils se réunissent.

La Commission d'enquête soupçonne l'Organisation de mettre, depuis environ trois mois, une stratégie sur pied afin de combattre la menace que représente le projet Nova.

Les activités de l'Organisation

Elle est soupçonnée d'être active dans les domaines criminels suivants : contrebande d'alcool et de cigarettes, proxénétisme, racket, ainsi qu'importation frauduleuse et vol de cargaison.

Acteurs

Radovan Kranjic : le chef de l'Organisation (également connu sous les noms de Rado, Monsieur R et boss yougoslave), numéro de sécurité sociale 600113-9231, lieu de naissance inconnu en ex-Yougoslavie, aujourd'hui Serbie et Monténégro. Arrivé en Suède en 1978, pour raisons économiques.

Kranjic a dans le passé travaillé en tant que videur et garde du corps. Aujourd'hui, il possède un restaurant, le Clara's Cuisine & Bar SA (Org. n° 556542-2353) situé au centre de Stockholm. Il déclare les revenus de cette entreprise ainsi que quelques actions de la société anonyme Diamond Traiteur (Org. n° 556554-2234), en tout 321 000 couronnes pour l'année imposable précédente.

Kranjic a été condamné pour plusieurs crimes. 1982 : coups et blessures légers. 1985 : menaces, coups et blessures, port d'arme illégal, excès de vitesse (huit mois de prison ferme). 1989 : menaces, détournement de fonds, port d'arme illégal (quatre mois de prison ferme). 1990 : coups et blessures (quatre mois de prison ferme). Depuis 1990, plus aucun délit ni crime commis par Kranjic n'a été enregistré.

Kranjic est marié à Nadja Kranjic. Ils ont un enfant ensemble. Kranjic a selon toute vraisemblance participé à la guerre en Yougoslavie de 1993 à 1995. Pendant cette période il ne séjournait pas en Suède. Il entretient apparemment de bons contacts avec le mouvement nationaliste serbe, entre autres avec Zeljko Raznatović, plus connu sous le nom d'Arkan, chef d'une armée privée paramilitaire, les Tigres, qui a mené des actions de purification ethnique au Kosovo entre 1992 et 1995. Pendant la seconde moitié des années 1990, il a été le numéro 2 de l'Organisation à Stockholm et s'occupait avant tout du racket et du trafic de cocaïne. Kranjic est soupçonné de s'être lancé dans le proxénétisme pendant cette période.

Mrado Slovovic : Directement sous les ordres de Radovan Kranjic. Slovovic, citoyen suédois, n° 670203-9115, a immigré en Suède en 1970 après avoir quitté l'ancienne Yougoslavie. Dans le passé, il a travaillé en tant que videur et dans l'importation de bois de Thaïlande. Il pratique le bodybuilding et divers sports de combat.

Pour l'année imposable précédente, Slovovic a déclaré 136 000 couronnes, générées par l'importation du bois ainsi que quelques gains au jeu.

Il a été condamné à plusieurs reprises. 1987 : conduite en état d'ivresse. 1988 : coups et blessures graves, port d'arme illégal et possession de drogue (un an de prison ferme). 1995 : effraction, vol et outrage à agent (deux ans de prison ferme). 2001 : menaces. Depuis 2001, plus aucun délit ni crime commis par Slovovic n'a été signalé. Dernièrement, Slovovic a été accusé de coups et blessures graves contre un videur du restaurant Kvarnen à Stockholm. Slovovic a été relaxé. Son coaccusé, X, a été condamné à trois ans de prison ferme pour coups et blessures graves. X est soupçonné d'avoir été un des acolytes de Slovovic et d'avoir coopéré avec lui dans le racket des vestiaires. Par ailleurs, Slovovic est en train de se disputer avec Annika Sjöberg, son ex-femme, le droit de visite pour leur fille, Lovisa.

Il est probable que Slovovic ait fait partie des Tigres, cités ci-dessus, lors de leur attaque contre Srebrenica en 1995. Slovovic est très violent et il a, mis à part l'incident au Kvarnen, avec certitude commis un grand nombre d'actes que l'on qualifierait de coups et blessures graves, s'il en était accusé devant un tribunal. L'équipe de la police de Norrmalm chargée d'enquêter sur les crimes liés au trafic de stupéfiants a entre autres essayé d'infiltrer un groupe de bodybuilders dans la salle de musculation Fitness Club dans la rue Sveavägen à Stockholm, qui sert de base de recrutement aux éléments criminels. Le 18 août dernier, l'agent de police infiltré (Y) a été agressé avec les haltères de la salle et menacé avec une arme à feu par Slovovic. Y ne croit pas que Slovovic ait découvert ses liens avec la police, il pense que l'acte a été commis par Slovovic pour manifester son « pouvoir ».

Slovovic est responsable du secteur racket, chantage et autres menaces au sein de l'Organisation. Le racket de protection vise avant tout les restaurants et bars dans la région de Stockholm, mais également les autres entrepreneurs qui travaillent dans la « zone grise » légale.

Stefanovic Rudjman : Le neveu de la sœur de Kranjic et son garde du corps ainsi que celui de sa famille. Né en Suède, 770612-1279. Il a fait des études à l'université de Stockholm, entre autres en droit et en économie. Il n'a pas de diplôme. Il a travaillé en tant que comptable au Bureau de comptabilité Rusta Économie SA (Org. n° 556743-3389).

Pour l'année imposable précédente, il a déclaré 859 000 couronnes, des revenus comprenant avant tout des réalisations de plus-values suite à la vente d'actions et d'autres titres.

La Commission d'enquête soupçonne Rudjman de pratiquer le blanchiment d'argent pour, entre autres, Kranjic. Rudjman n'a pas d'antécédents, mis à part quelques infractions au code de la route au cours de l'année 2000. Il n'est pas marié. Rudjman s'occupe probablement des investissements de Kranjic. Il a entre autres investi de grandes sommes dans un projet immobilier dans la région de Belgrade.

Les conflits internes, etc.

La Commission d'enquête s'est procuré des informations concernant des conflits internes au sein de l'Organisation. Cette dernière est au courant pour le projet Nova et s'apprête à réagir aux mesures de la police. Sa direction projette donc de répartir le marché d'un certain genre de crime sur plusieurs groupes afin d'éviter l'émergence d'une concurrence interne. Cette méthode avait porté ses fruits lors de la fameuse paix entre les Bandidos et les Hells Angels. La Commission d'enquête pense que Mrado Slovovic et Stefanovic Rudjman ont reçu l'ordre d'analyser, de projeter et de réaliser une telle répartition du marché. Slovovic a pris contact avec plusieurs autres réseaux et organisations criminels. Il est très difficile de le surveiller, il change souvent d'abonnement téléphonique. En outre, l'équipe manque de moyens pour réaliser une surveillance plus sophistiquée. Il va sans doute rencontrer plusieurs chefs de gangs de Stockholm dans un avenir proche. Certains conflits internes réapparaissent au sein de l'Organisation dans le cadre de la tentative de répartir le marché.

Une conversation enregistrée entre Kranjic et Rudjman le 15 février de l'année en cours (bande SPL 3459-045 A) permet de conclure que Kranjic n'a plus confiance en Slovovic. L'extrait de la retranscription suivante est traduit du serbe :

Kranjic – Soit on se débarrasse des vestiaires soit on l'écrase [Mrado]. Je ne le sens plus.

Rudjman – Mais on a besoin de lui. Il fait un bon boulot. Il a chopé ce putain de Chilien. Il punit comme il faut tous ceux qui ne sont pas sages. Les putes, les videurs, les voyous.

Kranjic – Certes, mais il commence à moufter. L'automne dernier, il a réclamé une plus grande part du gâteau. Ça, il peut se le mettre où je pense. Puis l'incident au Kvarnen. Mauvais et pas réfléchi. Mais c'est surtout, et là c'est personnel, une question d'histoire. Il n'accepte pas que j'aie repris les affaires. À l'époque, on travaillait au même niveau. Voilà une autre raison pour laquelle il doit s'en aller. On ne peut plus compter sur lui.

La Commission d'enquête voit cela comme un signe de plus montrant que le projet Nova a atteint l'objectif de perturber le crime organisé et de l'affaiblir.

Objectifs

Se basant sur ce premier succès, la Commission d'enquête propose les mesures suivantes :

1. Surveillance plus étroite de Mrado Slovovic et de Radovan Kranjic dans le cadre des moyens autorisés
2. Autres tentatives de recueillir des informations auprès de X
3. Autres tentatives d'infiltrer l'Organisation

Budget pour ces objectifs, cf. annexe 1.

- - - - - - - - - - - - - -

Commissaire Björn Stavgård
Enquêteur spécial Stefan Krans

31

Jorge avait tellement envie de pisser qu'il aurait pu remplir toute une bouteille de Pommac. Une pensée marrante, peut-être l'offrir à quelqu'un. « Tiens, un peu de Pommac. » Les couleurs se ressemblaient vachement.

Ça prendrait encore des semaines avant qu'il capte enfin la règle de base pour tout enquêteur – toujours emmener une bouteille pour pisser quand tu es en planque dans une voiture. Peu importe alors si c'est une bouteille vide de Pommac.

Les vitres arrière étaient sombres – la condition pour que personne ne le voie. Des vitres normales exigeraient qu'il s'allonge sur le siège. Pénible. En plus, il risquait de s'endormir.

La villa de Radovan était on ne peut plus calme. C'était le premier jour qu'il attendait là. Le premier jour de tant d'autres qui allaient encore suivre.

Il avait volé la voiture, une Jeep Cherokee, à Östermalm vers 3 heures du mat'. Puis échangé la plaque d'immatriculation. Moins de risque d'être découvert par les flics.

Jorge, l'ange de la vengeance, détruirait l'empire de Radovan d'une manière ou d'une autre. Il lui fallait juste trouver comment.

Tout ce qu'il savait en ce moment, c'était que sa haine serait longue à assouvir. Une vendetta qui demandait encore plus de patience que l'évasion d'Österåker. Il ferait des recherches, fouinerait, additionnerait un et un. Mettrait la main sur des infos compromettantes concernant Radovan. Pour commencer : connaître les habitudes de Monsieur R. Un bon début : attendre dans la voiture que quelque chose de louche se passe et réfléchir.

Rien dans la rue.

Il regarda en direction de la maison.

De la neige sur le toit.
Impossible de savoir si quelqu'un était là.
Il continua de fixer le bâtiment, comme s'il s'était inscrit à l'université – pour un cours en architecture de villas.
Il sommeilla un peu entre 5 et 6 heures de l'après-midi. Pas bien. Il devait rester éveillé. Le lendemain il amènerait des clopes, du Coca, peut-être une gameboy.
La journée passait.
La haine restait.

Quelques jours plus tard, il attendit de nouveau devant la maison.
Il se força à réfléchir à un moyen de trouver une soupape de sécurité pour ses ressentiments contre Radovan. Ces idées n'avaient commencé à germer que depuis la semaine précédente. Avant, il avait refoulé cette pensée. N'avait eu qu'une seule envie : survivre en cavale. Prendre ses marques chez Abdulkarim. Faire du bon boulot. Gagner un peu de fric. Se procurer un passeport. Se barrer du pays. À présent, il savourait de pouvoir se promener en ville sans avoir peur d'être reconnu. L'idée de quitter la Suède lui semblait tout d'un coup chiante. À la place : une fois qu'il aurait ramassé assez de flouze, il monterait un truc contre Radovan.
Une pensée : possible qu'il travaille en fait indirectement pour Radovan. Jorge connaissait le Stockholm de la coke. Il n'y avait pas beaucoup de joueurs suffisamment musclés pour organiser un réseau de vente de drogue aussi important que celui d'Abdulkarim. L'Arabe avait l'air ridicule, mais Jorge le savait – ce type maîtrisait la coke à fond. Jorge s'en foutait complètement. Peu probable qu'Abdul soit sous la coupe de Radovan – les Serbes et les musulmans n'étaient pas souvent sur le même bateau. Si jamais Radovan était derrière tout ça, l'ironie était parfaite.
Il fallait qu'il esquisse d'autres projets, son premier grand boulot pour l'Arabe. Faire en sorte qu'une livraison de coke entre directement du Brésil, sans entraves.
Voilà son domaine.
Le principe de base : un vieux truc peut marcher si l'on s'y prend de la bonne manière. Jorge avait tout préparé. Une quantité considérablement plus grande que d'habitude allait être importée. De la coke achetée à des copains de copains au

Brésil. Pas cher. Quarante dollars le gramme. Trafic téléphonique intense ces derniers temps. Le deal dealé : billets achetés, nouveau téléphone portable à carte procuré, quelques personnes renseignées, la patte aux douaniers de São Paulo graissée. Une chambre d'hôtel réservée. Le plus important – la mule contactée. Une femme.

Il avait calculé toutes les erreurs possibles. Abdulkarim avait également vérifié le programme.

C'est dans les vieilles marmites qu'on peut faire les meilleures soupes du moment qu'on s'y prend de la bonne manière. La police de l'aéroport d'Arlanda et la douane collaient aux courriers suspects pis que les petits gars dans la banlieue au gang auquel il voulait appartenir, comme des hérissons.

Jorge se le répéta : il ne raterait pas cette opération.

Il passa en revue son projet de vengeance. Cela amenait des questions. Que savait-il réellement de R ? Pas mal de choses de l'époque avant la taule, quand il revendait de la coke pour la mafia yougoslave. Ses habitudes étaient claires. Il allait chercher une clé dans une consigne à la gare centrale en moyenne une fois par semaine. Ensuite il se rendait dans un stock Shurgard à Kungens Kurva où il pesait dix à vingt grammes chaque fois. Il vendait la merde à Norrort, parfois dans les bars de la ville. Parfois à d'autres dealers, parfois directement aux acheteurs. Un boulot facile. Mais il avait quand même bien gagné. Un jeu d'enfants.

À présent, il en savait beaucoup plus sur la neige. Österåker avait eu ses bons côtés – J-boy était maintenant un dico de coke ambulant.

Alors : il avait toujours su que Rado, le roi yougoslave, était derrière tout ça. Mais également savait qu'il n'y avait rien qui permettait de remonter jusqu'à Monsieur R. Ceux qui lui fournissaient la coke ne prononçaient jamais son nom. Il ne tombait jamais sur eux au stock Shurgard. Bizarre que Mrado n'ait pas tué Jorge dans la forêt. Les Yougoslaves avaient dû craindre qu'il soit assis sur un tas de merde au sujet de Radovan, qu'il puisse leur nuire sérieusement.

Il aurait bien aimé avoir autant d'infos sur le boss yougoslave qu'ils le croyaient.

Une éventualité à laquelle Jorge devait réfléchir : s'il essayait de réunir des infos sur R dans le milieu qu'il connaissait le mieux, le business de la coke, ne risquait-il pas sa peau ? Ne risquait-il pas la peau de ses camarades : Sergio, Vadim, Ashur ? Des gars qui avaient tous, d'une manière ou autre, été impliqués dans la pyramide de coke de Radovan. Il fallait trouver d'autres moyens de se procurer des renseignements sur la mafia yougoslave.

Qu'avait-il appris sur Radovan pendant son séjour à Österåker ? Surtout ce que tout le monde savait – que le boss yougoslave était impliqué dans un tas d'autres affaires hormis le business de la neige. Racket, dopage, trafic de cigarettes. Mais que savait-il de concret ? Juste quelques trucs : la coke de Radovan arrivait *via* la route des Balkans, après avoir fait halte en ex-Yougoslavie, où la merde était affinée et conditionnée en sachets. Pas comme presque tout le reste de la coke en Suède *via* la péninsule Ibérique, l'Angleterre ou directement de la Colombie, ou de l'Amérique latine. La route des Balkans était normalement le canal de l'héroïne.

Sinon : il savait quels restaurants étaient sans doute contrôlés par Radovan pour blanchir de l'argent. Il connaissait bon nombre de gens qui avaient subi des menaces ou des représailles pour avoir attaqué une partie de l'empire de R : la vente de la coke au centre-ville, les machines Jack Vegas dans les bars à Västerort, de l'alcool distillé sur place au lieu de l'alcool importé dans les restaurants à Sollentuna.

Mais une nouvelle fois, rien ne remontait jusqu'à Radovan. Rien n'était prouvé.

Jorge devrait peut-être abandonner. Accepter l'humiliation. Il y en avait plein qui se faisaient tabasser par des hommes comme Mrado. Pour qui se prenait-il ? Que pouvait-il faire ? D'un autre côté, J-boy, la star de la cavale, valait plus que la moyenne, plus que ces emmerdeurs de la banlieue qui rêvaient de bling-bling et de bagnoles chères. Il réussirait dans la vie. Se ferait du fric pour de vrai. Si même Österåker ne pouvait pas l'arrêter, ce ne serait pas un connard serbo-croate qui le ferait.

La nuit tombait.

Une journée triste.

La maison de Rado n'était pas le bon endroit pour démarrer son projet. Jorge devait réfléchir. Structurer.

Il partit. Pensa à laisser la voiture à Södermalm. Trop dangereux de continuer à s'en servir.

Il n'arrivait pas à oublier R et ses liens avec la route des Balkans. Jorge connaissait un gars, Steven, à Österåker. Le mec séjournait en cabane pour avoir fait de la contrebande d'héro. Voilà peut-être un point de départ. Se renseigner si Steven avait été libéré. Sinon : se renseigner sur les acolytes de Steven. Ceux qui en savaient plus sur la route des Balkans.

Le lendemain, il appela à Österåker d'une cabine téléphonique. Déguisa sa voix. Demanda si Steven avait déjà été libéré. Un ton plein de mépris à l'autre bout du fil. Jorge ne reconnut pas la voix. « Steven Jonsson ? Il a encore au moins trois ans à tirer. Appelez plus tard. »

Enculé.

Jorge appela Abdulkarim, Fahdi, Sergio. Tous ceux auxquels il faisait confiance. Personne ne savait grand-chose sur Steven et la contrebande d'héro. Certains avaient entendu parler de lui, mais personne n'était au courant de ce qu'il avait fait exactement.

Trois jours d'appels ininterrompus. Sans résultat.

Impossible de contacter directement Steven en toute sécurité. Une conversation téléphonique pouvait être écoutée, si jamais elle était permise. Les lettres étaient contrôlées par échantillons. Il n'y avait pas Internet dans la prison.

Il surveilla la villa. Attendit quelque chose sans savoir quoi.

Fixa le toit plat.

Ses yeux scrutèrent la neige.

Il réfléchit : comment entrer en contact avec Steven ? En apprendre plus sur l'héroïne importée par la route des Balkans ? Ce qui était parfait, c'est que Jorge n'avait jamais été impliqué dans ce genre d'affaires. Aucun risque pour lui ou ses amis.

Cela devenait une idée fixe. Un délire obsessionnel visant Rado et Mrado.

Parfois, il voyait des gens devant la maison. R lui-même qui rentrait. Une femme accompagnée d'une fille d'environ sept ans arrivait à la maison vers 6 heures tous les soirs. Sans doute la femme et la fille de R, rentrant de l'école et du travail. Jamais toutes seules. Toujours accompagnées d'un type costaud au physique slave – apparemment un sous-fifre dans la hiérarchie des Yougoslaves. Plus tard, Jorge apprit qui était le gars – il s'appelait Stefanovic, garde du corps et machine à tuer personnels de la famille Radovan Kranjic.

La femme conduisait une Saab Cabriolet.

Radovan conduisait une Lexus SUV.

Une famille heureuse.

En voyant la fille de sept ans, Jorge pensa à la photo de Paola que Mrado lui avait montrée dans la forêt. Ils ne reculaient devant aucun coup de pute. Jorge aussi pouvait faire des coups de pute. S'en prendre à la fille. Mais : l'idée lui répugnait. La fille était innocente. En plus, ça paraissait trop dangereux.

La maison était étroitement surveillée. Chaque fois que quelqu'un s'en approchait, un système d'éclairage automatique illuminait le sentier jusqu'à la porte. Parfois, lorsque Stefanovic était à la maison, il ouvrait la porte avant que la personne ait sonné. Signe qu'il était prévenu par une sorte d'alarme que quelqu'un s'approchait de la maison.

Jorge abandonna l'espoir que son attente devant la maison porte ses fruits. Une pure perte de temps.

Quatre jours plus tard : une autre idée. Il rappela Österåker. Posa des questions sur Steven. Demanda pour quel crime il avait été condamné. Demanda quand il avait été condamné. À quel tribunal.

Il loua la Suède pour le principe de « publicité », enfin, peu importe comment on appelait ça. Jorge appela le tribunal d'instance de Stockholm. Les pria de lui envoyer le verdict concernant Steven Jonsson. Pas de problème – ils ne voulurent même pas savoir son nom.

Le lendemain, dans la boîte à lettres de Fahdi : un verdict. Le tribunal d'instance de Stockholm. Crime contre la loi des stupéfiants. Six kilos d'héroïne. Directement importée de Croatie, fraîche. Les accusés étaient Steven Jonsson, Ilja Randic, Darko Kusovic. Steven avait été condamné à six ans de prison ferme. Ilja à six ans. Darko à deux ans. Ce dernier devait être sorti.

Pas difficile de trouver Darko. Jorge eut son numéro de portable en appelant les renseignements.

Jorge lui passa un coup de fil.

« Salut, je m'appelle Jorge. Un vieux pote de Steven à Österåker. Est-ce que je pourrais te poser quelques questions ? »

La voix de Darko trahissait sa méfiance. « T'es qui toi, putain ?

— Du calme. J'étais en cabane en même temps que Steven. On était dans le même couloir. J'aimerais te rencontrer si t'as le temps. »

Jorge le charma. Jorge sympa. Sortit quelques stories de taule avec Steven. Réussit à faire comprendre à Darko qu'il avait vraiment été dans la cellule à côté de lui. Jorge rigolait. Faisait l'imbécile.

Ça marchait toujours.

Darko dit finalement : « Tranquille. J'ai arrêté tout ça. Maintenant je me suis lancé dans la réparation de Saab à plein temps. On peut se voir, mais à une condition : je n'ai pas envie d'être mêlé à des emmerdes. Tu comprends ? J'ai laissé tomber tout ça. Je peux te raconter ce que Steven et moi on a fait, mais à ma manière. Rien de plus. Je suis honnête désormais. »

Jorge pensa : *Yeah right*, super honnête.

Ils prirent rendez-vous.

Quatre jours plus tard, en route pour le rendez-vous avec Darko. Cinq bâtons brûlaient dans sa poche. Une grande partie de ses revenus gagnés chez Abdulkarim passaient dans son projet de haine : un secteur qui nourrit, un secteur qui amaigrit.

Ils se virent dans un café dans la rue Kungsgatan. Des muffins aux myrtilles et cent cinquante sortes de café derrière le comptoir. Plein d'ados et de mamans en congé de maternité. Les sujets de conversation de la clientèle en résumé : mecs, amies, modèles de poussette.

Après quelques phrases d'introduction inoffensives et la promesse de trois mille couronnes, Darko se mit à table. De sa voix sombre sur fond de caquetages il décrivit les préparatifs entrepris par le boss quatre années auparavant. Malgré ses réticences au téléphone, il semblait s'en fiche d'être entendu.

Darko était un pro de la route des Balkans. Il connaissait chaque voie de contrebande entre l'Afghanistan, la Turquie, le Tadjikistan et les Balkans. Et ensuite : les frontières de la Slovénie, l'Italie, l'Allemagne. Il connaissait tous les postes douaniers sur toute la frontière de l'ancienne Yougoslavie. Quels passages étaient surveillés. Quels douaniers pouvaient fermer un œil en échange de quelques dollars. Ceux qui demandaient beaucoup, ceux qui demandaient moins.

Jorge impressionné. Il posa une question directe concernant Radovan.

Darko secoua la tête : « Je ne peux rien dire. Je peux avoir des problèmes. J'ai un fils, il a huit ans. »

Jorge repensa à la photo de sa sœur que lui avait montrée Mrado sur l'écran de son portable dans la forêt cet après-midi-là.

Il insista.

« Allez. Aide-moi un peu. Deux bâtons de plus pour l'info ?

— Pourquoi devrais-je te faire confiance ?

— Putain, appelle Steven et demande-lui, si tu crois que je suis une balance. Avec Steven on fumait du shit en cachette dans les douches pendant tout le temps où j'étais en cabane. Je ne trahirais jamais un ami de Steven. »

Darko eut l'air de se détendre lorsqu'il entendit le nom de Steven.

« Tu es têtu. Pour cinq mille je te raconte toute la story. »

Pas question de négocier. Jorge dit : « D'accord. Cinq. »

Darko poursuivit. À la base, lui et Steven n'avaient pas travaillé pour R, sauf à deux occasions. La première fois, ils avaient fait passer quatre kilos d'héroïne cachés dans un poids lourd chargé de bois. La valeur du taf dépassait un million et demi. Ils avaient planifié tout le trajet en amont : chercher des chauffeurs, surveiller les chauffeurs, graisser la patte aux douaniers, s'assurer la protection par d'autres gars du crime organisé à Belgrade.

La seconde fois, ce n'était pas de l'héro qu'ils faisaient passer mais quelque chose d'autre. De pire.

L'intérêt de Jorge fut éveillé. Il bombarda Darko de questions.

Darko nerveux. Le regard hagard. Avala son café. Proposa de faire une promenade.

Ils sortirent.

C'était une froide journée de février. L'air frais, le ciel bleu. Jorge tchatchait à l'infini. Fallait créer un climat de confiance. Il bla-blatait.

« T'aurais dû être là. En été. Steven avait reçu quinze noyaux de cannabis enfoncés dans des raisins qu'il plantait dans la cour. Tu sais, le cannabis a besoin de plein d'eau. »

Darko écoutait. Se laissait divertir. Avait l'air de se détendre.

« Un problème grave : comment arroser les plantes ? Steven a eu l'idée de génie, il a fait semblant de pisser dessus, alors qu'il ne versait qu'un verre d'eau sur les plantes. Un gardien l'a vu, bien sûr. Il est venu. Il s'est mis à fanfaronner : quoi, tu urines sur le gazon ? Steven a nié en bloc. Le gardien, pour prouver que Steven avait pissé, s'est mis sur quatre pattes et a reniflé l'herbe. Tu me suis ? Comme un chien. Steven lui a alors dit : on en a enfin eu la preuve, ça fait longtemps que je le pensais, les chiens et les gardiens – vous avez les mêmes gènes. Qu'est-ce qu'on s'est pété de rire. »

Darko sourit. « On m'a déjà raconté cette histoire. Steven est un brave gars. »

Ils longèrent la rue Kungsgatan.

Darko allait parler, ça se sentait.

Au bout de cinq minutes de silence, il commença à raconter. « Steven et moi, on bossait avec un Serbe, Nenad. Un putain d'enfoiré. Le gars avait de bons contacts à Belgrade. Il se disait qu'il avait fait partie des Tigres, qu'il avait massacré trente Bosniaques à Srebrenica de ses propres mains. D'abord, il aurait mené les hommes sur une place, ligotés, où il les aurait battus jusqu'à ce qu'ils rampent dans leur propre vomi. Ensuite, il aurait violé leurs femmes, devant leurs yeux. À l'époque, on ne savait pas qu'il était un homme de Radovan. Quand on faisait le boulot, les instructions venaient directement de Radovan. On a eu vingt pour cent de la valeur de la marchandise. Assez pour faire la bringue pendant six mois, il était temps de retravailler. L'autre fois où on a bossé pour Radovan c'était donc sous le régime de Nenad. Je crois c'était un an avant qu'on aille au trou. On s'est rencontrés au café Ogo, tu sais, l'ancien bar de Jokso. Nenad s'est présenté, disant qu'on pouvait l'appeler le Patriote parce qu'il soutenait toujours la Grande Serbie. Pour ces gars, c'était du sérieux. Il était dur comme fer, Nenad, des tatouages de guerre sur les poings. Deux autres gars étaient autour de la table. Je me rappelle qu'ils la fermaient pendant toute la conversation. Mais j'en ai reconnu un, Stefanovic, je l'avais déjà vu dans un bar. Un gars assez jeune qui travaillait pour Radovan à l'époque. Nenad nous a fait de la lèche. A parlé de notre premier transport qui avait réussi. Il en savait beaucoup sur moi, mais ce n'était pas étonnant, on travaillait souvent pour les Yougoslaves. Moi aussi, je suis serbe. »

Darko fit une pause. Ses yeux brillèrent. Enflammés par les vieux souvenirs. Le kick. Le suspense. Ou était-ce autre chose ?

Ils traversèrent la place Hötorget.

« Nenad a décrit l'entreprise. Soi-disant une énorme charge de H. On était censés la chercher en camion, comme la dernière fois, dans la région de Belgrade. Les conteneurs seraient larges, prendraient beaucoup de place. On ne pigeait rien. On discutait tout le truc, fixer deux poids lourds immatriculés en Allemagne qui pouvaient transporter chacun deux conteneurs. Officiellement, des pièces de machines à transporter de la Turquie *via* les Balkans. Nenad nous donnait des ordres. Il fallait au moins deux mètres cubes pour la charge dans chaque conteneur. Une fois près de Belgrade, nos contacts sont arrivés dans un vieux bus de l'armée, ils portaient des vêtements militaires et des mitrailleuses. Ils amenaient quatre femmes. J'ai cru qu'ils allaient nous inviter à boire de la vodka et à passer du bon temps avec les filles. Un instant plus tard, j'ai compris. Il n'avait jamais été prévu qu'on transporte de l'héro. On devait charger des gens. D'abord je croyais que c'étaient des réfugiés. »

Jorge et Darko continuèrent lentement le long de la rue Vasagatan, passèrent devant la gare centrale. Les taxis faisaient la queue. Jorge demanda : « Qui étaient les contacts ?

— Aucune idée. Mais on a ramené les filles ici. Elles n'ont pas eu le droit de sortir une seule fois. Cet été-là il faisait chaud comme tout. Lorsqu'on a traversé l'Allemagne, le thermomètre indiquait trente-six degrés. Dieu sait comment elles ont survécu au voyage. Trente heures dans deux mètres cubes, imagine-toi. Bon, elles avaient de l'eau à boire. On les a déchargées au port Södra Hammarby, à l'époque c'était une zone industrielle non construite. Je vois encore leurs visages quand elles sont sorties des conteneurs – dévastés par les pleurs, gris foncé. Des poches sous les yeux qui les faisaient paraître vingt ans plus vieilles. Si seulement j'avais su avant ce que j'allais devoir transporter, putain de merde. Mais elles avaient de l'eau. »

Jorge ignora les regrets de Darko. À cet instant, ce n'était pas important que les prostituées aient eu de l'eau ou pas. Il demanda : « Qui vous a accueillis ?

— Radovan, Nenad, Stefanovic et quelques autres.
— Radovan ?
— Oui. Je l'ai reconnu grâce à des photos que j'avais vues au café Ogo.
— Tu es sûr ?
— Aussi sûr que ce n'était pas de l'héro que j'ai transportée cette fois-là.
— Qui étaient les autres ?
— Aucune idée, je connaissais juste Nenad et Stefanovic. Désolé.
— Vous avez reçu combien ?
— Cent cinquante mille chacun. Cela couvrait tout. Le bakchich et le salaire des chauffeurs inclus. »
Jorge brûlait intérieurement.
Tellement chaud.
Haine.
Une piste.
Radovan dans le marais des putes.
Jorge sonna l'attaque.

32

JW avait des problèmes de luxe : il avait mis trois cent mille de côté en quatre mois et en même temps il avait pu consommer comme un cheik arabe – que devait-il faire de l'argent ?

Bientôt, il aurait sa BMW. Peut-être dans un mois. Peut-être dans deux mois. Sans doute d'occasion, malgré tout. Il hésitait encore entre le joli coupé sport BMW 330Ci M package modèle 2003, la BMW 330 Cabriolet avec système de navigation, encore plus jolie, et la plus jolie de toutes : une BMW Z4 2,5. Cette dernière, il l'avait découverte sur les pages de *Blocket*[1]. Elle était super belle, couleur argent et intérieur cuir, et elle passait de zéro à cent à l'heure en six secondes. Une bagnole de frimeur. C'était teeeellement lui.

Voilà le problème classique de l'argent sale. Sur le papier JW ne gagnait rien, vivant, selon les fichiers de Papa État, de sa bourse étudiante, en tout sept mille cinq cents couronnes par mois. Il fallait faire enregistrer et assurer la voiture. Par conséquent, Papa État pourrait voir qu'il s'était acheté une voiture à trois cent mille, bien qu'il ne déclare ni salaire ni revenus. Papa État se poserait des questions. Dans le pire des cas, Papa État aurait des soupçons et commencerait à s'intéresser à JW.

La solution standard était de recycler l'argent sale.

JW lisait beaucoup sur le sujet, bien que la documentation soit plutôt rare. Difficile de trouver des informations. Il demanda à Abdulkarim s'il connaissait des combines.

La réponse de l'Arabe : « JW-man, tu sais, moi, pas comptable. Moi bougnoule. La Suède se méfie de moi de toute façon. Je n'ai pas besoin de cash blanc. Je suis en dehors de tout ça. »

---

1. Petites annonces de particulier à particulier. *(N.d.T.)*

JW essaya de lui expliquer les avantages d'une intégration dans le système légal.

Abdulkarim ricana doucement : « Tu viens avec moi à Londres, parce que t'es mon économiste. C'est à toi de réfléchir. Si t'as une bonne idée – fais-m'en part. Dans ce cas, je blanchirai dix pour cent. »

L'Arabe n'avait pas tort, rester en dehors du système était une alternative. Pas de voiture, pas d'assurance, pas d'appartement, toujours payer en espèces.

Mais ce n'était pas la voie de JW. Lui, il voulait être à fond dedans.

Trois jours après son retour de Robertsfors, JW se demanda : que me reste-t-il de chez moi ? Réponse simple : rien. Mais quand même, en son for intérieur, il sentait que ça lui avait fait du bien d'y être retourné. De se sentir en sécurité. De ne pas avoir à jouer. De pouvoir parler son dialecte. De pouvoir se promener dans des loques sans nom. De pouvoir traîner au lit toute la journée sans avoir à appeler les gens pour leur demander ce qu'ils allaient faire le soir.

En même temps, il était plein de mépris. Ses parents étaient des ploucs. Ils ne collaient pas avec son personnage.

En plus, il était sur une nouvelle piste – le mec de Camilla était yougoslave. Qu'est-ce que ça voulait dire ? C'était probablement une info qu'il devait filer à la police.

La police justement, que faisait-elle ? JW leur avait servi Jan Brunéus sur un plateau, le professeur qui visiblement avait profité de sa sœur. Pourquoi n'avait-il aucune nouvelle ? Se foutaient-ils de l'inquiétude et de la tristesse de la famille Westlund ?

En même temps, il était soulagé d'avoir contacté la police. Il pouvait donc s'occuper d'autre chose. Il ne fallait pas que les recherches sur Camilla l'éloignent trop de sa carrière.

JW apprit tout sur le blanchiment. La clé de la réussite était le transfert d'un système économique à l'autre. Le transfert d'un environnement sale à un environnement propre. Le transfert par cycles, en trois étapes essentielles : placer, cacher, recycler. Sans ces trois étapes, pas de cercle fermé.

Le placement était nécessaire, car on dealait en espèces. La vente de C, peu importe le genre de clientèle, ne se faisait jamais autrement. Une phrase fondamentale : *cash is king for cocaine consumers*. L'avantage des espèces : elles ne laissent pas de traces. L'inconvénient : elles sont suspectes. Les gens se posaient des questions quand ils voyaient des liasses de billets de cinq cents. Les espèces devaient être transférées. Placées. Converties. En une autre monnaie, avec beaucoup de zéros sur un compte bancaire, en actions, options ou autres instruments. En quelque chose qui n'attirait pas l'attention, facile à manier, le plus éloigné possible de la source de revenus illégale.

Le transfert numéro deux concernait la planque. Camoufler le fric sous le manteau protecteur d'activités économiques ou d'autres mécanismes qui cachaient les sources de revenus : les comptes en banque dans des pays qui garantissaient la discrétion. Il s'agissait d'interrompre la chaîne. De créer plusieurs couches de transactions. L'origine de l'argent devait être invisible. Utiliser des prête-noms. Utiliser des comptes numérotés. Utiliser un système qui coupe tout lien entre toi et les jolies couronnes.

Le dernier transfert était le plus important, il concernait le blanchiment en soi, la réintégration de l'argent dans l'économie. Une fois les espèces placées, mises sur un compte, une fois l'argent caché, toutes les traces détruites, il était temps pour la dernière étape – l'accent sur les origines, la création d'une chimère de sources légitimes. Souvent des sources imposées. Des sources normales.

Le blanchiment d'argent exigeait que l'on joue selon les règles de l'État. Les espèces perdaient leur belle flexibilité, étaient introduits dans le système financier où tout est soigneusement réglé. Toute information est enregistrée. Tout revenu prélevé. Chaque transfert enregistré. Aucun revenu non identifié. Mais il y avait moyen de passer entre les mailles du filet.

Tu veux recycler. Tu veux interrompre cette chaîne. En même temps, tu veux avoir une belle chaîne pour la montrer aux administrations. Deux alternatives étaient possibles. Soit fourrer l'argent quelque part où la loi de discrétion empêchait les recherches de Papa État. La réponse aux questions posées : en effet, une transaction a été enregistrée, mais nous n'avons malheureusement pas le droit de la rendre publique. Soit utiliser un système pour créer une trace. La réponse à Papa État : bien sûr, il y a des transactions enregistrées, regardez là.

Tout le truc demandait des préparatifs. JW aurait sa BMW, c'était comme ça. Point. Enregistrée et assurée.

Il fallait se dépêcher. Il voulait s'y mettre le plus vite possible.

Une semaine plus tard, il avait acheté sur Internet trois sociétés déjà constituées à six mille couronnes chacune. Indiquant son nom sur la liste des membres de la direction des entreprises. L'une était enregistrée dans le secteur du management événementiel, les deux autres dans la vente d'antiquités. Parfait. Il créa un capital en actions pour chaque société, cent mille couronnes, en délivrant des titres de créances. Lui-même devenait débiteur des sociétés – une manière d'éviter d'être obligé de dépenser de vraies couronnes au nom des entreprises. Il esquissa un contrat d'emploi, par lequel il s'embauchait dans la société d'événementiel. Finalement il donna des noms aux sociétés. Elles s'appelaient JW Empire Antique 1 SA, JW Empire Antique 2 SA et JW Consulting SA. Ça avait l'air suffisamment professionnel.

Il contacta des gens à Londres, des amis de Fredrik et Putte qui bossaient à la London School of Economics. Des gosses de riches qui payaient cent mille par semestre pour leur assurer une belle formation. Eux, ils en connaissaient d'autres qui travaillaient déjà, des spéculateurs. JW passa coup de fil sur coup de fil. Voix nasillardes de péteux à l'autre bout. Des gars qui bossaient jour et nuit pour tenter de légitimer leur amour-propre. Il se référait toujours aux mecs qui lui avaient donné les noms. Ça ouvrait des portes. Apportait de nouveaux noms. Anglais, Indiens, Italiens. La moitié du monde travaillait à Londres.

À la fin, au bout de quatre jours d'appels incessants vers Londres – sa facture téléphonique dépassait certainement les trois mille couronnes –, il put parler à un employé de la Central Union Bank sur l'île de Man. Un paradis fiscal avec un avantage de taille : le secret bancaire. Parfait.

Ils prirent rendez-vous pour la semaine où JW viendrait à Londres en compagnie d'Abdulkarim.

JW verrait Sophie plus tard dans la soirée à l'Aubergine dans la rue Linnégatan pour dîner.

Il était chez lui devant l'ordinateur et surfait sur Internet. Matait des objets mis à la vente. Des bagnoles géniales. Il compléta son historique d'acquisitions sur Excel. Réfléchit à de nouvelles méthodes de vente. Fit une analyse de son chiffre d'affaires. Pesa les avantages du blanchiment d'argent.

Arrêta l'ordinateur.

Il se leva. Le temps d'aller voir Sophie. JW vêtu comme d'hab : jean Gucci, Loafers, une chemise Pal Zileri à rayures bleues avec doubles boutons de manchettes. Il mit son manteau en cachemire.

Se dirigea vers l'Aubergine. De la neige sale encadrait les rues. Ses chaussures étaient plus glissantes qu'une peau de banane enduite de lubrifiant. Il aperçut Sophie à travers la vitre. Elle était toujours belle, toujours. Mais on ne le voyait pas à cent pour cent quand elle était assise. Lorsqu'il entra dans le restaurant, elle se leva. Sa beauté le frappa comme la foudre. Putain, ce qu'elle était jolie.

Elle portait un blue-jean moulant, Sass & Bide, des chaussures pointues noires et un haut noir au large décolleté, probablement de la boutique Nathalie Schutermans dans la rue Birger Jarlsgatan. Sophie y était une habituée.

Il lui fit un clin d'œil, comme s'il la draguait.

Elle sourit. Ils s'enlacèrent, s'embrassèrent furtivement.

JW prit place. Commanda une bière. Sophie avait déjà un verre de rouge devant elle.

La salle du restaurant était en forme de L. De grandes fenêtres. Des tables basses peintes en noir. Un bar à l'angle du L. Des structures en fer enchevêtrées au plafond faisaient office de lampes, répandant une lumière douce.

La clientèle était composée d'avocats et de gars de la finance qui buvaient leur bière après le boulot, de nanas qui prenaient l'apéro et de couples d'Östermalm qui dînaient en tête à tête.

Ils commandèrent.

JW entoura les épaules de Sophie de son bras.

Elle but une gorgée de son vin. « Tu as l'air fatigué. »

Parfois elle avait des manières qui le rendaient nerveux. Quand elle le fixait du regard, elle ne le quittait jamais des yeux.

« Je ne dors pas assez, je crois.

— Mais la semaine dernière tu m'as dit que tu étais fatigué, parce que tu dormais trop. Tu avais dormi jusqu'à 3 heures de l'après-midi. C'est ton record personnel ? »

JW passa un doigt sur son verre embué. « Je ne pense pas. C'était le week-end où je suis rentré de chez mon père et ma mère. Trop de sommeil te crève encore plus. J'ai presque rien fait chez eux.

— C'est bizarre, quoi. Il y a toujours une raison pour être fatigué. Ça peut être des choses tout à fait contradictoires. Un truc de dingue : quand on n'est pas crevé parce qu'on ne dort pas assez, on est crevé parce qu'on dort trop, à cause de l'obscurité pendant l'hiver ou à cause de la lumière du printemps. On se sent fatigué quand on gaspille un jour et tout autant quand on a été trop actif pendant toute une journée.

— C'est vrai. Tout le monde cherche une excuse pour expliquer sa fatigue. Crevé parce qu'on a fait de la musculation ou parce qu'on s'est cassé la tête à un examen. Les gens ont toujours une raison d'être fatigués. Mais là, je sais pourquoi je suis en train de m'endormir. Je suis sorti hier. »

JW raconta. La soirée de la veille. Les blagues de ouf des gars. Le trip de coke. Il palabrait. Sophie était une excellente auditrice, elle posait les bonnes questions au bon moment, approuvait de la tête quand il le fallait, riait quand une blague était vraiment drôle. Sophie connaissait une partie de la vérité – elle savait que JW vendait aux gars – mais elle ne se doutait pas dans quelle mesure. Loin de là.

Sophie s'appuya contre le dossier de sa chaise. Ils se turent pendant un instant. Écoutèrent secrètement les discussions aux autres tables.

Finalement elle demanda : « Mis à part les gars, c'est qui tes amis ? »

Dans la tête de JW : processus d'analyse à vitesse et stress maximum. Il soupesa quelques formules mensongères. Que dire, putain ? Qu'il n'avait que les gars comme amis – et avoir l'air d'un loser. S'inventer des amis ? Non, sa tête exploserait sous la pression de tant de mensonges. La solution : un compromis, en dire la moitié.

« Je traîne un peu avec un autre gang. Tu vas rire.

— Pourquoi est-ce que je rirais ?

— Parce que ce sont des bougnoules, quoi.

— Des bougnoules ? » Une véritable surprise dans la voix.

« Enfin, genre. On fait la bringue, on va à la muscu. On glande. » JW ressentit le besoin de se justifier. « Ils sont assez sympas, en fait.

— Je n'aurais jamais cru ça de toi. Parfois je me demande si je te connais vraiment. Quand est-ce que je peux les rencontrer ? »

Ah, putain ! JW n'avait pas pensé qu'elle voulait s'engager à ce point-là. D'habitude elle ne s'intéressait pas aux gens en dehors de son cercle d'amis. Et là elle voulait tout d'un coup rencontrer Abdulkarim, Fahdi et Jorge.

Une blague, non ?

JW s'efforça de garder son calme. Il dit : « Bientôt peut-être. On verra. » Urgence. Changer de sujet de conversation. Il se mit à parler de Sophie. Ça marchait en règle générale.

Il lui posa des questions sur Anna et les autres filles de Lundsberg. Du bla-bla sur les couples. Le sujet préféré de Sophie. JW se demanda si elle se doutait de ce qui était arrivé entre lui et sa meilleure copine Anna à la soirée de Lövhälla Gård. Mais pourquoi s'en soucierait-elle, ça faisait déjà presque six mois.

Sophie lui rappelait Camilla. C'était dégoûtant.

Camilla ressemblait à Sophie, à une différence près – Camilla avait en quelque sorte manqué de maîtrise.

Et tout d'un coup, il eut comme une illumination. Sophie semblait constamment jouer un jeu avec lui, elle était difficile, gardait de la distance, mais peut-être que c'était sa manière à elle de dire qu'elle aimerait qu'il lui donne de l'affection. Qu'il s'ouvre à elle. Qu'il la laisse entrer dans son monde. Qu'il lui raconte qui il était vraiment. Qu'il lui raconte ce qu'il n'osait pas dire. Exactement comme Camilla. Dure, distante envers maman et papa, surtout envers Bengt, alors que ce n'était qu'une manière de s'enfermer puisqu'il n'y avait pas de véritable affection. Jouer la dure puisqu'elle n'osait pas se dévoiler. Est-ce que c'était le manque d'affection qui l'avait attirée dans les bras de ce putain de Jan Brunéus ? JW ne savait pas s'il voulait vraiment connaître la vérité.

Quelques jours plus tard, les préparatifs pour le voyage à Londres battaient leur plein. JW s'occupa des billets d'avion. Réserva dans des hôtels de luxe. Fit en sorte de figurer sur les guest-lists : Chinawhite, Mayfair Club, Moore's. Engagea un guide touristique personnel, loua une berline, réserva des tables dans les restaurants les plus chic, chercha les meilleurs bar à striptease, contacta les requins des billets afin d'avoir des places pour un match de Chelsea, vérifia les horaires d'ouverture et l'emplacement des magasins de luxe sur un plan : Harvey Nichols, Harrods, Selfridges.

Abdulkarim serait content. La seule chose qui agaçait JW : il ne savait pas qui ils allaient voir et pourquoi. Abdulkarim s'était borné à lui dire : « C'est du big business. »

Ils se voyaient souvent chez Fahdi. Lui, Fahdi, Jorge et parfois Abdulkarim. Fahdi matait des films pornos et des vieux Van Damme. Autrement, il ne faisait que parler des gens qu'il avait tabassés et du Mal avec un grand M : les États-Unis. JW et Jorge faisaient l'organigramme de leurs contacts et de leurs dealers. Discutaient stockage, lieux de revente, stratégies de vente et surtout importation. Au programme, une méga-importation du Brésil.

Le Chilien puait la haine et la détermination. Le gars avait un projet qu'il poursuivait de son côté, la vengeance contre les gars qui l'avaient cassé et tabassé.

En gros, JW se sentait bien en leur présence. Ils étaient naturels en comparaison avec ses potes du Stureplan. Un peu plus ploucs dans leur comportement, mais à la base ils avaient les mêmes priorités que les gars – filles, fric, flambe.

Un soir chez Fahdi, il comprit des aspects du business de la coke qu'il avait ignorés jusque-là.

Lui, Jorge et Fahdi étaient vautrés sur les canapés. Ils avaient passé des coups de fil aux dealers pour convenir de rendez-vous.

La télé résonnait en bruit de fond. Des scènes d'action de *Mission impossible 2* passaient au ralenti.

Des coups de poing et de pied sanglants, consommables. Pour Fahdi – de l'inspiration.

Il commença à parler d'un gars qu'il avait flingué deux ans auparavant.

Au début, JW rigola.

Jorge voulut en savoir plus.

Il demanda à Fahdi : « Tu n'as pas peur d'aller en cabane ? »

Fahdi éclata de rire et dit fièrement. « J'ai jamais peur. La peur, c'est un truc de pédé.

— Alors, qu'est-ce que tu ferais si les flics arrivaient ?
— T'as vu *Léon* ?
— *Qué* ?
— Tu ne captes pas ?
— Comment, t'as des armes à la maison ?
— *Habibi*, bien sûr. Vous voulez voir mon arsenal ? »
JW était réellement curieux. Ils suivirent Fahdi dans sa chambre à coucher. La porte de son armoire grinça. Fahdi fouilla dans l'obscurité. Jeta quelque chose sur son lit. JW ne vit d'abord pas ce que c'était. Ensuite il comprit – devant lui, sur le lit, se trouvait un fusil de chasse scié, un Winchester. Deux canons. Cinq boîtes jaunes contenant des cartouches de la même marque que le fusil. Deux pistolets Glock. Une machette avec de la bande isolante autour du manche. Le visage de Fahdi rayonnait comme celui d'un enfant heureux. « Et voilà mon meilleur truc. » Il se retourna vers l'armoire, se pencha en avant. Sortit une carabine automatique 5. « De l'armée suédoise. Grave, non ? »
JW fit semblant de rester calme. Mais il était choqué – la maison de Fahdi était un véritable nid d'aigle. Un bunker plein d'armes dans la banlieue triste.
Jorge sourit.
Quand JW rentra ce soir-là chez lui, il oublia d'appeler Sophie.
Il eut du mal à s'endormir.

33

Mrado débutait en tant que messager de la paix. Ça marchait bien. Il se dit : peut-être que j'ai raté ma vocation, j'aurais dû bosser pour les Nations unies. Puis il s'interrompit : encule les Nations unies, elles ont trahi la Serbie.

En trois semaines, il avait fait le tour des boss. Magnus Lindén, un extrémiste de droite à nuque musclée et cervelle minuscule. Le chef de la Fraternité Wolfpack. Ahmad Gafani, le chef des Fittja Boys avec le tatouage ACAB classique dans le cou : All Cops Are Bastards. Naser – le boss des Albanais. Ce dernier parlait à peine le suédois, mais il piquait des millions par an au peuple suédois. Des hommes qui avaient trop de pouvoir. Des psychopathes. Sans respect. Sans inhibition. En même temps, ces types n'avaient pas de plans clairs. Il s'en rendait compte : les Yougoslaves leur étaient toujours supérieurs. Les autres avaient besoin d'un leader.

Les Hells Angels et les Bandidos avaient repris la guerre. Déjà deux morts, un dans chaque camp. Les Fittja Boys se battaient pour leur part de profit sur trois attaques de transports de fonds qu'ils avaient menées ensemble avec les Original Gangsters. À Kumla c'étaient des membres des OG et des Bandidos qui combattaient. À Hall un membre des HA avait troué la peau d'un homme du gang de Naser avec un stylo à bille. Quatre coups rapides dans la gorge. Chop-chop.

Du coup : une troisième guerre mondiale venait d'éclater dans la jungle de Stockholm et sa banlieue. À cela s'ajoutait le projet Nova de ces putains de suceurs de bite de policiers. Mrado était sûr et certain qu'ils manipulaient la guerre. Qu'ils profitaient de ce déchaînement de la haine et de la violence. Les gens prêts à cafter pour mettre l'ennemi derrière les barreaux. Les gens prêts à prendre des risques dans la guerre, à baisser la garde, à diminuer les mesures de sécurité. Les flics pouvaient s'infiltrer. Sucer de l'info. Le résultat jusqu'ici : plus de trente personnes condamnées.

Mrado se rendit dans une zone industrielle à Tullinge, près du quartier général des Bandidos. Point essentiel pour Mrado dans ce genre de rencontre : ils ne se voyaient pas *dans* le bunker des Bandidos. Ce devait être en terrain neutre.

La nuit précédente, il avait dormi comme un chien. S'était réveillé à 3 h 30. En nage. Dégueu. Enveloppé dans les draps. Souvenirs de Lovisa jouant dans la cour, dans le salon, sur le canapé devant la télé. Formant un bonhomme de neige avec des morceaux de craie. L'insomnie le rongeait. Le whisky ne l'aidait pas. Allumer la chaîne hi-fi et écouter des ballades serbes ne marchait pas non plus. Il pouvait être opérationnel en dormant trois ou quatre heures quelques nuits d'affilée. Mais pas plusieurs semaines d'affilée. Il fallait qu'il change quelque chose dans sa vie.

Trois jours auparavant, il avait parlé avec un membre des Bandidos. L'avait prié de dire à Jonas Haakonsen, le chef des Bandidos à Stockholm, que Mrado voulait lui parler de certains domaines de leur activité. Il lui avait laissé son numéro de portable. Deux heures plus tard : un SMS. Un endroit. Une date et une heure. Et : « Viens solo. » Rien d'autre. D'après ce que Mrado avait entendu dire, c'était le style de Haakonsen. Dramatique. Prudent. Mrado pensa : allez, on n'est pas dans un putain de film d'espionnage pendant la guerre froide.

Mrado avait rencontré Haakonsen lors de la partie de golf des gangsters l'année précédente. Le golf : une initiative fantastique d'un ancien membre des OG. Tous ceux qui avaient été derrière les barreaux au moins deux ans et qui possédaient une carte verte étaient les bienvenus. L'année dernière ils avaient joué sur le terrain de golf à Ulriksdal. Quarante-deux participants. Des nuques larges et des avant-bras tatoués *in absurdum*. Mrado s'était senti minuscule à côté des autres. Ç'aurait été une occasion parfaite pour parler de la répartition du marché, si Mrado avait déjà eu cette mission, sauf qu'il y avait sans doute des micros dans chaque tee, chaque bunker de sable, chaque green.

Que devait-on savoir des Bandidos ? Les étoiles les plus brillantes dans le ciel des gangs en Suède centrale. Ils recrutaient leurs membres dans les noyaux les plus durs des immigrés, *via* leur club, le X-team. Deux bases dans la région de Stockholm : Tullinge et Bålsta. Leur dernier acte : ils avaient kidnappé un membre des HA. On avait retrouvé le type trois jours plus tard. Une peau pareille à celle d'un léopard, des marques de brûlures de cigarettes sur chaque centimètre carré. Pourtant, ce qui avait causé sa mort, c'était l'essence qu'on lui avait fait ingurgiter. Les gangs MC étaient en guerre, sans le moindre doute.

Le business des Bandidos ressemblait à celui des Hells Angels, avec un peu plus de drogues. C'est-à-dire, la contrebande d'alcool, le racket, certains délits financiers comme les fausses factures, le détournement de fonds. Sinon ils vendaient de l'héroïne et du cannabis.

Mrado regarda les panneaux indicateurs en direction de Tullinge. Il savourait chaque moment passé au volant de la Merco. Moteur V8. Intérieur cuir. Des pneus vraiment larges.

Il rétrograda, la force brute de la bagnole fit ronronner le moteur. Le plaisir de conduire à l'état pur.

En bruit de fond, du bla-bla radiophonique interrompu par les infos. Quelque chose sur la guerre des Ricains au Moyen-Orient. Les sentiments ambivalents de Mrado. Il détestait les États-Unis, en même temps, il adorait qu'ils cassent la gueule aux musulmans.

La lutte. Le Blanc contre le Noir. L'Europe contre l'Orient. La responsabilité éternelle des Serbes. Et qui les en remerciait ? Qu'ils aient résisté pendant des siècles. Qu'ils aient gardé la porte fermée au reste de l'Europe. Qu'ils se soient sacrifiés. Mrado lui-même avait combattu. À présent on se plaignait du port du voile et des fondamentalistes fanatiques. Vous n'avez qu'à vous en prendre à vous-mêmes. Les Serbes avaient fait ce qu'ils pouvaient. Le monde leur était tombé dessus, les États-Unis en tête. Le peuple serbe ne devait rien à personne.

Il baissa le son. Ces autoroutes étaient putain de glauque. La semaine suivante il pensait emmener Lovisa à Kolmården, au delphinarium. Peut-être prendre la route nationale pour y aller. Profiter.

Le ciel était gris. Février était-il le mois le plus chiant de l'année ? Mrado n'avait pas vu le soleil depuis quatre semaines.

Les voitures sur les routes étaient souillées de neige sale, boueuses, moches. Tristes.

Les problèmes se bousculaient dans sa tête. L'inquiétude et la peur à la place de la musique à la radio.

Radovan était en train de perdre sa confiance en lui. Peut-être qu'il l'avait ruminé depuis longtemps, qu'en savait-il. Plus il y pensait, plus il lui semblait évident que Rado ne lui avait jamais fait confiance.

Mrado lui cachait certaines choses, par exemple le fait que les entreprises de blanchiment, les vidéoclubs fonctionnaient mal. Surtout : il n'avait rien dit sur la manière dont il comptait tourner la répartition du marché à son avantage. Rado lui en voulait sans aucun doute terriblement pour avoir demandé une plus grande part du gâteau. Pour le fiasco au Kvarnen. Une chance incroyable qu'il n'ait pas écopé d'une peine de prison à ce procès-là. Extra bonus pour l'avocat des Yougoslaves, Martin Thomasson.

Il fallait que Mrado prenne des mesures de précaution contre les sautes d'humeur de Rado. Il devrait en parler avec Nenad.

Du côté de son avoir : Mrado s'était occupé de Jorge. Le meilleur point : ils avaient besoin de Mrado pour répartir le marché entre les gangs.

Des flocons de neige mouillés tombaient. Les essuie-glaces balayaient le pare-brise à la vitesse la plus lente. Il augmenta la force de l'air chaud projeté sur les vitres. Ses mains s'agrippaient au volant. Il se sentait raide – son gilet pare-balles ralentissait ses mouvements.

Il bifurqua vers Tullinge. Suivit les panneaux.

Sept minutes plus tard, il arriva à destination. Des entrepôts gris et bas l'un à côté de l'autre. De la neige sur les toits. Des conteneurs verts alignés. Des panneaux de la société Ragnsells aux murs d'un des bâtiments. Le domaine entouré d'une clôture. Mrado savait où se trouvait le bunker des Bandidos, pas ici. Mais c'était quand même leur territoire. D'un autre côté, si jamais ils tentaient de lui tendre un piège, ils pouvaient être sûrs d'avoir à encaisser des pertes – de vies humaines.

Il gara sa voiture. Resta assis une minute. Vérifia que son cran d'arrêt était bien fixé à l'intérieur de sa botte. Dégaina son revolver, le chargeur était plein. Pas de cartouche dans le canon – une bonne vieille habitude de sécurité. Finalement : il envoya un SMS à Radovan. « J'entre maintenant. Je te fais signe dans deux heures au plus tard M. »

Il prit une profonde inspiration.

C'était la première fois qu'il se rendait seul à un rendez-vous. D'habitude, Ratko venait toujours avec lui.

Il ferma les yeux, dix secondes.

Pas de faux pas aujourd'hui.

Il sortit de la voiture. De gros flocons de neige atterrirent sur ses sourcils. Mauvaise vue.

Plus loin, de l'autre côté de la clôture, il aperçut vaguement deux personnes qui se dirigeaient vers lui. Mrado resta immobile. Les mains le long de ses cuisses. Les personnes s'approchèrent. Leurs silhouettes devinrent plus claires. Des balèzes. Vestes en cuir, un badge sur la poche de poitrine, le slogan des Bandidos. L'un avait une barbe foncée, sans doute un bougnoule. Un bandana sur la tête. L'autre était un blondinet au visage cicatrisé.

Le barbu enleva un gant en cuir et lui tendit la main. « Mrado ? »

Mrado lui serra la main. « Exact. Et toi, tu es qui ?

— Vice-président du groupe Stockholm. James Khalil. Tu es venu seul ?

— C'est ce qu'on avait convenu. Je m'en tiens aux accords. Ça t'étonne ?

— Pas du tout. Sois le bienvenu. Haakonsen sera là dans un instant. Suis-moi. »

Mrado connaissait le jargon. Le mot clé : respect. Des phrases courtes et dures. Pas de signe d'incertitude. Mettre en question s'il y a lieu de mettre quelque chose en question. Mais ne jamais manquer de respect.

Ils se dirigèrent vers les conteneurs. Les énormes boots des Bandidos laissaient des traces profondes dans la neige. Trente mètres plus loin, un camion démarra. Il quitta le domaine. Mrado perçut plusieurs bruits venant d'une même direction. Il comprit que la zone industrielle était en activité.

James enfonça une clé dans un cadenas gigantesque à la porte d'un conteneur de cargaison. Il ouvrit. Alluma une lampe. Mrado vit une table. Trois chaises. Quelques bouteilles sur la table. Une lampe de chantier dans un support de fer au plafond. Simple. Pratique. Malin.

Avant d'entrer, Mrado dit : « Je suppose que c'est sûr. »

James lui jeta un regard. Sembla hésiter à lui lancer un sarcasme, mais se reprit. « Bien sûr, dit-il. On travaille selon les mêmes principes que vous. Efficacité - Invisibilité. »

James alla chercher une chaise tout en gardant sa veste en cuir. Pria Mrado de prendre place. Le type au visage plein de cicatrices resta devant le conteneur. James s'assit. Offrit à boire. Versa du whisky dans un verre pour Mrado. Ils échangèrent des phrases de convenance. Burent un peu de whisky. Attendirent en silence.

Trois minutes passèrent.

Mrado pensa : s'il ne vient pas dans cinq minutes, je me casse.

Il leva ses yeux du verre. Un sourcil tressaillit en signe d'interrogation. James capta.

« Il va arriver d'un moment à l'autre. Ce n'est pas notre intention de te faire attendre. »

La réponse suffisait à Mrado. Important qu'ils comprennent vraiment à qui ils avaient affaire.

Deux minutes plus tard, la porte du conteneur s'ouvrit. Jonas Haakonsen entra en baissant la tête.

Mrado se leva. Ils se serrèrent la main.

Haakonsen s'assit sur la troisième chaise. James lui versa du whisky.

Jonas Haakonsen : au moins un mètre quatre-vingt-quinze de haut, queue de cheval et barbe blonde clairsemée. Le blanc des yeux ensanglanté. Une veste en cuir portant les badges habituels. Sur le dos : Bandidos MC, Stockholm, Sweden. Le logo en grandes lettres. Entouré de machettes brodées. Quelque chose de fou dans les yeux. Qui rappela à Mrado l'expression qu'il avait observée sur le visage de certains hommes d'Arkan. Les yeux vides, les yeux d'un requin. Les yeux d'un guerrier psychopathe. Qui pouvait passer à l'attaque à tout moment.

Haakonsen était un homme qu'on évite à tout prix de rencontrer. Capable d'imposer le silence à tout le réfectoire d'une prison, quand il avait quelque chose à dire.

Il enleva sa veste en cuir. Le froid dans le conteneur ne le dérangeait apparemment pas. Sous la veste, il portait un gilet en cuir. Sous le gilet : un pull noir à manches longues. L'inscription : *Nous sommes ceux contre qui tes parents t'ont toujours mis en garde*. Sa nuque était pleine de tatouages. Sur le lobe de son oreille : l'emblème des SS. Sur l'autre lobe : les lettres BMC – Bandidos MC.

Mrado se foutait de l'attitude. Mais les yeux. Il savait ce que ces yeux avaient vu. Tout le monde le savait. Jonas Haakonsen, dix-neuf ans, au Danemark. Le chef d'un gang de gars dans le sud de Copenhague qui attaquaient des bureaux de poste et vendaient des drogues moins hard. Un jour, ils réalisèrent un gros coup, le bureau de poste du centre de Skanerborg. Trois mecs. Ils foncèrent dans le bâtiment, au moment où le transporteur de fonds allait emmener les espèces du bureau. Leurs armes : un fusil de chasse scié et deux haches. L'un des gardiens eut l'esprit vif. Il ferma le cadenas du caisson dans lequel se trouvaient les billets. Mais Haakonsen eut l'esprit encore plus vif et emmena le caisson – et le gardien. Les voleurs changèrent de voiture quelque part sur l'autoroute. Roulèrent dans la campagne danoise. Le gardien enfermé dans le coffre, comme dans un film de gangsters américain. On le retrouva trois jours plus tard. Trébuchant le long d'une route près de Skanderborg. Errant avec un tee-shirt roulé autour de la tête. Du sang séché et coagulé partout. L'ambulancier enleva le tee-shirt – les yeux du gardien avaient été crevés. Haakonsen avait voulu lui faire cracher le code du caisson de sécurité. Le gardien ne le connaissait pas, mais Haakonsen avait été impitoyable. Le gardien ne put rien dire. Haakonsen lui avait crevé les yeux en enfonçant son pouce dans les orbites. D'abord l'un, puis l'autre. Il avait ensuite réussi à se cacher pendant trois semaines. Puis ils l'avaient cravaté. Haakonsen n'avait écopé que de cinq ans, à cause de sa jeunesse. Il était sorti au bout de trois. Plus furax que jamais.

Haakonsen but une gorgée de whisky. Dit avec un léger accent danois : « Alors, le fameux Mrado. T'as encore cassé la gueule à quelques videurs ces derniers temps ?

— Ça m'arrive, ça m'arrive », dit Mrado en éclatant de rire. « Moi aussi je dois garder la forme, non ? » Mrado étonné. N'aurait pas pensé qu'un gars comme Haakonsen ait eu connaissance de l'incident au Kvarnen.

« Et comment va notre Seigneur ? poursuivit Haakonsen.

— Formidable. Radovan va bien. Les affaires marchent à fond. Et toi ?

— Mieux que jamais. Les Bandidos sont à Stockholm et ils y resteront. Vous allez voir. »

Une blague ou une mise en garde ?

« Voir quoi ? Des petits morveux qui rêvent de rouler en moto ?

— Non, je ne parle pas des HA. »

Mrado et Haakonsen ricanèrent bruyamment. James rigola.

L'ambiance se détendit. Ils parlèrent de la Merco de Mrado, du temps, des dernières nouvelles dans leur monde, du membre du gang de Naser qui avait été poignardé avec un stylo à bille. Selon Haakonsen, c'était un pro qui avait fait le boulot : « Ce n'est pas si difficile de piquer au bon endroit, mais il s'agit de bien tourner pour tuer d'un coup. »

Au bout de dix minutes, Mrado interrompit la discussion pour en venir au but de sa visite. « Tu sais sans doute pourquoi je voulais te voir. » Il regarda Haakonsen droit dans les yeux.

« Je ne peux que deviner. Mon petit doigt m'a dit que tu as déjà parlé avec Magnus Lindén et Naser.

— Tu sais donc ce que je veux ?

— Très probable que tu veuilles qu'on signe un cessez-le-feu avec les HA. Tu veux que les autres gangs se calment ?

— À peu près. Mais laisse-moi t'expliquer.

— Dans un instant. D'abord, je veux mettre au clair certains trucs. Nous sommes des hommes d'honneur. Je suis sûr que vous autres, les Serbes, vous avez aussi vos règles. Nous avons en tout cas les nôtres. Les Bandidos sont une famille. Si tu blesses l'un d'entre nous, tu blesses tout le monde. Comme pour un animal, si tu lui coupes une patte, il aura mal dans tout le corps. Il y a deux mois, Jonny « Bonanza » Carlgren a été abattu à Södertälje, en plein milieu de la place. Bonanza avait été faire ses emplettes au Systembolaget[1] en compagnie de sa copine et de deux autres nanas. Quatre balles dans le ventre, mais la première dans le dos. Sous les yeux de sa nana. Il s'est vidé de son sang en une demi-heure. Tu comprends, ils lui ont tiré dans le dos. Il n'a même pas eu le temps de se retourner.

— Toutes mes condoléances, mais je connais cette histoire.

— Laisse-moi terminer. »

Mrado se dégonfla. Voulait préserver la bonne ambiance. Il fit oui de la tête.

1. Magasin autorisé à vendre des boissons alcoolisées en Suède. *(N.d.T.)*

« Bonanza était mon frère. Tu comprends ? Mon frère Bandidos. On ne peut pas oublier une chose pareille. Rien ne peut nous arrêter dans notre mission. Les Hells Angels vont payer. Et très cher. Celui qui a monté le coup contre Bonanza, on l'a eu il y a un mois. Maintenant on va s'en prendre au gars qui a exécuté cette merde. »

Ils restèrent dix secondes sans rien dire. Sans détourner les yeux.

« Vous avez tous les droits de venger un frère d'armes tué. Mais vous l'avez déjà fait, comme tu viens de dire. Si je ne me trompe, c'est vous qui avez abattu Micke Lindgren. Un partout, voilà. Vous devez comprendre que vous allez vous détruire en continuant comme ça. La situation n'est pas simple, même si je te comprends. Il ne s'agit pas seulement des Bandidos et des HA. Jonas, on a été dans cette ville beaucoup plus longtemps que vous. Aujourd'hui tu es grand et j'aime bien ton style, franchement, mais tu mâchais encore du chewing-gum sur un BMX quand j'ai cassé des os humains pour la première fois. Tu avais à peine piqué quelques babioles au super U, quand j'ai gagné mon premier million grâce à la coke. Je connais le potentiel de cette ville. Il y a de la place pour nous tous. Mais il faut qu'on se débrouille bien. Pourquoi est-ce qu'on se voit dans un putain de conteneur ? Au beau milieu de l'hiver ? Tu connais la réponse. Toi et moi, on est visés par ce nom de Dieu de projet Nova qui mobilise les flics. Ils sont aux aguets. Si tu passes ton temps à monter des plans foireux contre les HA au lieu de préparer ta défense contre la nouvelle offensive Nova, tu mets en jeu les BMC. On se détruit mutuellement dans la guerre, alors qu'eux nous cravatent l'un après l'autre. En suivant ma méthode, on démolit ces enculés de flics. »

Mrado poursuivit son travail de persuasion. Haakonsen refusa tout ce qui concernait une paix avec les HA, mais il écouta le reste. Opina parfois du chef. Exposa son point de vue. S'échauffa. James Khalil ne se faisait pas remarquer, il se tenait silencieux et immobile. Mrado et Haakonsen discutèrent de la répartition du marché pendant une heure.

Le président des Bandidos accepta le concept sur le principe.

À la fin, ils conclurent un accord préliminaire.

Mrado avala le contenu de son verre. Haakonsen se leva. James se leva à son tour. Ouvrit la porte. Mrado sortit en premier. Il neigeait toujours dehors.

Sur le chemin du retour dans la Merco. Mrado sentait que l'accord était parfait. Les Bandidos allaient réduire le racket des vestiaires au centre-ville. Ils allaient aussi y diminuer le business de la coke. Ils pourraient faire ce qu'ils voulaient avec leurs trucs économiques. Ils allaient renforcer le racket dans le reste de la région. Accroître le trafic de cannabis.

Génial. Bien pour Rado. Bien pour Nenad. Mais surtout bien pour Mrado. Le marché des vestiaires était sauvé, ce qui signifiait que Mrado gardait sa place.

Il appela Ratko. Ils parlèrent une minute.

Il décida d'appeler également Nenad, son plus proche collègue. Il lui fit part des résultats de ses négociations. Nenad : visiblement content.

« Nenad, toi et moi, on pourrait peut-être parler de nos propres affaires un de ces quatre, qu'en dirais-tu ? »

C'était la première fois que Mrado proposait quelque chose à la limite de la trahison contre Radovan. Si Nenad n'était pas la bonne personne, Mrado pourrait désormais compter ses jours en termes informatiques – des uns et des zéros.

34

La stratégie à suivre, c'était d'importer direct. Acheter à la source, en Amérique du Sud. Ainsi, pas de deal avec un cartel de la drogue. À ce niveau-là, ils n'étaient pas encore organisés. Mais les contacts d'Abdulkarim mélangés aux idées de Jorge pouvaient rapporter gros.

L'importation était le nœud du problème. Et l'équation consistait à importer le plus de matos possible, avec le moins de risque possible.

Jusque-là, ils avaient importé par petites quantités. Se servant de mules, de la poste, cachant la dope dans des bouteilles de shampooing, des tubes de dentifrice ou des paquets de bonbons. L'expansion imposait des quantités plus importantes.

Mission principale de Jorge : transférer les produits jusqu'en Suède. Vendre n'était pas un problème – le hic, c'était l'importation.

Jorge avait passé les dernières semaines avec l'emploi du temps suivant : dans la voiture en planque devant la villa de Radovan, chez Fahdi à établir des plans d'importation, à Söderort pour se faire de nouveaux contacts.

Il lui fallait plus de flouze pour avoir les moyens de détester Rado.

Il lui fallait sa haine de Rado pour pouvoir continuer à se procurer du flouze.

Vivre en cavale. Haine, projets, sommeil – une vie simple.

Tout ça grâce à Abdulkarim. Un miracle que l'Arabe accepte le projet de vengeance de Jorge. Sans doute qu'il ne voyait pas son étendue, qu'il ne savait pas que le Latino prévoyait de réduire le boss yougoslave à néant. Jorge, indirectement reconnaissant à l'Arabe pour sa prise en charge, le toit, les soins dont il avait bénéficiés après les coups de Mrado.

Abdulkarim avait beaucoup investi dans Jorge-boy. Mais Jorge le savait : il attendrait quelque chose en retour.

Aujourd'hui aurait lieu sa première véritable transaction, après des mois de préparation. Le courrier brésilien. Grave.

La règle : ne pas se servir de quelqu'un qui attirait l'attention. Jorge en savait plus qu'il n'en fallait sur elle – Silvia Pasqual De Pizzaro. Son contact à São Paulo avait fait un rapport : elle avait vingt-neuf ans. Née à Campo Grande près de la frontière avec le Paraguay, là où le taux de chômage flirtait avec le ciel. N'avait fait que l'école maternelle. Avait eu son premier enfant à dix-huit ans, une fille. Depuis, elle vivait chez sa mère. Le deuxième enfant arriva à vingt ans, le troisième à vingt-deux. Les pères des enfants avaient disparu. Sa mère travaillait comme couturière, mais elle avait la tuberculose.

Il voyait le tableau : la petite famille totalement fauchée. Silvia Pasqual faisait n'importe quoi pour gagner quelques sous. Triste ? Non. C'est la vie. Il fallait prendre des risques pour arriver quelque part. Jorge le savait bien.

La méthode fut mise au point dans le détail par Jorge. Acquérir deux valises de la marque Samsonite Large, Magnesium Lite. L'astuce de tout ça : les poignées pliables étaient en aluminium – vides à l'intérieur. Avec une perceuse, diamètre quatre millimètres, faire un trou tout en haut de la poignée, ayant écarté la gomme qui formait une gaine autour de l'aluminium. De la place pour mille six cents grammes de coke dans chaque poignée. Le prix en tout dans la rue : au moins trois millions. L'argent facile.

Tout à la fin, il fallait introduire des boules de naphtaline écrasées. Si par malheur des chiens venaient contrôler les valises – l'odeur pénétrante pourrait les empêcher de flairer la drogue. Les trous percés furent rebouchés. La gomme replacée sur les poignées. Il pourraient fouiller l'intérieur des valises aussi soigneusement qu'ils le voudraient. Ils pourraient cuisiner Silvia aussi longtemps qu'ils le voudraient, la toucher de partout, lui faire une radio, la laisser sur les toilettes dans la cellule de la douane pendant trois jours. Ils trouveraient *nada*.

Ça ne suffit pas. Il s'exhorta lui-même : *fais ça bien*. Jorge avait entendu parler de tant de méthodes de transport géniales qui avaient merdé parce que les douaniers avaient eu des soupçons. Quand ils sentaient quelque chose de suspect, ils ne lâchaient pas prise. La solution de Jorge : donner des instructions exactes à Silvia grâce à leur contact au Brésil. Elle apprenait tout par cœur : elle venait en Suède pour rendre visite à des membres de sa famille qui habitaient près de Stockholm. Elle resterait une semaine. Elle reçut un numéro de téléphone qu'elle pourrait donner si on lui posait des questions : un des numéros à carte de Jorge. Elle reçut une adresse : une villa qui appartenait au parrain de Fahdi. On lui envoya des vêtements valant plus de cinquante dollars : il ne fallait pas qu'on puisse voir qu'elle était la dernière des analphabètes miséreuses de la campagne brésilienne. Elle devait apprendre quelques phrases simples en anglais. Peut-être le point le plus essentiel : elle ferait escale à Londres, on ne verrait pas sur ses billets qu'elle était partie de Rio.

Ça devrait marcher.

Samedi après-midi. Une journée lumineuse. Enfin.

Jorge s'appuya à la clôture qui entourait l'église jaunâtre près de la place Odenplan. En face de lui se trouvait l'hôtel Oden. Jorge était ici depuis deux heures. Il attendait Silvia Pasqual De Pizzaro.

Elle aurait dû arriver depuis une heure déjà. Jorge : une certaine inquiétude, mais tout devrait bien se passer.

Il appela l'aéroport d'Arlanda, l'avion avait trente minutes de retard. La femme avait peut-être eu du mal à avoir un bus. Peut-être qu'elle avait eu des problèmes au contrôle d'identité, avec les chiens, la police d'Arlanda. Jorge espérait de toutes ses forces.

Ils avaient garé leurs deux voitures un peu plus loin dans la rue Karlbergsvägen, toujours à portée de vue. L'une : volée par Petter. L'autre : louée par Mehmed, en présentant un faux permis de conduire. La classe.

Ses acolytes, Petter et Mehmed – des bœufs. Ils vendaient de la coke comme jamais auparavant. Jorge tenait les rênes. Petter et Mehmed faisaient tourner les affaires avec les dealers et les revendeurs, établissaient un réseau de contacts, répandaient des rumeurs. Faisaient du profit. Tous deux venaient de la banlieue. Tous les deux se tiraient une ligne de temps à autre.

Petter : plus sudiste que le plus fanatique des sudistes. Se croyait à l'étranger dès qu'il passait par Liljeholmen, quand il quittait son quartier pour rejoindre le centre-ville. Supporter du club de foot de Hammerby. Un fêtard. Le canal de vente parfait vers la classe ouvrière suédoise.

Mehmed : Tunisien. Le fournisseur des immigrés, des bougnouls. Adorait frimer dans son Audi A4 dans les rues du centre de Botkyrka. Le héros sur la place.

Mehmed attendait dans l'une des voitures. À peine Silvia aurait-elle pris ses clés à la réception qu'il irait la voir dans sa chambre d'hôtel. Viderait la coke des valises Samsonite. Monterait dans la voiture. Gagnerait l'appartement de Petter. Lui donnerait la neige. Petter la pèserait, en vérifierait la qualité, l'emballerait dans des sachets. Ensuite, il filerait les sachets à Jorge. Le plan devait être waterproof.

La tâche de Jorge avant tout, c'était de surveiller la transaction. Petter et Mehmed étaient des types bien – mais aussi, typiquement, des gars qui feraient n'importe quoi pour du cash. Par exemple, tromper Abdulkarim et Jorge au niveau de la quantité de neige. Personne ne faisait confiance à personne. Mais J-boy, plus malin que le pape, avait impliqué un mec de plus : un gars qui travaillait dans l'informatique et qui, à l'époque, achetait direct à Jorge. L'informaticien n'avait qu'un petit rôle. Il était censé mettre en scène une petite pièce de théâtre, pour raisons de sécurité. Pour l'instant, il attendait dans sa bagnole, un peu plus loin, rue Odengatan. Jorge se dit : nom de Dieu, quel putain de bon plan.

Il patienta. Ça lui rappelait les heures d'attente devant la villa de Radovan. Mais à la différence près qu'il savait qu'il se passerait quelque chose ici.

Il réfléchit. Où en était-il par rapport à Radovan ? Avant tout : sa haine s'était déployée à plein tube. Devenait plus forte de jour en jour. Il respirait de la haine. Mangeait de la haine. Rêvait de la haine. Tabasser Mrado avec une batte de baseball. Le cogner sur les rotules, la bouche, le front. Lui tirer dans le ventre avec un fusil de chasse. Il tenta de s'apaiser. De penser plutôt logique. Comment pouvait-il faire cravater R sans risquer sa propre peau ?

L'info de Darkos était utile. Jorge s'était renseigné sur ce Nenad. Le type se faisait un fric fou avec des putes. Jorge avait déjà entendu ce nom auparavant. Nenad était également une star dans le secteur de la coke. Personne ne savait comment il avait fait. Personne ne pouvait établir un lien entre les activités de Rado et de Nenad. Mais ça viendrait. Jorge en était convaincu. Il y avait sûrement quelque chose qui les liait.

Jorge avait posé des questions à ses contacts qui allaient voir les putes. Pas difficile d'en trouver – Fahdi en faisait partie.

L'ennui à attendre Silvia Pasqual De Pizzaro.

Jorge repensa aux jours précédents. Fahdi avait emmené Jorge au bordel, dans un appartement de Hallonbergen. Les couloirs d'un loft, une cage d'escalier où leurs pas résonnaient, des plantes en pot desséchées. Fahdi avait passé trois coups de fil avant d'y aller. Il expliquait le fonctionnement : le bouche à oreille. La première fois, tous les clients donnaient leur vrai nom à la mère maquerelle, Jelena. Par la suite, on n'employait que des pseudos et des codes. L'accord : le vrai nom n'était noté nulle part. Toutes les putes travaillent sous pseudos. Les visiteurs devaient se faire recommander par quelqu'un avant d'être admis. Probable que la mère maquerelle se renseignait aussi sur les gens.

Sur Internet, il y avait un site anonyme – serveur basé quelque part en Angleterre – qui montrait les filles en images. Tu pouvais faire ta sélection à la maison. Soit elles venaient chez toi, soit tu allais à l'appartement à Hallonbergen. Fahdi préférait Hallonbergen.

Jorge s'était imaginé un truc joli, luxueux.

Au lieu de ça, la merde la plus glauque que J-boy ait jamais vue. Une mauvaise énergie l'envahit lorsqu'il entra. Un vestibule tapissé de rouge. Deux canapés en tissu de velours, un faux tapis persan. Une odeur de fumée et de transpiration. Au fond : Tom Jones. Quelle putain de merde.

Jorge et Fahdi gardèrent leur manteau. Une femme vint vers eux. Super maquillée. Les cheveux rouges coupés court. Une poitrine énorme. Des ongles longs et courbés, faux sûrement. Autour du cou, de fausses perles. Des doigts pleins de bagues. Les fringues les plus bizarres que Jorge ait jamais vues. Un ensemble noir qui avait l'air normal, mais quand elle se retourna, il vit qu'il avait une ouverture en V dans le dos qui descendait jusqu'au cul. Elle parlait un mauvais suédois. Reconnut Fahdi. Ils échangèrent des politesses. Jorge comprit – la mère maquerelle en personne, Jelena.

Jorge et Fahdi prirent place. Attendirent.

Au bout d'un quart d'heure, un homme sortit dans le vestibule. Détourna le visage en quittant l'appartement.

Arrangement tacite : on ne s'est jamais vus. La femme vint chercher Fahdi. Jorge aperçut brièvement une machine à café sur l'évier dans la cuisine. Sentiment bizarre. La mère maquerelle prit son café tranquillement comme sur n'importe quel autre lieu de travail.

Cinq minutes plus tard, la femme emmena Jorge dans une chambre. Un large lit au milieu. Pas bien fait. Un fauteuil. Les stores baissés. Sur le lit : la pute.

Jorge resta dans l'embrasure de la porte. La mata. Elle était mince. Un petit nez. Peut-être jolie à une époque. À présent, sans aucune expression. Ses vêtements : un chemisier gris. Un collant noir. Une jupe ultracourte par-dessus. Des chaussures à hauts talons. Le look de garce classique.

Non, il s'était trompé. Elle était toujours jolie et le matait lui, au moins autant qu'il la matait, elle.

« Salut, dit Jorge.

— Salut, mon mignon. Comment ça va ? C'est la première fois que tu viens ici ? » Un accent de l'Europe de l'Est fort, mais quand même compréhensible. Jorge avait explicitement demandé à en avoir une qui parlait suédois.

« Ça coûte combien une pipe ?

— Quatre cents. Pour toi. T'es mignon.

— Arrête tes conneries. Je te paie cinq cents, si tu me racontes quelques trucs.

— Comment ? Tu veux que je te dise des saletés ?

— Non, je veux savoir comment t'es venue en Suède. »

La fille se raidit. Pas surprenant. Sans doute qu'on lui avait donné l'ordre de ne parler que baise, chatte, bite.

Jorge tenta de la calmer. « Bon, oublie ça. Je te paie trois cents pour une pipe. »

La fille accepta. Déboutonna son pantalon.

Elle tira son caleçon vers le bas.

Jorge sans érection.

Elle se mit à le sucer.

Bizarre. Sale.

Jorge, étonné – n'aurait pas cru qu'il réagirait ainsi. Il lui demanda d'arrêter. Eut mal au cœur.

Elle n'avait pas l'air de se rendre compte de quoi que ce soit. Ou, plus probable, elle s'en foutait qu'il ait blêmi et qu'il se soit laissé tomber sur le lit.

Deux minutes de silence. Il fit crisser les billets entre ses doigts.

Se lança dans une nouvelle tentative. « Je te file mille balles si tu me dis ce que tu sais sur Nenad. » Il lui présenta deux billets de cinq cents.

C'était incroyable, mais elle commença à déballer. La théorie de Jorge : vu qu'il avait banqué pour du sexe, il ne pouvait pas être flic. Il lui était devenu familier – un cave restait un cave.

« Je ne savoir pas grand-chose. Mais nous tout le monde on a entendu parler de Nenad. » Jorge trouva sa voix frêle.

« Qu'est-ce qu'on vous a dit de lui ?

— Nenad décide. Nenad un grand danger. Peur de lui.

— Qui ? Vous qui travaillez ici ou vos maquereaux ?

— Tous. Les filles, les macs. Les caves. Il a fait choses aux gens. Il travaille pour Monsieur R. »

Jorge pensa : elle parle beaucoup, mais en fait elle dit rien.

« Qu'a-t-il fait ? demanda-t-il.

— Violer, frapper, des choses malades. Il a pris des filles pour faire choses malades. Tout le monde peur. Mais je m'en fous de lui.

— Et Monsieur R, qu'est-ce que tu peux dire sur lui ? »

Elle leva la tête. Jorge trouva qu'elle souriait presque.

« Monsieur R. Ils disent, il a toujours une arme, il tue pour insulte, il contrôle cette ville. Bosse au-dessus de Nenad qui bosse au-dessus des macs qui bossent au-dessus de nous. Ils disent, R très froid. Très fort. Répand mauvais air. Mais je crois, exagérations. Monsieur R pas très froid. Monsieur R ne répand pas mauvais air. Monsieur R répand parfum Hugo Boss. »

Jorge était à côté d'elle dans le lit. Elle était spéciale. Il ne put pas dire ce qui lui faisait penser ça, mais elle avait quelque chose. C'était clair.

On frappa à la porte. Jorge se mit debout.

La mère maquerelle apparut sur le seuil. Pour demander quand ils auraient fini. Vit qu'ils étaient tous les deux habillés. Jorge en train de partir. Elle hocha la tête.

La mère maquerelle le guida vers l'entrée.

Dans le vestibule, Fahdi était en train de parler avec un homme vêtu d'un pull à capuche sous un costard.

Jorge et Fahdi quittèrent l'appartement.

« C'était qui celui avec qui tu tchatchais quand je suis venu ?

— Le mac des filles. Celui qui les a à l'œil. Quel putain de boulot de luxe. »

Jorge se réveilla de ses réflexions. Regarda son portable. Retour sur terre – Odenplan, dans l'attente du courrier, Silvia Pasqual De Pizzaro.

Jorge aperçut le numéro sur l'écran. Reconnut les chiffres avant d'entendre la sonnerie. C'était Mehmed.

Il voulait savoir pourquoi rien ne se passait.

Silvia aurait dû arriver à l'hôtel il y a longtemps. Quelque chose clochait.

Il raccrocha.

Continua à attendre.

Fixa l'hôtel Oden.

Un taxi arriva de l'autre côté de la rue, Top Cab. Prix fixe pour la course depuis Arlanda, 350 couronnes. Le chauffeur descendit le premier. Ouvrit le coffre, en sortit deux valises Samsonite. Une femme sortit du côté passager.

C'était elle, sans aucun doute. Vêtue d'un jean noir, d'un manteau de velours côtelé. Un bonnet péruvien.

Silvia Pasqual De Pizzaro. Enfin.

Elle traîna les valises derrière elle jusqu'à l'hôtel. Les roues crissèrent sur l'allée gravillonnée qui menait à l'entrée de l'hôtel.

Jorge se tint immobile. Mehmed resta dans la voiture, attendit le signal de Jorge.

Jorge observa l'entrée pendant dix minutes. Personne d'autre n'entra ni ne sortit. Bon signe. Si les poulets étaient à leurs trousses, ils avaient sans doute prévu d'entrer dans l'hôtel pour intercepter le passeur au moment de la remise.

Jorge appela la réception. Demanda si la femme était montée dans sa chambre. On lui en donna le numéro direct. Il appela Silvia. Elle décrocha. Un anglais à chier. Elle était passée sans problème à la douane. Personne ne l'avait suivie. Feu vert, apparemment.

Jorge envoya un SMS à Mehmed. Lui dit de monter. Il avait comme instruction de commander un déjeuner et de l'envoyer à Silvia. Quand le serveur redescendrait, Mehmed allait lui demander si Silvia était seule dans sa chambre. Si réponse positive : il monterait, et irait prendre la coke.

Jorge se rendit à l'angle de l'hôtel. Observa l'entrée de côté.

Il attendit, téléphone en main. Si une personne suspecte entrait dans l'hôtel Oden, il appellerait directement Mehmed. Plan B en cas de poursuite : Mehmed jetterait la marchandise par la fenêtre qui donnait sur la rue Hagagatan. Jorge la ramasserait en bas. Foncerait jusqu'à la voiture. Partirait à toute vitesse.

Rien de louche à l'horizon.

La nuit commençait à tomber. Les néons jaunes de l'hôtel luisaient faiblement.

Dix minutes passèrent. Jorge avait calculé quinze minutes pour faire sortir la coke.

Cinq minutes supplémentaires passèrent.

Mehmed sortit. Se gratta la tête – signe que tout baignait. Dans une main, il tenait un sac en papier NK. Il se dirigea vers sa voiture. Jorge observait les alentours. *À priori*, personne ne les suivait.

Jorge vit son agent de contrôle personnel, l'informaticien, sortir de sa bagnole. Super timing.

Celui-ci marchait d'un pas rapide à la poursuite de Mehmed. Le rattrapa juste devant sa voiture. Ils se saluèrent. Jorge savait ce qu'ils se disaient. Échangeaient quelques phrases de politesse. Journée de week-end : pas mal de gens dans les rues. Valait la peine de faire un peu de cinéma. L'informaticien demanda d'une voix forte ce que Mehmed avait acheté à NK. Mehmed parla d'une veste. Jorge vit le gars regarder dans le sachet.

Tout alla très vite. L'informaticien enfonça la main dans le sac.

La ressortit.

Se lécha un doigt.

Goûta.

Ils discutèrent encore quarante secondes. Se séparèrent. Mehmed monta dans sa voiture. Démarra.

L'informaticien longea la rue Karlbergsvägen, son téléphone portable à la main.

Jorge reçut un SMS : « Clean. »

Ni Silvia ni Mehmed ne l'avaient trompé. La marchandise dans le sachet NK était bonne. L'informaticien avait été une excellente solution.

Jorge démarra. Fonça pour rattraper Mehmed qui attendait au feu rouge de la rue Dalagatan.

Puis ils quittèrent le quartier.

Ils se rendirent à Sätra. Appartement de Petter. Jorge jeta un regard circulaire. Compara les voitures. Tenta de voir si quelqu'un les suivait depuis trop longtemps. Lui et Mehmed avaient déterminé un trajet plus compliqué que nécessaire. Si quelqu'un voulait les suivre, il serait vite repéré. Jorge ne referait pas l'erreur qu'il avait commise avec Mrado et Ratko.

Ils passèrent par la rue St. Eriksgatan. Vers Kungsholmen. Entre Mehmed et Jorge, tout le temps une Saab 900 rouge. Derrière Jorge, tout le temps une Jaguar. Mais, pour l'instant, Jorge et Mehmed étaient allés tout droit. Bon nombre de conducteurs prenaient le même chemin qu'eux. Normal que les mêmes voitures soient restées sur la même voie tout le long du chemin jusqu'à la place Fridhemsplan.

Vigilance.

Après la place Fridhemsplan, ils tournèrent à gauche. Traversèrent le parc de Rålambshov. Le gratte-ciel des Dagens Nyheter sur leur droite. La Saab rouge était toujours entre eux.

Sur le pont Västerbron. Il faisait nuit maintenant. Des projecteurs illuminaient le pont d'en bas. Jorge trouvait que c'était le plus bel endroit dans la ville.

Sous haute tension. Il crut voir le côté gauche de sa chemise bouger à chaque battement de cœur. Il se dit : fais ça bien. Enrichis-toi de trois kilos deux.

Quelque chose dans la Saab rouge attira son attention. Un mouvement sur les sièges arrière.

Jorge regarda de nouveau.

Quelque chose clochait.

Ils arrivèrent au point culminant du pont Västerbron.

Les contours de la ville sur fond bleu foncé. De minces silhouettes de clochers telles des canules dans son champ de vision.

Jorge sortit son portable. Il appela Mehmed. Lui disant qu'ils allaient changer de route après le pont.

Jorge continua d'observer l'intérieur de la Saab. Vit plusieurs mouvements sur les sièges arrière. Les personnes dans la voiture enfilaient quelque chose. Il alluma ses phares. Direct dans le fond de la Saab.

Les hommes sur les sièges arrière se dessinèrent nettement comme par une journée d'été ensoleillée, ils s'habillaient de trucs qui ressemblaient à de lourdes vestes. Ça ne pouvait être qu'une chose – des gilets pare-balles.

Putain.

Jorge écrasa le frein. Son front heurta le pare-brise.

Il regarda en direction de la Saab. Elle s'arrêta également.

Il regarda en direction de la voiture de Mehmed. Il s'était aussi arrêté, environ trente mètres plus loin. Apparemment, il venait de capter qu'il y avait une embrouille.

Jorge regarda en bas : Horntull.

Des gyrophares de partout, putain.

Mierda.

Calcul rapide. La Saab entre la bagnole de Jorge et celle de Mehmed était louche. L'ennemi, les flics ? Il fallait agir tout de suite.

Les types de la Saab sortirent. Trois gars. Deux d'entre eux se mirent à courir vers la voiture de Mehmed.

Quelqu'un klaxonna derrière Jorge. Situation invraisemblable pour une heure de pointe : pourquoi quelqu'un s'était-il garé de travers sur le pont Västerbron ?

Jorge sauta de sa voiture.

Courut vers la voiture de Mehmed. Les types de la Saab se retournèrent. Il courut plus vite.

Jorge, souple – l'entraînement de l'évasion encore dans ses muscles. Il était rapide. Arriva à la voiture de Mehmed en même temps que les hommes de la Saab.

Tout alla très vite.

L'un des hommes ouvrit la portière de la voiture de Mehmed. L'autre se tourna vers Jorge. Le saisit par la main. Tenta de lui faire une prise. Mehmed cria à Jorge : « Mais casse-toi, putain, c'est les poulets. »

Un troisième homme arriva en courant et se jeta sur Mehmed, essayant de l'immobiliser sur le siège conducteur. Celui qui tenait Jorge par le bras sortit une paire de menottes. Beugla : « Police. Vous êtes soupçonnés d'avoir violé la loi des stupéfiants. Commencez pas à nous faire des emmerdes. Toute l'équipe vous attend là-bas à Hornstull. » Jorge paniqua. Balança un coup de pied dans le bas-ventre du flic de toutes ses forces. L'homme brailla. Jorge n'avait qu'une seule chose en tête : la coke dans le coffre. Il mit la main sur le bouton, ouvrit. Arracha le sachet NK. Le policier posté à la portière de la voiture de Mehmed se jeta sur Jorge. Qui fit un pas de côté.

Hors de portée. Le policier qui avait reçu un coup de pied dans les couilles dégaina une arme. Cria quelque chose. Jorge se mit à sprinter. Le policier qui avait tenté de se jeter sur lui se lança à sa poursuite. Jorge accéléra. L'homme qui le poursuivait était rapide. Jorge, plus rapide. Dieu merci pour les séances à Österåker et le peu d'entraînement qu'il avait eu ces derniers temps. Le flic derrière lui hurlait.

La pensée centrale dans la tête de Jorge : *vas-y, fais monter le pouls, putain. Allège le rythme. Allonge tes foulées.*

Il courut le long de la rambarde. Les gens descendaient de leurs bagnoles, matant tous les gyrophares en train de monter le pont en sens inverse.

Dans la tête de Jorge : cours, Jorge, cours. Pas d'Asics Duomax aux super semelles. Pas de tours autour des casernes d'Österåker dans les jambes. À peine une séance d'entraînement, juste un peu de saut à la corde pendant ces derniers mois.

Mais il était tout de même rapide.

Déroula le pied à chaque pas.

L'asphalte résonnait.

L'obscurité bleue de Stockholm, criante.

Il tourna la tête. Il avait encore distancé ce connard de flic.

Jorge aperçut Långholmen sous le pont. S'il sautait, quelle hauteur ça faisait ? Plus que les sept mètres du mur d'Österåker ?

Il se foutait de la réponse. S'il avait réussi une fois, il pouvait le faire encore une fois.

Jorge, le roi des fugitifs. La légende de la cavale. Personne ne pourrait l'arrêter.

Il prit de l'élan. Franchit la rambarde. Regarda en bas. Difficile de voir dans l'obscurité. Le sachet NK pendait à son coude. Il se suspendit au pont. Ainsi, il raccourcissait la chute d'environ deux mètres. Lâcha prise.

Tomba.

35

JW était assis dans la navette pour l'aéroport de Skavsta et pensait : encore deux heures sans répit devant moi. Dieu, qu'est-ce que je regrette de ne pas décoller d'Arlanda.

Il tenta de jouer avec son téléphone portable : MiniGolf, Chesswizz, Arkanoid. Il était devenu le maître du téléchargement de jeux. Commençait carrément à battre son portable aux échecs. De la fierté mêlée à une certaine inquiétude – jusqu'où pouvait-il s'améliorer ?

Abdulkarim prendrait l'avion deux jours plus tard, British Airways, business class. D'Arlanda.

Fahdi voyagerait avec SAS. Partirait également d'Arlanda. Typique.

Il fallait s'y faire. Ils voyageaient séparément, avec des compagnies différentes, à des dates différentes, depuis des endroits différents. Selon la philosophie d'Abdulkarim, la prudence était un raccourci. JW se dit : un raccourci pour qui ? Certainement pas pour moi, putain – deux heures dans un bus, au moins une heure et demie d'attente prévue à Skavsta, ensuite le trajet de Stansted jusqu'au centre de Londres, au moins deux heures. Bravo.

Il commença une nouvelle partie d'échecs. Se rendit compte du mal qu'il avait à se concentrer, de sa sensibilité au stress. Tâta ses poches à la recherche du bout de papier sur lequel il avait marqué son code – Ryan Air n'utilisait même plus de billets.

L'aéroport de Skavsta, un endroit qui, selon JW, donnait tout son sens au mot beige. De larges tubes de lumière illuminaient le hall d'enregistrement. Un avion à hélices était accroché au plafond, qui d'ailleurs semblait consister en d'énormes tubes de métal. Le sol en lino. Les murs en lino. Les guichets d'enregistrement en – allez, devinez – lino vert.

Une queue serpentait en direction des deux guichets. JW posa ses sacs par terre. L'un était un sac Louis Vuitton modèle large. Le prix : mille deux cents couronnes. Le seul problème dans un endroit comme Skavsta, c'était que tout le monde croyait que c'était un faux. Mais il y avait quand même le risque de se le faire voler par les bagagistes, s'ils se rendaient compte que c'était un vrai.

Il continuait à jouer aux échecs. Faisait avancer ses sacs en les poussant avec les pieds. Se concentra sur l'écran de son téléphone portable. Plus de quarante minutes avant d'arriver au guichet. Il pensa : Ryan Air – va te faire foutre.

Après l'enregistrement, il ne garda qu'un seul bagage à main, son sac Prada en bandoulière.

Le contrôle de sécurité était super minutieux. Les Anglais avaient visiblement peur des terroristes islamistes. JW espérait qu'Abdulkarim voyagerait sans sa calotte. La ceinture Hermès de JW fit biper l'appareil. Il dut l'enlever et la poser dans un panier bleu. Une fois les portiques de détection franchis, il appela Sophie. Ils parlèrent peu. Elle savait déjà qu'il partait en voyage, et avec qui il partait. Au bout de quelques minutes, elle revint à ce qu'elle lui avait déjà demandé un peu plus tôt : « Quand est-ce que tu me les présentes enfin ? »

JW changea de sujet de conversation : « Tu ne peux pas me recommander quelques bars extras à Mayfair ? » Sophie avait été plus souvent à Londres que JW à Stockholm avant qu'il ne s'y installe. Elle débita une liste d'endroits hype. Ils continuèrent à parler : de la dernière fête de Jet-set Carl, de la dernière nana de Nippe, du dernier trip de coke de Lollo. Rien sur les amis de JW.

Il avait faim. Les panneaux indiquaient un restaurant quelque part.

Il s'y rendit – putain de glauque. Trois plats sur la carte : *fish'n'chips*, spaghettis bolognaises, et rôti de porc avec des frites et de la sauce béarnaise. Deux filles vêtues de châles palestiniens et de bonnets de laine enfoncés dans le visage se trouvaient devant JW dans la queue. Elles se plaignaient parce qu'il n'y avait pas d'alternative végétarienne.

Le caissier marmonna : « Prenez donc juste des frites-béa. »

Les intégristes déclinèrent l'offre. Râlèrent encore pendant un moment puis se dirigèrent vers le kiosque de l'aéroport pour acheter des Snickers et des Festis.

JW commanda une portion de *fish'n'chips* et s'assit en attendant qu'on annonce son numéro de vol.

Il sortit le dernier numéro de *Café* qu'il avait acheté à la gare centrale de Stockholm. Survola distraitement un article sur la nouvelle mode à fleurs pour hommes. Il feuilleta rapidement. Il s'en fichait en fait. Avait juste besoin de s'occuper les mains.

Le repas arriva. Au moins un litre et demi de sauce à la rémoulade couvrait le poisson – une bombe de graisse, ça oui. Pendant qu'il mangeait, il se demanda s'il devait appeler sa mère, une fois le repas terminé. Lui expliquer qu'il avait découvert la liaison de Camilla avec l'un de ses professeurs à Komvux. Lui parler de la Ferrari.

Tellement de trucs louches. Mais ce coup de fil était quand même une mauvaise idée. Ça ne causerait que des soucis supplémentaires à sa mère. Mieux valait laisser la police faire son travail. Arriver à des résultats. Fouiller, interroger et enquêter. Découvrir la vie de Camilla.

Embarquement au terminal. Les gens les uns derrière les autres dans la file d'attente. JW se sentait fatigué, il se réjouissait à l'idée de pouvoir dormir un peu dans l'avion.

Un second contrôle de sécurité. Ils vérifièrent à nouveau les passeports. Les passagers devaient sortir sur une plate-forme où régnait un froid de canard et où le vent hurlait pour monter dans l'avion. Même les hôtesses de l'air étaient plus moches que sur les vols d'Arlanda. Il se trouva une place, posa son sac Prada par terre. Une hôtesse de l'air le pria de le monter dans le casier. JW n'eut pas envie de se laisser faire. Il insista. L'hôtesse ne tenta même pas d'être gentille. Le sac fut rangé en haut.

Putain de pute de merde. JW se le jura : la prochaine fois, c'est la *business class*.

Ils expliquèrent les consignes de sécurité. JW lut son journal.

L'avion décolla.

Il se laissa aller contre le dossier de son siège. Ferma les yeux.

Se détendit.

« Bip, bip ! », cria quelqu'un derrière lui. Il se retourna. Pensa : cette journée est une cata totale. JW ne les avait pas vus en montant dans l'avion. Une bande de footballeurs déjà assez allumés étaient assis derrière lui. L'un d'entre eux se mit à hurler jusqu'à avoir le visage complètement rouge. Les autres types poussèrent des ricanements hystériques.

Une hôtesse de l'air arriva d'un pas énergique : « Pardon, puis-je vous aider ? »

Le gars pointa un bouton au-dessus de lui. « J'ai appuyé sur ce bouton, mais ça n'a pas fait de bruit, du coup j'ai bipé moi-même. »

Les mecs se tordirent de rire.

L'hôtesse de l'air gueula. Encore plus de rires.

Quelle journée. JW remercia Dieu pour son iPod – mais le rire des footballeurs couvrait même la musique.

Deux heures plus tard : atterrissage à Stansted. Encore somnolent, JW suivit le troupeau de passagers à travers les contrôles de passeport jusqu'au tapis de bagages. Il joua à Chesswizz sur son téléphone portable. Ses deux valises avancèrent sur le tapis. Elles avaient l'air intactes. Bien.

Sortie par la douane. Descendre les escalators vers le *Stansted Express.*

JW calcula son temps de voyage total. Le vol : environ deux heures. Avec tous les autres trajets : les bus, les métros, le taxi, plus l'attente – en tout cela faisait six heures. Ryan Air, ça sent le merdier.

Le train entra en gare. Une voix de femme enregistrée fanfaronna : « *This train leaves for London Liverpool Street Station in three minutes.* »

Il monta. Se chercha une place d'où il pouvait garder un œil sur son sac Louis Vuitton sur le porte-bagages. Il ressortit son magazine *Café.* Il faisait nettement plus chaud en Angleterre qu'en Suède. Il transpirait. Enleva son manteau Dior. Le posa sur ses genoux.

Le conducteur avec un accent du fin fond du Cockney, JW comprit à peine ce qu'il disait lorsqu'il lui conseilla d'acheter les billets retour à l'avance.

JW sortit son portable et envoya un SMS à Abdulkarim pour l'informer qu'il avait atterri. Un autre à Sophie : « Hello ma belle, viens d'atterrir. Chaud ici. Bien dormi dans l'avion. Tu fais quoi ? On s'appelle dans quelques jours. Bisous/J. »

Quelques heures plus tard, il s'étirait sur le lit de sa chambre d'hôtel, fraîchement douché, et crevé. Il avait passé quelques coups de fil aux amis de Fredrik et de Jet-set Carl à Londres. Pour programmer la soirée. Tester la vie nocturne. Faire la bringue et, avant tout, monter un réseau de contacts.

L'hôtel était situé à Bayswater. Un nid à touristes – de la moquette partout. Même dans la salle de bains.

Il avait également réservé des chambres pour Abdulkarim et Fahdi, il annulerait le lendemain pour trouver des chambres sûres dans un hôtel de luxe à la place, si quelque chose lui semblait louche. Pour JW : putain de superflu. Selon Abdulkarim : leurs téléphones étaient peut-être sur écoute. La police serait capable de deviner où ils logeaient, qui ils contacteraient, ce qu'ils feraient à Londres. Pour cette raison, le changement d'hôtel.

JW pensa à Sophie. Elle avait vraiment insisté pour savoir qui étaient ses amis. Que voulait-elle ? Pourquoi s'y intéressait-elle ? Il n'était toujours pas sûr que c'était seulement de l'affection qu'elle recherchait. La superficialité était bien une vertu dans son milieu à elle. Dans ses heures les plus sombres, JW la soupçonnait de le percer à jour. Que sa comédie toucherait bientôt à sa fin.

Pourquoi était-ce si important ? Pourquoi ne se satisfaisait-il pas tout simplement de ce qu'il était maintenant ? Que voulait-il atteindre ? Cette dernière question en amenait une autre – qu'avait cherché Camilla ? Quelque chose l'avait poussée. JW n'arrivait pas à déterminer si c'était à lui ou à la police de le découvrir.

36

Il fallait que ça change bientôt. Et ça changerait.

Il remettrait tout en ordre. Radovan devenu glacial – mauvais signe. R devait bien voir que le respect que lui témoignait Mrado n'avait rien à voir avec le respect qu'il avait naguère témoigné à Jokso. En fait, il y avait une grande différence – Jokso avait été un authentique leader : l'homme qui avait mené les Serbes au sommet du monde criminel de Stockholm. Unis, forts, loyaux. Radovan n'avait pas le format nécessaire, un faiblard, un semeur de zizanie. Un faux jeton. Et Mrado commençait à entrevoir une nouvelle voie : peut-être que Nenad et lui allaient faire bande à part.

Enfin, on trouverait bien une solution. Aujourd'hui, il ne penserait pas à toute cette merde. Aujourd'hui, c'était sa journée avec Lovisa. Planifiée. Détaillée. Incroyablement désirée. Du mercredi soir au jeudi soir. Trop court – mais déjà ça.

La veille, ils avaient loué le dernier dessin animé Disney. Bouffé du pop-corn. Bu du Fanta. Mrado avait préparé des boulettes de viande et des pommes de terre. Et même une choucroute. Avait aidé Lovisa à éplucher, couper, mettre du ketchup. Dommage qu'elle n'ait pas aimé la choucroute, le seul truc serbe dans l'assiette.

Quelle putain d'idylle.

Toute la journée était à eux. La dernière fois, ça avait merdé. Mrado n'avait pas pu aller chercher Lovisa à la garderie, il avait dû jouer des muscles devant un toxico à Tumba qui avait menacé Nenad. Ce type avait mis la main, on n'avait jamais su comment, sur le numéro de Nenad, et il avait appelé chez lui, où vivent sa femme et ses enfants. Tu peux te shooter, et acheter de la dope autant que tu veux, mais tu ne dois jamais embêter la famille de Nenad. Mrado et Ratko étaient allés trouver ce connard. Punition : le nez cassé, et une belle blessure au front. Voilà ce qui arrivait quand on se faisait cogner la tête contre un mur en béton dans une cage d'escalier du numéro 13 de la rue Grödingevägen.

Une lame à double tranchant : Mrado avait envie de voir sa fille, mais il en ratait souvent l'occasion. Il le regrettait toujours après. Se disait : faut bien que quelqu'un gagne du fric pour offrir une belle vie à Lovisa. Toujours mieux que de se plaindre tout le temps comme le faisait sa mère, Annika la Connasse Sjöberg.

Il était 8 h 30. Lovisa regardait une émission matinale à la télé. Les cheveux en bataille comme un troll. Mrado resta encore quelques minutes au lit. Puis se leva. Embrassa Lovisa sur le front. Descendit au supermarché acheter un jus Tropicana extra pulpe, du lait et du muesli. Il prépara le petit déjeuner : fit du café, remplit un verre de jus. Tartina une tranche de pain azyme pour Lovisa.

Ils mangèrent devant la télé. Lovisa salit le sol. Mrado but du café.

Deux heures plus tard, ils étaient dans le bus en direction de Gärdet. Mrado avait choisi de ne pas prendre la voiture, après toutes les critiques qui avaient déferlé sur lui à cause d'un prétendu excès de vitesse avec Lovisa à bord. Il détestait céder à la critique d'Annika, mais il valait mieux être prudent, au moins en ville.

La neige blanche couvrait les champs. Lovisa parla d'un bonhomme de neige qu'elle avait fait au jardin d'enfants.

« Moi et Olivia, on a fait le plus grand. Les éducatrices nous ont prêté une carotte pour le nez.

— C'est génial. Vous avez fait combien de boules de neige ?

— Trois. Puis, on lui a mis un chapeau. Mais les garçons l'ont détruit.

— Ah, c'est méchant. Et qu'est-ce que vous avez fait ?

— On l'a dit à la maîtresse, bien sûr. »

Mrado n'arrivait presque pas à le croire lui-même, il jeta un regard circulaire dans le bus. Personne ne semblait s'en rendre compte – voilà que l'homme qui avait pulvérisé la tête d'un toxico deux semaines auparavant était devenu le père parfait.

Ils descendirent au musée des Technologies.

Lovisa courut vers les machines et les installations devant l'entrée. Elle portait une veste matelassée avec un col rembourré, un pantalon en Thermolactyl vert et des bottes en cuir pour enfants aux pieds. Les bottes : contribution de Mrado. Sa fille n'allait pas se promener avec des bottes en caoutchouc merdiques.

Sa fille était tellement pleine de vie et d'énergie imprudente. Exactement comme lui enfant, à Södertälje. Il se souvint : à trois ans déjà, Lovisa dévalait les escaliers en courant – elle se fichait de tomber. Juste foncer. Affronter le risque. Une chose était sûre : elle n'allait pas gaspiller son énergie dans les mêmes trucs que lui.

Mrado atteignit les installations. Il avait froid. Lovisa sauta sur une plate-forme devant un machin qui ressemblait à une antenne parabolique. Mrado s'approcha. Lovisa lui demanda de lire l'inscription sur le panneau. Quelque chose comme quoi on pouvait entendre les chuchotements à distance. Lovisa ne capta pas. Mrado, lui, si.

Il lui fit une démonstration. Il recula vers une autre antenne parabolique vingt mètres plus loin.

« Reste ici, Lovisa. Papa va te montrer un truc dingue. »

Les chuchotements étaient audibles comme s'ils se trouvaient face à face, comme du bouche à oreille. Lovisa adora ce truc. Elle se mit à chuchoter : parla de l'histoire de son bonhomme de neige. De Shrek. Des boulettes de viande et de la choucroute faites par papa la veille.

Ils rirent.

Une fois à l'intérieur du musée, ils enlevèrent leurs vestes. Mrado s'était préparé – il portait un gilet sous son pardessus. Ne voulait pas qu'on voie l'étui de son pistolet. Ça sentait la cafétéria. Mrado avait regardé sur Internet pour faire son programme – après la visite, ils iraient boire quelque chose.

Ils traversèrent une salle après l'autre. Technorama : la partie du musée abritant les expériences pour les enfants.

Dans une salle : des appareils pour mesurer la force. Ils montraient comment on pouvait inverser les rapports de force. Poulies, courroies, leviers, vis, clavettes. Mrado du côté court de la balane, Lovisa du côté long. Mrado : cent vingt kilos de muscles. Lovisa : vingt-six kilos de fillette. Pourtant : elle fit pencher la balance de son côté. Mrado fut élevé dans l'air.

Comme si Lovisa était plus lourde que son père. Lovisa gloussa. L'âme d'enfant de Mrado hurla de rire.

Ils continuèrent leur tour. Testaient les machines, inventions, installations et mécanismes dans chaque pièce. Lovisa n'arrêtait pas de parler. Mrado posait des questions. Tantôt en suédois, tantôt en serbe.

Après avoir fait halte au café, ils rentrèrent.

Lovisa regarda le film de Disney encore une fois. Mrado prépara un véritable dîner : de la saucisse et des macaronis au blé complet, du ketchup et de la salade. Ils se reposèrent une heure sur le canapé. Somnolèrent. Lovisa dans les bras de Mrado. Celui-ci pensa : je n'ai besoin de rien d'autre dans la vie.

Lovisa mit sa veste pour sortir. Mrado se foutait d'avoir à récolter les remontrances d'Annika – ils n'utiliseraient pas les transports en commun pour aller à la musculation.

Il était 4 heures de l'après-midi. Pas grand monde à la salle de musculation. Mrado se fit les jambes. Grimaça. Grogna. Gémit.

Lovisa joua sur le tapis de stretching. Mrado tenta de sourire entre les grimaces. Lovisa y était habituée.

Un gars de la réception se mit à genoux à côté du tapis. Dit en langage bébé : « Alors, qu'est-ce que tu as fait de beau avec ton papa aujourd'hui ? »

Mrado adora la réponse de Lovisa : « Pourquoi est-ce que tu parles comme mamie ? »

Bientôt 5 h 30. Mrado veillait à ne pas être en retard. L'ambiance était déjà assez mauvaise comme ça, après le lapin qu'il avait posé à Lovisa deux semaines auparavant. Elle l'avait attendu pendant quarante-cinq minutes devant le jardin d'enfants. Mrado avait dû casser la gueule à un toxico. Le personnel avait finalement appelé Annika qui était venue chercher la petite. Mauvais.

Après l'entraînement, ils allèrent à Gröndal. La route jusqu'à Essinge, bouchée. Dans la voiture ils écoutèrent de la musique serbe. Lovisa essaya de chanter les refrains.

Il bifurqua après Stora Essingen. Descendit vers Gröndal. À cent dix sur la partie limitée à soixante-dix. Mrado ne put s'en empêcher. Freina brusquement. La vitesse était limitée à trente dans la rue Gröndal. Mrado fit un effort. Garda un tempo bas.

Avança prudemment jusqu'à la maison d'Annika.
La laissa sortir devant la porte. Il resta dans la voiture.
La vit composer le code. Ouvrir la porte avec les deux mains, elle était lourde. Disparaître à l'intérieur.
Partie.
Il se sentit rempli de chaleur humaine.
Une journée de paternité.

Le lendemain de la visite de Lovisa, retour à la réalité. Pendant les deux mois précédents, Mrado avait rencontré les membres les plus importants de la pègre locale : de Stockholm jusqu'à la Suède centrale. Voleurs, violeurs, meurtriers, rois de la came – peu importe ce qu'ils avaient fait tant qu'ils avaient de l'influence.

Des aboutissements inattendus. Mrado, étonné. Ils l'écoutaient, examinaient, réfléchissaient. La plupart d'entre eux revenaient avec des réponses – ils le suivraient sur sa voie : pour contre-attaquer face à ces enculés de flics, il fallait tomber d'accord sur une répartition, et mettre fin aux hostilités.

Conséquence : le deal visant la formation de cartels criminels à Stockholm prenait forme. Pouvait devenir un succès pour Mrado.

Les dégâts : le projet Nova faisait des ravages, même parmi les Yougoslaves. Deux gars au service de Goran arrêtés. Soupçonnés de détournement de fonds.

La répartition du marché en résumé : les Bandidos avaient accepté de laisser tomber le trafic de cocaïne au centre-ville, et le racket des vestiaires. À la place, ils allaient renforcer le racket dans la banlieue sud. Les HA mettraient l'accent sur la contrebande d'alcool dans toute la Suède centrale. Réduire le racket. Élargir les activités économiques qui leur chantaient. Le gang de Naser : difficile à influencer. Eux, ils pensaient rester dans l'héroïne, comme avant. Les Original Gangsters : surtout des attaques sur des transports de fonds dans toute la Suède. Pas forcément un domaine concurrentiel. Cependant, ils avaient promis de réduire leur business de coke dans la banlieue. Voie libre dans le nord de la ville. Les Fucked For Life garderaient le business de la marijuana dans le sud de Stockholm, alors qu'ils se retireraient en partie du nord.

Mrado avait tout organisé. Évalué les différents marchés. Quotas. Domaines. Pesé. Analysé. Parlé avec plus de quarante personnes. Fait du lobbying. Léché des bottes là où c'était nécessaire. Était resté dur comme fer quand il le fallait.

La plupart lui faisaient confiance, le prenaient pour un Yougoslave honnête. Pesaient les avantages de sa proposition. Percevaient les risques que signifiait Nova.

En résumé : il avait presque réussi la répartition du marché. Le meilleur dans tout ça – les vestiaires du centre-ville, son bébé à lui, étaient en train d'être pacifiés.

Pour Mrado, perso : il était un génie.

Restait à convaincre : Magnus Lindén, la Fraternité Wolfpack.

Ils se verraient dans le pub Golden Cave à Fittja. En terrain neutre.

Mrado adorait la Merco encore plus que d'habitude. L'effet des crayons oubliés par Lovisa. Mrado avait coincé la boîte sous le pare-brise comme une icône. Bientôt, ce serait de nouveau mercredi.

Peu de circulation. Conduite facile. Il pensa aux Wolfpack.

Formés par une poignée de prisonniers de Kumla, sept ans auparavant. Le fondateur, président autoproclamé, Danny « The Hood » Fitzpatrick. Prétendait avoir eu l'idée de former la Fraternité au bout de quelques années au trou, ayant compris « qu'on était trop nombreux à devoir vivre en supportant que la police jette du gaz lacrymogène dans nos apparts par-ci par-là, et pointe ses pistolets automatiques sur nous ». L'objectif avait été de copier la hiérarchie des Hells Angels : Hang around, Prospect, Membre, Sergeant at arms et Président. Mais au bout de quelques années, cette troupe fut sérieusement dans la merde – le président de la Fraternité commença une lutte de pouvoir avec le frère de Radovan. Une guerre éclata entre les Yougoslaves et la Fraternité. Elle dura deux ans, trois personnes y laissèrent la vie. Mais c'était du passé à présent. La Fraternité avait un nouveau président : Magnus Lindén. Les Yougoslaves s'étaient calmés. La blessure n'était pas complètement refermée.

Mrado gara sa voiture. Avant de la fermer à clé, il adressa sa prière habituelle au Dieu des bagnoles.

Il n'avait aucun pressentiment avant la rencontre avec Lindén, juste un faible espoir de réussir la répartition du marché. Aucune nervosité. Aucune peur.

Il entra dans le pub.

Repéra Magnus Lindén direct. Ce type respirait la méchanceté.

Le pub était presque vide. Une femme d'âge moyen entassait des verres derrière le comptoir. L'heure du dîner était passée depuis deux heures et la salle était à moitié plongée dans l'obscurité. Au fond, Led Zeppelin : *Stairway to heaven*. Un classique.

Lindén se leva. Les bras ballants. Pas trace d'une salutation. Attitude méchante.

Mrado, dans son nouveau rôle de médiateur, ignora le fait que Lindén l'ignorait. Lui tendit la main. Croisa le regard de Lindén.

Resta comme ça trois secondes.

Lindén abandonna son attitude. Tendit lui aussi la main. Serra celle de Mrado.

« Sois le bienvenu ici. Tu veux manger quelque chose ? »

La glace était brisée.

Ils commandèrent de la bière. Bavardèrent.

Mrado connaissait le jeu à ce niveau. Parler moteurs, bagnoles, pare-chocs.

Lindén sortit ses lieux communs, dans les oreilles de Mrado ça sonnait comme de la philosophie HA : « Faut être pédé pour conduire une japonaise. »

Mrado était d'accord. Vraiment. Il avait eu beaucoup de bagnoles dans sa vie, mais jamais d'asiate, et cela n'arriverait jamais.

La conversation, comme sur des roulettes.

L'approche de Lindén, très différente de celle de la plupart des autres – le type était un raciste complètement taré. Parlait sans cesse des nègres dépravés, des juifs communistes, et du Mouvement de Résistance suédoise, une espèce d'organisation d'anciens skins. Mrado, pas intéressé. Où était l'argent dans tout ce discours de merde ?

Lindén secoua la tête. « Comment ai-je pu croire qu'une personne de race slave comprendrait ça ? »

Mrado commençait à en avoir marre. « Maintenant écoute-moi, Hitler en herbe. Je me fous de toutes tes théories racistes. Tu sais ce que je veux. Il s'agit de nous tous. Arrête ce baratin de merde et réponds-moi. Vous êtes d'accord pour la répartition ou pas ? »

Une manœuvre risquée que de pousser Lindén dans ses retranchements. Il avait sans doute déjà cassé des gueules pour moins que ça. Mais Mrado n'était pas « des gueules ».

Lindén fit oui de la tête. Il avait pris sa décision.

L'affaire était dans le sac.

Mrado, ivre de joie sur le chemin du retour.

Appela Ratko pour lui raconter.

Appela Nenad.

« La Fraternité a accepté le deal. Comme je te l'ai dit, notre position est assurée. Nos marchés sont pacifiés.

— Putain de bon boulot, Mrado. Prions Dieu pour qu'ils tiennent leurs promesses. La vente de la coke dans la banlieue augmente en flèche. Le ciel est notre seule limite. Maintenant, on va pouvoir foncer.

— Ça, tu peux le dire. »

Mrado avait longtemps réfléchi à la position de Nenad. Était-il vraiment du côté du boss, ou pas ? Mrado avait entendu les rumeurs, savait que Nenad avait eu lui aussi des frictions avec Radovan. Il était possible que Nenad soit aussi furax après R qu'il l'était lui-même. Une hypothèse qu'il devait vérifier.

Mrado testa. « Peu importe ce que fait Radovan, on est safe.

— Ouais, peu importe ce que fait Radovan. »

Nenad fit une pause. Ils se turent.

Puis il poursuivit : « Mrado, on joue bien dans la même équipe, non ? »

Cette question : Nenad testait Mrado comme Mrado avait pensé le tester.

Nenad *borderline* – Mrado et Nenad ensemble contre Radovan.

*

Stockholm
Mars

PROJET NOVA - LES NOUVELLES ARMES DE LA POLICE CONTRE LES GANGS CRIMINELS DANS LA RÉGION. Ils ont tous un casier judiciaire bien rempli, sont de plus en plus organisés et violents, et forment de jeunes recrues au vol et à la vente de drogue.

Vols de cargaisons, trafic de drogue, coups et blessures graves, proxénétisme et port illégal d'arme font partie de leur quotidien.
Malgré plusieurs interventions poussées de la police, le crime organisé à Stockholm est devenu de plus en plus sophistiqué, violent et structuré. Il ne se passe guère une journée sans que les journaux ne regorgent d'articles relatant des attaques sur des transports de fonds, des faits de proxénétisme, ou des actes violents ayant eu lieu dans la région de Stockholm.

Organisation

Un bon nombre de ces gangsters sont des criminels expérimentés, connus des services de police et multirécidivistes, qui auparavant agissaient souvent seuls ou dans un cadre moins structuré. L'évolution récente indique une meilleure organisation et une plus grande solidarité dans le milieu.
Lutter plus efficacement contre le crime organisé, voilà un objectif qui tient particulièrement à cœur au commissaire Kerstin Götberg, qui a monté au sein de la police de Stockholm le projet appelé « Nova », lancé au cours de l'année dernière suite à une augmentation sensible des faits de grand banditisme dans la région.
150 personnes ont ainsi reçu le « signalement Nova ». Ce qui signifie que tous les agents savent qu'une arrestation de l'une de ces personnes est hautement prioritaire, peu importe la nature du crime en question.
« Nous n'attendrons pas que des trophées nous tombent entre les mains. Pouvoir les enfermer pour sept ou huit ans n'est certes pas négligeable, mais pas toujours efficace. Nous les soumettrons à une pression permanente. Si l'on rassemble toutes les affaires irrésolues de la région, on arrive en règle générale à collecter assez d'éléments pour les faire comparaître devant un juge », relève Leif Brunell, chef du service des stupéfiants de la police criminelle

du département, et également directeur des opérations du projet Nova.

Statut parmi les gangsters

Lorsque les signalements Nova ont été mis en place, les criminels voyaient presque dans leur présence sur la liste un titre honorifique.

« Dans un premier temps, cela signifie pour eux qu'ils ont atteint un certain statut, mais à la longue, ça devient assez gênant, puisque cela les rend plus visibles, chose qu'ils veulent à tout prix éviter », aux dires de l'inspectrice Lena Olofsson qui travaille pour le projet Nova.

Les poids lourds du crime s'organisent en réseaux et se spécialisent dans différents domaines. Des conflits peuvent émerger, lorsque plusieurs gangs se font de la concurrence sur le même marché.

Un code d'honneur a abouti à une coopération entre divers gangs, par exemple les Hells Angels et les Bandidos MC. Même le réseau yougoslave a connu des conflits internes. En ce moment, les problèmes se cristallisent surtout dans le sud de Stockholm.

Des jeunes cherchent à intégrer les gangs

Les groupes criminels recrutent massivement. Très souvent, ce sont les gangsters les plus expérimentés qui conçoivent des coups que les plus jeunes - « les chips » - mettent ensuite en œuvre. Parfois, ils se font accompagner par des membres plus âgés et plus expérimentés qui les « parrainent ».

37

Ils s'étaient donné rendez-vous au centre commercial de Sollentuna. Ici, Jorge se sentait comme chez lui. Les galeries entre les magasins habituels : H&M, Systembolaget, B&R Jouets, Intersport, Duka, Lindes, Magasin Technologique. Et le hard discount ICA. Jorge se rappela l'instant où la nourriture qu'il avait achetée là-bas était tombée par terre, juste avant que les Yougoslaves ne le charcutent. Puis, il se souvint des trucs qu'il y avait piqué quand il était ado.

La peur de Jorge d'être reconnu était revenue. C'était arrivé une fois, trois semaines auparavant, et à Sollentuna justement. Le quartier le plus dangereux pour lui, où il y avait le plus de personnes susceptibles de le reconnaître. Il était venu rencontrer un gars qui dealait pour lui dans la rue Malmvägen. Dans la cage d'escalier, il avait croisé une femme qui connaissait sa mère. Elle avait essayé de lui sortir une blague, s'adressant à lui en dialecte chilien : « Jorgelito. T'as été te dorer la pilule en Afrique ? » Il l'avait ignorée. Était sorti de la maison, le cœur battant plus vite qu'un *drum'n'bass* pris de panique.

Il tenta de se convaincre : pas de soucis à se faire. Je suis tout en bas sur la liste des flics. J'ai changé physiquement. Je suis quelqu'un d'autre. Elle avait été la première depuis plusieurs mois à le reconnaître.

Ils achetèrent chacun un Coca au bureau de tabac. Jorge, la prostituée du bordel de Hallonbergen et son copain, un type que Jorge n'avait encore jamais vu auparavant.

Le gars : un Suédois énorme. Au moins deux mètres cinq. Un mètre de large, et aucune différence de largeur entre la nuque et la tête. Pas sûr que le gars puisse marcher sans que les muscles gigantesques de ses cuisses se heurtent.

« C'est Micke », dit la fille.

Jorge se demanda si le géant était son mec ou son mac. N'eut pas le courage de le lui demander. Il avait honte de l'avoir payée pour coucher une semaine auparavant. Question en son for intérieur : avait-il honte parce que c'était embarrassant, ou parce que c'était mal ?

Jorge leva un sourcil en guise de question à la pute : qu'est-ce qu'il fout là ?

La fille comprit. Elle dit : « Tranquille. Il voulait juste venir avec moi. S'assurer que je ne risque rien.

— Est-ce qu'il écoutera tout ce qu'on se dit ? C'est hors de question. »

Le type répondit, d'une voix étonnamment aiguë : « Calmos, mon pote. Je vais m'écarter de quelques mètres. »

Super louche. Pourquoi l'avait-elle emmené ? J-boy ne prenait pas de risque. J-boy savait où un manque de vigilance à l'égard de caïds pouvait mener. Il dit : « Tu peux rester dans les parages, mais dans ce cas, tu marches devant. Comme ça je peux te voir. »

Le géant le dévisagea longuement. Fit craquer ses doigts. Jorge l'ignora. Répéta : « Si elle veut avoir le flouze, vous faites ce que je dis. »

La nana était d'accord, et accepta la condition.

Ils marchèrent à travers le centre commercial. Sortirent par les portes coulissantes. Vers le parc derrière la foire de Sollentuna. En silence.

Le géant toujours six ou sept mètres devant eux.

Jorge, le dealer le plus heureux de la ville. Avait pigeonné la volaille, *grande*. Le roi de la coke, classe de chez classe. Avait tapé le sachet NK plein de coke sous le nez des flics. Piqué un sprint – ces flics étaient des mous –, s'était suspendu au pont et avait sauté. Atterrissage dans la neige sur Långholmen. Son pied avait supporté la chute. Il avait failli péter un plomb quand il lui vint à l'esprit que Långholmen était une île. Puis il réalisa : la Suède est un pays merveilleux où l'hiver rime avec glace. Il se rendit sur le côté sud, vers Hornstull. Courut sur la glace. Elle était fine. Mais elle tenait. Il courut entre les maisons le long de la plage de Bergsund. Sortit de l'autre côté. Tranquille. Il héla un taxi rue Ringvägen.

La deuxième bonne nouvelle : ils auraient peut-être du mal à avoir des preuves contre Mehmed. Restait juste à espérer qu'ils n'arriveraient jamais à prouver qu'il avait possédé la cocaïne. En fait, l'État réussissait en règle générale à prouver ce qu'il voulait prouver. Franchement, c'était la honte totale pour eux : ils avaient laissé partir Mehmed avec le *real stuff*. Raison probable : ils savaient que quelqu'un allait tester la neige, et ils voulaient remonter jusqu'aux véritables boss. Perdants – pas facile de cravater J-boy.

Seule ombre au tableau : comment cela avait-il pu arriver ?

La réponse la plus probable était que Silvia, la mule, avait merdé. Peut-être qu'elle avait donné de mauvaises réponses aux questions des douaniers. Peut-être qu'ils avaient des chiens. Peut-être, pensée secrète, que quelqu'un les avait balancés.

Il s'en foutait pour le moment. La coke était à lui, à Abdulkarim. Au moins trois millions de couronnes dans la rue, brut. La banlieue de Stockholm était à eux.

Jorge et la fille s'approchèrent de la partie boisée. Le géant marchait devant. Une couche épaisse de neige recouvrait le sol, un merveilleux blanc. Le sentier bien gravillonné. Jorge avait des baskets aux pieds – bien content de la conscience professionnelle de l'administration du parc.

Elle se tourna vers lui, lui fit signe qu'elle était prête à parler.

« C'est bien que tu sois venue, dit-il.

— C'est pas gratuit.

— Bien sûr. Comme convenu.

— Oui. Par où tu veux que je commence ?

— Tu pourrais commencer par ton nom.

— Appelle-moi Nadja. Qu'est-ce que tu veux savoir ?

— Commence par le début. Comment est-ce que tu es venue en Suède ? »

Elle n'était pas très bavarde. Jorge pensa : elle est mignonne. Sa particularité : elle jouait la dure, mais en même temps on sentait qu'elle voulait faire passer un message. Il s'en était rendu compte. Elle s'était laissé convaincre trop facilement. Elle était trop zélée. La première fois qu'il l'avait vue, au bordel dans cet appartement, elle lui avait dit que Monsieur R sentait le parfum Hugo Boss. Jorge avait demandé à des gens qui savaient ce genre de choses. C'était vrai. Radovan adorait Hugo Boss. Sous toutes les formes. Costumes, chemises, manteaux. After-shave.

Comment pouvait-elle savoir qu'il sentait le Hugo Boss ? Seules deux alternatives possibles. Soit quelqu'un lui avait raconté ça. Mais c'était peu probable. Soit elle l'avait approché de très près.

Alternative numéro deux, qui faisait d'elle la piste la plus intéressante que Jorge ait découverte jusque-là.

Elle voulait faire passer un message. Son courage l'impressionnait.

Elle lui raconta son arrivée de Bosnie-Herzégovine six ans auparavant. Âgée de dix-huit ans. Violée à quatre reprises par la milice serbe au cours de sa jeune adolescence. Avait demandé l'asile politique en Suède. Habité dans des camps de réfugiés autour de Gnesta pendant deux ans. Après ses expériences dans sa patrie, elle avait cru savoir ce que signifiait le terme *bureaucratie*. Aujourd'hui, elle savait ce que c'était vraiment. La vie n'était qu'un grand merdier. Deux heures par jour, elle allait au cours de suédois pour étrangers. Douée. Apprenait vite. Le reste de la journée, elle le passait au lit. Regardait le téléachat et les films de la matinée dans un suédois qu'elle ne comprenait pas. Avait essayé une fois d'aller faire les magasins au centre de Stockholm – de ses deux mille couronnes par mois, mille après déduction de l'argent qu'elle envoyait à sa famille à Sarajevo, il ne lui restait rien du tout. Elle n'y était plus jamais retournée. Cloîtrée dans sa chambre. Dormait, regardait la télé, écoutait la radio. À la limite de l'apathie. Avait pensé : seul l'argent l'aiderait à quitter cette misère. Un soir, un de ses voisins de couloir, dans son foyer, l'invita à fumer un pétard. Son sentiment : la seule belle expérience qu'elle avait vécu depuis le début de la catastrophe en Bosnie. Ça continua ainsi : ils se réunissaient plusieurs fois par semaine dans la piaule du voisin. Juste à rester assis. Fumaient. Se détendaient. Le hic : besoin désespéré de cash. Elle arrêta d'envoyer de l'argent à sa famille. Ça n'aidait guère. Ses dettes augmentèrent. C'est ce même voisin qui lui apporta la solution : il le faisait lui aussi – il faisait venir des types dans sa chambre plusieurs fois par semaine –, leur astiquait le manche, les suçait un peu. Ça lui faisait quelques billets de cent. Ensuite, la nuit, ils se réunissaient dans la chambre du voisin. Fumaient des joints encore plus énormes. Prenaient des inspirations encore plus profondes. Oubliaient toute la merde.

Ce système fonctionna pendant plusieurs mois. Puis d'autres types apparurent. Ex-Yougoslaves, Serbes. Elle ne reconnut pas leurs visages. Mais elle reconnut leur style. Les garçons d'Arkan. Ils disaient ce qu'ils avaient à faire, à elle et au voisin. Quand ils avaient à le faire. Combien ils devaient demander.

Le nombre de clients augmenta. L'argent rentra.

On ne lui accorda pas l'asile. Au choix : rester illégalement, ou rentrer dans sa patrie secouée par la guerre, et hantée de souvenirs violents. Elle choisit la première alternative. S'enfonça d'autant plus dans le système des macs.

Ils la laissèrent habiter avec d'autres filles dans un appartement étroitement surveillé. Parfois des gars venaient là-bas. Parfois on les emmenait dans d'autres endroits. Ils estimaient qu'elle avait un talent particulier pour la langue suédoise et pour autre chose aussi, alors elle se vit confier le job de luxe : accompagner des mecs au restaurant, être gentille. Peut-être se faire accoster par un mec qui l'inviterait à boire un drink. Peut-être se rendre en minijupe à des fêtes dans des villas et jouer la serveuse. Des types qui la tripotaient, la pelotaient. Qui la traînaient dans des chambres contiguës. Des caves qui ne la payaient jamais directement.

Et chaque soir en rentrant, elle se roulait un pétard. Prenait parfois quelques Sobril. De temps en temps, ils pimentaient les joints avec des amphètes – en langage de toxicos : une bombe atomique.

Les macs serbes leurs procuraient la came. Faisaient en sorte qu'ils ne mouftent pas.

Au bout de six mois – elle ressentit les premiers signes de manque quand elle n'avait pas sa dose quotidienne de shit ou d'amphétamines.

Jorge posa peu de questions. La laissa raconter à son rythme. Se sentait comme un connard de psychologue. Comme Paola quand elle l'écoutait. Mais il n'y avait pas que ça : il ressentait également quelque chose pour Nadja.

Ça le frappa comme un éclair : il ressentait de la pitié. Et aussi autre chose : une espèce de tendresse.

Alors seulement ils abordèrent des sujets plus intéressants. Le géant jetait régulièrement un regard derrière lui. Vérifiant qu'ils étaient toujours là. Que la distance ne devenait pas trop grande. Jorge supposa qu'il ne laissait jamais échapper les putes qui étaient sous son contrôle.

Jorge jeta un regard vers Nadja. « Peux-tu me donner des détails concernant ce job de luxe ? »

« Ça a duré environ deux ans. Souvent, on nous emmenait quelque part pour nous maquiller. Nous faire belles. Ils choisissaient des vêtements pour nous. Parfois des trucs chers : de la soie, des jupes en soie. Des chaussures à talons hauts en cuir super fin. Une maquilleuse m'a appris à marcher avec ce genre de chaussures. Sans trébucher. Ils nous disaient de quoi on devait parler, ce qu'on devait faire avec les types.

— Où ça ?

— Partout. En ville, la banlieue chic, je crois. Les restaurants du Stureplan. D'autres parties de la ville. Quatre ou cinq fois j'ai passé le week-end avec un type. Des Suédoises le faisaient aussi. »

Jorge affinait sa technique d'interrogatoire. Voulait poser les bonnes questions. Ne pas la pousser trop loin, il fallait qu'elle continue à raconter. Il voulait qu'elle parle, pour son bien à elle.

« Qu'est-ce qu'il faut faire pour être invité à l'une de ces soirées ?

— Tu veux dire quoi ?

— Je veux dire, si je voulais participer à une de ces fêtes en ville. Qu'est-ce que je devrais faire ?

— Je ne fais plus le job de luxe. Je ne suis plus assez jeune et jolie. Je suis sur la pente descendante. Trop de putain d'amphètes. Si tu veux aller à une fête, il te faut beaucoup d'argent. Les filles sont chères là-bas. » Un sourire faux.

« Mais si je veux quand même. À qui je dois parler ?

— Il y en a beaucoup. Tu as parlé de Nenad. Demande-lui.

— Pas possible. Y en a d'autres ? Qui organisait les fêtes plus huppées ?

— Des Suédois. Riches.

— Tu as des noms ?

— Essaie avec Jonas ou Karl. Eux, ils embauchaient les maquilleuses.

— Connais-tu leurs noms de famille ?

— Non. Les noms de famille suédois, c'est difficile. Ils ne nous les disaient jamais. Mais les surnoms.

— Ils avaient des surnoms ?

— Oui, Jonas, c'était Jonte. Karl, on l'appelait Jätte Karl ou un truc comme ça.

— Qui d'autre était impliqué ?
— Parle à Monsieur R, si tu oses.
— Il participe à ces soirées ? Ton mec sait que tu as couché avec lui ? »
Elle s'arrêta. « Comment tu sais ça ? »
Jorge : à la manière de Sherlock. « Je le sais, c'est tout. »
Ils continuèrent leur route, retour au centre commercial.
« Micke n'est pas mon mec. Lui, c'est les yeux de Nenad sur moi. Les yeux de Monsieur R. Il ne sait pas avec qui j'étais. Pourquoi il doit le savoir ?
— Pourquoi te permet-il de parler avec moi comme ça ?
— Micke pas comme les autres. Il déteste Monsieur R. Micke m'a promis de m'aider à sortir de cette merde.
— Pourquoi ?
— Il déteste Monsieur R, je te dis. Il bosse seulement pour l'argent. Il s'est fait fracasser.
— De quoi tu parles ?
— Micke, c'est un bon gars. Cet enculé de Serbe qui travaille pour Monsieur R lui a cassé la jambe à la salle de musculation. Mrado lui a fait tomber un poids super lourd sur le pied. Puis le Serbe l'a frappé, sans raison. Alors, Micke veut travailler pour Nenad à la place. Tu comprends. Micke est grand. Mais quand même. Tu captes comment sont les hommes sur lesquels tu poses des questions ? »
Jorge captait.
Haine.
Soif.
Chasse.

38

Abdulkarim et Fahdi arrivèrent à Londres deux jours après JW.

Ils partirent chercher le pistolet tout de suite après l'atterrissage. Prirent un taxi jusqu'à Euston Square où ils étaient attendus par un Black devant un kiosque à journaux à la sortie de la station de métro. Ils lui filèrent une enveloppe contenant la somme dont ils étaient convenus. Le gars compta rapidement et fit oui de la tête. Puis il leur donna un bout de papier.

Abdulkarim n'avait pas envie de se faire rouler, il fit en sorte que le gars ne se défile pas, le garda avec eux. Si jamais il n'y avait pas d'arme, le gars en prendrait plein la gueule.

Les casiers de la consigne automatique s'ouvraient avec un code. Le gars leur montra tout de suite le bon, et le code sur le bout de papier marcha. Dans le casier se trouvait un sac de sport. Fahdi saisit le sac et fourra sa main à l'intérieur. Tâta. Large sourire.

Pour le reste de la journée, JW avait engagé un guide qui leur montra les attractions touristiques de la ville. Abdulkarim heureux comme tout. Il n'était pas allé à l'étranger depuis son arrivée en Suède en 1985, il était encore enfant.

Ils virent le Parlement, Big Ben, la Tour de Londres, firent un crochet par London Eye. Le truc préféré d'Abdulkarim : la Tour de Londres, le musée de l'horreur avec les poupées en cire déformées, les guillotines, les instruments de torture, les potences. Le guide était un Suédois d'une quarantaine d'années qui vivait à Londres depuis dix-sept ans. Habitué à des groupes scolaires en voyage linguistique, et des groupes de voyageurs de la Suède centrale. Le courant ne passait pas vraiment entre le guide et ses clients du jour. Il s'était sûrement attendu à des gens normaux et sympas. Au lieu de ça, Abdulkarim et

Fahdi le bombardaient de questions. Où se trouvait la boîte de strip-tease la plus proche ? T'as une idée du prix de la neige ? Tu nous aides à trouver du shit pas cher ?

Des gouttes de sueur nerveuses perlaient sur son front. Il flippait complètement.

JW rigolait.

Quand la journée toucha à sa fin, le guide avait l'air complètement vanné. Le regard hagard, sans doute de peur qu'un bobby apparaisse au coin de la rue, et le pince. Ils le remercièrent en lui laissant un beau pourboire.

Au moment du départ, Abdulkarim demanda : « On pensait aller au Hothouse Inn ce soir. Tu veux venir ? »

The Hothouse Inn : JW leur avait procuré des invitations. C'était un des clubs de strip-tease les plus classes de Soho.

Truc de dingue – cette espèce de guide dit oui.

Abdulkarim grimaça. « Ouille. C'était une blague. On n'avait pas l'intention d'y aller. Putain de glauque. Tu fais des trucs pareils, toi ? »

Le guide rouge comme une tomate. Le feu de signalisation dans la rue, bien pâle en comparaison. Il tourna les talons et disparut.

Ils éclatèrent de rire.

Deuxième jour. JW, Abdulkarim et Fahdi envahirent le district shopping.

Londres, ville lumière des magasins de luxe : Selfridges, Harrods. Mais le meilleur de tout : Harvey Nichols.

Ils avaient réservé une limousine pour la journée.

La veille, JW s'était installé dans le même hôtel qu'Abdulkarim, après que ce dernier s'était assuré qu'il était sûr. Fahdi y arriva un peu plus tard, dans la même journée.

Ils commencèrent par un brunch XXL : saucisses, lard, côtelettes, cuisses de poulet, pommes de terre sautées, crêpes au sirop, sept sortes différentes de pain, muesli, céréales Kellogg's, œufs brouillés, trois sortes de jus de fruits frais, confiture, Marmite, Vegemite, des tas de fromages – stilton, cheddar, brie –, compote, Nutella, glace, salade de fruits. Des quantités incroyables.

Ils se goinfraient. Fahdi adorait les œufs brouillés, il les empila sur deux assiettes. Les femmes assises à la table voisine firent des yeux ronds. Abdulkarim commanda des jus de fruits pressés à quatre reprises. JW avait honte, mais en même temps non. Il ajusta ses boutons de manchettes et jeta un regard en direction de leurs voisines de table. Leur adressa un clin d'œil.

Savoura la situation – en quelque sorte.

La limousine vint les chercher à une heure.

Abdulkarim était au top, il fit étalage de tout le fric qu'ils allaient se faire avec la coke que Jorge avait ramenée grâce à la Brésilienne. Palabra sur ce qu'ils feraient à Londres. Toutes les *pétasses* qui goûteraient sa pine. Tous les hooligans qui goûteraient aux poings de Fahdi.

Abdulkarim n'avait su parler de rien d'autre pendant toute la soirée précédente – la fuite légendaire de Jorge le long du pont Västerbron. JW était impressionné. Trois kilos de coca rien que pour eux. Exactement ce qu'il leur fallait, niveau quantité.

Ils s'arrêtèrent devant Selfridges. Abdulkarim ouvrit la portière et regarda dehors. Hurla, dans un anglais écorché : « Emmène-nous ailleurs. Pas assez chic. »

JW loucha vers Fahdi en ricanant. Abdulkarim avait-il tiré une ligne avant le petit déjeuner ?

Le chauffeur ne sourcilla pas. Le comportement d'Abdulkarim n'était probablement rien comparé à celui des gens véritablement riches et célèbres qu'il transportait.

Ils continuèrent leur tour en berline. Les trottoirs étaient bondés de gens, les rues bondées de voitures. Des autobus à impériale classique les frôlaient pour gagner les arrêts de bus.

La limousine se gara devant Harvey Nichols.

Ils entrèrent dans le magasin et trouvèrent rapidement le rayon vêtements pour hommes. C'était gigantesque. Pour JW, le fanatique du shopping, l'accro du luxe, c'était l'un des plus beaux jours de sa vie.

Il salivait, bavait, vibrait au rythme de la consommation. La Mecque des marques : Dior, Alexandre of London, Fendi, Giuseppe Zanotti, Canali, Hugo Boss, Prada, Cerruti 1881, Ralph Lauren, Comme des Garçons, Costume National, Dolce & Gabbana, Duffer of St. George, Yves Saint Laurent, Dunhill, Calvin Klein, Armani, Givenchy, Énergie, Evisu, Gianfranco Ferré, Versace, Gucci, Guerlain, Helmut Lang, Hermès, Iceberg, Issey Miyake, J Lindeberg, Christian Lacroix,

Jean Paul Gaultier, CP Company, John Galliano, John Smedley, Kenzo, Lacoste, Marc Jacobs, Dries Van Noten, Martin Margiela, Miu Miu, Nicole Farhi, Oscar de la Renta, Paul Smith, Punk Royal, Ermenegildo Zegna, Roberto Cavalli, Jil Sander, Burberry, Tod's, Tommy Hilfiger, Trussardi, Valentino, Yohji Yamamoto.

Tout était là.

Abdulkarim se laissa accompagner par un vendeur à travers tout le magasin, en se promenant avec un petit chariot. Il choisit des costumes, des chemises, des chaussures et des pulls.

JW fit son shopping de son côté. Choisit un club-blazer Alexandre Savile Row, un jean Helmut Lang, deux chemises, une Paul Smith, une Prada et une ceinture Prada. La facture totale s'éleva à mille livres.

Fahdi semblait perdu. Il se sentait le mieux dans une veste en cuir simple et des blue-jeans, il acheta donc un jean Hilfinger et une veste en cuir Gucci : logique. La veste coûtait à elle seule trois mille livres. Gucci – l'attribut préféré de tout mec de la haute.

JW pensa comme tout serait plus facile une fois qu'il aurait blanchi l'argent. L'idée de pouvoir utiliser une bonne carte de crédit était alléchante. Le feeling dont il se languissait : pouvoir jeter une carte American Express Platinum sur le comptoir.

On les aida à porter tous leurs sacs et sachets jusqu'à la limousine. Les employés du magasin semblaient avoir l'habitude. Londres était l'endroit des hyper riches.

La limousine longea Sloane Street, la rue de parade des vaisseaux amiraux des boutiques de luxe : Louis Vuitton, Prada, Gucci, Chanel, et Hermès côte à côte.

Les yeux de JW collaient aux lignes attirantes des logos. Au bout d'une minute, Abdulkarim se mit à hurler.

Ils sortirent de la berline.

Abdulkarim courut vers la boutique Louis Vuitton. JW regarda son froc flottant et sa veste trop courte au-dessus de son gilet et pensa : ça devrait être interdit de se fringuer comme ça.

Le gardien à la porte de la boutique jeta d'abord un regard sceptique à Abdulkarim – un Noir dément et baraqué ? Puis il aperçut la limousine. Le laissa entrer.

Ils passèrent une heure et demie à flâner le long de la rue.

La facture finale pour JW était de quatre mille livres, plus ce qu'il avait dépensé à Harvey Nichols. Des trophées à montrer aux gars à son retour : un portefeuille en cuir Gucci, un manteau Miu Miu, une chemise Burberry. Pas mal.

Une pensée lui traversa la tête : était-ce sa vie, ou n'était-ce qu'un bluff ? JW se sentait excité, presque extatique. Malgré tout, il ne put s'empêcher de penser à Camilla et à ce qu'elle avait dû ressentir en se promenant avec l'homme de Belgrade dans sa Ferrari jaune. Jusqu'à quel point JW et elle se ressemblaient-ils ?

Ils déjeunèrent au Wagamama au bout de Sloane Street, une chaîne de restaurants asiatiques à la mode. L'intérieur sobrement décoré, tout en blanc. Abdulkarim se plaignit : il y avait de la viande dans presque tous les plats.

« Demain c'est jour de fête, dit-il, on mangera dans un truc halal. »

Fahdi eut l'air étonné. « Qu'est-ce qu'on fête ? »

Abdulkarim ricana. « Mon pote, demain on verra les gens pour lesquels on est venus ici. Demain on saura si on va devenir millionnaires. »

39

Mrado se reposait sur son canapé après une séance d'entraînement. Muscles fatigués. Cheveux mouillés. Et rassasié – il s'était envoyé deux boîtes de thon, des pâtes et un cocktail de substituts protéinés. Sur ce, Ultra Builder 5000, deux cachets – dianabol, des stéroïdes anabolisants et androgènes au top niveau.

Il flemmarda, mata le Fight Club sur Eurosport. K-1, Elimination Tournament. L'ancien champion de catch, Jörgen Kruth, faisait les commentaires. Il analysait les coups de pied, de poing et de genou. Sa voix nasale, inerte en disait long – ce gars avait reçu trop de coups sur le nez.

L'un des plus grands, Remy Bonjasky, était en train de démolir son adversaire sur le ring. Coinça le mec dans un coin. Lui enfonça le genou dans le ventre. Frappa en bas, sur les mollets. Son adversaire hurla de douleur. Bonjasky lança deux crochets rapides du gauche. Le gars n'eut pas le temps de se mettre en garde. Le protège-dents s'envola. Avant que l'arbitre puisse interrompre le combat, Bonjasky termina par un coup de pied circulaire qui heurta l'oreille gauche. Un vrai K-O : l'adversaire inconscient avant d'atterrir au sol. Mrado n'aurait pas pu faire mieux.

Ces derniers jours, Mrado avait pété la forme. S'était entraîné comme un dingue. Plus de sérotonine libérée. Meilleur sommeil. Les gangs sous contrôle – il avait réussi. Un compromis accepté presque à l'unanimité, en voie de réalisation. Ils savaient ce qui était en jeu – tant que tout le monde se limitait à son domaine, le business carburerait. Les flics perdraient. Le flouze coulerait.

Son portable se mit à sonner.

À l'autre bout : Stefanovic.

« Salut Mrado. Comment tu vas ? » dit-il d'un ton impersonnel. Mrado se demanda pourquoi.

« Tout baigne. Et toi ?

— Ouais, merci. T'es où là ?

— Chez moi, pourquoi ?

— Reste là. On vient te chercher.

— Quoi, qu'est-ce qui s'est passé ?

— C'est à toi, Mrado, d'aller voir Radovan. *Bilo mu je sudeno.* » Puis il raccrocha.

Bilo mu je sudeno – c'est ton destin, Mrado.

Il avait la tête qui tournait. Le canapé devint inconfortable. Il se leva. Baissa le son de la télé. Fit le tour du canapé.

La loi des gangsters : si l'on vient te chercher, tu ne reviens jamais. Comme la mafia dans les films. Pont de Brooklyn sous la pluie. Ils t'écrasent avec la bagnole. Tu ne reviens pas.

Ses pensées virevoltèrent. Devait-il se barrer ? Où pouvait-il aller ? Toute sa vie était ici. Son appartement, ses activités, sa fille.

C'était quoi le problème avec Radovan ? Ne lui était-il pas possible d'oublier ce que Mrado lui avait demandé ? D'oublier ses velléités de toucher une plus grande part des recettes des vestiaires ? Savait-il que Mrado avait arrangé la répartition du marché de manière à favoriser son business des vestiaires ? Pis : le boss yougoslave se doutait-il de son désir de faire bande à part ? Non, c'était impossible.

Mrado avait présenté à Rado le marché criminel de Stockholm sur un plateau d'argent. Le boss yougoslave devait lui en être reconnaissant. Peut-être que tout baignait quand même, que R ne voulait pas sa peau.

Il se rassit sur le canapé. Tenta de réfléchir clairement. Pas moyen de se barrer. Mieux valait gérer les choses comme un homme. En Serbe. Mrado avait malgré tout une position forte : ses activités, et l'accord qu'il avait conclu sur la répartition du marché le protégeaient. Il était inamovible.

Douze minutes plus tard, son téléphone fixe sonna. De nouveau Stefanovic. Mrado enfila son holster, y enfonça son revolver et fixa son couteau le long de sa cuisse sous son pantalon. Il descendit les escaliers.

Un Range Rover aux vitres teintées attendait dans la rue. Mrado n'avait encore jamais vu cette voiture. Pas celle de Radovan ni de Stefanovic.

La portière avant était ouverte.

Mrado prit place sur le siège passager. Au volant : un jeune Serbe. Mrado l'avait déjà vu, c'était l'un des hommes de main de Stefanovic. Sur le siège arrière : Stefanovic.

La voiture démarra.

Stefanovic : « Salut. J'espère que tu vas bien. »

Mrado ne répondit pas. Scruta l'ambiance. Interpréta la situation.

« Y a un truc qui te pèse ? Pourquoi t'es si silencieux ? »

Mrado se retourna. Stefanovic – impeccable dans son costume. Comme d'habitude.

Mrado regarda à nouveau vers l'avant. Il faisait encore jour, mais la nuit commençait à tomber.

« Je vais très bien. Je te l'ai déjà dit au téléphone. T'as la mémoire courte. Ou est-ce qu'il y a un truc qui te pèse, *toi* ? » Du cynisme total dans l'imitation de Stefanovic.

Stefanovic eut un rire artificiel. « Si t'es de mauvaise humeur, vaut peut-être mieux pas qu'on se parle. Ça nous ferait qu'une tchatche de merde, pas vrai ? »

Mrado ne répondit pas.

Ils traversèrent le centre et sortirent de la ville en direction de Lidingö.

Silence de plomb dans la voiture. Les choses tournaient au vinaigre.

Mrado évalua ses moyens de recours : dégainer son Smith & Wesson pour tirer une balle dans le crâne au chauffeur. Ça pourrait marcher, mais Stefanovic était peut-être armé. Il aurait le temps de lui percer plusieurs trous qui n'auraient rien de virtuel dans l'occiput avant que la bagnole ne s'arrête. L'autre possibilité : se retourner, tirer un coup de feu bien visé dans la tronche de Stefanovic. Mais là aussi – comme dans le cas où il flinguerait le chauffeur – Stefanovic pouvait être le plus rapide. Dernière idée : abattre les deux hommes quand ils descendraient de la voiture.

Il pensa à Lovisa.

La voiture ralentit. Bifurqua sur un sentier qui montait raide sur une colline dans la forêt Lill-Jans. La Range Rover était un bon choix, pensa Mrado.

Finalement, la voiture s'arrêta. Stefanovic lui demanda de descendre.

Mrado n'avait encore jamais été à cet endroit. Il scruta les environs. Stefanovic et le chauffeur restèrent dans la voiture. Malin, malin. Rien à faire pour Mrado – il ne les voyait même pas à travers les vitres sombres. Tirer aurait été absurde.

Ils se trouvaient sur un plateau. Un seul bâtiment s'élevait devant lui : une tour de vingt mètres de haut. Surréaliste.

Vraiment ? Son regard se promena sur le corps en ciment peint en rouge de la tour – vit l'explication : c'était un tremplin de saut à ski.

Apparemment, ils se trouvaient quelque part à la lisière de la forêt Lill-Jans, devant un tremplin de saut à ski à l'abandon. Mauvais augure.

La porte en bas de la tour s'ouvrit. Un homme qu'il reconnut lui fit signe d'entrer.

L'intérieur du rez-de-chaussée de la tour paraissait fraîchement rénové. Un petit comptoir de réception. Des affiches aux murs : Bienvenue dans la salle de conférences de la chaumière des pêcheurs. Jusqu'à cinquante personnes. Parfait pour des réunions de lancement, des fêtes d'entreprise ou des séminaires.

Un regard en arrière – Stefanovic et le chauffeur étaient descendus de la voiture.

Pas le moment de tenter des trucs. L'homme face à Mrado lui demanda de lui confier son revolver.

Il le lui donna. La crosse en noyer était froide.

Tout en haut dans la tour, il n'y avait qu'une seule pièce. Grandes fenêtres des trois côtés. Dehors encore un peu de lumière, Mrado admira la vue sur la forêt Lill-Jans. Jusqu'à Östermalm. Un peu plus loin, il aperçut la mairie. Les tours des églises. Au loin étincelait le Globe. Stockholm s'étalait devant ses yeux.

La pensée de Mrado à cet instant : pourquoi personne n'avait eu l'idée d'installer un resto de luxe à cet endroit ?

Au milieu de la pièce se trouvait une table carrée. Une nappe blanche. D'énormes candélabres. Des couverts.

De l'autre côté de la table : Radovan vêtu d'un costume sombre.

Il dit en serbe : « Mrado, sois le bienvenu. Comment tu trouves l'endroit ? Stylé, non ? Je l'ai trouvé moi-même. J'étais en train de faire un footing dans la forêt en faisant des allers-retours sur des sentiers. Cette colline m'a intrigué. Je suis monté, et j'ai trouvé ça. »

Mrado évalua les stratégies à adopter. Il y avait le style de marbre. Le style confiant.

Il porta son choix sur le style droit-au-but. « C'est joli, Radovan. Comment se fait-il que j'aie l'honneur d'être invité à dîner ici ?

— On y viendra. Laisse-moi finir l'histoire. En fait, c'est un ancien tremplin de saut à ski. Ils l'ont fermé à la fin des années quatre-vingt, et ils l'ont laissé moisir, tout vide. Je l'ai acheté l'été dernier, et je suis en train de tout refaire. Il y aura bientôt une salle de conférences. Une salle des fêtes. Ça peut devenir un putain de joli lieu de bringue. Qu'en dis-tu ? »

Radovan contourna la table. Offrit une chaise à Mrado. Juste ça, le fait que Mrado ait été forcé de rester debout pendant une minute, était un autre mauvais signe.

Radovan poursuivit son laïus sur le tremplin.

« Sais-tu combien il y a d'endroits oubliés de ce genre à Stockholm ? La semaine dernière, j'ai fait venir sept Polonais pour rénover le bas. Ici, tout en haut, ce sera un restaurant avec les backrooms les plus élégants possible. Les gens pourront faire ce qu'ils veulent ici. Radovan leur procurera des filles, à manger, à boire, tout. »

Une femme entra dans la pièce en poussant un chariot plein de boissons. Servit du Dry Martini. Les olives scintillaient, chacune transpercée d'un cure-dents. Lorsque la porte s'ouvrit, Mrado sentit ses poils se dresser sur sa nuque. Il sut instinctivement qu'ils étaient là, à la porte : Stefanovic, le chauffeur, et l'homme qui l'avait accueilli en bas. Prêts à user de violence, si nécessaire.

Radovan ne prenait pas de risques.

Mrado pensa : ce ne serait pas malin de faire un truc irréfléchi à cet instant – mais c'était maintenant ou jamais.

La femme apporta l'entrée : des toasts Skagen. Versa du vin blanc dans leurs verres. Ils commencèrent à manger.

Après avoir pris quelques bouchées, Rado posa ses couverts sur la table. Parla en mangeant. « Mrado. Il est important que tu comprennes notre situation. Je vais pas t'apprendre grand-chose, mais écoute quand même ce que Radovan va te raconter. Nous sommes en train d'entrer dans une nouvelle phase. Une nouvelle ère. De nouveaux hommes. Une manière différente de travailler. Tu le sais. De nos jours, il y a bien plus de joueurs sur le marché que quand on a commencé il y a vingt ans. Quand il n'y avait que nous et quelques vieux braqueurs fainéants, Svartenbrandt et Clark Olofsson. Mais aujourd'hui, la Suède a un autre visage. Les gangs MC sont là pour perdurer. Les gangs de jeunes et de taulards sont bien organisés, l'UE abolit les frontières. Le plus grand changement, c'est que même les Albanais, la mafia russe et pas mal de louchards d'Estonie, et d'autres, nous font de la concurrence. L'Europe de l'Ouest n'a pas seulement perdu de sa force. L'Est est ici. La mondialisation change la donne. »

Mrado ne dit rien. Il savait que Rado aimait s'écouter parler.

« Nous jouons sur un marché international. Et c'est précisément là que se trouve la solution. Tito nous maintenait tous sur le droit chemin. Nous savions des trucs sur l'économie de marché. Mais ici à l'Ouest et dans les pays libres de l'Est, nous faisons en sorte que les gens reçoivent ce qu'ils désirent – la loi suprême du marché. Car le crime c'est exactement ça, l'essence de l'économie de marché. Le crime est bien réglé, libre, il suit les lois de l'offre et de la demande. Sans intervention de l'État. Sans planification, décrets communistes ou tutelle exagérée. Au contraire, précisément comme sur le marché, c'est le plus fort qui gagne. C'est l'avenir. Et pour y parvenir, il faudra qu'on adapte nos méthodes. Choisir nos domaines en fonction du rapport gain/risque. Minimiser les coûts d'opportunité. Investir sans cesse, injecter les revenus dans de nouvelles branches. Nous ne pouvons pas nous permettre de rester les bras croisés. Il est beaucoup plus efficace d'engager des consultants et de bosser par micro-cellules que d'avoir à gérer une grosse boîte, si cette comparaison te plaît. On aurait pas mal à apprendre de ce réseau terroriste musulman. Ils se connaissent à peine. Malgré tout, ils travaillent pour le même objectif. Si une cellule se fait arrêter, ça n'affecte pas le tableau général. Il faut qu'on travaille de la même manière. Pour parler en termes précis, ça s'appelle une formation en *clusters*. Oubliée l'ancienne organisation hiérarchique. Un entrepreneur suédois l'a exprimé ainsi : démolissez les pyramides. Ça sonne bien, je trouve. »

Mrado fixait Radovan. Il avait cessé de manger.

La femme entra. Enleva les assiettes. Remplit les verres.

« Nous maîtrisons nos branches. Mais nous sommes mal organisés. C'est ça le hic. On a beaucoup parlé de la nouvelle économie il y a quelques années. Je ne sais pas si elle a marché pour nous, Mrado. C'est le nouveau marché, la priorité. Il faut intégrer un nouveau mode de pensée. Sortir de notre étroit groupe ethnique. Aller recruter dans la banlieue. Tisser des liens avec les organisations russes et estoniennes. Décentraliser. Miser plus sur l'externalisation. Contrôler le flux, pas forcément toujours les activités principales. Tu me suis ? »

Mrado hocha lentement la tête. Autant attendre que Radovan termine son monologue à moitié hystérique.

« Bien. La drogue fonctionne bien. La coke est une réussite totale. Les putes marchent encore mieux. Tu ne peux pas t'imaginer ce que les hommes suédois crevaient la dalle après toutes ces années de politiquement correct. Ils sont prêts à payer n'importe quel prix. Et puis cette loi de pédé contre la prostitution. Elle ne fait que renforcer notre position. Les bordels dans les apparts sont aussi grands qu'à Las Vegas, aucune fête familiale à Djursholm ne se fait sans ses putes de luxe. C'est un rêve. Tu étais l'un des fondateurs de notre call-service. Tu t'en souviens ?

— Radovan, ce que tu dis est intéressant. Mais je sais tout ça, et où est-ce que j'apparais, moi, dans cette histoire ?

— Merci de mettre ça sur la table. Tu as bien servi notre organisation. Tu as fait du bon travail pour moi. Pour Jokso aussi. Mais les temps ont changé. Il n'y a aucune place pour toi dans ce que je viens de décrire. Malheureusement. Je suis désolé. Ce que tu as fait, l'accord sur la répartition du marché, est extraordinaire. Grâce à tes contacts. Ta manière de procéder. Mais, maintenant, c'est fini. Je ne peux pas te faire confiance. Pourquoi ? Tu connais déjà la réponse. Tu le couves depuis des années. La réponse est : parce que tu ne me fais pas confiance. Tu ne me considères pas comme un chef. Comme celui dont on suit les ordres sans discuter. Tu en demandes trop. Sur le nouveau marché, les individus doivent agir en toute autonomie. Mais jamais contre les intérêts de Radovan. »

Le ton de Radovan se durcit.

« Mrado, regarde par la fenêtre. Regarde Stockholm. C'est *ma* putain de ville. Personne ne me la prendra. C'est ce que je viens de t'expliquer. C'est mon marché. Voilà ce que tu n'as pas compris. Tu crois que c'est grâce à toi que le fric coule dans nos poches. Que toi et moi, on travaille toujours ensemble au même niveau. Oublie ça. Je suis le nouveau Jokso. Je suis ton général. C'est à moi que tu dois dire merci pour ton gagne-pain. Ta petite vie. Ta position de merde. Et toi, tu as le crâne d'exiger une plus grosse part des recettes des vestiaires. Exiger. Ça ne marche pas comme ça. Mais le pire, c'est que tu as essayé de me doubler. La répartition du marché, tu ne l'as faite que pour tes intérêts. Il n'y a aucun problème à bosser pour son compte, mais jamais contre moi. »

Mrado tenta d'interrompre Radovan. « Radovan, je ne sais pas de quoi tu parles. Je ne t'ai pas doublé. »

Radovan le coupa, cria presque. « Arrête tes conneries ! Je sais ce que je sais. Tu es dehors. Tu ne comprends pas ? Personne ne défie Radovan. Tu es exclu du business des vestiaires. Dehors. Retour à la case de départ. Depuis toutes ces années, tu me connais. J'ai toujours gardé un œil sur toi. Je sais comment tu réfléchis. Disons plutôt, je sais que tu ne réfléchis pas. Que tu ne me considères pas comme ton chef, ton supérieur, ton putain de président. Alors que tu devrais. Mais c'est fini maintenant. T'es *has been*, mon gros. »

Mrado s'attendit à recevoir une balle dans la tête tirée derrière son dos.

Rien.

Radovan fit signe à la femme d'apporter la suite du repas.

Elle servit le plat principal.

C'est là que Mrado comprit : il allait vivre.

Dans une nouvelle situation. Dégradé.

Dans la honte.

Radovan reprit la conversation comme si de rien n'était : « Ce steak n'est-il pas incroyablement tendre ? Je le fais venir directement de Belgique. »

40

Mis à part le projet vengeance-contre-Radovan-Kranjic, la vie de Jorge était au top. Il se faisait un fric de dingue. Appréciait la compagnie d'Abdulkarim, Fahdi, Petter, et des autres dealers du réseau. Il avait également passé du bon temps avec Mehmed. C'était vraiment dommage pour lui – jamais sûr que les flics n'allaient pas l'envoyer au trou. Il appréciait même la compagnie de ce type d'Östermalm, JW. Mais ce gars était zarbi. On aurait dit qu'il jouait un double jeu. Fréquentait deux mondes différents. Affichait un style arrogant. En même temps, il était visiblement honnête et curieux, avide d'apprendre tout de Jorge. Ce gars avait surtout grave envie de se faire de l'argent facile.

Jorge, pour sa part, voulait accéder à la seconde vie de JW – le Stureplan. Jorge avait fait la bringue dans les bars là-bas d'innombrables fois. Dragué des nanas en les noyant de mousseux. Filé un billet aux videurs pour passer devant. Ramené chez lui de la chair fraîche.

Mais quelque chose manquait à Jorge. Il voyait les mecs suédois. Peu importe les sommes qu'il dépensait, il n'atteindrait jamais leur niveau. Il le sentait. Chaque exclu dans la ville le sentait. Peu importe tous leurs efforts, leurs cheveux pleins de gel, les beaux vêtements, l'honneur intact et des bagnoles classes – ils ne faisaient pas partie du Monde.

L'humiliation l'attendait toujours au tournant. Cela se voyait aux réactions des vendeuses, aux détours que prenaient les vieilles mamies sur les trottoirs, et aux regards des flics. Cela ressortait des yeux des videurs, des grimaces des gonzesses, des gestes des barmen. Ce message, plus clair que la politique de ségrégation menée par la ville de Stockholm – tu es et tu seras toujours en marge.

JW, Abdulkarim et Fahdi étaient à Londres. Pour conclure une grosse affaire. La tâche de Jorge était de rester à la maison, garder la boutique. Faire en sorte que la vente du matos extra qu'avait introduit Silvia prenne de la vitesse. Pas de soucis à se faire de ce côté-là, la neige fondrait plus vite qu'une glace Magnum au soleil.

Jorge s'était loué un appart à Helenelund. La proximité de ses anciens terrains de chasse lui faisait du bien. Il le sous-louait à un contact d'Abdulkarim. Aménagé avec du fourbi chérot : écran plat cent six centimètres, lecteur DVD-vidéo, chaîne hi-fi, Xbox, ordinateur portable.

Aimait la vie du nouveau Jorge. Métis-Jorge à la démarche énergique.

Aimait ses nouveaux amis. Ses habitudes. Les jolies liasses de billets.

Rongeait, rageait – la haine.

Trois jours étaient passés depuis son entrevue avec Nadja la pute. Plusieurs questions restaient toujours en suspens. Qui était ce géant Micke, et comment pourrait-il aider Jorge ? Qui étaient les types qu'elle avait mentionnés : Jonas, et Karl, *alias* Jätte Karl ? Comment allait-il réussir à s'infiltrer dans le marais de prostitution de Radovan ?

Il était stressé. N'était arrivé nulle part. Avait arrêté de faire des planques dans sa voiture devant la maison de Radovan, puisque cela n'avait aucun sens. Peut-être devait-il reconsidérer sa stratégie. Miser sur de l'info sur le trafic de drogue de Radovan. Non. Trop dangereux. Pour Jorge lui-même et ceux qui lui étaient chers.

La piste des putes était la meilleure. À cela s'ajoutait que le boulot pour Abdulkarim prenait de plus en plus de temps. Il fallait remplacer Mehmed. Recruter de nouveaux gars. Les idées de Jorge : peut-être son cousin, Sergio. Peut-être Eddie. Peut-être son pote Rolando, quand il sortirait d'Österåker. Sergio était un héros qui avait aidé Jorge à s'évader d'Österåker. Jusqu'ici récompensé par quelques minables billets de mille. Avait mérité plus. Jorge voulait lui permettre d'avoir une part de bénef dans la C. La même chose pour Eddie. Et Rolando – le mec lui avait appris vachement de trucs sur la coke. Avait droit à sa récompense.

Ces derniers jours, il avait appelé la mère maquerelle au moins vingt fois. Pour réserver un créneau avec Nadja. Pour la revoir. Pas besoin de faire une promenade. Juste besoin de poser quelques questions supplémentaires. Et plus – peut-être se faire sucer de nouveau. Il pensa : non, c'était déjà bizarre lorsque je ne la connaissais pas encore. Il voulait la voir pour une autre raison.

Il réussit finalement à joindre la maman des putes. Lui souffla le pseudo qu'il avait reçu à sa première visite. Elle l'approuva. Il pouvait encore venir dans la soirée.

Prit le métro jusqu'à Hallonbergen.

Il pleuvait. L'air plutôt tiède. Ça sentait le kebab. La dernière fois, Jorge était venu en voiture, mais cette fois-ci, le roi des cartes avait regardé les Pages Jaunes. Mémorisé. Aurait trouvé le chemin les yeux fermés.

La maison rouge aux allures de loft dans une nuance un peu plus brune était plongée dans le rayon rose du crépuscule.

Il composa le code de la porte. Prit l'ascenseur jusqu'en haut. Sortit dans le couloir du loft. Sonna à la porte. Le judas devint noir – l'œil de quelqu'un de l'autre côté. Il donna son alias à voix haute.

La porte fut ouverte par l'homme avec lequel Fahdi avait parlé lors de leur dernière visite. Les mêmes fringues. Pull à capuche sous une veste.

Jorge répéta son pseudo. Put entrer.

Demanda à voir Nadja.

La même musique dans la salle d'attente. Quel manque de fantaisie.

L'homme fit un simple signe de tête et accompagna Jorge jusqu'à la chambre. Ouvrit la porte. Le laissa entrer.

Le même lit. Les draps défaits comme la fois précédente. Le même fauteuil. Les mêmes volets roulants tirés.

Sur le lit – ce n'était pas la bonne pute.

Jorge s'arrêta dans l'embrasure de la porte, se retourna. Le type n'était déjà plus derrière lui.

Il mata la fille sur le lit. Elle aussi était mignonne. Une poitrine plus grosse que celle de Nadja. Une jupe archicourte. Un haut moulant au décolleté énorme. Des porte-jarretelles.

« J'étais censé voir quelqu'un d'autre. Où est Nadja ? »

La fille répondit dans un anglais à moitié compréhensible.

« Je ne pas comprendre. »

Jorge dit en anglais : « Je veux voir Nadja. »

Peut-être que c'était l'instinct. Jorge n'était pas n'importe qui – il était quand même un fugitif en cavale –, toujours sous haute tension. En règle générale, les nerfs à fleur de peau pour détecter les connards de flics. Mais aussi pour sentir Radovan.

Il fit demi-tour vers la porte. Courut à travers la salle d'attente. Entendit l'homme au pull à capuche sous la veste crier son pseudo. Ne se retourna pas. Jorge avait déjà ouvert la porte. Longea le couloir du loft en courant. Dévala les escaliers. Dehors. Loin.

Jorge n'avait encore jamais vu une expression aussi distordue que celle de la fille quand elle avait compris qui il voulait voir. Apparemment – le nom Nadja lui inspirait l'horreur.

Quelque chose clochait.

Quelque chose sonnait atrocement faux.

Le lendemain. Jorge aux toilettes, en train de chier. Un appel sur le mobile – numéro caché. Pas forcément inhabituel. Ceux qui l'appelaient cachaient souvent leurs numéros.

Il décida de répondre malgré la situation embarrassante.

« Salut, je m'appelle Sophie et je suis la copine de JW. »

Jorge, surpris à la puissance mille. Avait entendu parler de Sophie par JW. Mais pourquoi l'appelait-elle lui ? Et comment avait-elle eu son numéro, avec toutes ces règles strictes édictées par Abdulkarim comme quoi il ne fallait pas les communiquer aux inconnus.

« Ah, salut. J'ai beaucoup entendu parler de toi. »

Elle eut un petit rire. « Qu'est-ce que tu as donc entendu ?

— À quel point il rêve de fonder une famille avec toi. »

Bref silence à l'autre bout. Elle n'avait pas capté la blague.

« Écoute, JW est à Londres, ça te paraît peut-être un peu bizarre, mais j'aimerais bien qu'on se voie un de ces quatre. Prendre un café ou un truc dans le genre ?

— Sans JW ?

— Oui, je préfère. J'aimerais bien rencontrer ses amis. Mais c'est une sacrée tête de mule. Tu sais comment il est, il y a des choses dont il ne parle pas. »

Jorge savait de quoi elle parlait. JW jouait un double jeu.

« Extra, tu penses qu'on pourrait se voir avant que JW ne rentre ? Ce n'est rien de vraiment particulier, juste comme ça. »

L'instinct de Jorge lui disait non. Mais la curiosité, eh bien, pourquoi pas ? Lui aussi voulait en savoir un peu plus sur JW. Peut-être trouver un moyen de le suivre dans son autre monde.

« Il rentre dans quatre jours, je crois. On se voit ce soir ? »

Ils prirent rendez-vous. Sophie eut l'air contente.

Il resta encore quelques instants assis, termina son affaire.

Réflexion. Fallait être prudent. La disparition de Nadja, super-louche. Le comportement de l'homme au pull à capuche, hyper-louche. Ils savaient qu'il voulait voir Nadja. Pourquoi ne lui avaient-ils pas dit qu'elle n'était pas là ? *Big question* : où était-elle ? Et maintenant : tout d'un coup un appel de la nana de JW. Y avait-il un lien ?

Conclusion : ne pas prendre de risque avec cette Sophie. Peut-être un bluff.

Le soir venu, il prit le métro jusqu'à la gare centrale. Jorge n'avait toujours pas acheté de bagnole. La priorité après l'accomplissement du projet Rado : se procurer une belle voiture.

Rencontre prévue avec celle qui se disait être Sophie. Les derniers mètres, il les fit à pied. Pas de neige dans les rues.

Jorge se rappela la permission surveillée qu'il avait eue lorsqu'il était à Österåker. Il s'était promené exactement au même endroit. Par une chaude journée d'août. Trois gardiens en remorque. S'ils avaient su à quoi il destinait ces chaussures Asics. Ces imbéciles.

Il tourna à droite dans la rue Birger Jarlsgatan. Les néons au-dessus des galeries clignotaient. Le logo Nokia en veux-tu, en voilà.

Dix mètres avant le café Alberts, il arrêta un jeune type. Casquette de travers sur la tête. Un petit des quartiers qui s'était trompé de chemin. Lui offrit cent couronnes pour un service.

Le gars entra au Alberts.

Ressortit une minute plus tard.

Une minute de plus passa.

Sophie sortit.

Jorge hallucina. Sophie : la pire bombe qu'il avait jamais vue. Le sex-appeal personnifié. Un châle brodé noir roulé nonchalamment autour du cou. Une veste noir en cuir fin, style motard, sans les rembourrages aux coudes et aux épaules. Un jean moulant.

Il savait que JW appartenait au monde du Stureplan. Mais alors ça – *abbou*, quel chat.

Sophie lui jeta un regard interrogateur.

Bien sûr qu'elle était venue seule. Jorge, content. Plus confiant. Esquissa un sourire.

Ils se saluèrent. Elle proposa le Sturehof. Pas de problèmes pour entrer. Raison évidente : Sophie entrait toujours, où que ce soit.

Passèrent devant la partie resto, se rendirent au bar.

Jorge se commanda une bière et un verre de rouge pour Sophie.

« Alors, Sophie, c'est sympa de te voir. Désolé pour mon comportement bizarre devant le Alberts. Il m'arrive d'être un peu vénère. »

Elle lui jeta un regard de biais. Jorge pensa : est-ce qu'elle comprend pourquoi il n'avait pas voulu la voir dans l'endroit qu'elle avait choisi ?

« Tu n'aimes pas le Alberts ?

— J'ai rien contre le Alberts, mais c'est tellement bruyant là-bas.

— Et tu trouves que c'est différent ici ?

— C'était juste pour rigoler. » Jorge attentif. Prononça ses mots avec le moins de dialecte possible, éviter le langage de la cité.

Ils abandonnèrent ce sujet. Sophie se mit à le questionner. Ce qu'il faisait. Depuis quand il connaissait JW. Jorge gardait toutes ses réponses sous contrôle. Voulait être certain que Sophie était celle pour laquelle elle se faisait passer. Tout paraissait vrai.

L'impression de Jorge : Sophie fondamentalement intéressée par la vie de JW. Mais il y avait un truc en plus – elle l'interrogeait. Creusait. Voulait savoir certaines choses dont Jorge n'était pas sûr que JW veuille qu'elle les sache. Pas sûr qu'Abdulkarim serait d'accord non plus. Peu importe à quel point la personne en question était bandante.

Il bétonna. Raconta que JW et lui traînaient pas mal ensemble. Mataient des films. Jouaient aux jeux vidéo. Buvaient de la bière. Jouaient au football. Faisaient la teuf, des fois. Mais rien sur le business de la C.

« Faire la fête ? demanda Sophie. Où ça ? »

Jorge à court de bonnes réponses. Marmonna quelque chose sur un bar à Helenelund.

Sophie demanda : « Vous tirez une ligne de temps en temps ? »

Jorge but une gorgée de bière, réfléchit à ce qu'il devait dire. Se lança. « Ça arrive. Toi aussi ? »

Elle lui fit un clin d'œil. « Ouais, ça arrive. Parfois je me demande si JW n'en prend pas un peu trop.

— Je ne crois pas. Il fait vachement gaffe. C'est un gars qui a du style. De la classe. Tu sais, il m'apprend pas mal de choses sur votre monde. »

Jorge étonné par lui-même. S'ouvrait à une étrangère.

Sophie, en retour, s'ouvrit également, parla de ses inquiétudes. JW était devenu flippant ces derniers temps. Bossait moins bien à la fac. Avait un rythme de vie bizarre. Dormait mal. Elle voulait mieux connaître JW pour pouvoir l'aider.

Jorge l'écouta. Comprit pourquoi elle avait voulu le voir.

Le temps passa. Ils parlèrent d'autre chose : films, bars autour du Stureplan, études de Sophie, style de vêtements de JW, famille de Jorge.

Une combinaison curieuse : le fugitif faussement métis, le banlieusard roi de la coke. Avec la nana de la haute la plus belle de Stockholm.

Encore plus curieux – ils passaient un bon moment.

Minuit. Ils avaient parlé pendant plus de trois heures.

Avec le recul, en y repensant plus tard, Jorge se dit : le hasard joue des tours bizarres. Tu rencontres quelqu'un pour la première fois de ta vie. Le lendemain, tu revois la même personne. Tu entends un mot que tu n'as encore jamais entendu. Quelques heures plus tard, c'est ce mot que quelqu'un utilise et tu l'entends pour la deuxième fois de ta vie. Ou alors, quelqu'un que tu connais se révèle être apparenté à quelqu'un d'autre que tu connais, et tu ne t'en étais jamais aperçu. Ou alors, justement au moment où tu penses à une personne, cette personne-là monte à côté de toi dans le métro. Quelles sont les chances que ça arrive ? Mais ça arrive quand même.

Peut-être que ce n'est pas un hasard. Peut-être que l'existence se compose d'un tissu de coïncidences nouées entre elles. De bribes d'information. Liées et attachées l'une à l'autre par ce que nous appelons le hasard.

Jorge ne se cassait pas la tête. Son seul credo : *cash is king*.

Ne pouvait tout de même pas s'empêcher de se demander : ce qui se passait au Sturehof devait être une pure coïncidence.

Ou pas.

Un groupe de mecs passa à côté d'eux. Costumes, chemises déboutonnées. Jeans droits. Boutons de manchettes. Montres chères. Larges boucles de ceinture en forme de monogrammes des marques de luxe.

Surtout – les cheveux gominés.

La jeunesse dorée du Stureplan.

Sophie se leva. Embrassa chacun d'entre eux sur la joue. Rit à leurs blagues.

Selon Jorge : évident que la joie qu'elle montrait en les voyant était surjouée.

Elle ne leur présenta pas Jorge. On pouvait s'y attendre. Mais ça le blessa quand même.

Les gars de la haute disparurent dans le bar O, la partie du Sturehof où l'on faisait la fête.

Il demanda : « C'étaient qui ceux-là ?

— Personne en particulier. Juste des connaissances. » Sophie parut embarrassée. Jorge pensa : elle a honte de ne pas m'avoir présenté.

« Des amis de JW ?

— Quelques-uns parmi eux connaissent JW.

— Lesquels ?

— Celui avec le costard rayé, c'est Nippe. Celui avec le manteau noir s'appelle Fredrik. Il est aussi un ami de Jet-Set Carl. Tu le connais ? »

Dans la tête de Jorge : Jet-set Carl. Ça sonnait familier.

Réfléchit.

Jet-set Carl.

Fouilla dans ses souvenirs.

Jätte Karl.

« Jet-set Carl. C'est qui ? »

Sophie raconta : les boîtes et les fêtes. « Jet-set Carl, c'est le plus grand organisateur de fêtes du Stureplan. Même s'il se comporte souvent comme un salaud avec les filles, pour être franche. »

Ces derniers mots frappèrent son esprit en alerte.

Des cris dans la tête de Jorge – comme les matadors dans le dessin animé *L'Histoire du taureau Ferdinand* diffusé tous les ans à Noël : on l'aura, on l'aura !

41

JW se leva tôt. Sentit le stress le dévorer. Il connaissait le programme de la journée : c'était le jour J, où, si tout marchait comme prévu, ils rencontreraient les gars importants. Ceux qui avaient un contact direct avec les cartels d'Amérique du Sud. Ceux qui étaient capables de livrer de grosses cargaisons. Ceux qui offriraient à JW une carrière planétaire dans le secteur de la C.

Tout seul dans la salle à manger de l'hôtel, à lire un journal anglais en buvant du café, il attendait qu'Abdulkarim et Fahdi descendent. Il était agité par une nervosité inhabituelle.

La veille, il avait dépensé plus de soixante mille couronnes. Fringues, sacs, chaussures, nourriture, la boîte de strip-tease à Soho. Plus tard dans la nuit, ils s'étaient rendus au Chinawhite – où la table se monnayait à au moins 500 livres –, l'argent lui filait entre les doigts. Et, pour une fois, ils n'étaient pas les fournisseurs de blanche. Ce qui était dingue, ce n'était pas le fait d'avoir jeté tant de fric par la fenêtre. C'était ce que ses parents diraient s'ils étaient au courant.

Il envoya un SMS à Sophie. Elle semblait si loin, alors qu'elle était peut-être la personne qui le connaissait le mieux. La seule à qui il avait dévoilé sa double vie. Mais il ne lui avait pas tout dit : son enfance, ses origines restaient des choses dont il ne voulait pas parler. Il avait honte de ses origines modestes, et ne voulait pas avoir à raconter l'histoire de Camilla. Tout ça le faisait douter. S'il ne pouvait même pas parler de ça à sa petite amie, à quel point était-il donc vraiment proche d'elle ?

JW posa le journal sur la table. Deux pensées se cristallisèrent nettement dans sa tête. *Number one* : il devait passer plus de temps avec Sophie. L'autre était plus pénible : il devait lui avouer ses racines. Mais peut-être qu'elle pourrait l'aider à en apprendre un peu plus sur certaines choses.

Fahdi descendit sur les coups de 10 h 30. Ils mangèrent ensemble et attendirent Abdulkarim.

Il ne vint pas.

11 heures.

Quinze minutes passèrent.

Fahdi parut inquiet. Malgré tout, ils n'avaient pas envie de réveiller Abdul pour rien. Y avait-il un truc que JW ne savait pas ? Un truc dont Fahdi aurait pu avoir peur ?

Midi.

N'y tenant plus, JW monta. Il frappa à la porte de la chambre d'Abdulkarim.

Pas un bruit.

Il frappa de nouveau.

Rien.

Deux possibilités : soit Abdulkarim était encore défoncé après les événements de la nuit, soit il lui était arrivé quelque chose. Ce qui expliquerait la nervosité de Fahdi. JW pensa : qui étaient *vraiment* les gens qu'ils devaient rencontrer aujourd'hui ?

Il toqua. Écouta à la porte.

Pas de bruit.

Cogna.

Enfin, il entendit la voix d'Abdulkarim à l'intérieur.

JW ouvrit la porte.

L'Arabe était assis par terre.

Abdulkarim dit : « Désolé. J'étais en retard pour la prière du matin.

— Tu pries ?

— J'essaie. Malheureusement je suis un homme mauvais. Je n'en ai pas toujours le courage.

— Pourquoi ?

— Pourquoi *quoi* ?

— Ben, pourquoi tu pries ?

— Tu ne peux pas comprendre, JW, t'es un Suédois. Je m'incline devant Allah. Mon corps penché vers la terre, dont il est fait. Je me dis, et à tous les hommes, noirs ou blancs, vrais suédois ou immigrés, riches ou pauvres – qu'Allah, le vrai, est leur créateur et leur seigneur. »

Abdulkarim était sérieux.

Dans les oreilles de JW, cela sonnait comme un baratin de merde, des formules recrachées, mais il n'avait ni le temps ni l'envie de discuter du choix de vie d'Abdulkarim. Il pensa : il verra bien un jour ce qui compte vraiment – le cash ou Allah.

Ils étaient à la bourre.

Abdulkarim sauta le petit déjeuner.

JW, Abdulkarim et Fahdi en route vers le nord, vers Birmingham. Deux heures et demie de trajet en taxi, dans une berline qui offrait assez d'espace pour étendre ses jambes. Abdulkarim n'avait pas voulu qu'ils soient à l'étroit en un si grand jour.

Ils se rendaient chez les types importants.

Ils auraient pu prendre le train, le bus, l'avion. Mais c'était mieux en voiture, plus sûr, plus calme. Surtout plus dans le style gangster. Putain, qui se promène en bus quand il peut crâner en limousine ?

Abdul détailla en rigolant le planning de la journée. Il avait reçu un appel d'un inconnu et avait convenu d'un lieu et d'une heure : gare centrale. « *Don't be late.* »

Le chauffeur du taxi avait allumé la radio. Les basses faisaient vibrer des haut-parleurs installés dans les portières arrière. Ultrabritish.

C'était un jeune Indien. Abdulkarim venait d'apprendre un nouveau mot anglais – *Pakis*. JW pensa : s'il te plaît, Abdulkarim, ne te mets pas dans la tête de prononcer ce mot maintenant.

Dehors s'étendait un beau paysage. Des villages abritant leurs industries traditionnelles, entourés de champs ondulants et fertiles. Des fleuves qui serpentaient tranquillement sous la route.

Un paysage idyllique de campagne anglaise.

Le printemps était arrivé. À côté de Stockholm, il faisait chaud.

Abdulkarim était fatigué, s'endormit la tête contre la vitre. Fahdi et JW échangeaient de courts commentaires et bavardaient sur la vie nocturne de Londres.

« T'as déjà couché avec une stripteaseuse ? »

JW pensa aux films pornos qui tournaient sans cesse chez Fahdi. « Non, et toi ?

— Tu crois que je suis pédé ou quoi ? Bien sûr que si.

— Ici, en Angleterre ?

— Mais non, putain ! Elles coûtent trop cher. Le cours de la livre est trop élevé. »

JW ricana.

Il pensa à leur relation. On aurait pu croire qu'elle était de nature strictement professionnelle, pimentée d'un peu de tchatche amusante. Mais JW le sentait : au fond, Fahdi était un type bien. Il n'avait pas de préjugés, ne se moquait de rien, ne méprisait personne. Fahdi était sans prétention. Se contentait de deux choses dans la vie – jouer des muscles et baiser de temps en temps. Le business de la came – sa motivation semblait plutôt relever d'une obscure raison liée à Abdulkarim que d'une recherche de kick, de fric ou de pouvoir.

Le chauffeur du taxi se mit à parler. Mentionna Stratford-upon-Avon et Shakespeare. JW regarda par la fenêtre et aperçut un panneau avec le nom d'une ville et en dessous : *The home of William Shakespeare.*

Ils traversèrent la banlieue de Birmingham. Résidences entourées de jardins bien entretenus. Maisons particulières collées les unes contre les autres. Cordes à linge fixées, bien parallèles, sur des bâtons dans de petites cours. Une cité ouvrière plus typiquement british que tout ce que JW pouvait s'imaginer.

Ils arrivèrent au centre-ville. Les maisons étaient semblables à celles de Londres, juste un peu plus basses. Des maisons en brique rouge, particulières, étroites, avec un perron, et des fenêtres longilignes, Starbucks Café, McDo, des librairies, des döners. Pas d'arbres, pas de vélos.

Le taxi s'arrêta sur un pont près de la gare. Un train passa dessous à une vitesse fulgurante. Le vacarme était assourdissant.

Ils descendirent de la voiture. Payèrent le chauffeur et prirent son numéro. Convinrent avec lui qu'ils l'appelleraient dans quatre heures, au plus tard, s'ils avaient besoin d'une voiture pour rentrer à Londres.

Ils descendirent les escaliers menant à l'intérieur de la gare.

Un kiosque à journaux dans le hall de la gare : l'endroit fixé pour le rendez-vous.

Pas difficile de comprendre qui les attendait – deux types costauds, vêtus de vestes en cuir foncées, avec des jeans Valentino noirs et d'épaisses chaussures de cuir, se tenaient tout raides devant la boutique. Genre, il portaient un uniforme ou quoi ? Un physique anglais, les cheveux ternes, le teint blafard. L'un d'eux avait une frange qui lui barrait le front, JW trouvait que ça lui donnait des airs d'empereur. L'autre affichait une raie soigneusement peignée.

Abdulkarim fonça droit sur eux et se présenta dans son suédanglais d'Arabe.

Pas d'étonnement. Pas de sourires.

Ils suivirent les hommes jusqu'à un minibus. Furent invités à s'installer à l'arrière tandis que les autres montèrent à l'avant.

L'homme à la raie, selon JW : un extrémiste de droite au physique grincheux. Il leur demanda comment le voyage s'était passé. JW pensa : clairement un Anglais à en juger par la prononciation.

Abdulkarim les baratina un moment. Lorsqu'ils arrivèrent dans la zone industrielle, l'extrémiste de droite leur présenta trois bandeaux et pria Abdulkarim, JW et Fahdi de les nouer eux-mêmes autour des yeux. Puis il leur demanda de s'asseoir sur le sol du minibus.

Ils obéirent.

S'allongèrent sur le sol, sans rien dire, aveugles.

Les Anglais mirent la musique à fond.

Le sentiment de JW : une des premières fois de sa vie qu'il connaissait vraiment la peur. Mais qui allaient-ils rencontrer, en fait ? Où les emmenaient-ils ? Qu'arriverait-il si Abdulkarim se mettait à râler ? L'affaire lui parut tout à coup beaucoup plus grosse et plus dangereuse que quand il avait planifié le voyage dans le cadre sécurisé de Stockholm.

Une chose était certaine – ils allaient voir des types puissants, qui évitaient la lumière.

Au bout de vingt minutes, Abdulkarim demanda : « Combien de temps est-ce qu'on va encore rester là serrés comme des sardines ? » Les Anglais éclatèrent de rire. Lui répondirent : « Juste quelques minutes encore. »

Après environ dix minutes, JW sentit que le revêtement de la route avait changé. Peut-être des cailloux, du gravier.

L'extrémiste de droite leur demanda d'enlever les bandeaux et de se rasseoir. JW regarda par la vitre. Un paysage anglais, comme celui qu'ils avaient vu sur le chemin de Londres, les entourait. Ils longeaient un sentier étroit en direction de quelques bâtiments.

Fahdi eu l'air décontenancé. Loucha en direction d'Abdulkarim, tendu et curieux à la perspective d'affaires graves.

Le minibus s'arrêta. On les pria de descendre.

Devant eux s'élevait une grange en pierre avec de jolis piliers de bois, attenante à une maison d'habitation entourée de nombreuses serres. JW avait du mal à comprendre – la pure idylle campagnarde. Où était la marchandise ?

Deux hommes sortirent de la grange. L'un était énorme, non seulement de haute taille, mais, en plus, obèse. Malgré tout, il avait l'allure d'un boxeur poids lourd. Portait son poids comme une arme – pas comme un fardeau. L'autre était plus petit et plus mince. Vêtu d'un manteau en cuir qui lui descendait jusqu'aux pieds, et de chaussures pointues.

Les jouets fétiches des rois de la came sont en règle générale les voitures de sport, les montres de luxe, les jolies filles. Mais avant tout, ils adorent les diamants. À l'oreille de l'homme au manteau de cuir – un énorme diamant. Son apparence l'indiquait clairement, c'était lui qui décidait.

Abdulkarim reprit le contrôle de la situation et leur tendit la main.

Le gars au manteau en cuir annonça, avec un accent très marqué : « Soyez les bienvenus à Warrick County. On appelle cet endroit *l'usine*. Je suis Chris. » Il montra du doigt l'homme énorme à ses côtés. « Et ça c'est John, peut-être plus connu sous le nom de *the doorman*. Il a longtemps travaillé comme videur. Maintenant, il a trouvé un secteur plus lucratif. Vous savez, avant, son boulot, c'était de jeter dehors les personnes auxquelles, aujourd'hui, on vend la marchandise. D'ailleurs, excusez-nous pour les désagréments que vous avez dû subir pendant le trajet. Vous comprendrez sans doute notre point de vue. »

Abdulkarim sortit son anglais. Volontairement ou involontairement, il parlait comme un rappeur américain : « On comprend. Pas de lézard. On est heureux d'être là, et on est convaincus que cette visite sera très fructueuse. »

Chris et Abdulkarim discutèrent quelques minutes. Échangèrent des formules de politesse – les grandes affaires exigeaient de longs rituels.

« Je pense vraiment que nos je-ne-connais-pas-le-mot-en-anglais vont être très contents. »

Chris les aida : « *Principals*, c'est ça le mot, ton boss, quoi. »

JW jeta un regard circulaire. Plus loin, derrière l'une des serres, on apercevait deux autres hommes. Armes à l'épaule, bien visibles dans la lumière du jour. Plus loin sur le sentier, encore d'autres personnes. L'endroit était sous haute surveillance. Il commença à saisir l'idée : c'était peut-être pas si bête de s'installer à la campagne après tout.

JW compta au moins six serres par rangée. Environ trente mètres de long, deux mètres de haut. La maison d'habitation était grande, toutes les fenêtres voilées par des rideaux. Des aboiements sortaient de la grange.

Chris les invita à entrer dans la maison.

À l'intérieur, ça sentait la pisse de chat. Dans l'entrée, des bleus de travail et des serviettes étaient accrochés au mur. Chris ôta son manteau. Les guida dans une grande cuisine qui sentait la bouse. Un contraste bizarre. Chris avec cette pierre géante dans l'oreille, portant un costume dont JW soupçonnait qu'il avait été fait par un grand couturier, dans cette maison glauque.

Il les pria de s'asseoir. Leur demanda ce qu'ils voulaient boire. Après avoir pris les commandes, servit à chacun des trois un grand whisky. Un bon cru : Single Malt, Isle of Jura, dix-huit ans d'âge. Ils s'assirent. John resta debout, le dos au mur, ne les quittant pas des yeux.

Chris eut l'air content. « Encore une fois, soyez les bienvenus. Avant de commencer, je dois vous demander de nous confier vos armes. » Au milieu de son visage souriant, JW le vit clairement, ses yeux lancèrent une étincelle en direction de Fahdi. « Et d'accepter un petit contrôle de sécurité. »

Fahdi regarda en direction d'Abdulkarim.

Un dilemme – soit, exceptionnellement, ils baissaient la garde, soit ils rentreraient bredouilles. Ça pouvait être un piège, ils avaient peut-être les stups face à eux. Ce qui, dans l'esprit d'Abdul, fit pencher la balance, fut sans doute que le diamant à l'oreille de Chris était vrai, ça se voyait. Aucun enquêteur des stups ne porterait un truc pareil, non seulement parce que c'était cher mais aussi parce que ça faisait putain de pédé.

Abdul dit en suédois : « Tranquille, aujourd'hui, il faut jouer selon leurs règles. »

Fahdi sortit le pistolet de sa poche et le posa sur la table devant lui. Chris se pencha en avant. Le saisit, le soupesa, le retourna. Lut l'inscription sur le canon.

« Joli. Zastava M 57, 7,63 mm. Fiable. Presque aussi peu de ratés qu'un UZI. »

Il en retira le chargeur. Le posa sur la table.

Puis, il leur indiqua une pièce voisine.

Les deux hommes qui avaient conduit le minibus les y attendaient. Ils demandèrent à Abdulkarim, JW et Fahdi d'ôter leurs pulls et leurs pantalons, ils purent garder leurs caleçons. Lentement, ils les scrutèrent de haut en bas, sous toutes les coutures. JW loucha en direction d'Abdulkarim, qui faisait comme si c'était la chose la plus normale au monde – une fouille au corps entreprise par deux types à moitié psychopathes qui les avaient déjà forcés à s'allonger sur le sol d'un minibus. Il supposa que l'Arabe avait déjà subi ce genre de contrôles.

Ils eurent le feu vert.

Cinq minutes plus tard, ils étaient de retour dans la cuisine.

Le sourire de Chris les accueillit. « Voilà donc les formalités terminées. Je flippe toujours quand j'ai affaire à de gros mecs avec de petites armes. Perso, je ne suis pas tellement grand, mais, mon Dieu, j'ai une de ces armes. » Il ricana et toucha son entrejambe. Se tourna vers John comme s'il cherchait son approbation.

« Restons un peu ici, au calme, et savourons ce délicieux whisky. Comment c'était à Londres ? »

Le baratin et les politesses durèrent encore une demi-heure. Abdulkarim incarnait pleinement le rôle de chef de bande. Raconta avec un véritable enthousiasme leurs soirées à Londres, énuméra les endroits qu'ils avaient visités, parla du shopping, de la Tour de Londres, et du guide qu'ils avaient choqué. « Londres, c'est une vraie métropole. Tu sais, enfin, Stockholm, c'est du pipi dans le Mississippi en comparaison, quoi. Mais on a quand même le métro. »

JW hurla de rire intérieurement. Quelle était la probabilité que Chris capte la blague de l'Arabe sur les fleuves américains ?

Après avoir vidé trois verres chacun, Chris se leva en disant : « Venons-en aux affaires. Je veux vous montrer le domaine. Je suppose que vous êtes curieux. »

Ils sortirent de la maison, et suivirent Chris dans la grange.

Les hommes avec les armes à l'épaule se tenaient plus loin derrière la maison.

Chris s'arrêta devant l'entrée. De l'intérieur, on entendait des aboiements.

« Comme je vous l'ai dit, on appelle cette ferme *l'usine*. Vous comprendrez bientôt pourquoi. Avant de vous en montrer un peu plus, laissez-moi juste vous dire qu'on a la solution à vos problèmes. On livre. Au cours de l'année dernière, on a réalisé des transports de plus de cinq tonnes de marchandises. On sait faire ça. Vous allez comprendre. »

Il ouvrit la porte.

Ils entrèrent.

La puanteur frappa JW, une odeur acide de saleté et d'excréments.

Des cages étaient posées le long des murs.

Dans les cages – des chiens.

Les cages faisaient deux mètres sur deux, avec au moins quatre animaux par cage.

Au plafond luisaient des néons.

Des aboiements assourdissants les accueillirent à leur entrée dans la grange.

Les animaux semblaient hystériques. Ils bougeaient frénétiquement et jappaient à l'adresse des visiteurs.

Quelques-uns avaient la peau déchirée, écorchée et éraflée. Dans d'autres cages, ils étaient en meilleur état. Certains chiens avec des poils longs et lisses étaient plus calmes. D'autres semblaient carrément endormis, roulés en boule.

Chris dit : « Laissez-moi vous présenter notre premier produit de livraison. On l'a utilisé avec succès pour livrer des pays comme la Norvège, la France et l'Allemagne. »

Un homme s'avança vers eux dans un des couloirs. Vêtu d'une blouse blanche de médecin et de bottes en caoutchouc.

Chris le salua : « Salut Pughs. Tu peux leur montrer… enfin, tu sais ? »

Pughs fit oui de la tête. Ouvrit l'une des cages dans laquelle les animaux étaient tranquilles et fit sortir un chien à la peau plutôt fine. JW pensa qu'il s'agissait d'un golden retriever.

Pughs saisit la peau de l'animal sous les aisselles, à l'avant, et dit d'une voix rauque : « Moi, j'opère. Ils m'appellent vétérinaire, mais c'est des conneries. Je suis chirurgien à cent pour cent. Regardez ici. » Il leur fit signe d'approcher. « J'ai fait une opération avec quatre sachets contenant en tout six cents grammes de charlie, sous la peau de ce clébard. »

JW se pencha en avant. L'endroit que Pughs pointait du doigt n'était rien d'autre qu'un pli entre les pattes du chien. Pas de cicatrice, à ce qu'il voyait.

« Il faut un mois pour guérir, et deux mois de plus pour que les poils repoussent suffisamment. »

Chris prit le relais. « On a envoyé plus de trente animaux. Ça marche à tous les coups. Mais la plupart des animaux qu'il y a ici, on les a reçus directement d'Amérique du Sud. Comme ça, on importe en quantité. »

JW se retourna une dernière fois avant qu'ils ne continuent leur chemin à travers le local. En tout, une bonne cinquantaine d'animaux se trouvaient dans les cages. Il fit le calcul : si la moitié des clébards avait transporté de la marchandise, ils s'étaient fait quinze kilos rien qu'avec les chiens. Quinze kilos – dans les rues de Stockholm, presque quinze millions.

Il était impressionné : du méga-business dans une grange à la campagne.

Pughs traîna le chien dans la cage.

Chris les guida à travers une porte.

Ils arrivèrent dans une nouvelle pièce à haut plafond. Deux grandes machines en métal vert se trouvaient sur le sol. Deux hommes s'affairaient à l'une des deux. Les machines rappelèrent à JW les décolleteuses du cours de travaux manuels au collège.

Chris expliqua : « Notre deuxième produit. Nous fabriquons des boîtes de conserve. Regardez bien. Les machines correspondent exactement à celles utilisées par exemple par Mr. Greenpacking. Nous les remplissons selon les commandes. On les transporte par avion. »

Abdulkarim posa sa première question. Il semblait fasciné. « Pourquoi prenez-vous des avions ? Ce n'est pas moins cher en bateau ?

— Bonne question. La douane est toujours sur les dents. Tout ce qui est de fouiller des grosses cargaisons de conserves, ils connaissent bien. Quelques amis à moi ont pris de lourdes peines pour ça il y a quelques années. Sont encore en train de moisir au trou. Écoute bien : on a des contacts avec un traiteur. C'est eux qui vendent la bouffe servie dans les avions. L'idée est simple. Prenons un vol où, disons, dix paquets de nourriture contiennent des conserves remplies par nos soins. Dix personnes ont commandé ce repas spécial qui est, le plus souvent, de la nourriture végétarienne. Ils mangent tout, sauf la boîte de conserve, à laquelle ils ne touchent pas. Au lieu de ça, ils jettent la boîte intacte dans le chariot poubelle que les hôtesses de l'air font passer dans l'avion après le repas. La poubelle avec les boîtes de conserve est ensuite prise en charge par nos complices à la collecte des ordures à l'aéroport. L'astuce dans tout ça – ceux qui commandent le repas ne font pas nécessairement partie de notre équipe. On contacte juste quelques kids qui vont à Ibiza, et on les prie de commander de la bouffe végétarienne, et voilà. De cette manière, on a frété quatre kilos d'amphétamines à Cos la semaine dernière.

— Et ça n'arrive jamais qu'un méchant petit garçon s'empare d'une boîte sans la jeter comme il devrait ?

— C'est arrivé. Ce méchant garçon n'est jamais rentré de Cos. »

JW, fasciné. C'était grand, malin, incroyablement surréaliste. C'était une industrie de l'emballage de drogue, un rêve de transport, une merveilleuse philosophie de logistique.

Punaise.

Chris leur fit signe de le suivre. John marchait tout derrière, en voiture-balai.

Il sortirent de la grange, se dirigèrent vers les serres.

Abdulkarim posa des questions de statistiques. Quel taux de réussite avaient-ils avec les transports ? Quelles charges pouvaient-ils assurer ? Quelles quantités importaient-ils eux-mêmes ? De quels pays ? Qui représentaient-ils ?

Chris expliqua. Ils importaient de la marchandise de partout dans le monde. La cocaïne venait directement d'Amérique du Sud. Warrick County était l'ultime ajusteur de prix. Ils remballaient, revendaient, dispersaient les risques, choisissaient les destinations, s'assuraient qu'il y avait toujours de la demande.

Un cartel de fournisseurs européens de haut niveau.

La réponse de Chris à la dernière question d'Abdul était : « Je croyais qu'on t'avait informé. On est le bras long d'un cartel. Peu importe lequel, mais tu peux être sûr qu'on te fera un bon prix. C'est garanti. »

Ils s'approchèrent des serres. JW découvrit qu'elles s'étendaient plus loin qu'il n'aurait cru.

Chris s'arrêta devant l'une d'elles en la pointant du doigt. « On y cultive toutes sortes de choses. »

Il ouvrit la porte.

Pas d'humidité mais une grande fraîcheur qui vint les frapper.

JW s'attendait à voir une jungle de cannabis. Ou plutôt, des rangées de plants de coca.

Non.

Au ras du sol, de longues rangées de choux blancs, petits et encore très verts.

Un gros point d'interrogation se lut sur le visage d'Abdulkarim. Il s'était attendu à la même chose que JW.

Fahdi jeta un regard en direction de Chris – est-ce que c'est une blague ?

Chris fit un grand geste en écartant les bras, et rit. « Je m'y attendais. Tout le monde réagit comme vous. Putain de merde, ils ne cultivent pas d'herbe ? Ils ne cultivent pas de coke ? Oubliez ça. On cultive du chou. Vous n'y avez peut-être pas encore pensé mais vous n'avez encore rien vu d'illégal ici. Vous avez vu des chiens. Mais est-ce que vous avez vu de la neige ? Vous avez vu deux gars qui fabriquaient des boîtes, mais vous n'avez pas vu de quoi elles étaient remplies. Il faut que vous pigiez ça. On ne prend pas de risques. Si la police fait une razzia ici, on a au moins une certaine sécurité. La dope, on la stocke à un autre endroit. Quand le moment est venu de la mettre dans les animaux, les boîtes ou autre chose, elle est ramenée ici sous très étroite surveillance, et tout se passe très, très vite. On a réduit au maximum les chances des putains de flics de nous prendre en flag. »

Abdulkarim fixait toujours les choux.

Chris poursuivit : « Ici, on n'a pas encore fini, mais c'est notre troisième produit, le plus grand. » Il sortit quelques photos de la poche de sa veste, et les montra à Abdulkarim et JW. Sur la première photo : un chou blanc, le double de la taille de ceux qui étaient dans la serre. Sur la photo suivante : encore un peu plus gros. Au centre, un sachet en plastique, fermement noué, environ cinq centimètres de haut et quatre centimètres de large. La photo suivante : la même plante, qui avait poussé encore plus. Les feuilles avaient commencé à s'enrouler autour du sachet. La photo suivante : encore la plante et le sachet. Les feuilles du chou cachaient maintenant presque entièrement le sachet. Photo suivante : la plante dans son format définitif. Le sachet avait disparu. Dernière photo : trois caisses pleines de choux.

JW comprit avant Abdulkarim. « Mon Dieu ! »

Chris tendit les photos à Abdulkarim. « Oui, exactement. C'est divin. »

Abdulkarim jeta un regard en direction de JW.

JW dit en suédois : « Tu ne comprends pas ? Ils font pousser les plantes avec la dope dedans. Regarde la photo avec les caisses. Ils peuvent en envoyer autant qu'ils veulent. »

Abdulkarim dit : « *Allah Akhbar !* »

Sur le chemin du retour, dans la berline, Abdulkarim pétait le feu. Il s'était calé dans un siège et chantait, un Fanta à la main. Autour de ses narines – des cercles de coke.

JW était déjà comme ivre avant même d'avoir suitté la moindre ligne.

Fahdi essaya de communiquer avec le chauffeur. Il voulait changer de station de radio.

La rencontre à Warrick County s'était terminée par un exposé de Chris sur certains principes économiques. Abdulkarim avait promis de réfléchir là-dessus. Ils s'étaient dit au revoir. Chris fila une petite enveloppe à Abdulkarim – à l'intérieur se trouvait la poudre qu'ils venaient de consommer.

JW demanda pourquoi ils n'avaient pas tout de suite signé un accord. Il avait les calculs prêts dans sa tête, ça donnerait une marge énorme.

« Non, tu ne captes pas. C'est pas moi le big boss. Chris non plus. Demain, les vrais gangsters vont se rencontrer à Londres. Si t'as de la chance, tu pourras venir. »

C'était la première fois lors du voyage que JW le réalisait : il y a quelqu'un au-dessus d'Abdulkarim.

Deux jours plus tard, ils changèrent à nouveau d'hôtel. Abdulkarim avait demandé à JW de l'attendre toute la journée dans sa chambre. Quelque chose allait arriver, c'était clair comme le jour.

JW regarda la télé, fuma malgré l'interdiction, joua sur son portable. Il était plus nerveux que jamais. Il tenta de lire, mais n'y parvint pas. Appela Sophie. Elle ne décrocha pas. Pensa à elle, se branla, éjacula sur l'une des serviettes de l'hôtel. But du champagne au minibar, fuma de nouveau, mata des pubs à la télé anglaise. Envoya des SMS à Sophie, à sa mère, à Nippe, Fredrik, Jet-set Carl. Rejoua avec son portable, se fit couler un bain, mais n'y alla finalement pas. Lut *FHM*. Mata les belles nanas des pages centrales.

À 3 heures, il descendit dans la rue, acheta un Twix et un demi-litre de Coca light. Ensuite, il commanda un sandwich au room service.

Pensa : pourquoi Abdulkarim n'arrive-t-il pas ?

En revenant dans sa chambre, il s'assit sur le lit et se massa les jambes. Pensa à Camilla. À son retour en Suède, il remonterait toutes les pistes une fois pour toutes. Rappeler la police – il fallait qu'il sache où ils en étaient dans leurs recherches. Mais d'ici là : concentration sur le business de C.

Enfin, à 4 heures, quelqu'un frappa à la porte.

Abdulkarim l'attendait dans le couloir. « Il veut que tu viennes aussi. Je lui ai dit ce qu'on a vu. On a discuté de tout. Maintenant, il veut connaître ton avis. T'avoir comme calculatrice. Le moment est venu. Le moment des négociations. Toi et le boss. »

Le cœur de JW battait la chamade. Il comprit ce que cela signifiait.

« C'est allé vite pour toi, mon pote. Tu te rappelles quand je suis venu te chercher devant le Kvarnen ? Putain de bol que t'aies pas dit non. Je te l'aurais pas demandé une deuxième fois. Tu sais ça ? Et maintenant, tu es à la table des négociations avec le boss. Mon boss. Pas moi. »

JW se demanda s'il ne décelait pas quelque trace de jalousie dans le ton de sa voix.

Il mit son blazer tout neuf et chanta intérieurement les louanges de Harvey Nichols pour ses vêtements extra.

Enfila son manteau en cachemire.

Se sentit prêt à tout.

Abdulkarim lui avait dit à quel hôtel il devait se rendre : le Savoy. Si c'était pas putain de cool, ça ? Le Savoy, l'un des dix meilleurs hôtels du monde.

À West End. Avec en prime un restaurant à une étoile dans le Guide Michelin.

JW passa devant. La confiance en soi était un remède à tout, exactement comme chez lui, au Kharma. Il s'annonça à la réception. Au bout de deux minutes arriva un homme vêtu d'un costard à la coupe super classe, un mouchoir en soie dans la poche de poitrine. Il avait les cheveux brillantinés et traînait les pieds en marchant. Pas possible de le rater – un véritable roi de la coke.

L'homme se présenta en suédois avec un léger accent. « Salut JW. J'ai beaucoup entendu parler de toi. Je m'appelle Nenad. Je bosse avec Abdulkarim de temps en temps. »

Fausse modestie. Pour être exact, il aurait dû dire : Abdulkarim bosse *pour* moi.

Ça faisait plaisir de pouvoir parler suédois. Ils bavardèrent un peu. Nenad ne resterait qu'une nuit à Londres. Il fallait que les négociations aillent vite.

JW se reconnut en Nenad – un type du Stureplan avec les mauvais gènes.

Ils prirent place dans le bar de l'hôtel. Nenad commanda du cognac, du meilleur cru.

De grands lustres étaient suspendus au plafond. De vrais tapis étaient étalés sous les fauteuils en cuir au design classique. Cendriers en argent.

Nenad posait des questions. JW bouchait les trous là où Abdulkarim n'avait pas ou mal compris. Nenad semblait avoir pigé en gros. Il voyait le potentiel, les risques, et les possibilités. Au bout d'une heure de discussion, il alla droit au but : avant tout, ils voulaient la plus grande quantité possible, si possible sous forme de têtes de chou.

JW était d'accord.

Ils continuèrent à discuter. Des prix en Angleterre, surtout des prix à Stockholm. Des méthodes de stockage, de transport, de l'augmentation des parts de marché. Stratégies de vente, astuces de revente, nouvelles personnes à engager. Mode de paiement : Money Transfer, système SWIFT ou en espèces.

JW avait beaucoup appris de ses conversations avec Jorge. Entendit les mots de Jorge, ses points de vue, et ses pensées sortir de sa propre bouche.

Nenad aimait le langage et les idées de JW.

Quand ils eurent fini, il alluma un cigare. « JW, passe en revue tout ce qu'on vient de dire. Ce soir à 7 heures, on va négocier avec l'autre partie. Je veux t'avoir à mes côtés. Il faut que t'aies tous les calculs prêts. »

JW se leva et remercia Nenad. Il faillit s'incliner.

« On se voit tout à l'heure. Ça va être cool. »

JW avait l'impression d'être sur un nuage.

Il se souvint de l'instant où il avait pour la première fois décidé de vendre de la coke dans le taxi d'Abdulkarim. À présent – sept mois plus tard – il parlait *big business* avec Nenad au Savoy.

JW était dans le coup.

Pour de vrai.

Bientôt, ils allaient négocier le putain de plus énorme deal du monde.

42

Deux mauvaises choses. Un, il avait été humilié. Deux, il n'avait plus de boulot.

Trois bonnes choses. Il faisait toujours partie de l'Organisation – n'avait pas tout à fait été jeté à la rue. Il avait toujours de l'énergie – les moyens d'avancer, peut-être sans R. Et trois, il était toujours en vie.

Deux jours étaient passés depuis les événements du tremplin de saut à ski. Mrado se rappelait en détail le discours de Radovan. Pouvait citer chaque mot, accentuation, geste.

Rado s'était échauffé. Maniaque. Puissant. L'envie de tuer l'avait démangé.

Mais rien. Mrado était reparti comme après une réunion habituelle avec R. À la fin du dîner, ils avaient parlé de sujets généraux – voitures, boîtes de nuit, blanchiment d'argent, idées de cash.

Malgré tout, il était déchu.

Sur le chemin du retour, dans la Range Rover, le silence avait régné. La seule chose à laquelle Mrado avait pensé : Jokso n'aurait jamais managé la situation comme ça. N'aurait pas été aussi hystérique. N'aurait pas laissé tomber son partenaire.

Mrado continuait sa vie malgré l'humiliation. Allait à la salle de musculation. Allait au Pancrease. Luttait avec une frénésie qu'il n'avait plus connue depuis longtemps. Omar Elalbaoui, content. « Sacré punch dans ton coup droit, yougonaute ! », lui cria-t-il alors qu'il s'entraînait sur le ring. Entendre Elalbaoui crier ça au Pancrease – sensation.

Il réfléchit : devait-il se ficher de l'ordre de Rado, et faire sa tournée des vestiaires ? Avant même de finir cette pensée, il comprit quelle putain de pulsion de merde c'était. Idée de kamikaze.

Mais, d'un autre côté – Radovan n'était pas immortel. Il se prenait pour Jokso, mais exactement comme dans le cas de Jokso, tout pouvait basculer d'un moment à l'autre.

Briser le monopole de Rado : pas impossible.

Il fallait mettre cette idée en œuvre.

Les pensées de Mrado flottaient dans les virages. En même temps, son plan se dessinait : sa force résidait dans ses contacts, il devrait pouvoir niquer Rado, casser ce putain de traître. S'il avait commencé à réorganiser la hiérarchie des Yougoslaves, il était possible que quelqu'un d'autre ait été foutu à la porte aussi. Il fallait que Mrado apprenne qui.

Il prêtait attention à toutes les rumeurs. Écoutait le téléphone arabe. Ratko savait pas mal de choses. Bobban aussi. Radovan était en train d'en écarter d'autres.

Mrado tenta de deviner. Sans doute pas Goran. Pas Stefanovic. Pouvait-il s'agir de son ami, Nenad ?

Mrado commença les préparatifs pour mener à bien son projet dès le lendemain.

Il pensait le jouer comme un coup de poker, bien que ça ait merdé la dernière fois au casino : *the big slick*. Binaire, tout ou rien. Mrado prit une décision. Il miserait tout – *all in*.

Mrado contre l'homme le plus puissant de la pègre de Stockholm. Il fallait un bon planning.

Mrado contre le dauphin de Jokso. Il fallait de la ruse.

Mrado contre un pédé. Mrado remporterait le match – fallait juste y croire.

Il ressortit son bloc-notes qu'il n'avait plus utilisé depuis sa recherche du fugitif latino.

Repensa à tout ce qu'il avait fait pour Rado juste pour retrouver ce merdeux. Cassé les doigts au cousin du fugitif. Cassé la gueule à la nana du cousin. Attendu jour et nuit dans sa bagnole pour interroger des sans-abri devant leur foyer. Laminé le Latino. Et c'était comme ça qu'on le remerciait ? Mrado avait pris une décision – il ne se laisserait pas humilier si facilement.

Écrit tout en haut sur une page : rester en vie.

Dressa la liste des mesures à prendre.

Changer d'appartement. Alternative : habiter en sous-location, louer à un particulier, acheter une villa sous un faux nom, se procurer une caravane.

Il regarda ce qu'il venait de noter : se procurer une caravane – pas crédible. Mais il ne le barra pas. Le temps de faire un brainstorming. Toutes les idées seraient couchées sur papier.

Continua.

Changer de bagnole.

Acheter un chien : un pitbull terrier, un berger ou un autre chien de défense.

Toujours garder son gilet pare-balles.

Se procurer un revolver encore plus léger. Qu'il pourrait porter toute la journée.

Installer une meilleure alarme dans sa voiture, et dans son appartement.

Embaucher un garde du corps. Choix possibles : Ratko, Bobban, Mahmud. À qui pouvait-on faire confiance ?

Arrêter l'entraînement au Fitness Club.

Arrêter l'entraînement au Pancrease.

Arrêter de prendre les repas au Clara's et au Bronco's.

Changer de téléphone portable, et de carte.

Commencer à s'entraîner dans une autre salle de musculation.

Varier ses habitudes. Prendre des trajets différents pour se rendre au même endroit. Changer le planning de ses séances d'entraînement.

Faire en sorte que Lovisa déménage, change d'école, et habite à une adresse secrète.

Se procurer une boîte postale.

Noter et réunir le maximum de preuves sur le business de Radovan, et conserver ça à un endroit sûr. *Ma meilleure assurance.*

Il regarda une nouvelle fois la liste.

Fidèle à son habitude, il souligna un mot – Lovisa.

L'essentiel. Le plus difficile.

Il appela sa mère, l'objet de sa haine, Annika.

Personne ne décrocha.

Il laissa un message sur le répondeur. Espéra qu'elle le rappelle, malgré toutes les disputes qu'ils avaient eues pendant le procès.

Prit une autre décision – il ferait une tentative d'insurrection contre R. Mais il fallait s'y prendre calmement. En aucun cas se hâter. Les préparatifs étaient le point essentiel.

Deux jours plus tard. La voix traînante de Nenad à l'autre bout du fil. « Mrado, t'es à un endroit non troublé ?

— Bien sûr. Comment ça va ? T'es rentré quand de Londres ? »

L'intérêt de Mrado éveillé. Le ton de la voix de Nenad trahissait quelque chose.

« Je suis rentré il y a quelques jours. C'était fantastique là-bas. Il s'est passé quelque chose ici ? Comment va ta fille ? Tes arrières sont assurés ? »

Nenad avait glissé la dernière question parmi les autres comme s'il avait demandé le résultat du dernier match de catch à la télé, un truc tout à fait normal.

« Ces jours-ci ? Alors que toi et moi on est dans le collimateur des flics Nova ? *Ich dont think so.*

— Est-ce qu'on peut se voir devant le Ringen dans vingt minutes ? C'est important. »

Le temps était maussade. Le mois de mars, tenace, faisait durer le mauvais temps. Et le centre de Ringen était aussi triste que le ciel. Juste en face du Ringen : l'énorme entrée de l'hôtel Clarion illuminée de néons multicolores.

Il était 3 h 15de l'après-midi. Un dimanche.

Nenad arriva, le col de fourrure de son manteau remonté – du vison et sa barbe de trois jours. Dans son regard, Mrado perçut quelque chose qu'il n'avait encore jamais vu dans les yeux de Nenad. Mrado pensa : était-ce de la panique, de la peur ou tout simplement de la confusion ? Il était arrivé quelque chose à Nenad, c'était évident.

Ils entrèrent au Clarion.

Nenad s'adressa à une fille mignonne à la réception. L'entrevue avait visiblement été bien préparée – il avait réservé le minispa.

Ils remontèrent un escalier. L'odeur de chlore se faisait sentir déjà dans le couloir.

Se présentèrent devant une autre réception. Reçurent des serviettes qui portaient le monogramme du Clarion brodé à fils dorés. Des pantoufles en velours. Chacun son set de flacons : gel douche, shampooing, baume, lotion relaxante. Des peignoirs en éponge.

La porte qui donnait sur le spa était embuée.

Ils se dirigèrent directement vers les douches. Se lavèrent. Se foutaient du bassin.

Nenad avait assuré, il y avait même un minisauna.

Il pouvait accueillir trois personnes sur la rangée supérieure et trois sur celle du bas. Les planches en bois classiques couvraient les murs et le plafond. Sur un côté se trouvait une fenêtre ronde qui donnait sur le pont Skanstullsbron – ultra-urbain. Dément.

Ils s'assirent chacun sur sa serviette.

Mrado étudia une nouvelle fois le visage de Nenad. Cette expression différente dans ses yeux était toujours là, en plus, il avait l'air fatigué. Pas son ego confiant de d'habitude. Quelque chose n'allait pas.

« Mrado, tu es le seul à qui je fasse confiance en ce moment. »

Mrado alla droit au but. « Qu'est-ce qui s'est passé ?

— Une cata.

— Ça ne m'étonne pas. Tu pues la haine. Laisse-moi deviner. Des emmerdes avec Rado ?

— Dans le mille. J'étais sûr que t'étais au courant. On m'a mis un coup de pied au cul. On m'a dégradé. Humilié.

— Raconte. » La tactique de Mrado : attendre avant de lâcher sa bombe.

« Chuis rentré de Londres avant-hier. Là-bas, j'ai réalisé le plus gros deal *ever*. Tu ne captes même pas tellement c'est grand. Et qu'est-ce qui arrive ? Rado appelle chez moi à une heure du mat'. Moi, en train de rouler des pelles à la plus belle nana d'Östermalm que j'ai jamais ramenée à la maison. J'y vais. Chez lui, je veux dire. Stefanovic m'accompagne à la biblio. Une vraie audience à la Rado, classique. Puis il me tient un long discours sur ses putains d'idées, un tas de bla-bla sur un nouveau concept d'organisation. Il termine en m'informant que je ne serais plus responsable du business de la C, que je serais muté dans le secteur des call-girls. Que je suis un putain de rien. Que je peux oublier mon rôle dans le groupe. Et tu sais, moi, je reste là, sans bouger, et j'encaisse. Je sentais la pression, si jamais j'avais essayé un truc, ç'aurait pu se finir là. Stefanovic était aux aguets. Putain. C'est comme ça qu'on me remercie. Cet enculé. Moi qui viens de réaliser le deal du siècle à Londres. Le plus énorme *ever*. »

La réaction de Nenad à la différence de celle de Mrado – plus saine, plus enfantine, plus fâchée. Mrado l'enviait. C'était la bonne façon de prendre la merde. En pétant les plombs.

« Nenad, il m'est arrivé la même chose la veille. »

La bouche de Nenad ressemblait à un trou béant dans la chaleur du sauna. Ils avaient tous deux eu droit au même traitement. Mais surtout, ils ressentaient le soulagement de ne pas être seuls. Avoir quelqu'un avec qui partager la merde. Quelqu'un avec qui préparer la contre-attaque.

Ils discutèrent pendant deux heures. Dans le sauna et en dehors. Allongés sur des chaises longues en bois devant le sauna. Sous la douche. Dans le bassin. Ils versèrent des louches pleines d'eau sur les pierres brûlantes. Firent monter l'humidité. Respirèrent par la bouche. Discutèrent. Analysèrent. Réfléchirent.

Pourquoi avaient-ils été dégradés ? Quels moyens avaient-ils pour réagir ? Accepter la situation un moment, ou répliquer directement ?

Mrado raconta en détail comment il avait essayé de se tailler une plus grande part du gâteau sur le front des vestiaires, et comment il avait bossé sur la répartition du marché. Quelles personnes les aideraient peut-être. Avec lesquelles il avait eu un bon contact, Jonas Haakonsen des Bandidos, Magnus Lindén de la Fraternité Wolfpack, entre autres. Mais avant tout, il parla de son sentiment d'une crise de confiance entre lui et R.

Ils n'avaient encore jamais parlé si ouvertement de la situation au sein de l'Organisation. Et ce qui les réconfortait était le fait qu'il partageait autant de points de vue concernant Rado.

Quand ils se séparèrent, ils avaient fixé trois principes. Ils formaient une équipe à partir de maintenant. Ils allaient bien fermer leur gueule sur tout ça. Et, la seule issue – soit la chute de Radovan, soit la leur.

La guerre était déclarée.

43

À présent c'était clair – il lui était arrivé quelque chose.

Jorge avait appelé la mère maquerelle au moins quinze fois par jour ces dernières quarante-huit heures. Résultat : elle ne décrochait plus. Ses sonneries résonnaient dans le vide. Elle avait sans doute changé d'abonnement. Avant cela, on lui avait resservi de nombreuses fois la même réponse : « Désolée, je n'ai aucune idée de l'endroit où se trouve Nadja. » Mais oui, mais bien sûr – *mentirosa*.

En résumé, le lien était évident : la disparition de Nadja, l'horreur qu'il avait vue dans les yeux de la pute quand il était allé avec elle dans sa chambre, les mensonges de la mère maquerelle.

La question qui le taraudait : était-ce sa faute ? Ça le travaillait. Pourtant, la philosophie de Jorge : personne n'est responsable de personne. La vie est trop courte pour qu'on puisse attendre tranquillement que l'argent tombe du ciel. Occupe-toi de tes affaires, et laisse les autres se débrouiller tous seuls. Ça valait pour les dealers de coke. Ça valait pour les revendeurs de clopes à Österåker. Mais, dans ce cas précis, il était poussé par autre chose.

Jorge se voyait comme la Némésis des Yougoslaves. Et sa guerre contre eux mettait d'autres personnes en danger. Il le savait déjà. Ils avaient menacé de s'en prendre à Paola. Maintenant Nadja avait disparu. Où était-elle ? Que savait-elle ?

Une fois qu'il aurait découvert ce qui lui était arrivé – Radovan payerait aussi pour ça. Le projet R n'en devenait que plus important.

Abdulkarim et Fahdi étaient rentrés de Londres. Ils avaient visiblement conclu une méga-affaire là-bas. Abdulkarim l'avait appelé. N'avait rien laissé filtré. Signes quand même clairs –

une voix à la limite de l'extase. Informations lapidaires : une livraison arriverait dans quelques mois. Il n'avait dit ni quoi, ni combien, ni d'où ça viendrait, ni exactement quand, ni comment. En plus, il leur avait demandé de vendre les grammes que Jorge avait importés à l'aide de la Brésilienne. Et aussi des quantités plus petites qui attendaient dans les entrepôts. Avant tout, ils devaient élargir encore le marché. Plus de canaux de vente, plus de personnes impliquées, plus d'espace.

La coke connaissait une véritable expansion. Finalement, Jorge était content d'être resté en Suède. Pensa au moment où JW s'était penché sur lui dans la forêt. Lui exposant les projets d'Abdulkarim pour développer le business dans la banlieue. A présent, le flouze coulait à flots, mieux que dans n'importe quelle entreprise du CAC 40. Voilà un mec de la cité qui avait suivi la voie royale.

Dans le monde des idées de Jorge, l'argent se transformait peu à peu en moyen. N'était plus une fin en soi. Mais un instrument plein de potentiel qui lui permettrait de réaliser le projet-R.

Phase suivante – travailler le dossier Jätte Karl.

Jorge savait une chose : Radovan trempait dans le proxénétisme. Une branche de ses affaires que Nenad dirigeait. Les filles venaient d'ex-Yougoslavie et d'autres pays de l'Est. Du pur *Lilja 4-ever*. Des femmes suédoises également impliquées. Le bordel où Nadja avait officié faisait partie du système. L'endroit était dirigé par Jelena Lukic, la mère maquerelle, et le gars au costard. Jorge avait recherché son nom : Zlatko Petrovic. Nadja avait un mac ou un petit ami – le géant, Micke. Le rôle de ce dernier : pas clair. Plus intéressant : cet appartement n'était pas le seul dans l'empire de putes de Radovan. Il y en avait plusieurs. De la maison d'abattage, à des endroits plus jolis avec des filles plus jolies. Nadja l'avait raconté : des Suédois participaient à des fêtes qui n'avaient qu'un seul objectif : que ces pauvres types puissent tremper leur biscuit. Payaient sûrement un bon prix à Radovan. En plus, cela faisait des contacts au boss des Yougoslaves, qui assurait ainsi ses arrières. Le hic – rien ne permettait de remonter jusqu'à Radovan, pas même jusqu'à Nenad. Tout le monde savait qui était derrière, mais personne ne voyait jamais rien. À une exception près : Nadja avait rencontré Radovan lors d'une telle occasion. Il fallait qu'il la revoie. Qu'il en sache plus.

Selon Nadja, deux personnes ramenaient des filles à ces fêtes : un certain Jonte et un certain Jätte Karl.

Selon Sophie, Jet-set Carl : le *hit-boy* du Stureplan, organisateur de fêtes, prince de la bringue numéro un.

Selon Jorge, les noms se ressemblaient trop pour que ça soit un hasard.

Soirée. Jorge, chaud. Avec Fahdi dans la tanière du loup. Vodka, Schweppes Schizan et de l'herbe sur la table. Des verres IKEA, des glaçons à moitié fondus dans une assiette creuse, du papier à rouler et un briquet. À la télé : Jenna Jameson montée par deux Ricains musclés, le son éteint. Sortant de la chaîne hi-fi : Usher. Fahdi le renseigna d'un ton sobre : « Le premier nègre à réussir à entrer avec trois hits dans les charts aux States. Enculés de racistes. » Fahdi était bien évidemment sous l'influence d'Abdulkarim. Pensait que les États-Unis étaient le royaume du Mal. Saisissait n'importe quelle occasion pour les descendre.

Le plan de Jorge pour la soirée était simple. Ils iraient en ville. Prendraient d'assaut le Stureplan. Trouveraient Jet-set Carl. Ensuite, Jorge aurait une petite conversation avec lui. À la fin : Fahdi et lui se trouveraient chacun une blonde. Avec un peu de chance, ils joueraient le match à l'extérieur.

Fahdi n'arrêtait pas de parler de Londres. Arborait fièrement sa veste Gucci. Décrivait les stripteaseuses les plus bandantes, les boutiques les plus classes, le pire grouillement de gens jamais vu. Exhibait le pistolet qu'il avait eu là-bas.

Jorge, moyennement impressionné. Se rappela l'arsenal que Fahdi cachait dans son armoire. Le gars était une armurerie ambulante.

Ils avalèrent leurs drinks.

Jorge se leva. « On emporte de quoi se marrer un peu ? » Il désigna la cuisine où il y avait les balances et les enveloppes au milieu des sachets pleins de coke.

Fahdi se leva à son tour. « Pour nous ou pour vendre ?

— Pas pour vendre. J'ai presque totalement arrêté la vente directe au consommateur. D'ailleurs, ici c'est le terrain de JW. On ne va pas se faire de la concurrence à nous-mêmes. Quand est-ce qu'il rentre ?

— Aucune idée. Il voulait arranger des trucs en Angleterre. Rester quelques jours de plus. »

Jorge pensa : Fahdi – comparés à lui, les personnages de *Dumb & Dumber* étaient des génies. Il ne captait pas les règles du jeu. La pyramide : certains vendaient dans la rue, d'autres vendaient à des revendeurs, d'autres vendaient à des revendeurs qui vendaient à des revendeurs. Jorge, depuis peu, presque au top. Mais Fahdi avait des points forts – une espèce de gentillesse et, bien évidemment, ses muscles.

Ils appelèrent un taxi. À l'autre bout, répondeur : « Si vous souhaitez réserver un taxi qui va directement à la rue Rosenhillsvägen, composez le 1. »

Jorge dit : « Pourquoi est-ce qu'ils sont obligés de hurler chaque fois le nom de la rue deux fois plus fort que le reste de la phrase ? Ça te résonne dans les oreilles toute la soirée. » Jorge appuya sur le bouton 1.

Ils descendirent dans la rue. Sautèrent dans le taxi.

Stureplan en pleine action.

Ils descendirent près du Svampen. Regardèrent autour d'eux. Par où commencer ?

Les lieux phares de la nuit stockholmoise obéissaient à une classification innée. Le Kharma, le Laroy, le Plaza et le Kitchen – le top : pour les plus riches, les plus chic, les meilleurs. Le Sturehof, la Sturecompagniet, Le Lydmar Hotel – un cran en dessous : pour les beaux, les chic, un public plus âgé. Le Spy Bar, le Clara's – appartenaient à la mafia yougoslave : le repaire des bodybuilders et des stars. The Lab, le East : une clientèle à part. Le Undici, le Crazy Horse : pour la masse glauque des Suédois normaux et bien élevés.

Une équation simple : il leur fallait entrer en première classe. Super difficile. Surtout qu'ils étaient tous les deux immigrés, et que c'était écrit au marqueur sur leur front.

Ils commencèrent par le Kitchen. Une large queue, des filles de dix-sept ans qui portaient si peu de fringues qu'elles auraient même eu froid par une nuit d'été. Des gars d'Östermalm duveteux en manteau aux cheveux gominés. Des fayots d'âge moyen emmitouflés dans des manteaux luxueux, les cheveux toujours gominés. Des gars qui passaient toute leur vie autour de cette place. Qui bossaient dans les banques d'affaires dans les alentours du Stureplan, qui déjeunaient-dînaient dans les restaurants dans les rues Biblioteksgatan, Birger Jarlsgatan et Grev Turegatan, qui habitaient à deux pas des rues Brahegatan,

Kommendörsgatan, Linnégatan. Et qui, bien sûr, sortaient dans le Stureplan.

Tout devant dans la queue, on devinait le légendaire Paddan. Son vrai nom : Peter Strömquist. Le profil du Stockholmois typique. Gosse de riches. Super important. Il avait ses entrées dans tous les endroits où les vrais BCBG – ceux qui avaient un minimum d'amour-propre – rêvaient d'être invités. Connaissait tout et tout le monde. Bon signe qu'il s'apprête à entrer au Kitchen.

Du point de vue de Jorge – un monde où la marginalité était accentuée. Cette masse humaine était une véritable société féodale. Une poignée qui accordait des droits d'entrée. D'autres jouaient aux petits seigneurs sur le territoire de Stockholm. D'autres étaient des rois, comme ce Jet-set Carl. Certains vendaient leur âme pour devenir mercenaires, videurs. Les immigrés, tout en bas, avec un peu de pot, ils arrivaient peut-être à gueuser la permission d'entrer.

La seule astuce qu'il connût : graisser la patte.

Fahdi leur fraya un chemin. Bouscula des gamines. Un billet de cinq cents enroulé dans la main. Le videur le mata d'abord d'un air étonné. Le message : allons… tu peux bien arriver à comprendre tout seul que TOI, tu vas pas entrer ici. Vit le billet. Jeta un regard inquisiteur vers Jorge.

Les laissa entrer.

Serré.

La musique à plein tube, un truc qui ressemblait à un mélange de sonneries de portable.

Au bar, une bande de mecs draguait deux nanas avec du mousseux dans des seaux à glace. Les nanas dansaient sur place. Faisaient des clins d'œil. Se laissaient inviter.

Fahdi alla au bar. Prit deux bières.

Jorge descendit les escaliers pour se rendre à l'étage inférieur du bar. En passant devant la table de mixage du DJ. Ce soir, c'était DJ Sonic qui animait. Un type normal qui, par hasard, était devenu la mascotte des kids d'Östermalm. Un parvenu qui espérait s'incruster dans la haute. Qui jetait des sourires entendus en direction de quatre-vingt-dix pour cent des gonzesses qui passaient devant lui.

Jorge reconnut des visages. Lui, personne ne le reconnaissait. Grâce à Abdulkarim et à l'autobronzant. Malgré tout – J-boy, toujours un nègre. Valeur zéro.

Il tapa à l'aveuglette dans le dos d'une fille.
Regard effaré.
« Du calme, ma petite, je voulais juste demander si t'avais vu Jet-set Carl ce soir. »
Réponse négative. Elle ne savait pas de qui il parlait.
Il demanda à d'autres personnes. Fahdi apparut, les deux bières à la main. Voulut savoir ce que Jorge était en train de fabriquer.
Pas moyen de le lui expliquer.
S'éloigna de lui en dansant.
Interrogea d'autres personnes.
Les filles bronzées. Les mecs ressemblaient tous à JW. Jorge montait et descendait les escaliers. Se penchait en avant et hurlait aux oreilles des gens. Tentait d'avoir l'air neutre. Pour éviter qu'ils croient qu'il les draguait.
Continua pendant quarante minutes.
Finalement une fille lui répondit en hurlant – à peine audible à cause de la musique : « Il est presque toujours au Kharma. »
Jorge n'essaya même pas de retrouver Fahdi dans la foule. Ne le voyait pas. Essaya de le joindre sur son portable. N'entendit même pas la sonnerie à l'autre bout – Fahdi avait-il vraiment une chance d'entendre son portable sonner, avec cette musique à fond ?
Laissa tomber.
Jorge ressortit dans la rue. Remonta la rue Sturegatan. Envoya un SMS à Fahdi : « Je vais au Kharma. Rejoins-moi. »
La queue ressemblait à une masse organique déguisée en tas humain. Humiliation d'autant plus forte par zéro degré – le racisme craché droit dans la tronche.
Le bon moment. Le bon regard du coin de l'œil. Dans la main du videur. Le fric. 500 balles. Un contact visuel. La main du videur qui fait signe. Passe.
Jorge à l'intérieur. Se le répéta : Jorge, t'es entré.
Perfecto.
Il commanda une bouteille de Heineken au bar. Reluqua les gens. Reconnut quelques autres immigrés chanceux autour d'une table. Jorge s'avança vers eux. Ils ne le reconnurent pas. Mais il sentit quand même qu'ils éprouvaient de la sympathie, ils savaient qu'il se trouvait dans la même position qu'eux. Pas à sa place, et heureux.

Ils tchatchèrent un peu. Mirent des notes aux filles. Matèrent les poitrines. Les culs. Jorge leur offrit une petite ligne à chacun. Se tourner vers le mur. Sur le recto d'une carte de crédit, sniff, sniff. Ça marchait.

Le monde s'accéléra. Jorge au top.

Questionna le barman sur Jet-set Carl. « Pas de soucis », répondit le gars derrière le comptoir, « il vient toujours sur les coups de une heure, se poste à la caisse, et accueille les gens. »

Jet-set Carl : l'homme aux putes.

Jorge attendit. Les immigrés de la table passèrent à l'offensive, et draguèrent des lycéennes de Djursholm. Choc des cultures magnitude 10. Les nanas n'avaient sans aucun doute encore jamais échangé un seul mot avec quelqu'un d'un pays hors des frontières européennes, sauf avec le gars de l'autre classe, là, qui avait été adopté. L'avis des mecs, simple : *toutes les nanas suédoises ont envie de moi, et c'est pour ça que c'est des putes.*

Jorge observait le jeu. Les mecs payaient des drinks. Faisaient de leur mieux. Les filles consommaient et écoutaient leur baratin. En même temps, elles respiraient le mépris. Selon Jorge, le seul moyen qu'ils avaient de conclure, c'était qu'une des donzelles se bourre la gueule.

Une heure.

Un gars, peut-être Jet-set Carl, était derrière la caisse à l'entrée. Vêtu d'un costard à rayures blanches. Un jean. Des loafers avec une boucle Gucci. Saluait toutes ces belles personnes qui entraient.

Toutes les vibrations s'écriaient : jamais ce type ne perdra une once de confiance en soi.

Jorge s'avança vers lui.

« Salut. »

Jet-set Carl se retourna, étonné.

« Jet-set Carl, c'est toi ? »

Le gars eut du mal à esquisser un sourire.

« Oui. Les gens qui me connaissent m'appellent comme ça. » Accent sur les mots : les gens qui me connaissent – message à l'adresse de J-boy – peu importe qui tu es, tu NE me connais PAS.

« J'ai beaucoup entendu parler de toi. Non seulement que tu manages cette boîte, mais que t'es un type super sympa. Autre chose aussi. »

Jet-set Carl posa une main sur l'épaule de Jorge. Ils avaient la même taille.

« Désolé, je ne sais pas de quoi tu parles.

— On m'a parlé de toi et de Jonte. Des jolis trucs que vous organisez ensemble. »

Quelque chose dans le regard de Jet-set Carl. Une étincelle narquoise. Puis il revint à son ego jovial.

« Je suis désolé. Sympa de t'avoir rencontré, mais faut que je bosse. On en reparlera plus tard. Passe une bonne soirée. »

Jorgelito envoyé sur les roses. Mais : il avait perçu quelque chose dans le regard du jet-set-gars.

Jorge envoya plusieurs SMS à Fahdi. Eut une réponse : « Bon vent ce soir. Allah est avec moi. Une putain de chatte m'a invité chez elle. » Fahdi avait réussi un coup. Chapeau.

Jorge retrouva les bougnoules autour de la table.

Il était deux heures. Son trip de coke diminuait. Il alla aux chiottes. Sortit trente milligrammes de neige. Tira une bonne ligne.

Le kick de tous les diables. Explosion d'énergie. Il avait passé la cinquième.

Quitta les W-C.

S'approcha à nouveau de Jet-set Carl.

« T'as une minute pour discuter ? »

Jet-set Carl afficha une mine contrariée.

« Désolé, je dois bosser. On en parle plus tard ? » Il fit un geste de la main.

Jorge avait envie de tchatcher maintenant. Fort.

Trop tard.

Jorge sentit par-derrière des mains le soulever. Il tenta de se retourner, mais sa tête était prise comme dans un étau. Des bras énormes. Les gants d'un videur.

Il cria. On le porta. Dehors.

Pensa, défoncé : où était Fahdi quand on avait besoin de lui, putain de merde ?

Jorgelito, jeté dehors. Un méga loser dont l'honneur avait été bousillé. Nègre au Kharma, *be aware*. Tu n'es pas vraiment le bienvenu. Passe le message.

Mais il savait une chose – il ne laisserait plus jamais les Yougoslaves ou un de leurs alliés le traîner dans la boue.

Le kick de la coke lui faisait péter le feu.

Jorge n'abandonna pas.

C'était sa soirée.

La soirée du projet.

Ce pédé de Radovan allait déguster. Jet-set Carl ou pas Jet-set Carl. Il s'en foutait de lui. Jorge trouverait les infos nécessaires sans lui.

Il fallait juste qu'il parle encore une fois à Nadja.

Fahdi lui avait filé le numéro de Zlatko Petrovic. Jorge avait essayé de l'appeler une chiée de fois. En vain.

Il se retrouva au beau milieu du Stureplan. Au fond : des vendeurs de saucisses, des ados bourrés, des BCBG frigorifiés, des quarantenaires ivres.

Il sortit son portable. Pas de message de Fahdi. Ce qui signifiait : match à l'extérieur pour lui.

Il tapa le numéro du mac, Zlatko.

La sonnerie retentit.

Finalement, pour la première fois, quelqu'un décrocha à ce numéro.

« Allô ?

— Salut, j'ai envie de passer un bon moment ce soir.

— T'es à la bonne adresse. Ton nom ? »

Jorge nomma l'alias de Fahdi.

Zlatko répondit : « *All right.* Bien sûr qu'on peut t'organiser quelque chose.

— Super, j'aimerais voir Nadja. »

Silence à l'autre bout de fil.

Jorge répéta : « T'as pas entendu ? Nadja, j'aime bien cette fille-là.

— Je ne sais pas ce que tu veux. Mais elle est plus chez nous. *Sorry.* »

Froideur dans la voix de Zlatko : pis qu'une vodka congelée.

« Où est-ce que je peux la rencontrer alors ? Elle était tellement bien.

— Écoute-moi bien, mon petit. Ne pose plus jamais de question sur Nadja. Elle n'est pas chez nous. Je sais qui tu es. Un mot de plus sur cette putain de Nadja, et on vient te niquer. »

La conversation fut rompue – Zlatko avait appuyé sur le bouton rouge.

Jorge était dans un taxi en direction de l'appartement de Fahdi. Angoissé. En plein bad trip.

Directement sur sa rétine : Paola et Nadja. Et les autres : Mrado, Ratko, Radovan. Il allait y mettre le feu. Se venger. Venger Nadja. Il ferait payer Radovan d'une balle dans la tête. En le massacrant à la lisière d'une forêt. Le visage de Paola, crispé.

Fragments chaotiques de son existence.

Haine.

Paola.

Haine.

Le trou du cul de Radovan.

Pendejo.

Le chauffeur du taxi l'observa d'un air inquiet. « Est-ce que je te raccompagne jusqu'en haut, mon ami ? »

Jorge déclina son offre. Le pria de l'attendre en bas.

Monter chez Fahdi. Jorge gardait toujours les clés sur lui – c'est là qu'étaient conservés les clés des entrepôts, les sachets, et les balances. Il ouvrit. Cria. Personne à la maison. Fahdi était sans doute en train de profiter de ce dont il avait toujours rêvé.

Direction l'armoire.

Jorge savait ce qu'il cherchait. Fahdi leur avait fièrement montré, à lui et à JW, un mois plus tôt. Il se pencha en avant.

Fouilla.

Prit le fusil de chasse. Fit basculer le canon en poussant le levier du chien. Y inséra deux cartouches rouges aussi grandes que des tubes de bonbons. Fourra une poignée de cartouches dans la poche de son jean. Elle se gonfla.

Cacha le fusil sous sa veste. On ne voyait rien. L'avantage des carabines canon scié.

Le taxi était toujours dans la rue.

L'ivresse palpita.

Il sniffa les derniers milligrammes de coke pendant que le taxi démarrait. Pas clair si le chauffeur se rendait compte de quelque chose.

Hallonbergen.

Le vent soufflait froid dans le couloir du loft. Il faillit faire tomber une luge posée contre le mur. Apparemment, parmi les voisins du bordel se trouvaient des familles normales avec enfants.

Il sonna.

Quelqu'un écarta le judas. Une voix de l'intérieur : « Comment tu t'appelles ? »

La mère maquerelle, sans doute. Jorge espéra que ce Zlatko ne lui avait encore rien dit sur son appel quinze minutes auparavant. Il lui donna une fois de plus l'alias de Fahdi. Il y avait également un mot de passe. Il connaissait les deux.

Elle déverrouilla la porte. La voilà, la mère maquerelle dans sa tenue bizarre – le costume avec la fente dans le dos. Super maquillée. Écœurante.

Jorge ferma la porte derrière lui. Alla droit au but : « Je veux voir Nadja. »

La mère maquerelle se raidit. Sur ses gardes à cent pour cent.

Elle dit dans son suédois de l'est écorché : « Écoute, elle plus là maintenant. Si toi m'avoir appelé cent millions fois – tu peux *piss off.* »

Agressivité inattendue. Attitude menaçante poussée à l'extrême.

J-boy se sentit à deux doigts d'éclater. Les sensations explosives attisées par la coke heurtèrent par vagues successives l'intérieur de son front. C'était la dernière fois qu'un Serbe se foutait de lui.

Il fit un pas en direction de la maman monstre. « Putain de connasse. Si tu ne me dis pas où je peux trouver Nadja, je te nique. »

La mère maquerelle haussa le ton d'un coup : « Pour qui tu te prends, connard ? »

Effet de la hausse de ton – Zlatko surgit de l'ombre, du couloir.

La mère maquerelle brailla. Hurla que Jorge devait aller se faire foutre. Qu'il regretterait son comportement.

Zlatko se posta à trente centimètres de Jorge, son haleine sentant la merde, et dit d'une voix calme : « Qu'est-ce que je viens de te dire au téléphone ? T'es un peu long à la détente ? Arrête de fouiner. Casse-toi. »

Le style super serbe. Lui rappelait Mrado.

Ses blessures se réveillèrent dans son dos. Ses jambes. Ses bras.

Jorge saisit brusquement le fusil de chasse.

Tir sur Zlatko.

Le ventre, disparu. À la place, un trou béant.

Des intestins sur le mur derrière.

La mère maquerelle hurla.

Un autre tir – sa tête disparut. De la cervelle sur les canapés en velours.

Le recul – l'arme heurta Jorge à un point sensible de son épaule. Douleur.

Jorge fit basculer le canon du fusil. Enfourna la main dans sa poche. Rechargea, deux nouvelles cartouches.

Un homme arriva par le couloir. Le visage blanc comme la craie. Torse nu. Le pantalon déboutonné. En état de choc.

Jorge tira. Rata. Un trou d'un mètre carré dans le mur en plâtre. Un nuage de poussière.

Il courut vers l'homme. Le gars trébucha sur le pantalon qu'il perdait.

Pleura. Chiala.

Jorge, au-dessus de lui. Les deux canons appuyés contre sa tête.

Fouilla dans les poches du mec. Trouva un portefeuille. En sortit un permis de conduire.

Lut à haute voix : « Torsten Johansson. Tu ne m'as jamais vu. »

Le mec renifla par terre.

Sinon, silence de mort dans l'appartement.

« File ton portable. Mets-toi sur le ventre. Les mains derrière la tête. J'ai quelques trucs à régler. »

Le gars ne bougeait pas. Garda la tête enfoncée entre ses bras. Les genoux repliés contre le ventre en position fœtale.

« Tu ne comprends pas le suédois ? Fais ce que je t'ai dit. Tout de suite. »

Le cave s'allongea. Tâta la poche de son pantalon. En sortit un téléphone portable. Le donna à Jorge. Mit les mains derrière la tête.

Jorge, de nouveau : « Tu ne m'as jamais vu. »

Il alla voir dans les chambres des putes. Dans l'une des pièces, une fille était recroquevillée dans un coin, la tête entre les genoux – ce n'était pas Nadja.

Jorge retourna dans l'entrée. Ignora les corps. Marcha droit à travers le chaos. Dans la cuisine.

Endroit super crade. Une petite table en bois blanc et une chaise faite de tubes en acier, avec un siège mou. Des taches de café partout. Une publicité pour des pizzerias de Hallonbergen était accrochée sur la porte du frigo avec des aimants de la campagne des sociaux-démocrates de l'élection parlementaire de 2002.

Un ordinateur portable sur la table. Confirmation de ce que Jorge avait soupçonné.

En plus, il était allumé. Jorge s'assit sur la chaise. Il était branché. La question : s'il le débranchait, est-ce que la batterie tiendrait, ou est-ce que la machine s'éteindrait ?

Jorge n'était pas vraiment un génie de l'informatique. Mais il savait une chose : si l'ordinateur s'éteignait, il y avait le risque qu'il exige un mot de passe pour redémarrer. S'il n'arrivait plus à entrer dans les fichiers, ça foutrait tout son truc en l'air.

Raisonnements dans un cerveau embué de cocaïne : il ne pouvait pas rester beaucoup plus longtemps dans l'appartement. Avait-il touché quelque chose ?

Non.

Il prit le risque – débrancha la prise.

Regarda l'écran.

Dieu était avec Jorge.

L'ordinateur était resté allumé.

Il courut vers la porte d'entrée. Traversa le vestibule. Juste avant qu'il ne mette la main sur la poignée de la porte, il entendit la sonnerie d'un téléphone. La sonnerie *Old Phone* de Sony Ericsson sonnait comme un vieux téléphone à cadran. Un portable. Soit celui du cave, de la mère maquerelle, du mac ou d'une des prostitués. Il mata le mobile du cave. Ce n'était pas celui-là. Jorge tendit l'oreille. Vit le sang. La cervelle sur les murs, et par terre. Le localisa enfin. Le son sortait de la poche du mac.

Dans une main, il tenait le fusil. L'ordinateur dans l'autre. Difficile à manœuvrer. Il posa l'ordinateur par terre. Chercha dans la poche de costume du mac. Les vibrations, nettement perceptibles.

Sortit le téléphone. Sur l'écran, une combinaison de lettres : JSC. Ça ne pouvait être qu'une personne – cet enculé de Carl.

Jorge décrocha : « Yes.

— Salut, c'est moi. Tu peux m'envoyer celle avec les gros nibards dans un taxi ? »

Jorge, perplexe. Le gars avait l'air méga bourré. Que devait-il dire ? Essayer d'imiter Zlatko ?

Il marmonna donc le mieux possible : « Désolé, elle est pas là.

— Putain, merde. »

Une seule pensée : dire un truc habile. Un truc qui l'aiderait à avancer dans son projet.

« Eh toi, c'est quand le prochain grand truc, au fait ?

— Tu devrais le savoir, bonhomme. Le 29 dans quinze jours. Celle avec les nibards n'est vraiment pas là ? » Jet-set Carl bafouillait pire qu'un boxeur professionnel après un knock-out.

Jorge eut une idée de génie : « Je suis vraiment désolé, mais non. Écoute, encore un truc. J'ai vu un mec aujourd'hui qui doit absolument venir le 29.

— Réfléchis un peu. C'est pas possible.

— Si, putain. Nenad l'a trouvé OK. Voulait juste que tu le saches aussi. Son pseudo, c'est Daniel Cabrera.

— Ah, il te faut un code ?

— Ouais, ce serait cool. Tu peux faire suivre ?

— Faire suivre. Tu tchatches comme le dernier des avocats. Je t'envoie un mot tout à l'heure. À plus. »

Jorge enfonça le portable dans sa poche. Le fusil sous la veste. L'ordinateur, il le gardait dans la main.

Il jeta un dernier regard furtif sur les corps. Mal au cœur.

Avait cru être blindé, après toute la violence qu'il avait matée en vidéo quand il était gosse. En fait, c'était le contraire, il se sentait encore plus mal à cause de toute cette merde qu'il avait vue à la télé. Ou alors c'était l'effet du trip de coke.

Fit glisser la manche de son pull sur sa main avant de saisir la poignée de la porte d'entrée. Aucune équipe de la police scientifique ne trouverait ses empreintes digitales.

Il sortit. Sentit le portable de Zlatko brièvement vibrer dans sa poche – le SMS de Jet-set Carl.

Il faisait sombre dehors.

Hallonbergen by night.

Personne dans les rues.

44

JW était dans l'avion pour l'île de Man. Manx Airways assurait six vols par jour. Le vol durait environ une heure entre Heathrow et l'aéroport de la périphérie de Douglas, la principale ville de l'île. Comparé à Ryanair, c'était le jour et la nuit : accommodant, agréable, cordial.

Il était toujours sur un petit nuage en pensant à la quantité qu'on pouvait transporter grâce à leurs contacts de Warrick County. Les prix, et les courbes qui allaient monter en flèche. La conjoncture de la C – un avenir ensoleillé. Les idées de l'Arabe allaient se concrétiser. JW serait un homme riche.

Deux jours auparavant, il avait rencontré Nenad dans un hôtel à Londres. Le supérieur d'Abdul affichait un tout autre style que l'Arabe. Bon feeling que de rencontrer ce mythe, l'éminence grise. De s'approcher du top.

Les négociations avec les Anglais aux côtés de Nenad avaient bien marché. Ils s'étaient réunis dans une salle de conférence de l'hôtel. Nenad avait réservé une chambre pour passer le marché, mais la première chose que les Anglais demandèrent fut de changer d'endroit. Nenad adora – question sécurité, ils étaient bien plus au courant qu'Abdulkarim.

La salle des négociations était aménagée avec des meubles rococo. En son centre, une table ovale en noyer, aux murs, des lustres en cristal diffusaient une lumière tamisée. Ça avait une autre allure que la salle de séjour d'Abdulkarim.

Les Anglais ressemblaient à des hooligans. Loin du style de Chris – le gars qui avait accueilli JW, Abdulkarim et Fahdi à l'usine d'emballage. Le chef avait la cinquantaine, les cheveux gris lissés vers l'arrière et des vêtements décontractés, un piqué Paul & Shark, une veste Burberry et un pantalon Prada. Un visage plein de cicatrices, et un jargon tranquille. Il dégageait une confiance pleine de puissance. L'autre était gros, et ne camouflait pas sa taille par des vêtements amples, ce qui le faisait paraître assez ridicule : son pull Pringle se tendait autour de sa bouée. Mais peu après l'échange des politesses, cette impression se volatilisa sur-le-champ – le gros type était un dur à cuire. JW avait un bloc-notes et une calculatrice devant lui. Le gros calculait tout dans sa tête.

Ils négocièrent les prix de la marchandise, les différentes qualités, les moyens de transport, le système de paiement. Ils passèrent en revue dépenses et recettes. Douane, stups, réseaux concurrents, entreprises pouvant servir de couverture. Une manière de s'assurer qu'aucune des deux parties ne se faisait avoir. Ce qui arriverait si la cargaison disparaissait en route. Qui prenait en charge le transport, au fait ?

Les Anglais étaient prudents. Agissaient avec une méthode qui paraissait bien élaborée. Au bout de deux heures, Nenad demanda une pause.

Ils montèrent dans la chambre de Nenad. Comparèrent leur position dans les négociations à leurs calculs. Le deal que Nenad voulait atteindre était d'avoir de la coke à quatre-vingt-dix pour cent transportée dans les têtes de chou, pour moins de trois cents cinquante par gramme. Ça ferait certainement deux conteneurs, mille cinq cents têtes de chou par conteneur. Les cinq cents du haut sans C, par mesure de sécurité contre d'éventuels contrôles douaniers ou sanitaires. En tout : deux mille têtes de chou remplies de neige. Cinquante grammes par légume, ce qui signifiait cent kilos de cocaïne transportés par camion et ferry.

Il faudrait une petite enveloppe supplémentaire pour l'entreprise de transport, afin qu'ils séparent les conteneurs en question de ceux transportant du chou normal, et qu'ils gardent un œil sur la marchandise. Et aussi quelques billets pour le vrai fournisseur de chou. En Suède, ils auraient besoin d'un budget pour les frais de transport par camion, le contrôle minimal des conteneurs, ainsi que les frais de vente et de distribution. Facture chez les Anglais : entre trente et quarante millions. Prix dans les rues de Stockholm, en incluant la baisse des prix attendue : soixante-dix à quatre-vingts millions. Une marge énorme.

Au bout d'une heure et demie de discussions dans la chambre, Nenad en était arrivé à une décision. Le deal valait vraiment la peine d'être conclu. Pour lui, obtenir le prix le plus bas n'était pas la priorité absolue, en revanche il exigeait un niveau de sécurité infaillible, le plus élevé possible.

Ils redescendirent.

Poursuivirent les négociations avec les Anglais. L'ambiance était excellente. Sous la surface on devinait l'attitude des Anglais : vous savez bien que vous ne ferez pas meilleure affaire ailleurs. Un avantage psychologique pour eux. Mentalement, cela leur donnait une de ces forces.

Les négociations traînaient en longueur, ils passèrent encore deux heures ensemble. JW n'en pouvait plus de tous ces chiffres, ces pour et ces contre, ces calculs. En même temps, il prenait son pied.

Vers 2 heures, les partenaires aboutirent à un accord préliminaire. La tension retomba. Nenad tendit la main au plus âgé des deux Anglais. Ils se regardèrent droit dans les yeux – le code d'honneur pour sceller l'accord.

Ils reviendraient le lendemain à midi pour confirmer que la transaction avait bien été effectuée.

Nenad et JW s'assirent dans le piano-bar de l'hôtel.

Le Yougoslave commanda deux cognacs.

« JW, merci de ton aide. Mes compliments à Abdulkarim.

— Merci de m'avoir laissé prendre part à tout ça. C'était très intéressant. Je pense qu'on a fait un bon deal.

— Moi aussi. Quand on aura pris un verre, j'irai demander à Stockholm la confirmation de certains chiffres, espérons que toute l'affaire sera avalisée.

— Par qui ?

— JW, parfois il vaut mieux ne pas poser de questions. »

JW ne répondit pas. Il avait vu la même raideur apparaître dans le visage d'Abdulkarim lorsqu'il avait voulu parler de son chef – l'Arabe ne l'avait jamais mentionné, alors que JW lui avait rebattu les oreilles avec ses questions. Des cloisons étanches séparaient les différentes strates de la hiérarchie des dealers.

« Encore un truc. Tu ne m'as jamais rencontré. Tu ne me connais pas. Tu ne cries pas mon nom dans les restos si tu me vois. Ne prononce jamais mon nom devant qui que ce soit. »

JW fit signe qu'il avait compris.

« Si tu fais ça, tu t'attires des emmerdes, dit Nenad d'un ton sérieux.

— Pas de soucis, je comprends. Vraiment. Je comprends. »

L'avion était petit, il n'y avait qu'un fauteuil par rangée.

JW fut contraint de garder son portable éteint. Sa fébrilité était insupportable. Il pensa au travail de la police. Aboutiraient-ils à quelque chose ? Peut-être qu'il aurait des nouvelles à son retour. Sinon, devait-il appeler sa mère et tout lui raconter ? Elle semblait être à mille lieues de tout ça. Bengt, lui, semblait encore plus éloigné, en train de disparaître du tableau.

Dehors, le temps gris typique d'Angleterre. Il n'apercevait même pas la mer sous l'avion, malgré la basse altitude du vol.

Le capitaine annonça : douze degrés au sol.

À l'entrée de la phase d'atterrissage, l'avion traversa le brouillard.

De la bruine.

L'île apparut. Vallonnée et verdoyante.

JW sur l'île de Man. Un plan à réaliser.

La ville de Douglas était sur la côte. Un feeling *so british*. Des hôtels, des banques, des établissements financiers à profusion. Sinon, on voyait peu de gens – l'hiver était la basse saison, que des banquiers et des financiers dans les rues. Ils étaient bien fringués, aisés et bien d'accord avec les règles du jeu de l'île de Man – le paradis du secret bancaire.

Bien sûr que d'autres endroits en Europe pouvaient offrir les mêmes avantages : le Luxembourg, la Suisse, le Liechtenstein, les îles Anglo-Normandes. Mais ces endroits éveillaient des soupçons. Les contrôleurs des impôts et les spécialistes de la criminalité financière réagissaient toujours à la vue de comptes domiciliés dans ces pays. L'île de Man, c'était plus discret, tout en offrant les mêmes conditions avantageuses.

Idée fondamentale de la juridiction *offshore* – faciliter la création d'entreprises, la confidentialité des affaires, renforcer le secret bancaire, garantir une exemption d'impôts.

JW prit une chambre pour la nuit dans un petit hôtel. Service au top : chaque membre du personnel l'accueillit en l'appelant par son nom. La classe.

Il longea la promenade de la plage en direction du siège principal de la Central Union Bank. Le rendez-vous avait été fixé un mois auparavant, avec Darren Bell, un *senior associate*.

Selon des sources sûres : Darren Bell était une personne extrêmement fiable.

Le bâtiment dans lequel il s'apprêtait à pénétrer était ultrachic. C'était visible à plus de cent mètres. Les dix premiers mètres de la partie inférieure étaient entièrement vitrés. Des escalators menaient au deuxième étage, d'énormes ficus benjamina, et des canapés Ligne Roset gris bien visibles de l'extérieur. JW traversa les tourniquets de trois mètres de haut. S'annonça à la réception.

Il cadra le hall. Des luminaires en verre et en métal chromé suspendus à des câbles d'acier fins. Le sol en marbre. Les canapés Ligne Roset – vides. Il pensa : est-ce qu'il y a quelqu'un qui s'assied dessus ?

Pas le temps de finir sa pensée. Un homme sortit d'un ascenseur et se présenta à JW. Il s'agissait de Darren Bell.

Il était impeccablement habillé, une veste grise à deux boutons, un mouchoir en soie dans la poche de poitrine, une chemise bleue à rayures blanches et des boutons de manchettes dorés. Sa cravate portait des motifs en zigzag rouge, gris et bleu, et était nouée avec un mininœud méga-anglais. Ses chaussures Church étaient ornées de perforations. JW adorait le style – en un mot, le *corporate* dans toute sa splendeur.

Lui-même était habillé de façon moins formelle. Son nouveau blazer, une chemise blanche en-dessous, pas de cravate. Un pantalon à pinces en coton. Correct, mais léger, et tout à fait approprié – les vêtements du client doivent être plus modestes que ceux de son conseiller.

Ils prirent l'ascenseur. Bavardèrent. Darren Bell et son dialecte irlandais – la politesse personnifiée et des yeux compréhensifs.

La salle de conférences était petite et donnait sur la baie. Deux tableaux impressionnistes étaient accrochés aux murs. Du brouillard dehors. Darren Bell blagua : « *Bienvenue dans la soupe typique de l'île de Man.* »

Darren pria JW de lui faire part de ses souhaits.

Il expliqua ce qu'il lui fallait. JW ne pouvait pas parler de tout, mais quand même de l'essentiel, c'est-à-dire qu'il avait besoin d'un compte secret sur lequel il pouvait facilement virer des fonds. De préférence par Internet. Sinon, des sommes en espèces directement à la succursale de la Central Union Bank en Grande-Bretagne. En plus, il lui fallait deux entreprises basées sur l'île de Man. L'une principalement dans le secteur du consulting pour petites et moyennes entreprises. L'autre devrait pour l'instant rester inactive, mais toujours prête à être activée pour une courte période. Leurs propriétaires devaient demeurer sous le sceau du secret. Il fallait pour chacune un compte bancaire sécurisé. Et l'entreprise de consulting devait être en mesure d'établir des documents concernant des prêts à destination d'une société anonyme en Suède.

Darren Bell prit des notes. En hochant la tête. Tout était possible. Les règles sur l'île permettaient presque tout – il allait réfléchir à une proposition. Pria JW de revenir le lendemain.

Le lendemain, JW retrouva Darren Bell. Le banquier vêtu à l'identique, mis à part la chemise. Sa bonne impression en prit un coup. JW se demanda : pourquoi n'a-t-il pas au moins changé de cravate ?

Darren posa quelques captures d'écran Power Point sur la table. Chiffres, explications, graphiques des possibilités de virements, dépôts, frais de transaction. Expliqua ce qu'il avait calculé ces dernières vingt-quatre heures. Deux entreprises sur place avec chacune un compte à son nom. Discrétion absolue concernant la propriété, selon la législation de l'île. Un autre compte, possédé par JW, accessible aux seuls possesseurs de la combinaison de chiffres donnée. Finalement, il présenta des contrats de financement, des contrats de prêts, des contrats de dépôt, des contrats de discrétion professionnelle, des formulaires pour les procurations et les commissions, prêts à être remplis. Les frais de gestion de compte : un demi pour cent du montant versé annuellement, au moins mille livres par an. Les entreprises : quatre mille livres chacune au moment de la création. Trois mille de frais de gestion par an. Les documents pour les prêts : quatre mille livres. En tout : deux cent mille couronnes à payer pour JW.

JW pensa : Darren Bell a un putain de beau boulot.

Darren eut l'air content. « Je crois que tout est en place, *sir*. La seule chose qu'il nous faut maintenant, ce sont des propositions de noms pour vos entreprises. »

JW ne put s'empêcher d'arborer un sourire béat. John Grisham – tu peux aller te coucher. Là, c'était pour de vrai. JW posséderait bientôt son propre système de blanchiment d'argent. Fantastique.

45

Mrado au centre commercial de Ringen. Au supermarché ICA. Préparait la journée qu'il passerait avec Lovisa cette semaine.

Il n'avait pas dormi de la nuit. N'avait cessé de penser à cette journée, et à son avenir.

Fallait faire les courses. D'habitude, chez lui, le cellier, le frigo et le congélateur étaient vides. Seul le bar était rempli. Mais, depuis que le tribunal avait confirmé son droit de visite pour Lovisa, il était devenu primordial pour Mrado d'être un bon père. C'était pour lui de nouvelles sensations – pas son truc, la bouffe faite maison. Malgré tout, quand Lovisa était là, il tentait de préparer le petit déjeuner, le déjeuner et le dîner.

Il ne se rappelait pas la dernière fois qu'il avait acheté autant de nourriture.

Le panier rouge dans une main. La liste des courses dans l'autre. Difficile d'arriver à attraper de la bouffe en même temps qu'il matait la liste des courses. Une main prise par la liste, l'autre se servait dans les rayons – laquelle devait tenir le panier ? Mrado eut une idée innovante : fabriquer des supports permettant de fixer les listes aux paniers. Cela laisserait aux clients une main libre avec laquelle ils pourraient prendre les produits. Peut-être une pince où la liste se coincerait. Peut-être même sur le portable ? La pub pour les offres spéciales à côté. Mrado continua à développer sa pensée.

Il prit aussi : des macarons, du ketchup, des boulettes de viande, des tomates – important d'avoir des légumes. Il serait un père utile.

Il pensa à son autre liste – il fallait qu'il sécurise sa vie et celle de Lovisa. Lutter contre le danger. Protéger Lovisa. La faire déménager. Se protéger lui-même. Il avait déjà vendu sa voiture et changé de portable. Cette semaine, il serait temps de se procurer un meilleur gilet pare-balles, une nouvelle boîte postale, et d'étudier le marché des alarmes.

Le pacte conclu avec Nenad semblait stable. Radovan se la prendrait droit dans le cul. Regretterait de les avoir niqués. Radovan aurait droit à une leçon, à la serbe. Tu peux jouer au dur – mais ne trahis jamais tes amis. Pour qui se prenait-il, cet enculé ?

Mrado chercha un bon dessert. Flâna au milieu des rayons surgelés et gâteaux. Glace ou gâteau, c'était la question. Non, il ne devait pas acheter ces choses malsaines. Il choisit de faire une salade de fruits. Prit des oranges, des pommes, des kiwis et des bananes. Étonné par lui-même – bon Dieu, il était fantastique.

Il ne collait pas avec ce milieu. Bizarre – il se mettait à ressentir, dans des circonstances tout à fait ordinaires, la même angoisse que les gens à qui il extorquait de l'argent, qu'il poussait aux aveux, qu'il menaçait de tuer. À un stand de döners, dans une pizzeria, dans la rue. Avait l'impression que les gens le dévisageaient, qu'ils voyaient clair en lui. Qu'ils le considéraient comme un citoyen de seconde zone, un criminel parasite, un mauvais père.

Et cependant, quand il les observait, ces gens dans le magasin, il se rendait compte que c'était eux qui auraient besoin d'une bonne décharge. Sentir la tension, l'excitation. Une montée d'adrénaline sur le ring du Pancrease. Une dose de sérotonine en cassant le nez de quelqu'un. Ce craquement, comme une planche sèche, lorsque les deux jointures les plus hautes de la main heurtaient la partie cartilagineuse du nez. Mrado savait ce que c'était de vivre.

Il feuilleta un magazine de téléphonie qu'il avait pris au rayon journaux devant les caisses. De nouveaux services : la télé sur le portable, la Carte bleue sur le portable, les films X sur le portable.

Quelqu'un l'appela par son nom.

« Mrado, c'est toi ? »

Mrado leva la tête. Eut honte. Lire à l'œil au lieu d'acheter. Embarrassant.

« Comment ça va ? »

Mrado reconnut le gars. Ne l'avait pas vu depuis des lustres. Un ancien camarade de classe de Södertälje, Martin. L'intello de la classe.

« Martin, ça fait plaisir de te voir.

— Putain, Mrado, ça fait un bail qu'on s'est pas vus. T'étais à la réunion des anciens élèves, c'était quand déjà ? »

La réunion des anciens élèves : dix ans après la fin de sa troisième. Il avait vingt-six ans à l'époque. D'abord, il avait eu envie de s'en foutre. Puis il avait choisi de leur montrer. Le battant qu'ils avaient détesté était toujours un battant. À une différence près – à présent il gagnait un max de thunes. Une heure auparavant, il était passé avec Ratko dans un pub pas loin. S'était envoyé trois pintes de bière et deux grands verres de whisky. C'est seulement après tout ça qu'il s'était senti prêt à y aller.

« Ouais, la réunion des anciens élèves. Ouais. Qu'est-ce que tu deviens ? »

Mrado esquiva le sujet. La réunion s'était terminée sur un fiasco : Mrado avait cassé la gueule à deux vieux provocateurs. Rien n'avait changé, ils voulaient toujours sa peau. N'avaient pas capté qui il était devenu.

« Je bosse au tribunal », répondit Martin.

Mrado, étonné. Martin en anorak vert, jean déchiré, casquette Von Dutch. Avait l'air soft, jeune. Pas vraiment le genre juriste.

« Intéressant. T'es juge ?

— Oui, je suis assesseur au tribunal de Svea. Cour d'appel, tu sais. Pas mal de boulot. On est vachement en sous-effectif, du coup on s'arrache comme des bêtes. On fait souvent des semaines de soixante heures. Tout ce qu'on fait, c'est garantir le respect de la loi dans ce pays. Bien sûr, comme tu le sais, ça n'a rien de prestigieux. Rien du tout. Des fois, on se pose des questions par rapport aux valeurs dans ce pays. Aux States, les gens qui ont fait des études ont un tout autre statut. Non, le tribunal, c'est un gros merdier. Franchement, c'est un truc de malade. Je gagnerais trois fois mon salaire en allant dans le privé.

— Pourquoi tu n'y vas pas ? »

Martin tira sa casquette Von Dutch en arrière. « C'est que je crois en tout ça. Des tribunaux efficaces et un système juridique pour lequel travaillent les meilleurs juristes protègent l'état de droit. La possibilité pour les gens de pouvoir faire appel d'un jugement ou d'une décision. Le traitement des dossiers prend moins de temps, ça évite des erreurs, on peut rendre des jugements réfléchis et équitables. »

Mrado espéra ne pas avoir à parler de ses activités. Il dit : « Sois content de pouvoir travailler dans un domaine dans lequel tu crois.

— Chais pas si j'y crois encore. Je veux dire, on envoie sans cesse des gens derrière les barreaux, mais la racaille se multiplie de manière exponentielle. Les crimes sont de plus en plus graves, plus nombreux, plus sournois. La police n'a pas les moyens de suivre. On les condamne le plus vite possible, mais on les revoit au bout de deux ans, après qu'ils ont passé un peu de temps en taule. Souvent, ils ont commis exactement le crime pour lequel on les a déjà condamnés. Est-ce qu'ils changent ? Pas d'un poil. Bientôt, ce seront les gangs qui régneront sur cette ville, je te le jure, putain. Peut-être qu'on devrait plutôt bosser pour eux, en fait. Plus de flouze. Ha ha ! Sinon, tu fais quoi, toi ? »

Dans la tête de Mrado : la voilà, la question. Qu'est-ce qu'on répond à un juge ? D'une certaine manière, Mrado aimait bien ce gars. En même temps, il le sentait : valait mieux pas tchatcher avec un fanatique de la loi, s'il se doutait du business de Mrado, ça pourrait vachement merder.

« Je suis dans le teck. » Pensa : je lui sers mon truc habituel – en fait, j'ai effectivement une entreprise dans ce secteur. Avec un chiffre d'affaires de même pas cent mille par an, mais quand même, une couverture parfaite.

« T'es menuisier ?

— Dans le genre. Je fais surtout de l'importation. »

Mrado eut tout à coup envie d'arrêter ce baratin, d'arrêter les mensonges. Il fourra le magazine de téléphonie dans son panier. Se dirigea vers les caisses.

« Martin, ça m'a fait plaisir de te voir, mais il faut que j'y aille maintenant. J'ai rendez-vous avec ma fille. »

Martin sourit. Tira de nouveau sa casquette en arrière. L'air branché.

Ils se serrèrent la main. Mrado fit la queue aux caisses. Pensa : chaque semaine, ce type envoie des gens comme moi derrière les barreaux. S'il savait.

Martin disparut dans le magasin.

Mrado ne put s'empêcher d'être troublé. Et s'il savait déjà ? Et s'il était venu là juste pour l'amadouer ? Putain, je devrais vraiment décrocher. Pour moi. Pour Lovisa.

Mais en même temps une autre voix en lui hurlait : qui es-tu si tu décroches ? Qui es-tu si tu ne te venges pas de Radovan ? Un nul.

Martin avait habité dans la même rue que Mrado jusqu'en troisième. Ensuite, il avait déménagé dans un quartier plus chic au nord de la ville.

Il rappelait à Mrado son enfance. Mrado était arrivé en Suède avec ses parents quand il avait trois ans. Immigration économique. Saab-Scania. Södertälje cherchait des ouvriers. Quelques années auparavant, la Suède avait aboli l'obligation de visa pour les Yougoslaves. Les Grecs, les Finlandais, les Italiens et les Yougoslaves fourmillaient en Suède. Plus tard, ce furent les Syriens et les Turcs qui envahirent le pays. À cette époque, les Yougoslaves s'épaulaient mutuellement. Pas de différence entre les Serbes, les Croates et les Bosniaques. Tito était leur héros. Comme ils s'étaient trompés. Naïfs. Bonnards. Avaient cru qu'on pouvait faire confiance aux Croates et aux Bosniaques. Aujourd'hui – Mrado ne pisserait même pas sur un Bosniaque si celui-ci brûlait.

On appelait ça le projet des millions. Et tout le monde travaillait dur. Mrado, à sa manière. Tous les jours, il cassait la gueule à quelqu'un, ou quelqu'un lui cassait la gueule. Ils étaient toujours agressifs, armés. Plus nombreux. Il serrait les dents. Ne racontait jamais rien à la maison. S'entraînait dur. Apprenait à encaisser des coups. Avant tout, apprenait à donner des coups. *Shootfighting* au niveau de base – des coups dans les tibias, le ventre, mordre, arracher, viser les yeux. Maîtrisait déjà à l'époque les trucs du combat. Le roi des prises qui font mal. Un nom à Södertälje.

On le respectait. C'était un solitaire. Personne ne se mettait en travers de son chemin. Après la fin de la troisième, il n'avait plus jamais revu aucun de ses camarades du collège. Au lieu de ça, il avait intégré une formation d'électricien dans les télécommunications au lycée d'Ericsson près du Telefonplan. Arrêta en deuxième année, et commença à bosser comme videur. Ensuite, une ascension fulgurante au sein de la mafia yougoslave. Et, à présent, il était prêt à en prendre les commandes.

Mrado baissa les yeux sur la caissière. Pensa : s'il avait été un vrai papa, il aurait la carte ICA. À la place, il sortit une liasse de billets de sa poche. Encore tout frais.

La caissière s'en foutait.

Il vit Martin intégrer la queue.
Regarda ailleurs.

*

Mémorandum

(Confidentiel, selon l'article 9 § 12
de la Loi sur la confidentialité)

PROJET NOVA
MESURES PRISES PAR LA POLICE MUNICIPALE
CONTRE LE CRIME ORGANISÉ

Le crime lié aux ressortissants des Balkans
sur le territoire de la municipalité de Stockholm

Rapport n° 9

Arrière-plan

Ce mémorandum se base sur les rapports et informations du Groupe d'interventions spéciales et de la Commission d'enquête de Norrmalm sur la délinquance, qui coopèrent avec la police municipale dans le but de combattre le crime organisé à Stockholm (nommé par la suite, « Commission d'enquête »). Les méthodes employées sont l'élaboration d'une cartographie basée sur les résultats d'investigations menées par la police de Stockholm, le recueil d'informations auprès de personnes infiltrées dans le réseau criminel (dites « indics »), la mise sur écoute, ainsi que la fusion des registres nécessaires.

Ce mémorandum est établi suite à l'assassinat de deux personnes actives au sein de la mafia yougoslave, plus amplement décrite dans le rapport n° 7 (nommé par la suite, « l'Organisation »).

Le 16 mars de l'année en cours, deux personnes ont été retrouvées mortes dans un appartement de Hallonbergen. Il s'agit très probablement de meurtres. La Commission d'enquête a pu constater qu'elles étaient décédées de mort violente.

L'équipe avait prévu depuis longtemps de surveiller cet appartement. Elle le soupçonnait en effet d'être une maison de passe clandestine. L'heure de la mort des personnes assassinées est estimée entre 3 et 5 heures, le 15 mars. Dans les deux cas, la mort fut causée par des balles de gros calibre tirées respectivement dans le ventre et la tête. Des prélèvements faits sur les victimes ont été envoyés à l'Institut médico-légal pour analyse. L'arme, un fusil de chasse, très probablement du type Winchester, système à pompe, modèle 12, cal. 12-80, n'a pas pu être identifiée. L'équipe en charge de l'enquête procède à une enquête de voisinage. En raison de l'heure tardive à laquelle l'acte a été commis, peu de personnes étaient réveillées et auraient pu observer des mouvements suspects dans le quartier. La Commission d'enquête pense que l'acte a un lien avec des conflits internes au sein de l'Organisation.

Une femme, qui se prostituait probablement dans la maison de passe de l'appartement cité cidessus, est portée disparue depuis le 13 mars de l'année en cours.

Les acteurs

Zlatko Petrovic : proxénète directement sous la responsabilité de Nenad Korhan (à son tour sous la responsabilité de Radovan Kranjic, décrit dans le rapport n° 7), 700712-9131, né en ex-Yougoslavie, aujourd'hui Serbie et Monténégro. Arrivé en Suède à l'âge de six ans.

A d'abord travaillé en tant que videur et entraîneur dans différents sports de combat. Derniers revenus imposés : 124 000 couronnes, pour des cours de sport de combat, ainsi qu'une deuxième activité de videur, et des gains au jeu.

Condamné dans le passé à plusieurs reprises. 1987 : coups et blessures. 1989 : vol, port illégal d'armes (six mois de prison ferme). 1990 : tentative de meurtre, vol (six ans de prison ferme). 1997 : menaces, port illégal d'armes, harcèlement sexuel (huit mois de prison ferme). 2001 : proxénétisme, coups et blessures (un an de prison ferme).

Petrovic était réputé très violent, surtout envers les femmes. Depuis la fin des années 90, il est soupçonné d'avoir été à la tête de plusieurs établissements de passe installés dans des appartements de la banlieue stockholmoise, en coopération avec Korhan. Actif à Hallonbergen depuis 2002.

La Commission d'enquête a essayé d'infiltrer ce réseau durant ces trois derniers mois. L'infiltrant (X), sous le nom de Micke, auparavant censé passer par la base de recrutement de l'Organisation faisait le « sous-mac », dit gardien de pute, pour la prostituée qui vient de disparaître. Il a observé bon nombre de personnes et de visiteurs suspects qui ont approché la prostituée au cours de ces dernières semaines. Un lien avec les meurtres semble exister, cf. le rapport de X, annexe 1.

Jelena Lukic : dite « la mère maquerelle », directement sous la responsabilité de Korhan, 720329-0288, née dans l'ancienne Yougoslavie, aujourd'hui Serbie et Monténégro. Arrivée en Suède à l'âge de deux ans.

Dans le passé, elle travaillait en tant que masseuse et pédicure. Ses revenus avant impôts de l'année dernière s'élèvent à 214 000 couronnes, un revenu qui se compose d'épargne, des recettes de son activité de masseuse, et de gains au jeu.

Elle n'a été condamnée que pour des infractions au code de la route.

Lukic est impliquée dans le proxénétisme depuis la fin des années 90. Son « écurie » composée de trois à quatre prostituées a été reprise par Korhan en 2002, lorsqu'elle s'est mise à coopérer avec Petrovic, avant tout dans l'établissement de passe de Hallonbergen, précité. Lukic est soupçonnée d'avoir également dirigé un service dit « d'escort-girls », comprenant sept ou huit femmes, principalement des citoyennes suédoises. Les « escort-girls » étaient louées à l'occasion d'événements particuliers, par exemple pour faire de la représentation devant des clients d'entreprises étrangers, servir de « dames de compagnie » lors de réunions de clubs de gentlemen, ou de fêtes privées.

Conflits internes

La Commission d'enquête a reçu des informations indiquant que des conflits internes avaient éclaté au sein de l'Organisation. Un membre de l'Organisation, servant de garde du corps à Radovan Kranjic, a mentionné devant les « indics » de l'équipe en charge de l'enquête que certaines personnes au sein de l'Organisation avaient été « éradiquées ». Mrado Slovovic (décrit dans le rapport n° 7) et Nenad Korhan ont été « dégradés », et démis de leurs fonctions de responsables du racket des vestiaires et du trafic de cocaïne, ainsi que du proxénétisme à Stockholm. Kranjic a décidé de rétrograder ces deux personnes dans la hiérarchie, et de confier leurs missions et leurs responsabilités à d'autres. L'hypothèse de la Commission d'enquête est qu'il s'agit là d'une élimination des personnes pouvant représenter une menace pour Kranjic.

La Commission d'enquête pense que les meurtres de Petrovic et de Lukic ont un lien avec les conflits internes décrits ci-dessus. Quelques jours avant les meurtres, l'établissement de passe avait été visité à plusieurs reprises par un homme, selon un rapport de X. L'homme a également contacté la prostituée disparue et l'a rencontrée au moins une fois en dehors dudit établissement. Les relations entre la femme et cet homme ne sont pas bien connues, X n'ayant pu rester en leur compagnie lors de ces entrevues. L'homme a la peau foncée, les cheveux noirs, environ trente ans. Depuis le 13 mars de l'année en cours, la prostituée n'a plus été en contact avec X, c'est pourquoi la police l'a portée disparue. La Commission d'enquête suit plusieurs pistes concernant la mort des deux personnes. L'une suppose qu'il s'agit d'un meurtre commandité par Kranjic, afin d'empêcher Korhan, qui aurait pris son indépendance, de lui faire de la concurrence. Selon une autre théorie, Korhan et Slovovic auraient commis ces actes afin de menacer les affaires de Kranjic.

Mesures
Suite aux événements décrits ci-dessus, la Commission d'enquête propose les mesures suivantes :

1. Poursuite des recherches concernant l'homme d'une trentaine d'années qui a rencontré à plusieurs reprises la prostituée disparue.
2. Poursuite des recherches de la prostituée disparue.
3. Recherche de toutes les autres femmes soupçonnées d'avoir eu une activité de prostitution dans l'établissement de passe.
4. Recherche des clients qui ont loué les services de cet établissement.
5. Poursuite de l'enquête sur Slovovic et Korhan.

Budget pour les mesures, cf. annexe 2.

\- - - - - - - - - - - - - - - - - -

Commissaire Björn Stavgård
Enquêteur spécial Stefan Krans

46

Jorge, angoissé. Passé toute une semaine enfermé chez lui – malade, genre.

Abdulkarim avait demandé : « Hé, putain, qu'est-ce qui t'arrive, Jorge ? T'as la fièvre ou quoi ? Faut que tu t'occupes de la vente. »

Il avait sans cesse repensé à cette nuit. Repassé les événements dans sa tête. *Play/rewind – play/rewind.* Parfois, image par image. Comme un réalisateur.

Les meurtres au fusil à pompe avaient été irréfléchis, dangereux. Con de chez con.

Passa encore une fois la situation en revue. Restait à espérer qu'il n'avait laissé aucune empreinte ADN sur les lieux. Il était tout simplement entré, avait buté ces enculés de Yougoslaves, et pris l'ordinateur et le téléphone portable. N'avait touché à rien avec ses mains, même pas la poignée de la porte, pour laquelle il s'était servi de son pull. N'avait pas atterri au milieu d'une bagarre où il aurait pu se faire arracher de la peau, ou perdre du sang. Avait gardé tout le temps sa casquette – normalement, il n'avait pas perdu de cheveu. Tout devrait être sûr.

Le cave fermerait certainement sa gueule. S'il balançait Jorge, il balancerait sur son propre compte. Personne d'autre dans l'appart ne l'avait vu, la pute dans l'autre chambre n'avait même pas levé la tête. Et les voisins, l'avaient-ils vu ? À 4 heures du mat' ? Les flics frapperaient à toutes les portes. Interrogeraient les voisins dans tout Hallonbergen. Il y avait un risque que quelqu'un l'ait aperçu. Mais – le risque était minime. Son signalement correspondrait à des milliers d'autres.

Du calme.

Peut-être qu'ils trouveraient ses empreintes de pas, vu qu'il avait fait un temps de chien. Mais la première chose que Jorge avait faite le lendemain matin, c'était de remplir ses chaussures de pierres, et de les jeter dans le lac Edsviken.

Le grand danger – Fahdi se poserait peut-être des questions. S'il regardait son fusil. S'il sentait l'odeur de la poudre, ou s'il se rendait compte que des cartouches manquaient. S'il en tirait ainsi la seule conclusion logique : un lien avec la dernière méga-nouvelle de ce bas monde.

Tout le monde spéculait. Forgeait ses théories. Analysait. Abdulkarim soupçonnait un cave qui n'avait pas eu les moyens de payer. De peur qu'on le fasse chanter, il avait pété les plombs, et buté les seuls à pouvoir détruire sa vie. Fahdi soupçonnait d'autres Yougoslaves. On murmurait qu'il y aurait eu une querelle interne. Division de la mafia des bars. JW soupçonnait d'autres gangs. Qui spéculaient sur la répartition du marché du crime organisé dans la ville pour apaiser la guerre entre les HA et les Bandidos.

Jorge gardait profil bas. Se cacher après une évasion non-violente d'une prison où on avait purgé une peine pour trafic de drogue était une chose. Partir en cavale à la suite d'un double meurtre en était une autre.

Son espoir – qu'aucune piste ne remonte jusqu'à lui.

Malgré tout : Jorge aurait trop aimé envoyer un bonjour à Radovan. Juste pour que le Yougoslave sache qui était à ses trousses et pourquoi. Le message : cela n'est que le début, une vengeance pour ce que tu viens de faire à Nadja, et ce que tu m'as fait à moi.

Coup de bol dans l'hécatombe – l'ordinateur qu'il avait emmené avait supporté qu'il le débranche. L'accu accusait le coup. Coup de pas de bol dans l'hécatombe – il fallait un log in pour le tirer de son état de veille. Contrôle, alt, suppr., et il demandait un nom d'utilisateur plus un mot de passe. Jorge ne pouvait pas entrer. Il lui fallait de l'aide.

Merde.

Peut-être qu'il trouverait un hacker qui accepterait ce boulot : s'introduire dans l'ordinateur le plus recherché de tout Stockholm.

Mais pas aujourd'hui. Aujourd'hui, il irait voir Paola.

C'était la première fois depuis son évasion qu'il se rendait chez elle. La plus longue période de séparation de leur vie. Elle était venue à Österåker, quelques mois avant qu'il ne s'évade.

S'était plainte parce qu'il avait pris beaucoup de poids. Ne comprenait-elle pas dans quel milieu il évoluait ?

Jorge n'osait plus piquer de bagnole. Plus peur que jamais d'un contrôle de police. Avant d'abattre le mac et la mère maquerelle – si les flics l'avaient attrapé, il serait retourné en taule. Aurait à peine pris plus à cause de son évasion. C'est qu'il l'avait réalisée de manière si belle, sans violence, sans crime, sans fait supplémentaire pour lequel on aurait pu le condamner. Le pire qui pouvait lui arriver, c'était qu'on ne lui accorde pas de remise de peine à la fin. Mais, à présent, après son carton au fusil à Hallonbergen, c'était différent. S'ils le cravataient, il risquait perpète. Ou au moins douze ans. La peur qu'il avait éprouvée jusque-là lui paraissait presque ridicule. Maintenant, c'était sérieux.

Et pourtant, lorsque Paola lui avait envoyé un SMS, il n'avait pas pu rester chez lui plus longtemps. Avait besoin de calme. De contact avec son autre moitié.

Comment Paola avait-elle eu son numéro ? Il ne savait pas qui avait pu le lui donner. Peut-être Sergio. Dans ce cas, il y avait danger. Il ne fallait pas qu'elle garde son numéro, pour son propre bien. Il changerait d'abonnement.

Il prit les transports communs. Avait même acheté un ticket. Plus question de resquiller.

Descendit à la station Liljeholmen.

La structure de béton avait été réaménagée. Selon Jorge : aucune amélioration. Il était venu avec le métro à destination de Norsborg, et allait à Fruängen. Cinq minutes d'attente.

Il patienta tout au bout du quai. Adorait cette partie de la station. Ces quelques mètres de vide qui le séparaient du train quand celui-ci s'arrêtait. Un désert, un appendice abandonné, une partie esseulée, oubliée de la jungle souterraine. Des mecs bourrés qui pissaient sur les rails, des gangs qui piquaient leurs portables aux jeunes, des couples qui baisaient, des rats et des pigeons qui chiaient. Surtout, des tagueurs qui attaquaient la tristesse du ciment avec leurs graffitis. Le personnel de sécurité s'en foutait, les familles avec enfants attendaient au milieu du quai pour ne pas avoir à stresser quand un train court entrait dans la station.

Le métro en destination de Fruängen arriva. Jorge monta.

La voix du chauffeur annonça : « Direction : Frueangen. » Jorge reconnut la voix, un bel accent africain, il était déjà monté dans un métro conduit par ce chauffeur. Jorge éclata de rire. Pensa : est-ce que c'était le rappeur Daddy Boastin qui conduisait les wagons ?

Hägersten, ou plus exactement Västertorp, n'était plus très loin. Il aperçut la rue Störtloppsvägen près de la piscine. Bientôt, il verrait enfin Paola.

La cité ouvrière était un paradis comparé au quartier de Sollentuna où Jorge avait grandi. La piscine en dalles jaunes entourée de sculptures en marbre trônait au milieu des immeubles comme un lieu de rassemblement chaleureux.

Il se dirigea vers le HLM de Paola.

Tapa le code qu'elle lui avait envoyé par SMS.

L'ascenseur ne marchait pas. Il monta les escaliers en pensant à JW. Un gars bien. Un ami. Jorge avait de l'affection pour lui. S'était ouvert à lui quelques jours auparavant, lui avait parlé de la dette qu'il avait envers lui. Avait dit à un gars de la haute : « Personne ne m'a jamais sauvé la vie. Sans toi, j'aurais crevé là-bas. » Il vit l'émotion sur le visage de JW : « Si tu n'étais pas venu. »

Il était arrivé au dernier étage.

Attendit. Respira.

Sonna à la porte.

Et la voilà. Plus d'un an s'était écoulé depuis qu'ils s'étaient vus pour la dernière fois. Les larmes aux yeux. Plus jolie que dans ses souvenirs. Plus forte.

Elle sentait bon.

Ils prirent place dans la cuisine, sur des chaises en osier. Deux posters aux murs : Che Guevara et un tableau abstrait de Servando Cabrera Moreno.

Paola fit chauffer de l'eau pour le thé.

Jorge trouva que ses cheveux scintillaient. Noirs comme la nuit, plus foncés que les siens, bien qu'il les teignît. Ce fut comme s'il voyait son visage pour la première fois. Elle ressemblait un peu à leur père. Mais quelque chose n'allait pas. Même si les larmes avaient séché au bout de quelques minutes, elle avait l'air préoccupée.

« Comment va maman ? » Son dialecte chilien, plus fort que d'habitude, le *s* prononcé normalement, un ton plus doux que l'espagnol d'Espagne.

« Comme d'hab. Mal aux épaules. Se demande ce que tu fais, et pourquoi. »

Elle versa l'eau dans deux tasses. Plongea un sachet de thé dans l'une.

« Tu peux lui passer le bonjour, dis-lui que je vais fabuleusement bien, et que je fais ce que je dois faire.

— Comment "dois" ? Tu es intelligent, tu aurais pu finir l'école, et ensuite commencer à faire des études ! »

Elle sortit le sachet de thé. Le plongea dans l'autre tasse. Au moins pour donner une couleur à l'eau.

Jorge trouva qu'elle faisait tout tellement lentement.

« Arrête, Paola. Pas la peine de s'engueuler là-dessus. J'ai fait mon choix. Tout le monde ne peut pas vivre comme toi. Je vous aime, tu le sais. Dis ça à maman aussi.

— J'accepte ton choix. Mais tu fais du mal à maman, il faut que tu captes ça. Elle croyait que tu allais te reprendre après l'école. Peu importe qu'elle ne comprenne pas ton monde. Ça la rend quand même triste. Tu ne peux pas aller la voir ?

— Pas en ce moment. Faut que j'arrange ma vie. Elle trop instable, pour l'instant. Tout est putain d'instable. »

Ils abandonnèrent ce sujet de conversation. Paola se tut un instant.

Puis elle raconta ses études. Sa vie : son petit ami avec qui ça n'allait pas, son engagement dans l'Association des Étudiants de lettres, ses amies qui partiraient en voyage d'études à Manchester. Une vie bien rangée. Une vie normale. Pour Jorge, un terrain inconnu. Elle posa des questions sur les cheveux crépus de Jorge, sa peau mate, son nez de travers. Il ricana.

« Tu connais déjà la réponse. Je suis en cavale. Tu ne m'as pas reconnu ? »

Elle sourit.

Dans la tête de Jorge : des flash-backs. Elle et lui dans le parc d'attractions Liseberg lors d'une visite à leur tante à Hisingen. Toute une journée à Göteborg. Il avait peut-être sept ans, et Paola peut-être douze. Ils voulaient monter dans le Flumride, l'attraction vedette, et ils avaient dû mentir sur son âge pour qu'on le laisse y aller. Les bras de Paola autour de lui dans la bûche. Monter doucement. Elle marmonna à son oreille, en espagnol pour que les autres gamins assis dans la bûche ne comprennent pas : « Si tu n'es pas gentil, je te lâche. » Jorge, horrifié. Bien que – pas trop : il comprit, enfin, il crut comprendre. Se retourna. Sourire de Paola – c'était seulement une blague. Jorge rit.

« Tu es si calme. Est-ce que tu es fâché ? demanda Paola.

— Tu te souviens quand on était au parc Liseberg ? Sur le Flumride. »

Tout à coup, elle devint sérieuse.

« Jorgelito, qui est-ce que tu fuis en fait ? »

Silence.

« Qu'est-ce que tu veux dire ? Les flics, bien sûr.

— Il y a quelques mois, on m'a menacée à l'université, et ce n'était pas la police. »

Les yeux de Jorge se noircirent – et pas à cause de ses lentilles de contact.

La haine.

« Je sais, Paola. Ça se reproduira plus. Celui qui a fait ça sera puni. Je le jure sur la tombe de papa. »

Elle secoua la tête. « Tu n'as besoin de punir personne.

— Tu comprends pas. Je pourrai pas vivre la conscience tranquille tant que ceux qui t'ont menacée s'en sortiront indemnes. Toute ma vie, je me suis fait baiser, putain. Rodriguez, les assistantes sociales, les flics. Et maintenant ces putains de Yougoslaves. À Österåker, j'ai appris à me tenir tranquille lorsque j'ai à y gagner, mais aussi à me lever lorsque ça devient vraiment nécessaire. Je suis quelqu'un. Tu savais ça ? Je gagne un fric fou. Je suis en train de monter. J'ai une carrière. Un plan.

— Tu devrais réfléchir encore une fois.

— Je ne veux pas parler de ça avec toi. On ne peut pas tout simplement se détendre ? »

La tension disparut aussi vite qu'elle était venue.

Ils changèrent de sujet.

Le temps passait vite. Jorge n'osait pas rester trop longtemps. Ils burent le thé. Paola les resservit. Un nouveau sachet cette fois. Un peu d'eau froide dans la tasse pour que Jorge puisse le boire tout de suite.

Dans l'entrée se trouvait un bureau IKEA. Jorge le reconnut, il venait de l'appartement de la rue Malmvägen où ils avaient grandi. Un alignement de bottes en cuir à talons hauts, des baskets, des Loafers et une paire de bottes Bally.

« T'as les moyens d'acheter ça ? Jorge pointa du doigt les bottes Bally.

— Je les ai eues de mon petit ami, ce con.

— Pourquoi ? »

Paola sourit de nouveau. « Tu es long à la détente, frérot. Tu ne me vois pas ? Je ne peux plus me promener avec des talons hauts. Je vais être maman. »

D'habitude, le métro le faisait dormir. Pas maintenant. Il pétait le feu.

J-boy allait être tonton.

Graaaaave de chez grave.

Faudrait du temps pour digérer ça.

Faudrait lancer son coup très vite contre ces enculés, avant que Paola n'accouche.

Gagner un max de flouze avant la naissance du petit.

Son neveu aurait droit à tout ce qu'un oncle pouvait offrir.

Son neveu aurait un oncle qui aurait puni tous ceux qui avaient osé s'en prendre à la famille Salinas Barrio.

47

Les rouages du blanchiment d'argent étaient complexes, mais JW était bien renseigné. Sans cesse, l'UE publiait de nouveaux règlements et directives, créait des commissions, et procédait à des enquêtes. La coopération entre banques, instituts financiers et organismes de crédit s'améliorait. Les limites de notification baissées, les contrôles croisés accrus, on posait plus de questions. L'UE exerçait une pression constante sur l'inspection des finances. L'inspection des finances exerçait une pression sur les banques. Les banques mettaient la pression aux clients.

Impossible de rester sous les limites de notification lorsque les sommes atteignaient un certain niveau. Chaque banque formait un ensemble cohérent : un virement sur un compte dans une filiale se voyait de partout. Des contrôles électroniques faisaient le lien entre toutes les sommes douteuses.

Mais JW était maintenant un expert des méthodes de blanchiment. Il s'était fait des contacts, avait créé un climat de confiance, et trouvé des solutions. Dans chaque banque, un contact s'occupait de ses entreprises suédoises et des comptes affiliés, selon la ligne de crédit qu'il donnait. Sourires et beaux discours pour expliquer le succès qu'il comptait obtenir dans le secteur des meubles anciens anglais, où l'on traitait beaucoup en espèces. Tant qu'ils croyaient qu'il faisait un business légal, tout baignait.

Chaque fois qu'il partait voir ses contacts à la Handelsbanken et à la SEB, il avait cent mille balles dans son sac Prada.

Une semaine s'était écoulée depuis son retour d'Angleterre. Son plan était mortel : une fois qu'il aurait déposé des espèces sur ses comptes, il aurait le choix, pour les transférer sur l'île, entre les deux possibilités qu'il avait mises au point. La première – payer pour leur travail de marketing des entreprises anglaises qui utilisaient les numéros de compte de ses sociétés sur l'île. JW avait été inspiré par le scandale des pots-de-vin d'Ericsson. Le truc c'était, bien évidemment, qu'il ne s'agissait pas de simples virements, mais de paiements. C'était plus logique, et personne ne se poserait de questions – un acheteur de meubles anglais a bien besoin de faire du marketing en Angleterre. Ses contacts verraient cela comme la chose la plus naturelle au monde. La deuxième possibilité, afin de diversifier ses méthodes – c'était de fourrer ses billets de mille dans une boîte, et de les envoyer par la poste sur l'île de Man. Là, c'était quelqu'un d'autre qui ouvrait le paquet et déposait l'argent sur les comptes de ses sociétés sur l'île. Cette solution était plus dangereuse, mais il ne pouvait pas voyager lui-même avec trop d'espèces dans la poche. Les détecteurs des aéroports réagissaient immédiatement aux fils métalliques que contenaient les billets.

Les banques suédoises ne se poseraient aucune question à propos de virements destinés à payer un travail. JW avait fabriqué les fausses factures tout seul. Même un graphiste à plein temps n'aurait pas pu créer des logos d'une boîte de marketing anglais plus authentiques. Putain, qu'est-ce qu'il était content !

Ses couronnes franchiraient les frontières soit sous forme électronique par le biais de paiements en Suède, soit au travers d'envois postaux sur l'île. Ses comptes sur l'île étaient contrôlés par ses sociétés. Le secret bancaire empêcherait qui que ce soit de remonter jusqu'aux sociétés. L'argent était à lui, sans que qui que ce soit en Suède puisse s'en rendre compte. Ensuite, les sociétés de l'île prêteraient l'argent à ses entreprises en Suède. Cette étape signifiait la réintroduction de l'argent dans son économie. Totalement *clean*, du cash blanc et propre. C'était justement ça l'astuce : tout le monde peut être riche à crédit. Papa État ne se poserait pas de questions. Les intérêts et les conditions de remboursement dépendraient de la conjoncture. Il pourrait même les déduire de ses impôts.

Arrivé à l'agence de la Handelsbanken, il prit un numéro de passage. En attendant son tour, il regardait des écrans affichant les cours de la bourse. Ils montaient. JW avait déjà investi dans quelques actions : Ericsson, H&M et SCA. Un bon mélange – Ericsson, l'action dont le cours avait augmenté de trois cents pour cent ces derniers temps. H&M, la société qui marchait à fond, même en basse conjoncture. Et, SCA – la certitude tranquille des forêts. Le tout pimenté de deux petites entreprises, une société de produits informatiques qui fabriquait des routeurs, et une société de biotechnologie qui développait des médicaments contre la maladie d'Alzheimer. En outre, ses actions étaient une manière supplémentaire de recycler de l'argent. Ses gains à la bourse étaient soumis à l'impôt, considérés comme légaux ils ne suscitaient aucune question. Étaient intégrés dans le système. À l'avenir, peut-être devrait-il prendre contact avec un courtier afin de blanchir des montants plus élevés.

La bourse lui permettait en outre d'avoir un sujet de conversation de plus avec les gars. Les gars et les actions, comme Abdulkarim et la coke. Plus il y avait d'argent en jeu, plus on avait à parler.

JW mata la queue, pire qu'à l'enregistrement de Skavsta. Les cinquante mille couronnes qu'il avait sorties de son sac Prada pesaient lourd dans la poche intérieure de son manteau Dior. JW pensa : si quelqu'un tentait de le poignarder, sa liasse de billets lui sauverait la vie.

Il repensa à la ferme et ses conserves au fin fond de la campagne anglaise. Chris, le responsable de l'endroit, n'était qu'un sous-fifre des hooligans qui, eux, prenaient les décisions importantes. Pour la première fois de sa vie, il avait pu participer à quelque chose de grand. Cela lui procurait une sensation ultracool, il aurait du mal à ne pas en parler à Sophie.

Ce fut son tour de se rendre au guichet.

Il s'avança.

Prit conscience de la moiteur de ses mains.

Tenta de sourire.

« Pourrais-je parler à Annika Westermark ? »

L'employée lui rendit son sourire : « Bien sûr. Un instant. Je vais la chercher. »

Mauvais calcul de la part de JW. Il avait espéré pouvoir se rendre dans le bureau de sa conseillère et lui donner l'argent là-bas. Éviter de faire passer ça par le guichet normal.

Annika Westermark apparut derrière la vitre, vêtue d'un costume sombre tout à fait dans le style des banquiers, exactement comme la dernière fois qu'il l'avait vue pour lui parler de son activité d'antiquaire.

JW se pencha en avant. « Bonjour. Vous allez bien ?

— Très bien, merci. Et vous ? »

JW se lança dans le numéro du jeune-entrepreneur-énergique-et-dynamique. « Ouais, super. Ça marche du tonnerre. Ce mois a été un franc succès, c'est vachement cool. J'ai eu trois architectes d'intérieur qui m'ont acheté un tas de canapés. » Il rit.

Annika afficha un intérêt poli.

JW lui avait expliqué que ses paiements étaient censés couvrir ses frais de marketing en Angleterre. Il avait bien briefé sa banquière auparavant – tout son business d'antiquités anglaises se baserait sur de judicieuses acquisitions en Grande-Bretagne, ce qui exigerait un marketing poussé. Elle semblait avoir compris.

Il lui tendit la liasse, cinquante bâtons, enveloppée dans du plastique alors qu'il lui présentait la pseudo-facture dans l'autre. La passa sous la fenêtre du guichet.

Annika sortit les billets. Se lécha l'index – dégueulasse – et les compta. Cent billets de cinq cents. Elle vérifia le montant sur la facture.

Était-elle sceptique ?

Elle fit *hem, hem*.

JW tenta de faire diversion. « On ne se sent pas très à l'aise, quand on se promène dans la rue avec son salaire de tout le mois dans la poche. »

Elle fit glisser un bout de papier vers lui.

« Voici votre reçu. »

Tout baignait. Elle s'en fichait, avalait son histoire. Un versement de cinquante bâtons en espèces – rien de bizarre dans tout ça. Ce qu'elle ne savait pas : il projetait de verser également cinquante mille à la SEB, en plus des cinquante mille qu'il avait envoyés par la poste. Dans deux jours, ses sociétés sur l'île seraient plus riches de cent cinquante mille balles.

Il pensa : comment réagirait-elle s'il arrivait le mois suivant avec deux cents cinquante mille ? Il verrait le moment venu.

Il la remercia et sortit.

La place Norrmalmstorg, cernée de cabinets d'avocats, avait des allures d'arène. Tout le monde devait s'apercevoir de son aura – quel gagnant il était.

Direction la SEB, *Kent* dans les oreillettes de son iPod. La sécurité amère de la suéditude : « Je volerai un trésor. Il se cache au bout de l'arc-en-ciel. Il est à moi, le trésor c'est toi. » Il pensa à ses parents. Comment réagiraient-ils s'ils apprenaient l'affaire Jan Brunéus ? Continueraient-ils à ne rien faire ? À s'enfoncer, en s'apitoyant sur leur propre sort dans la tristesse ? Peut-être qu'ils s'engageraient. Feraient quelque chose contre tout ça. La balle était dans leur camp, il fallait qu'ils mettent la pression à la police. Pour savoir ce qui s'était vraiment passé.

Il remonta la rue Nybrogatan. Une nouvelle boutique venait d'ouvrir ses portes, à la place d'un coiffeur. JW pensa : cette rue est sans doute celle qui a le taux de faillite le plus élevé de Stockholm. Pas un seul magasin ne survit plus d'un an.

Plein milieu de la journée. Il aurait dû être en train de bosser pour la fac, il se demandait s'il voulait voir Sophie dans la soirée, n'arrivait pas à se décider.

Pensa : en fait, je suis un génie social. *Le Talentueux Mr Ripley* en version suédoise. Il s'était parfaitement intégré au monde des gars du Stureplan – avait appris les manières de la classe supérieure, jouait le jeu, riait à leurs blagues, imitait leur parler. Mais s'intégrait aussi au monde d'Abdulkarim et à la sphère des dealers, leur jargon de banlieue, le romantisme de la violence, les maths de la came. Tout se passait pour le mieux avec Fahdi – ce gorille à la fois doux et hyper dangereux. Il s'entendait bien avec Petter et les autres dealers. Et avec Jorge, il avait une relation particulière.

Cela avait éclaté au grand jour récemment. JW et Jorge s'étaient retrouvés chez Fahdi, comme d'habitude. La table de la cuisine était encombrée de balances, de sachets, d'enveloppes. Ils pesaient la marchandise, la glissaient dans les sachets, la mélangeaient avec du sucre glace – ils arrivaient ainsi, aussi simplement que cela, à augmenter leur marge de dix à vingt pour cent – tout en discutant des progrès que Jorge faisait en banlieue, et du voyage de JW à Londres.

Au bout d'un moment Jorge dit : « On ne m'avait encore jamais sauvé la vie auparavant. Je serais mort si tu n'étais pas venu. »

JW pensa : c'était vrai. Si, dans la forêt, il n'avait pas ramassé Jorge battu à mort, cassé, le Chilien aurait clamsé. Il ne se reconnut même pas, tout à coup sentimental à l'idée d'avoir accompli quelque chose de bien.

JW ricana : « Pas la peine d'en faire un plat, on fait tout quand c'est Abdul qui commande, n'est-ce pas ?

— Franchement, *hombre*, tu m'as sauvé la vie. Je ne l'oublierai jamais. » Jorge leva la tête. Le regard fixe, sérieux, éloquent. Il dit : « Je ferais tout pour toi, JW. N'importe quand. Ne l'oublie pas. »

À ce moment-là, JW n'y avait guère prêté attention. Mais aujourd'hui, en se dirigeant vers la banque dans la rue Nybrogatan, cela lui revint. Ce sentiment d'avoir une personne au monde qui ferait tout pour lui était plutôt agréable. C'était une assurance. Peut-être même de la véritable amitié.

Il décida de manger avant de se rendre à la banque. Entra dans le Café Cream et commanda une *ciabatta* avec du salami et du brie, et un Coca.

Il s'assit tout seul sur une chaise haute près de la fenêtre et regarda dehors. Le monde était petit au sein de la *high society*. Il regardait les gens passer sur le trottoir, et reconnaissait plus d'un tiers des bobos d'Östermalm de dix-neuf à vingt-quatre ans. De même pour les snobinards autour des vingt-cinq ans – des hommes en costume qu'il rencontrait en règle générale au Kharma ou au Leroy, même si, là-bas, ils étaient en jean, chemise déboutonnée, veste, et le manque plein les yeux. La seule chose qui leur restait là, dans la rue – les cheveux gominés. Il pensa : dans quel monde avait vécu Camilla ? Dans la partie noire ou dans la partie blanche du Stureplan ?

On lui apporta son sandwich. JW l'ouvrit et découvrit son malheur. En principe, il mangeait de tout. Après avoir quitté la maison de ses parents, il avait vite appris à aimer presque tout, dont des choses que beaucoup condamnaient : hareng, sushis, caviar, petits oignons blancs. Seules deux choses restaient auxquelles il n'arrivait pas à se faire : les câpres et le céleri. Dans la *ciabatta* – de la salade et des câpres. Dans la salade – des morceaux de céleri.

Putain.

Il mit dix minutes à retirer toute cette merde.

Ensuite, il engloutit le sandwich tout en jouant aux échecs sur son portable.

Il vida son verre de Coca, laissa la moitié de sa *ciabatta* et sortit.

Salua deux gars qu'il croisa. Des potes qu'il voyait régulièrement en boîte.

Il continua le long de la rue Nybrogatan. Le Saluhallen se trouvait à sa gauche – JW y allait de plus en plus souvent pour faire ses courses.

Les portes-tourniquets à l'entrée de l'agence SEB ne s'ouvraient pas automatiquement. Il fallait pousser.

À peine arrivé à l'intérieur, JW tâta sa poche pour vérifier que l'autre paquet était là, cinquante bâtons supplémentaires.

Il prit un numéro de passage. Le hall était presque vide, malgré les distributeurs et les automates pour changer la monnaie.

Les écrans avec les cours de la bourse affichaient de nouveaux chiffres. JW les observa.

Puis ce fut son tour.

Il jeta un regard autour de lui, au cas où la police ou d'autres personnes suspectes seraient dans les parages, mais tout semblait en ordre.

L'employée à la caisse avait les cheveux teints au henné.

JW demanda à voir son contact, une femme également.

L'employée l'informa que la personne n'était pas là, mais qu'il pouvait sans problèmes lui confier la somme à verser. Pas génial, mais bon.

« Ça gaze ? », dit une voix dans son dos.

JW se retourna. Vit Nippe accompagné d'une fille. Nippe regarda la liasse de billets que JW venait de tendre à l'employée.

Merde.

JW se maîtrisa. Garda son sang-froid, resta calme. Dans sa tête : putain, la honte totale, Nippe a vu le flouze entre les mains de l'employée. Que faire ?

« Salut Nippe. » Il regarda la fille.

Nippe la présenta. « C'est Emma. »

JW poussa un grand soupir.

Nippe lui jeta un regard interrogateur.

JW : « Emma n'existe que dans mon imagination, mais elle est jolie. »

Ils ressemblèrent à deux points d'interrogation.

JW essaya encore une fois : « Vous ne vous rappelez pas de *l'Arbre à grimper de Kalle*, la chanson de Jojje Wadenius qui passait tout le temps à la télé ? » Il fredonna la mélodie et termina de nouveau par un profond soupir.

JW ricana, regretta immédiatement sa blague, eut honte – il s'était vraiment ridiculisé.

Il n'était qu'un putain de pédé, un connard.

Nippe dit : « Je ne connaissais pas cette chanson. Écoute, faut que je fasse mon opération, là. À plus. »

Nippe se rendit au guichet devant lequel il avait fait la queue.

JW prit son reçu pour le versement.

Il se dirigea vers la sortie.

Nippe ne lui fit pas de signe de tête quand il franchit les portes.

Y avait-il un nouveau froid entre eux ?

Sur le chemin du retour, il se demanda ce qui avait été plus embarrassant. Le fait que Nippe ait vu la liasse de billets ou sa blague merdique ?

48

Nenad l'appelait d'un nouveau numéro de téléphone – même lui avait apparemment commencé à prendre des mesures de sécurité. Mrado bavarda un peu avec lui, puis ils en vinrent à discuter du meurtre du mac et de la mère maquerelle. Qu'est-ce qui s'était passé ? Les deux victimes, en morceaux. L'assassin, inconnu. Nenad, sous le choc. Avant que Radovan ne l'évince, Zlatko et Jelena avaient fait partie de ses meilleurs macs. Les hypothèses fusèrent entre Nenad et Mrado. Radovan qui voulait nettoyer ses rangs ? Un cave qui ne voulait pas avoir de problèmes avec sa femme ? Quelqu'un d'autre ?

Les soupçons de Mrado : soit un cave paniqué, soit, dans le pire des cas, une écurie concurrente. Peut-être les Russes. Peut-être les HA. Dans ce cas, les tirs au plomb étaient une pure déclaration de guerre.

Le problème de Nenad : qu'est-ce que ça signifiait pour lui ? Si ce n'était pas l'œuvre de Radovan, les soupçons retomberaient-ils sur lui ?

Il devenait d'autant plus important de développer leur plan commun.

Nenad expliqua son idée : elle résonnait comme de la musique folk dans l'oreille de Mrado. « Tu sais, j'ai un gars qui travaille pour moi, un Arabe, il s'appelle Abdulkarim. En principe, c'est lui qui s'occupe du business de la coke. Me fait des rapports de temps à autre. Moi, je négocie les grandes affaires, je donne des directives, tout en restant en retrait. En ce moment, là, on a un projet d'expansion qui est en bonne voie. Vendre moins cher dans la banlieue. Les autres peuvent continuer à vendre un gramme par-ci par-là dans les boîtes du centre et dans les fiestas des richards à mille couronnes le gramme. Mais nous, on vend vingt grammes par-ci, vingt grammes par-là. Pour sept cents le gramme. En quantité. Ça cartonne.

— Tu m'as déjà dit ça avant-hier. Comment ça va se passer maintenant ?

— Bonne question. Comment est-ce que je peux garder le contrôle sur Abdulkarim après avoir été dégradé par Radovan ? Abdul est loyal envers Rado, il ne m'écoutera pas. Ne m'obéira pas. Continuera comme si je n'avais jamais existé. Mais écoute-moi. Normalement, je ne sais pas qui l'Arabe emploie, mais à Londres, Abdul m'a envoyé un type spécial, un vrai branchouillard en fait, pour m'aider pendant les négociations. L'esprit vif. Un rapide. Bosse pour Abdul depuis à peine un an. Connaît bien le secteur de la C. Fiable. D'après l'Arabe, le gars est un arriviste. À la base, c'est un plouc de la campagne qui veut faire partie de la haute. Un gars aux dents longues. Faisait le taxi au noir juste pour avoir les moyens de sortir avec ses potes et dépenser tout ce qu'il gagnait à boire du mousseux. Faire la bringue au Kharma, au Kitchen et dans tous ces endroits-là. Le gars joue un double jeu. Selon Abdul, ses copains ne savent même pas qui il est en vérité. Assez tragique, en fait, mais c'est bon pour nous. »

Parfois, Mrado en avait marre de Nenad. Quel putain de baratin. Il coinça son portable entre son oreille et son épaule. Noua ses lacets. Se rappela qu'il lui faudrait un kit mains libres.

Il ne voulait pas rester chez lui pour mener de telles conversations. Sortit.

« Arrête de tourner autour du pot, Nenad.

— Du calme. JW, c'est son nom, sait tout sur le deal que j'ai fait à Londres. Il a calculé chaque livre, chaque couronne. A finalisé les itinéraires de transport, les personnes à impliquer, les revendeurs. On peut se servir de lui.

— Ça commence à devenir intéressant.

— Il veut la même chose que tous les autres, du fric. Mais toujours plus. Aux dires d'Abdulkarim, il a même ouvert des comptes sur une île. Tu comprends, ce gars croit qu'il va devenir multimillionnaire. Ça en dit long sur ses ambitions.

— Tu m'étonnes, ce type ferait n'importe quoi pour du fric.

— Bingo ! Toi et moi, on se tient tranquilles. Tout en continuant ce dont on a discuté au Clarion. On va jouer avec cet enculé de Rado. Faire semblant de se laisser humilier. Abdulkarim peut gérer la coke. Croire que je suis HS. On continue à travailler pour Rado, peu importe la merde qu'il nous fera faire. Toi, t'es évincé des vestiaires, moi, je vais être évincé de la coke. Quand la livraison arrivera : Rado aura déjà quelqu'un d'autre pour donner des ordres à l'Arabe, sûrement Goran. Mais ça ne l'amènera à rien du tout. Le truc, c'est qu'on aura notre homme dans le jeu, le bobo. Faut juste lui faire une offre à laquelle il ne pourra pas résister. Il sera notre taupe dans les rangs de l'ennemi. »

Mrado longeait la rue Ringvägen. Tout à coup, il adorait Nenad.

Le mac était extatique. « Quand la livraison arrivera, et crois-moi, c'est un truc de dingue, plus de kilos que t'arrives à soulever en salle de muscu, la plus grande en Suède *ever*. On sera là. Prêts à reprendre ce qui est à nous. Prêts à vendre. »

Mrado en eut la chair de poule.

« T'es incroyable. Quand est-ce qu'on se voit pour en reparler, aujourd'hui ?

— Oui, viens au Hirschenkeller ce soir. J'ai envie de me taper un bon steak et de m'envoyer quelques pintes. »

Mrado éclata de rire. Raccrocha. Sur l'écran du portable : plus de dix-sept minutes de conversation. Son oreille : rouge et chaude. Trop de micro-ondes, ou l'excitation de son prochain coup ?

Mrado rentra après l'entraînement. Il irait chercher Lovisa, ensuite ils iraient voir ensemble une pièce de théâtre pour enfants dans la rue Atlasgatan, à Vasastan. Il mangea une barre Gainomax Recovery.

Mrado et Nenad : le duo infernal. Laurel et Hardy. Combinaison imbattable.

Ils s'étaient parlé tous les jours, avaient continué à élaborer leur plan. Comment allaient-ils détruire Rado ? Ce Dieu des Serbes autoproclamé.

Ce qui travaillait Mrado : il fallait que Lovisa change d'école. Annika n'avait pas capté de quoi Mrado avait parlé. Croyait que c'était une emmerde de plus qu'il inventait contre elle. Que faire ?

Certains jours, ses insomnies le menaient au bout du rouleau.

Lorsque Nenad appela, Mrado comprit sur-le-champ de quoi il était question.

Il appuya sur la touche haut-parleur dans la voiture.

« J'ai parlé avec lui aujourd'hui.

— Alors ? Qu'est-ce qu'il dit ? »

Nenad – le maître du baratin. « On s'est vus au Texas Smokehouse, pour déjeuner. Enfin, je l'avais appelé pour l'inviter, quoi. Il a immédiatement reconnu ma voix. Bon, il m'a aidé à Londres, ce n'est pas tellement étonnant. Je lui ai juste dit que j'avais un truc à voir avec lui, peut-être qu'il a eu peur. Qu'il a cru que quelque chose avait merdé. Peu importe, on s'est vus.

— Qu'est-ce qu'il dit ?

— Ce type est un *wannabe-bobo* au carré, non putain, au cube. Ça se voyait déjà à Londres, mais ici encore plus. Il a salué presque chaque gonzesse potable d'Östermalm qui passait dans la rue. Incroyable, en fait, que ça colle entre lui et l'Arabe. »

Mrado tourna dans la rue du jardin d'enfants de Lovisa. Elle l'attendait derrière la clôture. Le cœur de Mrado se serra – s'il lui arrivait quelque chose, ce serait terminé. Nenad continua à palabrer.

« Vas-y. Viens-en au fait. Je n'ai pas le temps, là.

— Tranquille. Ce JW, c'est un mec cool. Il est de notre côté. Mais il faut y mettre le prix. Voilà le deal : il garde un œil sur la grande livraison de C. Me fait un rapport détaillé. Me prévient quand elle arrive. Où elle arrive. Comment elle sera transportée. Stockée. Qui la gardera. Le jour venu, on s'occupera du reste. En plus, il va nous ouvrir de nouveaux marchés.

— Ça a l'air fantastique.

— Ce n'est pas tout. Il est capable de blanchir un max de fric. En vrai. Pas des putains de vidéoclubs. Pas des laveries. Des vrais trucs, quoi. Des comptes numérotés. Des sociétés fantômes. Un paradis fiscal. Le gros lot.

— Putain, c'est incroyable, ce truc. Combien il veut ?

— Vingt-cinq pour cent du gâteau. »

Mrado faillit s'étrangler. Ce JW ne manquait pas de confiance en lui. Il fallait qu'il réfléchisse.

« Nenad, faut que j'y aille. Je vais chercher ma fille, là. On en reparle plus tard. »

Mrado avait une soirée et une journée avec Lovisa.

La vie.

Sucer l'offre de ce JW – un bonbon.

Lovisa ouvrit le portail. Mrado n'avait pas la force d'affronter les assistantes sociales.

Elle s'approcha de sa voiture.

Putain, pourquoi tout était si compliqué ?

49

Il fallait que le projet R continue. La visite chez sa sœur lui avait fait du bien. Jorge se reprenait peu à peu, même si Hallonbergen le hantait chaque nuit.

Il ruminait ses plans. L'incident du bordel lui avait permis, par hasard, d'ajouter une nouvelle carte à son jeu. C'était plus que mérité – après toutes ces tristes journées passées à surveiller Radovan. Une nouvelle piste – il s'était invité, grâce à Jet-set Carl, à une sorte de partouze de luxe. Avait reçu par SMS un mot de passe sur le portable du mac qu'il avait descendu, l'avait noté la nuit même, une fois rentré chez Fahdi. L'appartement était vide. Jorge avait remis le fusil à sa place dans l'armoire. Nettoyé les canons. Ensuite, il avait jeté le portable du mac dans une poubelle. La carte SIM dans un égout.

Le truc auquel il s'était invité aurait lieu ce soir. Questions : Pour qui se faire passer ? Il ne savait pas s'il devait faire l'invité, ou se présenter en tant que sous-fifre de Nenad. On attendrait peut-être de lui qu'il surveille, prépare, ou guide les putes. Pis : il n'avait pas la moindre idée de l'endroit où la partie fine devait se tenir.

Les premières questions, il s'en foutait. Ça se réglerait une fois sur place.

La dernière – il allait la résoudre en filant Jet-set Carl toute la journée.

Jorge connaissait l'adresse du roi des bobos.

Il mit en œuvre son plan, ne prit aucun risque – dès 8 heures du matin, il attendait dans une Saab volée aux vitres arrière teintées devant la maison de Jet-set Carl. N'avait pas envie de rater le gars, si jamais celui-ci partait tôt. Sirota un café. Pissa dans une bouteille en plastique. Écouta la radio.

Peut-être un peu exagéré d'être déjà là à 8 heures un jour de week-end – le type ne sortirait pas avant midi et demi.

Jorge pensa : quelle vie. Jet-set Carl organisait des fêtes, sniffait de la coke, baisait des gonzesses. N'avait jamais galéré. Savait que dalle de la banlieue. Pourri gâté, l'argent de papa, puant d'amour-propre.

Malgré tout, Jorge rêvait de ça – d'être comme lui. Il savait que chaque petit mec d'en bas qui fumait de l'herbe voulait être comme Jet-set Carl. Mais qu'ils n'entreraient jamais dans ces cercles-là. Autant arrêter de rêver tout de suite.

Jet-set Carl portait un pull à capuche sous un manteau noir. Bonnet. Stan Smith aux pieds. Jorge ne put s'empêcher de remarquer à quel point son style vestimentaire ressemblait à celui du gars auquel il avait troué le ventre deux semaines auparavant à Hallonbergen.

Jorge démarra. Inutile – Jet-set Carl ne marcha que quelques mètres, jusqu'au snack de la rue Storgatan. Acheta du lait et des biscottes. Disparut à nouveau derrière sa porte.

Jorge patienta dans la voiture. Mangea la salade au poulet qu'il avait emmenée. Tourna ses pensées vers lui-même : je commence à devenir un pro de la filature, même quand je carbure à la bouffe pour nanas. Pourquoi ne pas monter une agence ?

Quatre heures. Jet-set Carl ressortit. Les mêmes fringues qu'avant – donc pas encore prêt à l'action.

Jorge descendit de la voiture. Garda une bonne distance. La capuche de sa veste sur la tête. Une paire de lunettes de soleil sur le nez. Jorge, franchement : le pur transformiste.

Jet-set Carl marchait d'un pas énergique. Sur son propre territoire, qu'il avait marqué de partout avec sa pisse. Se posa à une table au Tures dans les galeries Sture. À environ sept cents mètres de son domicile. La géographie, un jeu d'enfant dans le rectangle doré, rue Karlavägen – rue Sturegatan – rue Riddargatan – rue Narvavägen.

Jorge s'installa au Grodan, de l'autre côté de la rue. Lut un journal. But du Coca. Observa Jet-set Carl à travers les grandes vitres des galeries Sture. Le type prenait un café avec une gonzesse d'Östermalm. Peut-être la plus mignonne que Jorge ait jamais vue.

Le *Jet-set man* passa la main dans ses cheveux. Jorge se demanda avec combien de filles en même temps ce gars sortait.

Deux heures passèrent. Ils se séparèrent en se faisant la bise. Jorge avait-il bien vu ? Y avait-il eu une tentative de l'embrasser sur la bouche ? La fille l'avait-elle esquivée ? Pas clair.

Le *Jet-set man* rentra seul.

18 h 30.

Jorge, toujours dans sa voiture. Se demandant quand il y aurait enfin de l'action.

Crevé.

Pensa à toutes ces heures passées devant la maison de Rado.

Pensa à toutes les personnes qui l'avaient aidé.

Sur son tableau de bord, le rayon bleu de l'horloge digitale indiquait 7 heures.

La porte d'entrée de la maison s'ouvrit. Jet-set Carl sortit, à présent habillé de la manière dont Jorge se souvenait de lui. Le même manteau que tout à l'heure, mais, en-dessous, on devinait une chemise déboutonnée. Il avait échangé les Stan Smith contre des chaussures en cuir pointues bien cirées. Les cheveux plaqués et brillantinés.

Il descendit la rue. Ouvrit une énorme voiture – un Hummer. De la pub pour une vodka en lettres blanches sur les côtés. Du marketing, cette bagnole. 4X4 normaux – allez vous coucher. Ce monstre-là était plus large qu'un poids lourd.

Jet-set Carl se dirigea vers le sud. Jorge resta à quelques voitures derrière lui. Le Hummer se voyait de loin. Son capot dépassait les toits des autres voitures genre bon Suédois d'un mètre. Jorge trouva qu'il était franchement top.

Ils empruntèrent la rue Nynäsvägen à travers Enskede. Le Globen étincelait comme une balle de cocaïne géante. À travers Handen, puis Jordbro. Tournèrent à gauche. Route 227. L'obscurité devenait plus compacte. Des champs le long de la route, froids. Une voiture entre Jorge et le Hummer. Restait à espérer que cette bagnole empêche Jet-set Carl de voir les autres voitures qui le suivaient.

Sur les sièges arrière, Jorge avait accroché à un cintre un costume soigneusement plié. Il le voyait pendre au niveau de la vitre arrière – chemise à rayures bien repassée, et cravate. Mesures de précaution – s'il y avait un code vestimentaire là où il allait.

De plus en plus de maisons. Ils traversèrent un pont bas. Sur un panneau : Bienvenue à Dalarö.

Le Hummer bifurqua à gauche immédiatement après le pont. La voiture qui se trouvait entre eux continua pourtant vers la droite. Jorge pris en étau, il fallait choisir une voie :

oserait-il continuer à suivre Jet-set Carl ? C'était quitte ou double. Il choisit double. Essayant d'oublier les risques.

Ils longèrent la rue Smådalarövägen.

Au bout de cinq minutes de trajet, Jet-set Carl ralentit. Clignotant à droite. Monta un petit sentier et sembla s'arrêter. Jorge continua tout droit. Essaya de voir ce qu'il faisait. Difficile de distinguer quelque chose dans le noir. Le sentier n'était pas éclairé.

Il continua un moment. La rue était une impasse. Au bout, un rond-point. Tout autour, un terrain de golf. Jorge gara la voiture. Remonta sa capuche. Regarda autour de lui. Sortit.

Plus loin, un sentier, puis une grande maison. Un panneau : Auberge de Smådalarö. Quelques voitures garées devant. Jorge fit demi-tour, et longea à nouveau le sentier. Cherchait l'endroit où Jet-set Carl avait tourné. Trouva tout de suite : une clôture en métal noir barrait l'accès à un petit chemin. Accrochés sur un poteau de la clôture, une caméra et un grand panneau : Domaine privé. Surveillé par Falck Sécurité.

Jorge garda une distance suffisante. Gravit un chemin dans la forêt à côté de la clôture. La forêt – elle lui rappelait ce qu'il ne pouvait pas oublier : les coups de matraque de Mrado. Une chose était sûre, J-boy n'abandonnerait jamais. Ils avaient déjà eu droit à un avant-goût. Deux enculés de Yougoslaves niqués. Ouvre bien tes yeux, Radovan, Jorgelito vient pour te prendre.

Après une heure à se geler les couilles, Jorge vit une voiture franchir le portail, mais il n'eut pas le temps de voir si le chauffeur s'était identifié face à la caméra avant de pouvoir entrer.

Ensuite, rien pendant quarante minutes.

Il était 21 heures.

Obscurité dans la forêt.

Jorge vit quelqu'un bouger de l'autre côté de la clôture. Scruta le noir. Les aperçut distinctement. Deux personnes derrière la clôture. Qui portaient des casquettes. Évidemment – une espèce de gardiens.

Vingt minutes. Des voitures commencèrent à affluer. BMW. Merco. Jaguar. Quelques Porsche. Ici et là une Volvo. Une Bentley. Une Ferrari jaune.

Parfois : la caméra reconnaissait les gens qui arrivaient. Les grilles s'ouvraient sans faire de bruit. La voiture entrait. Parfois : l'un des gardiens sortait par une porte de côté.

Échangeait quelques mots avec les passagers de la voiture. Les grilles s'ouvraient.

La procédure se répétait avec chaque voiture. Au moins une vingtaine. Jorge comprit ce qu'il devait faire. Tenta de distinguer les fringues que portaient les hommes dans les voitures. En aperçut un – costard, bien sûr.

J-boy : le pro des pros – *divinas* – s'était préparé.

Retourna à sa voiture. Enfila la chemise et le costume. Hésita pour la cravate. Finalement – laissa tomber.

Revint en bagnole devant la grille. Vers la caméra. Les gargouillis dans son ventre, un vacarme comme dans un marécage. Ses mains moites mouillaient le volant. Sa bagnole – la seule Saab. Médiocre et suspect.

Baissa la vitre. Regarda en direction de la caméra.

Rien.

Il resta là. Tenta de se détendre.

Saab. Négro. Pas de cravate.

L'un des gardiens arriva.

Des joues rondes et blafardes se penchèrent vers lui. « Puis-je vous aider ? »

Jorge réduisit son accent de banlieue au minimum. « Oui, tout à fait. Faut-il toujours attendre si longtemps pour pouvoir entrer ? N'y a-t-il pas assez de places sur le parking ?

— Je suis désolé. Ici, c'est une propriété privée. Vous avez rendez-vous ? »

Jorge avec un large sourire.

« Ça, on peut le dire. Avec une suuuuper soirée. »

Le gardien réfléchit brièvement. Sembla décontenancé par la confiance qu'affichait Jorge.

« Je peux vous demander votre nom ?

— Saluez Carl de la part de Daniel Cabrera. »

Le vigile fit deux pas de côté. Parla dans un téléphone portable ou un talkie-walkie. Revint. Le calme souverain de retour.

« Il ne vous connaît pas. Je vous prie de quitter les lieux immédiatement. »

Jorge garda son sang-froid.

« Vous vous foutez de moi ? Rappelez-le. Dites-lui que c'est Daniel Cabrera, et que *Moët est en route*. Il peut vérifier dans son portable, s'il ne se souvient pas. »

Le vigile s'esquiva de nouveau. Parla dans son téléphone.

Jorge pria de toutes ses forces.

Au bout de vingt secondes – la grille s'ouvrit.
J-boy y était.

Gara sa bagnole à côté des autres. Compta cinq Porsche en tout. C'était quoi comme endroit, au juste ?

La maison devant lui était énorme. Trois étages. Des piliers encadraient l'entrée. Le pire style Beverly Hills. Un truc pareil existait en Suède ? Un grand oui.

Une musique s'échappait de l'intérieur.

Un homme était en train de sortir de sa BMW. Se dirigeait vers l'entrée de la maison. Jorge colla aux basques de ce gars qui jeta un regard rapide en arrière. Aperçut Jorge. L'ignora. Continua. Jorge le rattrapa. Lui tendit la main.

« Bonjour. Je m'appelle Daniel. Belle soirée en perspective, non ? » Il ricana.

L'homme le dévisagea. « En règle générale, c'est assez sympa. Je ne vous ai encore jamais vu.

— Pas étonnant. Je viens de rentrer de New York, j'y ai passé plusieurs années. Putain de belle ville. Elle me manque déjà. »

Ils arrivèrent à l'entrée. Jorge eut le temps de penser : je ne sais même pas à quel titre je suis invité. La porte s'ouvrit de l'intérieur avant qu'ils aient pu toquer. Un type en costard, raie au milieu, mâchoire carrée, tenait la porte. Encore un vigile, bien que plus élégamment habillé. Salua l'homme avec qui Jorge venait de parler et le laissa passer. Lorgna Jorge. Méfiant.

Lui fit signe de s'arrêter. L'homme voulut savoir son nom. Jorge afficha l'attitude la plus péteuse qui soit : « Je suis Daniel Cabrera. »

Le gardien demanda : « Vous connaissez Claes ? »

Jorge supposa qu'il faisait référence au mec qui venait d'entrer. Le type s'était entre-temps débarrassé de son manteau, et était en train de disparaître derrière une grande porte en bois sombre. Jorge se lança : « Bien sûr que je connais Claes. »

Le vigile : toujours méfiant. Appela quelqu'un avec son portable.

Fit oui de la tête.

À Jorge : « Excusez-moi. On ne m'avait pas informé que vous étiez invité. Soyez le bienvenu. »

J-boy – le nouveau James Bond.

Il semblait régner parmi le personnel une confusion au moins aussi grande que celle qui habitait Jorge. Il avait cru devoir travailler pour Nenad. À présent, il semblait être un invité.

Autant jouer le jeu.

Aux vestiaires, une fille prit sa veste. Bien de s'en débarrasser. Elle ne collait pas avec le décor. Elle le pria de lui donner son portable également. Jorge ne broncha pas. Le lui fila. Pas la peine de chercher les emmerdes en plus.

D'abord, il n'avait pas réagi. Ni quand le gars, Claes, avait laissé son manteau, ni quand la fille avait pris sa veste. Mais à ce moment-là, il reluqua une nouvelle fois la fille des vestiaires. Minijupe si courte qu'on voyait la moitié des fesses. Porte-jarretelles qui se terminaient en pointe sur les cuisses, laissant à découvert deux décimètres de peau prometteuse. Le haut rose – pas exactement genre pute, mais un décolleté assez large pour offrir un beau tableau aux clients des vestiaires.

Évident – ce n'était pas une préposée aux vestiaires ordinaire. Elle avait tous les attributs d'une call-girl.

Jorge ouvrit la porte en bois sombre par laquelle Claes avait disparu à l'intérieur de la maison.

Traversa un couloir. La lumière devint plus vive. Musique de fête. Rires et bavardages.

À l'autre bout, une autre porte foncée. Juste avant de l'ouvrir – Jorge sentit une odeur de cigares.

Une fois la porte ouverte : irréel.

Une pièce bondée.

Des hommes. Bien habillés, bon nombre d'entre eux en costume-cravate. Certains, comme Jorge, en costume mais sans cravate, quelques boutons de chemise ouverts. D'autres en costard et pantalon dépareillés. Les tempes grisonnantes. De profondes fossettes aux joues quand ils souriaient. Tous l'air d'avoir entre quarante et soixante ans.

Une flopée de vigiles et de videurs. Tous plus jeunes. Hommes. Vêtus sobrement – costard, pantalon clair. Polo foncé et chemise sans cravate. Jet-set Carl passa comme une flèche. Un verre de champagne dans chaque main.

Frappant – toutes les filles étaient des dérivés de la fille des vestiaires. Minijupes, strings, bas. Hauts, maillots, chemisiers qui en montraient plus qu'ils n'en cachaient. Des porte-jarretelles bien visibles, poitrines siliconées bien apparentes, des talons aiguilles, des lèvres pleines de rouge.

Il y en avait pour tous les goûts : minces, longilignes, grandes. Fortes poitrines. Noires, blondes, Asiates. Des filles avec de l'envie dans le regard. Des filles aux yeux vides.

Malgré tout, pas d'impression sale. Jorge, bluffé. Quelque chose d'autre, une impression de bien-être. Il se jeta dans la masse. Calcula au pif. Au moins quarante hommes et le même nombre de femmes, sans doute plus, et une dizaine de membres du personnel. La musique à fond. Des cigares rougeoyants dans des mains ridées.

Absolument clair, c'était une espèce de bordel, mais dans quelle mesure ? Jorge manquait encore d'indices pour élucider cette question. Cependant, l'ambiance était celle d'une grande fête privée. Théoriquement : ç'auraient pu être les amis du proprio de la maison et leurs partenaires respectives. Mais pas moyen que tous ces vieux aient de si jeunes compagnes. Trop beau pour être vrai. Ou alors, les connaissances masculines du proprio, plus quelques nanas ramenées afin d'améliorer un peu l'atmosphère. Mais quelque chose de plus grand flottait dans l'air.

Jorge balaya encore la pièce du regard.

La pièce était énorme. Un lustre géant pendait du plafond. Des spots étaient accrochés le long des murs. Dans les coins, des haut-parleurs. Une partie de la pièce était occupée par un bar, où s'affairaient un gars et quatre filles. Servant des drinks à gauche et à droite. La plupart des messieurs, en troupeau entre eux, ou entourés de filles. Au milieu sous le lustre dansaient cinq filles – partout ailleurs on aurait considéré leurs mouvements comme abusivement aguichants.

Jorge se posta au bar. Commanda un gin tonic. Hésitait. Comment devait-il se comporter ? Où voulait-il en venir ? PUTAIN, DANS QUEL MERDIER AVAIT-IL MIS LES PIEDS ?

But une grande gorgée de son drink. Demanda un cigare, Habana Corona. Pas mal. La fille derrière le bar lui tendit un briquet. Petit, flamme extrachaude. Elle fit une moue boudeuse. Jorge regarda ailleurs. Prit une bouffée.

Tenta de réfléchir clairement. Fallait pas que la panique prenne le dessus.

Calme.

Reconnaissait-il quelqu'un ? Y avait-il quelqu'un qui pouvait le reconnaître ? Les messieurs : suédois, aisés. Maintien, rayonnement, attitude. Signaux marqués de pouvoir. Jorge ne reconnaissait pas un seul visage. Donc, à l'inverse, ils ne devraient pas pouvoir le reconnaître. Le personnel : plusieurs steaks yougoslaves et Jet-set Carl, ainsi que quelques-uns de ses employés, des organisateurs de fêtes. Bobos. Jorge ne croyait pas que ce *Jet-set man* puisse le reconnaître depuis la soirée au Kharma : il était soûl comme un cochon. Le plus grand risque : que Jet-set Carl fût particulièrement méfiant après la tuerie de Hallonbergen. D'un autre côté, il n'avait pas annulé cette fête. Le type ne craignait pas pour sa peau.

Jorge n'avait vu ni Radovan ni Nenad. Est-ce qu'ils étaient là ?

Il ne s'affola pas – un parmi environ cent personnes. Ceux qui étaient invités croyaient sans doute qu'il était un vigile. Et les gardes croyaient sûrement qu'il était invité.

Jorge parcourut la salle du regard. Réfléchit à son coup suivant. Écouta la conversation entre deux messieurs à côté de lui au bar.

L'un : le regard fuyant. Matait sans cesse les filles dans la pièce. L'autre, plus calme, fumait un cigare à grandes bouffées. Ils semblaient très bien se connaître.

« Ces soirées se passent de mieux en mieux. »

L'homme au cigare éclata de rire. « Carrément bien organisées cette année, je trouve.

— Ces filles qu'il ramène. Elles me rendent dingue.

— C'est justement pour ça qu'elles sont là. Tu n'étais pas là chez Christopher Sandberg il y a deux mois, n'est-ce pas ?

— Non, connais pas. C'était bien ?

— Oh là là ! Merveilleux. Christopher est aussi bon hôte que Sven ici.

— J'ai entendu dire que Christopher a acheté une nouvelle maison près de chez vous.

— C'est vrai. Dans la rue Valevägen. Ses affaires doivent bien marcher, parce que c'est une jolie bicoque. » Le mec ricana.

« Il a fait un beau coup en Allemagne, à ce qu'on m'a dit.

— Ouais, le marché est en train de monter en flèche là-bas. Les chiffres ont augmenté de trente pour cent en un an.

— C'est incroyable. Regarde, celle-là avec les nattes. Quels putains de nibards.

— Je crois qu'elle est pour toi. »

L'homme au regard fuyant dévisagea la fille. La toisa de haut en bas. Ensuite, il trempa les lèvres dans son verre. Se tourna vers l'homme au cigare.

« Je me demande juste une chose. Je sais que ces fêtes sont sûres et tout ça, mais comment peut-on être sûr qu'aucun intrus ne réussira à s'infiltrer ici ? Il m'arrive de me réveiller en nage quand je repense à la fête de l'année dernière ici. Enfin, si Christina apprenait quelque chose, tu sais.

— Pas de soucis. Il a la police dans sa poche. Ceux qui l'aident à organiser ces fêtes sont de bons éléments. Et ceux qui tirent les ficelles au sein de notre chère police ne toucheraient jamais à ces soirées. D'après ce que j'ai entendu dire, les gars qui s'occupent de l'organisation pourraient pas mal emmerder nos gardiens de la loi s'il leur venait à l'idée de nous déranger. Les commissaires de police, eux aussi, font parfois des bêtises. Il suffit juste de savoir lesquelles.

— Putain, c'est génial. J'adore ça. »

Les gars trinquèrent.

Jorge en état de choc. Radovan était-il derrière tout ça ? Dans ce cas, c'était un putain de génie.

Les hommes de pouvoir avec l'appui de la mafia yougoslave. Une combinaison carrément imbattable.

Jusqu'à ce soir – car maintenant, J-boy aurait leur peau.

Il resta au bar. Scruta la foule pour voir si Radovan ou quelqu'un d'autre qu'il connaissait était là.

Au bout d'un moment, la musique s'interrompit. Quelqu'un fit *hem, hem* dans un microphone.

Les hommes à côté de Jorge se turent.

Les filles cessèrent de danser.

Les spots furent tournés vers le bar.

Un homme monta sur le comptoir. Avec précaution, de peur de tomber. Pas vraiment un jeune athlète – gros, avec un costume, mais sans cravate. Des cheveux grisonnants bien peignés. Ses yeux : dans la lumière spéciale de la pièce – paraissaient laiteux, tout blancs.

« Bonsoir tout le monde. Quel plaisir de vous voir ici ce soir. »

Dans une main, le gars tenait un verre de champagne. Dans l'autre, le micro.

« Comme vous le savez, j'organise cette fête une fois par an. Je trouve ça beau de pouvoir être juste entre nous, les garçons. »

Il fit une pause éloquente après le mot « garçon ». Les éclats de rire attendus suivirent.

« J'espère que tout le monde passera une agréable soirée. Dans quelques secondes, je vais la fermer pour qu'on puisse remettre la musique, et faire la bringue pour le reste de la nuit. Avant de trinquer à la soirée, j'aimerais juste remercier ceux qui ont rendu cette soirée possible. Radovan Kranjic et Carl Malmer qui organisent, parmi tant d'autres choses, ce genre d'événements. Applaudissons-les. »

Applaudissements. Jorge nota – les hommes avec beaucoup plus d'enthousiasme que les femmes.

Le gars sur le comptoir porta un toast aux invités.

Se fit aider pour redescendre.

La musique reprit.

Quelques types se mirent à danser avec des filles sur la piste de danse.

Une heure plus tard.

La fête avait dégénéré. *Eyes wide shut*, mais pour de vrai, en version Smådalarö. Fini la tchatche. Les vieux avaient envie d'enfiler les jeunes cons. Les filles prêtes à se laisser faire. Elles étaient achetées, c'était évident.

Partout, des vieux pelotaient des filles. Des mains sous des soutiens-gorge, des doigts entre des jambes, des langues dans des oreilles. Une discothèque pleine de lycéens, à deux différences près : trente ans de différence d'âge au sein de chaque couple, et les vieux avaient payé pour s'amuser.

Les filles dociles, toujours.

Dans les yeux de chaque vieux – la lubricité, déchaînée.

Jorge essayait de rester en mouvement. Ne pas s'attarder trop longtemps au même endroit. Éviter d'attirer l'attention de quelqu'un. Il dansa un quart d'heure avec une grande fille mignonne qui parlait avec un fort accent de l'Est, et avait des pupilles comme un chas d'aiguille. En plein trip de coke, ou d'un autre excitant. Il pensa à Nadja. Les morceaux de son récit commençaient à former un tableau. Manquait juste : Radovan.

Pendant un autre quart d'heure, Jorge se flanqua dans un fauteuil et mena une conversation incompréhensible avec un gars dans le secteur des finances. Tout ça sur un ton bien poli.

Il passa un quart d'heure aux toilettes.

Entendit le nom de celui qui organisait la fête : Sven Bolinder. Qui était-ce ?

Plusieurs gars et filles quittèrent peu à peu la pièce. Jorge inquiet : est-ce qu'ils rentraient ? Il posa la question à la fille de l'Est avec laquelle il avait dansé. Quand elle lui répondit – Jorge faillit hurler son étonnement –, c'était encore plus gros qu'il ne l'avait imaginé.

« Ils sont sûrement montés dans les chambres. Tu veux qu'on aille voir aussi ? »

Putain.

Les chambres.

L'hôte ne ramenait pas seulement les putes. Il prêtait également des chambres.

Du haut niveau. Joliment arrangé. La forme de prostitution la plus ordinaire, la plus sale, la plus simple – t'y vas, tu paies, on te donne une chambre et une fille – transformé en : on m'invite à une fête tout seul sans ma femme, par hasard il y a là-bas une nana super chaude qui s'allume quand elle me voit, on se glisse dans une chambre vide dans la maison pour passer un bon moment.

Il déclina sa proposition. Pas de chambre pour lui.

Pensa : j'en suis où ? Nulle part. Pas de preuves contre Radovan. Il faut que je fasse quelque chose, maintenant. Avant qu'ils se cassent tous pour faire ce qu'ils sont venus faire.

Une idée lui vint.

Jorge s'approcha du barman. Fit comme s'il était bourré.

« Excusez-moi. Est-ce qu'on peut passer un coup de fil d'ici ?

— Je ne crois pas, désolé. Vous avez besoin d'un taxi ? Je m'en occupe.

— Non. C'est pour un coup de fil privé. J'ai laissé mon portable aux vestiaires. Ne pourrais-je pas emprunter le vôtre pendant un instant ? » Jorge agita un billet de mille. « Je paie, bien évidemment. »

Le barman ne regarda pas le billet. Continua à préparer son cocktail, de la glace pilée et des fraises dans un mixeur.

Jorge prit un grand risque. Possible qu'ils aient une politique concernant les téléphones portables. Ou alors ils l'avaient seulement prié par politesse de laisser son téléphone à l'entrée. Ça pouvait marcher.

« D'accord. » Le barman lui tendit son téléphone.

« Je sors pour passer l'appel. Il me faut un peu de silence. OK ?

— *Yep.* »

Joli, J-boy.

Jorge prit le portable. Le retourna. C'était bien ce qu'il pensait. Les Yougoslaves et les bobos ont quelque chose en commun : ils adorent les gadgets. Peu importe auquel des deux groupes le barman appartenait, Jorge avait deviné juste. Un portable avec appareil photo.

Jorge se lança. On ne lui prêtait pas la moindre attention. La surveillance s'était relâchée depuis que les invités avaient commencé à s'éclipser dans les chambres.

Jorge fit semblant de parler. Garda le téléphone à quelques centimètres de son oreille. En fait – la fonction appareil photo marchait à fond. Prit des tonnes de clichés. S'en foutait complètement si le barman se posait des questions. Vérifia vite fait quelques photos. La qualité était merdique, il n'osait pas utiliser le flash. Mauvaise lumière et distance – les photos étaient floues et sombres. On voyait à peine qu'il y avait des personnes dessus.

Ça ne marchait pas. Il effaça les photos.

Essaya de s'approcher plus des fauteuils.

Difficile de se mettre en position.

Décida de prendre le risque. Maintint le téléphone devant lui. Prit de nouvelles photos. Vérifia de nouveau. Un peu mieux, mais toujours assez floues.

Au cas où. Il ouvrit le menu mms. Marqua qu'il voulait envoyer les photos. Inscrivit son adresse hotmail. Envoya une photo. Puis deux autres.

Leva les yeux. Vit le barman se diriger vers lui. Suivi du gardien de l'entrée.

Putain.

Envoya deux autres photos.

Sourit.

Retour au menu principal. Tendit le téléphone au barman.

Ce dernier cria pour couvrir la musique. « Vous avez dit que vous vouliez sortir. Qu'est-ce que vous faisiez là ? »

Jorge fit celui qui ne comprenait pas.

« Rien de grave. J'ai juste passé un coup de fil. Finalement, je suis resté à l'intérieur. »

Le mec de l'entrée n'eut pas l'air content. « Pas de portables ici, vous le savez bien, non ? »

Jorge répéta : « J'ai juste parlé avec un copain. Où est le problème ? » Jorge s'efforça d'avoir l'air sûr de son truc. « Peut-être qu'on devrait en discuter avec Sven Bolinder ? »

Le gardien hésita.

Jorge continua – vu que cette stratégie avait déjà marché devant la clôture.

« Allez. On va en discuter avec Sven. Apparemment, vous ne voulez pas que j'emprunte un téléphone pour passer un petit coup de fil. » Jorge montra du doigt Sven Bolinder. Le vieux était assis dans un des fauteuils, étroitement enlacé dans les bras d'une fille qui paraissait n'avoir pas plus de dix-sept ans.

Le gardien hésita encore plus.

Jorge poussa. « Il a certainement envie d'être dérangé maintenant. »

De la tension dans l'air.

Le barman jeta un regard en direction du gardien.

Celui-ci abandonna. S'excusa. Sortit.

Jorge restait calme en apparence. Au fond de lui – stressé à l'extrême.

Il sentit qu'il devait partir le plus vite possible.

Se dirigea vers les vestiaires.

Quand la fille lui donna sa veste, elle dit avec un accent indéfinissable : « Quel dommage que tu rentres déjà, mon chou. »

Jorge, silencieux.

Prit sa veste.

Sortit.

Ne croisa aucun vigile.

Fit démarrer la voiture. S'approcha de la clôture.

Il était minuit et demi.

La grille s'ouvrit.

Il arriva dans la rue.

Laissa Smådalarö derrière lui.

Laissa derrière lui la merde la plus dégénérée depuis l'époque de Pinochet.

Il pensa : les puissants s'amusent royalement.

Allez vous faire enculer.

Jorge est le roi.

50

Le sentiment de jouer un double jeu lui donnait des frissons. En même temps, c'était bizarre et fatigant – presque trop de mensonges à surveiller dans sa tête. Le fait était que JW préférait consacrer son énergie à ses propres mensonges qu'à son examen en financement externe, sans quoi sa langue risquait de lui jouer des tours.

On le prenait pour quelqu'un de la haute. En réalité, il était une pourriture totalement ordinaire, qui se faisait du fric de la manière la plus sale possible. Abdulkarim croyait qu'il gagnait son argent en travaillant pour lui, en gérant son business de C. En réalité, JW s'en mettait plein les fouilles en trahissant Abdul pour aider Nenad.

Mais bon, qui est-ce qu'il trahissait vraiment ? Au-dessus des chefs, il y avait d'autres chefs. Il travaillait pour Abdulkarim, qui travaillait pour Nenad, qui visiblement travaillait ou avait travaillé pour quelqu'un d'autre. Qui trahissait-il s'il bossait pour Abdulkarim tout en bossant encore plus pour Nenad ? C'était évident, il y avait quelqu'un derrière tout ça. Mais qui ? Le boss yougoslave en personne, Radovan ? Le boss yougoslave d'une autre branche ? D'un autre gang ? JW n'avait même pas envie de deviner. En plus, ce n'était pas son problème, en fait.

Deux semaines s'étaient écoulées depuis l'offre de Nenad. Des intérêts opposés se disputaient en lui. JW était avide de cash. D'un autre côté, il avait quand même peur de ceux qu'il trahissait, peu importe qui c'était à la fin. Il pesait le pour et le contre. Les avantages tombaient sous le sens. Tout d'abord, le fric. Ensuite, en deuxième place, le fric. Même chose à la troisième place. Et de toute façon, il vivait déjà plus dangereusement qu'il n'avait jamais osé l'imaginer. Pourquoi jouer au casse-cou et ne pas encaisser le maximum ? Aucune raison. Vu qu'il voulait vivre comme un roi de la came, autant voir grand. Il avait entendu Jorge déclamer la devise des rappeurs gangsters : *Get rich or die trying*[1]. La vérité du jour.

Les inconvénients étaient incalculables. Facteur important : le danger. Ceux qu'il trahirait n'allaient certainement pas sauter de joie. Le risque d'être repéré par les stups augmenterait. Le risque de se faire balancer s'accroîtrait, viendrait de plusieurs côtés à la fois.

Mais, se répétait-il – le fric.

Il mit deux jours à se décider. Il préféra la crème de la crème à Abdulkarim, les gros calibres à un plouc d'Arabe, choisit le cash, accepta le danger. Nenad, tout simplement.

Le plan qu'il avait monté sur l'île de Man tombait à pic, lui servirait encore plus qu'il ne l'avait cru.

Le voyage en Angleterre lui avait permis de se reposer. JW oublia ses pensées pour Camilla. La réalité de Stockholm le stressait. Parfois, il envisageait de déménager, une fois qu'il aurait ramassé suffisamment d'argent.

Abdulkarim était surexcité à la perspective de la méga-livraison, le deal le Londres avait un goût de succès. Mais ce ne serait que dans trois mois : avant l'opération, il fallait que les têtes de chou poussent suffisamment. L'Arabe, JW et Jorge commencèrent à discuter de la distribution de ces quantités bien plus importantes que toutes celles qu'ils avaient jamais manipulées. Ils n'avaient pas envie de provoquer une grosse baisse de prix. Il leur faudrait plus de dealers et plus d'entrepôts. Surtout, il leur fallait un plan pour le transport et la logistique.

Le milieu de Stockholm était toujours sous le choc du double meurtre de Hallonbergen. Tout le monde spéculait. JW s'en foutait. Un mac et une mère maquerelle butés dans un bordel. *So what* ? Rien à voir avec son secteur.

Le lendemain, il prit un café avec Sophie au Foam. L'endroit idéal pour les gens qui, le dimanche, veulent se remettre de leur cuite. L'intérieur était aménagé à l'italienne, dans le style Starck. Les gueules de bois ne se voyaient pas, les filles étaient d'une fraîcheur mathématiquement impossible pour un lende-

1. Deviens riche ou meurs en essayant. (*N.d.T.*)

main de soirée arrosée. Les mecs étaient soignés, douchés, frais, et sentaient le parfum.

JW et Sophie commandèrent des crêpes avec du sirop d'érable, des bananes et de la glace. La spécialité du bistrot.

JW posa la question qui le taraudait depuis un moment : « Pourquoi est-ce que tu tiens tellement à rencontrer mes autres amis ? »

Sophie plongea sa cuiller dans la glace sans rien dire. JW pensa : pourquoi est-ce qu'elle commande de la glace si elle ne la mange pas ?

« Allô ? Je te parle, là. »

Sophie leva les yeux.

« JW, réfléchis un peu. Bien sûr que je veux les rencontrer.

— Pourquoi ? Qu'est-ce que ça t'apporterait ?

— J'aimerais mieux te connaître. Ça fait quatre mois qu'on est ensemble, et je croyais qu'on atteindrait un autre niveau à un moment donné. Maintenant, je me rends compte qu'on *est* au niveau suivant. Que je ne sais rien de toi. Ça fait bizarre que tu aies un tas de copains que tu me caches.

— Je ne les cache pas. Mais ils ne sont pas intéressants. Ils sont lourds et cons. Pas la peine d'en faire tout un cirque.

— J'ai trouvé Jorge super sympa. On a discuté toute la soirée. D'accord, il n'est pas vraiment comme mes amis, ou tes autres amis. Il vient d'un monde qu'on ne connaît pas. C'est intéressant, je trouve. Un gars qui a dû se battre pour arriver quelque part. Parce que la plupart des gens qu'on connaît sont nés avec une cuiller en argent dans la bouche, comme dit le roi. Non ?

— C'est peut-être ça. Le roi, quoi, il est trop fort. » JW réfléchit de son côté. Que savait exactement Sophie ? Il poursuivit : « Nippe a voulu savoir qui c'était le gars avec lequel t'étais au Sturehof. T'étais obligée d'aller justement au Sturehof avec Jorge ?

— T'es lourd là. T'as honte ou quoi ? Assume ce que tu es. J'ai trouvé Jorge extra. Un méchant garçon. Il m'a carrément parlé de son enfance. Le pur ghetto, tu sais, dans sa classe au collège, il n'y avait que quatre Suédois. Et moi qui ne connais quasiment personne dont les parents ne soient pas nés en Europe. Franchement, Stockholm c'est un vrai Johannesburg, je trouve. »

Les mots de Sophie firent leur chemin dans le cerveau de JW. Que savait-elle réellement de lui ? JW eut envie de changer de sujet. D'habitude, il était plutôt habile dans ce domaine. Mais là, il ne savait plus quoi dire.

Ils restèrent là, muets comme des carpes.

Les yeux baissés sur la glace qui fondait lentement.

51

Certes, il fallait que Mrado assure ses arrières – fasse en sorte que Rado ne puisse pas lui nuire si facilement. Avant tout, ne pas nuire à Lovisa. Mais il comprenait aussi qu'il n'y avait pas de sécurité absolue. Possible de brouiller les pistes pour qu'on te retrouve difficilement à Stockholm, mais il restait tout de même une chance qu'on te repère. Mrado lui-même avait mis la main sur le Latino en cavale au bout de quelques jours.

La meilleure assurance vie de Mrado : il avait réuni des preuves béton contre Rado qui suffiraient à l'envoyer au moins cent ans derrière les barreaux. Son dossier sur le boss yougoslave contenait, si jamais il le transmettait aux services de police : incitation au meurtre, maltraitance, vol. Proxénétisme, fraude, port d'armes illégal, blanchiment d'argent. Le grand hic dans tout ça – Mrado était personnellement impliqué dans la plupart des histoires. Cent ans pour Rado signifiaient au moins cinquante ans pour lui-même.

Le code d'honneur les empêchait tous les deux de s'accuser devant un juge. L'accord tacite : on règle nos problèmes tout seuls.

Mrado et Nenad n'avaient pas encore lâché la bombe. Encore quelques mois de patience. Radovan allait voir – ils n'accepteraient pas qu'il les baise. Ils le quitteraient. Mrado bricolait déjà les formules. « Putain de vieux con, on fera notre business de notre côté. » Mais pour l'instant ils la jouaient profil bas. Ne précipitaient rien.

Le procédé normal pour un plan pareil c'était de rejoindre un autre gang. Il y avait des gars de la Fraternité Wolfpack qui rejoignaient les Bandidos, des gars des OG qui rejoignaient les Fucked For Life. Mais là : Mrado plus Nenad égalaient force. Assez de contacts et de réseaux. Toute la répartition du marché s'écroulerait comme un château de cartes, s'il se retirait. Le truc se basait sur la confiance des gangs en lui. Cela pouvait mener à une guerre entre tous les gangs. Radovan perdrait le contrôle. Un bon début pour Mrado et Nenad.

Mrado était chez lui et passait des coups de fil toute la journée pour se préparer. Il avait pris un nouvel abonnement de portable, normalement personne n'était en mesure de l'écouter.

Il avait cherché dans la rubrique location d'appartements par des particuliers. Plusieurs cordes à son arc. Le plus intéressant en ce moment : un trois pièces soixante-huit mètres carrés à Skanstull. Sept mille par mois. Mrado l'avait visité. Correspondait bien à sa situation. Il se trouvait sous les toits d'une maison avec une grille à l'intérieur de la porte d'entrée et il était possible de faire installer une alarme. Le meilleur – l'appartement partageait le balcon avec le voisin. Du point de vue de Mrado : si ça merdait, on pouvait filer dans la piaule du voisin *via* le balcon. Une issue parfaite.

Il essayait désespérément de joindre Annika. Elle savait déjà que Mrado était impliqué dans des saletés, elle se mettrait encore plus en rogne contre lui quand elle apprendrait que cela aurait un impact sur la vie de Lovisa et la sienne. En même temps elle comprendrait. Sa fille pouvait être en danger.

Mrado espérait que Lovisa et Annika resteraient loin de leur appartement pendant les vacances d'été. L'idée de Mrado pour après : Lovisa irait dans une nouvelle école. Annika changerait d'adresse. Elles changeraient toutes les deux de nom de famille. Ainsi il serait beaucoup plus difficile de les retrouver.

Il appela Annika pour la millionième fois cette semaine.

Enfin, elle décrocha.

« Salut, c'est moi.

— Salut.

— Tu es fâchée ?

— Arrête, Mrado. Tu sais que je n'ai pas envie de te parler. C'est à nos putains d'avocats de s'occuper du baratin. »

Mrado resta calme. Fit de son mieux. « Tu as raison, Annika. Moi aussi, j'aimerais éviter cette conversation. Mais tu connais la situation. Je pense à Lovisa.

— T'es pas normal, toi. Ça fait dix ans que je me plains de ton style de vie. Devant le tribunal tu nies obstinément que tu es un criminel. Tu te défends en disant que j'exagère. Que je mens. Et maintenant que tu as promis de faire un effort, que tu as le droit de visite toutes les deux semaines et l'autorité parentale commune, tu m'appelles en demandant plein de trucs.

— Je sais, mais c'est pour protéger Lovisa. Et toi aussi, d'ailleurs.

— Je sais. Ce n'est pas juste qu'on soit mêlées à tes magouilles.

— Mais il s'agit de Lovisa maintenant, Annika. Je suis désolé qu'on en soit arrivés là. »

La conversation tournait en rond. Mrado dans une situation perdant/perdant. S'il n'arrivait pas à protéger Lovisa, il n'oserait pas se venger de Radovan et sa vie partirait en fumée. S'il protégeait Lovisa, il ne la reverrait guère plus – et il toucherait le fond du fond.

Annika se lamenta de la mauvaise foi de Mrado. Dans d'autres circonstances, il lui aurait raccroché au nez. Mais pas maintenant. Sa dernière chance – l'acheter.

« S'il te plaît, Annika ! Écoute-moi une seconde. Laisse-moi finir ma phrase. Je comprends que tu sois en colère. Moi aussi, je suis en colère. Mais pour une fois ce n'est pas ma faute. Ce sont d'autres personnes qui nous menacent, vous et moi. La situation a dérapé. Il faut protéger Lovisa. Dans deux mois, c'est les grandes vacances. Je veux que vous restiez loin de Gröndal et du jardin d'enfants pendant tout l'été. Je vous paie une maison de vacances ou un voyage. Pas de soucis. Après les vacances vous devez changer d'adresse et d'école.

— Là, tu vas trop loin. Je t'ai déjà dit qu'il n'en est pas question.

— Écoute-moi jusqu'au bout. Si tu acceptes ma proposition, enfin, vous n'êtes pas obligées de partir loin de Gröndal, juste assez loin pour qu'elle change d'école, je renonce à l'autorité parentale et au droit de visite. »

Annika se tut.

Il attendit sa réaction. Tripota une tache du cacao que Lovisa avait renversé lors de sa dernière visite.

« Tu renoncerais complètement à ton autorité parentale ?

— Oui. Mais tu me permettras peut-être de temps en temps de voir Lovisa, quand même ?

— Seulement en ma présence.

— On pourra en parler plus tard. Qu'est-ce que tu veux faire cet été ? Tu veux une maison de vacances ? Faire un voyage ? Je te payerai tout ce que tu veux, comme promis.

— Quand est-ce qu'on voit nos avocats pour régler tout ça ?

— Quand tu veux. »

Ils discutèrent encore cinq minutes. Convinrent de se voir avec leurs avocats au cours de la semaine. Annika regarderait pour une location de vacances.

Les sentiments après la conversation, contradictoires. D'abord, victoire. Lovisa en meilleure sécurité signifiait qu'il pouvait aller plus loin dans son projet d'attaque contre Radovan. Puis il ressentit le poids. Combien de fois allait-il voir Lovisa ? Important de se rappeler ce qui faisait de lui un homme – la dignité – personne ne piétine Mrado.

Une fois Radovan évincé, tout irait bien.

Deux heures après sa conversation avec Annika, il rencontra Nenad.

Ils allèrent au Kelly's dans la rue Folkungagatan. Il était 8 heures. Le bar, déjà bourré de hard rockers en préretraite et d'ouvriers. L'essence du bistrot : la bière forte et les compètes de fléchettes. Bruyant et agressif. Mrado adorait le Kelly's.

Tout en haut de leur agenda, la grande livraison de coke. Les deux questions les plus importantes : comment s'empareraient-ils de la marchandise, comment la vendraient-ils ? Nenad coupé du réseau à cause de la trahison de Radovan. Abdulkarim, le nouveau chef.

L'Arabe ne savait rien de la double loyauté de Nenad. Ce type ferait tout pour gagner des points auprès de Rado. Même si Nenad lui offrait une part du gâteau. Conclusion : valait mieux le tenir hors du coup. Abdul n'avait officiellement même pas su que Nenad n'avait pas été le gars le plus haut placé. Mais l'Arabe avait juste fait le con. Avait compris depuis un bon moment qui était derrière tout ça. Que Radovan chasserait tous ceux qui le trahiraient, tous ceux qui prendraient le parti de Nenad.

La solution s'appelait JW.

Au lieu de se servir d'Abdulkarim ils pouvaient laisser JW développer des canaux de vente parallèles. Et la banlieue ? Abdul avait d'autres sous-fifres qui bossaient pour lui. JW en connaissait la plupart. Quelques Latinos, des Arabes, des Suédois. Nenad maîtrisait la nouvelle stratégie de vente qui visait la classe moyenne. Ils ne manquaient pas de viviers de recrutement, puisque Mrado avait des contacts chez les OG qui se prêteraient peut-être au jeu. Son réseau de contacts s'était élargi de manière exponentielle depuis son travail sur la répartition du marché.

Une autre question mise sur la table : les vidéoclubs de Mrado, dans la merde. Depuis que Radovan avait dégradé Mrado, le boss des Yougoslaves avait arrêté d'injecter du fric dans les sociétés. Trois semaines s'étaient écoulées depuis. Le problème : sans cash – l'imposition des sociétés se basait sur les impôts taxés de l'année précédente. À l'époque, trois cent mille par mois. À présent, moins de soixante mille. En résumé : Papa État assassinerait les sociétés avec ses taxes. L'effet trop merdique – Mrado n'aurait plus accès au fric blanchi. Il avait pourtant besoin de cash blanc pour payer le loyer de la maison de vacances et l'appartement destiné à mettre Lovisa en sécurité.

Putain.

Malgré tout, Mrado était content. Une bonne journée. Le deal avec Annika, en place. Les préparatifs avec Nenad, en cours. La partie commencerait bientôt. L'enjeu : cent mille grammes de cocaïne. L'enjeu au sens spirituel : devenir les nouveaux rois de la coke de Stockholm.

52

Une semaine s'était écoulée depuis la nuit de Smådalarö. Jorge, profil bas. Les flics travaillaient toujours d'arrache-pied sur le « meurtre du bordel », comme l'avait baptisé *Expressen*. Quelle connerie – personne ne se souciait de deux mégacriminels serbes.

Jorge traînait chez lui. Parfois, s'il le fallait, il sortait s'occuper de choses urgentes concernant la vente et la distribution, mais pas souvent. En tout, il n'avait mis le nez dehors que trois fois.

Abdulkarim était satisfait tant que son objectif restait stable – répandre l'or blanc dans la banlieue. Baisser les prix : mettre la barre à un certain niveau. Transformer : on se prend quelques bières ? en : On se tire quelques lignes ?

Ça marchait. Jorge revendait à huit contacts différents dans la banlieue Nord. De Solna à Märsta. Des types qui connaissaient leur quartier. Les bonnes personnes. Revendaient dans les pubs, les pizzerias, les discothèques, les salles de billard, les centres commerciaux, les parcs. En plus, il en distribuait dans certains quartiers de la banlieue Sud.

Petter, le fan de foot, était son *main man*. Gardait un œil sur les dealers. S'occupait de la logistique. Se promenait en ville toute la journée, les poches pleines de sachets. Se surnommait lui-même *le canon à neige*. Manquait juste encore une petite ritournelle obsédante.

Ils vendaient aux jeunes. Dans les fêtes, dans les apparts, ou dans les villas, devant les stands à saucisses et les centres d'animation. Dans les salles de séjour, les salles d'attente des gares, les caves des HLM.

Une invasion de coke calculée et maîtrisée dans la banlieue.

L'argent pleuvait. Abdulkarim était généreux. Jusqu'ici, Jorge avait ramassé plus de quatre cent mille. Conservait la moitié du cash à la maison, caché dans six pochettes de DVD sur son étagère. Des billets de mille enroulés et alignés côte à côte comme des cigares. Le reste était enfoui dans un petit bois près de Helenelund. À la manière des pirates.

Il en dépensait une partie, mais conservait le gros.

N'arrivait pas à garder son calme. Se réveillait au moins une fois par heure la nuit.

Les images de ses cauchemars le poursuivaient. Des canapés éclaboussés de cervelle. Les murs d'Österåker, qu'il voyait de l'intérieur. Des gars avec des langues qui ressemblaient à des pénis érigés.

Pas besoin d'être Freud pour interpréter ça.

Jorge avait peur.

S'il retournait en prison, ce serait certainement pour la vie.

Pas possible, il allait être tonton.

Il devait agir.

Tirer parti de la situation.

Södermalm. Direction rue Lundagatan. Terrain inconnu pour Jorge. La station de métro s'appelait Zinkensdamm.

Jorge descendit sur le quai. Un fort courant d'air lui fouetta le visage quand il remonta les escaliers vers la sortie.

Le temps dehors, plus doux. Le printemps s'annonçait.

Monter la rue Lundagatan. Plus de neige dans le parc Skinnarvik. Jorge connaissait la rumeur : un nid à pédés.

Numéro 15 dans la rue.

Il tapa le code d'entrée qu'on lui avait donné. 1914. Jorge pensa : les gens n'ont pas d'imagination. Presque tous les codes d'entrée commençaient par 19. Comme les dates.

Vérifia les noms sur les plaques dans la cage d'escalier. Troisième étage : Ahl. Il était au bon endroit.

Il prit l'ascenseur pour monter.

Musique douce à l'intérieur de l'appart.

Sonna à la porte.

Rien.

Il sonna de nouveau. La musique s'interrompit.

Quelqu'un déverrouilla les serrures à l'intérieur.

Un gars vêtu d'un jogging et d'un maillot ouvrit. Les cheveux ébouriffés, des lunettes rondes et un grave problème d'acné. La caricature d'un *nerd*[1].

1. Un passionné de l'informatique. (*N.d.T.*).

société avait reçu un nom : C Solutions Ltd. Il adorait ce C original. Les sous étaient protégés, cachés, sûrs. Personne à part JW n'avait la possibilité de savoir combien il y en avait et où il y en avait.

La dernière phase était géniale – le blanchiment proprement dit. C Solutions Ltd prêtait de l'argent à la troisième entreprise suédoise de JW, la JW Consulting SA. Le contrat de prêt avait été établi par son conseiller bancaire, qui suivait également les transactions. Intérêts et frais étaient réglés. Des clauses contractuelles précises étaient en place : Event of Default, Governing Law, Termination Clauses – tout était conforme à la juridiction de l'île de Man. Du point de vue de l'administration suédoise, la société suédoise de JW recevait un emprunt d'une société étrangère. Et il n'y avait rien de bizarre. Les contrats étaient tout à fait réglo. La boucle imaginée : JW payait des factures à sa propre société qui prêtait de l'argent, il se payait également les intérêts. Les caisses de JW Consulting SA se remplissaient, cinq cent mille couronnes déjà, totalement légales. Si quelqu'un demandait ce que la société était censée faire avec tout cet argent, la réponse était toute prête – cela couvrirait les frais initiaux de la start-up, par exemple une voiture de service et un téléphone portable. À cela s'ajoutait la possibilité de faire semblant d'investir les couronnes, et de les transformer en gains pour constituer le capital de la société. Et l'aspect le plus positif de toute l'histoire – les intérêts à payer à la société sur l'île pouvaient être déduits des impôts.

L'entreprise suédoise acheta la BMW qui avait fait baver JW. Deux cent mille couronnes en espèces. Le reste par acomptes. Officiellement, elle était la propriété de l'entreprise, mais JW en disposait librement. Le jour où il alla la chercher chez le concessionnaire fut l'un des plus merveilleux de sa vie, carrément meilleur que la journée passée dans les magasins de luxe à Londres.

Acheter un appartement était plus difficile. Une personne morale ne pouvait qu'exceptionnellement posséder des immeubles en Suède. Formellement, l'entreprise de JW ne devait pas s'occuper du règlement. La solution fut l'organisation d'une assemblée des actionnaires de la JW Consulting SA. Un procès-verbal signé dans lequel les actionnaires décidaient d'attribuer à JW une prime de trois cent mille couronnes.

réfléchi. Embauché des dealers en vue des nouvelles quantités dont ils disposeraient.

L'air était chargé d'électricité en ce début d'été.

Si tout allait bien, JW serait multimillionnaire dans quelques mois.

*

Cabinet d'avocats Lindskog Malmström

RAPPORT DU SYNDIC CHARGÉ DE LA LIQUIDATION DES BIENS

A. GÉNÉRALITÉS

Débiteurs
Spécialiste Vidéo à Stockholm SA ; 556987-2265
Camarade Vidéo SA ; 556577-6897
Siège : Stockholm

<u>Représentant</u>
Christer Lindberg, membre de la direction
Rue Ekholmsvägen 35
127 48 SKÄRHOLMEN

Eva Grönberg, suppléante (décédée)
Rue Portholmsgången 47
127 48 SKÄRHOLMEN

Réviseur
Mikhael Stoianovic

Capital en actions
100 000 couronnes

Date du dépôt de bilan
Le 10 juin de l'année en cours

Liquidateur
Göran Grundberg

B. RÉSUMÉ DES RECETTES ET DES DETTES

Le rapport sur la vérification des créances révèle les chiffres suivants :

RECETTES	
(contenu de la caisse, inventaire, et recettes générées par la location de films DVD ou vidéos)	11 124,00
DETTES	
Dettes prioritaires (impôts non payés) **Loi sur les faillites § 11**	174 612,00
Dettes non prioritaires	43 268,00
Total des créances :	**206 756,00**

La vérification des créances a été assermentée par le représentant des sociétés.

C. INTRODUCTION

Observations générales

Depuis un certain temps, j'enquête sur plusieurs entreprises soupçonnées de faire partie d'un « cartel » de blanchiment d'argent. Les débiteurs en question, les sociétés anonymes Spécialiste Vidéo à Stockholm SA (par la suite, Spécialiste Vidéo) et Camarade Vidéo SA (par la suite, Camarade Vidéo), sont soupçonnés de faire partie d'un groupe d'entreprises qui entretient des contacts avec ladite « mafia yougoslave » de Stockholm. D'autres sociétés dans cette sphère sont la Clara's Bar & Co SA, la Diamond Traiteur SA et les Spécialistes de démolition à Nälsta SA. Les activités des entreprises sont certes différentes, mais les « propriétaires fantômes » sont certainement les mêmes.

Les débiteurs

En septembre de l'année précédente, Christer Lindberg a repris Spécialiste Vidéo à Ali Köyglu qui avait installé une laverie dans ses locaux. Selon Christer Lindberg, le prix d'achat s'élevait à cent trente mille couronnes. Ces indications n'ont pas été confirmées par Ali Köyglu. Le même mois, Christer Lindberg a repris Camarade Vidéo d'Öz Izdan, qui avait également utilisé les locaux pour la location de vidéos, alors dans le cadre de l'entreprise Vidéo de Karlaplan SA. Christer Lindberg a indiqué qu'il ne se souvenait pas du prix auquel il avait acheté le local. Öz Izdan a refusé de répondre aux questions concernant la vente. Selon Christer Lindberg, aucune trace des ventes n'a été archivée par écrit.

Christer Lindberg n'était pas actif dans sa position de propriétaire. Il ne tenait pas les comptes et n'était pas impliqué dans la direction de l'entreprise.

Toile de fond de l'insolvabilité de l'entreprise et date de la liquidation

Les dettes se constituent en grande partie d'impôts impayés. L'entreprise servait sûrement à blanchir de l'argent des propriétaires fantômes. On y tenait une double comptabilité, et des livres de compte cachés ont montré que les véritables recettes de l'entreprise s'élevaient en réalité à (chiffres moyens pour les six premiers mois d'activité) : Spécialiste Vidéo : 52 017 couronnes. Camarade Vidéo : 46 122 couronnes. De novembre à mars de l'année en cours, des revenus fortement gonflés ont été déclarés au service des impôts, pour chaque entreprise, chaque mois. De l'argent qui ne provenait pas de l'activité des entreprises.

En avril, les sommes déclarées aux impôts se sont radicalement réduites, et semblent se baser sur les véritables recettes des entreprises. Le service des impôts calcule les impôts des entreprises selon les revenus de l'année imposable précédente, c'est-à-dire les recettes fictives. L'insolvabilité a donc été causée par le manque de moyens pour payer les dettes d'impôts. L'insolvabilité a été déclarée à la fin du mois de mai pour les deux entreprises.

Faillite, etc.
Le 11 mai de l'année en cours, le tribunal de commerce a demandé la liquidation des entreprises. Le 12 mai, le tribunal a décidé de placer les entreprises en liquidation judiciaire. Christer Lindberg n'avait pas d'objection contre la décision. À plusieurs reprises, il fut ensuite prié de se rendre à des réunions pour faire une déclaration tenant lieu de serment dans le cadre de l'opération. Il n'est jamais venu. Le 12 juin, le tribunal a décidé de le faire venir de force, et Christer Lindberg a finalement suivi l'appel. Il a déclaré sous serment qu'il ne savait pas qu'une partie des recettes rapportées par les entreprises ne venait pas de la location des vidéos.

Soupçons de fraude
Je soupçonne Christer Lindberg d'avoir joué le rôle de « prête-nom » pour ces entreprises. Il n'avait pas le contrôle des activités, et n'a fait que représenter la personne physique responsable de ces activités, à certaines occasions. Le service des impôts a communiqué ses soupçons de fraude au service de la criminalité financière, et une enquête a été ouverte. Cette enquête a été réalisée en accord avec le service des impôts et le service de la criminalité financière.

Göran Grundberg

54

Les vacances d'été avaient commencé une semaine auparavant. Sa fille était enfin en sécurité – Lovisa et Annika séjournaient en Espagne pour trois semaines. Mrado avait allongé le fric pour le voyage en charter et la location d'un pied-à-terre à Bergshamra By, à quinze minutes au sud de Norrtälje, pour le reste des vacances. Une maison bien typique, les murs en bois rouge avec du blanc aux angles. Une large étendue de gazon pour Lovisa, où elle pouvait jouer au cerceau. Cette pute d'Annika et ses amis pourraient s'ébattre tant ils en auraient envie, jouer au croquet, au kubb[1], au badminton.

Mrado espérait qu'elles resteraient le plus loin possible de Gröndal.

Cela devrait marcher. Le pied-à-terre était bien équipé : il y avait une machine à laver, un lave-vaisselle, une télé et un lecteur vidéo. Lovisa et Annika passeraient un bel été loin de la ville. C'était une solution temporaire, mais qui répondait parfaitement aux circonstances.

Mrado lui-même se sentait relativement en sécurité. Depuis deux mois environ, il avait un nouvel appart. Avait installé une alarme. S'était procuré une boîte postale, avait arrêté de s'entraîner au Fitness Club, changé de téléphone portable.

Engagé Ratko comme garde du corps : l'ancien mercenaire avait choisi le camp de Mrado. Pour détecter d'éventuels sous-fifres de R avant qu'ils n'aient le temps d'agir. Couvrir Mrado en cas de tirs à la mitraillette avec sa veste pare-balles. Ratko était cher, mais chaque centime était bien investi. L'essentiel était de mettre Radovan au courant – Mrado était bien protégé et jouait dans la même cour que Monsieur R.

1. Jeu de plein air d'origine viking. Une combinaison du jeu de quilles, du lancer de fer à cheval, et des échecs. (*N.d.T.*)

Mrado avait vérifié à qui il pouvait faire confiance. Ceux-là étaient informés : Ratko, Bobban et quelques mecs à la salle de musculation. Dans quelques jours, Mrado et Nenad passeraient à l'attaque. Montreraient à Radovan leur conception de la solidarité serbe.

Risque de confrontation. Risque d'accrochage. Risque de s'en prendre une dans la gueule.

Mais Mrado en était sûr : une fois la grande livraison de coke raflée – lui et Nenad seraient les nouveaux seigneurs.

En principe, la répartition du marché fonctionnait parfaitement. Les HA et les Bandidos avaient enterré la hache de guerre. Ce fait, à lui seul, était un exploit accompli par Mrado. Les Bandidos avaient lâché une partie des ventes de C au centre-ville, et le racket des vestiaires. À la place, ils mettaient le paquet dans le racket de la banlieue Sud. Les HA intensifiaient le trafic d'alcool dans toute la Suède centrale, mais freinaient le racket à Stockholm. Les Original Gangsters continuaient leurs attaques sur les transporteurs de fonds. Réduisaient le business de la coke dans la banlieue. Vendaient à fond au Norrort. Les seuls à ne rien vouloir entendre étaient le gang de Naser, difficile à influencer.

En gros, les gangs pouvaient maintenant se concentrer sur leurs domaines respectifs. Sur l'augmentation de leurs marges. L'augmentation des recettes. Avant tout, ils pouvaient déjouer les tentatives d'infiltration lancées par le projet Nova.

Après sa dégradation, et ses déboires avec les vidéoclubs, les insomnies de Mrado prirent une ampleur démesurée. Il bouffait des pilules comme un retraité hypertendu. Ce n'était pas normal. Il espérait que ça s'arrêterait après son opération contre Radovan.

Et un bilan archinégatif pour trois postes des impôts. En tout, plus de deux cent mille couronnes de dettes.

La solution : sacrifier les entreprises. Christer Lindberg, le prête-nom, ce bon Suédois à la puissance dix, allait prendre une claque. C'est bien pour ça qu'il avait été payé.

Et aucune piste ne remonterait jusqu'à Mrado.

Le problème insoluble : Mrado avait besoin de fric blanchi pour financer, à l'avenir, la protection de Lovisa, en particulier pour l'achat éventuel d'un nouvel appartement pour elle et Annika.

Il considéra l'idée de Nenad : se servir du génie du recyclage, leur gars, JW. Apparemment, ce *wannabe-bobo* était en train de monter un plan de ouf pour blanchir à grande échelle. Il le leur faudrait en tout cas après la vente de la grande livraison.

Mrado et Nenad, plongés dans d'intenses préparatifs. Dans deux jours, ils officialiseraient leur séparation avec le boss yougoslave.

Pourquoi le faire avant l'arrivée de la livraison ? N'était-ce pas inutile ? Mrado en avait discuté avec Nenad – il n'y avait pas d'autre manière de procéder. C'était la manière serbe : fais savoir à ton ennemi qu'il est ton ennemi. Mrado et Nenad joueraient selon les règles.

En plus, Abdulkarim savait depuis longtemps que Nenad avait été destitué de ses fonctions par Rado dans le secteur de la C. L'Arabe avait également été informé de qui était désormais son chef. Le gars s'en était sûrement douté depuis un certain temps. Cet enculé d'Arabe avait clairement pris position pour R. Refusait même de parler avec Nenad, donnant ainsi un signal évident – tu es un *loser*. Je suis en train de monter. En d'autres mots, peu importait que Radovan sache que Nenad s'en allait vaquer de son côté. Officiellement, Nenad n'avait plus eu d'infos pendant les trois derniers mois. Rado et Abdulkarim croyaient qu'il était K-O. Leur erreur : ils ne se doutaient pas qu'il y avait une fuite à leur bateau – JW.

La livraison arriverait à Arlanda le 23 juin, dans six jours.

Le plan de Mrado et Nenad était simple. JW administrait tout. Deux camions de Schenker Vegetables engagés pour aller chercher les conteneurs. JW avait parlé avec les chauffeurs. Ils connaissaient la destination finale des conteneurs : pas les entrepôts d'ICA, de Coop ou de Hemköp, ni celui d'un traiteur – mais des entrepôts frigorifiques à Västberga. JW et d'autres gars d'Abdulkarim surveilleraient le transport pendant tout le trajet depuis Arlanda. Déchargeraient la marchandise près des entrepôts. Abdulkarim et quelques acolytes viendraient chercher le chou à la coke. Et voilà le moment où Mrado et Nenad entreraient en jeu. JW leur avait décrit tout ce qu'il savait. Il resterait à l'intérieur de la chambre froide. Ferait en sorte que Mrado et Nenad puissent s'y faufiler. Ensuite, ce serait à eux de l'emporter sur les dealers, probablement Abdulkarim et son ombre, Fahdi, ainsi que les gars qui l'aideraient à surveiller le transport. En ce qui concernait JW, ils mettraient en scène une espèce de manœuvre, il faudrait bien le ligoter comme les autres, ou un truc dans le genre. Un éventuel usage des armes ne leur poserait aucun problème.

Mrado était impatient de passer à l'attaque.

Le moment était venu de sortir de l'ombre – de confronter Radovan à sa position d'ennemi numéro un. Mrado et Nenad avaient pris rendez-vous devant le centre commercial de Ringen, comme d'habitude. Il était minuit. Ils prirent la nouvelle voiture de Mrado, une Porsche Carrera. Un drôle de spectacle – Mrado devait se plier en quatre pour se glisser derrière le volant. Nenad prit place sur le siège passager.

Ils se dirigèrent vers Näsbypark, la maison de Radovan. Ils ne s'étaient pas annoncés.

Mrado se sentait nu sans la présence de Ratko.

Ils discutèrent de ce qui leur passait par la tête.

Nenad venait de parler avec JW. « On est prêts, mais il y a le risque que Rado se dégonfle après ce qu'on va lui dire tout à l'heure. Qu'il décide de changer une partie du plan concernant la livraison. On peut rien y faire, sauf rester, s'adapter. »

Mrado se massait les articulations de la main. Conduisait sans rien dire.

Nenad dit : « Pourquoi tu dis rien ? On ne va pas à un putain d'enterrement. C'est un grand jour. Un jour de fête.

— Nenad, tu es mon ami. Tu me connais. J'ai travaillé pour Rado pendant plus de dix ans. Avant ça, lui et moi on bossait pour Jokso. J'ai combattu dans la même brigade que Rado. On a passé cinq semaines ensemble dans un bunker devant Srebrenica sous un bombardement énorme. Aujourd'hui, je lui plante un couteau dans le dos. Tu crois que je suis heureux ?

— Je te comprends. Mais ce n'est pas toi qui as commencé. Radovan t'a humilié en premier. Sans raison. Ce n'est pas comme ça qu'on traite un frère d'armes. Après tout ce qu'on a fait pour lui. Toutes ces années, les sacrifices, les risques.

— Il ne m'a pas traité comme un frère d'armes.

— Voilà. Il ne t'a pas traité avec le respect que tu mérites. Mon grand-père m'a raconté une histoire de la guerre, la Seconde Guerre mondiale, je veux dire. Je t'ai raconté le truc du carême ? »

Mrado secoua la tête.

« Mon grand-père s'est battu avec les partisans. En hiver 1942, les Oustachis l'ont capturé. Mis dans un camp de prisonniers près de Kragujevac. Les conditions étaient difficiles, ils n'avaient rien à manger, se faisaient maltraiter tous les jours, ne voyaient pas leurs familles. Ils souffraient de maladies, la pneumonie, le typhus et la tuberculose, et tombaient comme des mouches. Mais mon grand-père était un dur. Refusait d'abandonner. Le printemps s'annonçait, et c'était bientôt Pâques. Mon grand-père et quelques autres prisonniers ont décidé de fêter Pâques comme il se doit. Tu sais, selon le rite orthodoxe serbe, avec le carême. Ils travaillaient dans une espèce d'usine qui fabriquait des couvertures. De 7 heures du matin jusqu'à minuit, en ayant normalement droit à un petit repas par jour. Un gardien allemand a réalisé qu'ils jeûnaient, et qu'ils ne mangeaient ni viande, ni œufs, ni lait ce jour-là pour se rappeler les souffrances de Jésus. Il est allé voir le chef du camp et a eu l'autorisation de commander de la nourriture supplémentaire. Puis le gardien a dressé un festin sur le sol de l'usine où mon grand-père travaillait comme un esclave. Jambon, saucisses, côtelettes, foie, poisson, fromages, œufs. Mon grand-père était amaigri et affamé déjà avant ce jour de fête. Il souffrait d'une sorte de scorbut, perdait ses dents comme un gamin de six ans. Le gardien a crié : celui qui mange n'aura pas à travailler pendant le reste de la semaine. Imagine-toi la tentation, enfin pouvoir manger à sa faim pour une fois. Se reposer. Mais ils avaient juré de suivre le carême orthodoxe. Le gardien a tenté de les traîner à la table et de les faire manger. Un homme a cédé. Le gardien a réussi à le forcer. À immobiliser ses mains et à lui faire ingurgiter quelque chose. C'est là que mon grand-père est intervenu. Il a pris une barre de fer et a frappé l'Allemand à la tête. »

Mrado interrompit le récit de Nenad. « Bien fait.

— Oui, le gardien s'est évanoui. Quand j'étais gosse, je demandais toujours à mon grand-père comment il avait eu le courage. Tu sais ce qu'il disait ?

— Non. C'est la première fois que j'entends cette histoire.

— Il a dit ceci : Je ne suis ni croyant ni pieux. Mais la dignité, Nenad, la dignité serbe. Le gardien était en train de piétiner l'honneur de cet homme, et donc, aussi, le mien. Ce n'est pas pour Jésus que j'ai fait ça, mais pour l'honneur. Il a pris des coups pour ce qu'il a fait, mon grand-père. Je me souviens de ses bras crochus, quand j'étais petit. Mais rien ne pouvait l'atteindre. Il savait qu'il garderait toujours sa dignité. »

Mrado comprit. Savait que Nenad avait raison. La dignité avant tout. Radovan avait piétiné celle de Mrado.

Mrado devait lui rendre ses coups.

Pas de retour en arrière possible.

Ils partaient en guerre.

Un seul en sortirait vainqueur.

Mrado vérifia une nouvelle fois. Son revolver était bien dans la poche de sa veste.

Ils traversèrent Djursholm. Bientôt arrivés.

Näsbypark était plongé dans le calme, comme toujours.

Il gara la Porsche loin de la maison de Radovan.

Ils tirèrent la fermeture scratch de leurs gilets pare-balles. Contrôlèrent les munitions dans leurs armes.

Se dirigèrent d'un pas solennel vers la maison.

Dehors, il faisait aussi clair que possible pour une nuit de juin.

Normalement, Radovan était chez lui. Ils connaissaient leur ancien boss. Le mardi, deux fois par mois, il se tapait une partie de poker avec Goran, Berra K et d'autres gars d'un certain âge. Mrado pensa : lui-même n'avait jamais été convié.

À minuit, la partie était en règle générale terminée. Ensuite, Rado rentrait toujours chez lui.

Il devait être rentré à présent.

Mrado et Nenad montèrent le sentier qui menait à l'entrée de la maison. Un phare s'alluma automatiquement.

La porte s'ouvrit avant qu'ils eussent le temps de sonner.

Stefanovic apparut dans l'embrasure, une main sous son manteau.

Il dit d'une voix lente, bien accentuée, en serbe : « Mais qu'est-ce que *vous* foutez ici à cette heure ? »

Mrado répondit : « On vient voir Rado. D'habitude, il est chez lui à une heure pareille. C'est important. »

Stefanovic, très tendu. Devant lui : deux hommes que Radovan avait choisi de dégrader. Hyper dangereux. L'un : un tueur à gages, une torpille, un racketteur, une machine à tuer. L'autre : le magnat de la cocaïne, trafiquant, roi des macs, avec un faible pour la violence.

Armés jusqu'aux dents. Un faux pas, et tout pouvait déraper.

« Je crois que Radovan est allé se coucher. Désolé. Vous ne pouvez pas appeler demain ?

— Non. Dis-lui de venir maintenant. »

Stefanovic ferma la porte. Mrado et Nenad restèrent dehors.

Tentèrent d'apercevoir des mouvements derrière les fenêtres.

Trois minutes passèrent.

Ils comprirent que Radovan avait conscience de la situation. Il n'oserait jamais les laisser entrer dans sa maison. Comment pouvait-il être sûr qu'ils n'étaient pas venus pour le buter ?

Stefanovic réapparut.

« Il est d'accord pour vous voir. Venez par là, s'il vous plaît. »

Stefanovic les emmena, devant lui, au garage – malin, il les voyait, alors qu'eux étaient contraints de tourner la tête pour le voir. Il ouvrit la porte. Mrado jeta un regard à l'intérieur. Il y faisait sombre. Mrado aperçut une Saab et la Lexus de Rado. Plus une Jaguar, une moto et la Range Rover avec laquelle Mrado avait été conduit à la réunion de la rampe de saut à ski trois mois auparavant.

Stefanovic les pria d'avancer. Possible qu'il réussisse à abattre l'un d'entre eux, mais pas les deux.

« Restez ici. Je vais chercher Rado. »

Ils restèrent seuls dans le garage. La porte toujours ouverte. Mrado entendit un bruit et sut tout de suite de quoi il s'agissait – Nenad dégaina son arme.

Mrado l'imita.

Ils entendirent la porte de la maison s'ouvrir et se refermer.

Personne en vue. Juste la voix de Stefanovic. « OK les gars : rengainez vos armes. Croisez les bras. On arrive. Mieux vaut parler avec Radovan dans le garage. Vous savez, sa fille dort dans la maison et elle ne veut pas être dérangée. »

Mrado garda son revolver au poing. « Oublie ça. C'est fini, les ordres. Quand Radovan sort de l'ombre, il doit avoir les bras le long du corps. La chose est simple. Celui qui parmi nous n'aura pas les bras le long du corps aura le visage troué comme un gruyère. »

Mrado entendit le rire de Radovan dans l'ombre.

Au moins, il prenait ça avec humour.

Il s'avança. Les bras ballants. Courageux.

Radovan face à face avec ses anciens employés révoltés.

Mrado rempocha son arme, et garda les bras le long du corps.

Stefanovic apparut. Les bras baissés.

Nenad l'imita.

Quatre hommes dans un garage plein de voitures de luxe. Chiens de faïence.

Radovan dit : « Alors, que puis-je faire pour vous ? C'est pas une heure de chrétien, ça.

— Je pense que t'as déjà compris, non ? On voulait juste t'avertir qu'on va te rendre la monnaie de ta pièce. »

Radovan sourit. « Je me doutais bien que ça arriverait un jour. Le grand malheur, c'est que tu n'aies jamais bien pris mes décisions, Mrado. Encore une raison pour laquelle tu ne peux pas être au top. Et Nenad, toi, tu devrais apprendre la modestie. Vous ne pouvez pas me quitter juste parce que je change vos affectations. Non ? »

Mrado ne réagit pas à la provocation de Rado. « C'est fini maintenant. On a bossé dix ans ensemble. Pour Jokso, pour Arkan, pour la Serbie. Mais c'est terminé. Tu ne sais pas ce que c'est que la reconnaissance, Rado. Tu ne sais pas ce qu'est l'honneur, ni la justice. C'est ça qui fait de toi un faible. Et un perdant. »

Il reprit son souffle. Poursuivit. « On n'était pas obligés d'en arriver là. Tu aurais pu bâtir sur les mêmes bases que Jokso. Sur le respect des hommes, et la modestie. Mais tu as choisi de nous dégrader. Tu croyais vraiment qu'on accepterait cette merde ? Pour qui tu me prends ? Pour un Suédois soumis, qui t'offre son derrière et se laisse enculer ? Rado, tes jours sont comptés. »

Mrado et Nenad quittèrent le garage. Sans attendre la réponse de Radovan.

55

Rétrospective sur une méthode de chantage grandement efficace. Trois mois s'étaient écoulés depuis que Jorge avait eu les photos des hommes de pouvoir. Il était infiniment reconnaissant à ce *nerd* de Richard. Surpris que le type n'ait pas voulu entrer dans la combine. Il n'avait jamais été question qu'il monte un chantage avec Jorge.

Jorge avait eu ses photos imprimées sur du papier photographique. La qualité n'était toujours pas géniale, mais on voyait beaucoup mieux qui elles représentaient, et ce qu'ils faisaient.

Il formula une lettre d'accompagnement, fit un effort pour s'exprimer en bon suédois.

« La photo ci-jointe fut prise lors de la fête donnée chez Sven Bolinder en mars. Elle sera envoyée à votre femme dans dix jours. Pour empêcher cela, versez 50 000 couronnes sur le compte n° 5215-5964354 à la banque SEB dans les six jours. »

Jorge avait pris contact avec un vieux copain. Lui avait fait ouvrir le compte à la SEB. Lui-même s'occupait de la carte bancaire et du code pour retirer l'argent versé le plus vite possible.

Ça marchait grave bien.

Les quatre mecs qui apparaissaient sur deux photos versèrent sagement le fric. Jorge ne pouvait pas les faire chanter tous en même temps, puisque la carte bancaire ne permettait pas de retirer assez d'argent. Il leur faisait leur fête à tour de rôle toutes les deux semaines.

Au bout de deux mois – J-boy plus riche de deux cent mille balles.

Le deal le plus fastoche du monde.

Pauvres cons, ils savaient qu'il reviendrait à la charge.

Il espérait que Radovan apprenne que quelqu'un faisait chier ses clients. Que quelqu'un savait ce qu'il trafiquait.

Abdulkarim lui mettait la pression. « Faut que tu assures la structure. Que tu ramènes plus de revendeurs. Bientôt, y aura une livraison de la classe de George Jung[1]. »

Abdul avait enfin craché les infos sur la livraison. Il s'agissait bien évidemment de coke. Beaucoup de kilos, selon l'Arabe, au moins cent. Était-ce vrai ? Dans ce cas, c'était la plus grande importation dont Jorge ait jamais entendu parler. Ses vieux potes à Österåker tomberaient dans les pommes s'ils en savaient quelque chose.

On ne parlait plus trop du meurtre du bordel. D'autres rumeurs couraient. La guerre au sein de la mafia yougoslave. La révolte contre Radovan. Déserteurs de l'Organisation. Qu'est-ce que ça signifiait pour le projet de haine de Jorge ?

Fahdi lui apprit quelques jours plus tard qui avait quitté l'Organisation : Mrado et Nenad. Le hasard lui jouait des tours. Voilà justement les deux hommes qui occupaient les places numéros 2 et 3 sur sa liste de haine, tout de suite après leur ancien boss, Radovan. Mrado à cause de la douleur. Nenad à cause de Nadja.

Au milieu du mois de juin, le *nerd* l'appela. Le gars avait mis plus de temps que prévu. À cause des championnats de CS. Jorge pensa : *Counter Strike* – on s'en fout. T'aurais dû appeler plus tôt.

Jorge avait essayé de lui mettre la pression. Ce qui aurait dû être l'affaire de quelques semaines avait pris deux mois. Mais il n'avait pas pu faire grand-chose.

Peu importe, maintenant c'était le moment.

Il alla chercher l'ordinateur chez le *nerd* le jour même.

Jorge, de bonne humeur en s'y rendant. Peut-être qu'il y avait des trucs sur l'ordinateur qui lui rapporteraient encore plus d'argent.

Il remonta la rue Lundagatan.

Sonna chez Richard.

Entra.

« Écoute, je ne te connais pas, et je n'ai aucune idée de ce que tu trafiques. Juste pour que tu le saches. »

Jorge trouva le commentaire bizarre. « Qu'est-ce que tu veux dire ?

---

1. Trafiquant de cocaïne américain. (*N.d.T.*)

— Rien, en fait. Je pensais au contenu de l'ordinateur. Certaines choses sont, comment dire, assez flippantes. »

Jorge n'avait qu'une envie, prendre l'ordinateur, et se barrer. « À l'aise, Blaise. Tu veux plus de flouze ?

— Du flouze ? Non, je voulais juste te prévenir. Pour que tu ne te mettes pas dans une galère monstre. »

Jorge ne sut quoi penser.

Il le remercia pour son aide. Paya S'en fut.

Sur le chemin du retour, il dut se retenir pour ne pas se jeter sur l'ordinateur dès son entrée dans le métro. Se reprit. Valait mieux attendre.

Chez lui à Helenelund. Il s'assit sur le canapé.

Ouvrit l'ordinateur. Le fond d'écran : un large gazon et un ciel bleu.

Il mata le bureau – pas beaucoup d'icônes. Mon ordinateur, corbeille, deux jeux : Battlefield 1942 et Les Sims. ITunes, Excel et Windows Media Player y figuraient également. Quelques dossiers.

Il se mit à ouvrir les dossiers l'un après l'autre.

Après coup il pensa : s'il avait su ce qu'il allait trouver, il aurait peut-être renoncé à chercher.

Un dossier contenait des pages téléchargées sur Internet montrant des armes.

Un dossier contenait des mp3.

Le troisième dossier : des astuces en anglais pour tricher aux jeux sur ordinateur.

Dans le quatrième dossier, il tomba sur les noms des clients, leurs alias et mots de passe. Au moins trois cents noms. Jorge survola la liste. Surtout des Suédois, mais même quelques noms étrangers. Fahdi s'y trouvait également. Jorge connaissait déjà son alias. Abdulkarim aussi. Jet-set Carl aussi. Jorge ne reconnaissait pas les autres noms – il faudrait enquêter plus tard. Une mine d'or potentielle.

Le dossier suivant : une capture d'écran du site sur lequel le bordel passait des annonces. Photos des femmes. Descriptions. Numéros de téléphone. Jorge passa en revue les photos. Des filles qui posaient dans des pièces vides sous une lampe à forte puissance. Il trouva deux photos de Nadja. Abandonnée. Seule. Vulnérable.

La liste des noms était bien. Les photos de Nadja lui inspiraient de la frustration, mais elles ne le faisaient pas craquer. Jorge comprit que le secteur du proxénétisme fonctionnait de cette manière. C'est le contenu du dernier dossier, en format MPEG, qui le fit vomir.

La chose la plus malade, la plus dégueulasse qu'il ait jamais vue.

Ça durait cinq minutes. Assez pour faire des cauchemars pour le reste de sa vie.

La scène d'ouverture du film : une pièce, de la lumière froide, une table.

Deux hommes cagoulés entrèrent en traînant avec eux une personne avec un sac en tissu autour de la tête. À en juger par le corps, il s'agissait d'une fille.

L'un des deux hommes : veste en cuir sombre, agressif. L'autre : vêtu d'un costume. Ils parlaient serbe.

Forcèrent la fille à se mettre sur la table. Les mains ligotées derrière son dos. Se défendit de toutes ses forces.

Le plus grand lui enleva le sac en tissu. Une fille éplorée. Les cheveux clairs, type nordique. Cria en parfait suédois : « Lâchez-moi, putains d'enculés ! » Elle continua de hurler. Jorge ne capta pas tous les mots. Le mec agressif lui dit quelque chose. La frappa à la tête. Jorge reconnut la voix. C'était Mrado. Le type en costard l'embrassa sur la joue. Elle lui cracha au visage, cria. Quelques secondes chaotiques. La fille cria de nouveau : « Comment est-ce que j'ai pu sortir avec quelqu'un comme toi ? » Mrado dégaina un revolver. L'enfonça dans la bouche de la fille. Elle se tut. L'acier grinça au contact avec ses dents. Elle pleura. Le gars en costard était furax. Gueula : « Tu ne me cracheras plus jamais dessus, petite putain ! » Déboutonna son pantalon. Lui arracha son jogging. Elle se tint tranquille. Le revolver toujours dans sa bouche. L'homme au costard sortit sa bite. Força la fille à se mettre sur le ventre. Mrado visait maintenant l'arrière de sa tête au lieu de la bouche. Le gars en costard la viola. Poussa. Plus vite. Pendant deux minutes. Jorge vomit. Avait vu d'innombrables films X – mais ça, c'était du vrai. Le gars au costard, terminé. La fille en lambeaux. Mrado leva son arme. Regarda droit dans la caméra. Ses yeux se voyaient à travers les trous de la cagoule. Dit en suédois : « Un avertissement pour ceux qui pensent à nous baiser. » Dernière minute. Ils portèrent la fille jusqu'à une chaise. Son jogging toujours descendu. Mrado la frappa sur le ventre, les bras, au visage. Des gouttes de sueur s'envolèrent. Du sang gicla. Ses arcades sourcilières éclatèrent. Ses lèvres explosèrent. Ses oreilles enflèrent. Ne restèrent que des morceaux.

Le film se termina abruptement.

Le visage de la fille rappela quelqu'un à Jorge, mais il n'arrivait pas à se souvenir qui.

La bonne nouvelle : la répugnance de la vidéo. Une belle preuve contre Mrado. Dans cent ans, ce gars regrettera encore d'avoir maltraité Jorge.

La nuit.

Jorge n'arrivait pas à digérer la vidéo. Supposa qu'elle avait été utilisée comme propagande d'horreur pour les prostituées qui dérangeaient. Il avait regardé le film de plus près – il datait d'environ quatre ans. Est-ce qu'ils passaient chaque fois le même ?

Une parodie de sommeil. D'abord, il ne s'endormit pas. À peine s'il arrivait à s'endormir – il se réveillait plusieurs fois par heure. Alla aux chiottes. Fit des cauchemars. Cela lui rappelait les nuits qui avaient précédé son évasion d'Österåker.

Il se sentait mal. Pourquoi pas mater un film porno et s'éclater – mais pas un viol en direct devant une caméra.

À qui ressemblait la femme violée ?

Il fouilla dans sa mémoire.

Le fait d'avoir buté le mac et la mère maquerelle lui procurait un peu de réconfort.

Les prochains seraient Mrado, l'autre gras dans le film, et Radovan. Il les pulvériserait.

J-boy vous collera au cul.

Le lendemain matin, il but un café serré. Fallait se réveiller. Oublier. C'était le jour de la grande fête d'Abdulkarim.

La grande livraison arrivait.

Jorge participerait aux préparatifs – il surveillerait l'arrivée avec JW. Suivrait les camions d'Arlanda jusqu'aux entrepôts frigorifiques.

Dans une heure, il avait rendez-vous avec Abdulkarim, Fahdi et JW pour régler les derniers détails.

C'était grand. Ce qu'il avait vu la veille sur le film était encore plus grand.

Mais à présent, il fallait se concentrer.

La livraison serait bientôt là.

*

Obs ! Urgent !
Discrétion

Attn : Inspecteur Henrik Hansson, Intervention spéciale
Numéro de fax : 08-670 45 81
Date : 22 juin
Nombre de pages (celle-ci incluse) : 1

Sujet : Opération Chute de Neige, Projet Nova
- -

Opération Chute de Neige lancée
L'opération Chute de Neige a été lancée ce matin à 10 heures. Toutes les unités se rassembleront rue Bergsgatan, salle 4 D, pour un briefing final.

Arrière-plan en bref
Johan Karlsson, depuis un certain temps infiltré dans le cadre du projet Nova (sous le nom de Micke), a reçu des informations selon lesquelles le groupe visé envisage la réception d'une très grande quantité de cocaïne. La livraison arrivera à Arlanda par le vol B 746-34 de Londres demain à 8 heures. Elle se trouve dans des conteneurs qui seront transportés jusqu'aux entrepôts frigorifiques de Västberga dans des camions de l'entreprise de transport Schenker Vegetables. L'endroit exact du déchargement est pour l'instant inconnu.

Intervention prévue
Il est très probable que plusieurs personnes très haut placées dans la hiérarchie de la mafia yougoslave de Stockholm soient présentes au moment de la réception de la charge de cocaïne. Selon les instructions actuelles, l'opération Chute de Neige ferait son intervention au moment où le plus grand nombre de ces personnes pourront être arrêtées.

Pour le moment, nous essayons d'avoir des informations précises concernant l'heure exacte du déchargement. Nous vous en tiendrons informés.

Les Forces d'intervention spéciale, la Commission d'enquête du projet Nova, ainsi que la brigade des stupéfiants participeront à l'opération Chute de Neige. Ce fax a été envoyé à tous les officiers et chefs de service.

56

JW et Jorge attendaient dans un pick-up de location, sans dire grand-chose, absorbés dans leurs pensées.

JW avait élaboré une stratégie. Deux camions de Schenker Vegetables prendraient en charge les conteneurs à Arlanda. Les chauffeurs se rendraient tout de suite aux entrepôts frigorifiques de Västberga. Ils avaient assez de jugeote non seulement pour se dire qu'ils transportaient une cargaison précieuse, mais également pour ne pas poser de questions inutiles. JW et Jorge attendaient là pour filer les camions. Vérifier qu'ils ne faisaient pas de crochet quelque part, qu'ils ne piquaient rien de la livraison, qu'ils n'entraient pas en contact avec des personnes suspectes. Abdulkarim et Fahdi se rendraient directement aux entrepôts. Une fois que les chauffeurs auraient quitté les lieux, ce serait à l'Arabe, JW, Jorge et d'autres de découper les têtes de chou et de déballer la coke. De la transporter ailleurs, de la stocker. De se faire un fric dingue.

Ce qu'Abdul ne savait pas, c'était que JW était la pire taupe de la décennie. Il avait informé Nenad de chaque détail du plan. Selon leur accord, Nenad s'amènerait avec une arme, mettrait tout le monde HS, peut-être en les ligotant, y compris JW, et se volatiliserait avec la livraison. Ça allait marcher comme sur des roulettes.

Abdulkarim, un *has been*.

Et personne ne soupçonnerait JW.

Divin.

Le matin même, Abdulkarim avait organisé une réunion de briefing. Les avait salués d'un signe de la main, carrément comme un salut militaire. JW, Jorge, Fahdi et Petter étaient gais, prêts, et, surtout, millionnaires en puissance grâce à la cocaïne.

L'Arabe détailla les instructions. De nouvelles cartes dans de nouveaux téléphones portables, une évidence. Immédiatement après le déchargement, les anciens téléphones et les anciennes cartes seraient détruits, et Abdulkarim distribuerait de nouveaux téléphones. Ils devraient tous porter des gants – manière traditionnelle d'éviter de laisser des empreintes digitales. Fahdi installerait un scanner radio dans sa voiture – le moyen le plus facile d'écouter ce que les flics disaient, et s'ils se doutaient de quelque chose. Ils porteraient des jeans et des pulls en coton bleu – peu le savaient, mais les techniciens du relevé d'empreintes détestaient les fibres de coton bleu. En principe, il était impossible de faire le lien entre une personne et un tel vêtement, puisqu'il s'agissait des traces de textiles les plus hyperordinaires qu'un homme puisse laisser derrière lui. Une cagoule dans la poche, s'il y avait une descente, si tu arrivais à t'en tirer, il valait mieux que les poulets n'aient pas vu ton visage.

Finalement, juste avant le moment du départ – et cela arriva comme une mauvaise surprise –, Abdulkarim joua sa dernière carte – il laissa Fahdi donner des armes à Jorge et JW.

« Vous en aurez besoin, les gars. Comme les types en Angleterre. On n'est pas plus nuls qu'eux. Ce n'est plus un jeu. Si ces enculés de flics essayaient de foutre leur merde, servez-vous de ça, sans réfléchir. »

JW reçut un pistolet noir. Il brillait. D'une beauté dangereuse. Assis sur le canapé d'Abdulkarim, il le soupesa. Un Glock 22. Fahdi lui en expliqua le fonctionnement – cran de sûreté, détente avec mécanisme de sécurité, et chargeur. Ensuite il expliqua la bonne manière de le tenir – pour éviter de se prendre le recul.

Jorge reçut un revolver. Il l'empocha sans sourciller.

JW était en proie à un conflit déchirant – un mélange d'horreur et d'émerveillement.

Jorge était calme. Il avait des poches noires sous les yeux et se plaignait d'avoir dormi comme de la merde. Ses cheveux étaient plus lisses que d'habitude. JW pensa : est-ce qu'il avait oublié d'utiliser son fer à friser ?

Ils étaient garés devant la clôture autour du terminal de chargement. Attendaient les camions. JW sur le siège conducteur, Jorge à côté de lui. Le Chilien matait dehors à travers la vitre.

La voiture sentait le neuf.

Au bout de dix minutes, Jorge s'adressa à JW. Il avait l'air bizarre. Pensif, mais en même temps fatigué.

« JW, tu as une sœur ? »

JW hésita avant de répondre. Des questions chaotiques se bousculèrent dans sa tête. Pourquoi Jorge lui posait-il cette question ? Savait-il quelque chose sur Camilla ? Sophie lui avait-elle raconté quelque chose ?

JW fit oui de la tête. « Oui. Pourquoi ? »

Jorge répondit : « Rien de spécial. Je me demandais juste. Moi aussi, j'ai une sœur. Paola. Je ne l'ai vue qu'une seule fois depuis mon évasion. C'est dur. Je la porte toujours avec moi. »

JW perdit tout intérêt pour cette conversation banale. Jorge ne semblait pas connaître l'histoire de Camilla. Que sa sœur avait disparu, qu'elle avait eu une liaison avec son prof de Komvux qui lui avait donné de super notes en échange de ses faveurs. Qu'elle s'était promenée en Ferrari avec un Yougoslave inconnu. Que quelque chose clochait dans tout ça.

Jorge était un mec génial. Correspondait à cent pour cent au petit immigré, le dur, le mythique de la cité. En même temps, c'était un homme bien qui se montrait véritablement reconnaissant envers JW qui l'avait sauvé dans la forêt.

JW dit : « Je la porte aussi toujours avec moi. J'ai une photo d'elle dans mon portefeuille. »

Jorge se tourna vers JW.

Ne dit rien.

La conversation mourut.

Ils observèrent la clôture.

JW pensa que Jorge paraissait non seulement fatigué mais aussi franchement stressé.

Au bout d'une demi-heure, les deux camions sortirent du terminal, « Schenker Vegetables » écrit en lettres vertes sur les côtés des conteneurs. Ils avaient déjà vu plusieurs de ces véhicules et commencèrent à flipper. Il ne fallait en aucun cas qu'ils ratent les bons. Imagine qu'ils suivent le mauvais chargement. Se retrouveraient avec un tas de chou sans C. JW et Jorge tenaient chacun leur bout de papier avec les numéros d'immatriculation – cette fois, c'étaient les bons.

JW mit la première. Roula lentement derrière les camions qui montèrent le long d'une rampe, puis contournèrent le terminal. JW ne les quitta pas des yeux.

Le seul point d'interrogation du plan était justement l'accès à Arlanda. Théoriquement, les chauffeurs auraient pu les prendre en traîtres à l'intérieur. En effet, eux seuls avaient le droit de se rendre dans la zone de chargement à l'intérieur de l'aérogare. Mais le risque qu'ils échangent la marchandise contre de la saloperie sans valeur était minime. Ces gars-là le savaient trop bien – s'ils baisaient Abdulkarim ou d'autres, ils auraient à le payer. Selon l'Arabe – de leur vie.

Une tâche importante. Ne pas perdre de vue ni les camions ni les chauffeurs. Même si les mecs ne captaient pas vraiment ce qu'ils transportaient – la cargaison était trop lourde pour qu'ils aient des soupçons.

Près d'un parking devant Arlanda, les camions marquèrent un arrêt de quelques secondes. Assez de temps pour que Jorge saute hors du véhicule pour vérifier que c'étaient les bons gars qui conduisaient les camions. S'il y avait eu d'autres mecs que prévu derrière le volant, ils les auraient forcés à descendre et à monter dans le pick-up. Ensuite, ils les auraient conduits chez Abdulkarim et Fahdi pour leur faire subir un petit traitement.

Jorge fit un signe de la main. Feu vert – c'étaient les bons chauffeurs.

Ils continuèrent le chemin.

Une belle journée. Seuls deux nuages traversaient le ciel bleu.

Jorge avait l'air ailleurs. Avait-il peur ?

JW demanda : « Ça va ? Tu flippes ?

— Non. Ça m'est déja arrivé de flipper. Je sais ce que ça fait. Quand je me suis barré d'Österåker, pendant les quatre cents mètres méga speed, là, j'étais stressé à mort. Dans un cas comme ça, ce qui me trahit, c'est que je pue. Je pue le stress.

— Ne le prends pas mal, J, mais t'as la tête dans le cul », dit JW en ricanant. Il crut que Jorge allait se mettre à rigoler à son tour.

Mais pas du tout. Au lieu de ça, il demanda : « JW, tu ne pourrais pas me montrer la photo de ta sœur ? »

De nouveau l'anarchie dans les pensées de JW. À quoi jouait Jorge ? Pourquoi tout ce baratin autour de Camilla ?

JW garda la main gauche sur le volant. Avec la droite, il fouilla dans la poche revolver de son pantalon. Sortit son mince portefeuille en cuir orné du monogramme Louis Vuitton. Dedans, que des billets, et quatre cartes en plastique : carte Visa, permis, deux cartes de fidélité. Il le tendit à Jorge en disant : « Regarde sous la carte Visa. »

Jorge retira la carte. En dessous, dans la même pochette, se trouvait une photo d'identité.

Le Chilien examina le visage de Camilla.

JW se concentrait sur la route.

Jorge lui rendit le portefeuille. JW le mit dans la boîte à gants.

« Vous vous ressemblez beaucoup.

— Je sais.

— Elle est mignonne. »

Silence.

Les camions roulaient à vitesse modérée. L'ordre d'Abdulkarim : éviter à tout prix d'aller trop vite – le trajet Arlanda – Stockholm était le tronçon préféré de la police routière.

À peine une heure plus tard, ils traversaient la partie Sud de la ville. Tout s'était déroulé calmement.

JW appela Abdul. « On sera à l'entrée dans quarante minutes. Les camions ont roulé doucement. Les chauffeurs sont cool. Tout semble marcher. »

« *Abbou*. On y sera dans vingt minutes. À toute, *inch Allah !* »

Malgré leurs nouveaux téléphones et leurs nouveaux abonnements, Abdulkarim avait décidé que tous les chiffres, heures et autres seraient multipliés par quatre. Donc en réalité, JW et Jorge étaient à dix minutes des entrepôts frigorifiques de Västberga. Abdulkarim, Fahdi et le reste de la compagnie y seraient dans cinq minutes. Selon JW, il en faisait un peu trop : si la police les avait mis sur écoute, ils étaient de toute façon dans la merde.

Jorge semblait presque endormi sur le siège passager. JW se fichait de lui. Pensait à ses finances futures. Il se fixa un objectif : une fois qu'il aurait gagné vingt millions, il arrêterait le business de la coke. Le plus joli dans ce calcul – cet objectif pouvait être atteint d'ici un an.

Quinze minutes étaient passées. Les camions étaient devant les entrepôts frigorifiques, en train de reculer face aux rampes de chargement numéros 5 et 6. JW gara la voiture.

Il dit à Jorge : « Ça va être une journée cool. T'affole pas. Reste cool. »

Jorge ne semblait pas l'entendre. Avait-il autre chose en tête ? Putain, qu'est-ce qu'il foutait ?

Ils sortirent de la voiture et s'approchèrent des camions. Les deux chauffeurs étaient descendus. JW les remercia, et leur expliqua brièvement quand ils pourraient reprendre les camions. Ensuite, il les paya, chacun reçut trois mille couronnes, de la main à la main, ce qui les mit de fort bonne humeur. Peut-être croyaient-ils qu'il s'agissait de clopes, d'alcool ou d'autres babioles. Le risque qu'ils aient vraiment compris quoi que ce soit était minime. Comment se seraient-ils rendus compte qu'ils avaient transporté pour cent millions de couronnes de coke pour le groupe de dealers le plus pointu de ce côté de l'Atlantique ?

Jorge fit un tour près des rampes de chargement. C'était à lui de scruter les environs.

Petter, arrivé en compagnie d'Abdulkarim et de Fahdi, se dirigea dans l'autre direction. Lui aussi contrôlerait les parages. Vérifierait que tout était clean.

Fahdi sortit par une porte en acier près de l'emplacement 5 de la rampe de chargement.

Il hocha la tête en direction de JW. Croisa de loin le regard de Jorge. Signification : pour l'instant, tout était calme.

Abdul ouvrit le conteneur de l'un des camions et JW jeta un regard à l'intérieur. Dans l'obscurité, il aperçut une grande caisse et, à l'intérieur, six rangées de cartons.

Il ignora cette caisse pour fouiller l'un des cartons de la caisse posée derrière, et en sortit une tête de chou.

Fahdi avait le regard fixé sur ce chou.

JW le tenait dans sa main gauche.

Pressa son poing droit entre les feuilles blanches et raides.

Il le sentait bien – le sachet plastique.

57

Parfois, on ne peut procéder que pas à pas.

Mrado ne pensait pas à toute la merde. Faisait juste ce qu'il avait à faire.

S'habilla plus lentement, plus soigneusement que d'habitude. Comme un ralenti dans un film d'action, qui accentuerait le poids de sa méticulosité.

Pas parce qu'il doutait ou angoissait, juste pour que tout soit parfait.

Couteau : un Spec Plus US Army Quartermaster, lame de vingt centimètres en acier au carbone noir et cannelé. L'étui en cuir noir – fixé autour du mollet par deux rubans scratch.

Il le serra bien fort. Vérifia que l'étui était bien fixé – il collait à sa jambe. Inamovible. Sans déranger le flottement du pantalon lors d'un mouvement rapide.

Il soupesa le couteau, certes, c'était une marque américaine, mais tout de même la meilleure lame de combat que Mrado connût. Le mit en équilibre sur un doigt. Passa le pouce sur son tranchant.

Il était fraîchement aiguisé.

Les images dans sa tête : la bataille de Vukovar. Une lutte à la baïonnette face à un tireur d'élite croate.

Sang chaud.

Il enfila son pantalon. Un débardeur noir et fin : Polo Ralph Lauren, pour un été chaud. Ces vêtements frais lui convenaient bien. Des tissus fins.

Il portait un maillot de corps blanc.

Se regarda dans le miroir. Banda ses triceps. Avaient-ils déjà perdu de leur volume ? Pas impossible – depuis sa dégradation environ trois mois auparavant, il ne s'était plus montré au Fitness Club. S'entraînait à la place au World Class, mais ne connaissait personne là-bas. Il y prenait moins de plaisir.

Moins de séances. Les triceps ainsi que les autres muscles perdaient de leur tonus. Ça faisait mal à voir.

Il mit sa chemise, une Hugo Boss beige.

Par-dessus : un costard en lin foncé.

Pas de gaine pour le revolver. Si les flics faisaient une descente, il voulait être capable de jeter l'arme sans qu'on lui demande d'expliquer pourquoi il avait une gaine de revolver sur lui. Satisfait de la petite taille de son S & W.

D'autant plus satisfait des munitions qu'il avait : Starfire, des cartouches à pointe vide, qui explosaient quand elles heurtaient leur cible. Surtout efficace avec des armes à canon court, où la balle volait à une moindre vitesse, ce qui faisait une explosion plus large sur la cible.

Le revolver dans la main. Nettoyé. Propre. Si beau, cet acier inoxydable. Un emblème brillait au-dessus de la crosse, l'inscription au-dessus de la gâchette disait : Airweight.

Mrado se rappela l'instant où ils lui avaient confisqué cette arme, au tremplin de saut à ski. À partir de demain : ils n'auraient que le regret pour héritage.

Il l'enfonça dans sa poche.

Noua ses lacets. Soigneusement.

Prêt pour le plus grand coup de sa vie – une livraison qui lui rapporterait cent millions à la revente.

Ça valait la peine de prendre quelques risques.

Nenad attendait en bas dans la voiture. Il avait vendu sa bagnole de luxe d'avant. Elle éveillait trop les soupçons. À présent, il conduisait une Mercedes CLS 55 AMG rouge, une athlète aux formes souples.

Nenad, lui aussi, portait un costume en lin. Un mouchoir dans sa poche de poitrine. Les cheveux gominés. Les fringues classes étaient de rigueur en ce grand jour. Le roi de la coke et des bordels ne baissait jamais son standing vestimentaire.

L'ambiance à l'intérieur de la Merco était énorme. Ils empruntèrent le périphérique Sud pour sortir de la ville. Ensuite direction ouest. Vers les entrepôts frigorifiques.

Discutèrent de leur rupture. Délire. La tentative de Radovan de les écraser.

Le vieux était fini. Les nouveaux maîtres répondaient au sigle de M & N.

Bientôt, rotation dans les rangs de la mafia yougoslave. Dans quelques heures, ils seraient peut-être les rois de la coke de la ville. De la Suède. De toute l'Europe.

Ils firent halte à la place Gullmarsplan. Rendez-vous avec Bobban. Ratko n'avait pas pu venir. Mrado se demandait pourquoi. Ratko n'était-il pas de son côté ?

Bobban les attendait comme convenu à la gare routière devant la station de métro. Il conduisait une Volvo XC90 et portait sa veste en jean noire habituelle. Ce type ne changeait jamais de style, pensa Mrado.

Tout le monde à son poste : trois hommes contre Radovan.

Enfin, non. Plutôt trois pros contre un Arabe confus et détruit par la came, Abdul.

En plus, ils avaient un infiltré de leur côté. Le mec du Sture-plan qui assurait.

Ils se rendirent à Västberga en caravane.

Nenad mit la techno à fond. Ses mains battirent le rythme sur le volant.

Force.

Un match fastoche.

Une belle journée.

La zone industrielle de Västberga se voyait de loin. Dépôts. Centrales logistiques. Entrepôts frigorifiques. Entreprises dans le coin : une usine de clés, des pauvres boîtes d'informatique, des garages, une décharge publique, et des fournisseurs de pièces de rechange automobile.

Mrado pensa à Christer Lindberg. L'ultra-Suédois qui avait subi une faillite personnelle afin de couvrir les dettes d'impôts générées par les vidéoclubs. Ce quartier, c'était pour des gens comme lui.

Mrado n'avait pas pitié de lui. Celui qui participait au jeu devait en accepter les règles, et tout ce qui allait avec. Ce Suédois n'avait qu'à s'en prendre à lui-même.

Ils se dirigèrent vers les entrepôts frigorifiques. Le bâtiment était énorme. Plus de soixante-dix salles de stockage : des chambres froides de cinq à plus de deux cents mètres carrés. Viande, légumes, fruits, visons – tout préférait être conservé au froid. Selon certaines rumeurs : quelques salles recelaient des organes pour l'Institut Karolinska.

L'immeuble était une construction basse en tôle blanche. Plus triste que triste. Devant, des banderoles : Soyez les bienvenus dans la zone industrielle et logistique de Västberga.

Ils garèrent la voiture devant la clôture qui entourait les rampes de chargement. Nenad donna une clé à Mrado. Ils avaient fait faire un double : au cas où l'un tombait, l'autre pourrait quand même partir avec la voiture.

S'avancèrent vers la rampe de chargement numéro 6.

Savaient où chercher.

Bobban arriva dans sa SUV. Se gara devant la rampe numéro 5. L'idée : une voiture à proximité, et une dehors. Si ça foirait, il leur faudrait plusieurs échappatoires.

En plus, Nenad avait loué une Golf qu'il avait garée, la nuit précédente, sous les mâts à drapeaux, devant le bâtiment des entrepôts frigorifiques. Ce qui leur donnait une troisième possibilité de fuite.

Bobban resta dans sa bagnole. Sur le qui-vive.

Le téléphone de Mrado se mit à vibrer dans sa poche.

La voix de Bobban. « Je le vois maintenant. Il est en train de fumer près de la rampe de chargement 6. Suédois. Pull brun.

— OK. » Mrado raccrocha.

Abdulkarim n'avait apparemment placé qu'un seul homme à l'extérieur. Erreur de débutant.

Mrado courut tranquillement en direction de la rampe. Aperçut le gars à environ vingt mètres de lui. Ralentit. Pour ne pas l'effrayer.

Le type le vit venir trop tard.

Mrado en style commando – lui trancha la gorge.

Le gars gargouilla brièvement, n'eut pas le temps de crier.

Mrado craignit d'avoir taché ses habits.

Traîna le mec sous la rampe. Cacha le corps.

Bobban sortit de la voiture. Sauta sur la rampe.

Ça pouvait durer des jours avant qu'on ne trouve le corps du gars sous la partie mobile de la rampe.

Bobban scruta les environs.

Mrado tripota son revolver. Sentit les contours vagues des cannelures qui faisaient toute la maniabilité de l'arme.

Nenad monta également sur la rampe.

Attendit.

Champ libre. Au loin, on entendait le bruit de moteur de deux camions qui quittaient la zone industrielle. Personne dans les parages.

La grande question : JW avait-il déverrouillé l'entrée de la chambre froide numéro 51, comme promis ? La petite question : Abdulkarim et ses acolytes étaient-ils sur leurs gardes ?

Mrado saisit la poignée de la porte d'entrée. Elle était adaptée aux caisses de nourriture qu'on faisait passer par là. Elle s'ouvrait donc verticalement, comme une lucarne.

Nenad dégaina son arme.

58

Le déchargement fut très rapide.

Tourbillon dans la tête de Jorge. Un mélange d'angoisse, de triomphe et de confusion.

Écœurement.

C'était la sœur de JW qu'il avait vue sur la vidéo de l'ordinateur.

Violée, maltraitée. Laminée par les coups. Tuée ?

Dès qu'il s'était assis dans la voiture à côté de JW, Jorge avait trouvé que ce gars d'Östermalm lui rappelait quelqu'un. D'abord il n'avait pas compris qui. Au bout d'une demi-heure, la lumière s'était faite dans sa tête, plus que jamais.

Ay que sorpresa.

La sœur de JW – une pute. Les Yougoslaves s'étaient emparés d'elle.

Il n'osait rien dire.

Ils avaient utilisé des diables pour déplacer les caisses. Dix. Lourdes, et difficiles à manœuvrer. Ils n'étaient vraiment pas des chauffeurs de poids lourds.

Abdulkarim, excité. Fahdi, en nage. JW, calme par rapport à d'habitude. Si Jorge avait dû dire comment il se sentait, il n'aurait pas réussi à l'exprimer.

L'Arabe ordonna à Petter de monter la garde à l'extérieur. Il les appellerait si quelque chose de louche se passait. Les flics leur collaient aux basques ces jours-ci.

Les murs de la chambre froide étaient blancs. Des barres en acier, auxquelles on pouvait fixer des crics, couraient le long du haut plafond. Abdulkarim jura, se maudissant de ne pas avoir pensé à louer un chariot élévateur. Le sol était en métal. Sentait le fruit gelé. Ils entendaient l'écho de leurs propres voix.

Température fraîche.

Deux portes, celle par laquelle ils étaient entrés, et une autre à l'autre bout de la pièce.

Quatre caisses ne contenaient pas de C – elles se trouvaient sur les bords. Si la douane avait pris des échantillons, ç'aurait été leur marge de sécurité – toujours possible qu'ils ne contrôlent que la marchandise se trouvant sur les bords.

Ils se mirent à vider les autres caisses de choux.

Jorge et JW déchirèrent les légumes. Les découpèrent. En sortirent les petits sachets plastiques contenant la poudre blanche.

Abdulkarim se tenait immobile et les observait. Pesait et calculait chaque sachet. Il fallait que l'addition corresponde exactement à ce qui avait été convenu.

Fahdi enfourna les sachets dans les sacs de voyage qu'ils avaient alignés contre le mur.

Jorge avait déjà ouvert l'un des sachets. Introduit un doigt. Frotté contre la gencive comme c'était l'usage. Bon goût. Le goût de celle à quatre-vingt-dix pour cent.

JW était content. Tout marchait comme fixé dans l'accord.

Au bout de quinze minutes dans la chambre froide, il ne leur restait plus que trois caisses à déballer.

Treize sacs de voyage pleins de sachets. Rembourrés avec de vieilles couvertures.

Ils avaient presque fini. Bientôt, ils allaient charger la moitié des sacs de voyage dans le pick-up où monteraient Jorge et JW, et le reste dans la voiture avec laquelle Abdulkarim, Fahdi et Petter étaient venus.

Abdulkarim, maniaque. Le poids de chaque petit sachet était noté. Additionné. Ensuite, chaque sac devait contenir 6,25 kilos de C. Pour être stocké dans plusieurs petites cachettes à travers toute la ville. Pour réduire les risques.

À cet instant quelque chose de bizarre se produisit. La porte qui donnait sur la rampe de chargement s'ouvrit.

Jorge se retourna. Regarda ceux qui venaient d'entrer. Il avait une tête de chou entre les mains.

Est-ce que c'était Petter ?

Non.

De grands types.

Les flics ?

Peut-être.

Non.

Les hommes portaient des cagoules. Tous les deux en costard. *Reservoir dogs* ou quoi ?

Des armes dans les mains.

Abdulkarim hurla. Se jeta par terre. Jorge dégaina son arme. JW se posta derrière une caisse. Fahdi fit jaillir tout à coup son pistolet dans la main. Tira. Trop tard. Le plus grand des hommes, il était vraiment énorme, tenait un petit revolver. De la fumée sortit du canon. Fahdi s'écroula. Jorge ne vit pas de sang. L'autre homme, qui avait un mouchoir dans la poche de poitrine de son costard, cria : « Allongez-vous par terre, et plus vite que ça, sinon ça va chier ! » JW obéit. Jorge resta debout. Abdulkarim resta debout. Hurla. Maudit. Invoqua Allah. Son fidèle frère d'armes gisait à terre. Le sang commençait à se répandre sous la tête de Fahdi. L'homme au mouchoir dans la poche dit d'une voix monocorde : « Ferme ta gueule et allonge-toi. » Pointa son pistolet sur Abdulkarim. L'homme qui avait buté Fahdi dit : « Toi aussi, l'enculé de Latino, par terre. » Jorge se coucha. Lâcha son arme. Aperçut à peine JW derrière les caisses. Abdulkarim, lui aussi, s'allongea par terre. Les mains derrière la tête.

La voix de l'homme au mouchoir lui avait semblé familière.

La voix de l'homme qui avait tiré sur Fahdi lui était définitivement familière.

59

JW était assis le dos contre une caisse. Le sol était froid. Sa position, inconfortable. Ses poings, un peu trop fermement liés.

Pas trop liés non plus quand même – une partie de l'accord avec Nenad : il lui avaient mis le ruban adhésif de manière à ce qu'il ait une chance de se libérer. Qui avait envie de passer toute une nuit dans une chambre froide ?

Malgré tout, la situation avait dégénéré.

Pourquoi avoir tiré sur Fahdi ? JW ne savait pas qui était l'acolyte de Nenad, mais ce grand enculé avait sans aucun doute commis une erreur. Une transgression horrible.

La panique s'empara peu à peu de lui.

Abdulkarim était allongé par terre, les mains ligotées dans le dos, le ruban adhésif de marquage entravait étroitement ses poignets. Mais il refusait de la fermer – l'Arabe criait, crachait et écumait à tour de rôle.

Jorge était assis dans la même position que JW, contre une caisse, les mains attachées derrière le dos. Il le dévisagea.

De filets de sueur froide coulèrent le long du dos de JW. La pièce était fraîche. Les Yougoslaves, glaciaux.

Putain.

Nenad et son acolyte sortirent les dernières têtes de chou. Les ouvrirent de la même façon que Jorge, JW et Fahdi auparavant. Fourrèrent les sachets dans les sacs de voyage. S'abstinrent de les peser ou de goûter leur contenu. Ignorèrent les cris de l'Arabe. Ne regardèrent même pas en direction de JW.

Jorge continuait de promener son regard éteint. Mais pas en direction des hommes cagoulés en train de voler les cent kilos de C – il dévisagea JW.

« C'est toi qui as vendu la mèche. »

JW pensa : comment Jorge pouvait-il être au courant ?

« C'est toi, putain de merdeux, c'est toi qui les as amenés ici, et tu ne sais même pas qui ils sont vraiment.

— De quoi tu parles ? Je n'ai aucune idée de qui c'est. »

JW détourna la tête. Regarda en direction de Nenad qui tenait une tête de chou. Il la découpa prudemment à l'aide d'un couteau. Soigneusement, pour ne pas déchirer le sachet. Au cas où quelques grammes tomberaient sur le sol – peut-être dix mille couronnes. Nenad semblait se fiche de la conversation entre JW et Jorge. Peut-être qu'il ne les entendait pas, les jurons d'Abdulkarim couvraient tout.

Jorge dit à voix basse : « Impossible que Fahdi nous ait balancés : pourquoi est-ce qu'il aurait fait venir quelqu'un qui lui exploserait le crâne ensuite ? Abdulkarim ? Non, il n'attirerait jamais quelqu'un qui buterait son meilleur ami. Qui d'autre ? Petter ou toi – parce que ce n'est pas moi. Et toi, t'as sorti il y a une demi-heure un truc qui me revient maintenant. Tu m'as dit que je ne devrais pas trop m'en faire. Je ne t'ai jamais entendu parler comme ça avant. Pourquoi tu as dit ça ? Comment voulais-tu m'influencer ? T'es complètement taré, JW.

— Ferme-la ! »

JW regarda droit devant lui. Évita de croiser le regard de Jorge. Le Chilien était plus malin qu'il ne l'avait cru. Mais qu'est-ce que ça changeait maintenant ? Dans quelques minutes, Nenad et son complice auraient disparu. JW se libérerait, aiderait peut-être Jorge à se débarrasser du ruban adhésif, et se casserait ensuite. Jorge, Abdulkarim et Fahdi, si jamais il était encore vivant, n'auraient qu'à se débrouiller eux-mêmes – désolé, les gars, c'est la vie.

Il restait une caisse à vider. Les Yougoslaves travaillaient vite. JW ferma les yeux et attendit le moment où ils partiraient.

Jorge murmura de nouveau : « Écoute-moi, JW. »

JW l'ignora.

« Écoute, putain. Est-ce que tu coopères avec ces types ? Tu sais qui c'est ? Tu sais ce qu'ils ont fait à ta sœur ? »

60

Efficaces, méchants, expérimentés. Ils se faisaient l'Arabe au moment de la livraison. Et le meilleur dans tout ça – indirectement, ils niquaient Radovan.

Mrado et Nenad, le couple infernal, ne prenaient pas de la merde. Piquaient une quantité de coke qui allait faire mal.

Abdulkarim avait travaillé pour Nenad, à présent il était directement en dessous de R. Il ne se serait jamais douté que Nenad avait eu vent de la transaction de C, puisqu'il avait été exclu par le boss des Yougoslaves. Connard.

Malgré les planifications et les infos de JW, Mrado avait eu une surprise : l'un des collaborateurs de l'Arabe était le Latino auquel il avait cassé la gueule six mois auparavant dans la forêt, au nord d'Åkersberga. Qu'est-ce qu'il fichait dans cette chambre froide à Västberga ? JW avait mentionné un Latino qui bossait avec lui sur l'affaire, mais il n'avait jamais dit son nom.

Coïncidence bizarre. Mrado pensa : soit ce Jorge n'a été recruté que pour cette transaction, soit il a bossé pour l'Arabe pendant tout ce temps. Dans ce cas, il a également bossé indirectement pour Nenad pendant tout ce temps, et encore plus indirectement, pour Rado.

Ironie du sort, mais pas impossible. Le Latino en savait beaucoup sur le business de la C. Pas étonnant qu'Abdulkarim ait voulu l'embaucher. Pas étonnant non plus que Nenad n'ait pas un œil sur tous ceux qui bossaient pour l'Arabe. Et même si Nenad l'avait su, il n'était pas étonnant qu'il n'en ait pas parlé à Mrado. Nenad ne pouvait pas savoir que Mrado avait infligé une correction au Latino.

Mrado constata : le Latino n'avait qu'à s'en prendre qu'à lui-même. Mrado lui infligeait une humiliation de plus : le contraindre à regarder, impuissant et ligoté, comment son employeur arabe reniflait et crachait sur le sol.

La bonne blague.

Restait moins d'une caisse à vider. Mrado se tenait près des sacs. Nenad devant les caisses. Sortait les têtes de chou. Les découpait à l'aide du couteau, avec précaution et exactitude. Inutile de déchirer quoi que ce soit. Mrado recueillait les sachets. Les fourrait dans le dernier sac de voyage.

Sa cagoule le grattait.

Abdulkarim crachait par terre. Refusait de se tenir tranquille. Hurlait des jurons en arabe. Mrado devinait, à peu près : *j'enculerai ta mère-ta sœur-ta fille.* La flaque de sang autour du gorille s'était agrandie. JW et Jorge restaient assis, les mains ligotées dans le dos, chacun contre une caisse. Ils se tenaient tranquilles.

Tout avait marché comme prévu. JW avait fait du bon boulot. On pouvait compter sur lui. Comme Nenad l'avait dit : le mec était un arriviste. Ferait n'importe quoi pour du fric. Il avait informé Nenad et Mrado du lieu, de l'heure et du moyen exacts dont l'Arabe et les siens réceptionneraient la coke. Ils n'avaient eu qu'à y aller, descendre le minable qui montait la garde à l'extérieur, et entrer.

Presque trop facile.

Dans trois ou quatre minutes, ils auraient fini. Mrado et Nenad, dans une bagnole. Bobban dans une autre. Si ça merdait, ils avaient une autre voiture, garée de l'autre côté des entrepôts, en sécurité. Si quelque chose foirait, et que les autres voitures étaient bloquées, celle-ci serait accessible.

Dans six mois, une fois toute la came vendue, ils seraient plus riches de cent millions.

Putain de grave.

C'est à ce moment-là qu'arriva la deuxième surprise de la journée. JW se releva. Il avait apparemment réussi à se libérer de ses liens. Mrado avait entaillé le ruban adhésif de sorte qu'il puisse s'en débarrasser. Il n'aurait pas dû le faire.

Pourquoi se levait-il ? Abdulkarim comprit que quelque chose était louche. Que JW avait coopéré avec Nenad.

Il dit quelque chose.

Mrado l'observa. Nenad leva la tête, interrompit son travail. Un chou dans une main, le couteau dans l'autre.

JW tenait un Glock de ses deux mains. Braqué sur Nenad à quatre mètres de distance.

La mâchoire crispée. Les yeux, deux fentes étroites.

Bafouilla des hurlements incompréhensibles.

Qu'est-ce qu'il foutait, ce putain de snobinard ?

Mrado écouta plus attentivement.

« Nenad, trou du cul. Si tu bouges, je te bute. Une balle dans la tête. Je te jure. Ça vaut pour toi aussi. Si tu bouges, Nenad est un homme mort. »

Nenad lâcha le chou. Tenta de rester détendu. Le légume roula sur le sol. Il répondit à JW : « C'est quoi ce truc ? Rassieds-toi. »

JW resta debout, dans la même position.

Mrado évalua la situation à très grande vitesse : JW était-il en train de péter les plombs, ou ce garnement était-il plus malin qu'ils ne l'avaient pensé ? Voulait-il récupérer seul toute la livraison ? Dans ce cas, jusqu'à quel point maîtrisait-il son arme ? Est-ce que Mrado aurait le temps de dégainer son S & W avant que ce fou furieux n'envoie une balle dans la tête ou la poitrine de Nenad ? La conclusion : peu importe ce que JW avait en tête, la situation était compliquée – pas une idée de génie que de faire des mouvements brusques. La distance, trop courte – JW avait l'air trop sûr avec son arme.

Mrado resta immobile.

« Réponds à une seule question, Nenad. Très simple. »

Nenad fit oui de la tête. Ses yeux se voyaient dans les trous de la cagoule. Ils étaient rivés sur la bouche du pistolet.

« De quelle couleur est ta Ferrari ? »

Nenad resta muet.

Mrado glissa sa main doucement sous son costard pour en sortir son arme.

JW demanda de nouveau. « Si tu ne me dis pas la couleur de ta Ferrari, je tire. »

Nenad ne bougea pas. Il sembla réfléchir.

Le pistolet dans la main de JW, le doigt sur la gâchette. Pas le temps de jouer.

Nenad répondit : « J'avais une Ferrari à une époque. En quoi est-ce que ça t'intéresse ? Mais ce n'était pas vraiment la mienne. Je l'avais prise en leasing. »

JW leva sa tête d'un cran.

« Elle était jaune, si ça t'aide. »

Les yeux de JW changèrent d'expression. Fous. Farouches. Imprévisibles.

« Dis ce que tu as fait à ma sœur. »

Nenad ricana brièvement. « Tu es cinglé. »

JW enleva la sécurité de son pistolet.

« Je compte jusqu'à trois, et tu vides ton sac. Sinon tu es mort. Un. »

Mrado saisit son revolver sous le costard.

Nenad : « Je ne sais pas de quoi tu parles. »

JW compta : « Deux. »

Nenad se mit à parler avant que Mrado n'ait le temps d'agir.

« Ah, maintenant je comprends pourquoi ton visage m'a paru familier la première fois qu'on s'est vus à Londres. Je n'arrivais juste pas à deviner pourquoi. Jamais je n'aurais cru que tu puisses être le frère d'une putain. »

Mrado pensa : pourquoi Nenad prend-il la peine de parler avec ce gars ? De la folie.

« Elle était jolie, ta frangine. Nous a rapporté pas mal de fric. Je suis même sorti avec elle pendant quelques mois. C'était la call-girl la plus chaude qu'on ait jamais eue. Je te jure. »

Silence éloquent.

On aurait pu entendre tomber une aiguille dans l'entrepôt frigorifique. Même l'Arabe s'était tu.

« Elle était juste un peu trop ambitieuse. Quand elle a commencé chez nous, elle était encore étudiante, les pieds sur terre. Sans doute que c'était son prof, un de nos bons clients, qui l'avait tuyautée sur notre manière de gagner du fric. Mais au bout d'un certain temps, elle s'est mise à avoir des revendications. À essayer de nous entuber. On ne pouvait pas tolérer ça. Tu dois comprendre. »

JW resta immobile. Les bras tendus. Les mains crispées autour de la crosse de son pistolet.

« Comment t'as su ?

— Va te faire foutre, enculé. »

Mrado dégaina son revolver. S'en servit pour menacer JW.

Il se fichait que Nenad soit passé aux aveux. Il fallait que cette situation prenne fin. Le moment était venu pour lui de s'époumoner un peu.

« JW, pose ton arme. »

Visa le bobo.

JW eut un regard vacillant. Vit sûrement Mrado du coin de l'œil.

Situation mortelle. Drame triangulaire. Lignes de mire.

Si JW butait Nenad, il tomberait également.

Comprenait-il ça ?

« JW, ça sert à rien. Si tu tires sur Nenad, je t'explose le crâne. Je suis meilleur tireur que toi. Peut-être même que je réussirais à te descendre avant que tu puisses appuyer sur la gâchette. »

JW ne bougea pas.

Mrado sentit le polyester de sa cagoule coller contre son front.

Nenad avait pigé, il la fermait. Laissait Mrado s'occuper du baratin.

Mrado dit : « Rengaine ton arme, et on oublie tout ça. »

Rien.

Abdulkarim se mit à hurler. Jorge se leva près de sa caisse.

C'est là qu'arriva la troisième surprise de la journée pour Mrado.

La pire.

L'entrée donnant sur les rampes de chargement s'ouvrit de nouveau.

Les flics faisaient irruption dans l'entrepôt.

Deux tirs éclatèrent.

61

Jorge en plein chaos.

JW avait tiré. Mrado avait tiré.

Nenad par terre. Les policiers fourmillaient. Malgré tout – le tir qui avait touché Nenad les avait effrayés. Déconcertés. Le tir de Mrado sur JW avait raté. JW toujours sur ses jambes. Indemne. Les flics avaient attaqué au bon moment, à l'instant précis où il fallait détourner l'attention du Yougoslave.

Du gaz lacrymogène plein la chambre froide.

Mrado tira sur les flics comme un forcené.

Ils s'abritèrent. Décontenancés. Hurlèrent des ordres. Menacèrent.

Jorge derrière la caisse.

JW à côté de Jorge, un couteau à carton dans la main. Coupa le ruban adhésif autour de ses mains.

Jorge se releva. Ils se regardèrent.

Leurs yeux en feu.

Ils coururent en direction de la porte de derrière.

Les flics captèrent trop tard ce qui se passait. Trop concentrés sur Mrado qui avait toujours l'arme à la main.

Jorge déverrouilla la porte.

Lui et JW arrivèrent dans un couloir.

Pas de flics.

Un néon clignotait plus loin.

Ils coururent vers une échelle qui montait le long d'un mur. En haut.

Ils grimpèrent vers le toit, une lucarne.

Montèrent les marches, trois par trois.

Entendirent les flics les talonner dans le couloir.

Jorge regarda en bas. Ouvrit la lucarne. On cria d'en bas : « Arrêtez, c'est la police. » Jorge pensa : Allez vous faire foutre.

J-boy n'est pas né de la dernière pluie, il a ses règles d'or : ne t'arrête jamais, fonce, les flics perdent toujours.

Ils arrivèrent sur le toit. La tôle était plate et d'un gris qui faisait croire qu'autrefois, elle avait été blanche. Le ciel était clair.

JW haletait. Tenait toujours le Glock dans la main. Très probable qu'il ait vidé son chargeur. Jorge en meilleure forme, malgré le peu d'entraînement ces derniers temps.

Ils foncèrent sur le toit.

JW semblait avoir une destination en tête. Il prit les devants.

Jorge hurla : « On va où ? »

JW répondit : « Doit y avoir une bagnole, une Golf, garée là-bas, près des mâts. »

Ces enculés de flics émergèrent de la lucarne – se mirent en position. Les suivirent en courant.

Une voix lointaine sortit d'un mégaphone : « Restez où vous êtes. Les mains derrière la tête. »

JW leva son pistolet et visa les hommes derrière eux. Putain de con.

Jorge entendit les cris des policiers : « Il est armé. »

Il courut plus vite.

Respira par le nez.

Sentit l'odeur de sa transpiration.

Pas de stress. Juste de l'effort.

Pas de stress.

Continua sur le toit.

Le mégaphone résonna de nouveau.

JW avait le Glock dans la main. Se retourna vers les flics. Un bruit sec. Est-ce que c'était lui qui avait tiré ?

Merde – Jorge avait pensé qu'il ne lui restait plus de cartouches.

Encore ce bruit sec.

JW tomba. Se tint la cuisse.

Qu'est-ce qu'ils foutaient, ces flics ?

Pas le temps de réfléchir.

Il fonça tout seul.

Harmonie tout au long de sa course

Jorge qui halète. Jorge qui tambourine le sol.

En transe : tout ce qu'il savait, c'était qu'il fallait courir.

Se rappela ses séances d'entraînement à Österåker. Se rappela la corde, qu'il avait fabriquée lui-même, comment il l'avait lancée par-dessus le mur.

Courut très vite.
Vers le bord du toit.
Ne regarda même pas en bas.
Sauta directement. Fidèle à ses habitudes.
Une chute plus longue que celles d'Österåker et du pont Västerbron.
Craquement dans un pied.
Il aperçut la Volkswagen.
Ignora la douleur.
Boita jusqu'à la bagnole.
Cassa la vitre. Ouvrit la porte.
Le siège conducteur plein d'éclats de verre.
Il arracha les câbles d'allumage sous le volant.
Si quelqu'un savait faire démarrer une voiture sans clé, c'était bien lui.
Le roi.
Le moteur démarra.
Adios losers.

Épilogue

Paola avait peut-être déjà accouché.

Jorge alluma une cigarette, se renversa en arrière. Une chaise longue branlante. Un parasol Pepsi.

Son pied allait beaucoup mieux.

Ko Samet : pas forcément l'île la plus populaire. Plus loin dans la baie que Ko Tao et Ko Samui. Pas de vol charter suédois, pas de tourisme allemand de masse, pas de famille avec enfants. À la place : des bungalows pas chers, des plages désertes, et des randonneurs aux cheveux ébouriffés. Sinon : des hommes solitaires d'âge moyen et des putes thaïlandaises.

La moitié de son flouze changée en dollars dans son sac à côté de la chaise longue. Le reste sur un compte à la HSBC. La banque qui avait des filiales partout dans le monde.

Ça l'arrangeait.

La plage presque vide.

De la main, il vérifia que le sac était encore là.

Il repensa aux derniers mois.

Il s'était bien démerdé. Jorge Bernadotte. Avait foncé comme un dingue dans la voiture, malgré son pied foulé. Comparaison évidente : exactement comme l'évasion d'Österåker, juste qu'il n'avait pas planifié le trajet de sa fuite. Ils avaient trente secondes de retard sur lui. Il s'était rendu à Midsommarkransen. Beaucoup de maisons et de ruelles. Les flics ne l'avaient pas en vue comme sur l'autoroute. Il abandonna la bagnole devant le lycée Brännkyrka. En braqua une autre en moins de trente secondes. Ils ne pigèrent que dalle. L'homme miracle avait encore frappé. S'était débarrassé des flics. Avait trompé les poulets.

La première chose qu'il fit ensuite : aller à l'appart de Fahdi.

Il avait les clés sur lui. Boita jusqu'à la chambre à coucher et l'armoire. En sortit le fusil de chasse dont il s'était servi à Hallonbergen. L'enfonça dans un carton qui portait le logo Vivo. Ressortit en boitant toujours.

Se reprit. Retourna dans la chambre. Prit la carabine automatique et les autres armes de Fahdi. Les enveloppa dans un drap.

Fahdi était un ami. S'il survivait, il ne fallait pas qu'il fasse plus de prison que nécessaire.

Il gagna la cuisine. Comme toujours, les balances, les sachets, les enveloppes, les miroirs et les rasoirs jonchaient la table. Trois cents grammes de coke répartis dans les sachets.

Jorge jeta les sachets dans le carton.

Fouilla. Mit l'endroit sens dessus dessous, sans faire de bruit. Des gants aux mains. Ne pas laisser de traces. Trouver ce qu'il cherchait. Les clés des entrepôts.

Retour dans la rue. Braquer une nouvelle bagnole.

Jeter le drap avec les armes dans le lac Edsviken.

Faire le tour des entrepôts pendant le reste de la journée. Shurgard Self-Storage à Kungens Kurva, Högdalen, Danderyd. Les vider.

Le lendemain : les entrepôts de Rissne, Solna et Vällingby. Sa récolte en tout : 1,2 kilo de coke.

Les trois jours suivants furent agités. Il vendit la came à un prix gravement bas. Sept cents couronnes le gramme. Le tout partit comme de la bière par une belle journée d'été.

Se procura un passeport moyennement foireux – allongea beaucoup trop de fric, mais il n'avait pas le temps de jouer au dur.

Réserva un billet sur un vol charter à Bangkok. Misa sur sa chance.

Tout marcha comme sur des roulettes. Personne ne contrôla son passeport dans le détail avant son départ.

Quatre jours après le fiasco de l'entrepôt frigorifique, il avait quitté le pays.

N'avait jamais pensé que ça se passerait comme ça.

Si c'était un garçon, Paola lui avait promis qu'il se nommerait Jorge. Un vrai Jorgelito. Même s'il ne vivrait jamais une vie de bon Suédois, Paola, elle, aurait au moins cette possibilité.

Laisser grandir Jorgelito en paix. Sans assistantes sociales, sans profs racistes, sans enculés de flics, ni Rodriguez. Jorge garantirait le cadre, il transférerait chaque couronne dont il pouvait se passer au fils de sa sœur.

Un Européen blafard se promenait le long de la plage, main dans la main avec une jeune Thaïlandaise.

Jorge ferma les yeux. Il en avait marre des caves, et il en restait encore à éliminer.

Pensa à JW dans l'entrepôt frigorifique, d'abord incapable de comprendre. Jorge avait insisté : « J'ai vu ta sœur se faire violer et tabasser sur une vidéo. Par ces gars-là. Il faut me croire. » JW avait regardé droit devant lui, l'œil fixe. Marmonné : « Ta gueule, Jorge. Ferme-la. » Jorge poursuivit, chuchota, mais assez fort pour que JW l'entende bien : « Crois-moi. Tu as choisi le mauvais côté. Je comprends que tu ne puisses pas revenir en arrière. Tu as misé sur ces types-là. Mais ta sœur était une sorte de prostituée. Ces gars de la pègre yougoslave l'ont tuée. » C'est seulement là que JW avait réagi. S'était tourné vers Jorge en répétant : « Ta gueule si tu ne veux pas que je t'écrase la tronche. » Nenad et Mrado ne s'occupaient toujours pas de Jorge et de JW – ils déchiraient les têtes de chou, arrachaient des sachets pleins de coke. Abdulkarim hurlait. Mais Jorge vit que JW s'était mis à l'écouter. « JW, j'ai surveillé ces types pendant plusieurs mois. Je sais ce qu'ils fabriquent. » Jorge raconta en accéléré l'histoire du bordel à Hallonbergen. Sans mentionner le meurtre du mac et de la mère maquerelle. Au lieu de ça, il décrivit la fête de Smådalarö et ses putes. Comment les caves s'étaient comportés, le physique des filles, les personnes présentes. Souligna ce dernier point en dépeignant le parking devant la villa immense. Alignées les unes à côté des autres : des voitures de luxe. Et c'est là que JW avait complètement pété les plombs.

D'une chiquenaude, Jorge envoya sa cigarette dans le sable. Savoura la chaleur. Le soleil lui faisait un vrai bronzage. Cool d'échapper à l'odeur dégueu de l'autobronzant. À part ça, il avait retrouvé son physique d'avant. Les cheveux lisses, un corps mince, pas de barbe. Seul son nez cassé rappelait le nouveau Jorge.

En sécurité.

En même temps – il fallait continuer.

Son cash ne durerait pas éternellement.

Peut-être que ça valait la peine de rentrer bientôt, pour se faire plus de blé.

Aller voir Jorgelito.

*

Cliquetis de clés dans les verrous. Les doubles portes s'ouvrirent.

Margareta se mit à pleurer. Bengt avait l'air crispé, il gardait les yeux au sol.

Le gardien ferma les portes derrière eux.

Le visage de Margareta avait la même couleur que les murs d'Österåker, blanc cadavre.

JW était assis de l'autre côté de la table en bois. Margareta et Bengt prirent place. Les mains de Margareta traversèrent la table et rencontrèrent celles de JW. Les serrèrent fort.

« Comment ça va, Johan ?

— Ça va. Beaucoup mieux qu'en détention. Ici, on arrive à bien bosser. »

Bengt continua de fixer le dessus de table. « Et à quel boulot t'avais pensé ? »

JW pensa : il ne me pardonnera jamais. Bengt : le brave Suédois dans sa bulle. Malgré tout, il était venu. Peut-être que maman l'avait forcé.

« Je vais avoir du boulot. »

Bengt ne répondit pas.

Ils changèrent de sujet – la nourriture à la prison, les visites de l'avocat, et les études de JW.

Ils discutèrent des derniers jours du procès. Le procureur avait accusé JW de tentative de meurtre. La drogue, JW assumait devant ses parents. Mais le tir sur Nenad – jamais. Si seulement il avait mieux appris à se servir d'une arme – il n'avait touché Nenad qu'à l'épaule. Le tribunal avait cru son explication, comme quoi, à cause des flics qui avaient pris d'assaut le bâtiment, à cause de Mrado qui le menaçait, à cause de la mort de Fahdi, il avait été tellement paniqué que le tir lui avait échappé. Sans l'intention ni de tuer ni de blesser qui que ce fût.

Le tribunal avala cette partie de ses explications. JW reconnut son implication dans le trafic de cocaïne. Sa ligne de défense consistait à dire qu'il avait seulement été là pour dépouiller la neige. Il réussit ainsi à alléger sa peine. Ils prenaient également en compte son jeune âge. Mais il moisirait et pourrirait néanmoins dix mois en prison avant de sortir.

Ses potes lui avaient tourné le dos. Faisaient comme s'ils ne l'avaient jamais connu. Pas étonnant. Ceux qui barbotent dans la merde préfèrent ne pas regarder plus bas – ce serait tellement écœurant. Mais il avait espéré que Sophie réagît autrement. Sans succès.

Il n'y avait qu'une chose à faire – rendre son séjour en taule le plus agréable possible. Pourquoi pas vendre son idée de blanchiment d'argent à ses coprisonniers ? Faire du business, *as usual*.

Ses parents ne parlèrent pas de Camilla. Et JW avait choisi de ne rien dire. Les flics n'apprendraient pas grand-chose de Jan Brunéus. Il n'avait sûrement rien fait d'illégal. JW en porterait le poids tout seul. Épargnerait la vérité à Margareta et Bengt. Ça lui permettrait de dormir moins mal.

Margareta dit : « La semaine dernière, nous avons reçu une carte postale assez déplaisante, je trouve. »

Voilà qui éveilla l'intérêt de JW. « De qui ?

— Il n'y avait pas de nom. Mais c'était signé par quelque chose comme *El Negrito*.

— Qu'est-ce qu'il y était écrit ?

— Pas grand-chose. Que la personne se reposait en Asie du Sud-Est, que les plages étaient jolies, et qu'il y avait des coraux. À la fin, ça disait qu'il ou elle t'enverrait trois mille bisous de love depuis son île, jusque sur la tienne. »

JW garda un air détaché. « Ah !

— Johan, c'est encore une de tes magouilles ?

— Mais non, c'est un ami qui prend un peu de bon temps. Il ne sait même pas que je suis en prison. Quand je sortirai d'ici, moi aussi j'irai au soleil. »

Bengt ouvrit la bouche.

La referma.

Margareta se tourna vers lui. « Qu'est-ce qu'il y a papa ? Tu voulais dire quelque chose ? »

Bengt regarda JW pour la première fois de la journée. JW le dévisagea à son tour et pensa : c'était peut-être la première fois que son père le regardait vraiment.

« Quand tu sortiras d'ici, tu n'iras pas au soleil. Tu iras te chercher un vrai travail. Loin de Stockholm. »

Bengt baissa de nouveau les yeux. Il ne dit plus rien.

Le silence pesait lourd dans la pièce.

« Johan, tu ne peux pas nous raconter comment se passent tes journées ici ? »

JW se mit à bavarder. Dans sa tête, il lâcha Bengt. Remercia éternellement Jorge. Trois cent mille transférés sur son compte à l'île de Man. Le Chilien était un mec bien. N'oubliait pas qui l'avait sauvé au fond de la forêt, même si JW les avait tous trahis, dans le dos d'Abdulkarim, et avait vendu son âme aux Yougoslaves. Jorge avait sûrement compris que JW les avait trompés, mais il avait aussi capté que JW n'avait pas su à qui il avait affaire. Qu'il avait été naïf.

L'heure des visites était terminée.

Le gardien accompagna ses parents dehors.

Margareta pleura de nouveau.

JW, seul à la table de la salle des visites.

Savait ce qu'il allait faire avec l'argent.

Ne savait pas ce qu'il allait faire de sa relation avec son père.

*

Cour de la prison de Kumla : herbe coupée court, sans arbres. Des blocs de ciment à la surface lisse, et des barres de métal assez récentes – une salle de musculation en plein air. Mrado et trois autres Serbes soulevaient des poids.

Accord tacite : le matin, c'étaient les Serbes qui profitaient des haltères, l'après-midi, les Arabes.

La vie en taule, mieux pour lui que pour beaucoup d'autres. En cabane, il était quelqu'un. Les rumeurs le protégeaient. Malgré tout : un climat plus dur qu'il ne se le rappelait, depuis son dernier séjour. Mise en pratique des conférences données par Stefanovic et lui-même. Les gangs régnaient. Les bandes étaient aux commandes. Soit tu en faisais partie, soit tu étais foutu.

Le truc qui gâchait tout – il allait perdre Lovisa. Annika avait déposé une demande immédiatement après la condamnation de Mrado pour trafic de drogue. Avait exigé l'autorité parentale exclusive, et pour Mrado un droit de visite une fois par mois dans un putain de parloir en présence d'une personne des services sociaux. Un étranglement mental. Qui le tuait à petit feu.

Mrado avait eu du bol : Bobban avait atterri au même endroit. Quelqu'un à qui parler. Quelqu'un qui couvrait ses arrières.

Comment ce putain de Nenad avait-il pu être assez con pour ne pas voir la ressemblance entre ce JW et cette pute qu'il avait montée des années auparavant ? Tout aurait été parfait. Ils auraient eu leur vengeance. Craché au visage de Rado. Vendu de la coke pour plusieurs millions.

Et maintenant : Radovan continuait à diriger le réseau le plus puissant de Stockholm, à contrôler les vestiaires de la ville, à vendre de la C, à importer de l'alcool, à se vautrer dans son fauteuil en cuir usé à Näsbypark, à boire du whisky, et à se moquer d'eux.

Putain.

Ce n'était pas la justice serbe. Un jour, Mrado aurait son heure avec Rado. Effacerait son sourire. Lentement.

Encore une demi-heure avant le déjeuner. Les autres Yougoslaves retournèrent à l'intérieur. Mrado et Bobban restèrent dehors.

Bobban s'assit sur le bloc en ciment qui servait pour le développé couché.

« Mrado, ce matin, j'ai entendu qu'ils avaient mis un contrat sur ta tête. »

Mrado savait que ça allait venir. Rado n'oubliait pas. Devait maintenir le code d'honneur.

« D'où tu tiens ça ?

— D'un gars dans mon couloir. Un Suédois. En taule pour vol à main armée, et coups et blessures. Il l'a appris par des Latinos. »

Mrado s'assit à côté de Bobban.

« Des Latinos ?

— Ouais, c'est zarbi. Une prime énorme, en plus. Trois cents bâtons. »

Remerciements

Hedda pour sa patience, toute son aide et son inspiration. Son amour.

Elis pour toutes les lectures, les riches discussions, et ses idées.

Sören pour son soutien et ses conseils. Sven, Helena, Göte, Yvonne et Lars pour leurs points de vue et leurs critiques.

Papa pour ses conseils, et maman pour l'espoir qu'elle a su m'insuffler.

Vous autres qui avez lu le texte et qui l'avez commenté : Jacob, Johanna, David, Anna, Birnik, Dennis, Bosse, Daniel, Hanna, Jaël, Mirjam, Lars, Jesper, Jenny, Johan, Pawel. Entre autres.

À Wahlström & Widstrand : Pontus, Annika, Gustaf et tous les autres.

Merci.

Cet ouvrage a été imprimé par
CPI Firmin Didot à Mesnil-sur-l'Estrée
pour le compte des Éditions Plon
76, rue Bonaparte
*Paris 6e*
en septembre 2008

Composition et mise en page

NORD COMPO
multimédia

Imprimé en France
Dépôt légal : septembre 2008
N° d'édition : 14364 – N° d'impression : 91890